dtv

Seit ihrer Kindheit sind sie eng miteinander befreundet: Willi Wings, der etwas kauzige Apotheker, der immer allen gerecht werden will, und Irene Gartmann, die Schriftstellerin. Schicksalhaft wird ihre letzte Begegnung anläßlich einer Dichterlesung in einer norddeutschen Großstadt Anfang der neunziger Jahre – Anlaß für die Erzählerin, sich erinnernd dem Menschen Willi Wings auf die Spur zu kommen. – »Die Galerie kunstvoll-lebensnah erzählter Porträts aus der bürgerlich-mittelständischen westdeutschen Gesellschaft, die diese Schriftstellerin sich und ihren Lesern einrichtet, ist um ein packendes Beispiel reicher.« (Heinrich Vormweg in der ›Süddeutschen Zeitung‹)

Brigitte Kronauer wurde am 29. Dezember 1940 in Essen geboren. Sie studierte Germanistik und Pädagogik und war einige Zeit als Lehrerin tätig. Heute lebt sie als freie Schriftstellerin in Hamburg.

Brigitte Kronauer

Das Taschentuch

Roman

Klett-Cotta
Deutscher Taschenbuch Verlag

Von Brigitte Kronauer
sind im Deutschen Taschenbuch Verlag erschienen:
Die gemusterte Nacht (11037)
Berittener Bogenschütze (11291)
Rita Münster (11430)
Die Frau in den Kissen (12206)
Frau Mühlenbeck im Gehäus (12732)

Ungekürzte Ausgabe
Juni 2001
Deutscher Taschenbuch Verlag GmbH & Co. KG,
München
www.dtv.de

Umschlagkonzept: Balk & Brumshagen
Umschlagbild: ›Der Kronleuchter‹ (1978) von Sigmar Polke
Gesetzt aus der Garamond 10/12' (3B2)
Gesamtherstellung: C. H. Beck'sche Buchdruckerei,
Nördlingen
Gedruckt auf säurefreiem, chlorfrei gebleichtem Papier
Printed in Germany · ISBN 3-423-12888-7

»Lebt wohl und liebt mich! Hier sind mir die Menschen alle gut, wenn sie auch nichts mit mir anzufangen wissen.«

(Goethe: Italienische Reise, Neapel, den 13.3.1787)

Ich glaube, durch eine einzige Bewegung, etwa fünf Meter vor der Eingangstür zum Foyer des Hotels Maritim in H., in einer Mainacht vorigen Jahres gegen ein Uhr dreißig, deklassierte der Rundfunkredakteur Herbert Althoff den gesamten bisherigen Abend als eigentlich unzumutbare Anhäufung von Zufälligkeiten, zu denen auch noch sein kurz vorher ausgerufenes: »Termine sind Illusion« gehörte. Ein Abend, den wir mit meiner von eigenem und fremdem Husten leider oft unterbrochenen Lesung aus einem noch unveröffentlichten Roman begonnen und mit einem italienischen Fischessen im Kreis der Redaktionskollegen fortgesetzt hatten. »Daten sind Schall und Rauch!« verkündete Althoff zusätzlich. Damals, Mai 91, war der Golfkrieg bereits beendet und aus der DDR längst Ostdeutschland mit den neuen Bundesländern und den dann schnell wechselnden Ministern geworden.

Etwa drei Sekunden also, bevor er seinen Arm nach dem Türgriff ausstreckte, schaffte Althoff etwas, nun aber ohne Worte, was zu den vorangegangenen Stunden einschließlich seiner eigenen darin vorgekommenen Herzschläge und Atemzüge: »Ab ins sumpfige Dunkel des Vergessens!« sagte. Nicht gerade schmeichelhaft für mein Romanmanuskript. Jedoch solchen Gesten oder Konstellationen, solchen Eröffnungsmomenten opfere ich ohne Schmerz persönliche Eitelkeiten.

Althoff, kaum denkbar, daß es einen Kinofilm gibt, den er

nicht wenigstens auszugsweise gesehen hat, schwoll an durch einen Körpertrick. Er schob den Mantelkragen im Ruck nach hinten, als wäre es eine mächtige Brust, die sich so erhaben berggorillahaft Raum verschaffte. Dabei verkleinerte er die Schritte zu einem stierhaften Aufstampfen. Zusammen wirkte das keinesfalls simpel zoologisch, sondern wie ein romantischer Reflex auf die Erkenntnis: Jetzt wird's ernst! Was hier bedeutete: Nach langem Suchen haben wir in diesem Großstadtkaff eine noch geöffnete Hotelbar gefunden, die es nun mit einiger Herrlichkeit, und nicht unbedingt als blöder Geistesarbeiter, samt Gefolge zu betreten gilt!

Wir beiden Frauen, die Kulturredakteurin Lisbeth Gerber und ich, waren ohne Absprache mit seiner plötzlichen Führerschaft einverstanden, sahen ihn also auf den letzten Metern von hinten, wie er, viel breiter als eben noch, ja, aus Intuition athletisch, seiner selbst erkorenen Minute der Wahrheit entgegenschritt.

Lisbeth Gerber, eine auf den ersten Blick keinesfalls anziehende Frau, offenbar zu jeder Tageszeit übernächtigt, ein Dauerzustand wie der ihrer unzeitgemäß dunklen, nicht korrigierten Zähne und des nervös zerzausten Haares in der Farbe eines alten Kleppermantels, das sie aber immer noch, wohl aus Zerstreutheit, jungmädchenhaft mit Samtbändern schmückt, kann durch ein Lächeln ihre Falten glätten zu unwiderstehlicher Lieblichkeit. Sie weiß es und macht Gebrauch davon. Ich erwartete es als ihren Beitrag zu unserem Auftritt im Hellen.

Dieses Helle stellte sich, als die Tür hinter uns zufiel, als tagesgrelle, nirgends gedämpfte Beleuchtung eines schwimmbadähnlichen, riesigen und im vorderen Bereich von jedem Gegenstand leeren Foyers heraus. Hier, dicht am Eingang, lag der Raum geräuschlos und ohne Bewegung vor uns. Damit konnte Herbert Althoff nicht gerechnet haben, als er sich für den Eintritt gerüstet hatte. Sehr weit hinten und doch offenbar erst in der Mitte der gesamten Halle gab es einen Knotenpunkt, ein viereckiges Ballungszentrum, Zwischenstation und Höhepunkt der Anlage, die Bar, fast wie eine moderne Küche in einer gekachelten Ebene. Ein paar Leute auf Barhockern sahen wortlos zu uns her, von vornherein wortlos oder schlagartig verstummt. Auf irgendeine Art mußten wir zu ihnen gelangen.

Wahrscheinlich hatte jeden von uns eine kleine, alberne Enttäuschung erfaßt, eine Abkühlung, auch Erschöpfung nach dem auf einmal spürbar langen Tag. Aber da, und wieder war es der Kinofan Althoff, der den Umschwung herbeiführte, begriffen wir diese neue Herausforderung. Es galt, den kahlen, ohne Schlupfwinkel sich erstreckenden vorderen Foyersektor zu bestehen, indem man als Person und Formation überaus plastisch in ihn eindrang. »Brust raus, Kartoffelbauch herein!« sagte ich sehr leise, meinen Großvater zitierend. Jetzt nichts denken, nur nach außen wie poliert vorhanden sein! Althoff machte es uns Schritt für Schritt vor, riß uns mit, so daß wir, durch den Widerstand der Mengen elektrischen Lichts hindurch, auf die uns erwartende Barinsel zustürmten, Althoff nun schon wieder, als wären wir, er und die, deren Leitung er übernommen hatte, nur deshalb eingetroffen, um das alles in allem fragmentarisch dastehende Thekenquadrat zu vervollständigen und in Schwung zu bringen. Dieser durchaus nicht große Mann konnte gewaltige Schritte machen. Er stampfte hier drinnen nicht stierähnlich auf, sondern eilte, ein mit Trenchcoatflügeln rauschender Nachtvogel und Cityschwärmer, voran. Es schien in der veränderten Situation das Überzeugendere zu sein, verkürzte ja unsere Prüfungsdistanz um die Hälfte, zeitlich betrachtet.

Während wir, in die gebieterische Geschwindigkeit Althoffs verfallend, paradoxerweise die Strecke doch nicht recht meisterten, als träten wir heftig ruckend auf der Stelle, tauchte vor mir, von unten schräg hochlangend, in einem Supermarkt, sich nach einem 200-g-Päckchen Philadelphia Frischkäse reckend, ja aus der Tiefe sich sehnend, mein eigener Arm auf. Ich hatte es in der vergangenen Nacht, weiß der Himmel weshalb, als imponierende Handlung geträumt und jetzt, als die Finger in meiner Erinnerung ihr Ziel erreichten, da erreichten wir die Bar-Oase.

Auf den Barhockern vernünftig Platz zu nehmen, das war, versteht sich, kein Kunststück für uns. »Whisky!« orderte sofort die im harten Licht doppelt kalkige Redakteurin Gerber. »Für mich immer Whisky!« Sie fragte nach einer Marke, die ich vergessen habe – es gab sie hier nicht, sie mußte etwas anderes, schweren Herzens, ostentativ schweren Herzens nehmen –, und fügte hinzu: »Ohne Soda, ohne Eis. Aber ein schönes Mineralwasser werden Sie doch haben, bloß kein stilles, bitte extra dazu.« »Dasselbe für mich mit Eis!« sagte Althoff, und ich, um mich davon abzusetzen, verlangte den Whisky, was blieb mir übrig, wohl oder übel mit Soda. Nachdem das erledigt war, herrschte ein anderes Gesetz. Jetzt durften und sollten wir uns flegeln, lümmeln in größter Bequemlichkeit. Das war rasch gelernt. Wieder machte Althoff es uns, ohne den Mantel abzulegen, vor, halb saß er, halb stand er, schon über die Maßen vertraut, und fing mit dem jungen Barkeeper ein Gespräch an, wie es sich gehörte.

»Wie heißen Sie? Etwa Max?« »Alle nennen mich Charly«, sagte der Mann, professionell wie ein frisch für sein Interview geduschter Sprinter. »Charly, Charly, einen guten Whisky haben Sie mir da gegeben. Ich glaube, ich brauche sehr bald noch einen«, probierte Lisbeth Gerber gleich den Namen aus. Vielleicht sagte sie sogar Charly noch lieber als Max. Sie lächelte ihn an, und Charly erkannte augenscheinlich, daß er eine unter Umständen schöne Frau vor sich hatte. »Woher kommen Sie, Charly?« fragte Althoff dazwischen. Charly war vor wenigen Wochen aus Leipzig angereist. »Jeden Tag kommen mindestens fünf Anfragen wegen Mitarbeit aus den neuen Bundesländern. Müssen wir alle abschlagen«, sagten Gerber oder Althoff abwehrend, für alle Fälle. Von nun an rauchten sie beide viel schneller als ich und immer schneller, filterlose Gauloises die eine, Roth-Händle der andere. Kein einziges Mal, wenn sie ihren Liebling anredeten, verzichteten sie darauf, seinen Kosenamen zu gebrauchen, wobei diese Barzärtlichkeit mehr eine gegenüber ihren eigenen Zungen und Lippen war, die das Wort nämlich zu gern und wohlig aussprechen wollten. Er aber, wenn er Augen im Kopf hatte und über das nach oben und unten schickliche Maß an berufsspezifischem Instinkt verfügte, sollte sich vermutlich folgendes zusammenreimen:

Endlich ein paar Gäste, für die ich geschult worden bin. Stilisten im Unterschied zum Gesindel an den anderen drei Bargeraden, trübes Vertretervolk, alle mit nassen Lippen unterm Bärtchen, damit sie ein privates Kennzeichen haben. Endlich ein Lichtblick, keine Perlen vor die Säue!

Ja, was hatte er dann aber in Leipzig für Kunden betreut? Hatte er, wenigstens potentiell, in der Zeit nach dem Mauerfall, die Filme sehen können, die Althoff in seinem Schädel speicherte? Konnte es nicht auch so sein, daß die beiden Redakteure hier ihre Juwelen an jemanden verschwendeten, der blitzadrett und schneidig zwischen den Gestalten an seinen vier Tresen herumschnellte und im Grunde nicht einen Sportler, sondern einen frischgebackenen Polizisten und kleinbürgerlichen Bräutigam vorstellte? Ja sicher, das begann die beiden ja eben, als sie es aus nächster Nähe sahen, unbändig zu amüsieren. Aber sie hatten sich einen Charly nun mal für heute nacht ernannt, und während sie lässig mit den Zigaretten figurierten und das Eis klimperte und das hervorragende Mineralwasser virtuos brauste, huldigten sie diesem, ohne daß der eifrig reale junge Mensch etwas davon ahnte.

»Bei Ihrer Lesung«, sagte plötzlich Althoff – was, er hatte sie nicht längst vergessen? Mir selbst ging es ja fast schon so –, »gab es eine Stelle, die mir gut gefallen hat. Die, wo Sie Jack Palance erwähnen. Ein faszinierender Schauspieler.«

Dem großartigen Jack Palance, den viel zu wenige kennen, dessen Hunnengesicht und ewig gehetzten Gang viel zu wenige kennen, opfere ich ohne Schmerz persönliche Eitelkeiten.

»Einer der wahrhaft Großen seiner Generation, ein Star, gerissen und doch rechtschaffen wie Kernseife, der Idealfall eines Proleten«, sagte ich sofort unbedenklich hochtrabend. Althoff ergänzte: »Ein Körperarbeiter, ein Tier. Genauso sensationell, am anderen Ende der Skala: Robert Mitchum, das Gesicht ein einziges optisches Nuscheln.« Charly stützte sich mit beiden Händen auf den inneren, tiefer gelegenen Teil der Theke. Die Redakteurin lächelte ihn an, und er gab ihr Feuer mit soldatischer Bravour. Er hatte von Jack Palance nie gehört, aber das Lächeln, das er im todwelken Gesicht von Lisbeth Gerber als Wundermittel entdeckt hatte, half ihm womöglich, Palance zu imaginieren. Der verfuhr, wir erklärten es diskret, ähnlich mit seinem zerboxten Gesicht. Insofern erteilte ihm sein weiblicher Gast flink eine Nachhilfestunde. »Faszinierend«, hörte er außerdem zum zweiten Mal von Althoff als Resümee.

Hier streifte Lisbeth Gerber versehentlich die Asche ihrer Zigarette überm Whiskyglas ab, vielleicht auch mit Absicht. Jedenfalls mußte natürlich auf der Stelle ein gut gefülltes Glas her, und damit das »Charly hier« und »Charly da« nicht überhandnahm, warf ich nebenbei den Teller mit den

Cocktailfischchen aus Teig und die Salzmandeln um. Kein großer Schaden, es war ja nichts zu Boden gefallen, aber auf diese Weise mischte ich doch ein bißchen mit.

Schon bei den Aufräumarbeiten zwischen Aschenbechern und Gläsern begannen Althoff und Gerber vor den Ohren von uns anderen ein Gespräch über eine Redaktionskonferenz. In gewisser Weise handelte es sich sogar um einen Streit, eine Abrechnung, denn Lisbeth Gerber hatte sich bei der Umstrukturierung des Programms zugunsten eines vermeintlich immer vulgäreren Publikumsgeschmacks von dem allzu konzilianten Althoff verraten gefühlt. Beide ließen aber keinen Moment außer acht, daß ihnen zugehört wurde, daß sie uns zu unterhalten hatten. Nie schossen sie durch zuviel Ereiferung übers Ziel hinaus. »Das nächste Mal tue ich in aller Form Buße«, sagte Althoff, und seine Kollegin legte ihn fest: »Du hast jetzt Zeugen. Wenn du dein Wort nicht hältst, kannst du das durch die beste Flasche Whisky nicht in Ordnung bringen. Du wirst bedingungslos auf meiner Seite stehen müssen. Charly wird oberster Schiedsrichter sein.«

Ich mußte zum Klo. Mir war beim Hinweg nicht aufgefallen, wie der Boden auf mein Ausrutschen lauerte. Ich hätte am liebsten meine unglücklich hochhackigen Schuhe ausgezogen auf dem Weg von der Theke durch die leere vordere Hälfte der Halle. Erst jetzt bemerkte ich die Rezeption, rechts von der Eingangstür. Gekachelt, alles gekachelt oder marmorn im elektrischen Licht, ich mußte mitten durch. War ich schon leicht betrunken? Je weiter ich mich von der Bar entfernte, desto schwieriger wurde es, aufrecht zu gehen, es würde sicher erst besser in der Nähe der Angestellten, die interessiert meine Schuhe musterten, mit denen ich tatsächlich mehr schlurfte, um den Bodenkontakt nicht zu verlieren, als auftrat. Ich weiß nicht, für welche Feiern, Gesellschaften, Kongresse diese Räumlichkeiten berechnet waren. So allein in dieser Menschenleere war ja kein Durchkommen, Menschenleere, in der man fast gar nicht anders konnte, als zu pendeln, zu baumeln zwischen den festen Punkten vorne und hinten. An der Rezeption wies man mich großzügig ohne Fragen zur Treppe rechterhand, auf der große Massen gleichzeitig hätten abwärtsströmen können. Ich aber ging allein, am Geländer mich locker haltend, in die helle Tiefe, wo sogenannte Wiener Kaffeehausmusik aus dem Lautsprecher kam, direkt über der Klozelle, und mich zwang, vergnügt mitzusummen.

Auf dem Rückweg sah ich unsere kleine Gruppe, abgetrennt von den neidischen, einsamen Vertretergestalten, aus der Ferne. Eigentlich sah ich auch mich schon, an die Bartheke geklammert, die vierschrötig im kahlen All des Hotelfoyers stand.

Als ich dort eintraf, begrüßte mich Althoff, unser Gruppenleiter, mit einem an die frühere Unterhaltung anknüpfenden »Jack Palance! Nicht nur im Gesicht, auch in den Gelenken hat er was Getischlertes.« Jawohl, ein getischlertes Raubtier, dachte ich, aber ich sagte es nicht, hatte gar nicht die Zeit dazu, denn eine andere Epoche war nun angebrochen. Althoff schien sich während meiner Abwesenheit kugelrund getrunken zu haben, Schultern und Kopf beugten sich vor auf der Suche nach einer Zärtlichkeit, die eventuell nur das komplette Universum gewähren konnte. Es stand ihm. Er wollte heraus mit einer Beichte. Durch irgendeinen Umstand hatten wir sein Vertrauen gewonnen. Mittels eisern konsumierter gemeinsamer Whiskys? Wie es sich gehörte, mußte nun der nächste Schritt getan werden.

Ich weiß nicht mehr, wie er die Überleitung schaffte: »Mit den reichen Leuten kenne ich mich aus«? »Reiche Frauen sind eine Katastrophe für einheiratende Männer«? »Ich war mit einer der reichsten Frauen Deutschlands verheiratet«?

Diesen letzten Satz hat er jedenfalls wirklich gesagt. Das überraschte mich. »Es überrascht mich selbst noch immer. Ich habe sie auf einer Party kennengelernt, als Germanistikstudent. Ich hatte mir gerade von einer kleinen Erbschaft einen roten Zweisitzer gekauft, einen Triumph. Bei einer unverfänglichen Spritztour landeten wir, vermutlich durch meine Schuld, mit voller Wucht an einem Baum. Ich blieb unverletzt, ihr wurde das Gesicht zerschnitten. Ich hielt es für selbstverständlich, sie zu bitten, meine Frau zu werden. Aber es geht nicht, es ist unmöglich, mit diesen reichen Leuten zu verkehren. Ein Jahr nach der Hochzeit, genau genommen fand sie schon nach zehn Tagen statt, kam die Scheidung. Ich habe Frau und Tochter, ja, die hatten wir noch rasch fabriziert, praktisch nicht wiedergesehen.« Bei den letzten Sätzen tat er etwas ganz regelmäßig: Begann ein Satz, legte er den Kopf hochfahrend in den Nacken. Bei den gemurmelten Enden war das Kinn in Reue jeweils auf der Brust angelangt.

Die Redakteurin zwinkerte mir zu. Sie machte klar, daß sie die Geschichte schon kannte. Es war höchste Zeit, das zu verdeutlichen, denn Althoff begann sich kurzfristig zu verzetteln zwischen Gefühlen eines um seine Vaterschaft Betrogenen und eines draufloslebenden freien Mannes.

»Wie ich höre«, sagte er hartnäckig und betrachtete zufrieden sein Glas, »geht meine Tochter augenblicklich in New York vor die Hunde.« Charly registrierte auch diesen Satz wie alle vorangegangenen, als handelte es sich um weitere Bestellungen, mit einem leichten Verneigen. Frau Gerber legte ihre bleichen Finger tröstend auf Althoffs Schultern, blinzelte mir aber beruhigend zu. Offenbar war der Zustand der Tochter ein schon längerer und dauerhafter. Althoff hob in sacht erschauerndem Erwachen den Kopf, prostete seiner Kollegin zu und klärte mich über »diese Wahnsinnsarbeiterin, diese leidenschaftliche Freundin der Literatur und der Literaten« auf. Was sich Lisbeth Gerber nicht bieten lassen wollte. Sie begann, eine nächste Phase war damit eingeläutet, ein Porträt Althoffs zu zeichnen, ohne den der Sender zusammenbräche, der über jedes menschliche Maß, über jede Logik hinaus arbeite, der sterbe ohne dieses, sein Hauptsuchtmittel, die besinnungslose Schufterei.

»An ihr werde ich sterben, an ihr, momentan könnte ich einfach losschreien, aber an wen soll ich sie abschieben?« stieß Althoff armeausbreitend hervor, um uns beide an sich zu drücken. »Es ist ja niemand da. Der Dreck will gemacht sein, also mach ich's.«

Diesmal lächelte Lisbeth Gerber weder spöttisch noch ihr liebreizendes Lächeln. Wir hingen hier schon ein paar Stunden rum. Charly stand noch immer kerzengerade. Nein, Lisbeth Gerber, die Gesichtsknochen nur noch von fleischloser weißer Haut überspannt, stimmte mit ein. Ein Wechselgesang.

»Keine Nacht durchgeschlafen. Gleich muß ich mir noch die Aufnahme von heute abend anhören.« »Wirklich gleich noch?« fragte ich beschämt, da ja ich ihr diese Arbeit machte. »Es ist doch schon Morgen!« »Eben, eben, es ist doch schon Morgen. Morgen groß und klein geschrieben«, lachte sie tapfer auf. Wir sahen einige Sekunden zu den Vertretern hin, die wegdämmerten oder aufbrachen. Als Helden hoben sich die beiden von ihnen ab.

Auch hier wurde, zu meiner Verblüffung, eine gedruckte Rechnung mit ausgeworfener Mehrwertsteuer von Charly dem spendablen Althoff überreicht. Aber natürlich, gerade an diesem Ort mußte man das Finanzamt im Blick behalten. Trotzdem kicherte ich unkundig, hoffte aber, gerührt auszusehen über Althoffs Freigebigkeit.

Noch einmal also galt es, die Distanz zwischen Bar und

Foyertür zu überwinden, die Leere, die jetzt nicht weniger hell, aber kälter wartete. Keiner von uns näherte sich dem Ausgang mit der feurigen Protzigkeit unseres Einzuges. Wir wehten, wir stoben eher, wir taumelten voran. Ich könnte nicht sagen, ob uns das unwillkürlich gelang oder ob dieses leicht Verwaiste, anachronistisch zwischen altem und neuem Tag Irrende von Althoff als letzte Nummer vorgeschrieben wurde.

Als wir es schon beinahe geschafft hatten, stolperte Lisbeth Gerber. Sie rutschte seitlich weg und schrie dabei sogar leise auf. Nun fragte sich, ob es ein normaler kleiner Unfall oder eine Folge des Whiskys war, es kam ja überhaupt nicht darauf an, wen sollte das schon kümmern. Aber beide, Frau Gerber und Herr Althoff, der sie geistesgegenwärtig mit den Armen gepackt hatte, schienen einen Augenblick zu überlegen, welcher Version sie den Vorrang geben sollten. Sie entschieden sich offenbar für die zweite. Die Redakteurin ging schon wieder aufrecht, aber mit einem beschwipsteren Lächeln als je zuvor, und Althoff, angeregt von ihrer Einlage, interpretierte sie für Charly und die hinter uns herstierenden Vertreter, für die schwerblütigen Reisenden am Tresen als kleine, kultivierte Entgleisung, indem er mit den Hüften einige dionysische Bewegungen machte.

Ihre Taxis kamen zur gleichen Zeit. Sie umarmten einander, als wäre es für immer, riefen aber simultan: »Bis morgen!« dazu. Man wußte nicht, wie weit ihre Bekanntschaft reichte. Sie warfen sich in die Wagen, todmüde und entschlossen, keine Zeit zu verlieren. In verschiedene Richtungen fuhren sie davon. Eben hatten sie noch beide wie ein Liebespaar hier gestanden. Nun war an der Stelle nichts mehr.

Ich blieb allerdings nicht allein vor dem Hotel in der städtischen Mainacht zurück. Es befand sich jemand bei mir,

Willi Wings, mein ältester Freund. Schon den gesamten Abend war er dabei gewesen, aber nicht ins Gewicht gefallen. Er hatte Althoff zu keinem Zeitpunkt den Status des Gruppenführers streitig gemacht, und ich vermute, keinmal aus eigenem Antrieb das Wort ergriffen. Jetzt stand er also neben mir und putzte sich die Nase, laut, überaus gründlich und wohl ein bißchen schuldbewußt, nämlich übertrieben unbefangen, als hätte er sich in den vergangenen Stunden nicht ganz und gar anders aufgeführt.

Ich wartete geduldig, etwas ungnädig auch. Wir sagten beide nichts, sahen nur überkreuz den beiden Taxis nach, erschrocken, daß es zu Ende war. Erst als wir losgingen, unser Hotel lag nicht weit von hier in der Innenstadt, tat Willi seinen Mund auf, holte mit einem Schnarchgeräusch Atem und sagte. »Ein schöner Abend!« Ein schöner Abend? Jemand, der Willi weniger gut kannte als ich, hätte ihn daraufhin höhnisch beäugt. Was konnte dem denn an diesem Abend so im Abseits gefallen haben? »Wirklich, ein schöner Abend!« wiederholte Willi mit noch größerer Emphase und beschleunigte, von plötzlich ausbrechender Begeisterung gedrängt. Er griff nach meinem Arm: »Was für sympathische Leute, alle beide!« Das Eigenartige war der vor Überzeugtheit kehlige Ton in seiner Stimme. Willi meinte es bitterernst, und es mußte unbedingt in diese nächtliche Welt hinein verkündet werden.

Ich fühlte mich verantwortlich, weil ich ihn zu diesem Abend überredet hatte, aus gutem, aus allerbestem Grund und freundlicher Absicht: Willi sollte einmal was anderes erleben! Daß er eine Abwechslung brauchte, darauf hatte mich eine Familienfeier eine Woche vorher gebracht. Ihm sollte statt der familiären Schwaden, in denen er lebte, für einige Stunden ein anderer Wind um die jetzt ein zweites Mal besiegelnd geschneuzte Nase wehen.

Hauptperson des festlichen Kaffeetrinkens ist das Geburtstagskind Jutta Wings, Willis mit diesem Tag fünfzehnjährige Tochter, gewesen. Die Tatsache ging jedoch schnell in den Verhältnissen am runden Tisch unter, zwischen einer Vitrine mit knallblauem Mokkaservice aus Rußland und einer an der gegenüberliegenden Wand befestigten unermüdlichen Pendeluhr. Von Zeit zu Zeit sagte jemand: »Da ist also unsere Jutta heute fünfzehn!« »Nein, da ist unsere Jutta schon fünfzehn!« Man hatte es letztenendes aber aus den Augen verloren, im Vordergrund stand das Mienenspiel der viel älteren Erwachsenen. Jedesmal, wenn einer der Anwesenden: »Na, du Geburtstagskind!« »Komm doch mal her, Geburtstagsmädchen!« von sich gab, zuckte Jutta überrascht zusammen, mit sehr leichtem Erröten, als wäre es ihr peinlich, in dieser Gesellschaft, die Wichtigeres zu tun hatte, anstandshalber der Mittelpunkt zu sein. Später, in der Sofaecke des Nebenraums, unter gewaltigen Blattpflanzen und Kakteen, zeigte sie dagegen schon Routine, verkniff sich ein Prusten, nickte nahezu mütterlich schief, wenn die alte Frau Luchs, ihre Großmutter, sie nochmals aus heiterem Himmel beglückwünschte, offenbar immer dann, wenn sie mit ihren fast blinden Augen Jutta identifiziert hatte.

Die Oma Luchs, Mutter von Willis Frau Ingeborg und deren achtzehn Jahre älterer Schwester Erika, wurde zu Anfang aber von etwas anderem gefesselt. Alle bemerkten es und versuchten, es zu übersehen. Das machte ja gerade ihre Gesichter so albern. Frau Luchs studierte die Zimmerdecke, besonders die Winkel. Dabei schüttelte sie sacht den Kopf, wie sie es immer tat und gar nicht lassen konnte. Ich weiß nicht, wie sie es im Bett verhindern will. Sie sprach leise vor sich hin. Was? Sie zählte. Schließlich hatte sie die Summe. »Fünf«, sagte sie laut, und hier sprang Ingeborg Wings mit einem Schnauben auf, lief aus dem Zimmer und kehrte – wir waren sprachlos und waren es gern – mit einem farbenfrohen Teleskopstaubwedel zurück, fuhr damit in alle vier Ekken und zischte ohne Humor: »Sieben, Mutter!« »Sieben Spinnweben?« fragte Willi, geradezu stolz, daß sein Haus solchen Reichtum barg: »Wie hast du das nur so gut erkennen können mit deinen Augen!« Willis Mutter, fünf Jahre jünger als Frau Luchs, aber tausendmal besser erhalten, rollten einige Tränen vor Vergnügen übers Gesicht.

Zu diesem Zeitpunkt saßen wir noch auf Stühlen um den Tisch herum, bei Kuchen und Torten, und waren insgesamt acht Personen, die kurz vorher, während sie es sich doch schmecken ließen, absonderliche Grimassen geschnitten hatten, bis auf Willi wahrscheinlich, Grimassen, die sich alle abstrus futterneidisch auf das süße Zeugs bezogen. Der Kuchen war ein Rodonkuchen von Hilde Wings, und die eine Torte, eine verunglückte Schwarzwälderkirschtorte, hatte Jutta selbst gebastelt, so daß niemand die Abnahme wenigstens eines Stückes verweigern durfte. Eine zweite und kleinere Torte auf goldener Papierspitze stammte von Erika Luchs, ein bizarrer Streich aus Walnüssen und Schokolade, und zu allem Übel mußten noch zwei Stücke für spätere Gäste reserviert werden. Die gekauften Sahneschnittchen standen gar nicht erst zur Diskussion.

Torten der stämmigen Tante Erika, einer Tante mit dicken, allerdings grauen Kinderlocken, die kaum selbst wegen ihrer Korpulenz davon probieren konnte, galten in der Familie als Legenden und zu den Festen erscheinende Heiligtümer. Andererseits mußte nicht nur Juttas buntes Gematsche, sondern auch der pudertrockene Kuchen von Hilde Wings durch treuen Verzehr gelobt werden. Aus Gründen der Eigenwerbung nannte sie ihn hochstaplerisch Mandelring. Jeden Fehlgriff an ihrem Kuchen vorbei kommentierte sie mit melancholisch gesenkten Lidern und ruckhaft abgewandtem Kinn, aß auch zur Strafe nichts von Erikas Torte, verfolgte nur den bei allen unverhohlen ausbrechenden Appetit angesichts der schwarz-braunen Delikatesse, der gelbe Scheinrosen aus Marzipan mit Kelchblättern aus Pistazien entsprossen. Hildes Ärger hinderte trotzdem niemanden, nach dem Pflichtpensum oder plump nach Überschlagen des Hildeschen Staubkuchens, sich ein zweites Mal ein Achtzehntel von Erikas Meisterwerk unter den Nagel zu reißen, was wiederum sowohl Jutta, deren eigene Gabe man mißachtete und deren Geschenk man ihr zugleich wegfraß, zu doppelt bitter starrenden Blicken veranlaßte, wie auch Ingeborg, die zu ihrer Tochter hielt, Erikas Torte futterte und doch auch ihre zweite, noch abwesende Tochter Martina nicht zu kurz kommen lassen wollte, während Willi unentwegt loyal den Durststreckenkuchen seiner Mutter lobte und dabei ein Röschen von seinem letzten Tortenstück pflückte, was die von uns Essern massiv gefeierte Erika zu affektiert mitleidiger Würdigung von Juttas Kirschtorte trieb, ein Trost wie zum Hohn, der Hilde Wings wohl oder übel zwang, über die eigenen Interessen hinweg, es sich selbst heimzahlend, ausgerechnet von diesem Matsch- und Schlammding ihres Enkelkindes wie vernarrt zu naschen mit überanstrengt begeistertem Gesicht und, wahrscheinlich um es besser zu verkraften, den Windhund Peter Emmerich, Willis Freund und Hans-Dampf-in-allen-Gassen, unter dem Deckmantel der Tortenemphase blindlings anzustrahlen.

Der Tisch war noch gedeckt, als etwas später dann Bedniak mit Martina eintraf. Man hörte ihn bereits an der Haustür lärmen und röhren, lachen und kritisieren. Wir verstummten erschreckt, erwartungsvoll lauschend. Er hatte schon die Direktion übernommen, bevor er ins Zimmer trat. Bedniak, ein durchtrainierter Endsechziger mit dem Wolfsgesicht eines Waisenkindes und dem Händedruck eines

Mannes – so wollte er wohl auf uns wirken –, dem ein Leben lang keine Arbeit zu dreckig gewesen war.

Er hatte eine Palme mitgebracht als Geburtstagsgeschenk. Sie überragte ihn beinahe, bildete ansonsten aber einen aparten, zarten Kontrast zu seiner Wind- und Wettergestalt im KGB-Ledermantel. Bedniak kannte alle Anwesenden, begrüßte sie per Handschlag und verschob gleichzeitig mit dieser Geste alle ein bißchen von ihrem bisherigen Standort. Wo die Palme hingehörte, war für ihn längst beschlossene Sache. Wir störten. Der Kaffeetisch als Haupthindernis mußte schleunigst beiseite geräumt werden.

»Nur ein Test, ist ja bloß ein Test! Alle entscheiden. Wir stimmen ab, ob mein Vorschlag hinhaut!« rief er beschwichtigend in den Kreis seiner Zuschauer, und entweder lag es am tiefen Vibrato seiner Stimme oder am Zauber der Unverschämtheit: Alle hielten still, als Bedniak begann, mitten am Festnachmittag, den Teppich ein Stück aufzurollen. Die alte Frau Luchs war genötigt, ein Bein hochzuheben wie ein Kind, um dessen Stuhl herumgewischt wird, und sie gluckste entsprechend, wie im Schauer einer Erinnerung. Bedniak kümmerte die Stummheit der Geburtstagsgesellschaft keineswegs. Er war es ja, der hier elend gefehlt hatte und nun alle als Entertainer ideal versorgte. »Hoch das Bein!« ermunterte er charmant Frau Luchs, als wäre er neugierig auf ihre Wade. »Wie gefällt mir doch dieser Wuschelkopp, auch wenn er grau ist. Bin es ja selbst!« Das bekam Erika Luchs ab. »Na, warum so sauertöpfisch? So hält man seinen Mann auf Dauer nicht im Hause und nicht im Bett!« fuhr er männlich lachend Ingeborg Wings an. »Na, Mütterchen? Schon ein richtiges Mütterchen und Fräuchen, Hausfräuchen!« Das ging an Jutta.

Bedniak verrückte und änderte. Wie aber konnte sich Willi das bloß bieten lassen von einem sozusagen Fremden?

Als die Palme stand, wo Bedniak sie haben wollte, verlangte er, reihum gelobt zu werden. Er ließ sich nicht abwimmeln, alle mußten ihm ausdrücklich versichern, daß die Palme jetzt ihre Blätter entfalte »wie in Afrika, wie im Paradies«. Zur Belohnung schenkte Bedniak jedem Schokoladenostereierchen in Stanniol. Ganz frisch konnten sie nicht mehr sein. Er hatte eine volle Plastiktüte davon mitgebracht, »organisiert«.

»Was meint ihr! Ich muß los!« brauste er regelrecht auf. »Martina bleibt ja bei euch!« Als Pfand und Stütze für uns arme Teufel? Zum Schluß sprach er mit Peter Emmerich, der über irgendwas sagte: »Malerisch bis dorthinaus.« Beide lachten und schlugen scherzhaft auf Willi ein, der dazutrat und: »Alles, alles Gute!« wünschte.

Wir versuchten uns möglichst rasch zu fangen, jetzt, wo Bedniak uns mit Getöse verlassen hatte. Nun mußten wir selbst wieder für Unterhaltung sorgen, hatten es aber in den ersten Minuten verlernt. Erika und Frau Luchs machten sich an Martina zu schaffen. Sie befühlten und streichelten sie, so sehr sich auch das hier immer nur mit Bedniak auftauchende Mädchen wand und beinahe unhöflich wehrte.

Irgendwann zog ich mich aufs Klo zurück und sang dort, ich konnte nicht anders, ein bißchen vor mich hin: ›Für eine Nacht voller Seligkeit‹, nur die erste Strophe, aber fehlerlos die vier Zeilen. Dadurch ging es mir viel besser. Ich hörte draußen, wie Hilde Wings, ich weiß nicht zu wem, ich vermute, zu ihrer Schwiegertochter Ingeborg, sagte: »Hast du eine Ahnung. Die Absätze werden hoch, hoch!« Es klang so zornig, als hätte sie eigentlich sagen wollen: »So eine Ungerechtigkeit, daß ich die Mode nicht mehr mitmachen kann. Du blöde Gans, du bist jung genug, aber hast keinen Schimmer davon und zu plumpe Beine!«

Sie waren jetzt in die Polstermöbel übergesiedelt. Die Frauen hielten den Mund, die beiden Männer, Willi und

Peter Emmerich, führten allein das Wort. Emmerich, noch keine vierzig, er hätte gut und gern Martinas Liebhaber sein können, sagte einen Satz, den ich nicht verstand, aber er gefiel mir: »Zufallsopfer. Also: Täter fährt da lang und sieht Frau mit Pelzmantel.« Emmerich hatte journalistische Ambitionen. Meines Wissens belieferte er zeitweilig eine Stadtteilzeitung mit Artikeln, auch mit Horoskop und Silbenrätseln. Oder gehörte sie ihm?

Danach war es eine Weile sehr still. Es wurden zwar ohne Zweifel Informationen ausgetauscht, aber allenfalls durch ein Stichwort, ein stenoartiges Flüstern. Bekam ich alles nur so lückenhaft mit, weil ich zu diesem Zeitpunkt mit der Beobachtung Willis beschäftigt war? Er saß auf dem Sofa, ein wenig bedrängt von Hilde Wings und Jutta, der erstaunlicherweise Gleichaltrige nicht zu fehlen schienen. Aber die konnte sich für Versprechungen gut verstellen! Willi sah mit korrekt aufgerichtetem Kopf vor sich hin, vielleicht in nicht korrekte Träumereien versunken, mit einem Fotoapparat auf dem Schoß. Niemand nahm Anstoß daran, aber plötzlich veränderten sich seine Züge, als würde ihn eine Empfindung ausufernd überschwemmen, die er nach Kräften aber wieder in seinen Körper zurücksperren wollte. Vor Anstrengung schwankte er leise und streckte nun seinerseits die Hände unauffällig hilfesuchend nach Mutter und Tochter aus, ergriff auch heimlich jeweils ein Stück ihrer Kleiderärmel und schloß die Augen fest.

In diesem Moment klingelte das Telefon auf der Diele. Neben dem Apparat gab es zwei, drei Aufschreie von Ingeborg. Lag jemand im Sterben? Dann wurde Hilde Wings verlangt.

Wir versuchten, da sie laut sprach, durch das Ritual der »angeregten Unterhaltung« ihr Gespräch zu dämpfen für unsere Ohren, aber es mißlang. »Klara, als du zehn warst, hast du Mutter stundenlang beim Muschelwaschen geholfen«, sagte Hilde. »Klara, von diesen schrecklichen Dingen haben wir nichts gewußt, auch du nicht, erinnere dich, du wußtest nichts.« »Klara, du bist deinem Mann bestimmt immer eine gute Frau gewesen, er hätte nie eine andere gewollt.« »Klara, wie vielen Leuten in höchster Not hast du beigestanden, stillschweigend! Denke nur an die Tochter von Herrn Schmidt, als sie schwanger war. Denk an die Vergewaltigung von Renate Muster, wie hast du dir da die Hakken abgelaufen. Sieh dir nur deine Hände an, wie die zerschunden sind von der Pflege damals an unserem Vater, mit seinen schweren Gliedern!«

Ein paar Sekunden trat Stille ein am Telefon. Dann hörten wir wieder Hildes Stimme: »Nein, nicht weinen, Klara! Und jetzt machen wir es umgekehrt. Also: Was hast du getan, als du zehn Jahre alt warst?« Pause. »Gut! Nun erzähl mir von Irene Schmidt und Renate Muster!« Pause. »Ja, gut, Klara. Jetzt von der Zeit mit Vater!« Pause. »Na also, Klara! Und wie hast du Mutter getröstet, als Heinz mit seinen zwanzig Jahren und den schweren Erfrierungen aus dem Lazarett zurück nach Rußland in den Krieg mußte, an die Front, und nie mehr wiederkam!«

Was mir damals aufgefallen ist: Als die Klingel schrillte – und Ingeborg stellt sie immer auf größte Lautstärke aus Angst, was zu versäumen im Leben –, öffnete Willi zunächst nicht die Augen. Kein Reflex. Hatte er überhaupt nichts gemerkt?

Ich erschrecke noch heute wie vor vielen Jahren als Kind, ein kurzes, dämliches, vielleicht auch spitzfindiges Erschrecken, vor der abrupten Leere eines eben noch besetzten Stuhles. Im ersten Augenblick entsetze ich mich vor der primitiven Tatsache, daß dort eben noch jemand war und nun weg ist. Wie hatte er doch dort, so füllig eine Kahlstelle verdrängend, gesessen! So war es mir nach dem barschen Verschwinden von Lisbeth Gerber und Herbert Althoff an jenem Maiabend gegangen, ich meine, an jenem frühen Maimorgen, als die Vögel noch nicht sangen, aber die Kastanien im Dunkeln starrend und bleich loderten, so daß sie zu zittern schienen vor Anspannung, ja, sie schienen ein Geräusch dabei zu machen, eine Art duftendes Donnergrollen. Und ich dachte: Man müßte einmal die Kerzen zählen, wenigstens die eines einzigen Baumes und dann die Bäume dieser Straße. Dann könnte man sich an der fetten Summe weiden. Jetzt füge ich hinzu: wie Frau Luchs an den paar Spinnweben ihrer Tochter.

Ich erinnerte mich an die Familienfeier wohl besonders deshalb, weil Willi schon wieder gesagt hatte, nämlich zu den scheidenden Redakteuren: »Und alles, alles Gute!«, kaum weniger heftig als zu Bedniak. Und beteuerte er nun nicht erneut: »Was für ein schöner Abend!«? Allerdings fügte er an: »Mir hat gefallen, was ihr über Palance gesagt habt.« Ach so, dachte ich schon bald wütend, doch noch was bemerkt! Aber keinen Ton abgegeben, als es darauf ankam! Ja, mich ärgerte seine verdammte Schüchternheit, und erst recht erboste mich sein kläglich vertuschelndes Geschniefe. Ich durchschaute das doch alles.

Sein »schöner Abend« (mit schon peinvollem Druck und zu viel Ausdruckswucht für dieses kurze Wort. Warum setzte er nicht, um sich zu erleichtern und zur Silbengewinnung: unglaublich, irrsinnig, wahnsinnig davor?) und das Faktum, daß man, während der Abend sich ereignete, Willi als vierte Person gar nicht registrierte oder allenfalls als das, aber nichts weiter, kennzeichnen Willi wie ein unverwechselbarer Daumenabdruck. Jetzt, wo ich weiß, wie alles ausgegangen ist, sehe ich um so klarer. Unverwechselbarer, unverschämt enthüllender Daumenabdruck. Am letztenendes verhängnisvollen »schönen Abend« und »Was für sympathische Leute!« kann ich nichts ändern. Genierte ich mich damals nicht sogar vor den beiden Kulturleuten wegen Willis Niederlage, gesellschaftlich betrachtet, wegen seiner ihnen gewiß gleichgültigen Unsichtbarkeit? Aber vielleicht kann ich, reumütig, etwas klarstellen in der Wahrnehmung seiner freundlichen Gestalt!

Vermutlich kennt niemand, außer, auf ihre Art, Hilde Wings, Willi so gut wie ich. Seine Frau? Die lebt bei ihm sechzehn oder siebzehn Jahre, kein Vergleich mit mir! Willi und ich, wir sind befreundet seit unserer Kindheit, und Willi ist über fünfzig. Ich weiß beispielsweise, daß Willi eigentlich Willi-Martin heißt und in seinen ersten Lebensjahren so genannt wurde. Etwa ein halbes Jahr lang habe auch ich das zu ihm gesagt, dann wurde es uns zu blöd, vor allem – ich war erst fünf – mir. Der nackte »Willi« geht auf mich zurück.

Am Nachmittag, kurz nach unserer Ankunft in H., hatten wir gemeinsam eine Entdeckung gemacht, die ich nachträglich als Hinweis begreifen möchte. Im dortigen Landesmuseum, im obersten Stockwerk, wo man sich durch die Fenster hindurch vis à vis mit den vielen Hundertschaften von Kastanienkerzen befand, hängt neben alten deutschen und einigen italienischen Meistern das Gemälde eines herzhaften Dilettanten.

Es handelt sich, auf extremem Querformat, um den legendenhaften Prolog einer Kirchengründung. Unter blauem Himmel weist ein schön geschwungener Frauenarm in herrischer Diagonale aus rechter Höhe nach links unten, in den Boden hinein, auf die gleichförmig kartoffelfarbene, wie aus Courtoisie hügelige Landschaft, die unter dem überlangen Finger beides ist: unscheinbar, durch keine Spezialität ausgezeichnet, und zugleich unter ihrem glanzlosen Anstrich ja doch wohl eine Besonderheit, eine wesentliche, allgemein unbekannte Tugend in sich bergend, sie zumindest in diesem Augenblick durch die einem südländischen Erotikstar ähnelnde Madonna oder Heilige empfangend. Was für ein energisch angeordneter Schauplatz und Bauplatz und Beginn.

Willi gefiel etwas anderes noch besser. Ganz unten im Museum das Aquarium mit Tropenfischen, tropischen Schnecken und den vielgestaltigen Seeanemonen, von denen jemand zu Recht sagte, sie »spotten jeder Beschreibung«. »Manche ernähren sich von Plankton, manche erbeuten kleine Fische«, sagte Willi. Willi, der Apotheker, wußte schon immer über Pflanzen und Tiere gut Bescheid. »Besser als über seine Apotheke«, behauptet seine Frau Freunden der Familie gegenüber. Unten im Keller also wehten und schwankten in Form flimmernder Eingeweideknäuel die als Pflanzen getarnten Tiere in einem Licht, das uns Besuchern leuchtende Südseequader vorgaukelte, und oben wies der Tentakelarm der trivialbrüstigen Heiligen auf die erwählte Stelle. Wenn wir oben waren, wollten wir wieder nach unten und umgekehrt. Wie unten standen auch oben die Figuren in einem rechteckigen Leuchten. Es war das zweidimensionale Gold des Hintergrunds. Vor allem die Kreuzigungen in ihrem Luxusraum schienen ein Vor- und Nachspielen irdischer Schrecken durch opernhaft gelaunte himmlische Protagonisten zu sein. Jedenfalls gab ich was in der Art zum Besten.

Willi andererseits, nicht nur tier-, auch bibelkundiger als ich, konnte mir die meisten Bildinhalte erklären, staunte aber selbst über den Pomp später hinzuerfundener Legenden, Takelagen, Pilotfische zum stets viel kargeren biblischen Bericht. Natürlich freute man sich darüber, wenn es einem Maler gelungen war, zu den fest überlieferten Etappen eines Lebens – der einhämmernden Reklame für die Hoch- und

Tiefpunkte einer Biografie – unbekannte Details auszugraben aus einem unauffälligen Nebensatz oder, von Auftraggebern nicht behelligt oder vielmehr angestachelt, dazuzuerfinden, womöglich eigene Scherze und Leiden zur Anreicherung der standardisierten Leben der Hauptpersonen zu verwenden. Warum wurden hier zum Beispiel Knochen in einen Sack gesteckt? Fußwaschungen, Zungen über Häuptern, Engelströstungen in nächtlichen Gärten, das alles verstanden wir auf Anhieb. Aber warum pflückte man so exzessiv und halsbrecherisch Kirschenbüschel aus dunklem Laub?

Willi und ich, wir hatten hier eine gemeinsame Schwäche, ja Leidenschaft für die dramatischen Stationen solcher Staccato-Lebensläufe festgestellt. Das Leben im Flüssigkeitszustand und das Erstarren in solchen Hochmomenten zu Maximalleistungen eines aufgebäumten Wellenbergs. Knotenpunkte im Dahinfließen, lebenseinsaugend und -einsperrend, stauchend, konservierend.

Am Abend dann Lesung und Barbesuch.

Mir aber war, als ich, nach Verabschiedung von Lisbeth Gerber und Althoff, unter den Kastanien in der Mainacht meine hohen Absätze noch stärker als im Hotelfoyer auftikken hörte, eingefallen, wie Willi vor einer »Verspottung« von den noch unverändert kühnen Pumps seiner Mutter geschwärmt hatte (er täuschte sich da etwas), und zwar deshalb, weil auf dem Bild vor uns einer der priesterlichen Zuschauer einen tollen Zauberhut trug, und Willi wohl zunächst an Hüte allgemein, dann an die von Hilde Wings denken mußte. »Vor einigen Tagen«, sagte er ein bißchen dösend vor wohliger Erinnerung, »als ich sie in der Stadt zufällig getroffen habe, hatte sie ein Federkäppchen auf. Ich weiß nicht, ich finde das gut. Ich habe sie von hinten im Gedränge nur bemerkt, weil ich neugierig war, wer wohl unter einem so raffinierten Hütchen stecken mochte. Ja, ich muß zugeben, muß wirklich zugeben, der Tag war dadurch halbwegs gerettet. Ich habe glatt den Ärger mit einem Kunden vergessen, der vor allen Leuten krakeelend ein verschreibungspflichtiges Medikament ohne Rezept forderte. Dabei werden dauernd verdeckte Kontrollen gemacht.«

Viel mehr als der Hut interessierte mich selbst an dem Gemälde, welche Verhöhnungen der Künstler sich zu malen getraut hatte. Dem gehässigsten Schergen gelang es, auf einen Schlag Augen, Mund und Nasenlöcher mit beiden Händen auseinanderzuziehen. Einige der Fratzen waren von mir als Kind bis zur Weißglut geübt worden. Im Museum, beim animierten Hinsehen, fing ich vorsichtig wieder damit an. Willi kriegte es sofort mit und lächelte. Mein stiller Willi. Ich verlange, wenn ich mir das letzte Jahr etwa, das Jahr vor jenem Maiabend, vergegenwärtige, daß man ihn aus dem Getümmel herauskennt.

Wie es ihm zusteht.

I

Ich glaube, jede einzelne, winzige Verschiebung, das Anpressen des Kinns beispielsweise (argwöhnisches Stutzen mit zwei denkbaren Fortsetzungen bei differenzierter Kleinmimik: 1. schroffe Ablehnung, 2. unterdrückte und in der Disziplinierung sich weiter steigernde Belustigung), Einklemmen der Oberlippe auf den linken Mundwinkel zu (1. leichtes Schmollen, bei Verstärkung Dauertrotz, 2. Zufriedenheit – auf die Augen hinter der Brille achten!, 3. Verlegenheit, falls Taschentuch an Mund gehalten), läßt sich für mich als bestimmte Willi-Miene, als subtiler Typus unter vielen, zu denen sein mir so lange vertrautes Gesicht fähig ist, ausmachen.

Damals, als ich ihn durch die Scheiben beobachtete, vierzehn Monate etwa vor jener Mainacht, lächelte er in die Breite bei sehr schmal gemachten Lippen und nickte unablässig rhythmisch zuckend in einer Art Höflichkeitsrausch. Wenn er im Laden ist, sein Berufsgesicht. Nach einer Weile ist er dann natürlich fix und fertig, zieht sich nach hinten zurück, wirft den Apothekerkittel über den nächstbesten Stuhl – das meint die Geste, viel Auswahl an Möbeln gibt es da ja nicht – und spricht mit seinem Nymphensittich, den er jeden Morgen mit ins Geschäft nimmt.

Dieser immer schneeulenweiße, gestärkte Kittel zieht mich persönlich sehr an. Fast möchte ich dann vor Willi Haltung annehmen, stramm stehen und »Herr Doktor« sagen. Wie sehr sich Willi wandelt, je nachdem, ob er in Uniform oder privat ist! Ich habe ihn als kleinen Jungen zum letzten Mal nackt gesehen, aber selbst wenn er heute, in seinem Hinterzimmer, alle Bekleidung ablegte: Der Unterschied käme vermutlich nicht an den heran, den er vorher, nach Abtauen der obersten, schneeigen Schutzschicht, vorgeführt hat. Ohnehin besitzt seine Apotheke wie alle etwas Himmlisches. Allein das engelhafte Hin- und Herschweben der Angestellten von Medikament zu Medikament! Nur fehlt Willi das affige Geprotze des Weißkittelhaften. Den durch und durch lauteren Willi scheint die Kittelkonsistenz im Laden bis ins Innere zu bestimmen. An jeder Stelle stieße man auf körniges, bleiches, nach Salbei, Pfefferminz, Salmiakpastillen riechendes Leinen, von allein wie gefrorene Wäsche in der Welt stehendes Leinen. Vorübergehende Radikalmetamorphose. So fällt es ihm wohl am leichtesten.

Mit Ingeborg ist es was anderes. Ich wunderte mich, sie mit Willi zusammen im Verkaufsraum zu sehen. Vielleicht wegen Krankmeldung gleich mehrerer Angestellter? Sie hatte, bestimmt um fliegende Eile zu bekunden, ihren Wissenschaftlerkittel nicht geschlossen. Das, was sie gerade verkaufte, konnte keine Arznei auf Verordnung sein, vermutlich ein Kosmetikartikel, der allerlei gestikulierende Beratung erforderte, an diesem Ort weniger die Schönheit als die Gesundheit betreffende, natürlich. Richtig, sie winkte mir geschickt, als sie einen Finger zur Demonstration um ihr Auge kreisen ließ, mit dem Rest der Hand zu, ohne daß die Kundin es mitbekam. Ingeborg ist Spezialistin für Simultanaktionen.

Es lief sogar noch eine zusätzliche ab. Ich kriegte es auch durch das Schaufensterglas mit. Die Haut der Kundin war Ingeborg einerseits eine Herzensangelegenheit, sie machte keinen Hehl daraus. Da konnte sie gewiß, ein nur so eben zitiertes Körperdrehen unterstrich das, manch verschwörerischen Tip geben, z. B. als ewig junges Geheimnis: Teuerste Cremes sind nicht in jedem Fall die besten. Das Kosmetikgeschäft, hatte sie mir schon öfter verraten, war für Apotheken ein extrem lohnendes geworden. Auf der anderen Seite, das mußte klar werden, befand man sich aber auf höherem Niveau als eine Parfümerie, von der Ausbildung her, medizinisch sowieso. Ihr Kunststück bestand darin, durchaus den Kosmetikprofi zu geben und doch empfindsam zurückscheuend, ein wenig fremdelnd, gepeinigt, fragwürdige Dingelchen wie »Regenerationscremes« mit ihren Pharmafingern zu berühren und widerwillig zu sanktionieren.

Gemeinsam mit einem Mann, der schon sein Rezept in der Hand hielt wie eine Eintrittskarte, betrat ich die Apotheke unter schwachem Ehrfurchtsfrösteln. Das konnte ich noch immer nicht ganz verhindern. Der Mann ging sogleich auf Ingeborg zu, die ihre Kundin ohne Larifari verabschiedete. Willi war noch beschäftigt mit einer alten Frau, und, wie es schien, für länger. Ich blieb im Hintergrund. Die Frau hatte sich auf einen Schemel gesetzt, auf ein weißes Notstühlchen, und wohl verlangt, Willi solle ihr die soeben gekauften Augentropfen einträufeln. Ich erfuhr später von ihm, daß sie die aus ihrer Einkaufstasche geholt hatte. »Vorsicht, Herr Doktor, meine Augen!« rief sie in den Raum, und Willi schüttelte den Kopf, um den ihm nicht zustehenden Titel abzuwehren. Er reichte der Frau auf deren Wunsch auch ein Papiertaschentuch. Ingeborg, mit ihrem Kunden soeben fertig, wollte etwas sagen, als eine Mutter mit kleinem Kind hereinkam. Willi aber hatte noch keine Zeit für einen Blickwechsel gefunden, nicht mal für ein Aufblicken. Vielleicht war ihm bisher entgangen, daß die Kundin, hinten bei den Lippenstiften, die sich nicht beschwerte über eine Vernachlässigung, ich war.

Das Kind, mit einer mittelalterlichen Narrenkappe auf

dem Kopf, starrte die Frau auf dem Schemel an, geduldig, aber voller Abscheu, ohne Kommentar. Ich hatte den Eindruck, Willi versuchte, während er half, für die Zukunft doch auch klarzumachen, diese Betätigung gehöre eigentlich nicht zu seinen Apothekergeschäften. Es mißlang, keine Begabung für Simultanaktionen. Die Frau faßte tiefes Vertrauen zu ihm! Ingeborg hingegen, die Watte und Windeln, Penatencreme und Kinderzahnbürsten herbeischaffte, glich ihren Blick in Richtung Frau und Willi immer stärker dem des Kindes an, allerdings ohne Langmut.

Das Interieur der Aeskulap-Apotheke, deshalb freute ich mich geradezu, hier weiterhin unbeachtet toleriert zu werden – zwischendurch allerdings prüfte ich mein Gewicht und nahm mir wie das Kind, gewissermaßen in seinem Schutze, kostenlose Rachenperlen aus dem Spender –, verfügt über einige Details aus vergangener Zeit, über onkelhafte dunkle Schubladenschränke, bernsteingoldene Medizinflaschen, die dort in großer Gutmütigkeit hoch oben auf den Regalen stehen, und durch puren Anblick heilkräftige Porzellantöpfe mit lateinischen Namen darauf und aufgemalten Blumen, die jede allzu ernste Erkrankung ausschließen.

Willi hat das Geschäft von seinem Vorgänger übernommen und sicher nur wegen dieser Gegenstände Pharmazie studiert. In unserer Kindheit war eine Apothekerstochter unsere Freundin, die dicke, intelligente Elke Zimmermann. Was Willi bis heute nicht weiß: Sie hatte einen Apparat aufgestöbert, den man Müttern zum Milchpumpen an die Brüste setzte. Ich besaß damals noch nicht die mindesten Ansätze für sowas. Aber wir haben es ausprobiert. Es kitzelte und saugte. Wir haben uns geschämt und kaputtgelacht und Eiswaffeln dazu gegessen. Vielleicht stand schon damals das Geschäft unter Denkmalschutz und ist später in Bausch und Bogen an ein Heimatmuseum verkauft worden? Nur die Kittel der Angestellten waren weiß, alles andere hölzern, kupfern, würzig, bräunlich, eine große Zuversicht wie ein Kräutergemisch erzeugend. Willi gefiel es dort noch besser als bei seiner Briefmarken- und Federsammlung. Ja, er empfand den Ort eher als Platz für das Horten als für das Veräußern von Dingen. An den neuzeitlichen Apotheken wird er weniger hängen, auch am Beruf, seitdem es sein eigener ist. Aber immerhin erinnert ihn sein Laden an das Urbild von früher. So etwas tut ihm grundsätzlich gut. In Ingeborg aber verliebte er sich, weil er eine Apothekerin benötigte, wollte und nun hat.

Wie es sich mit Willi verhielt, witterte seine Kundin mit ihrem Altfraueninstinkt. Schon wieder gelang es Ingeborg nicht, sich in die Szene einzumischen. Die Frau wollte jetzt ein Rheumapflaster und die Spezialanfertigung einer Salbe gegen trockene Nasenschleimhaut. Sie spürte an Willi Abglanz und Nachhall der guten alten Apotheke schlechthin und trat ihn an uns noch nicht ab.

Nein, keinesfalls trat sie Willi, der ihr ein weißes Töpfchen mit rotem Verschluß zeigte, fragte, ob das die richtige Größe sei und mit der Zubereitung begann, an uns ab. Den Hokuspokus zu steigern, blieben Willis Hände hinter den seitlichen Aufbauten unsichtbar. Als jetzt ein junges, sehr hübsches und offenbar durch Leckereien frisch gestärktes Mädchen aus dem hinteren Bereich in den Verkaufsraum fegte, den Kittel noch zuknöpfend und schon eifrig nach Kunden Ausschau haltend, ahnte die alte Frau die Gefahr. Willi würde sie dem jungen Ding übergeben! Sie drehte der nahenden Schönheit flugs den Rücken zu und fragte Hals über Kopf zu Willis Augen hin: »Dr. Wings, was halten Sie von Arnika? Ja, Arnika, so heißt das. Man nahm es früher viel gegen Schmerz. Ob das heute noch nutzt?« »Sie kommen doch sehr gut mit einem Pflaster zurecht«, meinte Willi und hielt das für Diplomatie. Ich wußte aber, daß er dem Wort »Arnika« aus dem Mund der Frau einen Moment lang nachhorchte.

Er hatte mich erkannt, rückte seine Brille zum Zeichen gegen die dicken Brauen, zum Zeichen nämlich seiner vorübergehenden Gefangenschaft und vielleicht auch aus einer kleinen Verlegenheit, so lange für diese Entdeckung gebraucht zu haben. Als heutiger Geschäftsinhaber! Willi!

Die Frau spürte die kurze Ablenkung ebenfalls: »Sieht mein Gehirn aus wie eine Walnuß?« »Meins auch«, antwortete Willi und überreichte ihr das Salbentöpfchen. »Ja, aber es ist bestimmt nicht so vergeßlich wie meins.« Damit mochte sie recht haben, mehr als sie ahnte. Willi nannte ihr den zu zahlenden Betrag. Sie fing an, mit großem Aufwand und Geächze in ihrer Tasche zu wühlen. Mit anderen Worten: Hier geblieben, Herr Doktor! Ich dagegen beobachtete hochinteressiert, wie Ingeborg und das Mädchen, mit weiteren Kunden beschäftigt, die flachen Schubladen der modernen Arzneimittelschränke aufzogen und zustießen. Sie liefen geschmeidig und bedeutungsvoll vor und zurück. In Ingeborgs Küche funktionieren alle Schubladen genauso, wie auf bloßen Zuruf beinahe, fast ölig und schmatzend zu ihrer eigenen Lust. »Demnächst ist eine Harnuntersuchung dran«, versicherte die Frau. Sie ließ Willi in ihr Portemonnaie sehen und sich dort bedienen. »Die Augen sind von Ihrem Getropfe noch verschwommen.« So einem Apotheker vom alten Schlag, dem schenkte sie nur allzu gern und restlos zum Abschied ihr Vertrauen.

Ingeborg hatte, von dem mit jeder Geste auf ihre Attraktivität pochenden Mädchen unterstützt – viel zu üppig für meinen Geschmack, sagte mir Willi später –, durch ein rasendes Hin und Her zwischen Kunden und Schränken für eine andere Stimmung gesorgt, für eine Atmosphäre der höchsten Zeitknappheit, Hektik, ja Jahrtausendwende und, indem sie die Namen verschiedener Medikamente in voller, wenn auch überflüssiger Länge aussprach, der wissenschaftlichen Strenge. Als die Frau, schon für das Hinausgehen präpariert, beim Anblick der Waage von Willi verlangte, er möge ihr helfen, ihr Gewicht abzulesen, riß Ingeborg der Geduldsfaden.

»Haben Sie hier auch für manche Sachen Dauerniedrigpreise wie andere Apotheken?« fragte die Frau noch, nachdem ihr Willi wahrhaftig ihre Kilos in Pfund gesagt hatte, dann war Ingeborg bei ihr, drückte ihr die Apothekerumschau in die Hand, einen Bleistift mit Radiergummi, ein Päckchen Brillentücher, ein Osterei aus Wachs mit Docht. Dabei packte sie die Frau am Arm und leitete sie ohne mit der Wimper zu zucken gewalttätig, aber scheinbar fürsorglich, hinaus.

Mußte ich das Theater auf mich beziehen? Es war ja offensichtlich, daß der nun befreite Willi an mich übergehen würde. Etwas peinlich für mich. Ich wollte dem Dasein von Geschäftsleuten gegenüber nicht unverständig sein. Doch sollte ich mit einer Tradition brechen? Bei jedem Aufenthalt in Willis Stadt suche ich ihn unverzüglich auf. Und konnte ich mich jetzt denn noch verschleichen? Da wurde aus dem Hinterzimmer, weiß der Teufel, was sie da trieben, ein neues Mädchen nachgeliefert. Meine Chancen stiegen. Mein Gott, bei so vielen Frauen würde Willi doch bloß stören. Hoffentlich freute er sich ein bißchen auf mich. Er wusch sich hinter den Gestellen die Hände, als Ingeborg, zurück von ihrem Ausflug vor die Ladentür, mich begrüßte, vor Tatkraft kurz angebunden.

Noch sah ich ihn vor mir im weißen Amtskittel und genoß die angenehme Verfremdung, die Aura eben des Leinernen, Anonymen, die Unantastbarkeit, das allseits Gemangelte und rundum Geplättete und Entindividualisierende. Hinter all diesen Halluzinationen mein Willi.

Ach, der staut sich schließlich darunter so sehr, daß er den Kittel abreißen muß. Einmal habe ich ihn beobachtet, wie er, weiß gewandet, in der rechten Hand reichsapfelhaft eine Flasche Hustensaft haltend, diese anlächelte. Als ich ihn ansprach, sagte er, er habe sich in einen armen Landjungen versenkt, der am französischen Hof ein Finanzgenie geworden sei. »Ich war eben ein italienischer Kuhhirte«, sagte Willi wörtlich.

Jetzt kam er mit der Erklärung und Information, ohne Kittel, in Hemd und Hose: »Dinoflagellat versklavt Blaualge« auf mich zu. »Dieser hier wog 132 Pfund, der echte ist übrigens nur 35 Tausendstel Millimeter groß.« Er sah plötzlich zehn Jahre jünger aus. Wie immer zu Anfang eines Wiedersehens redete Willi drauflos, um die erste Befangenheit zu überspielen. So konnte ich das Kompliment gar nicht anbringen. Im voraus siegessicher fragte er schon: »Na, was sagst du zu meinem Floh?«

Ich suchte unwillkürlich mit den Augen in seinem um einen Knopf zu weit geöffneten Hemdausschnitt. »Nein, draußen, der Blickfang.« Willi zog den Mund schief vor Zufriedenheit. Der Blickfang? Das vieleckige rote A der Apotheken in jeder Stadt ist für mich ein besonders freundliches Zeichen. Es erinnert mich, als wäre es ein rotes W, an Willi, ähnlich wie, egal wo, das Posthorn auf gelbem Grund an die möglichen Überraschungen des Briefträgers. Willis Floh aber, obschon ich doch einige Zeit davor gestanden hatte, war mir entgangen. »Ein solches Monstrum übersiehst du?« Er schien nun doch enttäuscht zu sein von mir und dem Floh. Ich hatte, statt des tatsächlich ungeheuerlichen Wesens (auf Pappe kaschiertes Foto zwischen Medikamentenschachteln, als wären es Geröllbrocken einer wüsten Landschaft), nur Willi dahinter wahrgenommen. Ein schwerer Fehler insofern, als ich Willis Leidenschaft für Schaufensterdekorationen ja kenne. Es hätte sich gehört, zuerst die vorbereitenden Auslagen, dann Willi, ihren Urheber und Regisseur, zu begutachten.

Er nannte mir nicht den Vergrößerungsfaktor, erzählte aber, daß ein Mensch 300 Meter weit springen müßte, wollte er es den Flohsprüngen gleichtun. Das hier abgebildete, ins Riesenhafte gewachsene Wesen wirkte wie eine eiserne Kriegsmaschine oder wie ein blechener Küchenapparat mit mörderischen und praktischen Stacheln, Dornen, Widerhaken. Es hätte aber auch eine ganze Gruppe von Soldaten unter dieser Kollektivrüstung marschieren können. Wo man das Auge vermutete, gab es eine eidotterartige, blicklose Rundung aus gleichem Material wie alles übrige. »Die Erklärung steht extra klein darunter. Man muß, ein gewisser Trick, danach Ausschau halten«, sagte Willi, und schon stellten sich, da sie in uns gebannte Zuschauer errieten, einige Passanten neben uns und starrten flüchtig auf Willis Werk, bevor sie weitergingen.

»Der Floh ist prima, eine prima Idee, Willi.« Er nahm mein Lob mit gerührter, ironischer Feierlichkeit auf: »Das schmeichelt mir sehr, das höre ich gern.« »Aber werden die Leute deshalb ihre Rezepte bei dir abgeben?« Willi zuckte mit einem gleichgültigen »Eventuell« die Schultern. »Das hätten sie jedenfalls nicht gedacht, daß er unter dem Mikroskop so ein ausgefuchstes Fabeltier ist.« Er sah ihnen nach und stellte sich bestimmt vor, wie sie in ihren Köpfen immer noch weiter staunten. Ach Willi, so etwas ist für die doch gar keine Neuigkeit mehr!

»Nur ein Provisorium. Der ganze Ramsch der Pharmaindustrie, die Schautafeln mit Hautkrebserkrankungen, Kopfschmerzgesichtern, Blutkreisläufen! Es gibt diverse Firmen, die Dekorationen leihen, richtige, echte Sachen. Kürzlich hatte ich hier unsere heimischen Pelztiere drin, schöne, ausgestopfte, gut erhaltene Exemplare.« Ach mein Gott, das konnte ich mir ausmalen, wie mein Willi da stundenlang getüftelt hatte als Direktor eines Kleintierzoos. Ob für irgendeine Arznei noch Platz geblieben war? »Von innen habe ich die Leute überwacht. Du würdest dich wundern, wen das alles interessiert. Die unterhalten sich darüber, nicht bloß Mütter und ihre Kinder.«

Natürlich wußte Willi, was ich dachte. Er preßte das Kinn an und lächelte ertappt: »Klar, mir selbst macht das auch ein bißchen Spaß. Demnächst, ist mit dem Verleih schon abgesprochen, miete ich eine Greifvögelkollektion, Tag- und Nachtgreife. Ich möchte dann auch eine Art Waldboden herschaffen, mal sehen. Wann kriegt man die Tiere mit dem schönen Gefieder und den Krallen schon sonst in Ruhe so dicht vor die Augen? Die Schuppen und Farbschattierungen? Da wäre ich als Kind hingerannt und gar nicht mehr weggegangen. Man darf es nur nicht schematisch machen wie die meisten. Es soll eine täuschend echte Waldhöhle sein. Oder eine Lichtung.« Wären nur meine Schuhe etwas bequemer gewesen, hätte ich ihm noch lieber zugehört.

Besonders gefiel mir, am anderen Ende unseres momentanen Aufenthaltsortes, etwas nicht öffentlich Dargebotenes, ausdrücklich Verheimlichtes sogar. Wir bewegten uns nun darauf zu, durch die von Ingeborg und ihren hübschen Angestellten erzeugte Zugluft lebhaftester und wie ein nicht gerade süß schmeckendes Medikament präsentierter Geschäftigkeit hindurch. Hinter dem kleinen Labor gab es ein Zimmer, in dem es nach Kaffee roch und wie in einer Küche aussah. Hier läßt sich in der Enge gemütlich sitzen im Kontrast zum hygienischen Zirkus der Apotheke vorn. Die hörte hier nämlich auf mit einem Ruck und Seufzer, wurde abgeschüttelt und ausgesperrt. Wie gut, daß man erst durch den Laden mußte, sonst hätte man den Unterschied ja gar nicht zu schätzen gewußt. Und es wurde noch besser: Von hier aus ging es in Willis Büro, in dem nur er und die notwendigsten Akten Platz haben und eben eine Eingeweihte. Ich. Wir waren für uns. Ich begrüßte den Nymphensittich, Willi schenkte uns einen Cognac ein.

In Willis Büro, von dem der Kunde nichts ahnt, wird der für den Publikumsverkehr angelegte weiße Mantel, so kommt es mir vor, noch einmal ausgezogen. Erst hier kommt vollständig das Private unbeschadet und meinetwegen ein wenig vertrottelt zum Vorschein, Willis fester Körper, seine dichten schwarzen Wimpern, die Haare auf seiner aus Achtlosigkeit etwas zu großzügig gezeigten Brust. Auch Ingeborg betritt manchmal das Büro und erledigt hier einen Teil der groben Buchführung, aber sie in ihren Jeansanzügen, mit den leicht zu handhabenden kurzen Locken, mal eher gelblich, mal rötlich, verändert sich nicht. Sie ist draußen auch immer Hausfrau und hier drinnen pausenlos Geschäftsfrau wie in ihrem Wohnzimmer, mit und ohne Kittelbrimborium. Ich meine: Das Zimmerchen hat keine Macht über sie.

»Ich freue mich, freue mich so, daß du da bist.« Willi hob mir beschwörend das Cognacglas entgegen. Zur Bekräftigung drückte er, wie ich es an ihm kenne und um der Emphase nicht freien Lauf zu lassen, doch auch zu deren Unterstützung eben, mehrfach das Kinn an, wobei mir viel stärker als die dabei entstehenden Halsfalten der überaus steif gemachte Nacken ins Auge sprang als komisches Symptom. Willi kombiniert auf diese Weise die Bewegtheit seiner Gesichtszüge mit militärischer Korrektheit. Ein Relikt aus seiner Pflichtzeit bei der Bundeswehr vor dreißig Jahren? Wir schwiegen mehrere Minuten, sicherlich bloß brummend und schnaufend. »Ja, ich freue mich«, wiederholte Willi zwischendurch und goutierte wie ich das Hochverdächtige dieser vier Wände. Willis Bürozimmerchen war jetzt eine »echte Waldhöhle« oder eine Etage auf einem Baum, auf den wir hintereinander geklettert waren.

Eine angenehme Langeweile breitete sich aus. In solchen Momenten schwimmen bei Willi die Pupillen nach oben. Das Weiße wird sichtbar, und die schmalen Lippen befeuchten sich. Sobald er es merkt, reibt er sie beinahe wütend ab, so wie während des Essens, wenn sie fettig werden, mal mit dem Taschentuch, mal mit der Serviette. Er bestraft den Mund regelrecht dafür, daß er glänzt. Eine von Willis Eigenarten ist nun mal dieses Auseinanderklaffen von ausschweifendem Dösen und uniformartiger Disziplin oder vielmehr der harsche Wechsel.

So auch jetzt, als er, um sich zu artikulierter Rede zu zwingen und anzufeuern, eruptiv, nahezu streitlustig äußerte: »Es gibt über 1000 Floharten.« Oder hatte er doch bloß 100 gesagt? Den Schwung ausnutzend, sprang er sogar auf, stand kurz vor mir, schwankend zwischen Melancholie und zu allem entschlossener Förmlichkeit, und war mit einem »Vielleicht möchte Ingeborg ja auch dabeisein!« aus dem Zimmer.

Er kam allein zurück: »Sie meint, sie sei draußen unabkömmlich.« Das hätte ich ihm vorher sagen können. Willi wußte nicht, man sah es ihm an, ob er sich darüber freuen sollte, oder ob er die leichte eheliche Verstimmung bedauern mußte. Also verzog er ratlos den Mund, rappelte sich dann aber auf und verblüffte mich mit etwas Neuem. Er stellte sich breitbeinig hin, straffte die Wirbelsäule und ließ in zakkigem Rhythmus abwechselnd die Schultern fallen, dann beide zusammen, dann fünfmal die rechte, fünfmal die linke. »Fast die einzige Gymnastik, die man hier erledigen kann. Sehr wirksam, habe ich im Sommer am Strand gelernt. Mach das auch, ist gut für dich. Kann man überall praktizieren.« Er kreiste mit den Schultern bei ruhig hängenden Armen und hatte seine gute Laune wiedergewonnen. Aber wie unterhält man sich mit einem turnenden Freund?

»Eine Übung für jeden Arbeitsplatz. Das ist das Gute! Wäre ganz prima für dich, wenn du mal vom Schreibtisch weg willst.« Willi lachte über sich und trieb die Übungen trotzdem gewissenhaft weiter. Plötzlich war Schluß damit. Er drückte einen Daumen an die gesenkte Stirn, stand so, sagte nichts. Hielt er den Atem an, dachte er über den Grundzustand des Quantenvakuums nach? Als er sich setzte, gab es ein vertuschendes Willilächeln, als hätte ich ihn beim schubweisen Älterwerden ertappt.

Ich erinnere mich, daß seine Stimme beim folgenden Satz etwas schwerfällig klang, obschon er sich bemühte, besonders unbekümmert in die Welt zu schauen: »Mir ist eben nur klar geworden, daß es gar nichts nützt, wenn ich mir eine Liste von wichtigen Vorkommnissen mache, von Unfall, Einbruch, Brand, Krankheit, Riesenvermögen weltweit in privater Hand. Ich behalte das nicht recht im Kopf, statt dessen ein allgemeines Dauergefühl.« Flunkerte er? Er schien mein Mißtrauen zu spüren und setzte gleich hinterher: »Dir kann ich es ja gestehen. Ich habe in letzter Zeit krasser als früher Schwierigkeiten, Orte und Gesichter zu identifizieren. Hätte ich deinen Beruf und nicht meinen, wäre das vielleicht sogar wünschenswert. Ihr Schriftsteller tut doch so, als wären die Sachen für euch unentwegt neu. Manchmal denke ich einen Satz und weiß in der nächsten Sekunde nur noch das Verb, sonst nichts. Man ist quasi auf dem Meer in einem Ruderboot, und plötzlich sind Meer und Boot weg, und man hat bloß noch die Ruder.«

Wenn Willi hier eine medizinische Bezeichnung unterließ, konnte ich erst recht dazu schweigen. Er hat, offen gesagt, nicht viel Ahnung von »meinem Beruf«. Aber er ist froh über mein ausdrückliches »Interessengebiet« als Quelle eines mutmaßlichen Glücks. Unter diesem Aspekt wünscht er allen Leuten eine Besessenheit, Eifer und Wohlergehen in ihrem Hobby, in ihrer »Leidenschaft«. Stets ist Willi erfreut, von jemandem zu hören, er gebe sich mit ganzer Seele seiner Neigung hin. Von Art und Weise der Neigung will er gar nichts Spezielles wissen.

Da war er auch schon bei seinem Thema: »Denke nicht, andere seien nicht ebenso ehrgeizig wie du in ihrem Job!« Er stieß – eine seiner Lieblingsgesten, wenn es ans Belehren geht – in Schulterhöhe seine beiden Zeigefinger nach vorn, Gerätschaften zwischen Stierhörnern und Colts: »Nimm nur unsere beiden Apothekerhelferinnen. Hübsch, Ingeborg weiß, was gut fürs Geschäft ist, aber auch tüchtig. Jede hat ihre besondere Qualifikation. Die eine gibt zu jedem Rezept einen mitleidigen oder wohlwollenden Kommentar ab, die andere, egal was kommt, macht ein betont unparteiisches Gesicht. Sie stellen die Musen der Humanität und der Wissenschaft dar.« »Findest du sie verführerisch?« fragte ich dazwischen. »Nicht die Spur, aber es amüsiert mich.« »Possierlich?« Willi dachte nach, zog den Mund schief, der Ausdruck war nicht ganz treffend, aber er gefiel ihm. Er nickte: »Zwei Äffchen«, meinte er überrascht, »und ahnen es nicht.«

Zum ersten Mal seit unserer Begrüßung entspannte sich sein Gesicht vollkommen. Das rührte nachwirkend vom Turnen oder von der kurzen Versunkenheit oder vom Cognac her. Die Information über sein Gedächtnis stellte sich übrigens später als Versuch heraus, mich auf eine falsche Fährte zu locken. »Possierlich ist gut. Auch für einen Apotheker gibt es manchmal was zu lachen. Gestern hatte ich eine Kundin, sehr elegant, possierlich überhaupt nicht. Und doch! Diese perfekte Frau trug am kleinen Finger ein, wie soll ich sagen, verkommenes Pflaster, ein unanständig verdrecktes Pflaster, und das bei tadellos lackierten Nägeln.

Ich habe natürlich überlegt, ob ich ihr ein frisches anbieten sollte. Aber es hat mir so besser gefallen. Sie mußte für ihre Medikamente 300 Mark bezahlen, und ich frage mich jetzt noch, wo kam die Verletzung, wo kam der Schmutz her?«
»Mein Gott, vom Kartoffelschälen!« wollte ich Willi aufklären und abkühlen, aber schon fiel ihm sein eigener zerschnittener Finger aus der Nachkriegszeit ein, als er sich in den Trümmern eines zerstörten Nachbarhauses beinahe das Genick gebrochen hätte: »Abends dann das Baden in Seifenlauge, dazu als Lektüre ›Die rote Zora und ihre Bande‹.« Die immer stark eiternden Unfallwunden Willis fesselten mich als Kind allerdings sehr. Ich besuchte ihn, wenn er die vorweisen konnte, jeden Tag.

»Hör nur auf die Heizung«, sagte er nun mit glücklichem Gähnen. »Dieses schnelle Klicken und Knattern. Was denkst du dabei? Na? Nichts? Nichts von damals? Hör genau hin! Nichts? Ein Stichwort: das Milchgeschäft Schmidt!« Da wußte ich es und hörte wieder das Grund- und Modellgeräusch, das maschinengleiche, an Zauberei grenzende, rasende Umstecken der verschiedenen blechernen Meßbecher in den Händen von Herrn Schmidt in seinem magermilchfarbenen Kittel beim Verkauf.

Das von uns beiden gleichzeitig wahrgenommene Tack Tack hatte jedoch nichts mit den Kunststücken des Milchverkäufers zu tun. Es waren Ingeborgs etwas vorwurfsvoll rasche Schritte. Da stand sie auch bereits in unserem Zimmerchen. »Der Teufel ist heute los«, teilte sie uns ohne Schonung mit. »Bedniak ist da. Komm Willi, er besteht darauf, dir etwas vorzuführen. Ich kann ihn nicht abwimmeln.« Bedniak, er ließ sich nicht anmerken, ob er das letzte mitgekriegt hatte, drängte schon hinter ihr her ins kaum für zwei Personen reichende Büro und baute sich in dessen Mitte auf. Nur mußte hier alles als Mitte gelten.

»Das sind ja lose Sitten. Die machen sich einen schönen Tag und die Ehefrau muß schuften. Tag zusammen! Sitzen hier, Verzeihung, aber ich bin immer frei heraus, auch wenn ich mir die Zunge verbrenne, auch wenn Bedniak sich damit schaden sollte, sitzen hier und lassen den Herrgott einen guten Mann sein. Herr Wings, Herr Wings! Was sind Sie bloß für ein Geschäftsmann! Apotheker und Schreiberin, hocken fromm im Kämmerchen und schwätzen bestimmt von alten Zeiten. Stimmt's? Stimmt's? Habe ich mir doch gleich gedacht. Eine Luft ist das hier zum Durchschneiden. Und die Ehefrau macht ein griesgrämiges Gesicht! Ist nicht schlau von ihr, aber ich kann's verstehen.«

Willi preßte die Lippen aufeinander, putzte sich die Nase und betrachtete Bedniaks Auftritt erheitert. Ingeborg und ich schwiegen störrisch, insgeheim einfach überrumpelt. Auf einmal hieb sich der Rabauke mit der Hand vor den Mund, zog scherzhaft die Schultern ein, buckelte fast und ruckte mit den Augen galant zwischen uns Frauen hin und her, sehr siegessicher den Schuldbewußten markierend.

Wir brachen auf. Hintereinander, im Gänsemarsch, zogen wir, eigentlich untragbar für die ernste Umgebung, durch die Küche. Das ging ja noch, aber dann an den Medikamenten vorüber, die solchen Anblick nicht verdient hatten, durch die anheimelnd dunkle und andererseits blendend helle Apotheke, durch ihren altertümlichen und neuzeitlichen Bezirk, Bedniak uns allen selbstverständlich voran, an den jungen Pharmadamen und drei Kunden vorbei, nach draußen, Willi als Schlußlicht.

Auf der Straße stand, Bedniak wies mit beiden, ausgebreiteten Armen darauf, ein langes Ungeheuer. Sein weißer Mercedes und daran angeschlossen ein großer Campingwagen. »Hau«, sagte Willi. Er meinte wahrscheinlich »wow«, aber aus ihm kam schon immer, wenn er jemanden mit seiner

Bewunderung erfreuen wollte, dieses »hau« heraus. Ich staunte im stillen darüber, daß Bedniak hier ungerührt im Parkverbot sein Riesenfuhrwerk plaziert hatte. »Ach was«, sagte er selbst gerade dröhnend, »ich habe schon vor dem Petersdom in Rom campiert, einen Tag und eine Nacht. So lange will ich hier gar nicht bleiben.« Ich fand, der Anhänger sah aus wie alle anderen, Bedniak aber streichelte ihn selbstvergessen und zugleich begierig, Ovationen zu empfangen. Es galt, das wunderbare Ereignis als Gesamterscheinung und einzeln zu würdigen. Er soufflierte dabei, so daß wir es einigermaßen richtig machten. Erst vor einer Stunde hatte er den Wagen von einem Lehrer gekauft, gebraucht, wie neu, beige, mit allem Drum und Dran, ein Liebhaberstück, ein Traum! Willi flüsterte mir zu: »Da spürt man Abenteuerlust, meine alte Schwäche für Attila, einmal quer durch den ganzen Kontinent!« Ingeborg runzelte distanzierend die Stirn, hätte jedoch in den Jeansanzügen ganz prima zum Campingwagen gepaßt. So aber, im weißen Kittel, legte sie eher die Vermutung nahe, sie sei gekommen, um einem Verunglückten Erste Hilfe zu leisten. Das (Fast-)Neue, Blitzende mußte sie in Wahrheit anziehen, auch wenn sie das aus taktischen Gründen nicht zeigen wollte.

»Das Tollste aber«, rief Bedniak, unbekümmert um Vorübergehende, »das Tollste ist der Preis! Ratet mal. Ach was, ratet nicht. Ich sag's euch: Achtzehntausend! Achtzehntausend für so ein Gedicht! Und jetzt bitte hineinspaziert!«

Wir kletterten in ein kleines beiges Wohnzimmer. Ich hatte so was noch nie gesehen. Es war gemütlicher, als ich gedacht hatte. Um einen großen Tisch herum lief, an den drei Fensterchen mit Gardinen entlang, eine gepolsterte Bank, auf der man sicher, nach kurzem Umräumen, gut schlief. Unaufgefordert setzten wir drei Besichtiger uns hin, wobei uns Bedniak flüchtig entzückt betrachtete. Wie wir da saßen und wie es uns so gefiel! Aber weiter, weiter nach vorn mit uns! Nach vorn in die feuerrote Küche mit Gasherd und Hängeschränken, deren Schubladen er aufzog, selbst sehr verdutzt über die Inneneinrichtung, die er noch gar nicht lange kannte. Er zog sie wirklich alle auf und sah lachend in die leeren Fächer, als lägen Goldstücke darin. »Ich glaube, es gibt auch eine Art Dusche!« Er riß die Tür auf, hinter der sich das Klo befand, eine Dusche jedoch nicht. »Muß auch nicht sein«, sagte er ohne Enttäuschung. Aber Ingeborg entdeckte schleunigst die Vorrichtung dafür. »Alles was das Herz begehrt, alles hervorragend gepflegt.« Bedniak schlug sich auf seine beiden erstaunlich muskulösen Oberarme.

Willi war gar nicht aufgestanden, hatte nur einen langen Hals gemacht und alles von seinem Platz beobachtet. Dünstend vor Wohlgefallen ließ er die Augen wandern. Bedniak, noch ein wenig linkisch in seinem neuen Eigentum, erläuterte Ingeborg die Schikanen der Installation oder umgekehrt, sie ihm. Ich sah Willi an, daß er diese Umgebung momentan für das Ideal, für eine Utopie vom einfachen glücklichen Leben hielt, das er Bedniak mit Macht zutraute und gönnte.

»Es ist wie früher in eurem Schrebergartenhäuschen«, sagte ich zu ihm, um noch eins draufzusetzen. Willi fühlte sich – und hatte es gern – auf der Stelle durchschaut, zwinkerte vor sich hin, verbesserte das Ganze aber in die Gegenwart hinein: »Es ist wie in meinem Büro.« »Schon«, sagte Bedniak aus der zwei Schritte entfernten Küche, »nur ich fahre damit, bewege mich vorwärts, fahre damit Tausende von Kilometern, nach Istanbul und weiß Gott wohin. Ein gravierender Unterschied, Herr Wings. Der Unterschied schlechthin.«

»Schrebergarten? Sprecht ihr jetzt etwa vom Schrebergarten? Habe ich richtig verstanden?« Willi wollte es Ingeborg nahebringen, aber Bedniak winkte ab: »Schon gut. Weil wir hier alle so nett am Tisch sitzen, los, los, Frau Wings, keine jüdische Hast, hingesetzt, die Apotheke und das Geldverdienen, das läuft nicht weg. Die zwei flotten Mädels schaffen es für ein halbes Stündchen allein, weil wir hier so nett sitzen und blaumachen wollen, dazu ein Anekdötchen. Ich habe ja auch einen Schrebergarten, kenne mich aus, ein Sauhaufen, Krämerseelen die meisten, können kein Hälmchen stehen lassen, wenn es Unkraut heißt. Ist trotzdem Klasse dort. Was fängt ein Mensch ohne Garten an? Ist gar kein Mensch.«

Ingeborg tat, als wollte sie aufspringen, wollte es vielleicht auch. Sie saß zwischen uns als weiß gewandete Ordnungskraft. Aber Bedniak hielt sie einfach am Handgelenk fest und kniff Willi ein Auge zu. Jetzt machte ihm das Erzählen, mit der nervösen Ingeborg am Tisch, erst hundertprozentig Spaß: »Ich bin da noch nie beklaut worden. Ich ärgere mich auch über nichts. Aber einer ist da«, er schielte zu Ingeborg hinüber, »der sich pausenlos aufführt wie ein Rumpelstilzchen und prompt bemopst wird. Der hängt dann solche Schilder auf: ›Der Arsch, der meinen Spaten geklaut hat, der kann auch noch meine Harke haben!‹ Soll Hohn sein. Jetzt wird er immer weiter bestohlen, weil die Diebe auf neue Schilder hoffen.«

Bedniak ließ Ingeborg los, aber nun blieb sie sitzen, zeigte gar keine Eile mehr. In ihr war etwas vorgegangen. Durch Rüttelbewegungen ihrer Hände ermunterte sie uns, näher zu rutschen, familiär zu sein an der halb fiktiven Kaffeetafel. Sie strahlte uns mit ihren großen Augen an. Wie überzeugend sie waren!

»Etwas ganz anderes jetzt. Ich brauche euren Rat!« Das hörte natürlich Bedniak von uns dreien am liebsten, das sollte unwiderstehlich für ihn sein. Trotz seiner Gewitztheit würde er darauf – Kompliment, Ingeborg – reinfallen. »Wir müssen dringend modernisieren, ob es uns paßt oder nicht. Alle machen es, wir müssen mitziehen. Es muß viel mehr Glas eingesetzt werden. Die Leute sind verrückt auf Gläsernes, auf Durchsichtiges, Luftiges. Wenn ihnen der Blick verstellt wird, kommen sie nicht mehr. Sie gehen zu Krötzmann und zur Brunnenapotheke, die total renoviert, radikal auf Umbau gesetzt haben.«

Nun war es Willi, der, endlich und rechtmäßig, nach Ingeborgs Arm griff, dem zweiten, vorhin von Bedniak nicht berücksichtigten. Er streichelte daran auf und ab. Ingeborg lehnte den Kopf an seine Schulter. Bedniak und ich, wir sahen gespannt zu. »Ach Ingeborg«, sagte Willi, »was sollen die Sorgen, das Geschäft läuft doch, das weißt du. Unsere Kunden sind uns treu, weil wir sie beraten. Das ist unsere Stärke. Sie fürchten sich vor den langen Beipackzetteln, und selbst wenn sie die lesen, ist der Schrecken über die abstrusen Nebenwirkungen groß und wir müssen sie beruhigen.« »Aber die Jüngeren«, fuhr Ingeborg auf und hob scharf den Kopf dabei. »Die Ärzte klären ja nicht auf. Die lassen die Patienten mehr und mehr im Stich«, fügte Willi, unbeirrt an uns gewandt, hinzu. »Wir sind es, bei denen sie ihr Herz ausschütten. Sogar die besseren Ärzte sollen wir, was wir gar nicht dürfen, ihnen empfehlen.«

Er steckte seine Finger in ihre Locken. Aber Ingeborg erregte sich noch mehr. Bedniak versuchte zu scherzen: »Er will sich Ihren Floh nicht ins Ohr setzen lassen.« Willi lächelte bei dem Wort Floh, als hätte man ihn gelobt. Ingeborg geriet vollends in Fahrt:

»Ihr habt keine Ahnung. Ich will euch erzählen, wie das im Geschäftsleben zugeht. Ruppig, könnt ihr mir glauben, ihr Biedermänner in eurer romantischen Kutsche hier.« »Rheumatische Kutsche?« brüllte Bedniak blöde. Ich verstand die nun folgende Geschichte nicht ganz in allen Windungen. Jedenfalls verdeutlichte sie, wie stark gerade im Milieu der weißen Kittel die Bereitschaft zum verbrecherischen Komplott war mit dem Ziel, noch unverschämter den schon vorhandenen Reichtum zu vergrößern. Betrügerische Affären mit Rezepten, Warenproben der pharmazeutischen Firmen, Bestechungsgaben an die Ärzte zu Lasten der Krankenkassen, luxuriöse »Seminare«, Yachtfahrten ... Wie gesagt, ich hörte halb weg, achtete statt dessen auf Ingeborgs Gesicht, das bereits etwas verhärmte, mit starkem Make-up offiziell gemachte. Sie konnte es, wenn sie das beabsichtigte, hier der Rundfunkredakteurin Gerber nicht unähnlich, im Nu leuchtend verjüngen. »Ein anderer Fall ist kürzlich vor Gericht gekommen«, sagte sie klagend, ohne Verjüngung zur Zeit, »ein Kollege im Ruhrgebiet hat sogar Bügeleisen an die Stammkundschaft verschenkt. Als Begründung gab er bei der Verhandlung an, sein Vorgänger habe ihn angelernt. Nur so sammle man Kunden und halte sie beisammen.«

In meiner Kindheit munkelte man über die Apotheker in anderer Weise. Es ging um Giftschränke und jahrelange, plötzlich ans Licht kommende Morphiumsucht honoriger Geschäftsinhaber. Aber schon damals verband sich das Kamillenteehafte mit dem Kriminellen.

»Und wir? Was geben wir als Werbegeschenk? Kerzen in Ostereiform, wenn es hochkommt, da muß schon Auferstehung Christi sein.« Sie hatte tatsächlich Tränen in den hellen, eben noch flammenden Augen, als stände sie vor den Resten eines ehemals blühenden Unternehmens. Willi tätschelte ihren Rücken, sie schüttelte das ab. Dieser Trost war zu schwach, der Ruin nämlich gar nicht mehr aufzuhalten.

Bedniak stützte das Kinn in die Faust. Er war vermutlich, und das nicht ohne Grund, verärgert. Da lud er uns nun in sein Juwel ein, und sie nutzte die allgemeine Traulichkeit der Situation dermaßen aus! Er schwieg drastisch, sah sie an, als hätte sie einen interessanten Schluckauf, der erstaunlicherweise noch immer eine Fortsetzung fand. Ingeborg mißverstand den Blick vollkommen.

Weiblich, wohl nach plötzlichem Entschluß, redete sie auf ihn ein. Er sei doch ein Mann der Tat, ein Mann mit Blick für Unerläßlichkeiten, ohne Angst vor dem Neuen, ein Profi auf fast allen Gebieten. »Profi?« unterbrach Bedniak seelenruhig. »Ich bin der geborene Autodidakt. Auf allen Gebieten bin ich Autodidakt und bin stolz darauf. Nur Pilot habe ich gelernt.« »Sie, Herr Bedniak, könnten es doch Willi klarmachen. Helfen Sie mir doch. Er hört auf Sie wie auf keinen zweiten Mann und Menschen. Auch das Hinterzimmer, diese lächerliche Küche und sein albernes Büro, das ist nicht mehr angemessen für eine große, moderne Stadtapotheke. Das ist wie bei Zigeunern im Grunde, eine Sentimentalität von Willi. Mit einem vernünftigen Innenarchitekten gäbe es Lösungen. Ich denke einerseits an Verspiegelungen, andererseits an Durchbrüche.«

Willi war von ihr abgerückt. Seine Haltung drückte größtes Befremden aus, schon Traurigkeit, noch aber Widerstand. Man merkte es am steif gemachten Hals. Ingeborg hatte ihn tief getroffen. Sie war ja nicht wirklich raffiniert. Willis Büro zu diesem Zeitpunkt, an diesem Ort zu erwähnen! Da erwies sie sich als schon schutzwürdig ungeschickt. Nun hatte sie beide Männer gegen sich.

Bedniak aber grunzte: »Willi ködert die Leute mit seinem Floh! Wieso Umbauten!« Willi erkannte den Spott gegen Frau und Firma Wings, freute sich aber trotzdem, daß man seinen Reklameeinfall diskutierte. »Wieso«, sagte noch einmal Bedniak und ergänzte zum Reim: »Wieso, wieso, Willi hat doch den Floh.«

»Achtzehntausend für diese Herrlichkeit«, murmelte er im Selbstgespräch, als wir ins Freie stiegen.

Sollten sie sich streiten! Ich verstand damals so wenig vom Geschäftsleben, wie ich es heute tue. Den Konkurrenzkampf per Bügeleisen wollte ich Ingeborg gern glauben. Man sieht inzwischen ja das rote A der Apotheken genauso oft wie das Rot der Ampeln in der Innenstadt, und so sehr ich mich freute, wenn Willi mir, als wäre es ein Taschentuch mit Monogramm, in jedem A ein wenig zuwinkte, so machte mich die Zahl seiner durchsetzungswilligen Kollegen auch immer ein bißchen besorgt. Wie sie die Passanten mit ihrem Wahrzeichen verwirrend anglühen, so daß die Ungetreuen meinen, sie könnten ihr Aspirin hier ebensogut wie dort kaufen! Neuerdings gibt es ja schon in Warenhäusern Apotheken. Nur durch ein bißchen Glas abgetrennt von Stoffballen und Unterwäsche, haben sie sich eingenistet auf ihrem Vormarsch, und das alles ist heimlich auch gegen Willi gerichtet. Kürzlich las ich an einem dieser Läden, die sich wer weiß wie vornehm geben, sechsmal das A, sogar am Fahrradständer hatten sie es angebracht. Ihre puffrote Schnapsnasen-Leuchtschrift!

Andererseits übertrieb Ingeborg natürlich. Immerhin gehörte das ganze Haus doch Willi. Er hat es von einer launischen Tante geerbt, die dauernd das Testament änderte. Es erwischte ihn gerade in einer günstigen Konstellation, vielleicht gab den Ausschlag, daß unten schon eine Apotheke drinnen war. Es paßte einfach zu gut zu Willis Beruf. Dieser Gleichung wird auch die Tante erlegen sein. Willi und die alte Einrichtung, die zogen einander unwiderstehlich an. Das führte der Tante, Vollstreckerin bloß eines höheren Gesetzes, die Feder. Kurzum, die Firma Wings muß nicht befürchten, was den Geschäftsleuten ringsum als ständige Sorge im Nacken sitzt: Die Angst, durch permanente Mieterhöhungen eines Tages vertrieben zu werden. Immer mehr alteingesessene und florierende Unternehmen resignieren ja.

Manche schreiben es auf Schilder, die sie während ihrer letzten Wochen ins Schaufenster stellen, ein Racheakt, ein rührendes Menetekel für die ganze rasende Innenstadt, die keine Zeit hat, davon groß Notiz zu nehmen. Und zu lachen, wie bei Bedniaks Schrebergartenfreund, gibt's da ja auch nichts.

Willis Bemerkungen über die zunehmende Brutalität des Geschäftslebens im Laufe der letzten zwanzig Jahre, auch besonders seitens der Banken, klingen anders als Ingeborgs Lamento, melodischer, ihm höre ich gern zu. Ihm sehe ich gern zu, wenn er zum angeblichen Zwang, jeden »Modernisierungsquatsch« mitzumachen, trocken den Kopf schüttelt, mit angepreßtem Kinn, wie früher, wenn ein Bewerber nicht in seinen Geheimbund sollte.

Was ich mich noch nie Willi zu fragen getraut habe: Muß ein guter Geschäftsmann nicht automatisch ein Bösewicht sein? Aber vielleicht würde er zu meinem Entzücken antworten: »Ja, gelegentlich bin ich das, und mit Wonne, bin gemein, gemein, und mit Wonne.« So was sagt er auch mit trotzig gutturalem Bekennermut, wenn er zugibt, Schnecken im Garten zertreten zu haben, den Zinnien- und Erdbeerfeind.

Ich verbrachte einen Abend bei Willi und Ingeborg. Um 20.30 Uhr schellte es an der Tür. Willi blieb im Sessel sitzen und redete einfach weiter, es schellte noch mal, Willi legte den Finger auf den Mund, Schlimmes ahnend, rührte sich nicht vom Fleck. Schließlich ertrug es Ingeborg nicht länger und lief aus dem oberen Stockwerk zur Haustür. Wir hörten ihre laute, signalgebende, den Besuch barrierenhaft aufhaltende Stimme: »Ah, Frau Schüssler!« Hier sprang Willi aus den Polstern und krümmte sich vor Lachen, in den Augen, als er aufblickte, reine Schadenfreude, um den Mund kleine Schaumbläschen, die er dann gewissenhaft, fast verbiestert wegrieb. Er gab keinen Ton von sich, aber platzte fast vor schuldbewußtem Vergnügen.

Frau Schüssler jedoch, erfuhr ich, war eine äußerst redselige Nachbarin und gute, luxuriös kränkelnde Kundin, die für Willi schwärmte, aber nun steckte Ingeborg in der Falle. Beide Frauen sprachen an der Tür erzürnt aufeinander ein. Ingeborg, weil Willi durch sein Fernbleiben deutlich machte, daß er unsichtbar zu bleiben wünschte und sich damit mal wieder nicht geschäftstüchtig benahm, Frau Schüssler, weil sie beobachtet hatte, daß Willi im Haus war und sie, die seine schönen Wimpern vermutlich aus der Nähe zu sehen hoffte, mit einer durchschaubaren Lüge abfertigen ließ.

Auch Ingeborg wollte ich schon länger einige Fragen stellen, nämlich 1. warum in Apotheken so gegrinst wird, wenn Leute homöopathische Arzneien kaufen, 2. ob es einen Kniff gibt, die meist unleserlichen Rezepte zu entziffern, 3. wo der wesentliche Unterschied zwischen Apotheke und Feinkostgeschäft liegt. In der Selbstbedienung, die nur Supermärkte gestatten, ja fordern? Aber wenn man ihr mit so was käme, würde sie unverzüglich auf ihrem Lieblingsthema herumreiten. Ladenumbau. Statt der alten, umständlichen Gegenstände in Metall und Porzellan (lästige Museumsstücke!): vergrößerte Fotografien von ihnen. Außerdem kalkulierte Lichtführung, nach hinten zu ins paradiesisch Helle. Ich selbst freue mich zwar am aussterbenden altväterlich Braun-Goldenen der Apotheken nach Willis Gusto, genieße aber auch, wie die klösterlich-operationsraumartige Atmosphäre der modernen Läden durch die Dominanz der Kosmetika ins, blasphemisch gesagt, Orientalische gewendet wurde. Nach jedem Apothekenkontakt setzt man einen Stadtgang, zumindest oberflächlich von Sünden und inneren Hautunreinigkeiten gereinigt, fort.

Bin ich Ingeborg gegenüber ungerecht? Nur ein bißchen

gereizt. Zuhause, bei einigem Abstand, nehme ich sogleich Anlauf zu einer wohlwollenderen Betrachtung. Aber eines muß man sagen: Früher, in ihrer ersten Zeit mit Willi, da tat sie so andeutungshaft wild, als brenne ein kaum zu zähmendes Feuer in ihr, dem der treue Willi kaum würde Genüge tun können, etwas Gefährliches, Vagabundierendes, vor dem sich mancher Mann in Acht zu nehmen hätte, verborgen freilich unter einem anständigen, schon bang ordentlichen Betragen. Solche Gerüchte hat sie in ahnungsloser Intuition ausgestreut und den skeptischen Willi damit flüchtig entzückt. Das ist inzwischen alles undenkbar!

Jetzt ist sie für mich der Inbegriff der engagierten konservativen Politikerin, und insofern stellt sie ihr inneres Feuer tatsächlich beim Verkauf von Windeln und Juckreizcreme unter den Scheffel. Sie sollte wenigstens im Stadtrat sein, dort hat man doch auch eine Schwäche für Werbegeschenke. Übrigens ist mir aufgefallen, wieviel Personen sie gleich nach dem Mauerfall kannte, die ihre Fühler planerisch in die neuen Bundesländer streckten.

Gut, Willi und Ingeborg interessieren sich nicht besonders für meinen Beruf, das verhält sich umgekehrt nicht anders. Allerdings sehr zu schaffen machen meiner Neugierde die Medikamente. Ich teile sie grob in zwei Bereiche auf, die verständlichen, sofort einleuchtenden, und die rätselhaften, kaum jemals von mir auszusprechenden, mit Namen so lang, daß die Verpackung kaum ausreicht, um sie hinzudrucken, ein ausgewalztes Abrakadabra, bei dem das Mysterium des Ärztlichen, Verordneten, fein Abgewogenen, sonst gleich Tödlichen so schlagend zum Ausdruck kommt, das Zehn-Gebotehafte auch, dem die älteren Leute, auf die sonst niemand achtgibt, so gern gehorsam verfallen. Nahrungsmittel aus einer anderen Welt, die Willi pflichtbewußt in seiner Ordenstracht verwaltet und spendet, wo Not am Mann ist.

In seinem Büro habe ich einmal über einem Häufchen mit etwa zwölf verschiedenen Medikamenten gegrübelt, was wohl das Motiv ihrer Zusammenkunft sein mochte. Galten sie einer verreisenden Familie, die für alle Urlaubszwischenfälle gerüstet sein wollte, oder einer einzigen kranken Person, von oben bis unten beschädigt vermutlich? Handelte es sich um den Inhalt eines Arztkoffers? Waren es Reste aus Schubladen, oder hatte jemand die Bestellungen von zehn oder zwölf unterschiedlichen Kunden noch nicht sortiert? Sollten die diversen Schachteln Fundstücke spielen zwischen Mineralien oder Muscheln in Willis Schaufenster? Oder, die gewagteste Idee: Sah ich hier die gestaltgewordenen Assoziationen eines Apothekerhirns? Träumereien von Willi Wings am Nachmittag?

Wie lagen die in der Kindheit so unerreichbaren Tabletten und Tropfen so wehrlos vor mir, wie ließ sich der Spieß so schnell umdrehen, denn wie würden sie, die hier einträchtig beieinander ruhten, sich wohl in meinem Bauch vertragen, sie alle zusammen, ob hier vom Zufall auf den Tisch gehäufelt oder nicht, in meinem Magen als Komplott, verderbenbringendes Kompott?

Willi, der dann hinzukam, erklärte mir, was ich nicht wissen wollte. Er stand da, wieder mal mit übertrieben durchgedrückten Fingern und zu lange auf die Dinge verweisend, ungebührlich viel Aufmerksamkeit mit dieser imperatorischen Geste heischend, gedankenverloren aber, deshalb ärgerte es mich nicht, was es bei jedem anderen ja täte. Ja, bei jedem anderen hätte ich schon angeekelt, ja haßerfüllt auf diese gebieterischen Finger geschlagen. Willi aber entfernte sich im Dastehen, schwankte sogar ein wenig, weit entrückt für Momente, schüttelte dann, wie eine Katze unter einem Wassergeträufel, kurz den Kopf und lächelte unbetäubt wie sonst: »Alles harmloses Zeug, ich kann es dir schenken, zum Kaufmannspielen, zum Vorbeugen, für leichte Eventualitäten, ganz wie du willst.«

Ich stellte ihn mir als den Stadtapotheker in Jean Pauls ›Badereise‹ vor, als Besitzer einer ausgestopften Mißgeburt, eines gehätschelten, achtbeinigen Doppelhasen, wie er ihn betrachtet und seine Freude daran hat. Aber ob man ihm das Unding geraubt hätte?

Der schnöde, der hitzige Eisblock Katzenberger hätte sie ihm wohl stehlen dürfen, dachte ich damals, aber nicht können! Es nicht geschafft! Willi jedoch, großzügig und vorsichtig, und nicht wie jener Stadtapotheker habgierig und hintergehbar, würde in jenen vergangenen Zeiten – selbst wenn es doch geglückt wäre, ihm eine solche Rarität, ein dermaßen verstiegen danebengeratenes Lebewesen zu entführen – in einer dieser bräunlich-kupfern schimmernden Apotheken womöglich ein Leben im Elysium geführt haben.

2

Die Gegend, in der Willi vor einiger Zeit gebaut hat, ist aber hochmodern, d.h. als Wiesen- und Ackerland ist sie alt, als Wohngebiet nagelneu, lauter neue Häuser, Gärten, Straßen. Die Familien sind meist jünger als die Wingssche. Von deren Wohnzimmer aus sieht man Paare mit Hunden zu jeder Zeit paradieren. An einem Samstagnachmittag Ende März ging ich endlich selbst dort einmal, ja, zwischen 90 und 91 haben sich meine Besuche in B. verdächtig gehäuft. Also, ich war schon wieder da, ging ohne Hund, aber mit der damals fast vierzehnjährigen Jutta, aus deren Kinderkopf die Wörter: Gryphius, Brecht, Andersch kamen. Mein Gott, was für eine aberwitzig vorbeigeraste Kindheit. Ich war doch halbwegs dabei gewesen. Kein Vergleich zu meiner!

Ingeborg begleitete uns. Wir beiden Frauen, ich spürte deutlich, daß es so gewünscht wurde, hörten bloß zu. Jutta sollte sich das Herz über die Schule ausschütten und das mündliche Erzählen üben, ohne es selbst zu merken.

Um diese Zeit wirken alle Landschaften spartanisch. Ich sah diese hier gar nicht, ich konnte sie nicht zusammensetzen, solange die beiden neben mir gingen. Ich beobachtete nur, im unfreundlich umspringenden Wind, Jutta beim Sprechen und Ingeborg beim mütterlichen Schweigen. Ich verstehe nichts von erzieherischen Sachen, tat nur, was man von mir erwartete und hoffte, alles richtig zu machen, wenn ich auf die Frage, wie mir die drei gefielen, ein enthaltsames, eigene Urteile hervorlockendes Brummen von mir gab.

Was ich behalten habe vom Anfang unseres Spaziergangs, ist genau genommen nur noch, daß Jutta von der Seite einer hochnäsigen Madonna des Mittelalters glich, von vorn aber einer x-beliebigen, etwas stumpf-dummen Schülerin, dann, kaum drehte sie mir ihr Profil zu, wieder einer Prinzessin auf der Erbse, die es faustdick hinter den Ohren hatte, in denen sie jetzt bescheidene Glöckchen trug.

Etwa acht Monate später fragte mich Jutta, »wie ich den Mauerfall fände«. Wenn ich mich richtig erinnere, habe ich wieder wie bei Gryphius, Brecht, Andersch reagiert, wie das indifferent brummende Schicksal selbst. Ich frage mich heute, in der allgemeinen Erregung, warum man die legalen Rüstungsexporte so gefügig von kritischer Seite hinnimmt, die legalen Rüstungsexporte in alle Welt.

Plötzlich hieß es: Umdrehen! Ich sollte raten, welches das Wingssche Haus sei und hatte ja noch nicht mal gemerkt, ob es rot oder schwarz gedeckt war. Ich erkannte es also nicht. Aber es kam jemand mit hängenden Armen und großen

Sprüngen über die steinigen Anlagen, keine Flohhupfer, doch beachtlich für Willis Alter! Willi stürmte als Gorilla heran, man sah es am vorgewölbten Kinn und hörte es an den Affenlauten, ausgelassene Affenschreie als Ausdruck der einfachen Tierseele, so war es wohl gemeint. Nein, so verhielt es sich in Willis Fall tatsächlich. Huu, uh, ah ah-ah, ein ganz anderer Gorilla als der, den Herbert Althoff dargestellt hat, über ein Jahr später. Willi begrüßte uns mit baumelnden Armen und eingeknickten Knien. Nein, er mußte nicht in der Apotheke vom Mißgeburtenbesitzer stehen, er fühlte sich auch so pudelwohl. Das ist doch immer so gewesen, wenn er Tiere imitierte. Er hörte gar nicht wieder auf, seine Familie ertrug es ohne Verblüffung, bis es ihm zu viel wurde und er sich infolgedessen den Fuß verletzte. Aber immerhin klagte er noch in Affensprache. Willi sah schlecht aus.

Eine Frau kam uns entgegen und grüßte auffällig euphorisch die Familie. Willi beschleunigte seine Schritte, keine Spur mehr von Gorilla. Ingeborg blieb bei der Frau, die sofort an eine altmodische, stark duftende Rosenart erinnerte, notgedrungen stehen. »Meine Kundin, meine Nachbarin, mein Fan«, murmelte Willi. Er sah nicht gut aus. »Ich habe extra den Waldlauf fallen lassen und bin gleich im Sturmschritt hergekommen.« Hatte es Ärger mit Angestellten gegeben, mit der Steuerprüfung? Ich fragte nicht. Ich konnte ja nichts ändern, und der Wind pfiff einem erbärmlich um die Ohren. Trotzdem, Willi würde die Gegend nicht weniger geizig machen können, aber mir wurde doch in seiner Gegenwart zuversichtlich zumute, augenblicklich.

»Es wirkt jetzt natürlich ein bißchen spärlich, das liegt an der Jahreszeit. Jutta kann es bestätigen. Im Sommer blüht alles, hier gibt es zwischen den Baustellen noch Schafherden und Kühe und richtigen Mohn.« Wir gingen kleine Hügel rauf und runter, auf neuen Wegen, an Laternen und Papierkörben, Bänken und den weiß-rot im Wind flatternden Bändern der Baustellen entlang. »Hier wird ein Hang mit Wildrosen angelegt, dort eine Reihe mit Bäumen.« Jutta stimmte in allem zu. »Auf dem armen Boden wächst noch Huflattich wie in unserer Kindheit, in der gedüngten Gartenerde gedeiht er nicht. In der Nähe gibt es ein altes Aussätzigenspital und die Stelle, wo die Leute früher gehenkt wurden. Sind da mit Karren hingefahren worden.« Wir schritten, wie immer mit Willi, ziemlich schnell aus, als hätten wir die Hoffnung aufgegeben, daß Ingeborg uns jemals einholen könnte. Aber es war ja nicht schlimm, man ging hin und her und in Kurven und hatte den allerbesten Einblick oder besser Überblick, denn es existierten keine Hindernisse, man spazierte auf der Erde und überschaute die Landschaft fast wie aus der Vogelperspektive. So noch kaum vorhanden an diesem Weltanfang war alles. »Da drüben hat die Technische Hochschule eine Versuchsstation mit Tieren. Mit denen wird alles mögliche ausprobiert. Im Innenhof halten sie Seminare ab, da ist es im Sommer sehr gemütlich, die trinken Bier«, sagte Jutta. »Gefällt es dir?« fragte Willi. »Bist du froh, daß du endlich einmal die Umgebung siehst?« wollte er mehrfach wissen. »Die Schutthaufen muß man sich wegdenken, natürlich.«

Wir überquerten eine Schnellstraße, die als gewaltige Brücke über ein Flüßchen wegkurvte, ein sumpfiges Tal, in dem es auch schon kräftig zu blühen begonnen hatte. »Der Wind, der Wind!« rief Willi. »Hier weht er endlich, wie nirgendwo sonst in der Stadt, von einem Ende zum anderen. Wohin du auch kuckst: überall Wind.« Er lachte, ein bißchen selbstkritisch, schief. »Der riesige Himmel, die Wolken, sie ziehen über Belgien und die Niederlande weg oder kommen daher, und der Geruch, manchmal riecht man bis hierher das Meer, die See.«

»Hier werden auch Hunden absichtlich die Beine gebrochen zu Forschungszwecken, man hört sie oft bellen, jaulen«, flüsterte Jutta mehr stichelnd als mitleidig mir zu. Willi richtete sich auf, er hatte irgendwas, weiß der Teufel, auf dem Boden untersucht. »Dieser Weg hier, zum Beispiel, ob das so geplant ist oder nicht, hat eine tolle Eigenart. Es geht im Sommer immer blau-gelb abwechselnd. Wenn eine Blumensorte aufhört, springt eine andere, aber im selben Farbton, für sie ein.« Willi versteht doch etwas von meinem Beruf, er weiß, daß mir solche Beobachtungen gefallen. Er hatte neben seinen Schuhsohlen Veilchen entdeckt, die, unangefochten von der Zugluft über ihnen, es sich gut gehen ließen, denn jetzt kam sogar die Sonne heraus. »Da, die Sonne, wir haben Glück!« rief Willi. Ich sagte: »Du siehst schlecht aus.« »Ärger im Geschäft. Macht nichts. Dagegen hilft am besten ... diese kleinen Bäume hier, scheußlich, der gesamte Weg mit den drei Stützen jeweils und dem dicken Strick, und das Bäumchen in der Mitte, aber immerhin. Was die sich für eine Mühe geben. Die Stützen werden ja später gekappt.«

Am Horizont schwangen sehr musikalisch grüne und blaue Hügel, bei uns lagen rote Rohre herum und Erdhaufen in allen Tönungen. Der Weg schlängelte sich, schon fertig braun gepflastert, voran. In der Ferne sah man Ingeborg noch immer bei der sehnsüchtigen Kundin. »Hier sind Bäume abgehackt worden von einer Motorradbande«, sagte Jutta. Willi wollte etwas darauf antworten, besann sich aber und putzte sich statt dessen zum Schein die Nase. Ich kannte ihn doch! Auch vor Jutta gelang es ihm nicht, den Zorn zu verbergen. Sie biß sich erschrocken, aber auch zufrieden auf die Unterlippe. »Hier wird auch Getreide angebaut, überall zwischendurch. Meine Freundin wohnt auf einem alten Bauernhof, wo wir Milch und Eier kaufen, eine Viertelstunde von hier«, erzählte sie dann mit einem altklugen Gesichtsausdruck, als müßte sie ihren Vater trösten.

Der Vater aber machte auf der Stelle einige Laufschritte. Vielleicht bedauerte er jetzt doch, seinen Waldlauf geopfert zu haben, der ihn nachhaltiger stärkte als die kurzfristig besorgte Tochter mit dem frühreif mütterlichen Kinn, aber nur von vorn. Ein Hubschrauber flog ungewöhnlich dicht über uns mit blinkenden Lichtern. Ich duckte mich, die beiden waren daran gewöhnt. Das passierte hier ein paarmal am Tag. Und schon landete er ja auf dem Dach des gewaltigen Krankenhauses, auf dieser Krankenburg, diesem vieltürmigen, Weiden, Äcker und Wohngebiet überwachenden, aus sicher tausend Fenstern kontrollierenden Krankenschloß, das alle Versorgungsleitungen in fröhlichen Farben nach außen gelegt hatte und ungeniert zur Schau trug, als wäre es ein Pariser Museum. Es regierte in dieser bäuerlichen Landschaft wie das leibhaftige 21. Jahrhundert. Es drohte und triumphierte wie das leibhaftige Mittelalter, wie eine heroische und sehr malerische Ruine.

Ich kannte es aus der Ferne, im Nebel und rosig beleuchtet, ein auftauchendes oder versinkendes Schlachtschiff, das man hier niemals übersehen und vergessen konnte und vor dem sich auch nicht zu verstecken gelang, nachts in der Dunkelheit wie eben gelandet das gesamte Gebäude, ein Raumschiff, funkelnd, zweideutig, blinzelnd.

»Nachts, sagen wir immer, sieht es aus wie ein Raumschiff«, erfuhren wir nun von Jutta, im Profil wieder zu meiner Freude eine blasierte Prinzessin aus dem dreizehnten Jahrhundert oder aus dem Weltall eben eingetroffen. »Jede Woche steht ein Skandal darüber in der Zeitung. Entweder was Wichtiges ist kaputt, oder sie haben eine Leiche, meist einen Scheich, vergessen.«

»Jedenfalls kann uns sozusagen nichts passieren in solcher

Nachbarschaft.« Willi lächelte noch ein bißchen schiefer als sonst. »Du darfst nicht vergessen«, rief er dann, »daß hier alles künstlich ist, Hügel, Täler, im Gegensatz zu denen da hinten alles von Menschenhand. Im Sturmschritt finden hier Erdumwälzungen statt, kleine Berge, Anhöhen wirft man auf, für alles gibt es Maschinen, Mulden senkt man ab, manches wird auch wieder rückgängig gemacht, man weiß nicht recht warum, sie probieren offenbar, welche Landschaft die günstigste ist. Sie planen die Baumpflanzungen, das Setzen von Buschrändern, es ist, als sähe man Jahrhunderten zu bei der Arbeit, hier macht man das in Wochen.«

Sie hätte mir unheimlich sein können, diese Mechanik unter meinen Füßen, aber Willis Entschluß zur Berauschtheit steckte mich an. Als Kind hielt man Aufwölbungen und Abhänge für ewig. »Alles ist unterbunkert, Infrastruktur unter den Wiesen, untertunnelt ist alles, paß nur gut auf, dann siehst du die Entlüftungs-, die Belüftungsschächte. Die Enden der Rohre ragen hier und da aus dem Boden. Es ist alles Architektur, aber die ersten Enten haben sich schon auf den unechten Weihern angesiedelt. Die Technische Hochschule hat hier das ganze Areal fest im Griff, wer hier spazieren geht, der glaubt es kaum.« Warum aber die vielen Wege, ein unsinniges Wegenetz, wohin sollte das führen, im Kreis herum, wer sollte das alles abgehen und sich die Füße vertreten?

»Die Schnelligkeit des Bauens, das Wunder des Fertigzements!« fuhr Willi fort. »So muß man es sehen, auch das Anwachsen der Wurzeln, als wäre ihnen das alles recht, passiert in großem Tempo.« Er hatte schon als Schüler in den Ferien am Bau gearbeitet und wußte noch gut, wie lange es damals dauerte. Deshalb riß es ihn jetzt so hin. Und ich selbst, ich fühlte mich ja, erst recht in der Sonne, schon wohl unter den dicken Wolken und auf den noch spärlich grünen, steinigen Wiesen. Ich selbst hatte ja bereits, wie eine Stockente, Vertrauen gefaßt.

Nur eines wollte ich gern von Willi hören: »Willi, wie wird denn in hundert Jahren die Erde aussehen?« Ja, da dachte Willi tatsächlich eine Weile nach in seiner Höflichkeit, bis er schließlich den Kopf wiegte und dann schüttelte: »Schwer, schwer zu sagen.«

Wir beobachteten Ingeborg in ihrem vergißmeinnichtblauen Regenmantel bei dem zähen Versuch, uns einzuholen. Trotzdem blieb keiner von uns dreien stehen, wir verlangsamten bloß die Schritte ein bißchen. Wie andere Leute vielleicht von einem Essen, einem Roman, einer Liebe, so begann Willi, als müßte das noch rasch, bevor Ingeborg bei uns einträfe, ausgesprochen sein, von der Zeitschrift ›National Geographic‹ zu schwärmen. Ich hörte es wieder genau, dies mühsam bezwungene Schluchzen in seiner Kehle, wenn er tief bewegt ist. Ich dachte nicht im geringsten, dermaßen mit ihm herumwandernd, an mein eigenes Leben. Das ist eine mir an mir selbst angenehme Eigenschaft. Willi erzählte von einer Fotoserie über Flußpferde, ohne den Kontrast zu unserer Umgebung zu bemerken, ja, ich hatte das Gefühl, daß er, von den kolossalen Leibern der in ihrer dämmrigen Wasserwelt tänzelnden Tiere voller Andacht berichtend, die Gegend hier um so mehr genoß, eine Verlängerung ins Wilde, Keusche, so wie er auch gern mitten in Laubwäldern – nein, er will bloß alles Herrliche in einem Moment versammeln, damit es noch großartiger wird –, in Laubwäldern also von Wüstenlandschaften spricht. Ingeborg war uns nun auf den Fersen, denn wir hatten eine vierspurige Fahrbahn mit Ampel erreicht und mußten warten. Sonst hätte sie es nicht so leicht geschafft.

Ein kleiner Junge stand wie aus dem Erdboden geschossen auf einmal neben uns. Er trug merkwürdigerweise Pantoffeln, karierte Kinderpantoffeln. Das einzige Haus in der Nähe war, außer einer grünen Bauarbeiterbaracke, die nicht in Betracht kam, ein niedriges Bauerngehöft. Es lag da wie eine weiße Kuh mit schlammigem Bauch. Noch bevor wir ihn fragen konnten, sagte er, was uns hinterher sehr wunderte: »Helft mir über die Straße. Ich bin doch noch so klein.« Wir überquerten sie also zu fünfen. Auf der anderen Seite lief der von sich selbst gerührte Junge sofort davon, mit seinem Puppengesichtchen. Ich hätte ihn gern festgehalten, auch gegen seinen Willen.

Niemand wußte, wohin das Kind gehörte, und niemand ahnte, daß eine Woche später an dieser Ampel zwei Personenfahrzeuge rechtwinklig aufeinanderprallen würden. Beide Fahrer überlebten zunächst an der Unfallstelle, wurden mit Schweißgeräten befreit und starben Stunden darauf im Krankenhaus, im nahen Großkrankenhaus. Willi und Ingeborg waren Zeugen der Rettungsarbeiten und hörten die Verunglückten sprechen. Und erst recht ahnte damals niemand, daß heute Clinton so haushoch seinen Gegner Bush schlagen würde, Bill Clinton, der an den sozialdemokratischen Interventionalismus glaubt – wie Umberto Eco an die Notwendigkeit einer Kantonisierung Europas –, jetzt, wo der Golfkrieg vorbei und aus der DDR schon längst reguläres Ostdeutschland geworden ist, dieser gutaussehende Demokrat aus Nordamerika, nein, das hätte Bush sich nicht träumen lassen, nicht im frühen Frühjahr 91, als sein Krieg mitten im Gange war und es ihm noch so gut ging.

Ende März 90 aber betrachtete ich Ingeborg, die uns, bestimmt aber mir, durch den Sturm völlig fremd gewordene. Wir anderen waren peripher demoliert, aber es schien doch bei uns nur ein Windchen geweht zu haben, und wir waren an unseren gegenseitigen Anblick gewöhnt. Sie aber, unwillkürlich verglichen mit dem anderen neuen Gesicht, dem des entsprungenen Kindes, und böse verunstaltet von der rauhen Behandlung und mit zu Berge stehenden Haarzacken in der obendrein jetzt heuchlerisch windstillen Luft, hatte schon etwas Tollkühnes. Die übertrieben und ungerecht hervorgehobenen scharfen Züge sehe ich noch immer vor mir, als hätte es was zu bedeuten.

Jutta, die sich ohnehin bei Willi und mir langweilte, blieb nun mit ihrer Mutter ein paar Schritte hinter uns, und sofort sagte Willi: »In dieser Gegend denke ich natürlich oft an Attila.« Er lachte absichtlich kindisch vor sich hin, aber mich führte er nicht hinters Licht. Damit war für eine Weile die Nabelschnur zur Familie gerissen. Er drehte sich aber doch, nach ihnen Ausschau haltend, ob es ihnen gut ginge, häufig um und winkte auch, als der Abstand sich vergrößert hatte: »Es ist nicht nur meine Schwäche für Attila. Ich habe ihn mir früher ja sogar als Pappfigur gebastelt, mit acht oder zehn, sondern auch für das graue Wetter und den Wind, der Ingeborg meist etwas zu schaffen macht. Wir gehen ihr zu schnell.« Willi wollte offenbar unsere Geschwindigkeit drosseln, es gelang ihm nur für zehn Sekunden. »Momentan hat sie einen blauen Hintern. Das kommt hinzu. Sie ist auf einem Ölfleck ausgerutscht. Jeden Abend wird der veränderte Farbton besichtigt. Es ist jetzt kein reines Blau mehr, tut ihr aber noch weh.«

Attila als Pappfigur? Ich erinnerte mich nicht. Sah Willi sich selbst als Hunnenkönig oder eher im Gefolge? Ich selbst fing an, mich durch den Wetterwechsel als Phyto- oder Zoo-Plankton zu fühlen, ein gefächeltes Nahrungspartikelchen in der feuchten, milden Luft zwischen Himmel und Erde umherstreifend und dabei tiefer atmend als auf dem gesamten bisherigen Gang, kein Stehenbleiben mehr vor einem Einzelanblick, ich wurde durchspült, hin- und herstreunend, nahezu blind durchwandert von der Atmosphäre, direkt angeschlossen an die Umgebung, eigentlich nur ein Knoten, eine Konzentration in ihr, aus ihrem Stoff. Das gefiel mir, das gefiel mir wie fast gar nichts anderes so gut, und herrschte nicht auch wieder die verschworene Stimmung wie bei Filmen aus der Tiefsee, in Zeitlupe, aus dem Reich der Mikrowelt und dem Weltall?

Hinter den eilig ziehenden, hellen und dunklen Wolken glitschte bleich die Sonne, als rutschte sie auf öliger Unterlage, glibbrig sie selbst, ein weichgekochtes Ei, ein Eidotter, dann das Eidotter eines Spiegeleis, das durch Zudecken der Pfanne weiß beschlagen ist. Ich fand den Vergleich nicht originell, mußte ihn aber mitteilen.

Willi ekelte sich, er ekelt sich leichter als irgendein Mensch, den ich kenne. »Sehe ich noch immer schlecht aus?« fragte er dann eitel. Richtig schlecht sieht er nie aus, dachte ich. Er hat eine gute Figur, schwarzes Haar, so kräftig wie das der Chinesinnen, und Wimpern, um die ihn jede Frau beneiden muß. Kanzler werden könnte er damit. Er könnte, wenn er nur wollte, durchaus als Verführer von Rang auftreten. »Ein Bekannter, Schwan-Apotheke, hat Selbstmord gemacht. Ich habe es vorhin erfahren. Seine Frau ist vor einem Jahr mit seinem Freund weggelaufen. Mit ihm und der Apotheke ging es daraufhin bergab. Gestern war es soweit.« Ich stellte mir die Frau rennend vor, fliehend im weißen, wehenden Apothekermantel. Dabei wußte ich gar nicht, ob sie im selben Metier gearbeitet hatte.

Wir gingen in der veränderlichen Landschaft und trieben als jagende Hunnen und als Plankton durch die diesige Luft, wobei Willi verbissen über Treue sprach. Willi sah zwar nie regelrecht schlecht aus, aber manchmal doch verkniffen, beinahe lippenlos: »Die Frau ist ihm stiften gegangen, war von Anfang an zu hübsch für ihn, armer Kerl. Sie war jemand, der sich schon dadurch verriet, daß sie wahllos neue Wörter in ihren Sprachschatz aufnahm.«

Er beschwerte sich, nun schon entspannter, über die untreu wechselnden Zustände seiner Tochter. Man kam gar nicht mit, jetzt prustete sie wie eine Verrückte, gleich nörgelte sie und halste sich ständig neue, bald wieder fallen gelassene Aktivitäten auf. Ja, diese Jutta da hinter uns, immer laufe sie im selben alten Zeug herum. »Aber Willi, da hast du doch deine Treue«, warf ich natürlich sofort ein. »Unsinn, als Kind war sie geradezu verkleidungssüchtig. Sie müßte dieser Eigenschaft treu bleiben, die war früher da.« Dann lächelte er mich an mit gekrümmten Lippen wie seit Ewigkeiten schon: »Ich hingegen bin noch immer der alte Idiot.«

Mein ohnehin überflüssiger Beschwichtigungsversuch: »Man hangelt sich eben von einer Schnapsidee zur nächsten«, ging unter in einer Geste und dem begleitenden, auch nachfolgenden Gedröhne. Willis Unterschrift und Siegel unter seinen letzten Satz. Er zog sein Taschentuch an einem Zipfel hervor, schleuderte es mit Daumen und Zeigefinger über den Handrücken, ließ es kreisen, bis es die hundertprozentige Stellung hatte. Tatsächlich! Der Unterschriftenschnörkel alter Männer! Schneuzte sich zweimal orgiastisch in verausgabenden Trompetenstößen, ein Wiehern, ein kleiner Tod, und streifte zum Abschluß zeremoniell mit dem Tuch, das jetzt um den ausgestreckten Zeigefingerspieß gewickelt war, unter der Nase her. Das alles kannte ich gut an ihm, aber heute stand er mit plötzlich argwöhnischen Brauen da, als horchte er, um Klassifizierung eines Geräusches oder einer überraschenden, ungehörigen Stille bemüht, horchte offenbar beunruhigt. Es war ein verschlissenes Taschentuch, das er in der Hand hielt, ein jetzt von ihm vergessenes Utensil. Mit der freien Hand rieb er sich die Augen, die wohl nicht gut sahen zur Zeit.

Ingeborg und Jutta holten währenddessen deutlich auf. Er riß sich zusammen, bemerkte meinen Blick und schien das Tuch verstecken zu wollen, zeigte dann aber seinen grünen Rand: »Ich kann mich nicht davon trennen, mein Lieblingsstück. Sollte schon oft weggeschmissen werden wegen Morschheit. Ich habe es selbst gestopft. Der Rest der Familie benutzt sowieso nur noch Papiertaschentücher.« Wir versuchten unseren Vorsprung unauffällig wieder herzustellen. »Mir wurde eben ein bißchen schwindlig, nichts Besonderes, das passiert manchmal nach dem Naseputzen.«

Ich glaube, niemand putzt sich die Nase lieber als Willi. Hinterher sieht er glücklich aus wie ein noch blindes Katzenjunges. Es muß für ihn eine Art Rauschmittel sein, obschon gerade er ja leicht an Besseres käme. »Mit meinem Vater gab es oft Streit um die Taschentücher. Wir haben beide eifersüchtig überwacht, wem Hilde das größere Päckchen nach dem Bügeln gab, ob sie nicht welche vertauscht hatte in ihrem Leichtsinn, vielleicht sogar absichtlich, als Gunstentzug oder Gunstbezeugung. Eine der Hauptwährungen in dieser Beziehung.«

Er hielt das Tuch, »Rotzfahne«, über den Kopf und winkte damit Ingeborg und Jutta zu, dann stapften wir schleunigst weiter. »Einen sehr schönen Tag haben wir neulich in Oostende verbracht, jetzt, wo meine Nase frei ist, rieche ich das Meer bis hierher. Es ist hier fast wie am Meer. Ich weiß selbst, hier ist nicht das Meer. Ein netter Tag! Im Frühling vorigen Jahres habe ich auf dieses Land, ein Getreidefeld, heimlich Samen von Mohn und Kornblumen geworfen. Es hat was genutzt, und außerdem pflanze ich kleine Eichen an die Ränder, manche bleiben stehen, die meisten werden von den Maschinen des Gartenamts weggeknickt und ausgerissen. Die Bäumchen wachsen nicht schnell genug, um über die kritische Phase hinwegzukommen. Ach, was ich noch sagen wollte, weißt du eigentlich, daß Vögel nicht nur das Schwirren von beispielsweise Kolibris in einzelne Flügelschläge optisch auflösen können, sondern daß manche auch das äußerst langsame, für uns nicht erkennbare, stell dir das mal vor, Ziehen der Gestirne am Himmel als Bewegung sehen? Wenn man das könnte, da würde einem erst recht schwindlig.« Die halbflüssige, fast weiße Sonne sahen wir mit unseren normalen Augen ja sogar zwischen den Wolken im Schweinsgalopp kreuz und quer herumrollen.

Was mir aber am besten in Erinnerung ist von dieser Etappe unseres Ganges, ähnlich wie die steif stehenden Haare Ingeborgs: seine Erzählung von einem Panzertransport durch ein friedliches, abendliches Heidestück. Er wartete an einer Schranke, es gab Kuckucksrufe, einen Glanz auf den Gebüschen und dann die lange Reihe der Panzer, die von hier nach dort transportiert wurden, ohne Kommentar und Aufhebens zu machen, nur ein leises, mechanisches Klappern, dann einer mit aufgemaltem roten Kreuz, dann noch einmal eine Reihe Panzer. Hatte er es kürzlich erlebt oder früher, wieder einmal? Ich selbst habe ein knappes Jahr später Ähnliches beobachtet. Vielleicht vermische ich etwas. Ähnliches habe ich nämlich auch in meinen ersten Lebensjahren gesehen, und Willi, warum sprach er damals davon, von welcher Zeit sprach er, verwechselte er in Wirklichkeit etwas und nicht ich? Es handelte sich um eine nicht im geringsten zur Stimmung passende, zur grauen Frühlingsstimmung passende, ich meine, zum abendlichen Heidegefunkel in boshaftem Kontrast stehende, rollende, ziemlich lautlos rollende Strekke, harmloses Tarngebüsch rechts und links.

Mit dem Fuß prüfte Willi verschiedene Baumaterialien neben einem festgebundenen Bäumchen und einer schon komplett installierten Lampe, die man vielleicht aber noch umsetzen mußte. »Bei Hilde gibt es ein Gebiet, wo sich seit vierzig Jahren kein Quadratmeter geändert hat, ein Buchenwäldchen, ein Stadion mittendrin, daneben ein Weg, an einer Seite Brennesseln, an einer Seite ein Bach. Dahinter eine sehr große Weide mit Kühen, weit weg ein Bauernhof, weit hinten ein Hügel, etwas näher ein Stauweiher. Drumherum wird erschlossen und modernisiert, aber hier hat man nirgendwo dran gerührt!« Er stieß mit der Schuhspitze forschend in den aufgehäuften Sand, hielt den Kopf gesenkt und fragte, ob das zum Erschrecken sei, eine Museumslandschaft, der Gedanke komme ihm zum ersten Mal, wie alte Apothekeneinrichtungen im Panoptikum? Ich wußte, es kränkte ihn, das überhaupt auszusprechen und sagte: »Nein«, was ein bißchen wenig war. »Alte Apothekeneinrichtungen mit einem Wachsapotheker«, wiederholte er bockig und trat gegen ein rotes Plastikrohr.

»Sie, Hilde«, fuhr er fort und machte den beiden Frauen ein Zeichen, daß er sie nicht vergessen habe, »lächelt, wenn man nicht aufpaßt, immer seltener, da hilft auch diese erwähnte unangetastete Gegend nichts. Man könnte frisch aus Afrika bei ihr reinschneien, sie will es gar nicht wissen. Aber wenn sie guter Laune ist, reißt sie einen Witz nach dem anderen«, setzte er hastig hinzu. »Da ist sie frech, lustig, draufgängerisch und will möglichst in volle Kneipen rein.« Er selbst lächelte jetzt, zärtlich, er sah sie vor sich.

Wir waren kaum wieder alle beisammen, als ein Dackel um die Ecke bog. »Paul Bürger«, zischte mir Ingeborg zu. »Das windige Pärchen Peter und Paul! Peter Emmerich kennst du ja, dieser hier ist aber der Schlimmere.« Der Hund, dem auch wirklich ein Mann folgte, sprang gerecht an allen ein gleiches Weilchen hoch. An dem Mann schien alles sehr weich zu sein, sein Gesicht, sein Händedruck, seine Stimme. Ja, die klang beinahe süßlich. Man redete in großer Verlegenheit über den Dackel. Paul Bürger hatte offenbar nur den einen Wunsch, fortzukommen, Ingeborg den, ihn loszuwerden, aber zugleich auch, aus irgendeinem Grund, ihn festzuhalten und wenigstens mit den Blicken zu durchbohren, was der weiche Mann zweifellos spürte. Unglücklicherweise standen wir alle im Matsch, und der Hund beförderte den Dreck freudig auf unsere Kleider. Ich sah ihn und sein Herrchen nicht wieder. Ein knappes Jahr später aber hörte ich, daß Bürger in schrecklicher Angst sei, sein Sohn, seit einiger Zeit bei der Bundeswehr, müsse im Zusammenhang mit dem Golfkrieg in die Türkei. In Wirtshäusern fange er unaufgefordert an zu brüllen und zu schluchzen, nie und nimmer, sein Sohn nicht und niemals. Es hat ihn dann ja auch gar keiner gewollt.

Damals gab Willi etwas anderes über Bürgers Sohn zum Besten. Er komme und komme mit seinem Führerschein nicht weiter. Der nagelneue Wagen stehe aber schon vor der Haustür und warte auf die Jungfernfahrt. Deshalb hätten die Nachbarn begonnen, Bürger spöttisch nach den Erfolgen des Sohnes zu fragen, so daß der schwer geprüfte Vater nun nachts, im Dunkeln, den Wagen hin- und herfahre, damit er endlich benutzt aussehe.

Ingeborg verfolgte mit zornigen Blicken, wie er sich so als freier Mann entfernen durfte. »Der schuldet uns zwanzigtausend Mark und baut auf Willis Anständigkeit, daß der nicht zum Rechtsanwalt geht. Er ist verschuldet, aber besitzt noch immer Grundstücke. Zwanzigtausend, zinslos, seit Jahren vertröstet er uns. Willi!« »Ich rufe mal wieder bei ihm an«, sagte Willi träge vor sich hin.

Mit zwei Dirigierbewegungen hatte Ingeborg die Gruppe neu gegliedert. Nun marschierten Willi und Jutta vorneweg (»Die beiden müssen endlich mal miteinander reden«) und wir beide hinterher. Bei dem sich anschließenden Gespräch war das Charakteristische, daß ich einerseits von der Umgebung nicht das geringste mehr mitkriegte, andererseits aber auch nicht richtig zuhörte. Ein Teil meines Gehirns beschäftigte sich von den ersten gemeinsamen Metern an mit einer kleinen Parodie (Frau, die monatelang Bild von sich plus mittlerweile entwichenem Liebhaber in andächtig begieriger Reminiszenz ansieht, bis ihr eines Tages bewußt wird, sie begafft nicht das Pärchen, sondern seit Wochen immer nur sich, verliebt-mitleidvoll, und beginnt nun ein intimes Verhältnis mit sich selbst. Anschließend hält sie sich für die befreite oder verwirklichte Frau schlechthin).

»Paul Bürger, ein Krimineller! Peter Emmerich, ein Windhund! Steht bei uns im Wohnzimmer herum, breitbeinig, als wären wir die Provinz und er die weite Welt. Und Willi ist freundlich zu beiden. Alle mögen Willi, aber seine Familie, die vergißt er. Du müßtest sehen, wie er sich Mühe gibt, daß sich diese beiden Nichtsnutze wohl fühlen bei uns. Schleppt seine Lieblingszeitschrift an, ›National Geographic‹, und Sammelbände voller Käuzchen und Mineralien, damit sie Unterhaltung haben. Was mich dabei am meisten ärgert: Er läßt zu, daß die sich ausdehnen und ausbreiten, er selbst macht sich klein, sagt fast nichts, hört deren Gestrunze zu und stammelt nur selten irgendwas dazwischen. Dabei weiß er viel mehr als die beiden zusammen. Zu dir kann ich ja offen sein. Willi ist doch ein erwachsener Mann! Warum gibt er denen nicht mal eins über den Schnabel. So muß ich es tun.«

Ich sah nicht so genau hin, vermutete jedoch, daß Ingeborg wie in Bedniaks Campingwagen Tränen in den Augen hatte. Nur in meinem Fall konnten es ja wohl schlecht Erpressungstränen sein. Mir war ein Einfall zu der Geschichte gekommen, der mit Zehennägeln zu tun hatte. Ich merkte mir also, und durfte es nicht verlieren, das Wort »Zehennägel«.

»Aber«, klagte Ingeborg weiter, auch in geschäftigem, frohgemuten Ton, ein Fisch in seinem Element eben, »ich will mich ja nicht über Willi beklagen.« »Nein«, antwortete ich und dachte: Es wäre auch nicht von großem Nutzen. »Nein, das glaube ich auch nicht, Ingeborg. Wir mögen ihn ja viel zu gut leiden.«

»Es gibt ganz andere Probleme, zu denen ich dich einmal um Rat fragen möchte. Martina und Bedniak.« Hierüber freute ich mich. Es handelte sich um etwas, was mich interessierte. Willi ist für solchen Klatsch völlig ungeeignet. Wie verbrachten dieser robuste alte Mann und die reinliche junge Martina eigentlich ihre Zeit? Dieser großmäulige Haudegen und das stets nur in seiner Begleitung auftauchende zirka 25jährige Mädchen, von dem ich wußte, daß es nach der Scheidung Ingeborgs von ihrem ersten Ehemann, einem gewissen Schuller, Erich, Börsenmakler? Immobilienhändler? Filialleiter?, inzwischen verstorben, etwa mit vier Jahren zur Großmutter, Frau Luchs und deren älterer Tochter Erika gegeben wurde und dort nach eigenem Willen verblieben war, auch nach der Wiederverheiratung der Mutter, jetzt dort aber nicht mehr wohnte, und unter dem Einfluß der Tante Erika, einer sehr erfolgreichen Steuerberaterin, sich mit dem Bank- und Finanzwesen beschäftigte, halbwegs noch studierte, halbwegs schon verdiente.

»Bedniak ist ein reicher Mann, wieso, weiß keiner genau. Er verwöhnt Martina. Martina ist ehrgeizig, und das gefällt ihm. Er hat ihr zwei schöne Zimmer bei sich eingerichtet. Er verreist mit ihr, er wird ihr auch beruflich nutzen, er verfügt durch seine Konten über Verbindungen gerade in ihrem Fach. Übrigens hat er mal auf der Reeperbahn gearbeitet, als Filmvorführer angeblich. Nun sage du aber mal was dazu.« »Wieso das denn«, fragte ich da erstaunt, ja, was sollte denn ich dazu sagen? »Er läßt sie auf seine Kosten die vielen teuren

Gespräche nach Amerika führen!« »Amerika?« »Ja, ihr Verlobter Rainer, gewissermaßen Verlobter, Bedniaks Sohn, studiert drüben Medizin, weißt du das nicht?« Sollte ich eine Meinung von mir geben, die dann später Willi als Stellungnahme zu beeindrucken hatte? War das so eingefädelt?

Also fragte ich, statt mich nach dem zukünftigen Schwiegersohn zu erkundigen: »Schlafen Bedniak und Martina doch nicht miteinander?« Martina und Bedniak schlafen doch nicht miteinander! Oder: Nicht doch, Martina und Bedniak schlafen miteinander! hätte Ingeborg gut antworten können unter Verwendung der gleichen Wörter. Sie ließ aber nur den Kopf hängen und zog die Schultern hoch, als würde sie die am liebsten deckenartig auch noch über ihren Kopf schieben.

Mir aber war währenddessen, als wäre ein Motor angeworfen und wollte, heiter und schnurrend, nicht stille stehen, eine weitere Idee zu einer Geschichte gekommen, und ich legte sie im Gedächtnis unter dem Stichwort »Wiener Schnitzel« ab. »Zehennägel«, »Wiener Schnitzel«, sagte ich mir auf.

Gewährt Martina Bedniak die geschlechtliche Hingabe? Hätte ich es so ausdrücken sollen? Ingeborg behauptete gerade, schon wieder unternehmungslustig laut: »Ich kann Willi nicht übelnehmen, daß ihn Martinas Schicksal nicht interessiert. Aber seine eigene Tochter, sein Fleisch und Blut, Jutta, um die müßte er sich kümmern.« »Er geht doch mit ihr spazieren, man kann an den Figuren von hinten erkennen, daß sie sich lebhaft unterhalten.« Ich war albern genug, Willi sofort zu verteidigen. »Auf dich hört er, Irene, auf dich hört er in manchen Dingen mehr als auf die eigene Ehefrau.« Das schmeichelte mir, aber nur mäßig, weil mir ja schwante, weshalb sie das sagte, recht mochte sie wohl haben. Gelegentlich. Was hatte ich nun allerdings mit dem Familienquatsch zu tun? In meinen Gesprächen mit Willi existierten doch diese Dramen alle überhaupt nicht, außerdem mußte ich mir, neben »Zehennägel« und »Wiener Schnitzel« zusätzlich das Wort »Wasserrohrbruch« merken. Und es war ja nicht nur das Wort, sondern der Inhalt, für den es einsprang, mußte rekonstruierbar bleiben. »Er versteht sie nicht, er ärgert sich bloß, daß sie, wenn er guter Laune ist und will, daß andere es auch sind, nicht mitmacht, verdrossen am Tisch sitzt, eine Rolle Klopapier neben sich und sich damit die Nase putzt.«

Ich seufzte, und mehr wurde nicht verlangt, denn so war Zeit gewonnen, von Willis mangelnder Vaterfürsorge auf einen anderen Punkt zu kommen, eine Herzensangelegenheit: »Wenn Willi in der Apotheke steht und alte, treue Kunden berät, dann trügt der Schein.« Da sie hier eine Pause einlegte, in der sie vielleicht heimlich bis zehn zählte, wohl um mich zu erschrecken, konnte ich mir schnell ausmalen, wie Willi den Leuten mit Absicht oder aus Inkompetenz falsche, ja möglichst tödliche Ratschläge erteilte oder Drogengeschäfte unter der Maske des Ehrenmannes auf das Kaltblütigste mit ihnen abwickelte oder volltrunken war und sich, um aufrecht stehen zu können, zwischen die Regale klemmte, damit die Vertikale gewahrt bliebe. »Um Himmels willen, was willst du damit sagen?« kam also pflichtschuldigst aus mir heraus, weil ich die Geduld verlor und aus dem Gehrhythmus geraten war. »Wasserrohrbruch«, »Zehennägel«, »Wiener Schnitzel« galt es dabei im Gedächtnis zu behalten.

»Ich sage nicht, daß er nicht ein ausgezeichneter Apotheker ist, vielmehr sein könnte, wenn sich die Zeiten nicht so geändert hätten, wenn er nicht auch Chef und Geschäftsmann sein müßte. Willi versteht was von Kräutern und den neuesten Medikamenten, er informiert sich, er bildet sich fort. Daß er gewissenhaft ist, kann man ihm wohl schlecht vorwerfen, aber am liebsten ließe ich ihn überhaupt nicht an die Buchführung ran. Mein Gott, würde ich die Sache allein schmeißen, ginge das alles besser als mit ihm. Er ist so schrecklich umständlich. Er begreift nicht, was für ein scharfer Wind weht heutzutage, wie bald man ins Aus gerät. Hier draußen spielt er den Gorilla und im Laden ist er der schlimmste Bürokrat. Weil er in seinem Büro zu oft aufs Barometer kuckt, hat er es vor sich selbst versteckt.«

Auch wenn ich Willi bisher als Medikamentendekorateur gesehen hatte, so überraschte mich das doch nicht ganz. Ich hätte es Ingeborg sofort erklären können. Willi war schon während der Schulzeit so. Aus Abneigung gegen die aufgezwungene Ordnung erfüllte er sie übergenau. (Und schnitt sich also zuhause Attila in Pappe aus!) Immer noch der alte Willi geblieben!

Als hätte sie meine Gedanken gelesen, setzte Ingeborg nach – keine Ahnung, was neben den Wegen wuchs, aber vor uns die beiden Gestalten, die größere gestikulierend, die kleinere in sich zusammengeduckt, aus Widerstand oder um vor sich hin zu schlafen, die sah ich wohl –: »Irene«, schon wieder redete sie mich mit dem Vornamen an, wollte sie mich wirklich bestechen? »unser Garten ist Gott sei Dank klein, sonst wäre es da mit Willi die Hölle.« Mir gefiel unser Dialog, drum mischte ich brav mit: »Um Himmels willen, mit Willi die Hölle?« Nicht mal solchen Blödsinn würdigte Ingeborg, der Satz war für mich und die Götter gesprochen.

»Stell dir Willi nur mal in einem großen Garten vor, der würde vor lauter vorschriftsmäßigem Kompostherstellen zu nichts anderem mehr kommen, und ich weiß selbst nicht, ob er eine Plantage oder einen Dschungel anlegen würde, eins von beiden. Jedenfalls wäre es fürchterlich. Das ist es so aber auch schon, denn das Übel ist, daß der Garten zu klein ist.« So gefiel mir Ingeborg, sie wurde, ohne aufzuhören, die Geschäftsfrau von Format zu sein, zur Nonsensdichterin, allerdings ohne Ausdauer: »Willi vergißt, ein solches Hausgärtchen hat reine Schmuckfunktion, ein bißchen Freizeitwert, den man aber durch zu viel Ehrgeiz zerstört.«

Mir war aufgefallen, daß Willi in letzter Zeit, mit dem Älterwerden oder der eintretenden Reife, ein viel männlicherer Mann geworden war, doch, Willi konnte eine Frau schon für sich einnehmen, wenn man ihn betrachtete. Tat Ingeborg das nicht?

»Was also macht Willi mit dem Gärtchen, anstatt Platz zu schaffen für ein paar Küchenkräuter und Krokusse im Frühling und Margeriten im Sommer? Er pflanzt nicht nur jede Menge Gebüsche, auch alle zwei Meter Obstbäume, sogar selbst gezogene Kastanien. Riesige Gewächse in die paar Quadratmeter, ohne Vorstellung, was daraus wird.«

Wie ähnlich ihm das sah, wie treu sich mein Willi durch all die Jahre geblieben war. Kastanien im Hausgärtchen! Er hätte ebenso gut seine Unterschrift in Kressesamen hinschreiben können.

»Wenn es zu eng wird, reißt man das Größte eben wieder raus, Ingeborg.« Ich wollte auch einmal die feierliche Anrede benutzen, zur selben Zeit aber mußte ich mir nun noch »petits fours« merken und im Fortspinnen des Gedankengangs »Streikbrecher«. Das waren nun fünf Begriffe, und ich sagte sie mir alle zur Kontrolle schnell auf, brauchte aber, während ich Ingeborg zuhörte, dreißig Sekunden, um auf »Wiener Schnitzel« zu kommen. Mir lag nämlich sehr daran, meine kleine Schar beisammen zu halten. »Im Haus kann er alte Sachen nicht wegwerfen, so überflüssig sie sind, in der Apotheke nicht und nicht im Garten.« »Das ist seine Art von Treue, Ingeborg, sei doch froh.« Dein Glück, er sieht viel besser aus als du, freu dich gefälligst, hopp! dachte ich in Wirklichkeit.

»Du nimmst ihn mit jedem Satz in Schutz, es hat gar

keinen Zweck, dir alles zu erzählen. Du legst alles zu seinen Gunsten aus.« Ingeborg lächelte dabei, um über die Herbheit ihrer Stimme hinwegzutäuschen, über das Säurehafte, das Bittere, ein eigenartiger Ton, den sie bevorzugt. Ich lächelte auch, ich lächelte zurück, um eine kleine, die erste Bosheit an diesem Nachmittag herauszuarbeiten: »In Schutz? Zu seinen Gunsten? Das wird damit zusammenhängen, daß wir einander von klein auf kennen.« Nun wußte sie wenigstens, wie sie ihr Gefühl nennen mußte für diesen Augenblick, Eifersucht nämlich, insofern tat ich nichts Unrechtes, dachte aber parallel dazu – eine spezielle Merktechnik – für mich eine sogenannte Schein- oder Vehikelgeschichte aus, in der Merkwörter einen zwingenden Ablauf haben müssen, die Reihenfolge spielt später keine Rolle: Ein Streikbrecher, der sich endlich mal die Zehennägel schneidet, weil er Muße hat, in seiner Küche, wo ihm ein Wiener Schnitzel von der Frau am normalen Alltag serviert wird. Er aber träumt davon, sie einmal mit petits fours in Paris zu verwöhnen, als beide von einem Wasserrohrbruch überrascht werden. Solche Sachen macht man sehr gern in Unterhaltungssendungen des Fernsehens. Nur hätte logischerweise ausgerechnet der Streikbrecher kaum Zeit für Zehennägel, Schnitzel, petits fours und Wasserrohrbruch gehabt.

Das Haus der Familie Wings lag vor uns, zwei Äcker, eine Straße dazwischen. Man konnte die Distanz ungehindert mit den Augen überspringen. Willi und Jutta erwarteten uns. Sie sahen uns entgegen, und ich erkannte in Willis Gesicht die Freude darüber, daß sich die beiden Frauen, Ingeborg und ich, auch einmal so angeregt unterhielten. Da er aber kein Gockel war, verzichtete er auf die doofe Bemerkung: Na, habt ihr beiden Hübschen mich ordentlich durch den Kakao gezogen? – eine männliche Stereotype für solche Gelegenheiten. Millionenmal, jedenfalls in der westlichen

Erdhälfte, ist das schon gesagt worden, aber mein Willi ließ die Lippen fest aufeinander gepreßt, damit es ihm nicht entschlüpfen konnte, raunte mir jedoch seitlich zu, er freue sich, daß wir einander, ich und Ingeborg, so gut verstünden. Dabei hatte Ingeborg zum Schluß nur noch die Formulierung »Mein Mann« gebraucht, ein Zeichen, das ich spielend zu deuten weiß, und das wird auch vorausgesetzt.

Willis Vergnügen an unserer Eintracht wurde dann durch einen wirklich erheiternden Anblick allgemein. Über das vor uns liegende Feld, beziehungsweise nicht direkt, sondern auf den kleinen, rechtwinklig laufenden Wegen kam uns, in unsere Richtung winkend mit dem einen Arm, am anderen den von ihr wegstrebenden Hund ziehend, eine schwarze, fanatische Vogelscheuche entgegen. Die Figur kämpfte sich auf uns zu, der Terrier strebte eilig woandershin, und nur allmählich gelang es Frau Schüssler, der Nachbarin, um die handelte es sich, näherzukommen. Vielleicht waren auch nur wir es, die die Entfernung verkürzten. »Mein Gott, schon wieder«, seufzte Ingeborg. Die Figur rief: »Ihre Schwester hat telefoniert. Frau Luchs ist in ihrer Küche umgefallen und ins Krankenhaus gebracht worden. Man hat Sie nicht erreichen können. Ich mußte den Hund sowieso ausführen, da dachte ich mir: Bring du denen schon mal die Nachricht.« Willi, der sich gut erholt hatte, bekam das Gesicht vom Anfang, als er noch unter dem Eindruck des unglücklichen Endes seines Kollegen stand.

»Wasserrohrbruch«? Als ich vor einiger Zeit den Klempner wegen einer neuen Badewanne, ich meine, in die alte wurde einfach eine neue eingesenkt, anrufen mußte, hörte ich eine Weile, während die Klempnersfrau in die Werkstatt ihres Mannes umstellte, das Lied ›Greensleeves‹ aus dem Telefon, damit mir das Warten nicht lang werden sollte. Wochen später, als mich die Sekretärin in einem spanischen Büro weiterverband, wurde mir eine andere Version von ›Greensleeves‹ zur Zerstreuung vorgespielt, und vor wenigen Tagen, als ich in einem Frankfurter Hotel in den 34. Stock fuhr, gab es im Lift wieder sehr Ähnliches, allerdings nur einige Takte, so schnell rasten wir nach oben. Dort aber, so hoch über der Stadt, am Nachmittag in meinem großen Hotelbett, lag ich still ausgestreckt und spürte, wie neblig, von der fernen und tiefen, wie plattgeschlagenen Stadt eine Depression ohne Anmeldung zu mir aufstieg und mühelos durchs Fenster kam und aus der Klimaanlage vermutlich auch, so daß ich in die Zange geriet und nicht wegkonnte. Wegen der Musik und des Klempners und des Wasserrohrbruchs mußte ich da plötzlich an den Spaziergang Ende März denken, an die Geschichte, für die ich mir Wörter gemerkt hatte, ich kriegte sie aus dem Kopf nicht zusammen, »Wiener Schnitzel« fiel mir ein, aber das Suchen lenkte mich für zehn Minuten ab von der Stimmung, die geduldig wartete und dann wiederkam und keinen Grund angab.

Es ist aber nachzutragen, daß Ingeborg, kaum hatte sie die Nachricht über ihre Mutter gehört, geistesgegenwärtig, noch bevor sie irgendwas sagte, ihre Tochter tröstend in den Arm nahm. Und so endete die Szene für mich in einem Tableau: Die aneinandergedrängte Zweiergruppe und Willi, bleich, mit dunklen Augenhöhlen, zwei Meter von ihnen entfernt und für sich, mit dem kahlen Acker dahinter.

Kümmerte sich Willi zu wenig um seine Familie?

Ob er auch sie selbst vernachlässigte, hatte Ingeborg nicht verraten, aber an der unabdingbaren, geradezu langweiligen Treue Willis konnte ja wohl kein Zweifel bestehen. So treu ist Willi, und kann leider nicht anders, daß er die Partei seiner Kindheit wählt, die Partei, die identisch war mit der Wirklichkeit schlechthin in Willis frühesten Jugendjahren, aus reiner Anhänglichkeit, trotz einer großen Kränkung, die er diesbezüglich erlitten hatte, wie er mir eines Tages mit rauher Stimme und angepreßtem Kinn gestand.

Von Willi aber in den Arm genommen zu werden, hat etwas Belustigendes. Er läßt einen gar nicht richtig an sich heran. Wie macht er das bloß, ich könnte das nicht, auch wenn ich es wollte. Er spannt vielleicht die Muskeln so sehr an. Man prallt zwar nicht zurück, aber federt doch etwas weg, obschon er einen festhält. Auch das nur pro forma? Diese Sprödigkeit schützt vor Untreue, gewiß. Nur, was ist, wenn er sich seiner Frau gegenüber auch so benimmt? Natürlich habe ich bei den beiden ab und zu sogenannte Zärtlichkeiten und ihren wechselseitigen Austausch in gesellschaftsüblichen Grenzen erlebt. Die Anrede »Schatz« und das Aufdrücken von Küssen auf Wangen und sogar Mund, und ich hörte auch das schmatzend-platzende Geräusch der Lippen, als sollte dieser Kußlärm jegliche Schwüle, Laszivität oder Wollust vertreiben. Oder etwa vorheucheln? Ich habe offengestanden immer schnell weggekuckt und war froh, wenn es vorüber war, wenn sie verrauscht waren, diese weißkittelhaften Küsse, die aber, wer weiß, sobald ich, die lästige Beobachterin und Willigesellschafterin aus der Trümmerkindheit, verschwand, leiser und feuriger wurden.

Ein Verdacht ist mir tatsächlich schon öfter gekommen: Willi sprach von seinen uralten, lebenden und toten Onkeln und Tanten lieber, vor allem mehr, als von seiner engsten Familie. Aber es war doch nur der Enthusiasmus für die vom Erzählen abgerundeten, handschmeichlerischen Ereignisse!

In Willis Kindheit hat auch seine Idee der »schönen Frau« ihre Wurzeln, etwas, von dem nur wir beide wissen, wie sehr es sein Leben, neben dem Apothekenplunder, bestimmt hat. Außer mir und Willi wird wohl kein anderer die Sammlung von alten Filmprospekten, Illustriertenblättern, Kunstpostkarten kennen. Das darf auch nicht sein, denn eines ist sofort ersichtlich: Der Unterschied zwischen dem sich dort immer wiederholenden Typus und seiner Frau könnte nicht größer sein. Ja, in diesem schwärmerischen Jugendkonvolut ist es lautstark ausgesprochen. Hält man sich Ingeborgs zwar tapfer geschminktes, aber hoffnungslos rechtschaffenes Gesicht, sportlich patent auch, vor Augen, steigert sich, im Kontrast, die Schönheit dieser Frauen ins Wunderbare und Gefährliche. Ob Willi sich in Ingeborg nicht nur wegen ihres geschäftlichen Elans verliebt hat, sondern um den eigentlichen Leitstern und Gluthauch seines Lebens um so endgültiger abzutrennen von den Einschränkungen der Realität?

Abgesehen davon, daß diese Frauen immer dunkelhaarig sind, mit blasser Haut und strahlender, fast brennender Iris, ähneln sie einander nicht allzu sehr, aber alle in gewisser Weise Willi: schwarzer, dichter Wimpernkranz, nicht allzu üppiger Mund. Der einzig wichtige Punkt aber, in dem die Gleichheit der Frauen untereinander frappant ist, weicht wiederum deutlich von Willi ab. Hier liegt ihr Zauber und der Gegensatz zu ihm. Es ist eine Art von sofort spürbarer Temperaturdifferenz zwischen der empfindlichen Haut und dem Brand der Augen, einer kühlen Lieblichkeit und einer dräuenden, aus den Augen schlagenden Hitze, die der Mund, maliziös schwingend, die Klimaschwankungen souverän ausgleichend, in der Waage hält. Tückisch schlängeln sich die Lippen, wenn sie lächeln. Willi kann sie anstarren wie er will, er kommt nicht dahinter. Er kannte mit fünfundzwanzig sechs Monate lang eine solche Frau. Sie machte ihn keineswegs länger als zwei Wochen glücklich. Seine Tochter trägt ihren Namen, das muß niemand erfahren.

Es gab eine solche Frau aber schon viel früher, ein kleines Mädchen, Willi war neun Jahre alt, seine Kusine acht, das einzige weibliche Wesen, auf das ich im Hinblick auf Willi je eifersüchtig gewesen bin. Ich habe sie gehaßt, ich hätte mich gefreut, wenn sie gestorben wäre.

Was Willi damals mit Entzücken, mich mit Wut erfüllte, war zunächst der Umstand, daß sie, was keinem anderen Kind erlaubt war, ihre schwarzen Haare offen trug, nur mit zwei Kämmen seitlich zu einer schwappenden Mähne hochgebäumt, die blauädrigen Feenschläfen wurden sichtbar und das Nymphenprofil. Sie kam mit ihrem Vater, Hildes Bruder, aus Brüssel für ein paar Tage angereist. Willi sah zum ersten Mal in seinem Leben solche hüftlangen Haarwogen, fast zu mächtig für das grazile Mädchen mit seinem heiseren Französisch und einem wehmütigen, beinahe trauernden Lächeln. Schon kannte ich die Wörter »Ebenholz« und »Elfenbein«. Ich war empört, daß es so etwas gab, das alles andere, auch das, was zwischen Willi und mir galt, außer Kraft setzte, und konnte doch selbst vor Aufregung nicht sprechen, wenn sie mich nur ansah. Willi schenkte ihr seine schönsten Federn und Steine. Sie nahm alles an, melancholisch an ihm vorbeilächelnd.

Willis zwölfjähriger Freund, reich und dick, hatte mehr Erfolg. Eines Nachmittags beobachteten wir die beiden, das alte Lied, im Garten, in einem Gebüsch aus Jasmin und Flieder. Sie schoben die Hände zueinander, langsam, langsam, ich hörte Willi in unserem Versteck atmen, schnaufen, keuchen, auch die Gesichter, die Münder, ruhig, ohne einen Laut, und als sie einander küßten, trennten sie sich überhaupt nicht mehr. Wer weiß, ob sie nicht irgendwo eine Warze hatte? Mit derselben Zeitverzögerung sah ich Willi rot werden, immer dunkler rot, auch er ganz stumm und seine Finger in die Erde eingrabend. Als sie wegfuhr, fand ich ihn an dieser Stelle, mit dem Gesicht auf dem Boden. Ach, er war doch noch so klein.

Seine Federn und Steine bekam er vom Nachbarjungen zurück. Er warf alles weg. Ich hatte geglaubt, Willi würde, neben seinem friedlichen Leben als Ehemann, inständig eine aufregende Liebe erhoffen, fast mit pomadig schlaftrunkenem Vertrauen, es müsse ihm doch einmal in all den Jahren beschieden sein, und nicht ablassen von diesem süßen Ziehen und Suchen und Verfallensein an die eine, bedrohliche Konstellation einer Physiognomie.

Täuschte ich mich? War auch die »schöne Frau« zur bloßen Erinnerung an eine Vision verblichen? Ich bemerkte an ihm bei diesem Thema keine sehnsüchtige Stimmveränderung ins Rauhe mehr. Ein Augenzwinkern höchstens. Am liebsten hätte ich ihm zum Test eine Versuchung zugeführt. Willi als klassisch ungetreuer Ehemann, in der Erwartungsphase immer tüchtig das Wort »ich« benutzend, und als es ernst zu werden droht, plötzlich im Plural sprechend, ein »wir«, mit dem stets er und die Gattin Ingeborg gemeint sind?

Ja, verlangte Willi denn gar nicht mehr nach einer Schönheit und Gefahr, weil er Familie und Haus, Beischlaf und Gemütlichkeit hatte?

Umgaben zu viele Frauen meinen Willi? Ingeborg und Jutta, Martina und Erika, die alte Frau Luchs und seine Mutter Hilde und ich, so daß sich seine Wünsche womöglich auf eine kräftige männliche Gegenwart, die viel zu seltene von Bedniak und Emmerich, bezogen, auf eine Alaskaexpedition unter Männern? Oder reichte nur die Vorstellungskraft nicht länger, die ja alle die Abbildungen beleben mußte, diese Winkel und Linien und Elemente von Augen, Nase, Mund?

Wurde die imaginäre Lockung einerseits machtlos, weil Willis Eheverhältnis sich robust-trivial behauptet hatte, andererseits zur Strafe unerreichbar in der fortschreitenden Zähmung durch seine Lebensumstände?

Das alles hinderte Willi bisher nicht, seine kleinen Apothekenhelferinnen zu deren unersättlichen Nächten im stillen zu beglückwünschen, nehme ich an, diese Nachteulen zu ihren nicht sehr wählerischen Paarungen, dieses niedliche Gelichter, das montags, wenn es so auffällig medizinisch tat, übertrieben nach Duschgel roch, auch das ja eine vage Kindheitsreminiszenz.

3

Wieder war Willi ausschließlich von Frauen umgeben, seine Schwiegermutter befand sich schon auf dem Wege der Besserung, als ich ihn einige Zeit später kurzerhand ins Großkrankenhaus begleitete. »Wie hübsch du aussiehst!« rief Willi gleich beim Betreten des Zimmers zu meiner Verblüffung. Er konnte sie so schnell doch gar nicht in ihren Kissen entdeckt haben. Es mußte vorsätzlich dieser schwungvolle Eröffnungssatz zu ihr hingeschmettert worden sein, um eine freundliche Stimmung zu erzwingen, notfalls zu erstreiten. Genauso der ungestüm aus seinem Papier gerissene Orchideentopf. Willi präsentierte ihn als Trompetenstoß der guten Laune, auch wenn um ein Haar die langen Stiele mit weißen Blüten am äußersten Ende, Geschmackssache eben, draufgegangen wären.

Frau Luchs saß aufrecht in ihrem Bett, im Sessel daneben die Tochter Erika mit ihren dicken grauen Locken. Auf einem an den Schrank gehefteten Zettel las ich an diesem Nachmittag, man zerstöre die Würde der Kranken, wenn man sich auf das Bett setze, ihr einziges Eigentum im öffentlichen Raum des Krankenhauses. Man solle es ihnen lassen.

Willis Taktik verfing nicht. Zornig starrte ihn Frau Luchs aus ihrem mädchenhaften Spitzenkragen an, eine in der Tat reizende Greisin, und fuhr ihm prompt in die Parade: »Das ist ja ein Wunder! Läßt du dich endlich einmal blicken bei deiner sterbenden Mutter!« Sie keifte ein bißchen, das mußte an den Zähnen liegen, aber man verstand es noch. Noch im Stehen, Blume und Papierballen in den Händen, erklärte ihr Willi, er sei doch gleich am ersten und auch am zweiten Tag bei ihr gewesen und ich sei eine Bekannte und nicht ihre Tochter, seine Frau Ingeborg. Ich spürte, er war nicht ärgerlich, sondern gerührt über ihre Irrtümer, und als ahnte sie, daß sie allein dadurch schon Macht über ihn hatte, fügte sie einen dritten hinzu: »Ich liege hier ebenerdig, sehe direkt in den Garten.« In den Garten eben nicht! Es handelte sich um den dritten Stock, man hatte es nur so eingerichtet für die Patienten durch lang vorgezogene Terrassen mit immergrünen Gewächsen, ein falscher, schöner Eindruck, als sähe man durch eine zu öffnende Glastür ins Freie. Man konnte weder Tür noch Fenster aufmachen. Um den Eindruck von frischer Luft zu haben, ließen viele Kranke, erfuhr ich dann, die Tür zum Vorraum offen und scherten sich nicht um die Verheißungen und Vorschriften der Klimaanlage, litten aber unter der Trockenheit der Luft. Erika, die gute Tochter, hatte eine kleine Torte gebacken, die stand neben dem Bett ihrer Mutter auf einem Tischchen. Ich sah es gleich, ich esse gern Süßes. Mir wurde aber nichts angeboten. »Bei Smogkatastrophen usw. haben die Kranken den Vorteil, die sind dann geschützt gegen Außeneinflüsse«, sagte Erika. Drei berufstätige Erwachsene hatten es fertiggebracht, an einem Nachmittag mitten in der Woche einer sehr alten Frau die Zeit zu vertreiben, einem faltigen Prinzeßchen in ihrem Krankenhausversailles. Sollte man das als gutes oder schlechtes Zeichen für die Gesellschaft generell verstehen?

Frau Luchs mit ihren roten Bäckchen und der weißen Kinn-Nase-Partie reichte es nicht: »Wo ist denn Ingeborg, wenn das Ingeborg nicht ist?« »Sie ist vor einigen Tagen hingefallen, ausgerutscht auf einem Ölfleck, ihr Hinterteil ist noch ganz blau«, sagte Willi. Vor einigen Tagen? Er hatte Erfolg, diesmal. »Dann sieht sie ja aus wie diese Affen mit dem blauen Arsch, etwas rot auch.« Frau Luchs lachte von Herzen, es schüttelte den kleinen Körper, nur noch Haut und Knochen. »Ich habe Angst«, flüsterte sie. Erika tätschelte ihre Schulter. Willi rief aufs Geratewohl: »Aber was denn! Angst! Wer hat denn Angst! Eines Tages umfallen, das können wir alle, Erika und ich genau wie du.« Mich nannte er nicht, Gott sei Dank. Er rief es aufrichtig und doch so, wie schon oft benutzt und im Schlaf aufgesagt, wie seiner Kundschaft täglich beruhigend erzählt.

Frau Luchs ließ sich davon augenscheinlich trösten. Es erbaute sie, wie leicht es uns, und vielleicht sogar früher als sie, treffen könnte. »Paß auf, daß Ingeborg keinen Witwenbuckel kriegt«, sagte sie, um ihr erneutes Wohlbefinden zu betonen. Willi wies darauf hin, daß sie dafür doch noch zu jung sei. »Schließlich ist sie Erikas Schwester«, zischelte Frau Luchs in unsere Richtung. Und wirklich schien ihre ältere Tochter im Sitzen eingenickt zu sein. »Und seht euch die an.« Frau Luchs war guter Dinge und hatte selbst keinen Witwenbuckel. »Sie ist eine alte Jungfer, das wird sich nicht mehr ändern«, fuhr die gebrechliche kleine Patientin, in ihrem Bett leicht geduckt hockend, fort. Erika hätte es hören können, sie gab aber keinen Mucks von sich. Wahrscheinlich hatte sie hier schon zu viele Nachmittage verbracht, innerlich wegen ihres Büros auf glühenden Kohlen, nach außen eine friedenspendende Massigkeit, die durch schiere Präsenz das nervöse Bündelchen stützte.

»Alles wäre nicht so schlimm, wenn nicht dauernd gestohlen würde. Ich trau mich nicht aufs Klo. Wenn ich aufs Klo gehe, ist das hier auf dem Flur sofort rum, und man kommt und stiehlt. Viele komische Figuren mit Plastiktüten schleichen über die Korridore. Jeder kann ja hier rein, man muß sich ja nicht ausweisen. Jeder warnt mich. Paßt ihr auch auf.« Frau Luchs fuhr uns an wegen unseres möglichen Leichtsinns, hier nicht auf unsere Taschen zu achten. Jede Krankenschwester konnte eine verkappte Diebin sein. »Die Putzfrauen versteht man nicht. Die rasen mit den Aufnehmern ums Bett herum, daß einem schwindlig wird, sprechen fremde Sprachen, es klingt böse, wie Schimpfen oder Fluchen.«

Willi hatte etwas entdeckt, was ihn interessierte: Die Pillenschachtel, die für die Haupttageszeiten jeweils ein Fach besaß. Für den Abend und die Nacht waren noch weiße und rote Tabletten in den Höhlungen. Er murmelte einige Namen vor sich hin. Frau Luchs betrachtete ihn wohlgefällig: »Na, ist das wohl das Richtige für mich, Willi?« Willi lachte heimlich. Handelte es sich um Placebos? Konnte er das erkennen? »Die Ärzte wissen hier bestimmt, was dir guttut.« »Du auch. Die haben Schliff, die wissen von mir, mein Sohn ist Apotheker, sehr erfolgreicher, du, Willi. Da werden sie sich hüten, mir Gift zu verpassen.«

Warum aber schwieg Erika so lange, die echte Tochter, die doch mit dieser Mutter zusammenlebte und ihr am vertrautesten war? Ach, ich glaube, sie war froh, einmal, da Willi sie so eifrig vertrat, ausruhen zu dürfen. »Wie geht es den Augen?« fragte Willi gerade, um Erika eine Pause zu gönnen. »Ich hatte regelrechte Luchsaugen, ja, Luchsaugen sagte mein Mann immer dazu, so stolz, als hätte ich mir die angeheiratet wie den Namen. Ein goldiger Kerl, mein Mann, nur habe ich diese zwei Töchter von ihm, Erika, Ingeborg, beide haben einen Witwenbuckel, Witwenbuckel in spe, dabei kann die eine gar nicht Witwe werden, die andere ist es noch nicht. Noch nicht, Willi.« An diesem Nachmittag hörte ich Willis Schwiegermutter zum letzten Mal so viel reden.

Erika aber reagierte nun doch etwas gereizt auf die Foppereien ihrer Mutter: »Mutters Augen? Vor einigen Monaten ist sie selbst einkaufen gegangen, sie soll das nicht, ist aber ausgerissen. Die Putzfrau merkte es zu spät und hat alles stehen und liegen lassen, um sie nach Hause zu holen. Und was beobachtet sie da? Wie Mutter um die Ecke in eine Straße einbiegt, aber zu früh einschlägt und in einer Hecke landete. Statt vor dem Lebensmittelladen stand sie plötzlich sozusagen im Urwald und klammerte sich da fest.« Sie erlaubte sich ein winziges Lächeln, annullierte es jedoch schnell: »Was haben wir uns erschreckt!«

Frau Luchs, die das Hänseln wohl fühlte und wußte, es war eine verdiente Zurechtweisung, übertrieb nun gleich mit einer entgegengesetzten Strategie: »Wenn ich sterbe« – sofort hatte sie natürlich alle Aufmerksamkeit zurückerobert –, »wenn ich sterbe, dann bitte ich um einen Priester. Ich werde ihn nicht sehen, ich bin ja fast blind. Aber er soll kommen. Ich will ihn, ich will ihn riechen. Der Geruch des Priesters soll mich stärken an meinem seligen Ende.« Unser Schweigen freute sie, da konnte sie wieder heiter sein und rief: »Was ist das da hinten, ich halte es für einen Fernsehapparat. Und das? Fragt mich, prüft mich. Das da drüben ist eine Vase. Und das da« – sie zeigte auf den Morgenmantel –, »das ist ein Gespenst.« Willi ergriff etwas zu betulich ihre Hand. Sie schlug mit der freien neckisch und fest auf seinen Handrükken. Heute war sie das runzlige Prinzeßchen und die Hauptperson und ließ sich nichts von diesem Glück entgehen. »Was sind Sie, wenn Sie nicht Willis Frau sind?« fragte sie nun endlich. »Eine alte Freundin«, antwortete ich wahrheitsgemäß, aber doch auch ihr zuliebe in dieser Form. »Eine

Freundin, hmhm. Willi hat eine Frau, Willi hat eine Freundin. Weiß Ingeborg davon?« Sie strahlte vor Nickeligkeit aus ihrem weißen Bett und aus dem Spitzenkragen hervor, den Erika geradezupfte, um ihr Püppchen adrett zu halten.

»Ich bin alt und blind, aber kriege doch vieles mit. Heute lebt man schnell in Scheidung, bin taub und blind. Manche hören die Flöhe husten, ich nicht. Aber eines solltest du mir sagen, Willi. Ist bei Jutta alles mit der Blutung in Ordnung, mit den Tagen? Ist das immer schön regelmäßig?«

Willi hatte leise ein paar Worte mit seiner Schwägerin gewechselt und antwortete zerstreut. Frau Luchs saß kerzengerade, ein hölzernes, fleischloses Männchen, und schüttelte vornehm den Kopf. Man wünschte, ihre Ohrringe wären Silberglöckchen, die ständig sacht läuten würden. Auch dieses Kopfschütteln gehörte zu ihrer Krankheit – tat sie das wohl im einsamen Schlaf, hier im Krankenzimmer, ohne daß irgend jemand es sah, immerzu, immerzu? –, aber es wirkte wie ein sanfter Vorwurf an die Umgebung, ein dezent artikulierter Vorbehalt zumindest. Es fesselte mich, wie sie, wenn sie nicken wollte, es sehr heftig in zitternder Linie zu bewerkstelligen suchte, und wenn sie damit aufhörte, nahm sie es sogleich zurück durch ihr nur oberflächlich unterbrochenes permanentes Verneinen.

Das Krankenzimmer gefiel mir, ein klassenloses Krankenhaus, und doch erreichte man durch Aufpreis von sechzig Mark pro Tag, daß man allein lag. Der Fußboden war überall grün. Im Vorraum, den man mit den Patienten eines Nachbarzimmers teilte, gab es ein Waschbecken in einer Nische und in einer Art Wandschrank Dusche und Klo. Dorthin war Erika verschwunden. Sie würde, dachte ich, mit ihrem korpulenten Leib mehr Zeit benötigen als andere. Hier drinnen, bei uns, fühlte man sich wie in einem modischen, unbeschwerten Hotel. Auch hatte, beim Betreten der Station, eine Krankenschwester zu Willi und mir gesagt: »Schmerzen, die muß heute keiner mehr haben, es kommt nur darauf an, früh genug Tabletten zu verlangen.« Willi stellt sich bei solchen Gelegenheiten gern dumm.

Frau Luchs atmete exaltiert auf, zum Zeichen der Erleichterung, einen Augenblick mit uns allein zu sein. »Erika muffelt mit mir. Es ist nicht leicht, solchen Besuch jeden Tag zu ertragen. Sie besucht mich und ist so streng. Anstatt mich zu trösten, schimpft sie mich aus.« Sie flüsterte, wir mußten ganz nahe an ihren Mund heran, alle beide. »Es ist gar nichts Schlimmes. Willi, frage auch diese Freundin von dir, ob es was Schlimmes ist.« Sie lachte plötzlich und streichelte Willis dichtes, schwarzes Haar, in Gedanken an frühere Liebkosungen versunken, nehme ich an. Willi mochte das wohl nicht sehr, aber er hielt still, er zeigte nicht die kleinste Abneigung, machte aber, für mich immerhin erkennbar, unwillkürlich den Hals ablehnend steif. »Erika hat einen Zettel bekommen, den ich geschrieben habe, ein Gedicht. Ich dichte, weil ich so viel allein bin. Es klingt doch herrlich: ›Hier steh' ich ohne Gut und Geld, allein, allein in weiter Welt!‹ Erika ist böse, daß ich so was behaupte. Die Putzfrau, die doofe Ziege, hat es unter der Tischdecke gefunden, in meinem Versteck, und gelesen. Erika sagt: Es geht dir doch so gut, Mutter. Ja, aber was sie nicht begreift: Es ist nur des Reimes wegen. Ohne Hut und Geld – Welt. Sie versteht bloß was von Steuern und Hochfinanz. Und warum muß die Putzfrau auch überhaupt jeden Tag zum Schnüffeln kommen?«

Mit den dürren Fingerchen betastete sie Willis Haar, als wollte sie damit zu spinnen anfangen. »Meine Haut ist so empfindlich. Ich creme sie jeden Morgen und Abend mit Nivea, sonntags auch nach dem Mittagessen. Man sieht die Pflege. Ingeborg sollte das auch machen. Bei einem so prächtigen Mann wie du es bist, Willi, muß Ingeborg sich mit

Nivea pflegen, wenigstens im Gesicht. Ihr kriegt es doch so billig. Ich habe leider von den Gummipfropfen, vom E–K–G, E–K–G, nicht Willi?, Quaddeln auf der Brust. Diese Schmerzen, diese unvorstellbaren Schmerzen.« Setzte sie wieder zum Reimen an? Willi hob den Kopf und strich seine Haare zurecht. Er konnte seine Unruhe nicht mehr unterdrücken, sprang auf, sah auf die Uhr, wäre wohl gern gegangen, aber zu allem Übel gab es noch eine Verabredung hier, an diesem Nachmittag, mit seiner Mutter Hilde Wings. Dann riß er sich zusammen und fragte beherrscht: »Schmerzen? Was höre ich? Wo hast du denn, wie sagtest du, unnennbare, unfaßbare Schmerzen?« »Unvorstellbare«, antwortete die kleine Prinzessin erfreut, daß ihr Ausdruck, zumindest in ihren Augen, den Sieg davontrug. »Und wo hast du die?« »Überall. Ob ich sitze oder liege, esse oder schlafen will, immer tut was weh, und keiner, keiner kümmert sich darum. Wie es im Gedicht heißt: ›Allein, allein auf dieser Welt!‹ So ergeht es mir in meinem hohen Alter.«

Ich war nahe daran, aus der Haut zu fahren, ich hätte am liebsten geschrien: Alte Hexe, weißt du, wie es in anderen Ländern Leuten, und erst recht so alten wie dir, ergeht? Aber Willi, etwas müde, auch vielleicht geistesabwesend, sagte nur: »Du übertreibst. Nun willst du uns aber verulken.« Die kleine, geschrumpfte Frau, in ihrem Bett kauernd wie auf dem Sprung, rief: »Ich will schimpfen. Ich will es, Willi, schimpfen!«

Die Tür ging auf, und Erika kam mit einer mir unbekannten Frau ins Zimmer: »Die Ärztin«, wisperte Frau Luchs mir zu. »Jetzt müßt ihr alle raus. Sie kann mich nicht leiden.«

Erika aber durfte bleiben, und so war Willi und mir, wider Erwarten, doch ein bißchen Zeit für uns allein vergönnt, ohne daß wir irgendeinen Anstand verletzten. Vor Vergnügen hakte ich ihn gleich, nachdem die Tür hinter uns zu war, unter, verschwand dann aber noch schnell in dem Wandschrankklo. Wie konnte Erika mit ihren gewaltigen Körperformen nur in diesem zierlichen Kabinettchen, ohne die Verblendungen zu zermalmen, einigermaßen zurechtgekommen sein? In diesem Krankensalon sollte das Sanitäre, um die Stimmung zu heben, wohl nur am Rande abgehandelt werden. Seitlich gab es zwei Schlitze, einen für den Abfall, einen für schmutzige Wäsche, ein Spalt nur in der weißen, nein, cremig abgetönten Wand.

Auf dem Stationsflur aber hörte ich aus einem offenstehenden Zimmer, den Blick gerichtet auf den Boden in frischestem Wiesengrün an einem Maientag, genoppt, damit niemand zu Fall käme, eine Arie, von einer Frauenstimme gesungen. Ich zuckte an Willis Arm zusammen, so spürte ich den schnellen Genuß, mit dem unsichtbaren Patienten gemeinsam von der Sängerin fortgerissen, -gezerrt, -geschleift zu werden in ihr funkelndes Treppenhaus, in dem es auf- und abging. Eine feurige Pflichterfüllung, für uns aber ein Blindflug mit jeder Wendung in ein schwarzes, kurz erhelltes Gebiet, und doch ahnte man die nächsten Töne voraus, weil das Orchester es einflüsterte oder die Tradition. Und es zitterte und klirrte ganz leise der Stationsflur davon, und ich dachte den Satz:

Ob man überhaupt den Mut hat, etwas in die Welt zu setzen, hängt vielleicht nur daran, daß man die Welt völlig fehleinschätzt! So wurde mir in ein und demselben Augenblick misanthropisch und euphorisch zumute, und eins war der Zwilling des anderen.

Der Flur erstreckte sich unbeteiligt grell grün oder auch mild grün, ich weiß nicht, ich konnte mich nicht entscheiden, unter unseren Sohlen. Draußen, auf dem Hauptflur, begann ein anderer Bezirk. Dort sollte niemand etwas anderes als Straßenkleidung tragen, aus Rücksicht, darum bat dringend ein Schild, auf das Wohlbefinden aller.

Willi hatte das Leitsystem schon lange begriffen. Es galt, verschieden dicken, blauen und gelben, kindergartenfrohen Pfeilen zu folgen. Man mußte den richtigen Aufzug wählen und konnte viele Fehler machen in diesem großen Bau mit seinen Ebenen und Plätzen, Abteilungen, Trakten, Arealen, o Gott. Wir aber, der Flur war grün, wohin das Auge auch blickte, landeten unangefochten im Foyer, in der weiten Eingangshalle, mit dem Empfangskiosk in der Mitte. In der Mitte, wo jedermann durch die vier Schwingtüren Zutritt hatte, ein durchsichtiges Extrahaus, mit Tresen, wie eine Barinsel, das Informationszentrum. Hier durfte ja jeder, wenn er wollte, ohne sich auszuweisen, an jedes Krankenbett! Eine Freitreppe führte hoch zu einem Café, ich erkannte von unten die Kuchensorten. An Tischchen saßen auf den Zwischenterrassen Gruppen von Gesunden mit jeweils einem blassen Kranken. Man konnte Geld wechseln, zum Friseur gehen, Geschenke kaufen. Diese Eintrittszone war eine moderne Einkaufsgalerie, auch mit einer Blumenboutique. Hier mußte niemand schon beim Betreten Angst kriegen, es sei denn, er schritte als Patient einer ungewissen Zukunft entgegen, einer schrecklichen Diagnose, einer gefährlichen Operation. Allen anderen mußte es hier sehr beschwingt vorkommen, als ginge es zu einem Freizeitvergnügen, Einkaufsbummel, Spaßbesuch und Zeitvertreib.

Willi und ich, wir wandten uns unter all diesen Angeboten den Zeitschriften zu. Wir wollten eine neue ›Hörzu‹ für Frau Luchs kaufen. Auch hier war die Auswahl groß wie in allen Zeitungsläden der Stadt. Natürlich, die Kranken lasen doch nichts anderes als die Gesunden. Analysen, Prognosen, was hatte ich denn gedacht, Quatsch und Klatsch.

Was würde Frau Luchs in einer Zeitschrift entziffern?

Benutzte sie eigentlich ihre Leselupe oder blätterte sie nur noch um zwischen den Bildern? Egal. »Ich möchte so, daß es ihr gut geht«, sagte Willi.

Geld wechseln, Blumen kaufen in animierender Beleuchtung, Torten essen, fast so schöne wie die von Erika Luchs. Man konnte sich von einem Vergnügen zum nächsten wehen lassen, die Gesichter studieren, exotisch vielfältig wie im Flughafengebäude. Vielleicht gab es manchen Patienten, der nur widerwillig – wie ein alter Häftling die bergende Zelle – diesen Ort mit seiner leichtfüßigen Lebensweise verließ. Vielleicht wurde hier den Todkranken sanfte Wiener Kaffeehausmusik per Kopfhörer eingeflößt. Warum nicht? Ich habe in einem Film einen sterbenden Schürzenjäger gesehen, den in seiner letzten Stunde eines vor dem Verzweifeln rettet: Man schickt ihm eine hübsche, deutlich proportionierte Krankenschwester. Er schließt die Augen, verzückt wie die Heilige Theresia, zu den Klängen von ›Tausend kleine Englein singen: Habt euch lieb‹. Ich wollte es gerade mitteilen, da sah ich auf Willis Gesicht genau diesen Ausdruck, eines Seligen? Eines Sterbenden? Eines schwelgerisch den Geist Aufgebenden?

Willi hielt sich fest am ›Stern‹ und an der ›Bild‹-Zeitung, er stützte sich gegen die Stapel, die Augen vollständig von den Lidern verdeckt, den Kopf leicht in den Nacken gelegt mit einem, ja, wohl wegen des ihm allein zugänglichen Genießens fast ein bißchen um Verzeihung bittenden Lächeln. Als er die Augen endlich öffnete, griff er gleich nach meinem Arm: »Eine kleine Schwäche«, sagte er verlegen. Zum ersten Mal hatte ich beobachtet, wie diese kurzen, flüchtigen »Ohnmachten« mit einer beträchtlichen Lust verbunden waren. Einige Wochen später klärte Willi mich dann über den Mechanismus auf.

Jetzt aber mußte ich den noch etwas taumeligen Willi selbständig, den aufgemalten Hinweisen strikt Folge leistend, schleunigst zu unserem Depot zurückführen. Es standen so viele Möglichkeiten, in ganz entlegenen Regionen zu landen, zur Verfügung. Man mußte Vertrauen in die Farben und Buchstaben, in die Zahlen und ihre unterschiedlichen Größen haben, dann wurde am Ende alles gut. Jawohl, nach zwei Irrgängen klappte es.

Wir setzten uns noch ein Weilchen. Gegenüber der Abteilungsrezeption, oder wie sollte man das nennen, gab es eine nach drei Seiten offene Wartezone, einfach nur eine zufällige Verdichtung von Sitzmöbeln. Kaum durfte Willi in seinem Sessel, und also in Sicherheit, erschlaffen, erschien noch einmal, in einer zweiten Welle also, das beinahe wollüstige Entgleisen in seinem Gesicht, als hätte er sich selbst eine Droge gespritzt, auf die nun ein Schmerz folgte. Täuschte ich mich? Eine Schrecksekunde, die verging, über die wir hier nicht redeten.

»Ich fühle mich schon wieder unverschämt wohl«, behauptete Willi. Popanzig streckte er die Beine aus, ließ seitlich die Arme hängen, wie man ihn selten sah und gähnte mehrfach ausgiebig. »Nimmt man hier solche Rücksicht? Die anderen sprechen so leise. Wie morgens im Hotel. Wenn man schlecht geschlafen hat, wird beim Frühstück der Kaffee so vorsichtig eingeschenkt. Es gibt sehr zartfühlende Frühstücksmädchen. So zartfühlende Frühstücksmädchen. Sie treten sachte auf, damit einen nur ja kein lauter Ton quält nach der mühseligen Nacht. Die wissen das alles, alles wissen die. Durch die Schonung verfliegen die Kopfschmerzen, wenn man noch eine Tablette nimmt. Alles so leise, so leise.« Es stimmte nicht, Willi hörte noch nicht wieder richtig, beziehungsweise die Leute, die hier warteten auf irgendwas, starrten apathisch vor sich hin, müde, faul, deprimiert. Auf uns aber achtete keiner.

»Die Frühstücksmädchen treten so sachte auf, jaja. Ob das

eine Anweisung ist von der Direktion, extra zur Morgenstunde, als Entschädigung?« Willi sprach nicht ganz flüssig, es kam ihm mit leichtem Lallen von den Lippen, darum war es besser, noch hier zu bleiben. »Die kleine alte Frau da in ihrem Bett. Ich möchte so, daß es ihr gut geht. Sagte ich das schon? Dieses Äffchen, Maki, Koboldmaki. Lemurenfrätzchen?«

Willis Lippen waren naß. Er bemerkte es nicht wie sonst. Ich mochte gar nicht hinsehen. Willi, als Frau Luchs ihn an sich gezogen hatte, wußte sich besser zu beherrschen. Jetzt, noch blasser als sie, ruhte er sich aus, schien für einen Moment in Schlaf fallen zu wollen. Sein Kopf, von der Kranken eben noch gestreichelt, sank gegen meine Schulter. »Bin etwas überarbeitet«, murmelte er. »Bin nicht etwa überarbeitet«, sagte er etwas lauter und versuchte sich aufzurichten, schaffte es nicht, ließ den Kopf mit wehrlosem Kichern an meinem Oberarm. Ein harter Schädel, das spürte ich durch die dichten Haare hindurch.

Drei Leute unserer Sitzgruppe fielen mir auf. 1. Ein kleines Mädchen in meiner Nähe. Es saß mit hochgezogenen Knien auf einem Schaukelpferd, auf dem es artig wippte. Der Rock war bis in die Leistengegend gerutscht. Es trug, trotz der Tageskühle, nur Söckchen. Eine Hand lag auf einem nackten Knie, während es unaufhörlich in sich gekehrt schaukelte.

2. Hinter einem großen Plüschnashorn mit hochaufragendem Horn saß ein dicker lesender Mann mit wulstigen Zügen und gespreizten Schenkeln. Unter dem Hosenschlitz war die Naht geplatzt. Daher sah man zwangsläufig ein paar Quadratzentimeter der weißen Unterhose. Mit der Rechten kraulte er, wohl automatisch und ohne hinzusehen, die Locken eines engelhaften kleinen Jungen, blonde Locken eines winzigen Meßdieners, hätte man meinen können.

3. Ebenso unschuldig aber wie dieser Kleine mit seraphi-

schem Gesicht, mit seiner cherubinischen Entrücktheit, mit der distanzierenden Andersartigkeit eines hochbegabten Kindes vielleicht, war – und ich entdeckte es erst durch den Blick auf dieses dritte Gesicht – das erste, ein offensichtlich friedlich unterbegabtes Kind. Ebenso einem anderen Raum zugehörig wie der ruhig vor sich hin sehende, bewegungslose Junge das schaukelnde Mädchen. Eine Gleichung mit dem dicken Mann in der Mitte und dem Plüschnashorn als Zufallsdekoration.

Lag es am Plüschnashorn, daß Willi, wohl noch nicht vollständig wieder bei Sinnen, nuschelte: »Irene, denkst du auch manchmal an den Hund Max?« Willis rotbrauner Mischling Max, dem zu meinem großen Kummer früher ein anderer Hund ein halbes Ohr abgebissen hatte! Der Hund Max, Wappentier der armen Zeit! Immer, wenn wir davon sprachen, Zeichen für eine besonders vertrauliche, glückliche Stunde. Jedem, der heute Max gesehen hätte, wäre unsere kämpferische Liebe zu diesem Tier unbegreiflich gewesen. Willi erwartete keine Antwort, es handelte sich nur um eine Überleitung. »Als ich wegen der Blinddarmoperation im Krankenhaus lag, gab es da nicht auch so viel Grün?« Das war damals eine Sensation für die ganze Stadt. Die Wandelhalle, die zwei Gebäudekomplexe verband, ein gläserner Schlauch mit tropischen Gewächsen und frei fliegenden Vögeln. Plötzlich wollten alle Leute kranke Verwandte besuchen. Willi strahlte, das Erinnerungslicht und -leuchten ging in ihm auf und rundete und rötete ihn.

»Wir haben später beide deshalb meine Tante Ilse besucht«, half ich, und ich wußte ja, was nun folgen würde. »Deine Tante Ilse, ich sehe noch auf ihrem Bett die großen Schlüpfer, ihr komisches Korsett, wie Meßgewänder, alles feierlich ausgebreitet.« Willi steckte einen Kaugummi in den Mund: »Wenn man doch noch die Stimmen hören könnte.

Meiner Schwiegermutter haben wir mal eine Cassette von ihrem Mann, von dessen letztem Geburtstag, bei seiner Rede, vorgespielt. Sie wollte davon nichts wissen, aber auch nicht, als sie sich selbst im Video gesehen hat. Sie erkennt nur Fotos an, komisch. Ist komisch. Nicht unsympathisch.«

Der dicke Mann las, das Mädchen schaukelte, der Junge wurde mechanisch gekrault und rührte sich nicht. Alles hielt still. Willi sagte träumerisch: »Wenn Hilde und Jutta gleich kommen, sind wir fast vollständig versammelt. Die Familienfeste früher, ach diese Familienfeste, immer hohe Feiertage, die reinsten Hochämter. Man konnte sich doch nichts Glänzenderes denken in der armen Zeit. Kartoffelsalat, belegte Brötchen, Bowle. Vom Nachmittag bis in die Nacht. Aus allen Ecken kamen sie angereist. Zum Schluß wurde gesungen, jemand las vorher schon Balladen vor.«

»Aber Willi«, wandte ich nun ein. »So gut hat dir das aber nicht gefallen. Es gab meist Krach.« Willi lächelte unbeirrt, verblüfft über meine Begriffsstutzigkeit. Es ging schließlich nicht darum, wie es genau gewesen war! »So was müßte man heutzutage auch wieder schaffen. So ein Fest.«

Höchste Zeit, zu unserer Kranken zurückzukehren. Sobald man in die Station einbog, wurde es viel gemütlicher. Weil man sich schon ein bißchen auskannte und weil hier in Morgenmänteln und Pantoffeln flaniert wurde? Aber es hing auch mit dem kleinen Büro zusammen, links neben der Eingangstür. Eine Glaskabine, ausgestattet wie ein altes Barackendienstzimmerchen, mit Teddybären und Postkarten, Andenken an Patienten, Familienmitglieder, Stammgäste. »Der Hund Max«, sagte Willi noch einmal bekräftigend, verschwörerisch, um unsere gemeinsame Zeit zu beschließen. Dieses Zimmer war ursprünglich sicher auch als schikker Aufenthaltsraum, medizinischer Funktions- und Auskunftsraum gedacht gewesen, aber nun komplett umgruppiert von den täglichen Bedürfnissen, eine kleine Vorratskammer auch an Durchschnittsmedikamenten, Hausmitteln gewissermaßen, auch Zeitungen und Nahrungsmitteln. Im Grunde hätte das bestimmt an andere Plätze gehört, wie die gebrauchte Wäsche in den Vorraumschlitz. Die Krankenschwester begoß ihre Kakteen. »Frau Luchs hat schon nach Ihnen geläutet«, sagte sie, »Herr Wings, ich höre, Sie haben mehrere Nymphen zuhause?« Die Schwester ahnte ja nicht, wie recht sie hatte! »Nein, nur einen einzigen Nymphensittich. Er reist gern, jeden Tag«, antwortete Willi.

Hinter uns der schnelle, feste Schritt stabiler Absätze kündigte seine Mutter an. Jutta, die höfliche Heranwachsende, zeigte uns einen Augenblick ihr verräterisches, eingebildetes Profil. Im Krankenzimmer würde es gleich zwei Prinzessinnen geben, das jüngste und das älteste Wesen. Zwei würden Kaugummi kauen: Jutta und Willi. Alle wären untereinander verwandt, so oder so, nur ich nicht. Alle wären Frauen, nur Willi nicht.

Willi wollte beim Eintreten den Anwesenden mögliche Irrtümer von Frau Luchs ersparen. Also sagte er mit lauter Stimme: »Hier kommt noch mehr Besuch, meine Mutter und Jutta!« Aber es klang außerdem wie ein Zeremoniell bei Hofe, und die kleine Gestalt in ihrem Bett faßte es auch so auf, als sie huldreich das Köpfchen zu den Neuankömmlingen neigte. Dies war ihr Reich und Revier, sie gestattete Eintritt und gewährte Empfang, viel eher mit Würde als mit Herzlichkeit. Der Wirbel um ihre sonst nebensächliche Person stieg ihr allmählich zu Kopf. Gnädig, nicht zornig wie bei uns, streckte sie Hilde und Jutta das verdorrte Händchen entgegen. »Du hast einen Schokoladenflecken am Nachthemdkragen«, sagte Jutta zu Frau Luchs.

Anfangs schwankte ich noch, aber der Eindruck erhärtete sich rasch: Die Atmosphäre im Zimmer hatte sich grundsätzlich geändert, daran war kein Zweifel, auch nicht, als Frau Luchs Hildes Gastgeschenk, eine Schachtel Pralinen, auspackte. Ja, die Schnelligkeit, mit der sie den Deckel abhob und, ohne den Anblick der sorgfältig in goldenes Papier mit jeweils wechselnden Tönungen Gehüllten – aber erkannte sie noch solche Lappalien? – zu würdigen, allen davon anbot, als läge ihr nicht das Geringste daran, kam einer Beleidigung nahe. Aufmerksam mischte sich Willi interpretierend ein: »Du bist aber großzügig und meinst es gut mit uns.« Frau Luchs als die Freigebige!

Bisher waren erst drei, vier Sätze gefallen, doch die Frostigkeit breitete sich weiter aus. Sogar die Art, wie nun die fünf Besucher um das Krankenbett mit der Residierenden darinnen Platz gefunden hatten, ließ unfreundliche Rückschlüsse zu. Frau Luchs hatte Erika auf ihre Bettkante beordert, so daß sie uns eigentlich den Rücken zuwandte, Jutta sollte sich mit Hilde Wings einen Stuhl teilen, Willi bot seiner Mutter den Sessel Erikas an, den die alte Frau jetzt aber für ihn bestimmt hatte. Ich saß sowieso gerechterweise auf einem Hocker an der Tür. »Nun paßt aber niemand mehr beim besten Willen ins Zimmer«, entschied Frau Luchs kurz angebunden. »Da hast du wirklich recht«, stimmte Erika bissig zu. »Ich wollte bloß Willi abholen«, schaltete sich Hilde, zur Attacke übergehend, ein. Mir war noch nie eine besondere Zuneigung zwischen Hilde und Jutta aufgefallen, aber nun schmiegten sie sich auf dem ihnen zugewiesenen Stuhl eng aneinander, unzertrennlich auf Biegen und Brechen. Die andere Gruppe bildeten Frau Luchs und Erika. Weit auseinandergerückt, ohne ein drittes Pärchen abzugeben – ich hätte zum Spaß schon Lust dazu gehabt –, Willi und ich. Aber Willi war viel zu beschäftigt, die Stimmung zu retten. Nur kam er gar nicht zu Worte. Die Nymphensittiche machten ihr eigenes Konzert.

Mordsmäßig strich die alte Frau Luchs die vorhin bespöttelte Tochter heraus, ihre berufliche Tüchtigkeit, die vorzüglichen Torten, die Sorglichkeit für die schwerkranke Mutter. Trotz der vielen Arbeit tägliche Besuche usw. Erika selbst fing an, von Martina zu sprechen, Juttas Halbschwester, von der Bettgruppe aufgezogen und also ihr Eigentum und Trumpf, Maskottchen der Luchsclique, der Stellvertretereltern. Auch bei Martina Tugend und Erfolg in Hülle und Fülle.

In der auf diese Weise gereizten Gegenmannschaft ergriff Hilde, während Jutta zum massiven Lob ihrer Schwester geringschätzig besserwisserisch den Mund verzog, das Wort. Hilde Wings dachte keineswegs daran, die Behauptungen der beiden Luchsfrauen in Frage zu stellen, nicht mal durch Heben der Augenbrauen. Sanftmütig stimmte sie zu. Auf Erikas Schwärmereien antwortete sie gar nicht, die überhörte sie. Aber die Hymnen der alten Frau akzeptierten sie mit unverschämter Deutlichkeit als das fern einer verstandesmäßigen Basis stattfindende Raunen einer Greisin, obschon der Altersunterschied nur ein paar Jahre zwischen ihnen betrug. Sie lauschte ihr geduldig wie einem Kind, einer lieben Unzurechnungsfähigen, einer allein ihres hohen Alters wegen uns, den Lebendigen, noch in den törichtsten Äußerungen Schätzenswerten. Hilde also ergriff stumm und in kränkender Absicht das Wort.

Außer mir durchschaute das natürlich Willi am klarsten. Ich sah, wie er aus Gewissens- und Gerechtigkeitsgründen gegen ein Vergnügen, gegen einen Stolz, der ihm aus den Augen leuchtete, ankämpfte. Tatsächlich schien seine Mutter einer anderen Lebensphase anzugehören. Sie trug den Kopf, mit einem kleinen, sehr verwegenen Hut darauf, sehr gerade, hatte den Mantel aufgeknöpft und die schönen Beine sittsam, aber selbstbewußt übereinander geschlagen, die Hände seitlich graziös verschlungen, die Lippen amüsiert gespannt, der helle Teint inflammiert von einem zarten, boshaften Glanz. Nein, dagegen hatte die Kleinfamilie auf dem Bett nichts zu vermelden. Dunkel spürten sie es sicher auch. Es machte sie nicht friedlicher. Jutta begann auf einmal aus blauem Himmel zu lachen und war wohl selbst entsetzt darüber. Die beiden Luchsfrauen merkten es noch nicht, hielten es noch für ein Räuspern, aber ich kannte die Anzeichen, mir ist das früher auch häufig passiert, es würde ein langes, schreckliches Lachen der Wingschen Tochter werden, angesichts, so hieße es dann in der Auslegung, einer sterbenden Großmutter.

Zu diesem Zeitpunkt zog Willi, mein Willi, ein Taschentuch hervor, faltete es auseinander und betrachtete es, als müßte die beste Stelle für seine Nase gefunden werden. Schließlich begann er in einer Ecke und trompetete so kraftvoll, das Juttas Lachen vernachlässigt werden konnte. Willi hob das Gesicht aus dem Tuch, sah es sich ernst an, steckte die Nase in eine andere Ecke, lärmte wieder, so daß ihn nun alle ansahen, als Mittel- und Höhepunkt der Szene. Wir verfolgten, schlagartig ein Herz und eine Seele im Studieren der Willischen Tätigkeit, wie er systematisch, Schneuzer für Schneuzer, das weiße Quadrat besetzte und mit jedesmal röterem, aber auch befreiterem Gesicht auftauchte. Er fühlte sich wohl wie neugeboren, wir selbst erfrischten uns an seinem Anblick, an diesem Gedröhne und derben Reinigen. Er kümmerte sich nicht um uns, versunken in eine Handlung, die er noch nie leicht genommen hatte. Und wirklich, es trat ein Umschwung ein.

»Ich sehe es noch vor mir«, sagte Hilde ohne Ironie, »wie wir früher zusammen die Taschentücher auf die Leine gehängt haben. Immer mit einer Klammer für zwei Ecken. Du, Willi, hast sie mir angegeben.« Jutta schnaufte. Schon wieder dieses Erinnern!, hielt sich aber mit einem Protest zurück. Immerhin hatte Willi sie vor einer Blamage gerettet.

Frau Luchs sah vom Bett aus in Hildes Richtung. Nachdenklich, als hätte Hilde sie wirklich ein Stück älter gemacht. Noch zittriger als eben klang ihre Stimme. Oder war es nur die Bewegtheit? »Was habe ich früher nur so gerne, gerne zugesehen, wenn die Wäsche auf der Leine immer trockener wurde, immer heller und leichter, und schön war es auch, wenn ich die Hemden und alles so Stück für Stück weggebügelt habe, ach! Die Zeiten, wo sind sie hin!« Sie sprach wie mein Großvater, gefährlich nah am Reimen schon wieder. »Auch Strümpfe gestopft habe ich gern. Nur konnte mein Mann, dein lieber Vater, Erika, nicht auf Stopfen laufen. Zu empfindliche Füße.«

»Nein«, schaltete sich Hilde ein, »solche Sachen haben mir nie gefallen. In einem Kinderheim mußten wir handarbeiten, ein Schwesternheim. Zur Handarbeitsschwester habe ich immer ›Kater‹ gesagt, ich hab ›Satan‹ gemeint, aber damit es nicht so schlimm nach außen war: ›Kater‹, ›Kater‹ für ›Satan‹.«

»Unsere Lehrerin« – Frau Luchs wollte in dem Wettstreit durchaus mithalten – »sagte zu uns: ›Meine kleinen Kaffeekännchen, meine Teetöpfchen.‹ Dabei sah sie selbst aus wie eine Kaffeekanne für zwölf Personen mindestens.« Sie lachte, ich sah aus der Ferne keine Zähne im Mund, nur fahrig die Zunge.

Hilde beendete das Idyll: »Kaffeekanne für zwölf Personen, prima. Es erinnert mich an eine Tante, die Schwester meiner Mutter, die uns etwas zu oft besuchte. Bei uns nannte man solche unverheirateten Verwandten ›Druckmöhne‹, auch ›Drückemöhne‹.«

Erika hob den Kopf, warnend, bestürzt. »Ohne Beruf, deshalb hießen sie so«, setzte Hilde langsam hinzu.

Und Erika, mit ihren prallen grauen Lockenrollen, wußte keinen anderen Rat, als sich nun doch bei Jutta zu erkundigen, warum sie eben so vor sich hin gelacht habe. Jutta, die zum ersten Mal an diesem Nachmittag ins Zentrum des Geschehens rückte, vielmehr geschubst wurde, errötete so rettungslos, daß wir Erwachsenen, zu spät, Mitleid bekamen, sicher auch die Lüchse, falls die alte Dame so was mit ihren Augen noch wahrnehmen konnte. Wieder brach ein generelles Schweigen aus, wie bei Willis fanfarenhaftem Nasenputzen, so gebannt waren wir vom Aufblühen der Farbe in Juttas Gesicht und dem allmählichen Schwinden. Der Farbwechsel hatte jedoch nur etwas mit dem Ertapptwerden bei einer Taktlosigkeit zu tun, nicht mit der Ursache ihres Vergnügens.

Sie berichtete, lakonisch resigniert, da sie ja nun heraus mußte, diese vermutlich doch nur für sie komische Angelegenheit. Beim Friseur, zu dem ohnehin meist nur Frauen gingen, habe ein Mann, den sie nicht sehen konnte, man habe ihr gerade in einer Ecke die Haare gewaschen, irgendwie knatternd lachend erzählt, erst gelacht, dann erzählt, in der Zeitschrift ›Cosmopolitan‹ lese er in diesem Moment den Ratschlag: »Lassen Sie sich von ihm mit den Zähnen ausziehen!« und dann geschrien: »Ich lach mich tot. Lassen Sie sich von ihm mit den Zähnen ausziehen!« Dann wieder knatternd, wie angekündigt, auch wirklich mit Lachen losgelegt.

Zu ihrer, Willis und meiner Überraschung, erregte Jutta mit dieser Mitteilung die größte Heiterkeit bei den drei restlichen Damen, bei den zwei älteren die gewaltigste – »Mit den Zähnen!« Da waren sie sich nun endlich einig im Entzücken. Das, ja, das gefiel ihnen. Die reine Freude erwärmte sie. Warum war man erst jetzt zu diesem einzig nennenswerten Thema vorgedrungen! Wenn diese Flaschen, nicht mal der einzige Mann, nicht besser wußten, womit man richtige Frauen wie sie unterhielt, meine Güte!

»Ich für meinen Teil bin früher ab und zu mal gern in den Hintern gekniffen worden!« rief Frau Luchs, und Tränen liefen ihr über das Gesicht. »Von meinem Mann, Erika, nur von deinem Vater«, ergänzte sie schleunigst und lächelte Hilde Wings verschlagen an, die höchst einverstanden zurückblinzelte. Wer sonst hier hatte schon eine Ahnung von solchen Sachen. Nicht die Ältesten, die Erfahrensten waren sie nur!

Wir brachen alle gemeinsam auf. Die kleine Frau war erschöpft, freute sich wohl, nun Ruhe zu haben, fürchtete sich jedoch gleichzeitig vor dem ruckhaft einsetzenden Alleinsein und bat ihre Tochter, die Vorhänge vor das Dunkle draußen zu ziehen. »Es ist ja gar nicht dunkel«, korrigierte Erika. »Es wird aber«, beharrte das eingetrocknete Weiblein und schlug mit den Fersen gegen die Matratze. Wie zu Beginn starrte sie uns zornig an. Unser Aufbruch ging ihr nicht schnell genug, aber zu flott. Sie kaute unruhig auf den Lippen herum, auf der Suche nach einem Einfall, einer Lösung. Und da:

»Das nächste Mal bringt mir petits fours mit und ein, zwei oder drei pistolets!« »Petits fours«? Das war eines der Stichwörter für meine geplante Geschichte. Weniger merkwürdig als es jetzt klingt, daß Frau Luchs es aussprach! Hätte sie auch noch etwas über ihre »Zehennägel« erwähnt, dann wäre ich bereit gewesen, zu stutzen. In dieser Gegend sind petits fours und pistolets üblicher als anderswo. Allerdings wies die Nennung von ausgerechnet zwei französischen Backwaren darauf hin, daß Frau Luchs bis zur letzten Sekunde, den Faden wieder aufnehmend, Madame Pompadour sein wollte.

Wir fuhren in drei Himmelsrichtungen davon. Willi aber,

als wir uns die Hand gaben, zog den Mundwinkel hoch und flüsterte mir zu: »Wenigstens haben wir an den Hund Max gedacht.«

Um Frau Luchs mußte man sich also vorläufig keine Sorgen machen. Aber welche Albernheit, daß zwei nicht einmal junge Menschen wie Willi und ich noch immer andächtig von einer »Tante Ilse« sprachen. Und das war ja nicht das Groteske, das ja gar nicht einmal. Wenn ein Außenstehender jemals gehört hätte, wie Willi am Telefon, nachdem er sich gemeldet und auf die andere Stimme gelauscht hat: »Ach, Tante Fritzchen!« jubelte! Eigentlich: Tante Frieda, aber sie war schon als Mädchen, vor Hunderten von Jahren bestimmt, als »Fritzchen« zärtlich geneckt worden und hatte es, nach Willis Erzählung, ungewöhnlich lange geschafft, deshalb noch ihren Neffen und Nichten gegenüber kokett zu schmollen.

»Ach, Tante Fritzchen!« Willi rief das ins Telefon mit Emphase, umarmend, in eine verschollene Zeit vordringend und zugleich ins eigene Zimmer diese Mitteilung an die Restfamilie zur glückverheißenden Nachricht modellierend. Nicht, daß er die Tante unbedingt hätte wiedersehen wollen, das wäre durch eine Autofahrt leicht zu erledigen gewesen. Es genügte vollauf, daß sie, die Kindheit, mit allem Drum und Dran, mit August, Obstgarten, Wespen, Margeritenmuster auf dem Tantenkleid, kurzfristig ihr Banner entfaltete. Ich selbst habe die Verwandte nie kennengelernt (Willi besaß mehrere davon), aber ich vermute, auch sie rief nur hin und wieder, in fein dosiertem Abstand, an, um Willis ungläubig erfreuten Ausruf zu hören und sich selbst einen Augenblick als unverändert aktuelle, sogar zunehmende Himmelsgabe zu empfinden in einem ansonsten möglicherweise finsteren Alter.

Ich beobachte das keineswegs kalt. Wie hat man sich die hohe Bejahrtheit eines Menschen vorzustellen? Als etwas Nüchternes? Wie er beispielsweise in seinem Fernsehen eine Liebesszene aus der Position der Akteure erkennt, aber sich nicht mehr an das passende Gefühl erinnert, nur noch den Namen dafür weiß, weiß, wo das Herz sitzen muß, aber es nicht mehr spürt (Nein? Doch! Ich kannte einen fast Neunzigjährigen, der in den letzten Tagen vor seinem Tod am bösesten durch folgendes gequält wurde: Er nahm starke Herztropfen, aber sagte morgens und abends, von Mal zu Mal bänglicher: »Mein Herz ist weg. Da ist nichts mehr!«), der bemerkt, daß jemand ins Zimmer tritt, ihn aber nur noch als Person, nicht als Individuum registriert. Man sagt: »Dein Herz ist noch da.« Und: »Ich bin es, Irene.«

Wenn Willi von einem Abend behauptet, es sei ein schöner gewesen, drückt das in den meisten Fällen nicht direkte Begeisterung aus. Das sieht man an seinen Augen und kann ihm die Zustimmung kaum verwehren, auf die er nämlich wartet, um an sein Resümee nun unbeschwert, von aller Anstrengung erlöst, glauben zu können.

Und ich selbst? Ich habe in einer Schweizer Stadt einen Gang durch die Straßen gemacht, die schließlich in einen kleinen, geometrischen Park führten. Viel Blätter auf den Steinbänken, zwei Pavillons rechts und links. Dann trat ich an die Schlußmauer und sah, wie es, zu meiner Verblüffung, viele Meter steil abfiel zu einem Fluß, tief unten ein Fluß, in der Tiefe, ich hatte gar nicht gewußt, daß ich so hoch stand, auf gewaltigen Granitblöcken. Als ich mich umdrehte, da sah ich, hinter der Verengung durch die Eingangspforten, die lebhafte Straße, sah wieder in die Stadt, Bern war es, hinein, aber der Blick zusammengepreßt von der Einfassung.

Am Comer See erlebte ich vor über zehn Jahren einmal eine Woche lang jeden Nachmittag ein altes Zwillingspärchen, kleine viereckige Frauen im Schottenkaro. Um vier Uhr kamen sie, trugen Doppelkaromützen, Schottenkostüme, aßen ihr Doppeleis, tranken danach Martini mit Olive, Zwillingsmartini, Zwillingsolive, setzten sich hin zur gleichen Zeit, standen auf im selben Moment und sahen mit mir auf den einen See und den einen gegenüberliegenden Berg.

Solche Sachen sind es, bei denen ich stundenlang aushalten kann, ohne daß mir irgendwas fehlt, schon gar kein Buch, und offen gesagt, schon gar keine Unterhaltung. Und ich weiß sogar, es ist mein Kapital, mein Glück, meine Begabung, daß ich, ohne zu denken, mit leerem Kopf und nichtssagendem Gemüt so was anstarre und keinen Mangel an irgendwas leide. So viel diesbezüglich zu mir.

Willi würde das alles interessieren, er könnte sogar dicht bei mir stehen, ohne mich zu stören, würde den Mund halten und überaus zufrieden aussehen, bis er etwas sagen, unweigerlich aussprechen müßte: Man solle diesen überraschenden Abgrund unbedingt diesem oder jenem Bekannten vorführen, wie der nämlich staunen werde. Er, Willi, habe etwas Ähnliches einmal in A. oder B. oder C. gesehen, wenigstens aber geträumt, als wir noch usw. Und bei den Zwillingen: Wie sehr es ihn freue, auch solche kuriosen Gestalten in einer sicheren Lebensform zu sehen. Willi stößt diese Sachen eher abgehackt hervor, er formuliert sie nicht zu exakten Sätzen, dadurch läßt es sich ganz gut ertragen. Auch bricht er manchmal mitten im Satz ab, weil er sich zu genieren beginnt.

Mit anderen Worten, einmal bin ich zwischen Anfang und Mitte November mit Willi gemütlich Zug gefahren. Wir saßen uns am Fenster gegenüber, am hellgrauen Nachmittag, draußen etwas frierend die Landschaft, drinnen Wärme, Kaffee. Draußen schwarze Äcker, erste zarte Wintersaaten und Wintergemüse. Grünkohl, Rotkohl, Weißkohl, Wirsing, Porree auf großen Feldern. Wir sahen es beide an, dachten wahrscheinlich auch dasselbe in etwa. Aber Willi: »Immerhin, das also wächst hier noch. Das wächst hier noch wie eh und je, um welchen Preis der Düngung auch immer. Grünkohl, Rotkohl, Weißkohl, Wirsing, Lauch.«

Dabei verträgt Willi von allen Kohlsorten nur den Blumenkohl und, wenn er gut abgekocht ist, allenfalls Rosenkohl. Der Anblick auf den Feldern! Willi: »Der treuliche Anblick, nicht einfach der Anblick.«

4

Im Mai, meines Wissens hatte es damals, wohl weil man sich zwischendurch wieder um Frau Luchs ängstigte, keine Feier größeren Umfangs zu Juttas Geburtstag gegeben, ein Jahr vor dem Barbesuch in H., fuhr ich mit Willi, dessen Wagen nicht einsatzfähig war, und Ingeborg benötigte den ihrigen, sagte sie, selbst, nach Schwetzingen. Ich habe ihn seitdem nie mehr so lange für mich allein gehabt. Mir gefällt das Zugfahren von allen nicht ganz selbständigen Fortbewegungsarten am besten, und da ich bei dem kundigen Bücherfreund Kieser in dieser Stadt, die sich gern als Spargelparadies empfindet, eine Lesung zu absolvieren hatte, Willi seit der armen Weißkohlsuppenzeit in diesem Gemüse etwas Paraeleusisches sieht oder sah und außerdem mit einem Bekannten dort über Verkauf, Erwerb, Tausch alter Apothekergegenstände verhandeln wollte, machten wir die Reise gemeinsam.

Am nächsten Morgen, nach getrennter Abwicklung unserer Geschäfte, besuchten wir den Schloßpark. Wir warteten schon auf den Einlaß, um möglichst allein zu sein. Die

Chancen dafür standen nur deshalb nicht schlecht, weil es – allerdings bloß schwach – regnete. Ideales Wetter, unter einem großen Schirm um diese Jahreszeit bei wankelmütigen Gerüchen und Vogelrumoren eine sonst allzu offiziell prunkende Gartenanlage zu besichtigen.

Ein Glück, daß Willi an Landschaften hängt! Auch in jedem Roman, in jeder längeren Erzählung brauche ich eine Person, die sich in Wald und Witterungen bewegt. Sonst müßte ich an meinen eigenen Fabulierungen ersticken. Nur an dieser Stelle, durch eine solche Gestalt, kommt für mich der nötige Sauerstoff ins Werk.

Ich selbst kannte den Park schon von zwei früheren Besuchen, und um zu verhindern, daß Willi an diesem Ort, allgemein hingerissen, sofort anfinge, von anderen nennenswerten Plätzen zu schwärmen, erzählte ich vor dem Schloßtor das Nötigste über den im Auftrag des bei Brüssel geborenen Kurfürsten Carl Theodor geschaffenen Garten. Als bereits Siebzigjähriger, nach einem von Jesuiten und Mätressen beeinflußten Leben, soeben verwitwet, heiratete der Kurfürst eine achtzehnjährige Erzherzogin. Sie wird kräftig die Zähne zusammengebissen haben bei den Annäherungen des alten Mannes. Angeblich ließ Schiller sich von diesem Park für die Aranjuez-Atmosphäre des Don Carlos-Beginns anregen. Wäre es zeitlich hingekommen, hätte sich die junge Braut wiederum durch Schiller zu einem verbotenen Liebhaber-Sohn verführen lassen können.

Da sich der Regen vor einer zu erwartenden Aufheiterung noch einmal kurz verstärkte, hielten wir uns, auch weil Willi möglichst immer schon vor einem Ereignis sich vergewisserte, ob ein Andenken wenigstens in Form von Postkarten oder Dias erwerbbar sei, in einem zum Schloßkomplex gehörenden Lädchen rechterhand auf. Ein dämmriger Raum, in dem man sich gleich familiär willkommen fühlte und hoffte, demnächst würde Tee serviert, mitten in dem Sammelsurium von Tongeschirr, Geklöppeltem, hier völlig abwegigen Plakaten und Kalendern. Auch die Besitzerin mußte von vornherein der Überzeugung sein, nur Familienmitglieder würden überhaupt ihr Geschäft betreten. Sie tauchte nicht auf, ließ uns lustwandeln zwischen ihren Angeboten, und wir hätten uns leicht mit gefüllten Taschen aus dem Staub machen können. Leider denke ich bei solchen Gelegenheiten auf der Stelle das Schlechteste, hätte sogar auch Vergnügen daran, es zu tun, wenn die Dinge so wehrlos herumliegen. Draußen rauschte der Regen, aus dem Radio brummte jemand Nachrichten, man hätte sanft entschlafen können, umgeben von Keramikkannen und Schloßkatalogen. Willi aber genoß sichtlich, die uns bevorstehenden Aussichten (Moschee, wasserspeiende Vögel, Badehaus, römische Ruine) schon jetzt isoliert in Abbildungen vorgeführt zu kriegen und sich ins Gemüt zeichnen zu lassen.

Schließlich kam die Inhaberin gemächlich am Stock aus dem Hintergrund mit ihrer zwanzigjährigen Katze, der ein Rückenwirbel fehlte, von Geburt an, ich erinnerte mich. Ihren Hund dagegen rieb die Frau, wie sich selbst, gegen Rückenschmerzen mit Franzbranntwein ein, wenn es allzu schlimm wurde. Was wohl der Apotheker, hätte er's gewußt, dazu gesagt hätte? Sie erzählte uns von den vielen teuren Bäumen, die nach dem stürmischen Winter nicht angegangen waren, und wie man im Park an den Bauwerken ständig renoviere, aber so langsam, weil man alles stehen und liegen lasse, wenn das Geld ausgehe. Das komme leider oft vor. Die Postkarten, die Willi kaufte, bat sie uns zu zählen, ohne einen Blick darauf zu werfen. Willi verabschiedete sich gerührt. Draußen sagte er prompt, es sei da drinnen »sehr schön« gewesen. Natürlich: Das Bräunliche, das Weißhaarige, das sanft Murmelnde, das kurzum Frühere.

Man macht hier viel Aufhebens um den im vorigen Jahrhundert hergebrachten Flieder. Damit war nicht mehr viel um diese Zeit, mit dem Flieder im sogenannten Ehrenhof. Aber was uns beide schon nach wenigen Schritten heiter stimmte? Die gestaffelten Eindrücke. Eine zierliche, abgezirkelte Welt, ein kaum reales Areal, weil sich ja draußen ohne Übergang die Normalumgebung anschloß. Eben hatte man das letzte der schmiedeeisernen Tore hinter sich, da entstand, hervorgerufen durch leichte Wölbung des Bodens, ein Blick wie über die Erdkrümmung in die Ferne hinein. Dieses Hochgemute empfand man auch sich selbst gegenüber, fühlte sich plötzlich in der Lage, einen riesigen Raum zu überschreiten, und fragte sich sofort: Wann drehen wir uns das erste Mal um, welchen Weg schlagen wir ein, um alle vorgeschriebenen, ausgeklügelten Anblicke zu genießen?

Ich hatte den Park zweimal erlebt, im November, im März, immer bei leichtem Regen wie jetzt. Im Frühling mit Stiefmütterchen, Maßliebchen in den Rabatten, dazwischen das Blau der Gärtner und Gartentechniker auf Fahrrädern. Sie setzten die Springbrunnen instand. Alle Figuren schienen frisch vergoldet. Beide Male war ich allein. Willi würde als einziger denkbarer Mensch mein Vergnügen nicht verringern und sich wie ich am Kreis der Zirkelsäle und Laubengänge aus Holzgittern ereifern. Wir standen aber mit den Augen in die Weite gerichtet, die schnurgerade Weite vor uns, und drehten uns dann um zur Gartenfront des Schlosses, der rosigen, schon jetzt unendlich entrückten in der grau dunstigen Luft. Ein sanftes, träumerisches Emblem phantasierter goldener Zeitalter, hinter dem sich aber funktionierende Ampeln, Verkehrsadern, Parkplätze befanden und nur von der Fassade kaschiert wurden, aber doch den wie für alle Ewigkeit geltenden Eindruck nicht null und nichtig machen konnten, diese Oberfläche von überirdischer Gültigkeit, Nichtigkeit.

Das französische Gartenparterre geradewegs halbierend, schritten, ja schritten wir auf zwei riesige weiße Hirsche zu, jeder von uns hatte einen auf seiner Seite, vom Flamen Verschaffelt gemacht zu unserer Freude, zu unserem Verdruß. Von weitem hatte es gewirkt, als ragte aufsehenerregendes Gezweig, bleich und filigran, aus ihren Körpern, die von Hunden festlich umringt wurden, wobei den Hirschen anmutig gegeneinander geneigte Wasserbögen aus den Mäulern schossen. Willi konnte sich, obwohl er nicht genau wußte, was der Park noch für ihn bereithielt, kaum davon trennen, von diesem bizarr niedergebrochenen, nämlich in Netzen gestürzten Wild, über das die Hunde mit wütender Leidenschaft herfielen. Hoch erhoben hatten die Hirsche ihre Köpfe mit den klagend geöffneten Mündern, deren Wasserstrahl den Blutstrom ihres aussichtslosen, zur höfischen Zerstreuung inszenierten Todesspiels darstellte, ohne daß vermutlich irgend jemand jemals Anstoß genommen hatte an diesen Ziergegenständen, die vorführten, wie man es praktizierte bei den Jagden, schön und gut, hier aber in ihrem Parallel- und Zwillingssterben ein für allemal eine Lustbarkeit, ihr Untergang Vorwand für das ergötzliche Schauspiel des Wasserspendens. Ich konnte leicht erraten, was Willi durch den Kopf ging. Er fühlte die großen, weißen Leiber, er tätschelte sie, er drückte das Kinn an und bemühte sich vergeblich, seine Gefühle vor mir zu verbergen.

Das Verkehrsbrausen des Hintergrunds war nun vergessen. Wir durchliefen die Wege wie verschiedene Stimmungen, die uns palettenartig zur Verfügung standen für jeweils absehbare Zeit, lieblich, militärisch, verwinkelt, alles eng beieinander, mal auf dunklem Waldboden, mal auf knirschendem Kies. In den Holzlaubengängen stellte sich das Dasein, das eigene, als das eines Vogels in seiner Voliere heraus. Die Moschee ließen wir seitlich liegen. Als ich sie das letzte Mal gesehen hatte, war sie bis auf die Minarette in Plastik verpackt gewesen. Offenbar hatte man an den Mauern verschiedene Rosatöne ausprobiert, passend zu den Japanischen Kirschen oder Mandelbäumchen davor, damit jeder auch ja aus dem Häuschen geriete.

Natürlich waren die kleinen Wege extra gewunden, an Teichen, weißen Brücken und Tempelchen vorbei. Man sollte viel zum Spazieren haben. Ein Weg stieg ausdrücklich ein bißchen an, wir folgten ihm und sahen sofort, waren uns einig, Willi und ich: um den Blick auf die Moschee unvermittelt und effektvoll als Pointe freizugeben.

Ein feuerrotes Eichhörnchen schien von einer Amsel gejagt zu werden. Dabei gingen beide nur ihren diversen Geschäften nach. Willi aber trug in seiner Manteltasche eine Zeitung mit den Schlagzeilen des Tages und las sie noch immer nicht.

Am äußersten Ende des Parks fügten sich ohne Umstände Felder und Wiesen an bis hin zur Autobahn. Eigenartig, nun dem Eingang gegenüber zu stehen, mitten drin in der dort suggerierten Ferne, sich die Füße zu vertreten in der Vision von Naturunendlichkeit. Ein schmaler Landweg setzte hinter dem Zaun die repräsentative Mittelchaussee parodistisch fort. Es war der Arsch der Welt und eine Antwort oder Vorwegnahme des »Endes der Welt«, eine täuschend gewölbte, gemalte Flußlandschaft, auf die weder Willi noch ich recht hereinfallen konnten. Aber es tat gut, dort durch die schmalen Lauben zu gehen, die seitlich ansteigend erzwangen, daß man ihnen folgte und neugierig wurde auf den Ort, an dem man doch eben noch gestanden hatte, nun von unten zu ihm hochsah, sich annähernd, als führte der Weg zu wer weiß was Großartigem. Die Vögel oben auf den Brunnenlauben spuckten Wasser auf den unten sitzenden Raubvogel, der sich mit einem von ihnen beschäftigte. Hier sollte das

Wasser nicht Blut, sondern den Schimpfgesang symbolisieren. Es kümmerte den Täter wenig. In einem Innenhof stand alles in einer schwebenden, verzaubernden Helligkeit auf rosigem Kies, graublaue Holzkübel mit grüngrauen Bäumchen und einem Pfau, den wir schon lange schreien gehört hatten. Er äugte uns nach und wir ihm, jeder ertappte den anderen dabei.

Das »Ende der Welt« sahen wir noch einmal, aber jetzt von der Seite, sahen mitten hinein in die Illusionskonstruktion. Eine Taktlosigkeit, das nicht einfach zu negieren. Es sollte in dieser Perspektive und Version nicht gelten. Aber wir kuckten trotzdem.

Hatte ich Willi neben mir vergessen? Beinahe. Er mich auch, darum konnten wir hier so gut umherwandern und behelligten uns nicht weiter, hatten uns bisher nirgendwo hingesetzt, gegen unseren Vorsatz, und gar nicht darüber gesprochen. Wir trieben gemeinsam und fast wortlos durch den zartfühlenden Regen, durch die geisterhafte Feuchtigkeit, auf die Sehenswürdigkeiten wie – sagte ich mir für Willi – auf Erinnerungsbilder zu, feste Knotenpunkte im Bewußtsein, vor beträchtlicher Zeit und für lange hergestellt.

Als hätte er meinen Gedanken mitgedacht, setzte er nun laut fort: »Mir geht es jetzt zunehmend so: Ein Gedanke ist da und im Handumdrehen auf Nimmerwiedersehen weg. Ich spüre noch den Abdruck, aber nicht im geringsten mehr, um was es ging. Das müßte mich wohl erschrecken, ich weiß ja, wie man das nennen könnte, und welche Mittel es dagegen gibt, aber etwas anderes kriege ich im Tauschverfahren, nämlich eine Fähigkeit meines Gehirns, mir, für mich selbst überraschend, plastisch wie die Gegenwart, ein Bild aufzustellen.« Ich dachte, es überkam mich eben: Vielleicht wird man eines Tages so sterben, mit einer schönen Erinnerungstäuschung vor den Augen, und die Umstehenden sehen nur die ängstliche Todesmiene, dabei ist lediglich das Gesicht nicht in der Lage, das Gedankenbild zu spiegeln. Ich wollte mir das als Trost unbedingt merken.

Das Nächste hätte ich ruhig aussprechen können, da traute ich mich aber nicht, ich hatte nämlich in letzter Zeit manchmal ein Verlangen, eine schmerzhafte Gier gespürt, nicht etwa wieder klein zu sein, das bloß nicht, sondern die eigene Kindheit wie einen Raum, eine Stadt oder Landschaft betreten zu können, neben mir oder sogar vor mir. Vor mir? Ja, als bestimmte, kraftvolle Betrachtungsweise vielleicht nur, aber: der Welt.

Wir hätten uns gern in eines der Achathäuschen der Brunnenlauben gesetzt. Sie waren aber verschlossen, damit sich niemand an den glitzernden Einlegearbeiten vergriffe. So standen wir nur still, als würden wir uns gemeinsam an ein großes – es war die wohlriechende, kompakte, feuchte Luft – Tier drängen und auf seine Atemzüge, die ruhigen, gleichmäßigen, unsere hektisch hüpfenden allmählich einstellen. Nur so (oder hatte ich doch das Wort »Kindheit« ausgesprochen?) erkläre ich mir, daß Willi, als wollte er nie wieder seinen Apothekerkittel anziehen, sagte, im fortgeschrittenen Alter würden die Dinge immer hinfälliger. Morscher? Die Anblikke, nur noch mit der kleinen Strecke bis zum näherrückenden Tod vor sich, würden geschwächt, ja geschwächt. Die Dinge von früher aber hätten das ganze Leben vor sich gehabt und seien davon rund und fett geworden.

Er schürfte mit dem Fuß etwas Erde zwischen den Steinmustern des Fußbodens auf und lachte verlegen drauflos, nahm die Brille ab, begann sich zu kämmen, putzte die Brille, setzte sie auf, den Kamm zwischen den Zähnen, steckte ihn ein, lachte unsicher den Raubvogel an und zu den wasserspeienden Anklägern hoch. Ganz in der Ferne hörte ich ein Donnergrollen, sehr gemütlich: das Schnurren einer riesigen Katze hinter dem Horizont. Nur mich, mich sah Willi lieber nicht an, aber ich, ich fixierte ihn genau. Was ihn störte, und was ihm, nach alter Tradition, natürlich gefiel.

Nun putz dir auch noch die Nase, dann ist es komplett! hätte ich sagen können, und siehe da: Willi holte sein Taschentuch heraus und faltete es auseinander, als könnte er nun, in seinem vertrauten Anblick, die Umgebung vergessen und sich vertiefen in das, was wir als Kinder »Schicksallesen« genannt hatten, nämlich das Erkennen unserer Zukunft aus »Kimmeln« (das, was Herr Wings in seinem Laden »Nasenborke« nennen mußte) und getrockneten Schnodderfäden. Willi, in Gegenwehr zu meinen indiskreten Blicken, versuchte, vom Zustand seines »Sacktuchs«, ein Ausdruck, der mir eben einfällt, den wir aber beide mieden, abzulenken: »Morgen ist ein frisches dran. Als wir gestern losfuhren, war das hier noch unbenutzt.« Ich wußte ja, schon immer hatte er ein glücksbringendes Zeichen darin gesehen, zum Beispiel, so ein Unsinn, zu einer Klassenarbeit mit frischem Taschentuch loszugehen.

Ich bot Willi gern, um ihn zu ärgern, meine schmutzigen Tücher an. Da hätte er sich lieber die Nase mit Blättern geputzt! Mir umgekehrt machte das nichts aus, nur benutzte Willi, wenn ich einmal seins zwischen den Fingern gehabt hatte, das Tuch erst nach der nächsten Wäsche weiter. Fürchtete er eine Vermählung?

In einer dunkelgrünen, moosigen Nische saß mein Liebling, weiß mit schwarzen Einkerbungen vom Felsen zu uns herunterlächelnd, maliziös und Flöte spielend, lockig mit kleinen Hörnern, Pan, muskulös und müßiggängerisch, bocksbeinig, bärtig. Ein Waldfaun. Da hatten Willi und ich das, was wir uns wünschten. Eine märchenhafte Figur für die Kleinen, dabei wild erotisch und ausgewachsen. Eine Fiktion, eine Manifestation. Ich glaubte doppelt daran.

Willi leider nicht. (Aber Gott sei Dank warf er doch einen sehr interessierten Blick auf den bemerkenswert schönen Leib der Galatea beim Rückweg!) »Wenn man bedenkt, daß man bald unter ›Natur‹ was ganz anderes verstehen wird!« Er legte melancholisch den Kopf schief, hypochondrisch begeistert. Ich hatte Willi seit vielen Jahren nicht mehr weinen sehen, aber in solchen Momenten, wenn er dabei das Taschentuch in der Hand hielt, bekam ich es mit der Angst. »Landschaften unter Glaskuppeln, nach den alten Vorbildern, aber ohne alle unkontrollierten Störungen, z. B. Ungeziefer, Witterungen, die unerwünscht sein könnten. Das alles gegen Eintritt, wegen der hohen Kosten. Draußen gedeiht ja nichts mehr. In der Zukunft.« »Aber Willi!« Der Faun stimmte mich so fröhlich, daß ich über seine Schwarzseherei lachen mußte. »Aber vielleicht macht man das alles nur noch per Enzephalsimulator, die totale Natursimulation, alles spielt sich im Gehirn ab, wenn man das entsprechende Gerät hat. Die Leute werden echtes Moos, regelrechte Bäume gar nicht vermissen. Hoffentlich erleben wir es nicht, aber eine chemische Kettenreaktion globalen Ausmaßes wird längst nicht mehr ausgeschlossen, und dann ist es soweit.«

Der Faun auf seinem Tuffsteinfelsen, Kunstfelsen aus echtem Tuffstein, lächelte mokant zu Willis Elegie und blies sein Liedchen frivol in die schöne Luft. Wenn Willi es nicht hörte, war ihm nicht zu helfen. »Wer es sich leisten kann, lebt in technisch perfekten Räumen, das Vorrecht der Privilegierten, geschlossene Lebensräume, voll durchkontrolliert wie in einem Raumschiff. Der Rest muß sehen, wie er klarkommt. Wie gesagt, Natur ist sowieso nicht mehr drin, keine freien Pflanzen, kein Tier!« Ich ärgerte mich etwas, dermaßen anzugeben war nicht typisch für ihn. Das tat er nur, wenn er sich kurz vorher damit beschäftigt hatte –

eventuell in ›National Geographic‹ – und es referieren wollte, um es länger im Kopf zu halten dadurch.

»Die Kapital-, Finanz- und Warenmärkte, supranational wie der Technologietransfer und die Umweltprobleme, werden dominieren und den Nationalstaat mit seinen Sozialeinrichtungen ablösen.« Willi brachte es raus ohne Stocken, der Pfau schrie dreimal überaus häßlich zur Abrundung.

Mit doppeltem Feuer sah ich den Faun, besonders seinen Bauch an. Was sollte unser Kindheitsgedudel von eben? Ach nein, meine Gunst galt dem Satyr-Mann, ich erkannte ihn ja genau, wie ich das als Kind nie gekonnt hätte. Einerseits, sollte Willi wissen, gibt es die trächtige Atmosphäre, die schließlich fast von selbst Bocksbeingestalten und Nymphen durch enorme Verdichtung zur Welt bringt, oder, wie hier, es interpretiert die hingestellte Figur die Umgebung, drückt ihr das Siegel des Verwunschenen auf. So redeten wir laut und stumm aneinander vorbei.

»Mit dem Nationalstaat und seinen speziellen Einrichtungen ist es dann zu Ende«, rekapitulierte er trotzig, weil er spürte, daß ich mich gegen solche Belehrungen zur Wehr setzte und meinem steinernen Schatz zugewandt hatte. Als ich ihn wieder ansah, meinen Willi, fiel mir die Veränderung sofort auf: Auch hier existierte ein Einerseits–Andererseits. Entweder Willi redete und konnte, selbst gegen seinen Willen, nicht mehr aufhören damit, oder er wollte etwas zur Sprache bringen, kriegte es aber vor Eifer nicht über die Lippen. Diese Phase war jetzt an der Reihe.

»Es interessiert mich in Wirklichkeit gar nicht mehr besonders, kaum noch, es interessiert mich im Grunde überhaupt nicht mehr, Irene.« Irene? Wurde es ernst? Diesen Einleitungssatz fürs Feierliche hatte er immerhin noch vollständig artikuliert. Aber nun senkte er den Kopf, und da er dabei das Kinn anpreßte, verstand ich ihn kaum noch, das

Genuschel erstickte im Hemdkragen. Der Faun provozierte auf seinem Felsen und ließ die imponierenden Muskeln spielen, aber Willi schluckte und flüsterte nur, die Blicke zu Boden gerichtet: »Es ist vorbei für mich. Es wird mich, wenn ich ehrlich bin, nie wieder richtig beschäftigen.« Daß er mich dann so eigensinnig anlächelte, mit gerötetem Gesicht, war kein gutes Zeichen. Er machte ja schmale, böse Lippen dazu. Ich hörte ihn eine Weile heftig atmen, bis er schließlich hervorstieß: »Wegen Barschel, ja, du hörst recht. Seitdem nie wieder.«

Ich antwortete nicht. Das fiel mir nur deshalb leicht, weil ich was Aufregendes zu betrachten hatte. Wäre der Stein doch lebendig geworden, diese Locken zwischen den Hörnchen und an den Schenkeln. Aber vor allem: der Bauch! »Barschel hat alles verdorben.« Willi legte eine Pause ein, der Pfau krakeelte. »Barschel hat – lach du nur – mich politisch auf dem Gewissen. Ich lese die Zeitung, Tagesschau, Wählen, auch das, aber es geht mich nichts mehr an.« Willi schmunzelte, obschon ihm gewiß nicht danach zumute war, seine Grimasse begegnete der des Fauns. »Ich meine nicht das, was er alles angestellt hat, ich meine, daß er, um seine Haut zu retten, öffentlich mit großem Theater das falsche Ehrenwort gegeben hat. Das hat mich angekotzt, mich wird niemals wieder etwas ähnlich ankotzen, weil mich jetzt alles ankotzt.« Willi ließ erschöpft die verkrampften Schultern fallen. Meinte er das wirklich so? »Ich rege mich nicht mehr auf. Warum nicht? Es wird unsereins ja doch nur was vorgemacht. Wie Idioten was vorgemacht. Ob die nun, ob die ein Ehrenwort geben, einen Eid schwören, eine Regierungserklärung präsentieren, eine Autobiografie zusammenschmieren.« »Aber Willi! Übertreibe doch nicht so!« rief ich ärgerlich dazwischen. Mir stand zu diesem Zeitpunkt noch eine diesbezügliche Überraschung bevor, danach sollte auch ich ja anders denken. »Nie weiß man was Präzises, man wird zum Narren gehalten und hat sich am Ende über das Verkehrte aufgeregt. Nicht mehr mit mir. Nach Barschel nicht und nie mehr!«

Was Willi dann vollführte, kannte ich auch schon, aber manchmal falle ich doch darauf herein. Er kaschiert seine Verlegenheit beim aufgewühlten Sprechen damit, daß er angeblich etwas hört, ein undefinierbares Geräusch, Schritte, im Zimmer vielleicht das Telefon? Die Türklingel? Eine Maus? Eine verfrühte oder verspätete Fliege? »Außerdem: Politik? Unfug: Multis und Mafia. Jetzt haben wir 1990, und das ist erst der Anfang.« Er hängte sich bei mir ein, sehr ungewöhnlich, ein Hinweis auf große Verwirrung, ja Ergriffenheit, um mich zum Weitergehen zu bewegen, als wäre das die Lösung, aber mich hielt noch der schöne Faunsbauch fest. »Schon immer habe ich in Intervallen die Politik vergessen, dann, phasenweise, habe ich mich reingestürzt. Ist sowieso falsch.«

Barschel also hatte Willi für den Rest seines Lebens tief gekränkt, hatte es nicht geahnt. Es wäre ihm auch schnuppe gewesen. Jetzt, so tot, scherte sich Barschel ohnehin um nichts Irdisches mehr. Ich fand Willi damals kindisch, das änderte sich jedoch.

»Willi!« sagte ich. »Nun sieh dir diesen Mann an. Wenn du noch etwas mehr turnst als bisher, könntest du auch eine so gute, so blendend männliche Figur haben.«

Glücklicherweise war Willi endlich bereit, vom Thema abzuschweifen und die Gestalt zu begutachten. Er rauchte sogar eine Zigarette mit mir. In der Natur zu rauchen, ist ein von vielen Leuten mißachtetes, dabei besonders erlesenes Vergnügen. Es drückt das Zivilisatorische und Heidnische des Rauschmittels, behaupte ich, am besten aus. Auch der Pan schien statt zu flöten auf einmal zu rauchen. »Früher«, erzählte ich Willi, den Übergang für ihn erleichternd, »faszinierten mich die scharf gekniffenen Zigaretten: Hosenbeine mit Bügelfalten in einem Bett unter Silberlaken.« Da hatte ich es schlagartig. Der Faun und der Zigarettenduft waren schuld. Zwölf Jahre war ich alt, bei einem Sonnenuntergang auf Sylt, neben mir stand ein amerikanischer oder englischer Soldat, der nach Tabak und Benzin roch, die Stimme in der Nähe meines Ohres, die Kurmusik dazu aus der Konzertmuschel. Ich hatte keine Ahnung, um was es ging, aber möglicherweise erlebte ich das sexuellste Abenteuer meines Lebens, ich schwamm in einer erotischen Stimmung, die bis zum Horizont reichte, diffus und völlig unschuldig schmachtend, in das Abendrot, an meinem Fleck stehend, hinein. Es geschah nichts weiter, ich atmete und badete darin, nein, hielt den Atem an und jede Bewegung.

Der Waldgott, Waldteufel aber, mit seinen kraftvollen Wölbungen um den Bauchnabel, die bei einem Aufrichten mit lässiger Straffheit geprotzt hätten, bewirkte, daß ich einige Wochen später, in einer Gegend, wo er sich zweifellos wohl gefühlt und als heimisch empfunden hätte, einen Männerbauch streichelte und hoch einschätzte. Ohne die Vorbereitung durch dieses steinerne, lebensfrohe, genießerische Vorbild wäre nichts daraus geworden. Zumindest nicht so viel.

Der untere Leib der schönen Galatea, die wir kurz darauf betrachteten, was war er für ein wunderbares Gegenstück, ein Wink der Natur und nicht einmal vom selben Künstler ausgedacht. Willi berührte die weiße Figur nicht, nicht wie die Hirsche, aber tätschelte sie mit den Augen durchaus.

Es ging jetzt rasch zurück in den Kreis des Gartenparterres. Die Sonne kam zum Vorschein, die ersten Busentladungen auch. Kreise und Rechtecke bildend, ahmten die Ausflügler sogleich die geometrische Landschaft nach. Frisch auf! Zu Hirschen und Moschee, zu Apollotempel und »Ende der Welt«! Aus dem Normaltag, der längst geräuschvoll im Gange war und den Schloßbezirk als Radau schlagende, nicht einzuschüchternde Selbstverständlichkeit umgab, schritten die Besucher in den nicht zufälligen, den spielerischen, also poetischen Raum, der freilich sich in schicklichen Grenzen dem Kalkül entzog, auch diese Freiheit berechnet, den Einfällen der Jahreszeiten, den Launen der Witterungen, den Geistesblitzen und Grillen des Alterns ausgesetzt. Aus einem Dienstag oder Mittwoch kommend, fanden sie sich wieder auf einem konservierten Fest. Etwas in der Art sagte ich zu Willi, der wohl begriff, daß ich, nach seinen Reden, auch einmal Lust bekommen hatte, etwas daherzufaseln, und mich gewähren ließ.

Den herrlichen und verschwenderischen Ort zwischen Autobahn und Fußgängerzone verließen wir aber nicht, ohne zwei lebendige Figuren, die sich um keine Sehenswürdigkeiten kümmerten und es auch in nächster Zukunft nicht täten, zu würdigen. Eine alte Frau und ein Kind, Großmutter und Enkel. »Komm, ja komm«, rief die Frau, die sich schon schwerfällig bewegte. »Komm, ja komm«, und man wußte nicht, meinte sie die Enten oder das Enkelkind. Enten und Enkel kamen gelaufen und liefen wieder fort. Und wieder rief die Frau und meinte wohl beide. Zum Schluß jedoch sagte sie »Else« zu dem kleinen Mädchen. »Else.« Durch diesen Namen war Willi tangiert. »Else«, wiederholte er für sich. »So was heißt wirklich noch Else!« Wir gingen fort, durch die Tore des nun noch rosigeren Schlosses im Vormittagslicht.

Willi hatte am Nachmittag und Abend geschäftlich in Frankfurt zu tun. Alte Mörser tauschen? Daher fuhren wir erst ziemlich spät Richtung Köln, wo wir uns trennen würden, zurück. Das Glück war weiterhin auf unserer Seite, wir erwischten im Speisewagen das einzige freie Zweiertischchen. Es ging noch ein bißchen altmodischer zu als in den jetzigen Bordrestaurants der ICE-Züge. Die Beleuchtung vergilbt, mit braunem Dampf versetzt. Wir machten es uns bequem, denn mit immer neuen Bestellungen, mit Suppen, Salaten, Getränken würden wir uns bis zum Ende unserer Fahrt hier herumdrücken. Die Serviererin, eine Frau offenbar östlicher Herkunft, lächelte mich an, ich hatte sie vor kurzem auf einer ganz anderen Strecke gesehen. Erkannte auch sie mich wieder?

Viel Zeit zum Nachdenken stand ihr allerdings nicht zur Verfügung. Hier herrschte noch Hochbetrieb. Konzentriert, ohne auch nur ein einziges Mal unnötig aufzusehen, wurde vor sich hin gearbeitet, hintereinanderweg gearbeitet in größter Fixigkeit und Zuvorkommenheit. Ach, was sah ich das gern! Dieses professionelle Wirtschaften, Bestellung aufnehmen, Liefern, Rechnung bringen, Abräumen wie am Schnürchen. »Willi«, sagte ich, »was für eine Sparsamkeit in den Bewegungen!« Und: »Willi, jede Geste haut bei denen hin!«

Wir saßen ja so, daß ich direkt in die Küche sehen konnte, in die schmale Waggonküche, als befänden wir uns auf einem Schiff, wo jedes Fleckchen Platz kostbar ist. Der Koch, ein großer, beleibter, rotblonder Mann mit gut geschnittener Nase, kam keine Sekunde zur Ruhe, verlor keine Sekunde die Nerven. Ein zweiter Ausländer mit Käppi und brasilianischer Haut brachte nicht nur die exotische, sondern vor allem die mondäne Note in das Ganze, in das artistische Zusammenspiel der Mannschaft. Ohne mit der Arbeit anzuhalten, lachten die drei miteinander, dann, wenn der Käppimann, der im hinteren, für mich nicht einsehbaren Teil zu tun hatte, nach vorn kam und Bestellungen weitergab.

»So etwas wird es bald auch nicht mehr geben«, sagte

Willi weltabgewandt. Er stützte das Kinn auf und blickte, sich verabschiedend, in den Speisewagen in meinem Rücken, nahm aber nichts näher in Augenschein, nur das Gesamte, Behälter und Inhalt, das durch den strömenden Regen in großer Geschwindigkeit rheinabwärts transportiert wurde. Oder sah nicht einmal das.

»Cerebrale Anfallschwäche«, sagte er nämlich, mit großer Zeitverzögerung auf eine flüchtige Frage von mir antwortend. »Und es ist die schwächste Form von Epilepsie, keine Explosionen, aber Schwindelanfälle bis zu kurzen Ohnmachten, eine Art Narbe im Gehirn stell dir vor. Ein Spezialist erkennt es am Enzephalogramm. In den meisten Fällen äußert es sich bei mir nur in einer Geistesabwesenheit, einer Absence, die ich selber gar nicht sofort bemerke. Aber nach einiger Zeit spüre ich, daß ich drinstecke, daß die anderen auf mich einreden, aber ich höre sie nicht. Das heißt, ich höre sie schon, aber kann mir den Sinn nicht umsetzen, die Wörter nicht in Sinn, nur Geräusch ist da für mich, eine unüberwindliche Trägheit. Auf manchen Fotos sehe ich diesen Zustand an mir selbst. Ziemlich blöder Ausdruck, steht einem Geschäftsmann nicht gut. Irene, du mußt wissen, es ist völlig unvorhersehbar für mich. Es kann ständig eintreten, auch mitten im Straßenverkehr. Aber dann reagiere ich noch. Nur bei Schwindel wird es schlimmer. Ich glaube inzwischen, die Schwindelanfälle treten dann ein, wenn ich mir die Absencen verkneifen muß, was, bei Wachsamkeit, für eine gewisse Zeitspanne auch klappt. Sonst könnte ich ja nicht den Apothekenjob machen. Wodurch wird es aber ausgelöst? Durch falsches Atmen? Weiß ich nicht. Passiert es auch beim Schlafen? Weiß ich nicht. Träume ich dann? Träume ich dann immer was Bestimmtes? Weiß ich alles nicht. Nehme ich ein Medikament? Nein, hat bei mir Depressionen ausgelöst, abgesetzt, kein Arzt.«

Verdammt noch mal, auch ich bin müde, dachte ich heiter, nach diesem Tag und Vortag, was hat sich Willi denn bloß noch vorgenommen an sturzbachartigen Geständnissen? Zwischen Kühlschrank und Theke mußte die Serviererin obendrein Laufkundschaft bedienen. Einmal aß sie im Stehen schnell einen Salatteller, einen genauso sorgfältig wie für das Publikum dekorierten. Auch das war mir sehr angenehm.

»Die Geistesabwesenheit ist gar nicht so lästig, die läßt sich fast genießen. Beim Schwindel ist es störender. Man kann nicht mehr geradeaus gehen, schließlich nicht mehr aufrecht stehen.« Ich sah in Willis erschöpftes Gesicht. Er lächelte verbissen: »Man wird sachte und dumpf von der Welt abgeschnitten, du kennst es, wenn ein Fenster so wattig zufällt, als hätte man sich den Fuß vertreten oder sich versprochen, aber nicht der Fuß, nicht die Zunge, sondern das Gehirn ist aus dem richtigen Gleis gesprungen, leichte Wolkendecke, vermutlich Vollmond darüber, daher das vage Licht.«

Mir wurde nun klar, wieviel Willi über seine Krankheit nachgedacht haben mußte. Ich war verdattert von seinen Vergleichen, nicht erschreckt, er saß mir ja gegenüber, ein Stück hinter Koblenz, und leibhaftig Willi.

»Wie gesagt, das Entgleisen, das tut richtig gut, auch wenn man davon einen schwachsinnigen Ausdruck kriegt. Aber wenn der Schwindel einsetzt, Irene, dann ist es zu Anfang, als würden im Kopf zwei Schichten gegeneinander vertauscht, gegeneinander oder miteinander, und zuerst ist man ungläubig und denkt, es wäre vielleicht nur ein zu heftiges Augenzukneifen, das den Eindruck verschuldet, ein zu wütendes Ausschneuzen. Aber dann folgt das Wellenwerfen der Kopfschichten, Vorder- und Hinterteil des Kopfes lehnen sich nach den Seiten weg, aber es ist auch ein Eisenring, der auf Schläfen und Nasenlöcher drückt zum Zusammenhalt. Nie kann man vorher wissen, wie hoch die Welle unter einem steigen wird. Ich halte den Atem an, bis ich den Höhepunkt ahne und atme erst dann aus, wenn sie mich irgendwie stotternd absetzt.«

»Willi?« fragte ich. »Es ist jetzt auch so, aber nur sehr schwach. Die Leute hier im Waggon entfernen sich ins Jahr 2000. Sfumato, nicht schlecht. Sogar du entfernst dich.« Er ergriff meine Hand. »Oder kommt der Schwindel erst, weil ich mir so was einbilde?«

Das Merkwürdige, Aufdringliche, Befremdende war, daß ich in der Küche, von meinem günstigen Logenplatz aus, etwas Ähnliches beobachtete. Oder hörte ich Willi viel mitfühlender und also beeinflußbarer zu, als ich dachte? In diesem metallischen und eben noch dampfenden Kabinett kam es nämlich zu einer Verlangsamung, zu etwas Schleppendem, einer Zeitlupendehnung aller Aktionen. Betäubung oder Erwachen in die Normalität aus einer Raserei? Was nun aber, nachdem ich so lange das andere angesehen hatte, zunächst unnatürlich wirkte, eine Tempodrosselung, eine wie unter Hypnose oder Hormonentzug präzise Befolgung der Direktive, sich zu mäßigen. Alle Körper gehorchten ihr dort drinnen in der Küche, und die Serviererin trug die Anordnung, den Verzögerungsvirus mit nach draußen zu uns.

Willi wiederum, als wüßte er, daß wir nie mehr ausreichend Zeit haben würden, so geruhsam zu reden, suchte nach neuen Bildern: »Bevor so ein Schwindelanfall in eine leichte Ohnmacht übergeht, kommt es mir auch vor, als sähe ich, selbst in geschlossenen Räumen, Muster von Zugvögeln, hoch am Himmel, die in verschiedene Richtungen ziehen, sich formieren und zerstieben. Es ist, als müßte ich sie um jeden Preis und mit letzter Kraft verfolgen, unbedingt, sie alle, als wäre es mir höheren Orts aufgetragen und als hinge viel davon ab, sehr viel davon ab, für mich und womöglich die Erdbevölkerung. Kann, solange ich sie nicht aus den Augen verliere, nichts Schlimmes passieren? Geht es um mich allein oder vielmehr um die Zugvögel, über deren Leben ich Macht besitze, wenn ich sie mir nur aufzähle? Alles Quatsch, selbstverständlich, aber in diesen Situationen lache ich über nichts.«

Willi lachte kurz auf, setzte dann noch einmal an: »Oder als wären es magische Zeichen, die etwas zurückstemmen, was sich dahinter staut, das sogenannte Nichts vielleicht, das herunterkrachen will. Oder sehr hohe, zuckende Papierdrachenschwänze, abgerissen, herrenlos, aber von mir mit den Augen im Zaum gehalten.«

Mich hat schon immer der versammelte Unrat auf den Tellern interessiert, die Kombination von Soße, Knochen, Gurke, Serviette und manchmal Zigarettenkippe. Die Osteuropäerin und der Brasilianer sprachen jetzt deutsch miteinander. Der Mann trank aus einem Pappbecher, sitzend, mir gegenüber, auf der anderen Seite des Ganges Kaffee. Es gab kaum noch Gäste. Der Koch hatte seine Küche geschlossen. Alle zogen sich um, arbeiteten aber noch – ein gelassenes Verebben – zwischendurch. Schrittweise verwandelten sie sich in geschniegelte Leute. Die Serviererin schlüpfte in straßbesetzte Stiefelchen und betrachtete sich in einem Handspiegel. Der Käppimann erschien später in einem sehr schicken Straßenanzug, etwas weniger stutzerhaft tauchte der Koch vor dem Tresen auf. Ich versuchte, sie mir auf der Straße vorzustellen, während sie nun plauderten, und ich würde wohl nie ihre Berufe erraten, nie gedacht haben, die drei bildeten ein Team. Den Brasilianer hätte ich in einem Varieté angesiedelt. Alle drei schienen für heute abend noch viel zu planen und ihren so gekonnt absolvierten Dienst gründlich vergessen zu wollen.

Willi: »Wenn man runter auf den Boden muß, ist es wie ein Dahinjagen der Erde unter einem, gewissermaßen«, sagte er mit noch schieferem Mund, »als wäre man ein Hunne und sieht unter sich den Boden wegstürzen. Das Komische ist, man kann sich bis kurz vorher rasieren, an was anderes denken und hoffen, daß es vergeht, man kann pfeifen, aber wenn der Ernstfall zuschlägt, ist es aus damit.« Ich konnte aber trotzdem meine ganze Aufmerksamkeit nicht nur Willi zuwenden.

»Ich stelle mir tatsächlich vor, zum Spaß oder Trost, ich wäre ein Mongole auf seinem Pferd, manchmal gelingt mir das ein Weilchen.« Er räusperte sich kichernd.

Als würde er eine Landschaft durchhetzen, keinen Hügel auslassen, aber doch wissen, am Ende erwartet ihn eine Ebene, und die Hügel wären nur noch ein letztes Aufbukkeln? Ging die Reise von Westen nach Osten, zurück, dahin, wo die schlitzäugigen Teufel herkamen? Ein erregendes Leiden! Hielt er mich zum Narren?

Nach Bonn atmete Willi aus. Er begann sich zurückzuziehen. »An und für sich macht es mir beinahe Vergnügen. Wenn es nicht zu dicke kommt, fühle ich mich wohl dabei. Man entwischt dem, was einen sonst beschäftigt.« Aha, Willi hatte hier seinen Urlaub von der Familie. Er sprach jetzt über seine Kompaktsommerfrische und meinte noch immer seine Schwindelanfälle, gerade so, als spielte er seinen Angehörigen damit einen harmlosen, ihm aber wohltuenden Streich. Unterstellte ich das bloß?

Jawohl, die drei Speisewagenleute, die so unterschiedlich, aber in keinem Fall bieder aussahen, hätten gut in einem Varieté der teuren Sorte jonglieren, steppen, die Conférence machen können. War ihr Bundesbahnjob eigentlich auch schon ein »unbürgerlicher«? Ich habe vor kurzem von einem U-Bahn-Aufsichtsbeamten gehört, der sich für siebzehn

Mark Stundenlohn als Aktmodell in der Freizeit Geld verdient. Die Frauen, die Kunststudentinnen, mögen ihn nicht, weil sie das Gefühl haben, dem U-Bahn-Satyr mache das Nacktsein vor Frauenaugen Lust.

»Ich beklage mich nicht«, sagte Willi, plötzlich besorgt wegen seiner Geständnisse. »Ich wollte es dir nur einmal« – er betonte dieses »einmal« ausdrücklich und mit einem Seufzer – »erzählen.«

Übrigens war mir aufgefallen, daß auch Willi, bei allem Eifer, durch irgendwas abgelenkt wurde. Ich drehte mich nun endlich um, in seiner Blickbahn saß niemand mehr. Was aber die Krankheit betraf, so verhielt es sich eventuell wie mit dem Parfümieren der eigenen Haut. Man tritt sich gegenüber und bleibt doch an alter Stelle, im Parfümfall sogar idealisiert. Eine leichte, andere Zustände schaffende Krankheit. Willi nannte sie ja selbst »im Prinzip ungefährlich«, ein Parfüm, das für die distanzierende Nuance sorgte, ein Fremdeln sich selbst gegenüber, als spräche man wie diese beiden Speisewagenangestellten deutsch – aber als Deutsche –, mit leichtem Akzent?

Wir näherten uns Köln. »Da hinten«, sagte Willi mit hochgezogenen Mundwinkeln, »du konntest es leider nicht überprüfen, saß eine sehr hübsche Frau. Sehr, sehr hübsch. Einmal hat sie geruht, mir etwas länger in die Augen zu sehen. In Frankfurt war sie schon da, eben ist sie erst ausgestiegen.« Er sagte es mit einer Miene, die mir an Männern bei solchen Gelegenheiten nicht unbekannt ist, ein selbstgefälliges Frätzchen, als hätten diese Toren allein durch Verleihung des Adjektivs »hübsch« an eine Frau Besitzerrechte, und die sogar im wesentlichen genossen. Ich antwortete gar nicht erst darauf. Aber, ach Gott, natürlich gönnte ich Willi seine Ausschweifung.

Die drei wünschten uns, ihren letzten Gästen, betont

herzlich einen »schönen Abend«, als sähen sie uns, wie ich ihnen, verräterische Vorfreuden an. Stattdessen standen wir nun auf dem kühlen Bahnsteig. Jeder mußte nach seinem Anschlußzug Ausschau halten. Willi packte seine beiden, von Apothekenraritäten schweren Koffer, schnitt ein verlegenes Gesicht und gestand, er müsse den schnellsten Zug nehmen, sogleich auf und davon, er wolle unbedingt noch bei Hilde vorbeisehen, es sei fest versprochen. Es tue ihm leid, nach den zwei Tagen so abrupt aufbrechen zu müssen, er werde an die Zeit denken, an diese schöne gemeinsame Zeit, er hasse so barsche Abschiede, es sei doch gut so, ja?

Ach Willi, dieses unglückliche, entschuldigende Lippenabreiben, als er mich auf dem dunklen Bahnsteig stehen ließ! Diese hastigen Schritte mit den kaum zu bewältigenden Lasten rechts und links! Die würden doch gar nicht mehr alle in seinen Laden passen.

Erst als ich ihn endgültig, Stück für Stück, auf der Rolltreppe nach unten verschwinden sah, fiel mir auf, daß ich nicht gefragt hatte, ob jemand in seiner Familie, Ingeborg oder Hilde, von seiner Krankheit irgendwas wußte und wenn, unter welchem Titel, vielleicht gab es ja einen Kosenamen dafür?

Daß Willi Barschel dessen trügerisches Ehrenwort so übel nahm, mochte noch ein Reflex aus ritterlichen Kindertagen sein. Vermutlich stand Willi schon im Alter von sechs Jahren zu solchen Dingen mit größerem Ernst, als ein Mann wie Barschel, vielleicht als jeder Politiker (Versprechungen, Ehrenerklärungen, Eide) sich je vorstellen kann. Gut, bis hierher begriff ich Willi, aber daß er deshalb von der Politik insgesamt nichts mehr wissen wollte, war natürlich Idiotie. Und doch muß ich ihn im selben Atemzug verteidigen. Willi registrierte weiterhin öffentliche Vorgänge, Veränderungen auf dem Gebiet des Gesundheitswesens ohnehin, das mußte er schon aus geschäftlichen Gründen. Er beobachtete, er wird als Apotheker mit manchem alten Kunden darüber geredet haben, die Stimmungsschwankungen in der Bevölkerung bezüglich der Wiedervereinigung, und bestimmt wäre ihm nicht entgangen, in welchem Maße die Regierung jetzt, unter dem Vorwand einer finanziellen Kräftigung Ostdeutschlands, die Sozialleistungen reduzieren will und wird.

Nur: Selbst wenn er sich hier und da ereiferte, so geschah das, wenn ich ihm richtig zugehört habe, nur noch punktuell, als höflicher Tribut an die dramatischen Regeln einer politischen Konversation. Er reagierte noch immer als zwar etwas dösender, aber doch durchschnittlich zuverlässiger Staatsbürger, wie er es seit dem täglichen Zeitungslesen von seinem Vater gelernt hatte. Der Unterschied zu früher bestand einfach im Rückzug seiner Gefühle. Es konnte, zumindest sollte ihn nichts mehr erschüttern. Fortan war er auf jede Gemeinheit gefaßt, erwartete sie seitens der Politiker, ja freute sich schmerzlich, wenn wieder eine neue Bestätigung für die Richtigkeit seines Urteils über das Pack der Untreuen geliefert wurde.

Wie gesagt, ein deutlicher Schwachpunkt bei Willi. Aber heute sehe ich das anders oder muß mir ähnlich masochistische Infantilismen vorwerfen. Es hängt zusammen mit dem August 1990.

Nach unserem Ausflug zum Hofgarten von Schwetzingen kam es lange zu keinem Treffen. Wir hatten ja auch vieles in aller Abgeschiedenheit besprechen können. Erst etwa ein halbes Jahr später sahen wir uns wieder. Grund für die ausführliche Pause mochte der Sommer mit den verschiedenen Urlaubsvorhaben sein, und dann hatten wir uns daran gewöhnt, zugunsten vieler kleiner Ereignisse beruflicher und privater Natur, auch im Wissen, daß sich unser Schwetzinger Doppeltag nicht leicht wiederholen ließe, eine Weile Abstand zu halten.

Anfang August wurde die Öffentlichkeit mit einer Reihe geheimnisvoller, möglicherweise nie vollständig aufzuklärender Vorgänge als Folge des Überfalls vom Irak auf Kuweit konfrontiert, ein Wahnsinnscoup, der eigentlich nur auf einer Fehleinschätzung möglicher westlicher Reaktionen beruhen konnte. Mancher Kenner der weltpolitischen und vor allem militärischen Szene – darunter der französische Verteidigungsminister Chévènement – äußerten später den Verdacht, dem Irak sei eine Falle gestellt worden. Man habe den Krieg im Westen gewollt und Saddam, entgegen einer indirekten Signalisierung, man werde sich um seine versuchte Annektierung Kuweits nicht kümmern, diese zum Anlaß ... Immer mehr spricht heutzutage für Intrigen dieser Art ganz zu Anfang der Krise, sie initiierend eher noch, eine Krise, die viele Leute halb schläfrig, halb skeptisch in den Urlaubsorten zur Kenntnis nahmen. Wie nämlich hätte Saddam, von westlichen Nachrichtensystemen unbemerkt, die langwierigen Vorbereitungen für seine Piraterie bewerkstelligen können? lautete eins der wichtigsten Argumente. Aber damals war »alle Welt« nur konsterniert, wie der vom langen Krieg gegen den Iran erschöpfte Irak (viertstärkste Armee der Welt?) eine solche Provokation riskieren konnte. Am 6. August wurde gegen den Besetzer der Ölquellen Kuweits von den UN eine Handelsblockade verhängt. In den USA leitete man in großer Schnelligkeit strategische Maßnahmen unter den stimulierenden Titeln »Desert Shield«, »Instant Thunder«, »Desert Storm« ein. Aus der kürzlich erschienenen Autobiographie General Schwarzkopfs, der den Golfkrieg, bei einem grandiosen Mißverhältnis der Toten beider Seiten, siegreich führte, geht hervor, daß die Amerikaner, noch bevor der UN-Sicherheitsrat die Erlaubnis erteilt hatte, bereit waren, das Handelsembargo mit militärischen Mitteln, dem Angriff auf zwei ungehorsame Tanker, klein, alt, nur für den Küstenbetrieb, durchzusetzen. Ein kriegerischer Akt nach internationalem Recht, eine Aufreizung zum Gegenschlag Iraks! Schon vorher hatte Bush Saddam mit Hitler verglichen, öffentlich auf einer Pressekonferenz, und demütigend den sofortigen und bedingungslosen Rückzug aus Kuweit gefordert. Das alles ist bekannt. Nur frage ich mich, warum heute noch so viele Leute behaupten, der Krieg sei unvermeidlich gewesen und man habe auch gar nichts wissen können. Ich alberner Laie, bin ich etwa, jetzt, wo ich mich zu diesen Äußerungen hinreißen lasse, noch alberner? Gewiß.

Wie sollten denn aber auch die Amerikaner, nachdem sie ihr pompöses Heerlager am Golf aufgebaut hatten – bis zu achtzig Flugzeuge gleichzeitig schleppten das Zeug und die Soldaten rüber –, sich mit einem von vornherein doch gar nicht avisierten Kompromiß zufriedengeben? Und brauchte Amerika nicht endlich ein neues Selbstverständnis und Zielbewußtsein? Aber Frankreich, England? Schon beim Fragenstellen muß ich inzwischen über mich lachen. Jedenfalls hier lag der Anfang dafür, daß ich mich ähnlich wie Willi von einem tiefergehenden Interesse am Weltgeschehen zurückziehen möchte. Es wird kaum auffallen. Bei manchen war es schon der Vietnamkrieg, bei anderen Watergate oder Barschel. Viele haben solche legendären Topoi, mit denen sie sich melodramatisch und nicht gerade intelligent in eine konstante Trotzphase begeben, viel mehr Leute, als man denkt. Sie tragen das sogar mit dem passenden paraten Gesichtsausdruck vor. Ich auch. Man richtet sich ein im eigenen Spezial- und Haupterlebnis. Man kann sich nicht mehr recht in Schwung bringen und Platz schaffen für das Neue, wie es von uns aber verlangt wird.

Wie erwähnt, das alles lag gut eingebettet in die Haupturlaubszeit. Als man wach wurde, waren die amerikanischen Soldaten schon in Saudi-Arabien. General Johnson verglich das dorthin transportierte Gesamtgut mit der Summe aller Einwohner von Jefferson City, samt komplettem Ausstattungszubehör, fünfhunderttausend Tonnen Gesamtgewicht. Und das für nichts und wieder nichts?

Willi war mit seiner Frau am französischen Atlantik, Jutta in einem schwedischen Jugendlager. Bedniak mit Martina in Griechenland. Wir alle ließen es uns gut gehen, ich mir in Italien. Willi schickte eine Karte über Gerüche, Farben, Speisen, und wie gern ich das sicher auch mal erleben würde. Er konnte nicht anders.

Ein schöner Sommer. Ich nahm zu und arbeitete trotzdem zügig, allerdings nicht an jener, auf einem Spaziergang mit Ingeborg konzipierten Geschichte. Die war schon beiseite gelegt. Dabei habe ich die Merkwörter, gerade in diesem Augenblick, alle im Kopf! Fünfmal ein gedachter Knoten im Taschentuch! Zehennägel, petits fours, Wiener Schnitzel, Wasserrohrbruch, Streikbrecher.

Im Herbst telefonierten Willi und ich einige Male. Offenbar befand er sich in Verhandlungen mit Ingeborg über Umbauten, also Modernisierungen. Sie hatte ihm wahrscheinlich ein Versprechen im Verlauf stimmungsvoller Urlaubsabende abgeluchst. Die Gespräche fielen stets sehr kurz aus. Kaum war die Begrüßung zu Ende, begannen schon die Verabschiedungszeremonien. Wir benötigten beide den wechselseitigen Anblick, um wirklich in Fahrt zu kommen. Einmal erzählte er mir, er habe ein Plätzchen in der Hand, das aussehe wie eine Suppenschildkröte, aber er müsse ihr jetzt den Zackenkopf abbeißen. Ein andermal sagte er, Jutta werde völlig unzugänglich, ein drittes Mal brach ich ab aus einem Grund, der mir entfallen ist.

5

Erst im November kam ich wieder nach B. Als ich mich einige Stunden vorher ausnahmsweise anmeldete in der Hoffnung, Willi könnte zwei Stunden für uns allein reservieren, teilte er mir mit – und ich sah dabei so sehr sein Gesicht in der charakteristischen Zwickmühle zwischen nicht zu bändigender Verlegenheit und grotesker Disziplinierung vor mir, daß ich ihm nur halbwegs zuhörte –, ich sei herzlich eingeladen, ihn und Hilde bei einer Erledigung zu begleiten. Absagen wolle er ihr nicht. Sie verkrafte das immer schlechter. Sie erwarte – und solle man es ihr etwa verargen? –, von jedem Tag einen »Minimalhöhepunkt«, jetzt, wo Höhepunkte und Tage allmählich rar oder kostbar würden für sie, aber andersherum, eine Schofeligkeit des Lebens im Grunde, sei die Zeit für Feststunden eben im Übermaß bei ihr vorhanden.

Ich holte Willi zusammen mit Hilde ab. »Wir müssen mal wieder nach Schwetzingen!«: Willis erste Worte. »Hoffentlich war ich da nicht zu trübsinnig mit meinen Zukunftsvisionen.« Willi schämte sich, hatte es bis zu diesem Augenblick getan. Hilde, neben ihm, kleiner, aber fester, in elegantem schwarzen Wollmantel mit Königinnenpelzkragen, fuhr ihm in die Parade: »Nun sprecht nicht von anno Tobak, sprecht von heute!«

Sie ging mit raschen Schritten ohne Schwanken. Wurde sie unwillkürlich langsamer, bemerkte sie es bald von selbst und beschleunigte frech, bis ihre Kräfte wieder nachließen. Wir paßten uns jeweils an. »Ich habe«, sagte sie, »heute morgen, nein gestern morgen, bei meinem Lebensmittelhändler, nicht dort, wo wir Gott sei Dank jetzt hingehen, einen Korb mit Mandarinen umgeschmissen. Die sind durchs Lokal gesegelt, unter die Regale. Die Verkäuferinnen rannten aus allen Ekken her und suchten auf allen Vieren. Ich stand da in meiner Blamage und mußte zusehen. Ich war die Dumme. Warum stellen die auch alles so voll. Mir so was anzutun!«

»Du lachst ja schon wieder!« beschrieb Willi sofort dankbar Hildes Miene. Der starke Nebel lenkte mich ab. Ich weiß gar nicht, wie Willi eigentlich aussah zu diesem Zeitpunkt, blaß oder gerötet, zerfurcht oder praller als sonst. Er korrigierte aber unsere Anordnung, marschierte nun selbst in der Mitte und reichte uns Frauen den schützenden Arm. So gefiel es ihm. »Was ist das schön, mit zwei hübschen Frauen zu gehen«, lobte er auch prompt die Situation. Ich freute mich, endlich Willi in meiner unmittelbaren Nähe zu haben. Mehr benötigte ich momentan nicht: Geräusche unserer Stimmen und Schritte. Als würde der Nebel Willi, Hilde und mich ansonsten als unerhebliche Körper hinweggerafft haben.

Wir gingen durch Straßen zwischen Stadt und Wald, Häuser aus den Dreißigern und Fünfzigern, kaum Geschäfte, im Nebel durchaus geheimnisvoll, verbunden mit dem leicht würgenden Andrängen der feuchten Luftmasse, was mich erinnerte an Willis Schilderung seiner Ohnmachten, wattiges Fensterzuschlagen, im Zug von Frankfurt nach Köln. Daran hatte man nun auf angenehme Weise ein bißchen teil. Ich erkannte überhaupt nichts mehr. Oder gestattete ich mir diese Verwirrtheit nur, weil ich ja Willis Arm sicher unter meinem hielt?

Nebel hat mich schon immer auf nahezu ungehörige Weise erregt, delikate Weise erregt. Warum? Wegen der plötzlich intimen Stimmung, die so unvermutet in der offiziellen Außenwelt zugestanden, ja verordnet wird? Man kann praktisch machen, was man will, keiner kriegt was mit, keiner beanstandet das, was man schamlos, vom Nebel versteckt, plattfüßig, wie betrunken taumelnd, grimassierend wie komplett kindisch geworden, in der überwachten Erwachsenenwelt treibt. Wir gingen weder nackt noch grölend, noch sonst protokollwidrig, nur, wie mir schien, ganz grundlos konspirativ.

Allerdings erfaßte ich doch, daß es mit jedem Schritt unstädtischer wurde. Die Straßen stiegen an und senkten sich, waren schließlich reine Zufahrtswege mit kleinen Bungalows an den Rändern und zunehmend größeren Flächen von Wiesen mit Buschrändern und Bächen. Ich fragte mich also, wie denn in dieser Gegend ein Feinkostgeschäft aussehen und sich rentieren wollte. Hatten mich die beiden mit ihrem angeblichen Einkaufsplan zum Narren gehalten? Sehr entfernt hörte man jetzt Kühe und Vogelzwitschern wie aus frühlingshaften Wolken. Ich dachte auf einmal im November an Lerchenstimmen.

Schließlich bogen wir ab in eine Einfahrt mit halbbelaubten Sträuchern und Bäumen zu beiden Seiten. Wir standen dicht vor einem Schild mit der Aufschrift: »Dellmann, Süßigkeiten, Spirituosen, Delikatessen.« Was man aber sah, war nicht etwa ein Laden mit wenigstens einem einzigen Schaufenster, sondern ein weiß gestrichener Ziegelbau, eine ländliche Villa mit solider und prunkender Eichentür, alles sicher über 100 Jahre alt, und einem kleinen Fachwerkanbau oder -überrest links und einer Holzveranda rechts. »Da sind wir«, sagte Willi stolz. Wollte er, mit seiner Mutter, wie nach dem Krieg in einem Privathaus Schwarzmarktware kaufen? Was war denn das für ein nostalgischer Streich!

Mit dem Vordereingang hielten wir uns nicht auf. Wir umrundeten die Hälfte der Anlage. Es gab noch mehrere Gartenhäuschen, Hütten mit Geräten und Stangen, so weit man hineinsehen konnte, Bänke und Holzlatten, ordentlich gegen die an manchen Stellen von Kletterrosen und wildem

Wein überwucherten, jetzt blattlosen Hausmauern gelehnt. Vor allen Fenstern waren im Erdgeschoß schmiedeeiserne Gitter angebracht, kein Mensch ließ sich blicken. Wurde hier etwa an Rinder und Buchen Zucker und Mehl verhökert? Alles wirkte doch so nachdrücklich privat, daß es mir unstatthaft schien, in die Stille vorzudringen, um ausgerechnet Lebensmittel zu kaufen, für die sich außer dem Schild keinerlei Hinweis auf Angebot und Lagerung zeigte. Hatten Willi und seine Mutter alle guten Geister verlassen?

An ihrer hervorragenden Laune konnte immerhin kein Zweifel bestehen, und jetzt klingelten sie an der Haustür, die in dunkler Vornehmheit keine Aufforderung zum Krachschlagen bot, drückten energisch und zuversichtlich auf den Knopf, so daß man es innen läuten hörte. Ich traute der Sache noch immer nicht, bis sich das Klappern von Absätzen rasch näherte, worauf Willi und Hilde einander fröhlich zunickten. Ich rechnete auch jetzt noch mit einem empörten Gesicht.

Eine kleine Frau in schwarzem Seidenkleid öffnete und sagte ohne Überraschung: »Guten Tag.« Entweder hatte sie ein Bonbon oder einen Abszeß im Mund. Man hörte es gleich am Sprechen. Ein Bonbon hätte ja irgendwann kleiner werden müssen. Sie redete aber in der gesamten Zeit nicht anders. Also handelte es sich um eine Krankheit. Sie drehte sich ohne Umstände dem Inneren des Hauses zu und ging uns voraus, über einen langen Gang, dessen wunderbare, fast bedrohliche Glätte zum Glänzen ihres Kleides paßte, an offenen Zimmern vorbei, in denen sehr prächtige alte Möbel standen. Es war warm und roch nach Kaffee. Am Flurende traten wir in einen weniger feudalen Raum, größer und heller als die anderen Zimmer. Hier gab es keine Antiquitäten, aber auf schlichten Regalen Marmelade und Honig, Gebäck der üblichen Firmen, Reis, Wein, Salz, Senf. Das

Erstaunliche war, daß alle Waren nur einmal, höchstens zweimal vorhanden waren, als hätte jemand mit Mühe und Aufbietung aller Reserven die Fächer gefüllt. Die Frau bemerkte meine Verblüffung und erklärte, da Willi und Hilde mich nur triumphierend anlächelten: »Wir haben das, was andere auch haben, aber zu Großhandelspreisen!«

Ach Willi, sein Stolz war unübersehbar. Er wußte ja, mir lag seit dem Kindergarten das Verkaufen im Blut. Ich konnte auch seine Medikamente nicht anders ansehen, als wären sie eine bereitwillige Beute für einen imaginären, mit klaffenden Schubladen lauernden Kaufladen. Er hatte zwei Fliegen mit einer Klappe geschlagen durch diesen Ausflug, nämlich seine Mutter und mich geradezu ergötzt.

Da lagen die Schätze dilettantisch nebeneinander, wie ausgestellt nur, vorgeführt mit der stummen Bitte, sie hier ruhen zu lassen, damit es keine häßliche Lücke gäbe. An ein Nachschublager war nicht zu denken. Die Frau, die Hilde Preisdifferenzen erläuterte und einen Quittengelee empfahl, hatte sich, so legte ich es mir zurecht, von ihrem Mann, einem reichen Möbelhändler, Kunsthändler, ihren Kindheitstraum erfüllen lassen. Sie war mein Ebenbild in gewissem Sinn. Sie spielte Verkaufen, aber im Ernst, jedoch das wiederum nur zum Spiel, ohne Verdienst, ohne Hoffnung auf eine Rentabilität, ja vermutlich, bedachte man Miete und Nebenkosten, mit Verlust, aber was machte es denn schon aus, in dieser wohltuenden Häuslichkeit?

Anders als mit dem Abszeßpüppchen verhielt es sich bei Hilde. Genau umgekehrt. Hilde kaufte gern ein, kaufte mit Wonne ein, war schon dabei. »Willi«, sagte sie, »ich kaufe dir ein Säckchen Erdnüsse. Ich kann sie nicht nehmen, bei mir habe ich Angst, die Mäuse könnten drangehen. Bei dir stört mich das ja nicht.« Wieder lachte sie ihn von der Seite an. »Und hier, diese Schinkenwurst in der Dose, die kaufe ich auch und gebe sie dir für zuhause mit, Schmalz mache ich dir lieber selbst aus Grieben, Äpfeln und Zwiebeln.« »Nein«, antwortete Willi zärtlich, »kauf es für dich, und ich esse es dann bei dir. Zuhause wird es mir doch sofort weggefuttert.« Hilde sah noch glücklicher in die Runde. Hätte das Willi nämlich nicht so gesagt, wäre ihr die Freude verdorben gewesen. Sie mußte alle Waren einzeln zur Kasse tragen, so verlangte es die Spielregel, und sie gefiel beiden Frauen augenscheinlich enorm.

»Und jetzt noch«, Hilde rief es, sprach es nicht bloß aus, »jetzt noch ein paar Süßigkeiten für meine liebe Jutta, ist ja alles zum Großhandelspreis!« Als müßte sie ausgestreute Mandarinen aus allen Ecken einsammeln, so trug sie mit Leidenschaft die Kleinigkeiten zusammen. In diesem Laden waren die Gegenstände nicht nach ihrer Spezies geordnet. Man hatte sie nach Prinzipien gruppiert, die ich nicht durchschaute. Ich mußte, mit Kennerblick, Hilde wahre Hingabe attestieren. Sie wäre meine ideale Kundin gewesen. Ihre Neigung zu den Waren entsprach exakt der meinigen in reziproker Weise. Ich hätte sie gern geschenkt gekriegt, um sie im Spiel zu verkaufen. Hilde kaufte sie, um sie dann zu verschenken. Solche Feinheiten ließen sich aber nur in einem Geschäft wie diesem überblicken und herausdestillieren.

»Hübsch soll es aussehen. Jutta ißt doch gern Süßes. Sie sollte außerdem Steno lernen, das würde ihr gut tun. Vielleicht kann ich sie hiermit ein bißchen überreden.« »Hilde hält Steno für eine wichtigere Lebenserfahrung als Reisen oder junge Männer und überhaupt für die beste Waffe gegen Verwahrlosung«, flüsterte mir Willi zu.

Er stand herum. Willi beobachtete seine Mutter, die mit Kleinmädchenschnütchen sehr wählerisch Pralinenschachteln verglich, sie zur Kasse schleppte und wieder an ihren Platz, eine Pyramide von Geschenken baute, zurücktrat und alles umschichtete mit versichernder Miene zur Geschäftsinhaberin, ob diese das Kasperletheater noch mit betrieb und Hilde das Vergnügen gönnte. Da es keine anderen Kunden gab, vielleicht waren wir die einzigen in der ganzen Woche?, stand die Frau im glänzenden Kleid abwartend, in ihrem Beruf bestätigt und im Arbeitsleben, zur Verfügung, verkaufte Hilde Negerküsse und war sicher viel wohlhabender als sie und ängstlich nur, man könnte ihr am Ende zu viele Waren wegnehmen.

Hilde hatte inzwischen ihre verfrühte Weihnachtsbescherung beieinander. Willi wies sie ein bißchen zurecht, Hilde sah ihn schuldbewußt an: »Du meinst, ich tue dem Kind zuviel des Guten?« Enttäuscht sanken ihr die Mundwinkel. »Ich soll also nicht!« »Na schön, aber jetzt endgültig Schluß!« Willi gab seinen Widerstand schon auf und kritisierte sie dann mir gegenüber, hilflos, laut: »Sie macht das nur, um Ingeborg zu ärgern, weil die nicht will, daß Jutta Süßes frißt, wegen der Zähne und Figur. Hilde ist ein Kätzchen«, er rief sich zur Ordnung: »Kein Deut vernünftiger.«

Seine Schmeicheleien stachelten Hilde nur noch weiter auf: »Sollte ich nicht für Ingeborg auch was Nettes kaufen, ist ja so billig hier?« »Hilde, ich komme doch auch günstig an die Sachen ran.« Auch das tat Willi leid, kaum war es ausgesprochen. Wieder schmollte Hilde. Von aller Welt verlassen und aller Freude beraubt stand sie da, der Freude, Ingeborg ein wenig zu necken durch ein Geschenk, das ihrer Linie schadete. Es konnte einem das Herz brechen! Willi trat vor und sah sie aufmerksam an, aufmunternd und nun wirklich streng. Selbst das genoß Hilde aber, diese Art der Zurechtweisung behagte ihr. Sie hielt in der Hand eine Schachtel kleiner Baisers, in der anderen Rumtrüffel. Beides wog sie in den Händen, legte es dann gehorsam weg, nicht ins Regal, sondern auf einen dritten Platz. Sie wolle es für sich mitnehmen. Auch Willi mußte merken, was ihr Gesicht sagte: »Kommt Zeit, kommt Rat.« Wie ich später begriff, wußte Willi das alles ohnehin, erkannte allerdings in diesen Scherzchen seiner Mutter an erster Position ihr Wohlbefinden, und daran lag ihm sehr.

»Ich wollte mich nur bei meiner Schwiegertochter ein bißchen revanchieren«, erklärte sie mir. »Sie tut mir so viel Gutes und macht es immer so feierlich, wenn es ans Kaffeetrinken geht. Gibt es zum Beispiel Kuchen, trägt sie ihn auf beiden Händen ins Zimmer wie im Alten Testament.«

Eine von uns bisher noch nicht wahrgenommene Tür an der Fensterfront öffnete sich, als wäre es die Wand, die sich auftat. Ein Kind, schwer zu erraten, ob es ein Junge oder Mädchen war, in einem Schlafanzug, trat ein. Ein hundertprozentiger Schlafanzug war es sicher doch nicht, ein Sport-, ein Hausanzug nur. Am Arm trug das Kind ein leeres Körbchen, und ich spürte mit Hilde gemeinsam das Untolerierbare der Leere hier, in unserem Laden. Die Frau mit dem Abszeß jedoch betrachtete genauso verzückt wie Hilde den neuen Kunden. Beiden schien ein Enkelkind unvermutet geschenkt zu sein. Diesem wiederum waren wir alle vier nicht interessant genug. Ohne uns zu beachten, machte es sich ans Werk.

Natürlich wollte es den Korb füllen. Dabei bewegte es sich aber keineswegs zwischen den Regalen. Es steuerte nach kurzem Umhersehen – mir fiel auf, daß es mindestens, eine extreme Ausnahme, zwanzigmal, nebeneinandergestellt, den Artikel Spargelsuppe in Dosen gab – ein etwa ein Meter langes und breites Regalfeld an. Bei der unsystematischen Anordnung der Waren fand es, insofern war die Entscheidung durchaus professionell, genügend Verschiedenes auf engem Raum. Das Kind griff nach Essig und sprach flüsternd auf die Flasche ein, die es zu sich herangezogen hatte, dann schob es sie von sich fort, weitersprechend, und zweifellos wurde hier ein Verkaufsgespräch geführt, bei dem das Kind beide Rollen übernommen hatte. Keine Tube Mayonnaise, keine Dose Kondensmilch – das alles fand es ja in seinem Areal vor – wurde ohne eine solche leise Erörterung in den Korb geräumt, und einige Male kam es vor, daß sich das Anpreisen in die Länge zog, und in zwei Fällen wurde die Ware von der Kundin abgelehnt. Das Kind hatte es gut in seinem großen und echten Kaufladen und blieb ungestört. Wir alle, vier Erwachsene, waren seine bedeutungslosen Zuschauer. Ich fragte Willi, wie es ihm gehe. »Gut, gut!« sagte er schnell. »Viel zu tun, bis auf Ingeborg ist alles krank im Geschäft. Ich dürfte gar nicht hier sein und so schwachsinnig rumstehen.« Er sagte es sehr leise, es sollte um Gottes willen nicht von Hilde gehört, wohl gar nicht erst geäußert werden und schon wieder gelöscht sein, dieses Eingeständnis. Ich glaube, seine Falten sprangen stärker ins Auge, oder täuschte ich mich? Wirkte die Gesichtshaut nicht weniger gefurcht und dafür eher geschwollen?

Auch Hilde riß sich aus der Bezauberung durch das Kind in seinen bunten Pumphosen los und fragte die Besitzerin: »Sind das Graupen?« »Nein, Rundkornreis, ungeschält.« Aber nun, während an diesem Nachmittag der Nebel vor den Fenstern mit den Schmiedeeisengittern stand, war es an Willi, auf dieses Wort hin, »Graupen«, in selige Trance zu verfallen. Die leichte Ungeduld von eben schwand. »Graupen«, sagte er, »mein Gott, wie lange ist das her, Graupensuppe!« »Kann ich dir machen«, warf Hilde schamlos lokkend hin, aber Willi kochte sich seine Graupen auf andere Art schon selbst. Mit ruhig vor sich hin starrenden Augen schien er in große, graue Graupentöpfe zu sehen, vielleicht mit Pfefferminze und Basilikum gewürzt und Hackfleischbällchen darinnen? Oder auch ganz anders, jedenfalls tauchten diese Graupen, »Kälberzähne« in der armen Zeit genannt, und die ich gefürchtet und gehaßt hatte, dampfend und brodelnd, ein wunderbar wuchernder Erinnerungsbrei, vor ihm auf.

»Kucken Sie sich bitte meinen Sohn an! Er träumt wieder von vergangenen Tagen«, sagte Hilde und stieß Willi mit dem Zeigefinger an. Er kratzte sich automatisch an der Stelle, hörte uns aber nicht. Ich mußte mich abwenden, ich ertrug es nicht mehr, bloß wegen dieser Graupen Willi so sacht verblöden zu sehen, mit geöffnetem Mund und auf erschreckende Weise glatten, ja abschüssigen Zügen.

Wir drei Frauen ließen ihn allein, kehrten ihm, wahrscheinlich aus unterschiedlichen, vielleicht aus denselben Gründen, den Rücken und hörten in der Stille das Kind, das unangefochten seine Unterhaltung fortsetzte: »Wollen Sie Essig?« Es hatte nämlich alle Waren aus dem Korb wieder zurückgestellt und begann von neuem. »Es ist guter saurer Essig für Salat, Kopfsalat und auch Kartoffelsalat.« »Die Farbe gefällt mir, und auch die Flasche sieht schön aus. Geben Sie mir bitte einmal Essig. Und welches Salz empfehlen Sie mir?« »Dieses hier ist unsere Hausmarke, ganz weiß, sehr salzig. Man braucht nur ein kleines bißchen, schon ist alles salzig. Sie sparen viel Geld.« »Ich nehme doch lieber Zucker«. »Hier ist unser Zucker, sehr gesund und schmeckt auch.«

Das Kind war ja viel kleiner als wir, und außerdem saß es im Hückchen. Also hielten wir alle drei unsere Blicke schräg nach unten gesenkt, nicht allzu deutlich, damit sich das kleine Wesen nicht in seiner Geschäftigkeit behindert fühlte. Unwillkürlich registrierte man daher auch den Fußboden. Ein tadellos gepflegter, goldblonder Parkettboden. »Ich selbst benutze ihn zum Kuchenbacken und für Torten und Plätzchen und Kakao«, sagte das Kind und steckte diesmal den Zucker ohne Antwort der Kundin in den Korb. Das mochte daher rühren, daß plötzlich über den Parkettboden eine Fischkonserve rutschte, wie spielerisch, wie ein flacher Stein über einen gefrorenen Teich, an unseren Füßen vorbei.

Wir hatten uns nicht gerührt, wir drei Frauen, nicht gegen ein Regal gestoßen, und auch das Kind in seiner ökonomischen Hockstellung war, das konnten wir bezeugen, nicht in Kontakt mit der Dose gekommen. Einen Moment sahen wir ihrem Gleiten zu, und noch bevor ich mich nach ihr bückte, stand für mich fest, daß Hilde sie unkorrekt behandelt haben mußte. Sie sah wohl nicht mehr so gut, durch den Mandarinenunfall hatte sie uns ja auf so etwas vorbereitet.

Eine Tube Tomatenmark rollte der Fischkonserve nach. Das Kind duckte sich. Es wandte das Gesicht zu uns hoch und schüttelte abwehrend den Kopf, als hätte man es unrechtmäßig beschuldigt. Mehrere Tafeln Schokolade schlugen auf dem Boden auf, hinter uns, harte Gegenstände, das Kind schrie. Willi, zu dem wir uns herumgedreht hatten, versuchte, die vom Absturz bedrohten Lebensmittel an ihrem Ort zu halten, zu retten also, was er retten konnte, Herr der Situation zu sein, eines leichten Erdbebens womöglich.

Aber das war es natürlich nicht, nein, das war es natürlich leider nicht. Es war ja Willi selbst, der die gefährdeten Waren, indem er sie zurückstauchte, sie bändigen und wegstemmen wollte in ihren schiefen Lagen, sich an sie klammernd, zu Boden riß, stumm, mit lallenden Bewegungen, totenbleich, die Stirn wie bei einem starken Schmerz gerunzelt. Während er Pakete mit Kaffee und Tee zu schützen versuchte, verloren sie erst recht den Halt und er selbst den seinigen immer mehr, dabei rührenderweise bemüht, sein Dilemma vor uns zu vertuschen. Sicherlich deshalb standen wir ungebührlich lange gelähmt und ihm zuschauend, obschon er doch in unsere Richtung griff, die Augen, die nicht mehr sehen konnten, zusammengezogen und jetzt nicht mehr schweigend, sondern um Nachsicht stammelnd und dann endlich auf meine Schulter gestützt und von Hilde in den Arm genommen. Nur mußten wir seine Hände sehr fest an uns pressen, denn noch immer wollte er sich bücken, um wieder Ordnung zu schaffen. Das Kind war zu seiner mutmaßlichen Großmutter geflüchtet und starrte den wehrlosen Mann zwischen den beiden Frauen an, der nun aber mit den rudernden Gesten aufhörte, nur noch den Oberkörper leicht schaukelte, dabei aber schwer seufzte wie ein uralter, unglücklicher Mann.

Mittlerweile wußte ich von Willi, daß diese Schwindelanfälle verschiedene Grade erreichten, und noch konnte niemand von uns vorhersagen, wie dieser hier enden, ob Willi sogar die Besinnung verlieren würde. Er atmete dagegen an, er zählte vielleicht seine Atemzüge, um bei Verstand zu bleiben, zählte die Lebensmittel auf dem Fußboden und die noch aufgereihten in den Fächern, ach nein, er sah ja nichts mehr oder nur verschleiert. Unsere tröstenden Stimmen erreichten ihn nur durch Waschküchenschwaden, durch beschlagene Autofenster. Er stöhnte, nicht vor Schmerz, nur um in Verbindung zu bleiben mit uns. Und nun packten wir ihn so fest wir konnten, nicht um ihn am Aufräumen zu hindern, er gab ja nach, als sackten ihm die Beine weg. Auf hoher See, dachte ich, die Wellenspitzen stechen rings in den Horizont, kein Stützpunkt, keine Menschenseele.

Ich weiß nicht, wie lange wir so standen, Großmutter und Enkel lautlos am selben Fleck, Willi, Hilde und ich ihnen gegenüber. Ich erinnere mich auch nicht an das, was gesprochen wurde, aber doch an das Verführerische, das für mich von Willis Torkeln ausging. Hätte ich nicht viel lieber, anstatt ihn durch steife Gegenkraft zu stärken, in dieses sanfte Wogen eingestimmt und mich mitnehmen lassen auf eine

Reiserei aus den Steppen mit in Pferdehufen endenden Beinen, die starre Welt in sausende Horizontalbewegung versetzt, hier, festverwurzelt in einem fragwürdigen Delikatessen-, Spirituosen-, Süßigkeitengeschäft?

Willi hielt die Augen geschlossen. Er wollte gar nicht mehr überprüfen und nicht bewiesen haben, daß er optisch die Welt wenigstens vorübergehend verloren hatte. Ich drückte ihn wie Hilde an mich, dennoch überfiel mich eine genußreiche Empfindung, die ich nun seinen kuriosen Attilafeldzügen an die Seite plazieren konnte. Morgens bei zugezogenen Vorhängen die Geräuschmarkierungen, nichts Besonderes, startende Autos, durchfahrende Busse, Müllabfuhr, Elstern, Flugzeuge, alles gestaffelt, unsichtbar, zerbrechlich in vorgetäuschter Stabilität, die nicht dauern kann, die weiter entfernt schon zerfällt und hier noch, in bescheidener Zartheit, uns umgibt.

Durch Willis Schilderungen im Speisewagen kannte ich mich etwas aus, aber was er mir damals verschwiegen hatte, aus Scham oder Zerstreutheit, war die Möglichkeit, er könnte weinen. Das passierte jetzt. Ihm liefen Tränen über die Nasenflügel, er sagte, schwach, aber doch zweifellos erleichtert schluchzend: »Hat nichts zu bedeuten, kommt von selbst, es geht mir schon gut, tut mir leid.« Das Schlimmste war also vorüber. Hilde holte ein großes neues Taschentuch hervor und reichte es Willi, damit er sich abtrocknen konnte, reichte es ihm tatsächlich und breitete es ihm über Stirn und Augen, Nase und Mund, damit sich ihr weinender Willi verbergen konnte. Sie versteckte ihn in diesen heiklen Minuten vor uns. Einen Augenblick lang hatte ich den Eindruck, sie selbst wollte sich, da sich unsere Hände, Willi umfassend, berührten, auf mich stützen, zumindest an mich lehnen, aber da stieß sie sich schon ab, von Willi und mir, zog mich, Willi, der wieder aus eigenen Kräften stand, allein lassend, ans Fenster. Eine Frage des Takts, ihr widerspruchslos Folge zu leisten.

Die Pupillen in den sich allmählich verflüchtigenden, in normale Dämmerung übergehenden Nebel gerichtet, kommentierte sie durchaus nicht den Vorfall. Ausdrücklich wurde von anderem gesprochen. Einen rechtfertigenden Übergang benötigte sie nicht im geringsten: »Ich nehme jeden Abend, manchmal auch am Tag, starke Beruhigungstabletten, Tranquilizer (sie sprach das Wort englischer aus, als die Polizei erlaubt). Willi gibt sie mir nicht, der Arzt verschreibt sie mir nicht. Aber ich habe einen Spezialapotheker, der verkauft mir, was ich haben will. Mit Händedruck begrüßen wir uns, mit Händedruck verabschieden wir uns, und mit einem Händedruck überreicht er mir die gewünschten Pillen.« Sie erzählte mir das zur Wiedergutmachung nach dem Schrecken. Also lachte ich, nur für sie sichtbar, verstohlen auf.

Wir wandten uns zu Willi um. Er war dabei, mit der Inhaberin gemeinsam, auch das Kind half ihnen, die heruntergestoßenen Dinge einzuordnen. »Entschuldigen Sie bitte. Ich bin überarbeitet. Entschuldigen Sie. Überarbeitet«, sagte er. »Willi, der arme Junge«, raunte mir Hilde noch rasch zu, »ist viel zu gehetzt. Alle wollen was von ihm zuhause. Solche Ruhepausen wie heute hat er selten, da bricht es sich dann Bahn.«

Er fragte uns, nun mit seinem gewohnten schiefen Mund, ob er sich sehr daneben benommen habe, bückte sich noch einmal und spuckte, sicher schweren Herzens, in Hildes Taschentuch, um eine schwarze Stelle im Parkett wegzureiben, wohl weil er fürchtete, dem Boden eine Einkerbung, also größeren Schaden, zugefügt zu haben. Die Frau im Satinkleid wollte ihn daran hindern. »Nicht doch!« rief sie dazu.

In diesem Moment entfuhr Hilde noch der Satz: »Es versteht sich ja wohl, daß wir zu niemandem davon reden!«, bittend, befehlend. Ich nickte wie zu einer übergroßen Selbstverständlichkeit, wobei ich es für einleuchtend hielt, die Brauen hochzuziehen. Ich könnte auch jetzt noch, aus dem Stand, die Grimasse nachmachen.

Willi aber, wiederhergestellt, regelrecht erholt, in ostentativ-elastischer Waldläufermanier, gab einen abschließenden Wunsch zum Besten, nachdem wir den gleißend gebohnerten Gang ohne Unfall hinter uns gebracht und von der Frau mit ihrer permanenten Naschhaftigkeit oder vieldeutigen Munderkrankung Abschied genommen hatten: »Hoffentlich geht der Laden nicht bald ein!«

Über dessen Verhältnisse hätte ich ja nun mehr erfragen können. Aber blieb es so nicht wohlig verwirrender? Wie von den beiden für den Einstieg gedacht, verzichteten wir auf Erklärungen. Statt Nebel also Dämmerungsrußigkeit, von der Straße aus die Rückansicht des Ladens: Vorderfront einer ländlichen Villa. Hier sahen wir wie anfangs das Privathaus, das doch viel offiziellere als der öffentlich zugängliche Feinkostladen.

Hilde, jetzt wie zuvor von Willi unter den Arm gefaßt, sagte großspurig, mit einem Hüpfer in der Stimme: »Ich lade euch ins Café ein!« Willis und meinen Einspruch überrannte sie: »Kein Café, eine Kneipe.« Als wäre es darum gegangen! Auch ich stimmte schließlich zu. Wenn Willi nachgab, hatte ich zusätzliche Zeit, die ich mit ihm verbrachte. Ich traf ihn damals lieber mit Hilde – wenn es schon sein mußte – als mit anderen Dritten.

»Was haben wir es gut. Andere müssen arbeiten.« Hilde meinte Ingeborg. »Hier erholst du dich am besten und schnellsten von Beruf und Familie«, fuhr sie nämlich sogleich fort, trank beherzt von ihrem Bier und erzählte mir,

Willis begütigenden Einwand mit flattrigen Handbewegungen wegfächelnd, sie habe es nicht leicht mit der Schwiegertochter, so ganz leicht nicht, ein, zwei Augen müsse sie manches Mal zudrücken. Als Willi ärgerlich mit dem Mittelfinger auf den Tisch schlug, verbesserte sie sich. Ein paar Kleinigkeiten nur, ansonsten sei sie prima, habe Willi kein größeres Glück haben können. »Aber so dumm, wie man denkt, bin ich nicht, trotz meines Alters. Mich würde doch so interessieren, wie es mit Jutta vorangeht, in allem. Aber absichtlich wird es mir vorenthalten.« Willi hätte wohl gern bei der abwesenden Ehefrau und der anwesenden Freundin um Verständnis für seine Mutter geworben, die aber fügte blitzschnell hinzu: »Willi muß mir immer ausrichten, Ingeborg habe Kopfschmerzen gehabt. Das ist ihre Form der Entschuldigung. Na immerhin! sage ich mir, hat sie ihr schlechtes Benehmen bemerkt.«

»Ingeborgs Mutter, die alte Frau Luchs, die sowieso nicht mehr viel versteht, der wird alles haarklein berichtet, was man mir über mein Enkelkind verschweigt. Dabei soll sich doch die Familie Luchs mit ihrer vergötterten Martina zufrieden geben, mit der Willi und ich gar nichts zu schaffen haben. Ingeborg merkt nicht, wie die Luchsfrauen sie bloß aushorchen wollen über Willis Tochter.« »Du redest Quark«, sagte Willi. »Ach, laß mich, beschönige das doch nicht.« Hilde war in bester Lästerstimmung: »Ein bißchen durch den Kakao ziehen!« Sie setzte mein klügeres weibliches Einverständnis voraus und stemmte die Ellenbogen unternehmungslustig auf den Tisch, breitete sich aus, spielte den Bauern am Herd und den schlauen Fuchs gleichzeitig: »Sie kennen Willi viel länger als Ingeborg. Schön, daß ihr euch noch immer trefft. Ingeborg wird da ja wohl nichts gegen haben. Was? Tut mir richtig gut, euch beide hier zu sehen.« Sie ließ eine Schaumflocke, eventuell sogar absichtlich, einen

Moment auf der Oberlippe stehen, als Affront gegen alttestamentarisches Getue? »Willi hat früher einmal ein sehr apartes Mädchen geliebt. Bis auf den heutigen Tag trauert er um sie, hat sie nie vergessen. Mach uns doch nichts vor, Willi!« Daß Willi seine Mutter jetzt nicht zurechtwies, zeigte seine Erleichterung über ihre gute Laune, vielleicht war er auch noch geschwächt von seinem Schwindelanfall.

»Was waren das für Zeiten! Gegenüber von uns wohnte ein nicht uninteressanter Mann, Besitzer einer kleinen Schreibwarenfabrik. Bei dem hatte ich große Chancen. Sie, Frau Gartmann, kannten ihn auch. Große Narbe im Gesicht.« »Aber da war ich doch noch ein kleines Mädchen.«

Das paßte ihr nicht. Warum mußte ich in ihrer Euphorie den Altersunterschied betonen? Sie schob ihr Bier zwischen uns und sagte, für alle Fälle spöttisch: »Aha, kleines Mädchen.«

Willi betrachtete seine Mutter und nichts anderes mehr. Ich glaube, er hätte mit niemandem getauscht in dieser Stunde. Er lächelte sie an, als wäre das sein normaler und immer gültiger Gesichtsausdruck, und es mußte natürlich wiederum dieses »An-den-Lippen-Hängen« sein, was Hilde ausgelassen machte. An den Nebentisch setzten sich ein schmächtiger und ein großer, plumper Mann. Hilde sah es und witzelte vernehmlich: »Da fällt mir ein: Nun soll im Fernsehen unverschämterweise Dick und Doof in Farbe gebracht werden.«

Dann schlug sie die Hände vors Gesicht. Niemand glaubte ihr das Schämen. Sie verlangte ein zweites Bier und musterte mich: »Tadeln Sie mich etwa?« »Nein«, antwortete ich dämlich folgsam. Ich war einfach überrumpelt. Willi, in seiner Genugtuung, berührte einmal kurz unsere Hände gleichzeitig, Hildes und meine, Hilde zog ihre schnippisch weg, wie bei unerwünschter Zudringlichkeit. Sie mochte

Gefühlsaufwallungen nicht leiden, wollte sie wenigstens negieren. Ach, das gefiel Willi. Wie gut es doch Hilde ging, wenn sie sich rabiat aufführte!

»Was haben wir nette Sachen eingeholt, hoffentlich nicht bloß unnützen Kram!« rief sie als nächstes. Sie begann einige der Süßigkeiten auf den Kneipentisch zu packen, als ob nun Schach gespielt werden sollte. »Das«, sie trennte einige Naschereien ab, »nimmst du für Ingeborg, das hier für Jutta mit, von mir mit persönlichem Gruß. Mit herzlichem Gruß! Willi, du weißt ja, im Grunde will ich das Allerbeste für deine Familie.« Hilde als Ränkeschmied.

»Sie sollen auch nicht in die Röhre kucken, Frau Gartmann.« Früher hatte sie mich geduzt, sich aber pünktlich mit meiner Volljährigkeit aufs Siezen versteift und war nicht davon abzubringen. Jetzt schob sie mir eine Schachtel mit Katzenzungen hin. »Manchmal, wenn ich vom Einkaufen komme und schnell Kartoffeln schäle fürs Mittagessen, habe ich die Tüte mit den Wurstsorten vor mir liegen und bohre schnell ein Loch rein, um was zu sehen und mich schon zu freuen.«

Willi verkrampfte seine Lippen wie stets, wenn er sich nicht zu sehr anmerken lassen wollte, wie er sich wohl fühlte. Er spannte sie stark, er fühlte sich außerordentlich wohl! »Hilde, gestern sah ich ein altes Foto von mir, da war ich, na, vielleicht vierzehn, und ich trage einen viel zu großen Nadelstreifenanzug. Wo mag der bloß hergekommen sein?« Hilde machte flüchtig ein argwöhnisches Gesicht, aber sie konnte ihre jungmädchenhafte Wonne gar nicht unterdrücken: »Du weißt das wirklich nicht mehr? Du nimmst mich nicht auf den Arm? Das war doch der Anzug von Dr. Dremann, ein bulliger, potthäßlicher Chemiker, aber wir haben den Anzug damals hocherfreut angenommen. Hat viel Geld durch Tantiemen verdient.«

»War das zu der Zeit«, fragte Willi erstaunlich manövrierend, verträumt manövrierend, »als auf unserer Straße die Schwestern Dosquet im Sommer auf dem Balkon saßen, in bunten, seidigen Morgenmänteln, die an den Beinen so sündig auseinanderfielen? Wir standen unten und bewunderten sie und haben sie auch ausgelacht. Irgend jemand sang dazu, ich höre noch, daß jemand sang, sie selbst oder ein Verehrer, eine Radiostimme aus dem Zimmer hinter ihnen.«

»Ach was, das war viel früher, du hast sie nur als kleiner Junge verehrt, mit vierzehn nicht mehr, da waren die längst verheiratet oder im Puff gelandet.«

Wie Willi sich dumm stellte, um Satz für Satz anzuhören, wie Hilde, die sonst so mißtrauische, auf ihn hereinfiel und mit adventlicher Freude Dremann und Dosquet auferstehen ließ! Wie Willi alle Geschichten kannte und sie entzückt von Hildes Lippen als neue empfing, wie Hilde eine alte Macht noch einmal genoß und aufstrahlte bei dem unverhofften Glück, eine angeblich noch frische Einzelheit aus ihrer und Willis Vergangenheit zutage gefördert zu haben! Was für eine Herrlichkeit kurzfristig zwischen dem freudebereitenden Willi und der Erfreuten! Willi hatte mir gesagt, sie stelle in ihrer Küche an besonders ereignislosen Tagen ohne Grund den Durchlauferhitzer an, zur Unterhaltung, um das Wasser kochen zu sehen, damit überhaupt etwas geschah.

Er beging einen kleinen Fehler: »Mir hat immer so gut gefallen, wie du als Kind, wenn du ins Kinderheim fuhrst, in den Teutoburger Wald, die Eisenbahnschienen beobachtet hast vom Perron aus, wie sie sich schlängelten und du dich dabei schon auf die Figuren spitztest, die vor dem Heim aus den Hecken geschnitten waren.«

Hilde hörte ungeduldig zu. Was kam er ihr da mit ihren eigenen Erlebnissen! Sie sah demonstrativ auf die Uhr, um sein Reden zu beschleunigen, als würde plötzlich ihr, nicht uns die Zeit knapp. Willi strengte sich beim Erzählen jedesmal so an! Flüssig, leicht wie Hilde schaffte er es nie. »Das Beste hast du natürlich vergessen«, unterbrach sie ihn schließlich, »es war ein Heim für behinderte Frauen. Die schweren Fälle lebten hinter Gittern. Sie riefen nach uns, sie wollten uns streicheln. Die harmlosen halfen in der Küche und konnten sich freier bewegen. Eine hatte ich dazu gebracht, mich auf einer Decke, die um einen Schrubber gewickelt wurde, über die glatten Flure zu ziehen. Wie eine Rasende galoppierte sie mit mir los.«

Nein, Willi wandte nicht den Blick von ihr. Ich aber hörte, in Hildes Sprechpausen, ein Stück Papier, das auf dem Tisch vor Willi lag, bei jedem Atemzug an seine Rippen stoßen und dort eine halbe Sekunde rascheln. Atmete er so heftig, oder lag es an der Beschaffenheit des Papiers? Ich hätte es noch viel länger belauschen mögen, als es dauerte.

»Hilde ist, solange ich sie kenne, die Ungeduld in Person«, sagte er unverhohlen schwärmerisch. »Beim Bettenmachen hatte sie früher schon immer den Hut zum Ausgehen auf. Wenn sie sich eine Zigarette anzündete, achtete sie nicht aufs Streichholz, sondern kuckte in die Zeitung. Einmal hat sie dabei ihr Heftpflaster am Daumen in Brand gesetzt.«

»Heftpflaster kriege ich von Willi umsonst in rauhen Mengen. Verbrennungen, blaue Flecken, Schnitte, Kratzer kann ich noch jederzeit vorführen!« lachte Hilde, eifrig zustimmend. »Feierlich geht es bei mir nie drauflos.« Sie stockte, biß sich auf die Lippen, setzte neu an: »Geht es bei mir nie zu.« Ich hatte den Schrecken in Willis Gesicht gesehen, als sie die zwei Wörter vertauschte und die Erleichterung, als sie den Irrtum schnell überspielte.

Ob es Willi am besten gefallen hätte, seine Mutter als schöne Statue vor sich zu sehen, starr, in einem stets vollkommenen Glück, wie früher Inbegriff des Duftenden,

Schmissigen, ein Standbild, das nicht untergehen durfte, wenigstens aber die groben Zeichen der ehemaligen Pracht versammelte?

Auch ich spürte, daß Hildes Begeisterung nicht unbegrenzt anhalten konnte. Willi fürchtete die sich nähernde Verdüsterung, die sie wie ein unvermittelt einbrechendes Greisenalter überkommen würde. Er mußte das unglücklicherweise als Richterspruch über sich selbst empfinden. Nur die Zufriedenheit seiner Mutter ließ ihn, glaube ich und verwerfe es dann wieder, vor sich selbst als gut erscheinen. Ob ihm an Ingeborgs Billigung oder Kummer denn nichts lag? Gewiß, aber nicht so deutlich, ihre Gefühle konnten nicht so beherrschend auf ihn übergreifen. Sie war zu jung dazu, immer noch zu jung trotz ihrer über fünfundvierzig Jahre. Was ihr fehlte, war die von langer Lagerung fabelhaft gewordene Erinnerung. »Da haben wir doch wenigstens den Tag herumgekriegt«, faßte Hilde undankbar zusammen. Ich wußte, wie sehr Willi diese Formulierung erbitterte. Hilde wußte es ebenfalls. Als sie die zornige Falte über seiner Nase bemerkte, griff sie seinen Unterarm: »Es war wie in alten Zeiten!« Ihr höchstes Lob. Willis Stirn glättete sich sogleich.

Sie spielte auf Willi mit »bewegenden Bildern«. »Jetzt geht es wieder ab in die Einsamkeit«, sagte sie versonnen. »Manchmal um elf Uhr abends nehme ich eine neue Bluse in die Hand und denke: Wann wirst du die wohl tragen, bei welchem Anlaß? Das werde ich heute abend auch tun. Eigentlich sind es zwei neue.« Und Willi übersetzte sich leicht: »Wie sehne ich mich nach Festlichkeiten, sieh doch nur, wie albern und rührend meine Ersatzhandlungen sind!« Er schlug die Lider über ernsten Augen nieder. Der Nachmittag war verstrichen und vorbei.

Draußen, im Dunkeln, als Willi zur Besänftigung das Aroma der Luft erwähnte, sagte sie zu mir: »Mein Gott, lobt er schon wieder was? Was lobt er denn jetzt schon wieder?« Ich war froh, daß weder sie noch Willi erkennen konnten, wie ich mich amüsierte, wenn auch unter Protest.

»Wie abgesprochen, Willi, morgen mit Jutta zum Friedhof. Es ist allerhöchste Zeit für das Grab. Wir hinken den anderen hinterher.« Er werde tun, was er könne, murmelte Willi sacht störrisch. Wenn er irgend wegkönne aus dem Geschäft, komme er. Er müsse aber mit Ingeborg reden. »Du meinst, es wird nicht klappen? Wenn es nicht geht, geht es nicht, ich werde dann eben ...«

Ich hatte beschlossen, noch einen Tag in B. zu bleiben. Auch morgen würde ich Willi keine Minute allein sprechen, aber als beide, Willi und Hilde, mich aufforderten, sie auch hier zu begleiten, als gehörten wir zusammen – »Oft sehe ich meinen Sohn tagelang nicht«, sagte Hilde, ihre Ansprüche verteidigend, »geradezu ganze Wochen nicht« –, stimmte ich zu. Das schien mir nach einem halben Jahr Pause nicht übertrieben.

Der Umstand, daß Willi mich nicht für den Vormittag zur Apotheke, auf einen kleinen gemeinsamen Cognac im Hinterzimmer eingeladen hatte, nicht einmal zur Besichtigung seiner laufenden, gerade aktuellen Dekoration, ja auch über sie, anders als sonst, kein Sterbenswörtchen hatte verlauten lassen, machte mich aber doch etwas perplex. Bei welchem Gestein, Federvieh, Urwaldmodell zur Arzneigewinnung mochte er wohl angelangt sein in seinen Schaufenstern?

Ich meinerseits hatte ausdrücklich, ausdrücklich oder gleichgültig? vermieden, mich nach den Modernisierungen zu erkundigen. Wie bei der Auswahl des »Delikatessengeschäfts« im Wald vermutete ich auch hier eine Absicht. Willi schämte sich wegen der Verhunzung seiner Apotheke. Er wollte uns beiden die für ihn schmachvolle Demonstration ersparen, Verblendungen, publikumhofierende Umbauten in Kunstmarmor oder Glas, alles Niederlagen, die ihn beim Vorführen womöglich noch unter den erwartungsvollen Augen Ingeborgs vor mir als Zuschauerin gegen sie aufgebracht hätten. Und es herrschte diesbezüglich doch Frieden oder Waffenstillstand.

Es so zu betrachten, kam mir sehr entgegen. So geht es übrigens immer. Selbst eine im schlimmsten Fall böse Absicht, was hier ja überhaupt nicht zutraf, ist mir sympathischer, als den geistlos glotzenden Zufall an seinem zerstreut vollführten Werk ahnen zu müssen.

Steckt eine Taktik dahinter, hat alles doch zumindest eine Art Sinn und Liebkosung, ja, Liebkosung, darauf bestehe ich, und am meisten spielt es eine Rolle in der Liebe. Doch »davon später«.

Kurz, auf diese Weise, durch diesen Kniff konnte ich den ins Auge gefaßten Friedhofsbesuch unter dem Stichwort »Umgehung weitaus deprimierenderer Vorgänge« in mattem Vorausglanz erwarten.

Ich benutze seit Jahren in B. bei meinen Besuchen immer dasselbe Hotel in der Nähe des Bahnhofs. Mir gefällt besonders das töricht rote, französische Bett, von mir dort stets als Einzelbett gebraucht. Es ist sogar so, daß ich darauf achte, immer nur in der linken Hälfte zu schlafen, als sollte das gesamte Hotel, wenigstens das Zimmermädchen, über meine anständigen Nächte dort informiert werden, vielleicht auch aus Sparsamkeit, inzwischen aus Sparsamkeit. Man wird ja sogar in Luxushotels zum ökologisch asketischen Umgang mit den Handtüchern aufgerufen! In meinem Hotelzimmer dachte ich an Hilde, wie sie jetzt, falls sie Willi nicht nur hatte erpressen wollen, ihre neuen Blusen aus dem Schrank nahm und zurückhängte, wobei sie sich einen imposanten Auftritt ausmalte, der natürlich so nie zustandekam. In der erhofften, zum Kauf verlockenden Wucht nie. Ich wußte, sie besaß ungewöhnlich schöne Kleider. Manche trug sie nie, keine Erinnerungsstücke also, sondern das Gegenteil, Reliquien, die das Stiftungsereignis aussparten und ersetzten. Das mußte genügen. Vorausglanzstücke! Mit dieser Praxis ist Hilde nicht allein.

Willi aber verwahrte in seinen Gedanken eine Reihe längst zerschnittener, verschenkter, zerfallener, für immer entschwundener, zerfaserter Kleider, aus denen er sie am liebsten niemals herausgelassen hätte: Ein kleinkariertes Schneiderkostüm aus einem umgearbeiteten Herrenanzug, auf Taille, mit wattierten Schultern, ein »Wiener Strickkleid«, türkis mit aufgesetzten braunen Taschenblenden, ein aus vielen bunten Blüten zusammengesetztes, von ihrem Mann in Straßburg für sie gekauft, ein blau-rotes aus Frotteestoff, so habe ich es verstanden, mit schräg aufeinander zulaufenden Streifen, von ihrem Mann aus Paris geschickt. Manchmal, wenn ich mit Willi durch die Stadt gegangen bin, blieb er plötzlich unter einem seitlich erfolgten, kleinen Stromschlag stehen. Dann hatte ihn in einer Auslage, für die er sich sonst nie interessierte, ein Detail auf die nur noch in seinem Kopf existierenden Schätze hingewiesen.

Offengestanden erinnerte ich mich sehr wohl, eben wegen der auffälligen, wulstig verheilten Wunde bzw. der Narbe, an den Schreibwarenfabrikanten oder auch vielleicht nur Bleistifthersteller. Ob er Hilde verehrte oder ihr sogar zu nahe getreten war, kann ich nicht beurteilen, das mochten spätere Vergoldungen sein. Der nur kurz aufflackernde Zorn Hildes gegen mich, das traue ich ihr respektvoll zu, bezog sich, es ist eine Instinktsache bei ihr und bei mir, gar nicht vordringlich auf das Herauskehren des Altersunterschieds, sondern auf eine Verweigerung meinerseits, sie witterte das augenblicklich. Meine Hochachtung nachträglich! Obschon ich nämlich im allgemeinen nichts dagegen habe, daß Hilde, vor allem vor Willi, die große Schicksalsverwalterin herauskehrt, ewig mit diesem »Er war ein Mann, der nie ...«, was Willi ihr dann, trunken von solch unangefochtener Charaktergläubigkeit, blind aus der Hand frißt, wollte ich ihr diesmal solchen Pomp nicht zugestehen. Nicht mit mir! Bei mir richtete sie damit nichts, aus einer Laune heraus, aus.

Man mußte sich in diesem Punkt, wenn man es gut mit Willi meinte wie ich, Sorgen um ihn machen. Was für ein hoffender Augenaufschlag und brünstig zuhörender Blick, wenn Hilde loslegte! Stante pede war es dann ja auch gekommen: »Dr. Dremann, ein bulliger, potthäßlicher Chemiker.« Da hatte sie doch noch ihr Ziel erreicht.

Ich gönnte ihr diesen Einfluß natürlich. Sie ist eine alte Frau, die durch solche Bestätigungen ermutigt wird. Aber Willis wegen war Vorsicht geboten. Was sollte er anfangen, wenn sie dereinst nicht mehr mit solchen Zaubersprüchen aufwarten würde? Willi wäre doch verloren. Ohne Hilde gäbe es für ihn weder bullige Charaktere noch kraftvolle Situationen, nicht in der Vergangenheit, noch weniger 1991 oder im Jahr 2000. So weit meine damaligen Befürchtungen.

Da ich selbst ohne familiäre Bindungen lebe, was zum Teil meine Anhänglichkeit an Willi erklären mag, sprang mir selbstverständlich das verwandtschaftliche Treiben in der Familie Wings nebst Sippschaft, in all seiner Urtümlichkeit, kraß ins Auge. Ich genoß es in Intervallen wie Eintopf. Zu den Spezialitäten dieser durch merkwürdige Feindschaften, Versöhnungen, Eifersüchteleien und üble Nachrede verbundenen Menschengruppe gehörte, neben den Streitereien um einen einzigen, angeblich von Tante oder Großonkel kolportierten Satz, verhöhnend, beleidigend natürlich, auch der Kleinkrieg, der vom weiblichen Teil der Verwandtschaft um ein bestimmtes altes Foto geführt wurde.

Meist ging es wohl am Telefon los. Eine Tante fragte verdächtig beiläufig und schon allein dadurch alarmierend für die Angerufene, nach einer Fotografie, sagen wir des Urgroßvaters mit seinem Schäferhund vor einer Tannenschonung. Lange hatte man dieses Mannes nicht mehr gedacht. Im Nu stieg er nun, nach zwei, drei Nachforschungen, die ergebnislos verliefen, das verschollene oder unterschlagene Bild aber um so unersetzlicher machten, zum eigentlichen Star der Familie auf. Irgend jemand mußte im Besitz des Fotos sein und den anderen hinterhältig verschweigen, wie er es still besaß und seinen Nutzen daraus zog, den er dem Rest wohlweislich nicht gönnte. Wo wäre der Nutzen dann geblieben! Man hatte jetzt nicht das Porträt, aber eine Kette von Verdächtigungen, mit Überraschungsbesuchen aus geheuchelten Gründen im Gefolge.

Auch Hilde legte am Kneipennachmittag auf listige Weise einen Köder aus und fixierte damit vage, über den Friedhof hinaus, ein weiteres Rendezvous. Sie habe beim Kramen noch zwei vergilbte Aufnahmen gefunden, von Willis Vater als jungem Mann, die sonst ja fast gänzlich fehlten, und eine von sich, im türkisbraunen Wiener Kleid mit dem hohlwangigen Kind Willi an der Hand!

Da würde Willi, Apotheke und Nymphensittich plus Ingeborg beiseite, nicht lange auf sich warten lassen! Fotos waren für Willi nicht Sammlerstücke, Aufreizungsgegenstände wie für die viel schlechteren Verwandten. Mein Willi sah wirklich seine »Ahnen« darin, in zweidimensionalen Gräbern. Nein, nicht von Vergänglichkeit bedrohte, nur durch Vergeßlichkeit gefährdete, aufbewahrte Personen, die treu durch Ansehen bedacht, wie die von ihnen überlieferten Anekdoten immer neu erzählt werden mußten.

Er zeigte mir einmal ein steifes, altes Porträtfoto mit fünf Großtanten und einem Großonkel, das Übliche, brutal düster blickende Frauen in schwarzen Kleidern, die bis zum Boden reichten, ein an seinen Schnurrbart glaubender Herr, der hinter ihnen stand. Nur die Jüngste lächelte lieblich in einer weißen Flügelschürze, ach ja, seine Großmutter, Hildes Mutter. Immer nur Punkt, Punkt, Komma, Strich, meinte Willi. Alle mit seinem dicken Haar, seinen schönen Wimpern, nur die Großmutter nicht. »Für Fremde also Punkt, ... Punkt ... für mich ...«, sagte Willi, »... ach! Auch wenn ich die Lebensläufe jeweils nur in Fragmenten kenne.«

Für mich war es, als sähe ich das Urgesicht von Willi, zusammengesetzt aus diesen vielen, in Festigkeit vor mir, jetzt, wo die Kennzeichen der Fotografierten unter der Erde weit auseinandergerückt waren, bis auch ihre Lebensbögen, die erst durch den Tod überzeugenden Schwung und Konturkraft gewonnen hatten, zerstäuben würden und, man wußte es nicht genau, wie nie, niemals vorhanden gewesen.

6

Hilde trug ein schwarzes Hütchen. Sie habe sich die Kleinigkeit schon mal in Hinblick auf die Beerdigung von Frau Luchs, mit der man ja realistischerweise irgendwann rechnen müsse, gekauft. Ich wartete auf die drei am Drehkreuz des Friedhofeingangs, eine Vorrichtung, die Leute daran hindern soll, ihre Hunde mitzubringen, nehme ich an. Man dachte eher, es gehe hier in einen Gartensupermarkt oder an die Zookasse. Jutta machte ein brummiges, ja angeekeltes Gesicht. Sie war also nur widerwillig, um die Großmutter auf Willis Drängen anzufeuern, mitgetrabt. Man merkte es. Hilde übersah es geflissentlich und redete Jutta grundsätzlich, was aus ihrem Munde befremdlich klang wie die Sätze der Abszeßfrau, mit »Mein Schatz« an.

Viele Leute hatten die Laternen mit roten Lichtern einbetoniert, um sie vor Diebstahl zu sichern. Es brennt darin rund um die Uhr, »ewig«, und sieht im Dunkeln sehr traulich aus. So früh am Nachmittag kamen sie leider nicht zur Wirkung, aber es sollte ja bei Tageslicht gearbeitet werden. Willi suchte etwas. Er führte uns zunächst kreuz und quer auf dem älteren Teil der Anlage herum, wo es Moos und Efeu gab und gut nach Nadelbäumen roch. Manchmal klebte ein roter Zettel, fliegenpilzartig aus dem Immergrün leuchtend, an den Grabmalen mit dem Befehl an die Eigentümer, sich bei der Friedhofsverwaltung wegen des gefährlich wackelnden Steins unverzüglich zu melden. »Sieh dir das an«, sagte Hilde maulend, »die meisten waren Allerheiligen schon fertig, nur wir noch nicht!« Willi knurrte zu meinem Vergnügen bloß vor sich hin.

Wir erreichten das vorläufige Ziel. »Was fällt euch an diesem Grabkreuz auf?« Willi sah in die Runde. Es handelte sich um ein schmales, von Unkraut graziös überspanntes Grab. In das Holz hatte man als Geburtsdatum eingebrannt: 29.12.1958, als Todesdatum aber: 3.4.1940. Da half kein Nachrechnen, obwohl Jutta es versuchte.

Es ergab sich, da wir nicht schnurstracks zum Grab von Hildes Mann gingen, daß sich die Gruppe Hilde/Jutta von uns abspaltete. Gar nicht schlecht arrangiert, Willi! Natürlich hätte Hilde das nicht akzeptiert, wenn sie nicht 1. mit ihrem Enkelkind einige private Worte hätte wechseln wollen, und 2. – nun ja: Willi predigte. Er hielt mir einen Vortrag über die Gräbersituation. Ich hörte Hilde hinter uns schadenfroh lachen. Sie kannte ihren Sohn.

Er stach wieder, wie so gern beim Ereifern, mit beiden steifen Zeigefingern coltartig nach vorn. »Hier lohnt sich beinahe an jedem Grab, es gründlich zu studieren. Die Goldschrift noch wie auf den alten Totenzetteln.« Wir kamen an einer großen Gruft vorbei, wo die Grabsteine, sicher neun oder zehn, wie Spielkarten im Kreis lagen, oder wie eine freundliche Familie um einen Tisch herum. »Aber es wird nicht so bleiben. Man hat wegen Platzmangel das Friedhofsdauerrecht abgeschafft. In manchen Städten kann man überhaupt Gräber nur noch für zwanzig, höchstens vierzig Jahre kaufen ohne Verlängerungsmöglichkeit. Da geben sich die Anverwandten auch keine Mühe mehr mit den Steinen. Hier kauft man die Zeitgräber für fünfundzwanzig Jahre und kann beliebig verlängern.« Willi machte im Gehen eine kurze gymnastische Übung mit den Armen. »Früher, in der Zeit, aus der die schönsten, historischen Grabsteine stammen, erwarb man, wenn man über das Geld verfügte, durch erhöhte Gebührenzahlung eine Ruhefrist auf Friedhofsdauer. Das hat man rückgängig gemacht. Aus. Wer nicht eine Familie hat, die immer neue Ruhefristen kauft, für den ist von diesen alten Toten, die, als sie noch lebten, dachten, hier sei für immer Platz, der Traum aus. Keine Dauerrechte mehr, zu viele Tote fallen an. Also präge dir die besten Engel ein, sie sind vergänglich.«

Während Willi seinen Vortrag hielt, suchte er offenbar noch weiter. Hildes Quengeln in unserem Rücken mißachtete er. Als unübersehbare Signale, auch beifallheischend, vielleicht auch jedesmal erschreckend, die hochaufgeschichteten Blumen über den jüngst Verstorbenen. Unterschiedlich schnell welkten die Blüten in den Kränzen. Manche vertrugen wohl die kühlen Nächte nicht, aber darauf kam es hier nicht an, und das war richtig so!

Willi blieb vor einer Familiengruft stehen, auf der ein novemberliches Angebinde lag, bescheidener als die meisten hier. »Das ist der Apotheker, der sich umgebracht hat, im

Frühjahr«, sagte Willi. Ich täuschte mich sicher nicht, wenn ich vermutete, daß wir drei Frauen, als könnte man durch die Erde hindurchsehen, die letzte Ruhestätte des Selbstmörders mit besonderer Gründlichkeit betrachteten. Da sprach Hilde es auch schon aus: »Früher wurden sie nicht christlich begraben.« Irgendwas daran schien ihr gut zu tun. Die kirchliche Strenge, das schauerliche Außenseitertum, der Umstand, daß sie es wußte?

»Aus einer Apotheke in der Nähe ist ein Stehcafé geworden. Auch da ging es langsam bergab, nein, gar nicht langsam. Der ehemalige Besitzer ist jetzt einige Straßen weiter, in der neuen Schwanapotheke, mit seinen weißen Haaren Angestellter.« Willi hielt den Kopf gesenkt, als spräche er von sich selbst. »Los Willi, voran! Nimm dir nicht alles so zu Herzen. Ist ja furchtbar! Dein Vater wartet!« Da blinzelte Willi mir zu, und Jutta schloß sich heimlich an. Hilde jedoch, die auch das beobachtete, machte einfach mit, lachte, als hätte nicht sie, sondern ein anderer den Satz gesagt.

Wir kamen allmählich in den neueren Teil des Friedhofs. »Hier ist Dauerbepflanzung vorgeschrieben!« rief Hilde von hinten. »Erst nämlich machen die Hinterbliebenen ein großes Theater, und schon kurze Zeit später kümmert sich keiner mehr um die Gräber, sagt der Friedhofsgärtner. Kein Aas kommt dann noch zum Pflanzen und Gießen. Aus den Augen, aus dem Sinn! Deshalb notgedrungen die scheußlichen Bodenbedecker, immergrün und winterhart und fast schon gar nicht mehr biologisch.« Drohte sie damit prophylaktisch der Restfamilie, falls sie, Hilde, einmal dahinginge?

»Hier ist es doch wie im Badezimmer« – von Jutta hörte ich keine Silbe –, meldete sich Hilde weiter in unserem Rücken. »Abscheulich überall die hochpolierten schwarzen Steine, grinsen mich an, grinsen uns alle an, alles wie gekachelt.« Willis Gesicht verriet, daß Hilde in Fahrt kam, fideler

Stimmung wurde, selbst als sie auf das Grab einer jungen Frau hinwies, deren Vater, ein Mann in mittleren Jahren erst, jeden Tag herkomme, ihres Wissens, mit frischen Angebinden, und das Grab putze wie eine Zugehfrau das Wohnzimmer, schmücke wie einen Altar, eine Braut. Die Unterhaltung mit Jutta war wohl doch nicht recht in Gang, obschon Hilde zu Anfang großartig erklärt hatte: »Wir haben uns so viel zu erzählen.« Darum redete sie lieber für die Gesamtmenge der Zuhörer.

Jetzt endlich meldete sich Jutta. Sie hatte, fast versteckt hinter einem Grabstein, einen Spielzeugbagger entdeckt, daneben ein handtellergroßes, grünes Rennauto. Da blieben wir doch alle stehen und lasen vom Stein ab, daß hier ein siebenjähriges Mädchen lag. Samt Opfergaben lag es.

Wir waren fast angelangt. Die drei kannten sich nun gut aus, in dieser Gegend der erst nach Friedhofserweiterung angelegten Gräber. Jutta zeigte mit einer kindlich runden, an diesem Nachmittag sehr weißen Hand auf drei Grabsteine nebeneinander, die nur einen Namen und darunter zwei Geburtsdaten trugen. Hier hatten sich also die Vorsichtigen einen Platz gesichert, den sie eventuell, im Falle sehr vieler Lebensjahre, sogar nachkaufen mußten. Aber fürs erste konnte ihnen nichts geschehen, sie durften den Tod lässig kommen lassen, eine Herberge war ihnen gewiß. Sie mußten schon jetzt ihr Grab in Ordnung halten, konnten im Übermut Blumen hinbringen. Hier wurde Jutta endgültig wach. Es zwickte und kitzelte ihre Einbildungskraft, die wohl doch nicht durchgehend träge, sich das auszumalen. Hilde allerdings, da wir nun vor dem Grab ihres Mannes standen, sah, und das würde sie keinen der hier verbrachten Momente vergessen, ebenso den zukünftigen Ort ihres langen Liegens an.

Am Grab war zwar für mein laienhaftes Auge nichts zu

beanstanden, Willi und Jutta begannen jedoch unverzüglich zu arbeiten, Pflanzen, die sich im späten Blühen allzu sehr verzettelt und solche, die sich im armseligen Erfrieren oder Verdorren schon beinahe verkrümelt hatten – das alles stellte ich erst im zweiten Anlauf fest –, rissen sie aus der Erde und betätigten sich ohne aufzublicken. Willi holte zwei bombastische Angebinde mit feurigen Dolden in der Mitte aus einer Einkaufstüte. »Hat Bedniak organisiert, natürlich viel billiger wieder. Was soll man da machen. Er tut's ungefragt.«

Hilde ging auf und ab. Sie könne nicht helfen, der Arzt habe ihr das Bücken verboten. Man sei mies dran, im Alter. Ich begleitete sie auf diesen zehn Metern. »Das, was Sie hier sehen, ist das, was uns Alten bleibt.« In welche Greisengangart verfiel sie nun, in die ihrer eigenen Mutter, in die von Frau Luchs? Sie sprach laut und mit harter Stimme. Wen wollte sie für was bestrafen mit dieser plötzlichen Verwandlung in die Mythe der Ernüchterung? Willi hatte mir einmal erzählt, ihr Gesicht versinke in Normalsituationen immer öfter ins Mürrische, in eine bestenfalls melancholische Weltverachtung und erbarmungslose Verdrossenheit. Immer schwerer sei es, ihre Mundwinkel zu einer gewissen Hebung zu veranlassen. Aber, allerdings, welches Aufatmen, wenn es gelänge! Wie sehr sie Willi, wenn sie ihr Basis-Altersgesicht aufsetzte und einsetzte, aus der Ruhe brachte, wußte sie es nicht? Sollte ich ihr einen Witz ins Ohr flüstern, nur um zu beweisen, wie leicht sie sich aufheitern ließ, wie oberflächlich Mißmut und Lustigkeit waren, kindliche und kindische Witterungen, Wetterlaunen? Nein, hätte Willi das Experiment abgelehnt, vorherrschend ist, anders als früher, die Argwohnsmiene, mit jedem Tag schlimmer. Ich sehe ihre Augen, wenn sie sich unbeobachtet fühlt, und es rührt mich schrecklich. Sie ahnt nicht, was sie damit ausdrückt!

»Zu Ihnen kann man ja so was wohl mal unbekümmert

sagen. Willi behält alles ewig im Gedächtnis. Mein Gott! Man kann sich bei ihm gar nicht mal ungeniert Luft machen. Er ist ein guter Junge, aber was man braucht, ist auch mal so ein Schwätzchen, so ein petitliches«, überraschte sie mich nun. Das Wort »petitlich« gefiel mir, ich prägte es mir sofort ein, um es zu verwenden, es sollte nicht untergehen. Hilde, die schon wieder couragierter als eben auftrat, hatte mich nämlich mit ihrer Wehmut angesteckt. Wie sollte man an dieser Stelle, ob man in der Erde wühlte oder sich auf- und abpatroullierend die Füße vertrat, nicht daran denken, wie es unter diesen Rechtecken sich in Auflösung und Anverwandlung reckte und sich das Menschliche mit der andersartigen Umgebung verwurzelte und sich die Substanzen ineinander übersetzten! Und wer weiß, da unten fanden die merkwürdigsten Transporte durch Lebewesen statt, wo wir oben noch mit der verbissenen Grabpflege zugange waren. Je putzsüchtiger oben, desto emsiger das wüste Umschichten unten?

»Hier in der Nähe liegt auch meine frühere uralte Nachbarin, noch älter als Frau Luchs«, trumpfte Hilde, erfrischt, auf. »Sie hat mir so gern erzählt, wie ihre Familie fast auseinandergebrochen ist, weil sie es gewagt hatte, vor der älteren Schwester zu heiraten, die dann aus Scham schnell als Katholische einen Protestanten genommen hat. Der noch größere Skandal! Sie kennt viele Geschichten über dich, Jutta.« Jutta sah erschrocken hoch. »Einmal kam ich rüber, da hörte ich, wie sie diese Sachen, ausführlich und mit frei erfundenen Zutaten, dem Fensterputzer mitteilte.« Hilde, offenbar der Ansicht, sie habe auf ihre Weise genug für heute um ihren Mann getrauert, steckte cowboyartig entspannt und protzig beide Hände in die Manteltaschen, stand sogar ein bißchen breitbeinig da: »An einem Palmsonntagmorgen wollte sie so gern echte Palmzweige aus der Kirche, geweihte, weil die Glück brächten. Da bin ich in den Garten gegangen und habe von ihrem eigenen Buchsbaum zu mir rüberwachsende Zweige abgeschnitten und sie ihr vorn an der Haustür als gesegnete überreicht. Werden wohl trotzdem genutzt haben.«

Bevor wir aufbrachen, sprach sie aber doch noch ein Schlußwort. »Kurz vor seinem Tod, bei deinem Großvater, Jutta, habe ich nie genau gewußt, ob ihm nur Wasser aus den Augen lief wegen der Augenkrankheit, oder ob er still vor sich hin weinte. Daran denke ich oft.« Jutta, ein bißchen rot geworden vor Hilflosigkeit, hustete. Dann zog Willi sein Taschentuch hervor, bückte sich und wischte Hildes Schuhe sauber, die sie stark beschmutzt hatte, als sie einmal bis zum Grabstein in der lockeren Erde gegangen war. Er machte das ganz selbstverständlich, gründlich, rasch.

»Und jetzt nach Belgien!« Niemand zog in Erwägung, es könnte sich bloß um einen der üblichen Sehnsuchtsrufe Willis handeln. Keiner fragte. Alle waren sofort einverstanden. Willi fügte, schon der Straße zur Grenze folgend, anstandshalber hinzu: »Heute abend mache ich Überstunden. Da hole ich die beiden Nachmittage wieder auf.« Büroarbeit, Listen, Finanzen? Was sollte ich mir den Kopf zerbrechen. Auf nach Belgien!

Willi saß jetzt anders am Steuer als bei gewöhnlichen Pflichtfahrten, stämmiger. Der Brustkorb schien, in schneller Entwicklung, ein Stück vorgewölbt und der Rücken verbreitert zu sein. Ich saß schräg hinter ihm, sah ihn atmen, als blickte er von einer Anhöhe hochzufrieden in ein Tal.

Anhöhen gab es vorläufig nicht, nur in der Ferne sachte Hügelschwünge. Die Grenze, die wir bald erreichten, war ein betonierter Platz, kein Beamter, kein Wächter anzutreffen, novembergrau, novemberverlassen. Völlig egal, wer hier von da nach hier schmuggelte, was das Zeug hielt. »Niemandsland«, sagte ich, weil ich das Wort so gern sagte, dann galt es schon nicht mehr. Die Wolken über uns waren belgische, die Straße lief stur wie drüben geradeaus.

An den Rändern vereinzelte Häuser, teilweise wie stehengelassen aus anderen, älteren politischen Verhältnissen, die Beschriftung noch in deutscher Sprache. Schon der erste Bauernhof, Ackerland, dann einige etwas heruntergekommene kurze Hausreihen und immer wieder große, nagelneue Einrichtungshäuser, mit allen Glühbirnen leuchtende Lampengeschäfte in großem, abscheulichem Prunk. Dazwischen, in den Lücken, Kühe, Kühe und wie besessen Einrichtungshäuser, kein Mensch, aber Lampengeschäfte.

Ich war schon lange nicht mehr hier gewesen, erinnerte mich kaum noch. Nun versuchte ich, auf den ersten Metern das Belgische zu erkennen. Auch Willi benahm sich nicht schlauer. Er stieß, in allen Schattierungen – es wurde im Wagen gnädig akzeptiert – bellende und heulende Gorillarufe aus. Ich hatte sie seit dem Märzspaziergang nicht mehr gehört, echte Gorillas noch nie. Sollten die anders schreien, machte es nichts, bei Willi standen die Geräusche für eminentes Wohlbehagen.

Es war ein langsames, schaukelndes, fast schunkelndes Fahren, so, wie die Landschaft selbst beschaffen war, grüne, bräunliche Acker- und Weidelandschaften, graue Steinhäuser und »Traumbungalows« der Belgier, wie Goldzähne zwischen das Alltagsgebiß der Gehöfte plaziert, bei denen wurzel- und morastfarbene Kühe standen. Wir wanden uns neben einem Wäldchen hoch, wieder hinab, plötzlich, ohne Vorbereitung, ein Wasserschloß in der Ebene. Die Straßen lagen meist höher als das Land beidseits, der Blick ging weit bis zum Horizont, blau-grün, braun-grün. Die Straßen häufig so bucklig wie die in den neuen Bundesländern, besenartiges Gesträuch. Quer über die Alleen, in Ortschaften die

Hochspannungsleitungen. »Mir macht die Gegend Spaß«, untertrieb Willi, »hier sieht Belgien jedesmal aus wie vor Ostern oder Weihnachten: Karfreitag, Heiligabend.«

Das Wellige unter uns und vor unseren Augen. Vom Osten Attilas faselte Willi nur, aber das westliche Belgien, hier, in seinem östlichsten Teil, das befuhr er, und erst an diesem Tag bemerkte ich, daß er nahezu besessen war, in Schleifen, die immer grenznah blieben, doch zwischendurch das Meer anzupeilen.

Willi sang, man erkannte das Lied nicht, aber zweifellos sang er und sah von der Straße vor ihm weg nach rechts und links. »Das ist meine Zukunft«, rief er dann. »Hier kaufe ich mir später einen Bauernhof, Kühe, Hunde, Katzen, Hühner, Ziegen, Schafe, Pferde.« Jutta, die neben mir saß, kannte den Plan. Sie lächelte ungläubig, ja ablehnend, und doch, sie war ja erst vierzehn, erwartungsvoll.

»Ihr alle wohnt dann dort mit mir zusammen!« Willi preßte vor Wonne wahrscheinlich das Kinn an, ironisch und felsenfest der Zukunft vertrauend. »Die Vorstellung ist so schön. Ich bin ganz gerührt.« »Du bist ein Romantiker. Wie geht es im Geschäft?« fragte Hilde, irritiert durch die Ausgelassenheit. »Ach, laß das doch, ihr Frauen versteht sowieso nichts davon. ›Wie geht es im Geschäft‹! Ich kapier es auch nicht. Bloß Ingeborg, die wird's schon machen.« Gott sei Dank begriff Hilde auf der Stelle, daß sie dabei war, Willi den Nachmittag zu verderben. Willi knirschte nämlich in privaten Dingen nicht oft mit den Zähnen. »Wenn ich das machen würde«, sagte sie, »müßte ich aufpassen, daß sie mir dabei nicht ausfallen.«

Wir gerieten in eine Gegend ohne Wegweiser. In den Ortschaften fanden sich einfach keine Schilder mehr, von Einwohnern zu schweigen. Wirr hingestellt die Bungalows an Dorfein- und ausgängen, auch auf freiem Feld die bürgerlichen belgischen Phantasieschlößchen in ihrem Dekor, drumherum das trivialste Ackerland der Welt und der nächste Bau mit Alleinherrschaftsanspruch, doch unmittelbar auch neben einem anderen. Kilometerlang ging das manchmal so, zwischen den Ackerschollen die Majestätsfront leicht vom Straßenrand weggedreht. Über treuen Wäldchen, die an ihrem Platz blieben, schnell ziehende Wolken. Um Weihnachten gebe es hier überall Krippen, erzählte Willi, die machten wohl Jogging von einem Bethlehem zum nächsten mit vielen bunten Lichtern, von-Stall-zu-Stall-Läufe. In jeder Stadt große Bühnen, in einer Krippe habe er ein Jesuskind auf siamesisch gesehen, mit zwei Köpfen. Dann habe er festgestellt, daß einer der abgeschlagene Marienkopf gewesen sei. Im Tierpark zuhause sei die Krippe schon jetzt im Ziegenstall hergerichtet, sagte Jutta, mit einem sehr häßlichen, verwitterten Jesuskind.

»Surrealismus«, schlug Hilde vor, der es nicht paßte, eine Weile nicht im Mittelpunkt zu stehen. Richtig, die fürstlichen Toreinfahrten zu schlichten Gehöften, direkt an der Straße und doch wie herrschaftliche Auffahrten gedacht, die typische Verkehrtheit der Bungalows in einer Landschaft, die nicht das geringste mit ihnen zu tun hatte, die grauen Häuserzeilen an steil ansteigenden Straßen, die auf der Höhe ruckartig abbrechen und dahinter der Himmel als Nichts, demonstratives Nichts. Schon zwei, drei Häuser schafften diesen irrealen, überrealen Effekt. Man führte ihn uns, regelrecht vernarrt in diesen Zufallstrick, vor, dann das Gondeln und Wiegen der Bodenformation und unversehens wieder die erschreckenden, im Schrecken erstarrten, in die Wirklichkeit ragenden Häuserabbrüche.

Außerdem: Waren wir zwischendurch vielleicht in den Niederlanden? Man merkte es ja gar nicht, erst an den Ladennamen, an den unvermuteten Lücken und Abrissen: Belgien.

Und was kam da aus Willi heraus? »Belgien tut gut.« Was, Willi? »Belgien tut richtig gut!« Hatte er das auf einer Streichholzpackung gelesen? Um uns noch eindringlicher zu überzeugen, berichtete er von einem schweren Streit mit Ingeborg, wo sie dann, beide voller Wut, in Belgien gelandet seien und allein durch den Anblick der etwas anderen Schaufenster in dem Städtchen Malmedy, nein, nicht durch das schöne, branstige Hohe Venn, nur durch die Crêpes und Pfannekuchen und Waffeln in der kleinen Stadt sich versöhnten, ohne ein Wort zu verlieren. Und als hätte er jetzt meinen langsamen Gedanken flink erraten, sagte er: »Das sollte ich auch öfter mal mit dir machen, Hilde!« Da Hilde direkt vor mir saß, konnte ich ihr Gesicht nicht erkennen. Sie gab einen Laut von sich, der beleidigt und geschmeichelt klang. Einerseits wurde von ihr gesprochen, andererseits wußte sie, worauf sich Willis spöttelnder Satz bezog.

»Belgien tat schon immer gut.« Sie schaltete sich, herausgefordert, aktiv ein. »Besonders in der Nachkriegszeit. Die Deutschen waren zwar dort nicht beliebt, klar, aber durch meinen Bruder bekamen wir den Kaffee ›Chat noir‹ und die Schokolade ›Côte d'or‹. Geschenke des Himmels. Jawohl, da ging für uns jedesmal der belgische Himmel auf.« »Kolonien«, warf Jutta eitel ein. »Kolonien oder nicht. Es brachte Glanz in die trostlose Zeit.«

Hilde wandte sich jetzt mit aggressiver Kopfhaltung Willi zu. Was führte sie im Schilde? Wollte sie sich für die zarte Rüge an ihrer partiellen Verdrossenheit rächen? »Du, Willi, hast Belgien, speziell Brüssel, doch was Besonderes, nicht nur Kaffee und Schokolade, zu verdanken!« »Das kommt erst noch, wenn ich den Bauernhof hier habe«, versuchte Willi ungeschickt mit schon ahnungsvoller Stimme abzulenken. »Ich meine«, insistierte Hilde, »eine gewisse kleine Kusine mit wunderbaren Haaren und wunderbarem Französisch, ich meine einen gewissen Abschied, nach dem du, wenn ich mich nicht täusche, Willi, zwei Wochen nicht zur Schule wolltest und deshalb hohes Fieber gekriegt hast, angeblich wegen einer eiternden Wunde am Knie.«

Jutta kommentierte es nicht, aber ich spürte an ihrem Atmen, daß sie ihre Großmutter mißbilligte und bestimmt ihren eigenen Entschluß, niemandem von solchen Angelegenheiten Mitteilung zu machen, erneuerte.

Willi fuhr ohne Grund in kleine Straßen, in angezeigte Sackgassen rein, aus purer Freude am Vorzeigen seiner geheimen Winkel hier. Er machte ja schon fast Luftsprünge mit dem Auto, ohne die Verkehrsregeln allzu sehr zu verletzen. Ab und zu dann sein »Gefällt es euch?«, »Was sagt ihr dazu?«. Blieb jemand im Wagen stumm, erkundigte er sich namentlich: »Jutta, Hilde, Irene, habt ihr noch Lust an der Tour?« Und wir antworteten: »Ja, Willi, es gefällt uns sehr.« Das östliche Belgien mußte sein Eigentum sein. Hilde drehte, da sie bequem saß, ihre Liebsten bei sich hatte, von allen angehört und wie wir alle aufs Angenehmste kutschiert wurde, weiter auf. Während sie zunächst, als gälte es, den Fahrer durch erhöhte Aufmerksamkeit beim Fahren zu unterstützen, nur nach vorn geschaut hatte, versuchte sie jetzt, an Ampeln auch in andere Autos hineinzusehen. »Da«, rief sie, »seht alle nach rechts, kuckt euch das an. Sitzt hinter seinem Steuer und bohrt in der Nase, nach Herzenslust. Gott, macht ihm das Spaß, so für sich, in seinem Häuschen, stillvergnügt in der Nase zu kramen. Hört gar nicht mehr auf, wird wohl erst bei Grün Schluß machen. Ob er das immer bei Rot treibt?« Ich beobachtete sie im Profil, das tat ich gern, sie wirkte vornehm, fast ein bißchen elitär. Es war ihr nicht unbekannt, nehme ich an, deshalb kam ihr das Nasebohren als Kontrast gerade recht.

»Da, die Motorradfahrer! Wie die sich wichtig fühlen.

Selig bestätigt in ihrem Umfang, in allem.« Wie sie das eigentlich meinte, erfuhren wir nicht. Aber merkwürdig, vielleicht, weil Willi sich über den nachhaltigen Erfolg seiner Ausfahrt so freute, färbten Hildes Albernheiten auf uns ab.

»Hilde, was bist du heute wieder schrullig!« unterbrach sie der einzige Mann im Auto, als sie zur nächsten Attacke auf die Außenwelt ansetzte. So blieb sie ungesagt und uns verborgen. Denn auf Willis Satz hin lachte sie, statt gekränkt zu sein – da kannte ihr Sohn sie eben viel besser als ich – mit zuckenden Schultern in ihren Kragen hinein, als hätte man ihr zwei, drei Schnäpschen eingeflößt. Mich beschlich etwas, aber Willi würde wissen, daß ein solches Medikament ihr dienlicher war als die ermogelten Tabletten. Abrupt beugte sie sich dann vor und ruckelte auf und ab. Willi: »Was treibst du denn da, Hilde?« Hilde: »Ich reibe mir das Bein mit Ibutop-Salbe ein.« »Durch den Strumpf hindurch? Wirst du denn nie klüger?« Hilde: »Das ist jetzt bei mir der Kinderwahn.«

Draußen wurde es rasch dunkler. Wir fuhren an einem hellerleuchteten Haus, direkt am Straßenrand, vorüber, in gemächlichem Tempo. Man sah eine ganze Familie um einen Tisch herumsitzen. »Wie schön die es sich machen«, sagte Willi. Hilde prüfte ihn von der Seite, als sei er nicht komplett bei Troste. »Woher willst du das wissen, die langweilen sich womöglich zu Tode, besprechen schmierige Erbschaftsangelegenheiten. Sei doch mal realistisch, Willi!« »Aber es sieht so gut aus, Hilde, laß es doch dabei.«

Hilde blieb ihm statt dessen auf den Fersen. »Da drüben, könnt ihr ihn noch erkennen, ein schwarzer Hund mit einer weißen Schwanzspitze.« »Ja, und?« erkundigte sich Hilde barsch. »War's das etwa schon? War es das, was du uns sagen wolltest?« Jutta kicherte in sich hinein, als stünde schwere Strafe darauf. Damit stiftete sie Hilde nur weiter an. Willi, glaube ich, hoffte bloß, Hilde würde nicht auf einen Schlag wieder verbittern. Sollten sich ruhig alle auf seine Kosten amüsieren!

»Ich liebe diese Gegend, heute habe ich es wieder festgestellt. Es erwärmt mich von innen wie ein Stück Kohle.« Ach Willi, warum ließest du dich so erweichen, wo man es nicht darf? Wie konntest du deine Haut vor diesem feuchtfröhlichen Weiberpack, das sich frech und sicher durch die Lande transportieren ließ, so zu Markte tragen? Es war einen kleinen Zeitraum still, dann forschte Hilde, als wäre ihr zunächst die Spucke weggeblieben: »Wie Kohle? Sagtest du wie ›Kohle‹, Willi?«

Glücklicherweise wurde unsere Aufmerksamkeit in diesem Moment auf eine feurige Erscheinung gelenkt, linkerhand auf einem Acker, weit vor uns noch, aber schon flammend sichtbar. Zunächst schien es ein brennendes Haus zu sein, ein Gehöft, der Teil eines Bauernhofs, eine Scheune, und es erregte alle und alle ein wenig freudig. Im Näherkommen hatte Willi dann als erster raus, daß es sich nur um ein großes, kontrolliertes Feuer handelte, von einem Mann überwacht und mit Nahrung versorgt, während ein anderer, ohne sich darum zu kümmern, wie das Bild herrlich und unheilvoll vor dem dunklen Himmel stand, auf dem Traktor seiner Wege fuhr.

Nun war entschieden, was ich nicht gleich begriff. Wir würden überhaupt nirgendwo aussteigen, spazierten mit dem Auto nur so herum, etwas Neues für mich. »War es in deinem Sinne, Hilde?« fragte Willi. »Na ja, ganz wunderbar«, mäkelte Hilde verzogen und zugegebenermaßen niedlich. »Aber nun ist es genug. Jetzt sollten wir nach Hause.« Niemand konnte sagen, wo wir uns befanden, eine Folge des konzeptlosen Kreuz- und Querfahrens. Schließlich entdeckten wir nach längerem Suchen und Wenden ein Schild, auf dem B. angezeigt war. Hilde kommentierte es mit einem Jauchzer, als wären wir in Gefahr gewesen und nun aus ihr errettet. Es sei dann doch das Beste von allem, meinte sie, triumphierte sie, wenn man endlich den Wegweiser Richtung Heimat vor sich habe.

Als Willi jedoch nun dem Schild nicht direkt folgte, rief sie ihn fassungslos und heftig erzürnt zur Ordnung. Ein Verstoß gegen eine staatliche Vorschrift, wenn man der Ausschilderung zum Heimatort nicht strikt und umweglos gehorchte! Wollte Willi mir das nur vorführen mit gutmütiger Tücke?

Und vielleicht hat er das Bild von der Kohle, in seiner Brust oder im Magen tätig, nur benutzt, unwillkürlich, weil er eben vor uns anderen aus der Ferne schon der Entdecker des Feuers war? Hilde aber mußte sich kurz revanchieren. Zu genau spürte sie, daß Willi gern auch für sie entworfen hätte, wie sie es sich, ähnlich der Familie um den Tisch herum (von der morgen eventuell der Sohn nach New York und der Großonkel nach Honkong und die jüngste Tochter nach Dublin fliegen würden, um es auf die Spitze zu treiben), für alle Zeit recht schön machen könnte, wenn sie nur still hielte!

Um Hilde, nach der kleinen Verfehlung mit dem Hinweisschild und auch schon wieder auf dem rechten Weg, zu besänftigen, sagte er, er denke so oft an ihren Vater, seinen Großvater, an seine weißen Locken, je länger er nun schon tot sei, desto deutlicher werde seine Person, und mit dem eigenen Vater, Hildes Mann, sei es auch so. Willi sprach mit seiner rauhen Stimme, die mir so zu Herzen ging, dieser besondere Klang, wenn er seine Seele ausschüttete und doch jederzeit mit dem Spott der Welt rechnete und sogar mit dem eigenen über sich selbst.

»Ich erinnere mich auch an vieles«, mischte nun Jutta mit, von der ich in den letzten Minuten nur ein »O Wahnsinn!«

gehört hatte angesichts der Flammen. »Mein Großvater hat mich einmal, als ich aus Hamburg kam, mit ›Lütt Deern‹ begrüßt. An dem Nachmittag gab es Buchteln mit heißen Kirschen, sahen erst nicht gut aus, schmeckten aber. Und ich war 1. Klasse zurückgekommen, weil es eine Fehlbuchung gegeben hatte, abends Grünkohl und hinterher sehr alte Plätzchen, über die alle heimlich lachten.« »Das alles bei dir, Hilde«, ergänzte Willi trocken. »Und damals, vor einem Jahr, hast du die Picknickbrote in Kaffeetüten verpackt, das schmeckte auch so komisch.« »Damals ist doch nicht vor einem Jahr!« mahnte Willi ernsthaft an. Natürlich, Willi! So leichtfertig durfte man nicht mit den Ritualwörtern der Erinnerung umgehen. Ich fragte mich auch, ob Jutta ihren Vater bloß imitieren wollte. Sich über ihn lustig machen?

Willi beschwichtigte meine Bedenken: »Schon mit fünf hat sie sich in meine Geschichten eingeschlichen und ganz fest behauptet, bei Erlebnissen aus meiner Kindheit dabei gewesen zu sein. Hat sich da reingeschmeichelt. Versuchte ich ihr das auszureden, gab es Tränen.«

»Dein Großvater, Jutta, als er achtzig wurde, da kamen die Glückwünsche des Oberbürgermeisters, der Banken, der Kirche, und er hat geflucht.« Hilde dreht sich vor Stolz, so weit sie nur konnte, zu uns herum. »Da fällt mir was ein, das kennt ihr sicher noch nicht, nämlich daß Tante Klara einen Verlobten hatte, der, um sie zu ärgern, immer ein Bein unten, ein Bein oben, auf dem Bürgersteig ging, gerade dann, wenn sie sich hübsch gemacht hatte, der Idiot, ein Fuß auf der Straße, einer auf dem Bürgersteig. Wurde auch nichts mit den beiden.«

Draußen war es finster. Manchmal fehlte jedes Licht bis zum Horizont. In den Ortschaften kein Mensch. Tranken sie alle im Dunkeln Jupiler-Bier? »Tante Klara, immer traurig, schon als sie noch nicht Witwe war. Wäre mit jedem

Mann traurig geworden, mit und ohne, fühlte sich nicht wohl ohne Traurigkeit. Vor einer Woche, als ich sie wieder am Telefon trösten mußte, habe ich sie dazu gebracht, mit mir das Lied: ›It's a long way to Tipperary‹ zu singen. Wir beiden alten Frauen! Und dann noch ein Tagesgespräch!«

Hilde in ihrem Element! Sie schürzte und verknappte Szenen aus ihrem Leben und aus Fernsehserien, ohne Unterschied. Ihre Verwandten geisterten überall herum, vermischten sich miteinander, die echten und die fiktiven Personen. Auch die Darsteller und ihre Rollen. Kannten wir einen Namen nicht, Jutta schon, Willi und ich nicht, wunderte sie sich, anklagend, höhnisch: »Was, den kennt ihr nicht? Die gesamte Presse ist doch voll davon.« Las sie nicht nur noch die ›Hör zu‹?

Wie sie despotisch und ohne verweichlichende Skrupel die Charaktere zusammenhaute! »Diese hartherzige, gierige Frau« hörten wir und, in schnellem Wechsel über eine andere: »Diese intelligente, vom Leben betrogene Person.« Aber nein, ich hatte nicht aufgepaßt, sie sprach von ein und derselben. Nur lag dazwischen eine Pointe, es handelte sich ja auch nicht um starre Widersprüche, nur um Beleuchtungsvariationen. »Hartherzig und intelligent«, »Gierig und vom Leben betrogen«, so mochte sie es beim nächsten Mal koppeln. Aber dieses und das nächste Mal würden wir ihr aufs Wort glauben. Wie zu Beginn der Fahrt Willi, so wölbte jetzt sie sich, im Vollbesitz der Stunde, gegen Ende des Ausflugs in ihrem Umriß, was ich, versteht sich, nicht sehen, aber an einer Konturverdrängung unserer drei restlichen Personen spürte. Niemand machte es ihr streitig.

»Begattung, Koitus«, Hilde schleuderte das nun Folgende gegen die Windschutzscheibe und die Nacht: »Es hängt einem zum Hals heraus. Jutta, auf dich muß ich hier wohl keine Rücksicht nehmen. Ihr Kinder erfahrt es ja bis zu zehnmal am Tag im Fernsehen. Entweder ist die Rede von Schwellkörper und Gebärmuttermund, Schleimabsonderung und Samenzellen, oder man kriegt vorgeführt, wie ein Glatzkopf eine fette Gans auf dem Tisch fertig macht.«

Jutta, die sich nur anfangs wehrte: »Du erzählst das so fies«, Willi und ich, in der behaglichen dunklen Wärme, unterhalten von der sich brüstenden Hilde, waren dem Himmel dankbar für die Finsternis, mit der er alles gnädig zudeckte, Hilde nicht. Die hätte auch im Hellen so stürmisch gewettert, wie jemand einer Schülerin »was verpaßt« und einer »Nutte es besorgte«. »Aber Hilde«, Willi raffte sich in einer Kurve endlich auf, »du bist ja ganz außer dir vor Begeisterung! ›Eine fette Gans auf dem Tisch fertigmachen?‹ Was meinst du denn eigentlich? Du fährst ja schwerste Geschütze auf!«

Mit ihr war noch zu rechnen, sie geriet komplett aus dem Häuschen: »Schlecht wird einem davon, was sie einem an Ärschen anbieten, und neuerdings zeigen auch die Männer, was sie in der Hose Malerisches zu präsentieren haben. Meinen wohl, wir älteren Damen fielen davon in Ohnmacht. Kennen wir doch alles, reden bloß nicht davon. Über vieles diesbezügliche breitet man besser den Schleier der Liebe, oder wie man es nennen will.«

Das Ruppige mußte ihr unbändigen Spaß machen. Es war ihr offensichtlich auch wurscht, daß wenigstens Willi und ich ja doch durchschauten, mit welch wohligem Gruseln sie vor uns in so tapferer Derbheit die Wörter, die sie in ihrer Jugend nie ausgesprochen hätte, jetzt wie ihr täglich Brot austeilte.

Jutta verdarb ihr am Ende die Freude, als sie unschuldig oder scheinheilig wissen wollte, ob sie, Hilde, schon mal an den Eierstöcken erkrankt sei. »Unsinn«, gab Hilde unwirsch von sich und dann vor Schreck eine Weile nichts mehr.

Willi hatte ihre Hochstimmung genutzt, um noch einmal Umwege zu fahren. Er würde heute lange Überstunden machen müssen! Jetzt, in der Pause, die sie sich gönnte, nahm er korrekt unser Ziel in Angriff. Belgien, Niederlande? Dann hatte Hilde, keiner von uns sprach, den Anschluß gefunden: »Tante Klara, meine trübsinnige Schwester, achtet auf ihr Gedächtnis. Damit kann man nie früh genug anfangen, Jutta! Morgens rief sie mich an, weil sie eine Gedichtzeile nicht mehr hinkriegte und am Abend wieder, weil sie ihr eingefallen war: ›Und freue dich der schönen Welt!‹ Ausgerechnet diese Zeile hast du vergessen, Klara, sagte ich ihr. Nicht nur das Auswendiglernen, Jutta, auch das Lesen ist wichtig. Ich selbst habe vor der Schule lesen gelernt, weil mich die getrockneten Rosenblätter in den Büchern meiner Schwestern, die so herrlich dufteten, dazu verlockten.«

Sie bot uns allen Hustenbonbons an, aber wir hatten ja unsere Kehlen geschont. »Deine Schwester, Jutta, begreift sie das Bankwesen? Es ist so wichtig, sich dort zurechtzufinden. Mich zum Beispiel begeistern die tollen Bankvorgänge, diese Apparate, Rechenautomaten, Computer, Schecks, das alles, wie es in Windeseile vor sich geht.« Hilde hatte, kein Zweifel, den Entschluß gefaßt, auf den letzten Metern, nach der kurzen Ausschweifung, sich als ehrenwerte, auf zarte Weise ein wenig weltfremde Großmutter zu rehabilitieren: »Könnte ich das doch ein bißchen lernen!«

Willi bremste scharf. Wir wurden nach vorn gerissen, keiner schrie auf. »Ein Hund, gerade noch mal gut gegangen für ihn.« Ich wußte, daß Willis Herz stark klopfte. Hilde setzte ihre pädagogischen Bemühungen mit frischem Impuls fort: »Mimosenhaft zu sein, hilft im Leben nicht. Eine Freundin von mir ist so cine heikle Pflanze. Ich übergehe das.« Es galt Willi. Nur mich verschonte sie. Nicht aus

Vorsicht oder Takt. Es fiel ihr nur nichts zu mir ein. Und noch einmal Richtung Willi: »Dein lieber Großvater, Jutta, hat mir vieles in unserer Stadt erklärt, die Altertümer usw., als wäre es sein Besitz. Und ich? Habe alles angehört, bin immer mitmarschiert. Insgeheim habe ich mich amüsiert.« Sie griff nach dem Hütchen, ob es noch keß genug plaziert war.

»Jaja, die weißen Locken meines Vaters. Sein Wahrzeichen. Man kannte ihn daran aus jeder Menschenmenge heraus. Mein Wahrzeichen sind eben die Hüte, mal schwarz, mal braun, mal dunkelblau.« Willi versicherte, ihm sei dieses Emblem mindestens genauso teuer. Er nahm seine Auskunft gewiß ernster als Hilde, oder doch nicht?

»Auf irgend etwas muß man sich ja berufen, um die Fahne hochzuhalten. Da sage ich mir: Hilde, setz dir die passende Kopfbedeckung auf! Ist im Sommer schwieriger. Schon darum bin ich froh über die kalte Jahreshälfte. Im Sommer sind die anderen abends so unverschämt ausladend mit ihren Festen, dem Gegrille und Schlagen der Autotüren zugange, wenn sie von ihren Verlustigungen nach Hause kommen. Man liegt allein im Bett und, naja.« Hilde ging exakt andersherum vor als Willi. Deshalb hatte sie ihm das Lob der im erleuchteten Zimmer sitzenden Familie – erst jetzt hinkte ich nach – in der glücklichen kurzen Einigung übel genommen. Willi sah darin den wenigstens flüchtig erreichten Anblick, Anblick immerhin, des gewissermaßen hingehaucht Paradiesischen. Hilde ebenfalls, nur erkannte sie es – darin in Wirklichkeit viel weniger realistisch als ihr Sohn – als hämische Vorhaltung ihres eigenen Nicht-Glücks, und das durfte man sich nicht bieten lassen.

»Und du, Jutta, langweilst du dich mit uns Greisen nicht zu Tode? Auch deine Eltern, nicht nur deine Großmutter, sind ja in deinen Augen schon uralte Leute. Willi, du und

Ingeborg, ihr hättet nicht gedacht, wie schnell das geht. Ihr seid für die Jungen ›die Alten‹. So reden die über euch.«

Jutta, die, während ihr Kopf leicht gegen meine Schulter gesunken war, vor sich hin gedämmert hatte, antwortete freundlich: »Ich überlege es mir nicht. Ich denke nicht besonders daran.«

Wir durchfuhren eine extraterrestrische Kolonie, die Grenze. »Ah, Heimatluft!« rief Hilde, plötzlich kindlich erregt. Ich konnte mir gut ihr beschwipst verzogenes Mündchen dazu ausmalen. Eben hatte sie noch auf Ingeborg kleine Pfeile abgeschossen: daß diese ihre, Hildes, Eintöpfe nicht möge aus Affigkeit, ihre Haare zu blond färbe, ihr absichtlich Familiennachrichten verschweige. Alles nur Krimskrams, um ein bißchen das »Wasser kochen zu lassen«? Ich hörte an einem Stoppschild Willi seufzen, nicht ungeduldig, nur bekümmert. Die Zeit ihres Griesgrams nahte wieder! Für Hilde offenbar eine selbstverordnete Arznei, ein Digestivo, der die anschließenden Gemütsaufhellungen bedingte. »Willi«, sagte ich, und er antwortete nur: »Ja.« »Was ist denn das für eine Unterhaltung?« wollte Hilde wissen.

Er setzte sie als erste ab. Wir stiegen alle aus dem Wagen. Ich sah ihr immer noch schönes, jetzt spätnovemberliches Gesicht. Heute sagte sie nicht: »So haben wir den Tag doch noch herumgekriegt«, sondern: »Wieder ein Tag vorbei«, wohlwissend, daß Willi nun erst mal keine Zeit für sie erübrigen könnte. Er lächelte sie an mit aller Kraft, er hielt ihre Hand fest, um von ihr als Letztes, zum Abschluß und Mitnehmen, ein Lächeln zu erzwingen: »Nun lach schon, altes Haus!« Sie tat ihm den Gefallen, aber so mühsam, als meinte sie, da drinnen in ihren Zimmern nun stracks sterben zu müssen.

Nicht Jutta, nicht er, nicht ich, keiner sagte ein Wort, bis Willi mich am Hotel verabschiedete. Diesmal nicht mit dem

Satz: »Vergiß den Hund Max nicht.« Unverdrossen formulierte er: »Und denk an unseren Bauernhof in Belgien.«

Hilde und Jutta sah ich erst ein halbes Jahr später, beim Geburtstagsfamilienfest, wieder.

Im Hotelzimmer habe ich mich dann mit Müsliriegeln und einer Dose Bier aus der Minibar gestärkt, das Radio steuerte die Sendung ›Tenöre in Kerkerszenen‹ bei. Aus dem Finstern glühten mich die Zahlen 23:32 an, auch noch andere, manche kurz, manche sehr lange. Zu diesem unsinnigen Zahlengeplänkel vertreibe ich mir gern die Zeit mit Kategoriespielen wie diesem: »Hilde gehört zu den Frauen, die eine erotische Einfärbung des Lebens unbedingt benötigen. Vielleicht ahnt sie selbst nicht, wie sehr ihr fehlt, was ihr verweigert wird von der indifferenten Welt. Zu ihrem Unglück paßt sie nicht in die Gruppe derjenigen Frauen, die, im Alter, wenn sie von der Liebe hören, ihren eigenen, ehemaligen Lieben erstaunt nachhorchen und mit jeder Information Neu-Interpretationen vergangener Erlebnisse im Herzen aufblühen lassen. In Hilde geht die Sonne nur durch direkt auf sie gemünzte Komplimente auf, je nach Galantheitsgrad von 23.32 Uhr bis 23.35 Uhr oder auch für Stunden. Immer noch besser dran ist sie aber als jene Frauen, die alle Hoffnung, jemals noch geliebt zu werden, aufgegeben haben und das, diesen Zustand, für den eigentlichen und wahren (den neutralen, rüden, auf die Knochen runtergeputzten) des Universums halten.«

Zu der einmal geplanten Geschichte mit den Stichwörtern ist mir übrigens eine Variation eingefallen in jener Nacht. Eines Tages sieht die Betrachterin weder den Geliebten noch das Pärchen, noch, auf dem Foto, bloß sich selbst. Längst schon, erkennt sie, interessiert sie sich ausschließlich für die Landschaft – als Hauptidee, Ziel, Lösung – des

Hintergrundes, für Wald oder Wiesenausschnitt, Berg oder Meer. Ja, das hielt ich für eine Inspiration, für eine mir selbst sehr nahe stehende Version. Sogar, wenn die Merkwörter damit erledigt wären. Hatte ich nicht schließlich schon die Idee aufgegeben?

So kenne ich es ja von mir selbst. Eines Tages, noch immer den Blick auf so eine Liebes-Galionsfigur gerichtet, fällt mir wieder alles ein, Morsezeichen von Wiesen, abwechselnd angestrahlt, in der Sonne auftauend und sofort weitherzig. Dazwischen, in Kleinlichkeit verschanzt, gefrorene Flächen im Schatten, an nicht sehr hohen Felswänden, im Bergischen Land zum Beispiel, das im Abstürzen erstarrte Wasser, und das Wort »Felsbärtealtdeutsch«, das ich noch nie gehört habe, sagt mir mein Kopf. Es folgen in rosigrußigem Schimmer, zur Zerstreuung, kleine Wasserflächen, so wie etwas später eine trübe Rauhreiflandschaft, in der ich gehe wie in einer Suppe mit ausgeflocktem Eiweiß, ich meine, ich sehe es vom Auto aus und fühle dieses Gehen darin, ginge ich wirklich, wäre es natürlich wieder anders. Plötzlich spüre ich nach so vielen Monaten die Büsche im Dezember, die Anblicke als Kitzeln unter meinen Fußsohlen, braune Höfe mit schiefen Zäunen an unerheblichen Abhängen als Berührung der Brustspitzen, eine Reifdunstwolke über einem Wäldchen, eisig streichelnd an meinem Rückgrat.

Wie habe ich das jemals vergessen können, sage ich mir da. Aber in diesem Rhythmus verläuft es immer. Erst kommt die Gefühlsaufwallung »Liebe« jedem Ästchen, jeder Blätterkonstellation zugute, bis sie alles verdrängt. Eine Weile hält die Abstraktion an, bis wieder die Landschaften hervorbrechen und das Auge sich hungrig auf alles stürzt nach seiner monotheistischen Fixierung, kein Grashalm ist zu unscheinbar, keine Falte, Warze, nichts. Eine Weile hält die Üppigkeit an, bis auch das erlischt und ich auf eine neue

Durchblutung der Anblicke angewiesen bin. Ist die da, erwachen auch die Dinge wieder, erhellt von dem, was sie demnächst schlucken wird.

Damals, in Schwetzingen, der moosige Faun, die weiße Galatea, ach, könnte man sie doch lebendig machen! Gäbe es sie doch! Wie würden sie uns beide, Willi und mich, so sehr und vollkommen, für alle Ewigkeit zufriedenstellen!

Falls mir das alles in der einsamen Hotelnacht in B. durch den Kopf ging, lag es sicher daran, daß ich ein kurzes sommerliches Abenteuer noch nicht vollständig ad acta geschoben hatte. Manchmal sah ich den schönen Bauch des Mannes eine Stunde vor mir, die frohe, muskulöse Fülle um den Nabel herum, die dann vom Konvexen ins fast Konkave gehende Zurücknahme des Fleisches in jener Region, wo es ernst wird. Mich brachte wohl auch die starke platonische Gegenwärtigkeit von Mutter und Sohn in den letzten zwei Tagen zwangsläufig zum Ausgleich auf derartige Abschweifungen.

Die roten Zahlen beäugten, maßen und beurteilten mich in meinem Pompadourbett. Gaben sie versehentlich mein Gewicht, meine Größe, meinen Taillenumfang an? Habe ich mich noch einmal, nachtrauernd und schon mit der Zukunft kokettierend, gesteigert in die sehr willkommene Aufregung, von jemandem nicht ein bißchen, sondern restlos gemeint zu sein?

Bewacht und verfolgt von einer Aufmerksamkeit, der nichts entgeht, kein Haar, kein Zehennagel, ach, man ist herausgepreßt aus dem Flachrelief, das alle anderen bilden, die schläfrigen armen Teufel: »Ich ging in Freude, die Liebe spann für mich ein Kleid von Seide«. Dafür kriegt man natürlich die Rechnung präsentiert, wenn es vorbei ist, wenn die Eindellung kommt, dann geht es denen, die beieinander im Hintergrund genügsam bleiben, besser.

Was man sich Überspanntes in der Nacht ausdenkt! Ich selbst eigne mich übrigens kaum zur sogenannten unglücklichen Liebe.

Wenn das Interesse der hochgeschätzten Augen nachläßt, schwindet zugleich ihre Sonderkraft und Spezialzaubermacht über mich, ein physikalisches oder chemisches Gesetz, ein Welken der Besonderheit auf beiden Seiten. Dem ehemaligen Gefühl, ja, dem kann man natürlich nachjammern.

Trotzdem, etwas verstehe ich noch immer nicht. Manchmal trifft man jemanden mit einer weit verstreuten Neugier nach allem möglichen. Da weiß man keinen Rat, aber dreht den Kopf nicht schnell genug weg.

Und Willi? Willi in diesem Zusammenhang? Wie soll ich das sagen! Ich schlief vielleicht schon. Ich träumte bereits, anstatt noch vage zu überlegen. Ich dachte an Willi, der sich damit abquälte, die aus den Regalen stürzenden Medikamente, die er verkaufen wollte an eine ungeduldige Menschenmenge, in ihre Fächer zurückzudrängen, um Übersicht und Ordnung zu halten, was ihm nicht gelang.

Sein Taschentuch hing weit aus dem Kittel heraus, und er taumelte schwitzend zwischen den Massen der Kunden und den Massen der Arzneien. Im besten Willen zu vermitteln, wurde er an Brust und Rücken bestürmt. Da schrie aus dem Hinterzimmer der Nymphensittich, und Willi rührte sich daraufhin nicht mehr, ließ einfach geschehen, was geschehen sollte. Ich träumte es aber nicht, um ehrlich zu sein. Ich dachte nur: So etwas könnte gut und gerne ein Traum sein ohne Sinn und Verstand, mit Bildern aus dem wirklichen Leben sich wichtig machend.

7

Am Sylvesterabend telefonierte ich mit ihm. »Willi«, fragte ich, »wird es Krieg geben?« Und wie antwortete mein Willi da, und natürlich erst nach einer gewissenhaften Pause? Wie er mußte und nicht anders konnte: »Man weiß es nicht. Hoffentlich nicht.«

In der zweiten Januarwoche kam ich wieder nach B. Der Januar ist ein Monat, der mir gut gefällt. Am Morgen nach Neujahr hatte auf meinem Balkontischchen ein Salatkopf gelegen, in grünes Seidenpapier gewickelt. Von Osten fiel kaltes, vom Papier besänftigtes Licht darauf. Die hellen Effekte der Zerknitterung machten mich sehr zufrieden an diesem Morgen. Wie ein gutes Zeichen für den Jahresanfang. Die neue Jahreszahl 1991 gab allem eine Sprungkraft. Manchmal reicht dieses Frische, Elastische bis in den frostigen, zäh grausigen Februar hinein. Danach ist es dann egal. Aber im Januar gibt es gegen Mittag Himmelsfärbungen, etwas stählerner als Perlmutt, eine Auskleidung wie mit einer neuartigen schmiegsamen Aluminiumschicht. Was kümmert mich, ob vom Flugzeug darüber besserwisserisch aus dem Permanentblau auf die Wolkenschicht hinabgesehen wird!

Ich rief an, als ich in B. eintraf und erfuhr, daß es bei Wings einen Brand gegeben hatte. Ich solle aber ruhig vorbeikommen, sagte eine Frau, die sich als »Nachbarin« zu erkennen gab, gerade jetzt, bei »diesem Verlust« werde Willi sich freuen. War der Nymphensittich verbrannt? Nein, nur Sachschaden. Bei einer kleinen Erledigung in der Innenstadt machte ich einen Umweg, um die Apotheke wenigstens kurz von außen zu sehen. Mir fielen keine Modernisierungen auf, allerdings hatte jemand die Schaufensterscheiben mit Sternen oder Schneeflocken aus Rauhreifpuder dekoriert. Nicht

Willis Geschmack! Ich holte, um einmal die Konkurrenz zu überprüfen, in der nächstgelegenen Apotheke eine Hunderterpackung Aspirin. Das lohnte sich auf der Stelle. Während Willi mir einen biederen blauen Taschenkalender geschickt hatte, wurde hier ein großer Kalender mit Spitzwegpostkarten ausgegeben. Warum war nicht er darauf gekommen! Auf der Rückseite, Willi doppelt bestrafend, konnte man den Hundertjährigen Kalender ablesen, schädliche Nachtfröste und herrlich schönes Wetter, lind trübes, windstilles, schön warmes von dann bis dann. Dafür sagte man mir aber nicht wie bei Willis Gabe, was bei Hitzschlag, Knochenbruch, Nasenbluten, Ohnmacht und Brandwunden zu tun sei.

Am späten Nachmittag fuhr ich mit dem Taxi zu Willis Haus. Die Landschaft lag da, als wäre ihr jede Sekunde das Ausgestrecktsein unter dem Himmel libidinös bewußt. Das Haus war voller Leute: Willi und Ingeborg, Erika, Bedniak und Martina. Sie alle standen wie bei einer Stehparty, tranken Kaffee und schwätzten drauflos. Die Stimmung schien nicht schlecht zu sein. Der Versicherungsmann habe die Sachlage bereits inspiziert, sagte mir Erika, die auch öffnete. So schnell? Der Brand sei von der Putzfrau verschuldet, wegen nicht ordnungsgemäßen Ausdämpfens einer Zigarette am frühen Morgen. Durch ein Wunder habe sich das Feuer, von der inzwischen unten arbeitenden Frau unbemerkt, schließlich nicht eben selbst gelöscht, aber in Decken irgendwie erstickt. Genaueres wisse man nicht. Eine Feuerwehr sei also nicht angerückt, gottlob, sonst stände alles unter Wasser.

Es handelte sich um das Gästezimmer unter dem Dach, das mit Möbeln, Kleinigkeiten und Fotos von Willi vollgestopfte. Ich hatte dort nie geschlafen. Willi sah ich noch immer nicht, aber von oben, unbeeindruckt vom brenzligen Geruch, hörte man Bedniaks gutgelaunte Stimme: »Ich war im Krieg blutjunger Pilot. Und eins kann ich von mir behaupten: Furchtbare Sachen habe ich gesehen, aber, viele, viele Frauen glücklich gemacht! Das kann manche Heinz Bedniak bestätigen, Frau Wings, Martina, merkt es euch. Und der alte Bedniak bringt auch das hier wieder in Ordnung.«

Dann kam mir Willi entgegen, schief lächelnd über die kleine Dramatik der Situation. »Es ist alles futsch«, kommentierte er. Das stimmte nicht ganz. Es war alles nur schwarz oder wenigstens tiefbraun, dunkelgrau, Bilder waren von den Wänden gefallen, Reste von Briefen lagen auf dem angebrannten Teppich, düstere Fetzen, Fotos wahrscheinlich, die Ecken vom Schreibtisch, einer Vitrine, von Tischchen und Sessel verkohlt. Trotz der geringen Ausmaße des Zimmers – hier schlief nie Besuch, weil es Willis Museum war, in dem er außerdem Schalen mit Pflanzenzüchtereien untergebracht hatte, alles verdorrt jetzt –, trotz der beklemmenden Generalfarbe und der schwer erträglichen Luft konnten sich die Leute nicht trennen. Im Gegenteil, sie nahmen auch noch in Kauf, bald wie der Raum zu riechen. Es animierte sie. Einen Augenblick dachte ich, Willi würde, nun, da das hier passiert war, das Zimmer in dieser Form konservieren wollen. Ich sah ihn feixen, er feixte wie beleidigt von seinem Kummer in dieser gemütlichen, heimeligen Räucherstube, die über den Kitzel eines Tatorts verfügte. Willi griente vor Trauer, die alle außer ihm nicht hatten. Spielerisch überlegte ich: Man hätte es auch extra machen können, diese Brandstiftung, warum nicht durch die Reinmachfrau, um den Raum einmal in den Griff zu kriegen, auszumisten von dem Vergangenheitsschrott. Ingeborg sprach mit Erika. Für die Anwesenden ließ sich der Schaden eigentlich nur abschätzen durch den Anblick von Willi.

Willi sah ein Tischchen an, ehemals mit schöner Intarsienarbeit, aber nicht wertvoll. Kaum noch zu retten. Er betrachtete es nachdenklich, kein Blut in den dünnen Lippen, und hörte weder mich noch die anderen. Mit steifen Fingern fuhr er über die Einkerbungen am Rand und sagte dann leise: »Die stammen von mir. Ich habe da Schulaufgaben dran gemacht.« Er schüttelte den Kopf und rauchte plötzlich eine Zigarette.

»Ein Filetgrundstück«, hörte ich Erika zu Ingeborg sagen, und Ingeborg: »Gott sei Dank ist die Gefahr vorbei, es gibt keine Konkurrenzapotheke. Das hätte noch gefehlt! Die tun jetzt eine Bäckereifiliale rein.« »Das Tischchen stammte von Tante Hanna. Sie hatte so rote Bäckchen, jetzt ist es futsch.« Willi jammerte lächelnd, unauffällig vor sich hin, sehr still überschlug sich die Stimme: »Alles hier verwüstet.« »Die Mieten steigen von Monat zu Monat, mal hier, mal da macht einer zu. Sieh dir die Anzeigen an in der Zeitung: ›Schließe Praxis wegen Mieterhöhung‹.« Erika errötete vor Zorn.

Martina stand stumm mit ihrer Tasse Kaffee am Türpfosten. Sie trug eine offensichtlich sehr teure Brille, wohl ein Geschenk vom väterlichen Freund Bedniak. »Frau Wings«, dröhnte der, »das wird Ihr Mann schon verstehen.« Er drängte sich derb ins Gespräch der beiden Schwestern. »Daß Sie eine neue Küche brauchen. Ihm graut davor, weiß ich ja, aber wenn er Sie damit glücklich macht, auch wenn er jetzt tut, als hörte er nichts, dann wird er dafür sein. Und das hier, zum Lohn, das nehme ich in die Hand. Wird besser werden als vorher. Etwas moderner, Herr Wings, ein bißchen moderner in Teufels Namen, etwas Trödel raus und das Wertvolle aufpoliert, renoviert. Bedniak kennt einen billigen Fachmann in Belgien. Dort ist man spezialisiert auf Antiquitäten, auf alte und auf neue. Sie, Wings, gehen joggen, und wir bewerkstelligen das hier. Ich habe Ihnen auch was mitgebracht. Genau was für Sie!«

Er holte aus seiner Jacke einen Briefumschlag und las von der Rückseite ab: »Gegen den Mond gewandt«, steckte den Zettel noch mal weg und erläuterte uns: »Ich müßte es auf Latein vortragen. Ich sprech' aber kein Latein, Autodidakt, ist ein antiker Zauberspruch gegen Kopf- und Zahnschmerzen, bestimmt auch gegen Schrecken bei Brandschaden.« Er zog den Umschlag wieder raus: »Gegen den Mond gewandt sagst du folgendes: ›Neuer Mond, neue Zähne, faule Würmchen, verschwindet! Wie dich, Mond, weder Wolf noch Hund berühren können, so soll mich, so soll meinen Kopf kein Schmerz berühren können.‹ Danach schreibst du deinen Namen auf ein Papyrusblatt und bindest dieses um deinen Kopf.« Bedniak lachte sehr laut und verlegen. Willi aber hatte ihn begriffen mit seinem weichen Herzen. Unverkennbar sein gerührter Blick. Ich wußte nur nicht, ob dieses neue Gefühl sein Elend beschwichtigte oder vertiefte. Er kassierte das Papier ein. Da hatte er ja schon wieder ein subtiles Andenkenstück! »Willi Wings, was sind Sie nur für ein komischer Kerl!« brüllte Bedniak und zwinkerte den Frauen zu. Vier Frauen lachten ihn an, auch ich.

Erika jedoch, wieder mit normaler Teinttönung unter den purzeligen grauen Locken, betrachtete, nein studierte seit einiger Zeit unverhohlen Martina, die das nicht zur Kenntnis nehmen wollte und nur immer weiter durch die teure Brille von Brandschaden zu Brandschaden sah. Schließlich rückte Erika: »Mein Kind, du bist schmal«, nah an sie heran. Ingeborg drehte den Kopf sofort mit und verfolgte, was gesprochen wurde. Gewissermaßen Martinas zweite oder ältere Mutter war ja Erika, bei ihr war das Mädchen aufgewachsen. Das drückte ihre Haltung mit einem Mal im Überschwang aus, formuliert allerdings als tiefe Sorge: »Martina«, ein frischer Anlauf, da Martina stur an ihr vorbeikuckte und den Mund nicht öffnete zu einer kurzen

Erwiderung, »Martina«, gereizte Wiederholung jetzt, »wenn es dir kein anderer sagt, es bekommt dir nicht, daß dein Verlobter so weit weg ist!« Ingeborg, mir, Martina – die beiden Männer sprachen in einer Ecke miteinander –, uns allen war klar, was sie meinte: Es schadet deinem Ruf, deiner Karriere, deinem Aussehen, wenn du mit deinem zukünftigen Schwiegervater schläfst. Ich fürchte doch, daß du das tust? »Mir geht es gut. Wir haben das alles besprochen. Ist alles okay«, gab Martina von sich, obschon sie kaum die Lippen bewegte. »Doch Kind, es muß dir einer sagen, auch wenn ich mich unbeliebt mache«, fuhr Erika gußeisern fort. Ingeborg hob kampflustig das Kinn, jeder Satz war eine Beleidigung für ihre in diesem Fall etwas diffizile Mutterschaft.

Hier nun zog ich mich eine Weile aufs Gästeklo zurück. Ich tat es gern in diesem Haus, überhaupt gönne ich mir ab und zu in Gesellschaft solche Verschnaufpausen. Ich landete im Badezimmer, das kleine Klo war abgeschlossen. Ob sich dort Jutta versteckte? Auf einem Regal entdeckte ich Peru-Lenicet, Silomat, eine große Packung Aspirin, Endrine, Kamillenextrakt, Baldriansaft, alles Medikamente, ach, sogar Emser Salz, die bei mir zuhause genauso herumstanden. Es war ein angenehmes Gefühl, in einem fremden Bad solche familiären Gemeinsamkeiten zu finden. Ich tat etwas Peru-Lenicet auf eine kleine Schnittwunde am Daumen, nahm eine Aspirin für alle Fälle und roch am Baldriansaft.

Als ich zurückkam, starrte Willi schon wieder den Tisch mit den Einkerbungen an, die von seinem Taschenmesser herrührten. Bedniak skizzierte mit den Armen die baulichen Verbesserungen, zu denen man gleich schreiten solle, alles in einem Aufwasch. Es war doch alles gut gegangen! Willi kriegte gar nichts davon mit. Martina stand zwischen Erika und Ingeborg. Sie putzte ihre Brille, hauchte mehrfach darauf. Wofür war sie noch so extrem geeignet? Für das Bankwesen? Ingeborg aber zeigte erneut ihre seltsame Fähigkeit, die Augendeckel niederzuschlagen zum Signal für tiefes Gekränktsein. Nur der obere verdickte Lidrand drückte ihre Gemütsbewegung anklagend aus. Dann sagte sie aber doch, hierin sich als Mutter, leibliche Mutter bitte, von Martina ausweisend, mit nahezu von Leid vereisten Lippen: »Sie ist ein erwachsener Mensch. Doch wie geht es Mutter, Erika, geht es aufs Sterben zu?«

Das saß! Erika wich unter diesem sauber plazierten Schlag zurück, der, wir Frauen wußten es alle, hieß: Kümmere dich um deinen eigenen Haushalt! Hier nahm Martina noch einmal ihre Brille ab, besah das kostbare Gestell, vielleicht aus echtem Gold mit je einem winzigen Diamanten an den Bügeln, und setzte sie wieder auf. Dann äußerte sie: »Es ödet mich an«, und ging zu Bedniak, der sie erfahren an der Schwiegertochterschulter packte, als wollte er sie mit ihrem Stiefvater Willi bekanntmachen.

»Durch ihre ungeheure Leidenschaft für Martina verdrängt sie schon beinahe jede Empfindung für mein eigenes Kind bei mir«, beschwerte sich Ingeborg schnell und bebend hinter Erikas Rücken, als die sich eine neue Tasse Kaffee einschenkte. Mir fiel unser Spaziergang im letzten März ein. Ingeborg, bedrückt wie damals, leierte es ja schon wieder daher: »Willi müßte sich mit Bedniak wegen Martina unterhalten!« Waren diese Ganz- und Halbmütter und Demiverlobten eigentlich allesamt verrückt? Meine Augen, gereizt von der Brandluft, begannen erbost zu tränen, aber was war das für eine Blickkette, diagonal durch den Raum?

Ingeborg betrachtete angespannt Erika, diese Willi. Willi besah aufmerksam eine Troddel, die vom Sessel, in den er sich gesetzt hatte, herabhing, ein Stück grüne Kordel, angebracht zur Verzierung des Samtbezugs. Er hatte eine genommen und drehte sie hin und her, nach rechts und links, wobei sich die beiden gedrehten Schnüre voneinander lösten und wieder ineinanderschlangen, auf und zu. Erika fixierte ihn zunächst nur verblüfft, dann aber mit steigender Wut, ja Verachtung, als führte er sich ganz und gar sittenlos auf. Ingeborg interpretierte diesen Blick der Schwester sicherlich rascher als ich. Es war ein stummer Angriff auf Willi und vor allem auf sie, die Ehefrau des Tölpels. Sie schien aber nicht recht zu wissen, auf wen sie nun ihrerseits den Zorn laden sollte, auf Erika, auf Willi? Sie entschied sich für ihren Mann, sprang also auf, da ein Ende seines Treibens sich nicht abzeichnete, und fuhr auf ihn los: »Willi! Willi! Nun hör doch mit dem Quatsch auf, Willi, in dieser Situation!«

Willi stutzte. Nach einem kurzen Moment des Innehaltens und auch Abschiednehmens von der Troddel erhob er sich und verließ das jetzt stille Zimmer. Im Vorübergehen forderte er mich auf, ihn zu begleiten. Wie gern kam ich mit! Das mochte unklug von mir sein, aber mein Anstandsdienst war abgeleistet, und wenn einer, ein einziger, Trost brauchte, dann Willi, am wenigsten übrigens Erika, die ihr Spiel auf Ingeborgs Nerven allzu offensichtlich genoß.

Ich folgte ihm also ins Erdgeschoß, so brav und neugierig wie ein Hündchen. Von seinem Rücken ging etwas erhaben Primatenhaftes aus, wie ich es Monate später dann in der Mainacht bei dem Rundfunkredakteur Althoff feststellte und würdigte. Ich folgte erschrocken und erfreut. Was würde nun kommen?

Willi marschierte geradewegs auf seinen Schreibtisch zu. Die Tür stand offen, so wurde er durch keine noch so geringfügige Ablenkung aufgehalten. Er setzte sich und zog die Schublade auf. Dachte ich es ernstlich? An die Möglichkeit gewiß! Die Vorschrift lautete filmgemäß: Revolver rausholen und gegen sich oder andere richten. »Willi!« rief ich sogar, rief ihn auch an, weil er mich in seiner somnambulen Handlungsweise vergessen haben mochte.

Was kramte er aber mit einiger Schwierigkeit endlich hervor? Einen Zettel samt großer roter Büroklammer: »Es gehört sich auch nicht, wenn der die Nase gewischt hat, daß er das Schnupftuch auseinandergebet und hineingucket gleich als ob die Perlen und Rubinen vom Gehirn hätten abfallen mögen, 1558, Galateo«, sagte Willi zu mir, ohne auf das Papier zu sehen, das er aber in der Hand wie zum Ablesen hielt. »Das beruhigt mich sofort.«

Tatsächlich, Willi schmunzelte mich an, schmunzelte mich an wie beinahe frischgeboren, und fuhr auf seinem Drehstuhl im Kreis herum. »Ich könnte mir auch einen Knoten ins Taschentuch machen, um, etwa bei einer Gefühlswallung, damit ich nicht plötzlich was Furchtbares sage, schnell an diesen Satz zu denken. Aber es zählt eben auch das Ritual, im Dreischritt: a) ins Zimmer gehen, b) in die Schublade greifen, als wäre es eine Waffe, c) das Lesen. Nur so funktioniert's. ›Perlen und Rubinen.‹« Willi sah noch einmal den Zettel an, ob er auch kein Wort ausgelassen hatte, und legte ihn weg. »›Perlen und Rubinen.‹« Es störte ihn überhaupt nicht, daß ich nicht so flott mitkichern konnte. »Dosierungsempfehlung? Na, etwa alle zwei Monate.«

Ich stand in Willis Arbeitszimmer, fühlte mich aber noch immer wie in seinem abgewrackten Museum oben. Das sagte ich ihm und gestattete mir eine Imitation: »a) wegen des Geruchs, den wir mit hierhergenommen haben in unserem Zeug, b) wegen der Altertümlichkeit des Textes, c) weil Bedniak ja auch schon so was Bejahrtes vorgetragen hat.« »Er wollte mich trösten, der gute Grobian. Darum war ich fast bewegt, hat man hoffentlich nicht gesehen. Hat einige Schwächen, klar, aber ich habe den Mann in mein Herz geschlossen. Allerdings ist das hier in meiner Schublade besser als sein Zauberspruch, wesentlich besser! ›Perlen und Rubinen‹!«

Auf einen Schlag wurde es gemütlich wie in Willis Apothekenstübchen. Gleich würde er – der Nymphensittich schielte uns an – einen Cognac servieren. Und wirklich, da standen zwei Gläschen für uns bereit! Willi wollte über das Fiasko oben kein Wort verlieren. Die fühlten sich auch ohne uns 1A. »Weißt du noch«, sagte Willi mit beunruhigend weichem Gesicht, »unsere schöne Fahrt durch Belgien? Hat mir verflucht gut gefallen.« Er lachte auf über das »verflucht«. »Auch Hilde war ja in Bombenstimmung, teilweise, immerhin. So ist sie eben. Aber in Schwetzingen, im Park, das vergesse ich nicht. Und die Rückfahrt! Leider mußte ich zu schnell weg in Köln.«

Er ließ nichts aus, nein, es mußte alles noch einmal aufgezählt sein. Jetzt räumte er einen Stuhl frei von Aktenordnern, packte sie auf den Boden, wo andere lagen. »Hier kommt die Putzfrau, die Brandstifterin, nicht rein. Wären hier in Flammen aufgegangen, auch eine tolle Bescherung!« Er tat, als hätte er die Verhunzung seiner Höhle, die oben allen hemmungslos offenstand, schon verschmerzt.

»Das mit dem Bauernhof, später mal, das ist so ein Traum. Aber man kann nie wissen. Wir machen das doch eines Tages?« Ich nickte und stellte mir Willi gerade als Bauer vor, als er mir als ganz anderer entgegentrat, nämlich mit je einem geknickten Papprohr in den Händen. »Na, errätst du, wer ich bin, welches Tier? Ein Insekt!« Der Floh aus seinem Schaufenster konnte es ja nicht sein. In welche Tiergruppe gehörten eigentlich Flöhe? »Eine Gottesanbeterin«, verriet er mir und warf die Rollen beiseite.

Manchmal glaube ich, Willi war von seiner eigenen Kindlichkeit verhext. Er schämte sich in diesen Minuten nicht im geringsten. Natürlich, wir waren unter uns. Sollte Bedniak oben den Damen seine Lebens- und Sexualtüchtigkeit anpreisen, Willi pfiff momentan darauf.

Das Ordnungsprinzip seines Zimmers konnte ich nicht durchschauen, nicht allein. »Laß dich nicht stören von den Medikamenten, sieht wichtiger aus, als es ist, sind zum Teil auch nur Attrappen. Interessanter sind diese Anschauungshilfen.« Er legte mir Pappkarten mit scheußlichen Demonstrationen von Hautkrebs in verschiedenen Stadien vor, dasselbe von Lungenkrebs, in Farbe. »Alles fürs Schaufenster, begeisternd, du kennst meine Einstellung. Das machen alle. Aber hier, die Wolkenformationen.« Ich sah Quell- und Schichtwolken, streifige Wolkenfelder und Federwolken. »Stratocumulus. Nimbostratus, Altocumulus, Cirrostratus. Die Himmelskarte ist nur für mich, damit ich das Weltall nicht vergesse. Die Wolken sind als Dekoration auch nicht sehr originell, aber herrlich trotzdem.« Willi zog mich vor das Fenster: »Ich züchte hier lebende Steine, glücklicherweise hatte ich die nicht oben unterm Dach. Auch fleischfressende werde ich mir noch anschaffen. Denen werfe ich winzige Häppchen zu.«

Dieser heutige Brand mußte passieren, damit ich in Willis häusliches Heiligtum vordrang! Bei meinen bisherigen Besuchen hätte eine Absonderung unschicklich gewirkt. Die Bücher standen in Dreierreihen. »Sag mir einen Titel. Ich finde ihn in zehn Sekunden.« »Cardanos Lebensbeschreibung«, verlangte ich, ohne groß nachzudenken. Ich hatte ihm die Autobiografie des Mailänder Arztes einmal geschenkt. Willi schnüffelte in drei Richtungen, legte den Kopf schräg und zog das Buch aus einer der hinteren Reihen hervor, dabei wies er mich auf das Material der Regale hin, er strich darüber: »Schön, die Holzoberfläche an den Fingerrillen.«

Wir »vergönnten« (Frau Luchs) uns, daß man hätte unterstellen können, Willis beleidigter Abgang sei nur ein Vorwand für unser Entwischen gewesen. »Das hier drinnen und die Aussicht über die Felder draußen, das ist mein Leben, nicht der Beruf.« Ich sah ihn vor mir stehen in einer Deutlichkeit, in vielleicht erstmaliger Schärfe, die mich verblüffte. Noch nie war mir seine starke Augenmimik aufgefallen, wie er die Augen vergrößerte, verengte, mit ihnen lächelte und drohte innerhalb eines einzigen Satzes, zu jedem Wort eine Unterstreichung anbot, dort, in der Nähe seiner lebenden Steine, und den empfindlichen Mund anerkennend nach unten bog, halbmondförmig, ohne Doppelkinn, obschon es eine Kerbe dafür gab in diesen Partien, es fehlte aber das Fett. Von den Mundwinkeln stiegen zwei senkrechte Linien im rechten Winkel hoch und führten erst an den Enden ein wenig aufeinander zu. Dazwischen war die Oberlippe glatt. Wie fleischig die Ohrläppchen mit kleinen Haaren darauf und sehr rot! Wie energisch, übertrieben charakterstark auftrumpfend das Kinn!

Da stand Willi, breitbeinig, den flachen Bauch vorgestreckt, die Schultern zurückgedrückt, leicht schwankend vor Entspannung. Vielleicht, weil ich es vorhin an Ingeborg in anderer Weise beobachtet hatte, bemerkte ich nun an ihm auch eine Eigenart der Lider. An den unbewegten, niedergeschlagenen Augendeckeln kündigte sich das beginnende Lächeln an, als würde es durchstrahlen, heller werdend von den Augäpfeln zur Oberfläche durch die Haut hindurchsteigend.

Was fuhr in mich, ausgerechnet in dieser Sekunde meine Sylvesterfrage, eine in ihrer Ängstlichkeit heute lächerliche und veraltete, noch einmal zu stellen: »Wird es Krieg geben, Willi?« Die bängliche Befürchtung, es ginge um etwas überaus Grundsätzliches, war ja damals nicht verkehrt, nicht ganz fehl am Platze. Er antwortete nicht. Ich stellte die Frage noch einmal: »Was meinst du, gibt es Mitte Januar Krieg, ist es beschlossene Sache?« Ich nahm an, Willi wolle solide denken und dann reagieren und ließe sich also Zeit für seine Ausführungen. Aber als ich hinkuckte zu ihm, zeigte sich, daß er mich nicht hörte, wohl auch schon nicht mehr sah.

Er stützte sich auf die Schreibtischkante und schien sich doch mit Gewalt davon wegstemmen zu wollen, starrte die Medikamente und Krebsschautafeln an und schloß dann lieber die Augen, wohl um sich einbilden zu können, er würde, wenn er sie nur öffnete, so viel sehen, wie er nur wollte. Das Gesicht, weiß und erschlafft, wandte er nach oben, als wäre dort bessere Luft. »Entschuldigung«, flüsterte er, »entschuldige vielmals«, bevor er vom Schreibtisch abrutschte und in die Knie ging. Er stürzte nicht zu Boden, legte sich statt dessen, schwer atmend, leicht gekrümmt, dorthin wie zum Schlaf. »Bleib hier«, bat er bescheiden, »geh nicht weg.«

Ich kniete mich neben ihn und wollte seinen Kopf halten, aber er schob meine Hände weg, um nicht angerührt zu werden, riß an seinem Hemdkragen und sagte sehr leise, kaum verständlich, noch habe er keine Angst, aber er spüre, daß sie gleich komme, unweigerlich, es werde immer schlimmer, jetzt gleich, Willi lächelte verzweifelt, Angst zu sterben, man könne nichts dagegen tun. »Hierbleiben, jetzt!« Er preßte die Fäuste gegen die Stirn wie früher bei Zornausbrüchen, rollte sich zusammen, um unangreifbar für die Furcht zu sein.

Natürlich hätte ich auch weinen oder um Hilfe rufen können. Ich tat es nicht – aus Intuition? »O Gott«, seufzte Willi, bettelnd und sofort danach: »Ich kenn' das schon«, und wieder: »O Gott, o Gott!«

Er änderte seine Lage, breitete sich, so weit er konnte, aus auf dem harten Fußboden, spreizte sogar die Finger und hatte so überall Kontakt, worauf er zu bauen schien, eine demonstrativ weltumspannende Geste. Er wollte die Erdunterlage nicht loslassen, das sah ich genau, aber leider auch das Entsetzen in seinem Gesicht. »Ich bin ja immer wieder aufgetaucht«, sagte er blindlings tapfer lächelnd, »man muß da durch.« Ergeben lächelnd. Willi wehrte sich nicht. Aber konnte er sicher sein, da wieder rauszukommen? »Willi«, rief ich, »Willi, sag doch, wie es dir geht, sag doch, wie es ist!« »O Gott«, jammerte Willi. »Es dauert so lange, es geht rund, jetzt geht es rund. Hierbleiben, o Gott.« Er klammerte sich an ein Schreibtischbein. Das Gesicht schlotterte. Dann lag er plötzlich still und schlug die Augen weit auf. Er erkannte mich. »Es ist vorbei, es geht zurück.« Willi atmete, wie ich es schon einmal beobachtet hatte, ein Städter in der ersten Stunde der Sommerfrische, tief, befreit, auch wenn einige Tränen über seine Wangen liefen. »Alles vorbei.«

Er hatte nicht einmal meine Frage überhört. Sie regte ihn nun zu regelrechter Gesprächigkeit an. Ein anderer Zustand war an der Reihe. Willi richtete sich auf und ließ die Blicke heiter durchs friedliche Zimmer wandern. Es war alles noch da, wie er. »Man steigt um, in einen anderen Zug.« Einen Moment dachte er dem Vergleich nach und war einverstanden. »Man hat Angst, den Zusammenhang mit euch zu verlieren, das ist es hauptsächlich, in eine kleine schwarze Kammer oder aus dem Haus geschickt zu werden.« Wieder überprüfte er das Bild und nickte beifällig. »Im Sommer, im Wasser, hat es hohe Wellen gegeben. Ich habe manchmal gedacht: Wenn es dir jetzt passiert, was dann? Aber es war ja fast normal, so rauf und runter, es überschlug sich, wie leicht betrunken, die Wellen, der Kopf. Doch es gibt einen großen Unterschied. Darum habe ich mich im Meer nicht gefürchtet.« Willi sah restlos glücklich, frisch gebadet, um sich. »Im Atlantik, wo jedes Jahr in der Brandung Menschen ertrinken: Solange man noch solche Vorstellungen hat, ist es gut. Kritisch wird es erst, wenn man nichts zum Vergleich hat. Man steckt in einer großen Mühle, aber das fällt einem erst hinterher zur Beruhigung ein. Um so schöner, wenn man merkt, daß man wieder lebendig ist.« Er strahlte mich an: »Ich bin an das Umsteigen gewöhnt. Hat sein Gutes. In beiden Fällen.« Er wischte sich den Speichel aus den Mundwinkeln. »Jetzt schlafen, aber das wird nichts.«

Während Willi noch schwerfällig, umständlich aufstand, hörte ich die anderen die Treppe herunterkommen, zweifellos in bester Stimmung. Das hatte sicher Bedniak bewirkt. »Was ist eigentlich mit Ihrem Mann los, Frau Wings? Wo steckt er denn? Ist doch schließlich heute die Hauptperson. Hat er Durchfall?« Prompt mußten alle drei Frauen gackern. Ich täuschte mich bestimmt nicht, alle drei. Erika antwortete etwas, darauf Bedniak, und das hörte nun auch schon Willi: »Hochzeitssuppe, war gut gewesen, super, Hochzeitssuppe. Herr Wings, Herr Wings, wo verstecken Sie sich? Kommen Sie doch her. Wir finden Sie!«

Anstatt hinauszugehen, setzte sich Willi, was mich überraschte, an seinen Schreibtisch, fuhr mit dem Stuhl ein Stück herum, so daß er aus dem Fenster sehen und Bedniak den Rücken zudrehen konnte. Daß Bedniak nicht wagen würde, unaufgefordert in sein Zimmer zu treten, wußte er. Nicht lange, aber einen deutlich meßbaren Zeitraum blieb Willi so. Er ließ sie warten! Niemand sah sein Gesicht. Dann schwang er herum, breitete, für meine Begriffe in ganz leicht künstlicher Jovialität, nein, Wohlgesonnenheit, die Arme aus, sprang auf und lud alle zum Essen in eine nahe Kneipe ein.

»Herr Wings, das ist ein Wort. Alle kommen mit!« befahl Bedniak und übernahm das Kommando. Natürlich wäre meine Reaktion auf Willis Zwischenfall anders gewesen, wenn ich nicht schon einiges über die Abfolge von ihm erfahren hätte. So verlor ich kein weiteres Wort, wie Willi wohl wünschte. Unbeschwert sollte der Tag wenigstens enden.

Die Kneipe machte einen dunkelgrünen Eindruck. Wir saßen an einem langen Tisch in einer Nische, und schwupps, hatten schon alle ein großes Bier vor sich stehen und jeder las in einer Ledermappe, wie auf einer wichtigen Konferenz, die Speisekarte. Alles mögliche wurde empfohlen, aber schließlich aßen doch die meisten Bratkartoffeln mit Sülze oder sauren Heringen. Ohne hinzusehen war mir sofort klar, daß Willi ein solches Essen sehr behagte. Bratkartoffeln! Kein Zufall, dieser Ort. Bratkartoffeln mit marinierten Heringen aber, da grüßte Willi schon ein ferner Schimmer des gelobten Landes.

Bedniak, der nicht ohne ruppige Feierlichkeit jedem von uns, auf Augenkontakt bestehend, zuprostete, schlug zwar, froh über das Zusammensitzen (ein Kameradschaftsabend, die Wärme, das Wirtshausgebrumm insgesamt), die Fäuste stimmungsfördernd gegeneinander, betonte aber, am liebsten esse er Griechisch, das sei's nun mal.

»Ich will euch sagen, warum. Weil man sicher gehen kann, daß es schmeckt. Die haben keine große Auswahl, aber was sie haben, das machen sie prima. Und Bedniak kennt sich aus. Habe mit zehn Jahren meine Mutter verloren, habe an vielen verschiedenen Tischen gesessen. Da macht sich keiner, der hier hockt, Vorstellungen von. Was der Grieche kocht, das kocht er prima und preiswert wie kein zweiter. Wenn ich auch Millionär bin, dickes Konto, mehrfacher Millionär, nicht nur in Deutschland, bin ja nicht blöd: Bedniak hat sein Leben lang drauf geachtet, ob was billig ist. Vor allem aber, in Griechenland ist man freundlich zu mir. Die kommen angelaufen und beschenken mich, mit Früchten, wie Kinder, was sie haben. Schlitzohren, aber die besten von allen im Süden.«

Martina hörte wie immer zu. Oder träumte sie von Amerika? Wohl nicht. Sie hielt den Kopf Bedniak zugeneigt, lag fast an seiner Schulter. Er aß die Hälfte ihrer Portion mit. Erika bereute, hier zu sein, tat so. Durch einen Blick auf die Uhr deutete sie etwas in der Art an. Ingeborg zog sie ruckzuck in ein Gespräch, damit man ihrer, der Wingschen Tischgesellschaft, nichts nachsagen konnte: »Was die Mieten betrifft, ein Boutiquenbesitzer hat mir erzählt, wenn er nur zwei Kleider im Monat verkauft, hat er die Miete raus. Bestimmt nicht, weil die so günstig ist, sage ich euch! Bei uns ist das was anderes. Jetzt raten Ärzte schon ihren Patienten, bei Artikeln ohne Rezeptpflicht in die Dromärkte zu gehen, weil vieles, was Apotheken bieten, dort zu niedrigeren Preisen zu kriegen ist. Da kalkuliert man anders, in diesen Kettendingern. Aber wer denkt dabei schon an uns!«

»Wer sagt's denn!« Ingeborg fuhr halb herum. Diese Antwort auf ihren Gesang kam unerwartet. Es war Emmerich – hatte sie ihn nicht als Teil des Gaunerpärchens, »das windige Pärchen Peter und Paul«, oder »das Duo« oder so ähnlich bezeichnet. Er jauchzte, weil er unvermutet auf ein Nest von Bekannten traf, und machte es sich auf dem freien Platz bequem. Es entstand ein allgemeines Begrüßungsgelärme. Vor allem die Männer, nun fast in gleicher Anzahl wie die Frauen vertreten, freuten sich unhöflich unmäßig über den siebenten Tischgenossen. Man redete zunächst durcheinander. Die Frauen lächelten gedämpft. Ingeborg am wenigsten.

Willi ließ seine Blicke in großer Zufriedenheit von einem zum anderen wandern, über alle hinweg. Er glänzte still vor Vergnügen. Als er durch war, Emmerich, Martina, Bedniak,

Erika, Ingeborg, ich, begann er von neuem, immer noch nicht satt von unserem Anblick. Er bewegte die Lippen, schwieg aber. Hätte er etwas gesagt, dann wäre es ein Geständnis gewesen, wie angenehm und richtig doch der Zusammenklang – fürchte ich – aller Anwesenden sei.

Aber er hielt ja, zu meiner Genugtuung, den Mund.

Zwei boten von allen das innigste Bild: Bedniak mit seiner zukünftigen Schwiegertochter. Im Grunde konnte man Martinas Gesichtszüge hinter der chicen Brille nicht ausmachen. Vorbildlich war alles. Haut, Zähne, Haar, ja, so ließ es sich aufzählen, und hinter der Stirn der adrette Verstand einer Bankbeamtin mit beträchtlichen Karriereaussichten? Bitte, sagte Bedniaks großzügige Schulter, seht her, welch wahrhaft väterlichen Schutz ich dem Halbwaisenkind, dem charmanten, biete! Und wie um zu Willi, dem Rabenstiefvater, in zweifache Konkurrenz zu treten, nun, da sich der Eifersuchtskrampf der Mütter Ingeborg und Erika für ein Weilchen gelegt hatte, holte er ein Foto aus der Brieftasche. Der Inhaber des »dicken Kontos« verfügte auch über eine dicke Geldbörse für den Alltag.

Er schob es über den Tisch zu uns hin, wo Willi, Ingeborg und ich nebeneinander saßen. »Meine Tochter«, sagte Bedniak, er nickte schon im Vorzeigen, als müßte er in wohlwissender Bescheidenheit rauschenden Applaus abwehren. Alle machten einen langen Hals, auch Erika und Emmerich.

Man sah vor einem Auto eine junge Frau, blaß, mollig, offene Haare, offener Mund. Gesicht und Körper wirkten auf mich wie ursprünglich kräftig zu einer Figur modelliert, nun aber schon zur Hälfte aufgebraucht, so daß die Konturen weggeschmolzen waren auf Nimmerwiedersehen. Entweder, sagte ich mir, ist sie passiv träge oder ausschweifend träge, ein Mittelding zwischen apathischer Unschuld und verkommener Trägheit. Ich konnte es nicht verhindern, sie drängte sich mir zu sehr auf, diese Albernheit. Warum nicht aber einer lautlosen Schwäche folgen? »O ja!« riefen die Frauen Ingeborg und Erika als Signal der Zustimmung, ohne sich das geringste zu vergeben. Hier war Bedniak einmal der Dümmere. Er merkte nichts an diesem tückischen Kommentar und verstaute geschmeichelt die Tochter zwischen den Geldscheinen. »Sie lebt mit Pudeln in einem Puff in Berlin«, zischte mir Ingeborg zu.

Kein Wunder, die Reinlichkeit Martinas als deren vorherrschende Tugend, verbunden mit einer mysteriösen Tüchtigkeit, mußte Bedniak sirenenhaft anziehen. Stellvertretend für den Sohn galt es darüber zu wachen!

Willi, der in seinem euphorischen Dösen etwas von der heimlichen Blamage Bedniaks vor den Frauen ahnte, mischte sich ungefragt ein: »Herr Bedniak«, unterwies er mich verteidigend, »hat aus einer Baugrube einen schönen alten Fliederbusch gerettet und ihn für unseren Garten in einem schnell organisierten Lastwagen, zackzack, Heinz Bedniak eben, vorbeigebracht. Und in seiner Garage hat er überhaupt alles, was irgendwann mal benötigt wird. Er faßt irgendwohin und hat es. Wir wüßten nicht, was wir ohne ihn machen sollten.« Ich kannte das schon.

Emmerich saß neben Martina, beziehungsweise Martina saß zwischen Emmerich und Bedniak, und mir wurde nun klar, es ging hier zur Zeit um anderes als um Vaterschaften. Emmerich legte sich ins Zeug. Die beiden Männer hielten sich erotisch für zuständig angesichts der zur Diskussion stehenden Frau in ihrer Mitte. Bedniak ohnehin von früh bis spät, Emmerich vielleicht nur aus Prinzip und ins Blaue renommierend, seines guten Rufes als Hans Dampf wegen. Jedenfalls drehte er ungeheuer auf. Niemand hatte Willi geantwortet.

»Wir sitzen hier gemütlich und ahnen nicht, was in den

kleinen Ortschaften los ist, nicht nur in den neuen Bundesländern, auch bei uns im Westen. Da wird gegrübelt, ich habe es gerade wieder erlebt und mich glänzend unterhalten, wie sie ihre Seen vermarkten können. Sind sauer auf die Naturschützer, denn Motorboote, Surfer, Hansaland, alles wollen die vereiteln. Die Dörfler aber verlangen Nummernschilder aus ganz Deutschland bei sich, wollen überall Prospekte auslegen. Oben in der Moorgegend habe ich mir einen dicken Wirt angehört, war auf Fuerteventura, will nie wieder hin, seine Frau erst recht nicht. War zu still, wollen nur wieder nach Gran Canaria, da ist immer was los, so soll es auch bei denen werden. Selbst die Senioren fordern Betrieb und haben die Ruhe nach drei Tagen satt, behauptet der Wirt. Er hat Angst, von den anderen Orten überflügelt zu werden, steht dann da rum mit seinem riesigen Gasthaus. Aber man fragt sich: Warum denn das Monstergasthaus in der Einsamkeit. Soll man für den gigantischen Schuppen die Landschaft kippen?«

Emmerich erkundigte sich zum Schein. Er war so schlau, keine Position zu beziehen, tat, als wäre er heftig an der Ansicht der Jüngsten interessiert: »Junge Leute wollen die da oben als Gäste. Beklagen sich, daß andere Gegenden bloß künstliche Seen haben und doch viel mehr Rummel. Ein Stück Kuchen, eine Tasse Kaffee, das ist nicht das Leben. Gott, hat der Dicke krakeelt! Woanders sei die Hölle los. Jeder Tisch müsse sich schließlich rentieren, hat er geschrieen. Dann war da ein Moorbauer, ein gewiefter Kerl, hat immer dagegengeredet, der Sohn studiert in Mos ...«

Ingeborg platzte fast vor Zorn. Emmerich machte ja mit keinem Wort Martina den Hof, aber sie spürte »als Mutter« natürlich sofort, was lief, roch den Braten, der ihr nicht schmeckte, fand es impertinent, wie Emmerich die Tischmacht an sich riß. Bedniak fühlte sich dagegen gar nicht gestört, genoß sogar die indirekten Ovationen für Martina. »Wir hatten«, verkündete Ingeborg eisig, Moral, Recht und Gesetz auf ihrer frostigen Seite ansiedelnd, »einen Brand, der war nicht von Pappe.«

Ich sah wieder Willi als Gottesanbeterin und lachte in mich hinein, was Ingeborg falsch auslegte und arrogant fortfuhr: »Das gesamte alte, wertvolle Mobiliar aus Familienbesitz ist beschädigt.« Willi rückte verdutzt ein Stück von ihr ab, um sie besser in Augenschein nehmen zu können. »Das Zimmer unter dem Dach ist ruiniert. Zu Ihrer Information, Herr Emmerich, weshalb wir hier sitzen, was uns hergeführt hat an diesem Abend. Willi kann es Ihnen berichten in den Einzelheiten.«

Der gerissene Emmerich machte sich lustig über diese dämliche Zurechtweisung, noch mehr offenbar als über den Seewirt. Nein, er wollte nichts erzählt kriegen über einen Brand, der passé war, er wollte einen Klasseabend mit uns verbringen. Als hätte Ingeborg nur gehustet, so beugte er sich galant, in einem stummen Zuprosten vor und wandte sich wieder der interessanteren Gruppe Martina/Bedniak zu. Das Seethema hatte ausgedient. Nun was anderes.

»Bedniak, ich höre, Sie besitzen eine große Videosammlung.« Emmerich wußte, was er tat. Bedniaks Augen leuchteten auf. Hier hatte er den Partner für ein süffiges Zuspiel. Seine Videosammlung, allerdings, die könne sich wohl sehen lassen. Noch vor Erscheinen der Filme in den Kinos habe er sie schon auf dem Schwarzmarkt gekauft. Er verfüge auch auf diesem Sektor über die nicht unbedingt schlechtesten Beziehungen, kenne da einen Taxifahrer, Spezialist für Kriegsfilme ...

Ingeborg, jetzt in äußerster Entrüstung über die angemaßte Vorherrschaft der beiden, setzte ihren Monolog sehr laut fort: »Eine einzige Aufregung seit heute morgen. Es geht um ideelle Werte, nicht nur um materielle. Besonders für Willi ist es hart ...«

Bedniak grinste sie an, gutmütig eher. Emmerich aber wisperte, lispelte bewundernswert vor lauter Kälte: »Sie verbieten ihm den Mund, Frau Ingeborg?«

Es wurde still wie im Dachzimmer, als Ingeborg Willi gerüffelt hatte. Es blieb still, erst deshalb erbleichte Ingeborg vielleicht dermaßen. Gaben nicht alle Emmerich durch ihr Schweigen recht? Dabei fiel uns bloß nichts ein. Es war ja auch so aus heiterem Himmel gekommen. Ein Kind am Nebentisch sagte zu einem anderen: »Du bist ein Arsch.« Worauf der Angeredete, ein kleiner Brillenträger, sogleich antwortete: »Du nicht minder«, ein pikierter Gelehrter, geistesgegenwärtig.

Hätte denn nun nicht Erika vermitteln können? Nein, die freute sich, da sie nichts zu vermelden hatte, heimlich über die peinliche Lage ihrer Schwester und über die Willis dazu. An unserem Tisch wurde in ungebührlicher Enthaltsamkeit geschluckt, geräuspert, geatmet. Willi zögerte einen Augenblick, den er wohl brauchte, um sich von einer hochgemuten Vorstellung zu verabschieden. Noch schien er ihr nachzuhorchen, nachzuwinken, dann sagte er: »Seid nicht kindisch!«, bat auch sogleich, diskret wie er war, ihn kurz zu entschuldigen.

»Aha, macht sich aus dem Staub und überläßt uns den Scherbenhaufen!« Bedniak schwang sich zu unspezifischer Poesie auf. »Willi versteht nichts von der bösen Welt.« Ingeborgs Miene blieb verfinstert. »Aha«, legte Bedniak noch mal los, nun scheinheilig in die ihm vertraute Rolle schlüpfend: »Habe ich ins Fettnäpfchen getreten. Ist wohl mein Schicksal, bin ein Tolpatsch, wir alle beide sind's, Emmerich und ich, die besten Freunde der Familie. Machen uns hier teuflisch unbeliebt.«

Da erkannte Ingeborg den möglichen schlechten Ausgang für sie, Willi, die Familie Wings insgesamt und ließ solch ganovenhafte Brüderschaft nicht zu. Sie bestellte schleunigst eine Runde Cognac. Damit war Bedniak gewonnen – alle Achtung Ingeborg! – und Emmerich dazu. »Willi nimmt sich alles so zu Herzen«, spottete Bedniak ermutigt weiter, sicher, daß er jetzt straflos davonkommen würde. Ich erschrak ein bißchen. Genauso hatte sich Hilde damals auf der Belgienfahrt geäußert, etwas höhnisch, etwas gerührt, der gleiche Tonfall, die gleiche Mischung! Willi blieb weg.

»Hat also doch Durchfall?« setzte Bedniak nach, und wieder kicherten Martina, Erika, kicherte halbwegs auch Ingeborg vor sich hin, kreuzbrave Zuhörerinnen. Ich wußte, es würde ein Fehler sein, aber ich mußte es an dieser Stelle mitteilen: »Willi hatte vorhin einen Schwächeanfall.« Wie altjüngferlich das klang!

»Einen Schwächedurchfall!« johlten Emmerich und Bedniak eingeübt, begierig. »Sieh an, die Freundin weiß mehr als die Ehefrau. Sind Sie außer Schriftstellerin auch noch Schutzengel?« Sagte das nun Bedniak oder Emmerich? Ich konnte sie von diesem Moment an nicht mehr recht auseinanderhalten. Alle Frauen lächelten mich giftig an. Nein, ich hielt sie nicht mehr auseinander. Willi tauchte endlich auf, wußte gar nicht, wie lange er weggeblieben war. Der Abend ging rasch zuende, ein Abend, an dem ich sie alle, bis auf Willi, nicht mehr leiden mochte, sie verabscheute, offengestanden.

Einige Tage später rief ich Willi an, auch, um unser letztes Treffen zumindest für uns selbst in ein besseres Licht zu rücken. Jutta sagte mir am Telefon, ja, Willi sei in der Wohnung, sie habe ihn eben noch in seinem Zimmer gesehen, weil die Tür offenstand, ihn aber nicht angesprochen, denn er habe an seinem Schreibtisch vor einer Tasse Kräutertee, den trinke er um diese Zeit, zwischen Abendessen und Schlafengehen, meist, glaube sie, gesessen und mit einem Löffelchen gegen die Tasse geklopft, dazu auch eine Melodie gesummt, die ›Petersburger Schlittenfahrt‹. Das habe sie überhaupt angelockt. Ich stellte mir ihr Gesicht vor, von vorn, von der Seite, das verschlagene Prinzessinnenprofil. Sie ging Willi holen. Jutta empfand ich eigentlich immer als konventionell zuvorkommende Jugendliche, nie als schwierig oder besonders verschlossen, dazu war sie viel zu geschickt. Kleine Laviererin, schläfrige, sich schlafend stellende Laviererin!

Anstatt mich als erstes nach Willi oder irgendeiner persönlichen Sache zu erkundigen, beging ich wieder den Fehler, zu konstatieren: »Jetzt ist also Krieg!« Ich konnte nicht anders. Kaum hörte ich Willis vertraute Stimme, mir fast durch alle meine Lebensjahre hindurch bekannt, mußte ich, entgegen meinen Vorsätzen, mir das Herz erleichtern und diesen Satz aussprechen. Es handelte sich ja nicht nur um die Feststellung. Willi begriff sofort mein Ansinnen. Eben noch ›Petersburger Schlittenfahrt‹, jetzt ... Er schwieg zunächst. »Willi!« rief ich ihn laut an, so laut ich es schaffte. Da sagte er: »Nimm es mir nicht übel, ich kann nicht.«

Ich war unglücklich und sehr aufgeregt. Sollten wir denn immer nur von dem idiotischen Bauernhof und dem bescheuerten Hund Max prahmen? Aus, Ende und Schluß! Kaum lag der Hörer wieder auf der Gabel, hätte ich ihn am liebsten gleich noch einmal angerufen und Besserung gelobt. Ich war im Recht, fühlte aber, daß es sich anders verhielt.

Kurz nach dem Kneipenabend hatte mir in einem Pforzheimer Hotel ein altes Frühstücksmädchen mit mütterlicher Stimme mitgeteilt, »da unten« habe die »Operation Wüstensturm« begonnen. Einen Tag später gab es in Haifa und Tel Aviv Verletzte durch irakische Raketen. Umgehend wurden dann die Truppen der Alliierten mit hypermodernen amerikanischen Abwehrwaffen verstärkt. Auch von der Türkei aus starteten immer mehr amerikanische Kampfbomber. Der Irak setzte kuweitische Ölanlagen in Brand und leitete wenig später in den Persischen Golf Millionen Liter Öl. Es stellte sich heraus, daß Deutschland Giftgas nach Irak geliefert hatte. Die Anzahl der Opfer auf amerikanischer Seite war außerordentlich gering, auf irakischer, erst recht, als Ende Januar die Landschlacht begann, immens. Oder stimmte alles nicht?

Erst vor kurzem erklärte ein Journalist in einer Fernsehrunde, es sei bei diesem Krieg um »Sicherung von lebenswichtigen Rohstoffen und Verteidigung moralischer Werte« gegangen. Englische und französische Kommentatoren stellten vorwurfsvoll, aber doch beruhigt und fast verschmitzt fest, der »Deutsche Michel«, von dem sie durch die Wiedervereinigung doch die Entstehung eines 4. Reiches befürchtet hätten, habe sich im Golfkrieg als äußerst schwerfällig und hinterwäldlerisch erwiesen.

Es war damals unmöglich, längere Zeit mit irgendeinem Menschen in Ruhe über diesen Krieg zu sprechen, der heute in der allgemeinen Erinnerung schon wieder verblaßt als Episode (ein Auslandskorrespondent erzählte mir erst neulich, der Golfkrieg habe doch bloß drei Wochen gedauert), bei der seitens der Alliierten keine grundsätzlichen, aber doch kleinere Fehler gemacht worden seien. Ende Februar war der Krieg faktisch beendet und auch für Europäer als politisches Instrument wieder salonfähig geworden, Krieg generell.

Noch nie aber, in unseren gesamten Erwachsenenjahren, hatten Willi und ich uns so kühl voneinander verabschiedet, und manchmal war mir gar nicht mehr klar, ob ich diesen Krieg mit solcher Hysterie verfolgte, weil ich eine Trennung von Willi und also meiner Vergangenheit, meiner Kindheit,

Jugend und meiner besseren Hälfte fürchtete, oder ob umgekehrt erst unsere wechselseitige Erkaltung ausschließlich durch den Krieg entstanden war.

Hatte Willi gesagt: »Ich kann nicht« oder »Ich kann nicht mehr«, »Ich kann jetzt nicht« im Sinne von: Nicht zu diesem Zeitpunkt (aber ich wußte ja durch Jutta, daß er die ›Petersburger Schlittenfahrt‹ geklopft und nicht gearbeitet hatte), oder: Ich bin zu erschöpft, ich kann nicht mehr papp sagen? Die Tage vergingen.

Wie merkwürdig, wir kannten uns so lange, aber ich mußte mich sehr überwinden, mir mit aller Gewalt ein Herz fassen, um ihn dann doch anzurufen. Vielleicht war er ja ahnungslos gegenüber unserer Krise, hatte alles schon vergessen? Es kam schließlich öfter vor, daß wir eine Weile nichts hörten voneinander. Kurzum, ich wählte, nach einigen absichtlichen Fehlversuchen, seine Nummer.

Willi ließ sich nichts anmerken, aber er sprach in den ersten Minuten sehr hektisch, wie ich. Wir wollten die Freude kaschieren, die wir beide spürten: Das Gute hatte gesiegt. Wir telefonierten, als äßen wir einen großen Geburtstagskuchen gemeinsam auf. Daran änderte sich auch nichts, als Willi mit seiner, wenn ihn etwas bekümmerte oder sehr erfreute, kehligen Stimme erzählte, er sei am Vorabend sehr spät aus dem Geschäft gekommen und habe beobachtet, wie ein junges Pärchen aus Glascontainern Flaschen genommen habe, um sie dann voller Wucht auf die Fahrbahn zu schleudern. Er sei auf sie zugegangen, aber sie hätten ihm mit abgebrochenen Flaschenhälsen gegenübergestanden. Im Grunde habe er noch Glück gehabt.

Ich gab also nach. Das würde so leicht kein anderer Mann außer Willi bei mir fertigbringen. Erst recht kein Mitglied seines Familienclans. Nein, ich mochte sie, das gestattete ich mir ein paar Wochen, durchaus nicht mehr leiden. Einerseits hingen sie aneinander wie Kletten, Partikel einer Affenhorde, andererseits, oder eben genauso wie die, kriegten sie sich ständig in die Wolle, kamen sich ins Gehege, selten lautstark, meist in verstohlenen Attacken, mit laufenden strategischen Umschichtungen, nur kein Stillstand, nur kein Frieden. Diese lachhafte Eifersucht der Familien Wings und Luchs beim Erinnern, dieses Ausspielen der Mütterverantwortung! Erika Luchs, mit den ulkigen grauen Lockenrollen auf dem Kopf, den Pausbäckchen, den runden dunklen Augen, eine Junggesellin, Jungfrau eventuell sogar, dieser im Grunde, vermute ich, gutherzige Mensch, geriet aus dem Häuschen, wenn Martina auftauchte. Und Martina selbst, mit ihrem unsichtbaren Verlobten Rainer, an den ich schon nicht mehr glaubte, die ihre Zähne nicht auseinander bekam und mit dem alten Bedniak, der ihr Großvater hätte sein können, vor den Augen ihrer Eltern herummachte, zugange war wie im Honigmond!

In meinem Hotelbett, dem französisch anspruchsvollen in B., habe ich mir einmal eine Skizze angefertigt und aufgezeichnet, wer von ihnen was gegen wen im Schilde führte, je nach Bedarf. Es ist ein hochnervöses Spinnennetz herausgekommen, deshalb so verwirrend, weil sie alle so unzuverlässig sind, jeder konnte mit jedem jederzeit Streit kriegen, aber auch, zu bösen Zwecken, sich mit jedem vertragen. Und das Schlimmste, es war immer völlig harmlos, normal, nicht dämonisch, nie abgründig.

Wenn nur Willi nicht gewesen wäre! Ohne Willi wären sie mir – abgesehen davon, daß ich sie dann ja nicht gekannt hätte – als angenehmere Menschen erschienen. Er stach einfach zu sehr von ihnen ab.

Mein Willi mit seinem »Ich denke so oft an euch alle«, »Ich möchte euch alle miteinander bekannt machen«, diesem »Wie bin ich froh, daß diese Leute, zwei Außenseiter, sich gefunden haben und glücklich sind«, dem »Du müßtest diese Landschaft unbedingt einmal sehen«, »Habt ihr das auch manchmal im Ohr, ein Geräusch, als würden Schafe an einem Deich durch die Riedgrasstücke im Spülsaum ziehen oder wie Treibeis auf einem Fluß?«

Willi, der mit wechselnden Betonungen, je nach Gemütsverfassung, mehrfach einen Text wie diesen vorlesen oder auswendig vortragen konnte: »An das Gebirge schließen sich 1500 Meter hohe grasbewachsene Hochtäler an, deren Ebenen mit Baumfarnen bestanden sind. Baumfarne können nicht in die Breite, sondern nur in die Höhe wachsen. Das Flachland am Fuße der Berge ist von dichten, dampfenden Regenwäldern bedeckt, die von zahllosen, zum Teil sehr großen Flüssen durchzogen sind. Seen und Sümpfe unterbrechen zuweilen die mächtigen Ströme und bereichern die Lebensräume der Insel um weitere Formen. An der Südostküste, in der Umgebung von Port Moresby, beträgt die jährliche Regenmenge noch weniger als 100 cm.«

Das beweist objektiv natürlich nichts, für mich schon, und ich werde es noch schaffen, zu überzeugen. Was ich hier nur sagen will: Er wurde immer gehetzt, von einer Sache zur anderen, und so sehr er sich auch beeilte, die anderen waren stets viel schneller als er. Es erbitterte ja selbst mich gelegentlich, wieviel Zeit er benötigte, zum Beispiel um etwas »wirklich« anzusehen, was sonst niemand sah und wissen wollte.

8

Eine seltsame, zwiespältige Form der Verlangsamung erlebten wir gemeinsam im Februar, einen guten Monat nach dem Brand in Willis Museumsstübchen. Ich hatte erst spätabends nach B. kommen können und, da am nächsten Tag Sonntag war, keine Möglichkeit, schon wieder nicht, Willi im weißen Kittel zu sehen, genauer, die Verwandlung des uniformierten, freundlich pedantischen Herrn Wings in meinen höchstpersönlichen und unser aller Willi, wenn er ihn auszog.

Unser aller Willi? So versöhnlich dachte ich das damals wohl kaum. Zumal die wenigen Sonntagsstunden, die mir diesmal in B. zur Verfügung standen, wiederum keine familienfreien waren. Als ich Willi aus dem Hotel anrief, erklärte er mir, im voraus um Entschuldigung, zumindest doch um Verständnis bittend, Erika Luchs sei verreist. Die alte Frau Luchs aber sei gewöhnt, am Sonntagmorgen in die Kapelle eines nahen Altenheims zu gehen, der einzige Spaziergang, zu dem sie noch bereit sei, auf dem sie auch bestehe. Ein Altenheim und zwar dieses, müsse es, nehme er an, wohl deshalb sein, weil sie es genieße, wo immer mehr Bekannte dahin verschwänden, als Privatperson am Arm ihrer Tochter dort ihre Stippvisite zu machen und wieder in das eigene Haus zurückzukönnen. Da sich kein anderer finde, habe er ihr versprochen, sie auszuführen. Außerdem sei dringender Wunsch der alten Frau, Martina, ihr Liebling, möge mitkommen. Auch die habe ausnahmsweise einmal zugesagt, sei aber unzuverlässig. Ob ich nicht mitmachen wolle? Ein paar Sätze, worauf er sich so sehr freue, könnten wir trotzdem wechseln. Nein, ich wollte nicht. Willis Stimme wurde im Bitten rauh. Ich gab nach.

Hegte Willi eine stille Leidenschaft für Mütter allgemein? Oder ergab es sich nur zufällig, daß ich im November zwei Nachmittage mit ihm und seiner Mutter Hilde, und nun einen Vormittag mit Willi und seiner Schwiegermutter zubringen sollte, deren Vornamen ich nie gehört hatte?

Und wie im November, so trafen wir auch im Februar vor der Haustür der alten Dame zusammen. Ich mußte nur klingeln, schon kamen sie fix und fertig heraus, Willi vor den beiden Frauen. Martina führte Frau Luchs am Arm. Das brachte Willi dann doch elegant zustande: Er bugsierte, mir leicht zublinzelnd, die beiden auf den Weg und schloß umständlich, was für einen Vorsprung von Großmutter und Enkelin sorgte, die Tür ab, rüttelte, prüfte, kontrollierte, eine kleine List, um die sich abzeichnende Paarbildung zu bestätigen.

Da wir diesen Abstand unbedingt halten wollten – wir brauchten darüber kein Wort zu verlieren –, waren wir nun aber gezwungen, die Strecke bis zum Altersheim in unendlicher Langsamkeit zurückzulegen. Sehr vorsichtig nämlich bewegten sich die beiden Frauen voran, schienen eher auf der Stelle zu treten, machten auch seitliche Bewegungen wie das suchende Schwanken von Tentakeln, von haltsuchenden Ranken in Zeitlupenaufnahmen. Der Hauptgrund mochte die dünne Neuschneeschicht sein und natürlich die Gehschwäche von Frau Luchs. Martina drehte sich einige Male ratlos nach uns um, wir wollten aber ihren Gesichtsausdruck nicht deutlich sehen und kuckten lieber in die Vorgärten und in einen Park, anspruchslos, mit Büschen, niedrigen Bäumen und Bänken, aber immerhin. Wir mußten hindurch, und das war an diesem Schneemorgen eine regelrechte Lust.

Vor uns die kleine schwarze Frau als pickendes Vögelchen bei jedem ihrer mausgroßen Schritte im Weißen. Willi und ich, wir sagten nichts, wir bemühten uns, den richtigen

Rhythmus in der sehr geringen uns erlaubten Geschwindigkeit zu finden und atmeten die frische Luft, hörten das Glockengeläute und gingen wie Martina und Frau Luchs Arm in Arm wegen der schmalen Spur zwischen den Schneewällen der Vortage. Es kam mir so vor, als würde man eine Landschaft realistisch beschrieben als Lesetext vor sich haben. Man spürte die Präzisionsatmosphäre, ohne sich aber die Einzelheiten vorzustellen.

»Der Krieg«, begann Willi plötzlich, mitten in unseren Frieden hinein, und ich fühlte, wie mir das Blut bis zu den Augen hochschoß, so daß ich mich vorbeugte und mein Gesicht mit dem Mantelkragen zudeckte, »ich wollte noch etwas zum Krieg sagen.« Das Gehen im Schnee, im kalten Hauch der Luft und dem eigenen Gegenhauch, der sichtbar wurde, der schöne metallische Klang von den Kirchen her, das alles regte zu einem forschen, beschwingten Vorwärtsmarschieren an. In meiner Erinnerung aber kämpfen wir uns durch eine hemmende, an uns klebende Masse, die nicht der Schnee war, eher eine farblose Materie: die Zeit, die uns hemmte, weil wir nicht überholen wollten. Wir verfielen notgedrungen in ein Greisenalter des Gehens.

»Man weiß so wenig Zuverlässiges«, sagte Willi. Er ließ nicht locker. Ich hatte noch immer, und es war ja erst eine kurze Wegstrecke absolviert, meinen Arm unter dem seinen und machte mich insgeheim ein bißchen lustig über die abweisende Härte seines Körpers durch den dicken Wintermantel hindurch. »Aber die irakischen Soldaten, Kinder doch noch oft, wie die amerikanischen Optimisten sie einfach in Massen zubaggern, in den Gräben einfach zuschaufeln. Es geht mir nicht aus dem Kopf.«

Ich wollte ja gar nicht mehr jemals mit ihm darüber sprechen. Warum fing er nur davon an! »Andererseits haben sie einen Offizier gezeigt, ein Amerikaner, der geweint hat und gestammelt: ›Ich habe einen Jungen verloren‹. Er meinte einen seiner Soldaten.« »Den Luxus kann man sich im Irak nicht leisten.« »Aber Saddam hat den Krieg angefangen.« »Er hat Kuweit unrechtmäßig annektiert, nicht den akuten Krieg angefangen.« »Er foltert schwer.« »Das tun, laut Amnesty, alle Anrainerstaaten auch, schwere Folter bei allen.« »Man weiß zu wenig.« »Ja, Willi, aber man weiß, daß die USA einfach nicht verhandeln wollten, schon bald nicht mehr, schon lange nicht mehr.« »Sie müssen das Waffenpotential vernichten.« »Das ist die propagierte Argumentation. In der Türkei wird schon massiv ein neues, westliches aufgebaut.« »Man weiß einfach zu wenig.« »Ja, Willi.«

Da gingen wir Kindsköpfe durch den Schneemorgen zu einer Messe wegen Frau Luchs, wußten zu wenig und beschwerten uns über die toten jungen Männer und die absterbende Region und sprachen nie wieder davon.

Das letzte, was Willi dazu sagte, war der erwähnte Hinweis auf Paul Bürgers herausgegrölte Angst, sein Sohn müsse in die Türkei zum Kämpfen. Dann erzählte er mir, er habe ihn, den Paul, diesen komischen Schlawiner, kürzlich vor einem Geschäft ertappt, wo man Sportpokale kaufen könne. Zwei große Schaufenster über und über voll mit den ungeheuerlichsten Trophäen. Er traue Bürger zu, sich den Kram mit einer privaten Gravur zu beschaffen, eine Phantasieinschrift auf dem Siegesbecher für sein Regal. Bürger versuche neuerdings, Bio-Reinigungsmittel an große Firmen zu verscherbeln, strecke schon die Fühler nach Hamburger Schiffahrtsunternehmen aus. Willi lachte. Ich auch. Von der Seite sah ich seine unverändert ernsten Augen. Wir verstanden uns ja doch ganz gut!

Gingen wir tatsächlich ununterbrochen oder träumten wir zwischendurch nur davon, daß wir die Füße voreinander setzten in diesem ungewohnten Exerzitium des reduzierten

Gehtempos? Was mochten sich die beiden Frauen wohl erzählen? Ab und zu sah ich Martinas hübsches Profil. Sie wandte sich dann aber nicht ihrer Großmutter zu, sondern nach außen, zu den Gebüschen, als wäre da ein Erretter verborgen. Einmal schüttelte sie heftig den Kopf, und wir hörten bis zu uns hin, wie sie zornig: »Nein, nein« rief. Frau Luchs wies mit dem Arm schräg nach vorn, und Martina stampfte sogar mit dem Fuß auf und ließ den Arm von Frau Luchs fahren. Wir blieben stehen, weil die beiden standen. Das wurde uns nicht gestattet. Beide verlangten, beide winkend, von uns die Schlichtung eines Streits. Also trabten wir, die ersten schnellen Schritte seit Stunden, so kam es mir vor, rasch zu ihnen hin.

»Ist das ein Eichhörnchen, oder kann ich auch das schon nicht mehr erkennen?« fragte Frau Luchs drohend und unfair. Martina war es nun, bei diesem Nachsatz ihrer alten Großmutter, wohl peinlich, aufgestampft zu haben wie eine Sechsjährige, und sie klopfte daher mit den Schuhspitzen, wie um den Fuß zu wärmen, einige Male auf. Mir fiel natürlich der Witz ein von dem Mann, der in der Straßenbahn Blähungen hat. Willi sah, wie Martina und ich, selbstverständlich sofort den Tannenzapfen, den Frau Luchs mit einem rotbraunen Eichhörnchen verwechselte. Er legte aber die Stirn sorgfältig in wissenschaftliche Querrillen, die große Anstrengung beim weiß Gott nicht leichten Identifizieren ausdrücken sollten. »Siehst du«, frohlockte Frau Luchs. Einen Augenblick lang schwankte Willi, ob er vollständig schwindeln sollte, dann entschloß er sich zum Mittelweg. Daß sich dort so gar nichts bewege, erst das habe seine letzten Zweifel ausgeräumt. Kein Eichhörnchen! Frau Luchs stülpte in ihrem Gesichtchen triumphierend die Lippen, eigentlich nur noch blasse Fäden oder Linien, in zufriedenem Schmollen vor und die obere Lippe sogar nach außen, dort war sie dunkelrot, ein erschreckender Farbstrich in der Umgebung der weißen Wangen. Durchschaute sie Willis Kavalierslüge und freute sich über dieses Verhätscheltwerden?

Wie Willi, mit dem sie doch überhaupt nicht blutsverwandt war, wollte sie sich nun den Mund abreiben. Dabei fiel ihr das Taschentuch zu Boden. »Scheiße«, sagte sie da. »So eine Scheiße.« Schneller als Martina, die auch nicht hingekuckt hatte, bückte sich Willi und nahm sehr vorsichtig das Tuch der alten Dame in seine Hand, schlug sacht den Schnee ab, betrachtete es ein, zwei Sekunden, bevor er es an sie zurückerstattete, als erwartete er, es würde sich in eine Blume oder in einen plustrigen Vogel verwandeln, so zärtlich. Das periodische »Scheiße«-Sagen verband wiederum Frau Luchs mit der etwas jüngeren Hilde Wings.

»Martina, was hast du nur schöne Zähne. So schöne Zähne hat kein anderer Mensch als du«, schmeichelte Frau Luchs. Martina tat ihr den Gefallen, wer weiß, aus purer, gedankenloser Eitelkeit, die gepriesenen in voller Breite und in ihrem Glanz vorzuführen. »Damals, als ich im Krankenhaus lag, hat Jutta gesagt, ich hätte ein kleinwinziges Fleckchen am Nachthemd«, klagte Frau Luchs schnell hinterher.

Wir setzten uns in der Formation von eben in Bewegung, das hieß, Willi und ich spielten eine Weile Gehen, damit die beiden Vorsprung gewännen. Martinas Lachen schwand, das sah ich noch. Ich sah noch mehr, nämlich das Hochziehen und Sackenlassen ihrer Schultern unter dem großen Pelzkragen. Sie rüstete sich zu einer letzten, großen Mühsal.

Willi, mit kleinen Schritten neben mir, um Frau Luchs nicht etwa zu drängen, kam nun auf die Idee, mir Grüße auszurichten. Das ist eine seiner Eigenheiten. Man könnte ja meinen, wie bei Pastoren sei es die Berufsmacke von Geschäftsleuten, von vornherein auf die Begrüßung von Leuten eingestellt zu sein. Ich vermute eher umgekehrt, gäbe es nicht die schon erwähnten Gründe, die Willi zur Apotheke trieben, so wäre sein Grußwunsch ein weiterer und einleuchtender. Hier also nun die Weitergabe von Grüßen. Es grüßten Familienangehörige mittels Willi, und er trug diese Bestellungen mit solcher Inbrunst vor, mit solchem Druck in der Stimme bei dem Wort »herzlich«, daß ich mir jedesmal stürmisch umarmt vorkam, von Ingeborg und Jutta, von Hilde und Bedniak, die gar nicht alle wissen konnten von meinem Aufenthalt in B. Aber ich kannte ja meinen Willi, er selbst zauberte das Netz so unvermuteter Zuneigungen herbei!

Was war dieses Gehen für eine Prozedur und Schnapsidee, wir existierten momentan als Plumplories. Es war über uns verhängt. Zum Spaß machte ich einige Male Schritte rückwärts. »Gleich ist es geschafft«, Willi entschuldigte sich unverzüglich, Willi, der passionierte Waldläufer und Schnellwanderer! Hatte Frau Luchs nicht vorhin zu Willi gesagt: »Nur du hilfst mir so gut«? Die Mütter Luchs und Wings, beide durch das Alter in unterschiedlichen Stadien der Hinfälligkeit, nutzten ihn ohne Gewissensbisse aus, brutal und schelmisch alle beide.

Aber wir hatten es nun wirklich »geschafft«. An der breiten Einfahrt zum Theresienheim blieben wir vier stehen. Unter der unbeträchtlichen Schneeschicht zeigten sich in den geschützt liegenden Rabatten winterharte Stiefmütterchen. Man war auf einen regen Besucherstrom zu den Heimbewohnern hin und von ihnen weg eingestellt, ob zu Fuß oder per Auto. Martina verabschiedete sich.

»Ach?« sagte Frau Luchs und senkte das Köpfchen, Trost an der eigenen Schulter suchend. Sie verstand das Mädchen nicht gleich. »Ich gehe jetzt, Oma«, wiederholte Martina beinhart, felsenfest. »Ach so.« Die Fältchen in den nicht mehr durchbluteten Wangen der alten Frau begannen sacht zu beben. Martina reichte ihr die Hand. »Danke, daß du mich so gut geführt hast, das könnte niemand besser als du«, stammelte Frau Luchs und wollte die Hand nicht loslassen. Offensichtlich brach Martina die Verabredung. Hatte die Großmutter ihre Enkelin so unbedingt neben sich haben wollen während der Messe, wegen der Erinnerung an alte Zeiten oder sogar, weil sie erhoffte, ein stiller Segen würde sich auf das Mädchen ergießen, wenn es schon nicht zu Gott, so sehr sie, Frau Luchs, das auch wünschte, zurückzuleiten war? »Vielen, vielen Dank«, stieß Frau Luchs hervor, bis Martina die Hand mit Schwung wegzog, und Willi, der befürchten mochte, sein Schwiegermütterchen würde taumeln, griff einspringend nach ihrem Arm.

Aufatmend bei jedem ihrer Schritte – wir drei sahen ihr alle nach – entfernte sich Martina, wohlwissend schlank, selbstverliebt hochgewachsen und zweifellos wieder sehr fröhlich und einem zweiten Frühstück mit dem kerngesunden Bedniak entgegeneilend. Jedes Schlenkern ihrer Arme ließ uns ausdrücklich dort bleiben, wo der Pfeffer wächst. Sie schüttelte uns ab. Die kleine Frau in unserer Mitte erkannte das keinesfalls mit den Augen, aber wie finster starrte Willi seiner Stieftochter nach!

Das hätte nicht sein müssen. Wieder war Willi nur langsamer als die anderen, jetzt als Frau Luchs. Die nämlich machte es sich zwischen unseren sie stützenden und mit Energie versorgenden Armen bequem und sah schon gespannt der Eingangstür des Heims entgegen. Warum, das bemerkte ich, sobald wir die Halle betraten.

In der Disziplin des Grüßens fand Willi hier seinen Meister. Die mit zwei wesentlich jüngeren Begleitern ausgestattete Frau Luchs führte es in stolzer Gelassenheit vor. »Guten Morgen, Schwester«, rief ihr schwaches Stimmchen der stämmigen Nonne in der gläsernen Pförtnerloge zu. Die Nonne telefonierte und hielt in der freien Hand huldvoll eine Häkelarbeit. Vieldeutig schmunzelte sie aus ihrem Kasten heraus uns alle drei, und wahrscheinlich uns alle drei jeweils verschieden, an. Sie kannte ihre Pappenheimer. Sie schaute jedem von uns in den schwarzen oder weißen Herzensgrund, wobei das Generalthema über diesen Unterschiedlichkeiten wohl die Zukunft sein mochte, egal, wofür sie mich nun hielt: Wann werdet ihr die trotzige kleine Frau endgültig hier abliefern?

»Da seht ihr die Reste vom Weihnachtsbasar.« Frau Luchs wies uns auf krumme Kerzen und grobe Tonfiguren hin, die rechterhand auf einem Tisch herumlagen. »In dieser Ecke hatten sie einen herrlichen Tannenbaum aufgebaut, sehr lieb, die alten Leute basteln so gern. Die haben hier so viel Zeit, fast zu viel.« Sie griff nach unseren Armen, packte uns, als ginge es zum Tanz. »Jetzt rechts herum! Wer sich nicht auskennt, verirrt sich. Gut, daß ihr mich bei euch habt.«

Ein Geruch nach feuchter Wäsche, großen Küchen, eine muffig fade Heimeligkeit: Mich beschlichen Grauen und Wonne. Frau Luchs grüßte, den Oberkörper in Hoheit geneigt, stumm oder auch namentlich in alle Richtungen, jedesmal mit einem quasi präsentierenden Blick auf uns beide. Am liebsten aber sagte sie: »Guten Morgen, Schwester.« Sie sagte es respektvoll, auch ein bißchen distanzierend, auf der Feststellung beharrend, sie, Frau Luchs, sei in keiner Weise einer Autorität des Heims unterworfen. Es ergötzte sie Mal um Mal neu.

In den Seitenfluren wurden Männer und Frauen von Helferinnen in weißen Kitteln (die an ihnen aber anders wirkten als an Willi), wenn sie nicht allein und an Krücken gingen, gestützt auf dem Weg zur Kapelle. Am Ende des Ganges hielt ein alter Mann die Tür auf. Man sah bis zum Altar, den große Topfpflanzen umgaben. Ein Stück davor stand ein weißer Tisch. Mich verblüffte, wie gefüllt der Raum war, von Behinderten und allerlei Lärm durch die Prothesen, das Feststellen der Rollstühle, aber auch durch das Husten und Niesen, dessen man sich mit Eifer, ja großsprecherisch befleißigte. Manche Leute schwatzten, als hätten sie die richtige Dosierung verlernt.

Wir nahmen in der letzten Reihe Platz, mußten zusammenrücken, und dann sahen sich immer noch einige Kranke suchend nach einem Platz um, weil sie wohl den Weg nach vorn, über die glänzenden Platten scheuten. »Stören wir hier denn nicht?« fragte Willi seine Schwiegermutter. Da blickte sie hoch und sagte, laut auf sein Flüstern hin: »Nanu, wir sind verkehrt!« Sie habe sich doch wahrlich mit dem Eingang geirrt. Uns in die Irre geführt! Wie so etwas nur passieren könne, sie komme doch Jahr und Tag hierher! Wir verließen also diesen Teil der Kapelle und stießen draußen auf einen zweiten Eingang. Wieder war ein alter Mann zufällig zur Stelle, der uns bereitwillig, mit großer Kraftanstrengung, die schwere Tür aufhalten wollte, die ihm dann Willi, ihm den Vortritt lassend, abnahm, und fanden in dieser Abteilung – eine zu zwei Dritteln durchgezogene Mauer verbarg den Raum für die behinderten Heiminsassen vor unseren Blicken – noch reichlich Platz. Waren auch in diesem Heim die Gesünderen die weniger Frommen? Frau Luchs schüttelte den Kopf über sich, aber ich bin nicht sicher, ob sie nicht diesen Schabernack mit uns getrieben hatte, um auch so noch einmal explizit dem bittersten Greisentum zu entwischen vor aller Augen.

»Doch wie geht es Mutter, Erika, geht es aufs Sterben zu?« Dieser Satz Ingeborgs vor erst einem Monat im Brandstübchen! Angesichts des listig verdrehten Weibchens Luchs begriff ich nun vollends die reine Kränkungsabsicht. Putzmuntere kleine Kirchgängerin! Von ihrem Unfall im Frühjahr war keine offensichtliche Spur geblieben, ich meine, wenn man ihren Zustand schon vor dem Unglück bedenkt. Natürlich nie und nimmer – da teilte ich Willis Patriotismus und Nationalismus – zu vergleichen mit Hilde Wings! Zwei Welten, Willi, sagte ich in Gedanken, um ihm eine Freude zu machen.

Um zu beweisen, wie unbedingt noch mit ihr zu rechnen sei, wies uns Frau Luchs in die Systematik des Raumes ein. Hier, wo wir saßen, hielten sich die körperlich und geistig auf keine Hilfe angewiesenen Bewohner und die Gäste auf, so wie wir. Gäste nur, Gäste nur gottlob. Auf der anderen Seite, durch einen Gang von uns getrennt, hauptsächlich, wenn auch nicht streng befolgt, die Nonnen. Und hier, sie zupfte, pickte an uns und empfand es sicher schon als kraftvolles Rütteln, hier im Fach sei die Möglichkeit, prima Möglichkeit, unsere Handschuhe hinzupacken. Dann fielen sie nicht runter, was so leicht vorkomme. Und hier die Gesangbücher, zum Leihen. Man konnte besser mitsingen oder auch das Buch halten, um den guten Willen zu zeigen. Sie schaffte es selbst ja kaum, den dicken Band mit ihren zappeligen Händen einen Moment zu tragen.

Und wieder eine imposante Grüßsituation! Eine Frau, nicht weniger schmächtig als Frau Luchs, schob in Schlurfschrittchen, sicherheitshalber ohne Ablösung vom Boden, durch den Mittelgang an uns vorbei. Frau Luchs gab einen Laut von sich wie das Pfeifen eines Nagetiers. Als sich die Besucherin, wie gewünscht, umdrehte, winkte unser Prinzeßchen überschwenglich, zugleich mit allen Symptomen der Geheimniskrämerei: Um Himmels willen dürfe man hier ja nicht seine ganze Freude zeigen. Sie sei ja noch viel größer, als man sich zu verraten traue, hier, wo man mit seiner Familie eine ganze Bankreihe beanspruche! Die Begrüßte nickte ein wenig heikel zurück. Diese Frauen machten sich wohl gegenseitig nichts vor.

Nein, diese Frauen, deren Köpfe mit den grauen Haaren fast alle dieselbe Überraschung boten (vorne waren sie aufgebauscht, sorgsam vor dem Spiegel, und hinten platt, als hätte sie jemand dort stark angepustet), diese Frauen machten einander wechselseitig nichts vor, auch wenn sie das dauernd versuchten. Gab es womöglich unter ihnen solche, die, obwohl Heimbewohner, doch hier ausdrücklich in Straßenkleidung erschienen, mit Lackschuhen, Handschuhen und Täschchen, sogar Hut, alles niedlich komplett, um einen für immer verlorenen Gaststatus noch einmal vorzutäuschen, sich selbst und irgendeinem unerfahrenen Augenpaar?

Manche Männer trugen erstaunlicherweise zu tadellosen schwarzen Anzügen rote Turnschuhe, andere hinten offene Hausschuhe, aber sorgfältig gestriegelt, gebürstet, gebügelt sie alle. Sie führten ihre besten Kleider vor, gründlich vorbereitet auf den sonntäglichen Ausgang, auf diese Festivität mit echten Abgesandten aus der Normalwelt.

Bei ihnen allen gewann ich den Eindruck, es sei das würdevolle Grüßen, in sehr differenzierter Palette, von kaum merklichem Lidschlag bis zum Händeschütteln hinter der Holzbrüstung der Bank, in dieser Altersklasse und obendrein an diesem Ort, der eine gewisse Moderatheit in allem verlangte, zur Hochblüte gediehen und gerade in seiner Gepreßtheit, erzwungenen und wiederum kultivierten Zügelung, ein wunderliches, in der Asche verborgenes Hauptjuwel.

Willi biß etwas die Zähne aufeinander, aber doch nur, um nicht allzu breit vor sich hin zu lächeln. Er kriegte ja genausoviel mit wie ich.

Uns gegenüber also die Nonnenköpfe, unterschiedlich tief gesenkt, vom Alter oder von der betenden Versunkenheit, eine Treppe von Notenköpfen auf den Linien der Bankreihen. Schnell dachte ich zwischendurch an die Orgelpfeifennonnen, blau-weiß, von Klosterfrau Melissengeist in Willis Materialsammlung. Bei ihm stand so was höchstens auf einem hinteren Schrank.

Links die weißen und grauen, selten noch braun getönten, aber allenthalben individuell gelegten und frisierten Löckchen, rechts die monotonen Nonnenhäupter, schwarze Schleiermähnen im Ruhezustand, zeitlos wie Tiere in Fell und Pelz. Ich sah ja ihre Gesichter jetzt nicht, nur ein bißchen Alterung durch die schwach erkennbare Körperform und die Haltung von Schultern und Nacken enthüllt. Wie Rohlinge, die in Handwerksbetrieben zur speziellen Ausformung angeliefert werden, so knieten die Nonnen, gleichförmige Rückenansichten, stellten aber doch – und prüfte man ihre Gesichter, würde es ausgeplaudert – Modulationen der Frömmigkeit, des Kummers, der Schmerzen und des Sündigen dar. Die schwarzen Umrahmungen, einheitlich, erhöhten, wie Lidumrahmungen, die Wirkung des Eingefaßten, auch seine Rätselhaftigkeit, die meine Neugier weckte, ohne daß ich je daran hätte rühren wollen.

Nein, um Gottes willen sollten diese schwarz umschlossenen, in ihrer Äußerlichkeit standardisierten Lebensläufe mir nie bekannt werden. Der Reiz, deren Apartheit zu vermuten und eine allein wichtige Uniformität vorgemacht zu kriegen, der ließ sich durch keine Wirklichkeitsenthüllung steigern.

Wie die vorgegebenen Worte der Bibel und besonderen Gebetbücher, die sie täglich aussprachen, wie man es seit Jahrhunderten vor ihnen getan hatte, unverändert, und die sie, jede Generation und jede Nonne für sich, mit unkontrollierbarem Sinn ausfüllten, so füllten sie die Ordenstracht einmalig mit ihrem Leib und ihrer Seele an.

Sie rührten sich kaum, diese schwarz-weißen Klosterfrauen, taten sie es aber, lief die leiseste Kopfbewegung als

Schauer durch den Schleierschweif dieser scheinbar und jedenfalls sehr ausdrücklich von Familienbanden und Meißelungen der Zeit gelösteren Nonnen, »Das hört ein falsches Nönnchen« sang es zwischen meinen Ohren. Starben nicht auch sie aus wie die meisten Tiere? Aber die Haustiere und die Heiminsassen als Spezies, die überlebten. Die immerhin überlebten in ihren Schlaf- und Wohnzellen, in ihrer Seniorenkeuschheit, mit ihrem Taschengeld.

Frau Luchs beteiligte sich auf ihre Art an dem Lärm, der aus dem für uns unsichtbaren Nachbarraum drang, wo die Behinderten rumorten und sich nach Kräften wegen der ihnen gleich bevorstehenden Anspannung des Stillhaltens schneuzten und ihre Gliedmaßen einrichteten in den harten Bänken, falls sie ihre Rollstühle verließen. Sie kramte in ihrer Handtasche, murmelnd und ein wenig empört, dann aber, als sie ihr Portemonnaie entdeckt hatte, über das ganze Gesichtchen strahlend: Schon wieder großes Glück gehabt! Willi schielte zu ihr hin, ob er nun bei der Auswahl des Geldstücks für den Opferteller behilflich sein sollte. Frau Luchs wollte das schon vor der Messe erledigt haben, es war die Eintrittskarte für den Service hier, es gehörte sich! Man mußte zeigen, daß man es wußte, und zwar den fast blinden Augen, nahezu tauben Ohren ringsum. Nein, sie beschickte das selbst, die Frau Luchs! Sie holte ein Silberstück hervor und fragte Willi nur, ob es ein Markstück sei. »Ein Zweimarkstück«, flüsterte Willi. Da fiel es ihr aus den steifen Fingern, und sie sah es fallen und wegspringen, wie eine Katze, als ginge es sie nichts an, einen von ihr eben hinuntergestoßenen Gegenstand blasiert betrachtet beim Wegrollen.

Nun mußte eilig gesucht werden, noch vor Messebeginn. Die Zeit wurde uns hier nicht lang. Mit Mühe überredeten wir beide die kleine Greisin in unserer Mitte, sich nicht an den Nachforschungen auf allen Vieren zu beteiligen. Es hätte ihr solchen Spaß gemacht. Aber wenn sie schon nicht durfte, dann sollten wir es doch bitte pünktlich schaffen! Willi schlug vor, das Geldstück dort unten ruhen zu lassen, es sei so oder so geopfert, die Nonnen fänden es ja beim Saubermachen. Als Antwort ging sie gleich in die Knie. Dann würde sie selbst eben erfolgreicher sein als wir. Wenn es uns zuviel war! Vielleicht, weil ich von der Seite einen alten Mann betrachtete, der einen sehr schönen Schal zu seinem Anzug trug, was weltläufig und irgendwie auch weitgereist wirkte, und der, bevor er feierlich in sein ausgebreitetes, frisches Taschentuch schneuzte, lange hineinsah, vielleicht, weil mich der am Boden suchende Willi dazu anregte: Mir stand noch einmal vor Augen, wie Willi auf dem Friedhof Hildes Schuhe mit seinem Taschentuch gesäubert und noch eben das von Frau Luchs aufgehoben hatte.

Ein Nonnenchor begann zu singen. Ich bemerkte erst jetzt, daß man die Trennwand zwischen den Gebrechlichen und halbwegs noch Rüstigen als Bug eines Schiffes auffassen konnte, das weit in den Kapellenraum ragte, oben aber von Passagieren benutzt wurde. Hier also, eine akustisch vernehmliche Schiffsbesatzung in Schwarz-Weiß, die Nonnen und ihre Orgel, deren Pfeifen alles verrieten über das Versteck der Sängerinnen, kleine Schornsteine des Überseedampfers. Die Mannschaft sang kreuz und quer. Ich hatte bis dahin selten einen so verwegen falsch singenden Chor gehört. Die Orgel machte es nicht besser. Man stach dort oben, wo niemand sie in ihrer Unsichtbarkeit belangen konnte und zur Rechenschaft ziehen, furchtlos, mit schrecklichem Gottvertrauen in See. Willi drückte sein Kinn an und freute sich im stillen. Frau Luchs war mit allem einverstanden. Die alten Männer und Frauen aber, von denen manche, wie sie, schon ihr Geldstück neben das Gesangbuch gelegt hatten, um auf alles vorbereitet zu sein, nach bestem Wissen und Gewissen, nahmen, wenn auch nicht alle, so doch in einigen Fällen, mit Einsetzen der Musik ihr Markstück fest in die Hand wie eine Wegzehrung oder ein Billett.

Und nun geschah etwas, was ich noch nie erlebt hatte, obschon ich in meiner Kindheit und halben Jugend eine fleißige Messebesucherin war. Eine schlanke, sehr anmutige Nonne schob einen Rollstuhl an den weißen Tisch vor dem Altar. Geschmeidig beugte sie sich vor, so daß ihr Kopf über dem des Gefahrenen schwebte. Dessen Haupt war groß und kahl, ein eckiger, kantiger, machtvoll männlicher Kopf. Man hätte sagen können: triumphal, wäre er nicht so blaß gewesen. Die Nonne rückte den Rollstuhl hinter den Tisch, so daß der Mann mit dem kräftigen Haupt dem kranken alten und dem gesunden alten Publikum zugewandt war. Eventuell mußte man auch ihm schon siebzig Jahre geben, und doch dachte man unwillkürlich: Ein Baum, im besten Alter gefällt! Willi, der meinen rätselnden Blick registrierte, veranlaßte Frau Luchs, mir das Wort »Autounfall« zuzuraunen.

Das Unfallopfer sagte etwas durch ein Mikrophon. Ich verstand nur, man wolle in dieser Messe einer gestern Verstorbenen, einer Heimbewohnerin, gedenken. Er sagte aber nicht »Verstorbene«, auch nicht: »Wir wollen für ihre Seele beten«. Er sprach, und ich schloß ihn vorsichtig fürs erste ins Herz, von »dieser Dame«.

Eine Weile sah ich nur noch den, zu voller Länge aufgerichtet sicherlich großen, kahlköpfigen Priester, mit diesem geradezu muskulös wirkenden Kopf vor den schreiend bunten Kirchenfenstern, die sehr viel weiter hinten die Szene abschlossen. Nichts anderes sah ich an und hörte ihn über das polternde Mikrophon, wie er unbeweglich, mit sanfter, ernster Stimme sprach. Vor ihm lag das Meßbuch, die Nonne hatte ihn verlassen, wartete gewiß sprungbereit in der

Nähe auf den kleinsten Wink. Er mochte allen Nonnen gehören, aber ihr gewiß besonders. Ob sie ihm jeden Sonntag aufwarten durfte? Ob es eine strenge Reihenfolge gab oder wurde gelost? Vielleicht dachte ich das aber damals gar nicht. Ich sah nur den großen trauernden Mann und die gewandte Nonne, die am Mikrophon etwas änderte. Es krachte weiter. »Liebe Brüder und Schwestern. Vielleicht können Sie mich nicht gut verstehen. Das Mikrophon ist nicht ganz in Ordnung. Wir feiern heute ...« Von Anfang an sprach er im Ton einer tröstlichen Mitteilung, und selbst die Lautsprecherstörungen wurden zur Verkündigung, ob der Satz Wort für Wort das Ohr erreichte oder nicht, einer Menschenfreundlichkeit.

Ich kannte mich längst nicht mehr so gut aus in den Zeremonien. Willi wußte noch, wann man aufstand, das Kreuz schlug, kniete und saß. Hätte ich diesem Mann damit eine Freude gemacht, wäre ich allem nachahmend gefolgt, aber es interessierte ihn sicher nicht. Man dachte, wenn man ihn sah, in ihm müsse eine göttliche Gnade oder große Könnerschaft tätig sein. Er las aus dem Meßbuch die festgesetzten Sprüche, und es war ein uns beistehendes Moderieren von großer Tröstlichkeit.

Ich habe ja immer die lateinischen Gottesdienste geliebt. Das laienhafte Kasperletheater von heute ist nichts dagegen. Wie aber der in seinen Rollstuhl gepferchte Priester zwischen Kyrie und Gloria, Epistel und Evangelium, soweit ich das noch begriff, kleine persönliche Ansprachen an diese Hinfälligen einflocht, nie »Ihr Alten« immer: »Wir älteren Menschen« sagte, das tat mir gut. Plötzlich stieg in mir der Verdacht auf, wie im Lebensmittelladen mit Hilde, Willi habe auch dies hier extra so arrangiert, um mir eine Freude zu machen.

»Es gibt vieles draußen, was uns erschreckt«, begann er

seine Predigt, begleitet vom Geknatter des Mikrophons, was er gleichmütig hinnahm. »Der Golfkrieg, die schwere Choleraepidemie in Peru, die Umwälzungen in Osteuropa.« Er sprach mit unbewegtem Gesicht, der große Kopf saß starr auf dem kräftigen Hals, glatt, bleich, bäuerlich, die Stimme aber schien zu sagen, als sie ihre Auflistung zum Weltgeschehen machte, auch er wisse keinen Rat, das einzige Medikament sei, die Wörter eben mit dieser Stimme an unsere Ohren zu bringen. Das Mikrophon drängte sich ächzend dazwischen, eine fromme Seele aus der Reihe der Unsichtbaren von nebenan nutzte die Gelegenheit, sich nach Herzenslust die Nase zu putzen.

Hätte er seine Predigt heute gehalten, wären zu Eingang der »rechts-radikale Terror«, »Bosnien Herzegowina«, »Somalia« genannt worden, und das Publikum, gelichtet und frisch nachgefüllt, hätte diesen großen, geknickten Mann angesehen und seine milde, entschiedene Stimme zu sich genommen und gemerkt, daß er von der Gegenwart und von ihnen redete. Ich vergaß Willi und Frau Luchs, ich sah die kreischend bunten Fenster und den Kahlkopf an.

»In uns selbst aber, den alten Menschen in diesem Heim, gibt es vor allem zwei Gefahren, das Altersschwarzsehen und den Altersgeiz«, fügte er sanft hinzu und erklärte, was damit gemeint sei. Es wurde ganz still, auch das Mikrophon riß sich zusammen. Es gab jede Silbe getreu an uns weiter.

Seine Predigt verlief in einer großen Kreisbewegung. Ich habe mir die Stationen gemerkt, so daß ich später, auf der Rückfahrt im Zug, mir seine Ansprache noch einmal zu Gemüte führen konnte. Das hohe Alter, habe der Eremit Antonius, Schutzpatron einer Kirche dieser Stadt, in der er, der vor uns Sitzende, eine Zeitlang Pastor war, gesagt, sei speziell geeignet zur Betrachtung des Lammes Gottes, wozu man im tätigen Leben nicht recht komme. Der Isenheimer

Altar in Colmar zeige auf einer seiner Schautafeln ein Bild des heiligen Antonius mit seinem Krückstock zu Besuch beim Eremiten Paulus. Zu diesem Altar gehöre auch eine große Schauseite mit einer Kreuzigungsszene. Dort sehe man den heiligen Johannes mit einem Lamm zu seinen Füßen. Gleichzeitig weise er, Johannes der Täufer, der Wüstenbewohner, mit einem überlangen Zeigefinger auf Jesus am Kreuz, das wahre Lamm Gottes, hin. In einer Kirche der Stadt Rom, dem Agnus Dei geweiht, aber stehe der Spruch des heiligen Augustinus: »Sieger, weil er vorher Lamm war.« Gemeint sei wieder Jesus, das Gotteslamm. Das sei ein ernstes und tröstliches Wort, wenn wir uns nur darein vertiefen wollten, das auch gegen das Altersschwarzsehen helfe und uns vielleicht die Schrecken da draußen in der Welt, Golfkrieg, Cholera in Peru, Unruhen in Osteuropa, ertragen ließe.

Golfkrieg usw., Alter, Eremit Antonius, Colmar, Lamm Gottes, Augustinus, Alter, Krieg usw.: Ob das die Stichpunkte waren, die er sich eingeprägt hatte? Ich mußte mir schnell die Stützwörter meiner geplanten, aufgegebenen, neu konzipierten Geschichte aufsagen und versuche in diesem Augenblick, es zu tun: Wasserrohrbruch, petits fours, Fingernagel, Streikbrecher, Wiener Schnitzel. Fehlt eins? Und noch eine andere Überlegung stellte ich an, als die Predigt mündete, wo sie entsprungen war: Sollte ich, nachdem ich beschlossen hatte, von den Figuren des Vordergrundes auf den Hintergrund zu schwenken, am Ende aus der Landschaft zu meinem Paar zurückkehren?

Jetzt sangen die Nonnen wieder von oben und die unteren sangen mit. Auch Frau Luchs stimmte kleine, zeternde Laute an, eher trällernd und mitsummend, aber das Gesangbuch mußte sie dazu unbedingt, koste es, was es wolle, dicht vor ihre Augen halten, als würde Gott sie vom Altar her lehrerhaft überwachen, seine fleißige Schülerin Luchs, wie sie sich Mühe gab, es ihm recht zu machen. Auch Willi sang ein bißchen, ein, zwei Zeilen, was er noch auswendig kannte. Erst als er sich von mir beobachtet fühlte, wurde er leiser. Es war mit ihm durchgegangen. Ich meinte, es hätte sich bei den Gebeten der Text, bei den alten Liedern die Melodie geändert und beide Male verschlechtert. Die Heimbewohner schienen gemäßigt up to date. Ich studierte also lieber eine fast rechtwinklig gebückte Nonne, sicher die älteste von allen, die mit einer großen Lupe aus ihrem Buch den Liedtext absang. Wie sonst durchaus nicht bei Frauen, fällt mir bei Nonnen automatisch das Wort Menstruation ein. Nun jedoch lag auf allen linken Nonnenärmeln glühend das Licht der roten Kirchenfensterdetails, hinter denen die Sonne stand.

Von meinem Platz aus konnte ich gut die Ohren der alten Leute sehen, die unterschiedlichen, aber ausnahmslos blassen, fast orchideenartigen Auswüchse, manchmal bei den Frauen mit kleinen goldenen Gehängen, bei den Männern mit grauen Haarbüscheln. Für mich sind Ohren der wehrloseste, verräterischste Teil an Menschen. Schon früh beginnen sich ja dort, wo das Ohr mit dem Kopf verbunden ist, Preßfältchen zu bilden, als wollte sich das Ohr beim Älterwerden tiefer an den größeren Körper, von dem es abstehen muß, drängen.

Mit den Ohren des Priesters würde es nicht anders sein. Die zierliche Wärterin, die auserkorene Nonne, umspielte den gefesselten Koloß, eine Nixe umgarnte ihren Nöck und nahm ihm, soweit es ihr erlaubt war, jeden Handgriff ab. Aber da stieß ein Opferkorb an meinen Unterarm. Frau Luchs wies mich nachsichtig zurecht und bot mir eine Münze, die sie lässig aus der Manteltasche fischte, damit auch ich was zum Einwerfen besaß. Sie selbst hatte wahrscheinlich schon während der Predigt gelauert, daß ihr Geldstück im Körbchen aufschlüge.

Es ging nun zügig voran in der Messe, auch die Wandlung mußte sich verkürzt haben, das durfte selbst dieser Priester nicht einfach rückgängig machen. Ob er es wohl als angenehm oder als kränkend und gegen alle seine priesterlichen Instinkte gerichtet fühlte, daß er im Sitzen aus dem Kelch trinken mußte, angeschmiedet an seinen Stuhl, jetzt von zwei Nonnen umschwirrt? Man konnte sich dieses Haupt sehr gut zornrot vorstellen, aber alles, was er tat, geschah in großer Beherrschtheit.

Ein Mann vor uns, der mit dem Schal, das Haar anspruchsvoll zurückgekämmt und mondän um die haarlose Mitte gelegt, zeigte uns, als er aufstand, sein kühnes Profil. Sein Gang aber war unsicher. Er hielt sich unauffällig beim Vorwärtsgehen an den Bankreihen mit einer Hand, und zu dem korrekten Anzug trug er Pantoffeln. Als vor ihm eine Frau aus der Bank trat, ließ er ihr schwungvoll, doch auch befehlend, den Vortritt. Frau Luchs, die nicht verlangte, zur Kommunion zu gehen, vielleicht war ihr zwischen uns allzu erquicklich zumute, flüsterte mir zu, dieser Mann habe sie einmal an der Bushaltestelle, früher, sie erkenne ihn genau wieder, mit beiden Händen unter den Hintern gefaßt, um sie die Treppen beim Einstieg hochzuheben. Ach Gott, was habe sie gelacht! Unter den Hintern. So! Sie machte es in der Luft vor. Pendelgleich schlugen die Alten beim Gehen in einer Schlange seitlich aus.

Als die Frau, der man so galant den Weg zum Altar gewiesen hatte, zurückkehrte, verfehlte sie ihren Bankeingang. Wieder zeigte sich der Mann mit dem Schal als ihr Retter, führte sie an den richtigen Ort, und noch schöner, noch selbstbewußter als eben, bot er uns sein Profil, als er, ohne Fehler, ohne Schwanken, zu seinem Platz heimkam.

Der Priester reinigte mit einem weißen Tuch den Kelch. Wir hatten das früher oft mit einem Taschentuch und einem Sportpokal gespielt. Was lag nun hinter uns? Zumindest eine schön gegliederte Stunde, festlich aufgebaut, festlich zuendegeführt, so würde Willi es im bescheidensten Fall charakterisieren.

Draußen auf dem Gang setzte wieder das vielfache Grüßen ein, wie mir schien, sogar seitens der Schwestern mit einer gewissen Erleichterung, in der Umgangssprache reden zu dürfen.

Manche Frauen gingen in Dreiergruppen untergehakt, einander stützend, auf ihre Zimmer, Wurzelgeisterchen, alte Elfchen, zu kindlichen Körpern geschrumpft mit den wunderlichen Verästelungen ihrer Arme und Beine.

Frau Luchs mußte sich jedoch ein bißchen beklagen. Frau Lauf, die sie genau gesehen habe, aus dem Staube habe die sich gemacht, sei vor uns geflohen, anstatt nach der Messe zu warten, damit man sich grüßen könne. Wolle wohl nichts mehr wissen von ihr, sei schnell zu ihrem Auto gerannt, um ihr zu entgehen. Die habe vor Jahren geglaubt, jede Nacht klopfe ein betrunkener, gieriger Rentner an ihrer Türe, bis sich herausstellte, daß es nur die Heizungsrohre waren. Und vor zehn Jahren, bei einer Erbschaft, habe sie alles Geld in bar gefordert, um in den Scheinen zu wühlen.

Willi tätschelte ihren Arm, und, als sie keine Ruhe gab, ihr Haar. Da schrie sie auf, er sei wohl verrückt, ihre Locken zu zerdrücken. Dabei waren es nur die Seitenlöckchen, alles andere deckte der Hut ja zu. »Ach, ach, nun bloß kein Altersschwarzsehen«, sagte Willi. »Der Pastor hat gut reden«, antwortete die kleine Frau ohne Zögern. »Früher war alles viel schöner, auch wenn man nicht so lange lebte.«

Draußen wartete Ingeborg mit dem Auto, um ihre Teilfamilie zum Mittagessen abzuholen. »Rehrücken«, sagte sie freundlich, ich sei herzlich eingeladen. Ich wollte dagegenhalten, mein Zug fahre ja schon in einer Stunde. Aber als ich Willi ansah, stimmte ich, gegen besseres Wissen, der erwartbaren Verzettelung dieses Treffens zu.

Hätte ich eigentlich gern etwas mehr über den Mann im Rollstuhl erfahren als das Wort »Autounfall«? Ich stellte keine Fragen, ich lenkte sogar ab, als wir uns nach dem Essen, beim Kaffee, dem Thema näherten. Meine Meinung von ihm war die allerbeste. Das, was ich mir unter ihm vorstellte, mußte nicht hochgepuscht und sollte nicht abgewiegelt werden. Vielleicht, dachte ich mir im Zug, kann ich ihn so einsetzen, wie Willi das machte: »Weißt du noch damals, der Priester im Theresienheim?« »Weißt du noch in Schwetzingen?« Mehr mußte dann überhaupt nicht mehr gesagt werden.

Und was war mit Willis »schöner Frau«?, »interessanter Frau«? Ein bißchen kannte ich mich aus mit der herzensbrecherischen Kusine aus Brüssel, aber diese irritierenden Frauen mit dem Temperaturunterschied im Gesicht, die sind mir nur aus der Ferne ein Begriff, wie Willi, mit einer Ausnahme, ja auch. Gut so! Ganz großartig so! Ich meine nicht für Willi als seriösen Ehe- und Geschäftsmann, ich meine für Willi selbst. Über seinem Leben steht für alle Ewigkeit das Zauberwappen: Legende. Das weiß ich heute besser denn je.

Träte sie ihm entgegen, würde er sie noch von anderen unterscheiden? Hoffte er noch auf sie? Ich glaube, er hoffte, es möge sie geben, die bestimmte, aber man möge sich um ein Haar verpassen, bitte zugleich. Was die Liebeslegenden angeht, fallen mir drei Variationen ein: 1. Das Gerücht, das einer Person vorausläuft, das Anpreisen, das zwar die Gefahr der Enttäuschung in sich birgt, aber auch den großen Vorzug, daß man, erregt von den erwarteten Attraktionen, selbst die tatsächlich geringeren Begabungen dieses Menschen aufgrund der vorbereiteten Phantasie vergrößert. Unter Umständen könnte Willi sogar Ingeborg ein wenig mit seiner »schönen Frau« verwechselt haben, mit dem »Leitstern und Gluthauch seines Lebens«? Unsinn, doppelter Unsinn!

2. Eine andere Variation ist die nacheilende Legende. Das durch Willis gesamte Jugend wirkende Gerücht über seine belgische Liebe. Immer neue Nachrichten von der Schönheit der Heranwachsenden, ihrer Talente beim Tanzen und Fechten, kamen ihm zu Ohren. Sie selbst blieb unerreichbar. Er hat nie den kleinsten Versuch unternommen, sie wiederzusehen. In solchem Fall einer beendeten Affäre ist eine mögliche Folge die ständig am Leben gehaltene Eifersucht oder das Anhören der Herrlichkeiten als Material für sich steigernde Idolisierungen. Willi wird zwischen beiden geschwankt haben.

3. Diese letzte Spielform kennt Willi kaum, aber ich. Es geht um die begleitende Legende, die vergrößernden oder verzerrenden Beurteilungen, die man, mit einer Person verbunden, von Dritten über sie erfährt, und die eine verwirrende Verfremdung garantieren. Natürlich hat Willi, sogar sehr häufig, die Bemerkungen zum Beispiel Hildes über Ingeborg gehört, na klar, aber das ist nicht, nun ja, das ist einfach nicht die hier diskutierte Größenordnung, Gefühl und Objekt betreffend. Und doch wird auch er, neben seiner Frau stets zum direkten Vergleich fähig, die dämpfenden und anfeuernden Beleuchtungen erlebt haben, die von Dritten auf den »geliebten« Gegenstand fallen und ihn kurzfristig verändern.

Ansonsten ist Willi selbst der tüchtigste, besessenste, wohl auch argloseste Legendenbauer, ob es um Kindheit, Familienfeiern, Orte, schöne Stimmungen, alte Hunde oder greise Tanten geht. Ich erlebte es an jenem Sonntagnachmittag ja wieder einmal, als Willi ans Telefon gerufen wurde.

Eine 88jährige wollte ihn sprechen, schwerhörig. Willi mußte schreien: »Tante Helma? Ach, Tante Helma, noch immer weiß ich, wie großzügig du mich beschenkt hast, damals, als ich Briketts vor dem Kellerloch aufschichtete und du vorbeikamst und mir fünfzig Pfennig gabst. Du weißt es nicht mehr? Warte, es war anders, ich habe Kohlen vom Bürgersteig durchs Kellerfenster geschaufelt. Und sage doch deiner Schwester, daß ich noch immer an ihren Spitzkohleintopf denke.«

Von Hilde hat er mir erzählt, sie krame jetzt, da sie allein leben müsse, absichtlich in ihrer Küche, bis alles nach intakter Geschäftigkeit aussehe, setze sich dann auf einen Stuhl und fühle sich im Gepränge dieses Chaos aus alten Zeiten einigermaßen wohl. Er selbst sei früher an dieser unordentlichen Küchenhaltung, diesem Durcheinander von Töpfen, Kartoffelschalen, geöffneten Konserven, zerbrochenen Eiern oft verzweifelt, wenn sie ihm dort eine Tasse Kaffee angeboten habe. Jetzt aber, in letzter Zeit, überkomme ihn öfter die Empfindung, sie sei schon tot und er dürfe noch einmal, dieses eine Mal ihren Kampf gegen die schnöde Pedanterie ansehen, und so beginne er auch diese typische Hilde-Küche zu lieben samt jeder verstreuten Suppennudel. Willi klemmte ironisch die Lippen ein, und seine Wangen wölbten sich ein bißchen. Ich möchte das, was er betrieb, das Erteilen eines vorausgreifend legendären Glanzes nennen. Von einer Zukunft aus fällt der den Dingen gar nicht anhaftende Schimmer auf sie in die Gegenwart hinein. Das ist ein Trick, so wie Willi ja auch von seinem belgischen Bauernhof tönt, als wüßte ich nicht, was ihm das Wort Belgien noch immer bedeutet. Es wird dieser imaginäre Bauernhof etwas, was seinen kleinkarierten Alltag durchleuchtet und muß schon gar nicht mehr sein irgendwann, und wenn, dann reicht eine Hütte mit einem einzigen Schaf.

Daß er aber Ingeborgs Entzückungs- und Schreckensschreie, zu jedem kleinen Anlaß üppig hervorgebracht, mit gerunzelter Stirn zur Kenntnis nimmt, ist ungerecht. Gut, Willi – man konnte es noch vor dem Braten, als ein Wasserglas zu Bruch ging, beobachten – meint, die Gesten hätten nur im Zusammenhang mit richtigen Ursachen Berechtigung. Er verkennt jedoch, wie sehr dieses nervenaufreibende und nivellierende Getue Ingeborgs die Sehnsucht ausdrückt nach den gewaltigen Ereignissen, die ihr vorenthalten werden.

Und du selbst, Willi? Was ist mit deinem treuherzig entflammten Blick, wenn du den Hund Max erwähnst, als sei er ein Talisman aus dem verlorenen Paradies? Und würdest du besser den Zustand des Betroffenwerdens, der erlittenen Untreue kennen, dann wüßtest du, daß unter Umständen, unter Liebesumständen nämlich, das schlichte Ausbleiben eines Lächelns, eines kurzen, meinetwegen unanständigen Blicks, tatsächlich katastrophal ist, ob man dazu schreit oder nicht.

Aber das ist es ja, würdest du antworten, wenn das Gefühl mitmacht, ist alles in Ordnung! Das unangemessene Brimborium wegen einer Sache, an deren Bedeutung man nicht ernstlich glaubt, nur das ist nicht zu ertragen und eine Verhöhnung. Ja, Willi, stimmt!

Ich fuhr im Zug von Reh, französischem Obstsalat und Kaffee zurück nach Hause, durch eine Sonnenuntergangsglut, einen Untergangsnachhall, als ginge es mitten hinein in eine Schlacht. Die Äcker waren alle weiß überstäubt und jetzt ergrauend wie die Wäldchen und Schonungen. Sicher dachten alle Mitreisenden, wenn sie aufsahen, peinlich berührt an den Krieg, der bis Ende des Monats dauern sollte, auch wenn der Himmelspomp in der falschen Richtung, nordwestlich, wütete. Es war kaum vorstellbar, daß sich dieses Feuergetümmel, diese breiten, roten Wolkenschwaden, nicht im geringsten dafür interessierten, was sie so zwangsläufig und bis an die Grenzen des guten Geschmacks illustrierten. Es lagen ja überall die Zeitungen mit den Schlagzeilen über die brennenden Städte Iraks, die brennenden Ölquellen, auf den Bänken umher. Trotzdem konnten sie nicht anders, sie entgingen uns nicht, nicht dem, was wir ihnen anhängten, und nicht einmal wohlig grausen konnten wir uns dabei. Auch wir schafften es nicht, uns vor dem Bild zu drücken. Das hinter diesem Wolkenfirlefanz aufgerichtete Gedankenzeichen war diesmal – ach Gott, was hätte ich vor einem Jahr, ein Jahr vorher, möglicherweise darin Majestätisches aufgemalt gefunden – ein ungnädiges. Für dies und das, ganz nach Belieben, stand man dort oben bereit.

Gewöhnlich brauchen Willi und ich nicht solch großartige Formationen. Der selbst ausgesäte Mohn auf den steinigen Restfeldern in der Nähe des Krankenhauses, in dem wir Frau Luchs besuchten, genügte Willi schon, ein bestimmter sommerlicher Gasgeruch, ein Hase, dem man genau den Kopf abgefahren hat. Aber damit es wirkt, muß auf jeden Fall eine Erinnerungsspur daran sein, ein Aroma, eine Verknüpfung mit der Vergangenheit, die Ding oder Geste den gewichtigen Körper oder Klang, die Kraft oder eine gewisse, unwiderstehliche Zartheit verleihen.

Das wanderte mir ja nur durch den Kopf, an meinem Fensterplatz, aus einem sehr konkreten Grund, wegen einer Verabredung, die wir an diesem Nachmittag getroffen hatten. Es sollte im März, noch in der Vorsaison, aber doch schon bei Aussichten auf frühlingshaftes Wetter, gemeinsam nach Belgien gehen, durch das Land quer hindurch bis zur Küste nach Oostende! Ich hatte es nur einmal vom Schiff, auf der Fahrt nach England, gesehen, an einem sehr frühen Morgen, der trüb war wie ich, nach einer schlaflosen Nacht.

Verdrossen betrachtete ich die Häuserreihen. Damals waren mir Willis Kusinen- und Bauernhofträume nicht präsent, vielleicht hatte er auch zwischenzeitlich das eine vergessen und das andere noch nicht geplant. Wir würden auf unserer Fahrt keins von beiden in Augenschein nehmen können, uns aber tief in das Land hinein bewegen, durch Willis legendäres Flandern, von dem er als Kind so gern mit mir gesungen hatte: »Flandern in Not, in Flandern reitet der Tod«. Dazu wurde auf ein Blechtablett geschlagen. Den Anfang: »Der Tod reit' auf einem schwarzen Rappen, er trägt ein' unsichtbare Kappen«, sangen wir gleich hinterher.

Der Inbegriff der Herrlichkeit: das düstere Flandern.

9

Sehr früh an einem Sonntagmorgen, zwischen Mitte und Ende März, es blühten schon die gelben Adonisröschen und verschiedene Nieswurzarten in den Botanischen Gärten, traf ich bei Willi ein. Ich hatte am Nachmittag davor eine ärgerliche Auseinandersetzung mit einem Freund gehabt und steckte in Schwierigkeiten mit dem Romanmanuskript, aus dem ich dann etwa zwei Monate später, im Mai, in H. vor dem Barbesuch, während draußen die Kastanien protzten, vorgelesen habe. Das Wetter war regnerisch. Alles schlechte Voraussetzungen für unsere Reise.

Ingeborg öffnete. Es dauerte noch etwas, Bedniak und Martina, die mit uns fahren wollten, ein plötzlicher Entschluß, seien noch nicht angekommen. In Bedniaks großem Wagen werde das Ganze aber sicher ein Vergnügen. Ingeborgs gute Laune steckte mich nicht an. Oben, sagte sie, in

Willis ehemaligem Museum, gehe es gut voran. Neue Tapeten, die zerstörten Sachen ausgeräumt. Vielleicht, dann seien die Aufenthalte in B. auch für mich bequemer, werde doch noch ein nettes Besuchszimmer daraus, wie ja ursprünglich geplant und von Willi versprochen. Was für eine Herzlichkeit! Ich lächelte unwillkürlich betört. Dachte aber in der zweiten Sekunde, in Wahrheit sei es wieder eine angezettelte Erpressung, Willi betreffend.

Aus dem Arbeitszimmer hörte ich seine Stimme. Ich erkannte sie, wer sollte dort sonst sprechen, lauter Wörter in einer verkorksten Sprache, lange Ausdrücke aus zusammengewurschteltem Lateinisch und Griechisch. Willis Stimme klang kostümiert. Daß er, in beruflichem Zusammenhang, eine Verwandlung ins trocken Energische durchmachte, immer wenn es gerade dran war – das war es sicher meist, aber ich erlebte ihn bei meinen Besuchen naturgemäß selten so –, wußte ich. Aber jetzt hörte er sich, ohne daß ich ihn selbst dazu sah, lustlos buchhalterisch an! Auch sein Gesicht stellte ich mir zu diesem Zeitpunkt nicht anders vor. Was wollte ich eigentlich in diesem Haus Wings? Gab er eine Bestellung von Medikamenten durch? Am Sonntag? Tauschte er mit einem Kollegen Erfahrungen aus über deren Absatz, Beliebtheit, Verordnungshäufigkeit? Ging es um homöopathische oder von der Industrie zurückgezogene, verdächtige Arzneien? Oder empfahl er seiner Nachbarin noch schnell Ergänzungen für die Reiseapotheke? Natürlich erkundigte ich mich nicht. Als Willi mich begrüßte, gab es vom weißen Kittel keine Spur an ihm, und schon stieg meine Stimmung leicht.

Bedniak hupte draußen. Im Handumdrehen saßen wir zu fünfen im Auto, Bedniak am Steuer, daneben Martina, hinten Willi flankiert von Ingeborg und mir. »Jetzt geht es los, jetzt geht's rund!« stellte Bedniak fest und kniff Martina zum Spaß in die Seite. Sie kommentierte das mit einem kleinen Wiehern, das mir gefiel, zum ersten Mal gefiel mir etwas richtig an ihr. Von den beiden vorn sah ich die Rücken, von Ingeborg nichts, von Willi fühlte ich durchgehend die rechte Körperseite an meiner linken.

Wir hatten noch nicht die Grenze passiert, da bot Bedniak uns schon Plätzchen an. »Noch gestern war ich unterwegs, um preiswert Plätzchenbruch für unsere Fahrt zu kaufen, aber als ich am Fabriktor stehe, seh' ich: Die machen gerade Betriebsausflug.« Er schüttelte lachend den Kopf über sein Pech und fuhr, nur unwesentlich die Geschwindigkeit reduzierend, hinein ins Land Belgien.

Da saßen die beiden vor uns, ein Mann von etwa siebzig und eine Frau Mitte zwanzig. Wir anderen drei paßten zeitlich exakt in die Lücke. Gab es zwischen Bedniak und Martina vielleicht einen hypothetischen Lebenshöhepunkt, wo man alle Vorzüge der einen mit denen der anderen Altersstufe verbinden konnte, nicht mehr den Überdruß der Jugend an der platten Selbstverständlichkeit des Lebens empfand und noch nicht den Schmerz, daß überhaupt gar kein Ding mehr als beständiges erscheint, so daß aus dieser Waagehaltung, falls sie möglich war, wenn man nicht Augen und Ohren geschlossen hielt, für eine Weile das andauernde Glück resultieren könnte?

Naja, wir drei hinten im Auto, wir waren, kräftig auf den Makronen herumbeißend, jedenfalls kein Beweis, höchstens für die Unmöglichkeit.

Ich dachte noch darüber nach, als ich neben mir eine Unruhe spürte, von Ingeborg ausgehend, durch Willi noch beschwichtigt, so eben noch im Zaum gehalten. Neugierig beugte ich mich vor, an Willi vorbei. Ingeborg starrte auf ihren Schoß, da lag nur ihre Handtasche. Bedniak brauste drauflos wie Luzifer, ja, jetzt fiel es mir auf: Versuchsweise hatten wir ein Stück über Land fahren wollen, aber ohne zu fragen, glaube ich, sauste Bedniak satanisch über die Autobahn auf Brüssel zu. Draußen war es so grau, daß es ohnehin nichts zum Freuen gab. Martina und Willi störte Bedniaks Entscheidung nicht, aber Ingeborg erboste sie, so mußte es sein, sie ballte die Fäuste und schlug damit auf ihre Knie. Um uns, Willi und mich, zum Protest zu bewegen? »Herr Bedniak«, explodierte sie schließlich, »wir fahren viel zu schnell. Das ist doch übertrieben. Mir wird schlecht davon. Wir hatten auch einen anderen Weg besprochen.« Bedniak drosselte die Geschwindigkeit sofort, schwieg, fuhr aber bei der nächsten Ausfahrt raus. Dann hielt er an und drehte am Radio. Keiner sagte was. »Pam, pam, pam«, sang Bedniak, »pim, pam, pom.« »Wer chauffiert, bestimmt.« Das war Willi. »Pam, pum, pam«, machte Bedniak und nickte bei jeder Silbe.

Martina wandte sich zu ihrer Mutter um und sah ihr voll ins Gesicht. »Was is nu?« Ingeborg schlug die Augen nieder. »Gut«, murmelte sie schließlich, »gut, macht so weiter, aber die Musik, die muß Herr Bedniak etwas leiser stellen.«

»Wenn die stört, wird sie ganz ausgemacht«, rief Bedniak zuvorkommend und schoß mit uns davon wie losgefeuert.

Für lange Zeit sah ich dann von Martina nur noch die mal goldbraunen, mal rötlichbraunen Haare. Komisch war, mir wurde auch das erst auf dieser Fahrt, wie einiges, Martina betreffend, klar: Ich betrachtete sie, weil sie ja nicht Willis Tochter war, auch nicht als Ingeborgs echtes Kind. Bedniak gehörte für mich eher zur Familie als dieses Mädchen, was sicher daher rührte, daß Bedniak gern und freiwillig die Wings besuchte, ihnen sogar zustrebte, Martina aber nur gezwungenermaßen und nur in seiner Begleitung kam. Bedniak, die einzige Person, die für sie zählte! Was sich jenseits des Ozeans befand, konnte ich nicht beurteilen, bemerkbar machte es sich nicht. Nicht Martina war die Verbindung Bedniaks zum Wings-Clan, sondern umgekehrt. Das mußte Ingeborg kränken und auch, sich gerade um dieses Kontaktes willen nicht völlig mit Bedniak überwerfen zu dürfen.

»Brüssel, Brüssel, schon geschafft.« Bedniak sah sich, an den Brüsseler Ausfahrten vorbeijagend, hin und wieder geruhsam nach uns um. Er ergötzte sich an uns drei etwas gequetscht Dasitzenden. »In meinem Camper ist das anders. Mann, wenn ich bedenke, wie die uns in Griechenland eine Giftbombe zum Betäuben in den Wagen geschmissen haben! Jetzt kann ich es ja wohl erzählen, was Martina? Und uns dann ausgeraubt! Haben aber nicht alles gefunden. Alles in allem habe ich dann doch noch verdient am Urlaub, wie immer, wie jedesmal noch. Gute Versicherung und kleine Tauschgeschäfte am Wegesrand.« Ingeborg reagierte nur matt auf Bedniaks Geständnis bei Höchstgeschwindigkeit. Sie wollte ihn nicht in für alle gefährliche Diskussionen verwickeln, auch hatte ihr Martina die Sensation sicher längst gebeichtet. So gesprächig war sie doch hoffentlich? Da er uns nicht zur Neugier reizen konnte, wollte uns Bedniak zum Lachen bringen: »Im Schrebergarten ist ein Kumpel, hinter dem sind die Bienen des Nachbarn her. Ist ja bald wieder so weit. Als der sich beschwert hat, der arme Kerl, kriegte er von dem Nachbarn, das ist der mit den Schildern, zu hören, der Idiot, ihr wißt, wen ich meine: »Was wollen Sie denn! Der Urfeind der Bienen ist der Bär. Sie haben dunkle Haare und einen Bart!«

Damit hatte Bedniak, vielleicht nur wegen der warmen Luft im Auto, die uns schwächte, gesiegt. Wir lachten alle drauflos. Er gab das Zepter nicht mehr ab.

»Hier ist irgendwo Flandern. Was ihr seht, ist jetzt Flandern«, sagte er einmal und ließ das Steuer mit beiden Händen los, um nach rechts und links zu zeigen. Ich blickte kaum nach draußen, es gelang mir einfach nicht, mich auf die trübe, nun flache Landschaft zu konzentrieren. Aber da entdeckte ich die Aufhellung im Westen. Wir fuhren, womit niemand mehr gerechnet hatte, einem März-Sonnentag am Meer entgegen!

»Oostende«, bestimmte Bedniak. Die Sonne schien. Wir donnerten über kleine Gewässer weg, schon Meeresluft durch die Autoscheiben witternd, auf die Stadt los. »Wir sind parallel zum Oostende-Brügge-Kanal«, erläuterte unser Fahrer und Führer. »Und jetzt sind wir da! John-F.-Kennedy-Plein. Den gibt's überall in der westlichen Welt. Nur mir hat man noch keinen Platz gewidmet.« »Das kommt noch«, versprach Willi in unorigineller, etwas schematischer Gutmütigkeit. Bedniak fuhr in der Stadt versiert rücksichtsvoll und bedacht. »Rechts der Yachthafen. Der sollte mal als Parkplatz zugeschüttet werden. Stellt euch das vor!« War Bedniak nur Reisemitglied, weil er schon alles wußte? »Parken tun wir direkt gegenüber vom Bahnhof. Da haben wir es nicht weit zum Visserskai. Die Damen mit ihren Absätzchen, die laufen ja nicht gern.« Das Meer winkte, man sah es noch nicht, aber der Himmel über uns, vor uns, war ein Meereshimmel. Bedniak verstaute den Wagen in Windeseile in einer Lücke. Ich stand auf dem Bürgersteig und atmete. Und erstmals vergaß ich vollkommen die Mitreisenden, vergaß auch Willi, vergaß meinen Ärger.

Ich reckte mich und hatte den riesigen Himmel allein um mich herum und mit nichts anderem zu tun als mit diesem Blau und der Frische, die unverkennbar herunterstürzte wie am frühen Morgen. Was ich hörte, waren die Möwen und mein Herzklopfen. Auf einen Schlag wurden die restlichen vier entbehrlich.

Das ließ Bedniak nicht lange zu. Er dirigierte, er kannte sich aus. Die Ortskenntnis befugte zum Kommando. Er trug eine schwarze Lederjacke, Jeans und einen leuchtend roten Schal. Auch Willi war für einen Meeresgang gerüstet, aber in einem zu klein gewordenen Anorak, und er gehorchte willig, als Bedniak entschied: »Jetzt werden am Visserskai die Stände geplündert!« Die Frauen gehörten ihm ja sowieso.

In einer Reihe standen sie nebeneinander auf Tischen, die Schalen und Kästchen mit verschiedenen Fisch- und Muschelgerichten, Säcke mit Miesmuscheln, Krabben und Langusten, große Töpfe mit dem prahlerischen Duft der Fischsuppen. »Wird alles probiert. Die Portionen sind ja klein!« jauchzte Bedniak. »Keiner drückt sich, keiner kneift. Und wir Männer, was, Herr Wings, wir verputzen von allem das Doppelte!«

Willi besah sich die Pracht. Als Ingeborg schon Krabben und Anschovis futterte, äugte er immer noch. Er aß nicht so gern Fisch, er betrachtete ihn lieber. Er bedauerte, daß die schillernden, gedrechselten Tierchen alle tot waren und er sie verspeisen sollte. Willi mochte Meeresgetier gar nicht besonders gern. »Wir Männer essen von allem das Doppelt- und Dreifache«, schrie Bedniak aufmunternd und hatte schon zwei Schälchen Tintenfisch intus. Er reichte Willi ein Plastiktöpfchen mit Suppe. »Was sollen wir im Restaurant für teures Geld essen, was hier besser schmeckt und viel billiger ist.«

Willi nahm seine Portion und studierte den Inhalt eine Weile. Er verstand nicht, was darinnen schwamm, leblos, aber mit kleinen Armen und sogar Köpfen und Augen, oder waren es nur Möhren und Sellerie? Bedniak belauerte ihn durch die zehn Finger. Wir sollten es merken. Als Willi für alle bezahlen wollte, um sein Zögern wiedergutzumachen, kam Bedniak ihm zuvor. Er kannte sich mit belgischen Francs viel besser aus, schon allein wegen der Geldgeschäfte, die er in Belgien betrieb.

Dort, wo nach links abschwenkend der Visserskai in die Seepromenade einmündet, noch vor dem Standbild des Seehelden, blieb wieder alles hinter mir. Es war warm und windstill und in der Ferne, Abschluß des sehr breiten, hellen Sandstreifens, lag das Meer bei Ebbe, rokoko- und porzellanfarben, wie aus Empfindlichkeit zurückgezogen, in sich selbst vergafft, durch nichts gestört unter dem barbarisch leeren Himmel. Auch Bedniak sagte einige Augenblicke nichts, perplex über die Gegend? Nein, schnaufte nur vor Stolz. Das war mir kurz entfallen: Er war es doch, der uns alles zeigte und alles gewußt hatte.

Die Front der Hotel-Appartement-Häuser begann. Eine plausible Gegenüberstellung. Ich hatte mich ganz gut in der Gewalt, alles Gemaule verschwand unter diesem Blau, in dem die Häuserwälle auch jetzt am Mittag noch einen durchgehenden Schatten fast bis zum Eisengitter auf die Promenade warfen, wo die Feriengäste, junge und alte, mit ihren Hunden und Katzen lustwandelten wie Hans im Glück. Was machte es schon aus, daß, häßlicher als vor dem Krieg, eine Hochhausmauer errichtet war, wo doch der Raum darüber so verschwenderisch posierte? Ich stellte es mir vor, ein einziges Zimmer mitten im Würfel, eins unter unendlich oft wiederholten, geschichteten Wellen, der Bewohner ein Planktongeschöpfchen, bewegt von seinem Tagesrhythmus, etwas verzehrend und seine Speisereste weiterreichend als Teilchen aus organischer Materie, hier auf Wochenendtrip.

»Sagen Sie, Herr Wings, haben Sie nicht eine Kusine, deren Familie am Seedeich ein Appartement besitzt, aus Brüssel, meine ich, habe so was läuten hören«, spaßte Bedniak.

Willi fuhr zurück, er preßte sein Kinn verdutzt, schon entrüstet gegen den Hals, nur flüchtig aber. Ich sah in seinen

Augen ein knappes, empörtes Forschen. Kein Wunder. Der Blick galt ja nicht Ingeborg, was man hätte erwarten können, sondern mir! Ich verstand das nicht sogleich, doch heißen konnte es nur: Er witterte den Verräter in mir. Ingeborg hatte er also von der Heißgeliebten nie erzählt, sie stand hier nicht zur Debatte als Ausplauderin intimer Geheimnisse. Dann senkte Willi, bei schwach ironischer Mundschrägung, die Lider: Irene? Niemals! Also kam nur Hilde in Betracht. Und in welcher Weise sie Bedniak davon erzählt haben mußte, vielleicht aus Rache, weil sie nicht mitgenommen wurde, das las man spielend ab aus Bedniaks Augenblinzelei.

»Nach dem Strandgelaufe zeige ich Ihnen die Professionellen von Oostende, Herr Wings«, brüllte Bedniak zur Entschädigung. Willi nickte ihm verbindlich zu und klärte aber durch eine Körperwendung: Mit dir, Bedniak, will ich nicht am Meer entlang! Dadurch ergab sich eine Aufteilung, die ursprünglich vielleicht nicht von Ingeborg geplant war, die ihrer für Oostende ausgeklügelten Schlachtordnung zuwiderlief: Sie und Martina allein – Willi und Martina allein – oder wie auch immer. Wichtige, geheime Familiengespräche hätten angestanden und wären auch sicherlich durchgesetzt worden, wenn nicht Willi unbedingt und jetzt erst recht ans Wasser gewollt hätte, von den Frauen ich andererseits die einzige war, die zu diesem Zweck Turnschuhe eingesteckt hatte. So begleiteten wir die drei noch bis zum Casino, um dann zum unmäßig breiten, sanft hellen Strand hinabzusteigen. Vorher allerdings, in der Kurve und direkt in der Mulde, die von der Kaimauer vor dem Casino gebildet wird, hielt uns noch etwas fest.

Aus der Sicht des Meeres ist es natürlich sehr unerheblich, daß die Promenade an dieser Stelle, zusammen mit dem Deich, eine deutliche Biegung auf das Landesinnere zu macht. Wenn man, wie wir, bei so gläsern leuchtendem Wetter, das den Raum über dem Wasser immer weiter zu vergrößern schien, nach Süden geht, hat man jedoch das Gefühl, an einer bedeutsamen Bewegung teilzunehmen. Das wurde gesteigert durch eine große Menschenmenge, die sich, abgesehen von den Sonnenhungrigen auf den hier in besonders günstigem Lichteinfall plazierten Bänken, am Geländer versammelt hatte. Unten im festen Sand standen Feuerwehrautos und Polizeiwagen. Bedniak, eben noch hinter uns mit Martina und Ingeborg, überholte uns mit drei schnellen Schritten. Schon war er bei den Zaungästen. Wir wußten dank seiner Hilfe sogleich, wo wir hinsehen mußten.

Unten lag eine rostige Tonne, von der Polizei bewacht, während sich die Feuerwehr um die Bergung bemühte. Man rätselte, was drin sein mochte und hatte gewiß finstere Vermutungen. Hier passierte es nun, daß Willi, auf die Tonne weisend, fragte: »Poisson?« Es war klar, Willi hatte an Gift gedacht. Nachsichtig kopfschüttelnd erklärte der angesprochene Belgier: »Fisch? Nein, bestimmt kein Fisch!« Ingeborg wies Willi, gereizt durch die Freude des übermütigen Zuschauers, auf sein falsches Doppel-s hin. Bedniak, der überhaupt kein Französisch konnte, außer ... naja, er war ein verblüffender Mann, sprach von vornherein alle auf Deutsch an und erhielt höfliche Antworten. Man rechnete wohl mit noch mehr Tonnen ungeklärten Inhalts und kümmerte sich um diese recht festlich zum Auftakt. So wirkte es wohl aber nur wegen des stabilen Blaus über uns. Aus dem Meer, das möglicherweise am Horizont direkt als Flüssigkeit aus dem Himmel trat, konnte doch nichts allzu Gefährliches bei solcher Beleuchtung wie heute kommen.

Der Ehrlichkeit halber muß ich zugeben, daß Ingeborg, zugleich mit ihrer Zurechtweisung, Willi doch auch zärtlich auf die Stirn getippt hatte. Wie verrückt einige Augenbrauenhaare, fiel mir hierbei auf, borstenartig oder auch als Insektenfühler vorstanden! Sagte ihm das keiner?

Willi und ich, wir stapften endgültig los und ließen die drei auf dem Kachelweg der Promenade zurück, die später, auf den Fotos, präzise in der Farbe des Sandes erschien, eine taktvolle Idee des dafür zuständigen Architekten? Die dikken, runden Buhnenleiber, steinerne Molche, funkelten grün von Algen, Spuren von Schuhen und Rädern warfen nach innen schwarze Schattenstriche. Parallel zum weißen Schaum der fernen, flachen Brandung standen am Himmel im selben Muster kleine Wolken, ein Wohllaut nach dem anderen, eins der dreidimensionale Abdruck vom anderen. Und oben wie unten schien ein sehr früher Sonntagmorgen nach dem anderen aus dem Spalt zwischen Himmel und Wasser zu schlüpfen.

Es war ein Tag, wo sich das Gemüt beeilt, es der Vorlage der Natur nachzumachen. Selbst bei geringem Wind war ein Brausen in der Luft und ein Fluten trotz Ebbe. Alle Einwände wurden davon weggefegt. Die Gefühle glichen sich nicht nur an, sie gaben auf, und was wir sahen, konnte an ihre Stelle treten. »Mir kitzeln die Augen vor Freude«, sagte Willi. Ja, wir verstanden uns nicht schlecht, nur daß es bei mir unter den Fußsohlen kitzelt in solchen Fällen.

Normalerweise hätte Willi mit mir auf dieser Wanderung, rechts das Wasser, links die Appartementreihe, dicht am Deich erste Vorbereitungen für die Saison, beim Ausweichen und Umrunden kleiner Tümpel und Wasserrinnen noch einmal abschließend über den Krieg gesprochen. Wir meinten aber wohl beide, die Tonne, wenn man es genauer bedachte, reiche zur Maßregelung. Mehr verkraftete selbst dieser Mittag am Meer nicht, wenn er nicht untergehen sollte, bei unserem Marsch in der Ebene aus Sand und Muscheln.

Es war weiterhin ein Morgenmeer, so hell, so verwöhnt und entrückt noch immer. Trotzdem konnte man den Mund auf Dauer nicht halten. So viel unberührte Leere verlangte feste Gestalten, die man davor postieren mußte. Das galt besonders für jemanden, der hier lebte, viele Jahrzehnte mit diesem Gegenüber.

Willi erzählte von seinem Lieblingsmaler James Ensor. Er sagte nicht, warum er ihn so ins Herz geschlossen hatte. Das versteht sich von selbst, mochte Willi denken. Belgiens, Oostendes wegen? Er murmelte einen Vortrag über das Leben des Malers, vierzig Jahre im letzten Jahrhundert, fast fünfzig in diesem. »Ich sehe es ja nur als Laie, aber eins weiß ich, in seine Bilder ist die See geflutet, auch in seinen Interieurs ist das Meer.« »Sind sie nicht eher dem hier, dieser Kahlheit, entgegengesetzt, die Stilleben und Masken?« »Aber in beiden Fällen erklärt das Meer seine Gemälde entscheidend mit!« schlug Willi ein bißchen später vor.

Er zählte mir die Dinge auf, die man im kleinen Ensor-Museum mit dem ehemaligen Andenkenladen der Tanten im Parterre zu sehen bekam. Ein ganz unkundiger Oostende-Besucher war ja Willi nicht, er machte nur wieder einmal kein Aufhebens davon, ließ Bedniak sein Vergnügen. Ach, wer weiß, welches die wahren Gründe für Willis Ensor-Neigung sein mochten! Dessen Leidenschaft für exotisches Gerümpel, für Federn, Muscheln, frivole Aschenbecher? So was hätte Willi lieber verkauft als Medikamente. Nur alles verwahren, nichts wegwerfen? Oder das Mitgefühl für das Schicksal des Malers, sein Verkanntwerden in den besten Jahren, der quälende Druck der engsten Familie? Seine Sorge um das alte Oostende und die Dünen? Die unabdingbare Treue der Geburtsstadt gegenüber, die er fast nie sein langes Leben hindurch verlassen hat?

Etwas Zwiespältiges dämmerte mir, Willi halb zuhörend,

halb den Möwen und einem mit der aufkommenden Flut einsetzenden Wind. Durch Ensor wurde ein Gang auf dem Seedeich etwas Legendäres und genießerisch Nachahmendes. Ich kannte ein Foto des älteren, schönen Malers, promenierend vor den Hotels der bel epoque. Für Willi mußte es, gegen diesen Augenschein, so sein, als schritte er, statt der Meeresküste, unsere alte verkommene Herderstraße mit ihren Trümmern, in der wir beide groß geworden waren, noch einmal ab.

»Es ist aber auch denkbar«, sagte er mit einem Vorstechen des Zeigefingers, dann ein kühner Gedankenstrich, eine lange Waagrechte, aus der Distanz an den Hochhäusern entlang, »ich kann mir sehr gut vorstellen, meine ich, daß jemand das alles, Kultur und Zivilisation, abkanzeln will, herunter auf den Nullpunkt, den Meeresspiegel, was du hier siehst, alles Vertikale ausrottet, nur die Ebene durchgehen läßt.« Er lachte über mein Gesicht, er sah mir an, daß ich sogleich den Braten gerochen hatte. Willi war bei seiner Pappfigur, Attila – mein Liebling Jack Palance, Hunnenkönig – angelangt.

Willi blieb stehen. Ich bin meist ärgerlich, wenn man mich zwingt, das gleichmäßige Gehen zu unterbrechen wegen einer Kleinigkeit, aber hier drehte es sich wohl um Wichtiges. Er wollte mir mit der Schuhkante etwas, durch eine Skizze, unbedingt verdeutlichen. »Weit hinten im Osten«, Willi schrieb mit der Schuhspitze ein O in den feuchten Sand, »bricht er auf, reitet die unendliche Strecke nach Westen, unter sich die sausende Erde. Was nicht platt ist, macht er platt, wie ein Wahnsinniger nach Westen, die Geschwindigkeit, das Rasen, die Vernichtung, das stell dir nur vor!« Ich malte es mir ja aus, aber erstens war Attila meines Wissens nicht in Oostende angekommen, zweitens sah ich nichts als das große O und einen Strich auf das Meer zu.

Was ein Umstand! Was ein mageres Ergebnis! »Um so schlimmer, daß er einmal umgekehrt ist. Da war es mit ihm aus. Geknickt der ganze schöne Attila!« Willi ging jetzt sogar in die Hocke, um seine Zeichnung zu bewundern. Er verzichtete auf eine Korrektur der Ost-West-Galoppiererei und starrte den Strich an. Sah er aus der größeren Nähe winzige Pferdehufe? Die Sonne schien in die schmale Furche. Der Wind wurde heftiger, das mögliche Glück des monotonen Gehens stieg dadurch an. Ich umkreiste Willi, ich hielt es nicht mehr stillstehend aus. Er richtete sich auf, hatte nichts gefunden im Sand. »Und was er gesagt hat, als er starb: ›Begrabt mich tief, tief, tief in der Erde!‹« »Bloß keine Auferstehung, bloß kein Christentum«, warf ich dazwischen, »davor graute ihm, er wollte sich so weit wie möglich da unten verstecken.« Willi hörte nicht zu: »Auf einmal so seßhaft, immer gerast und dann das.« Er träumte mit seiner rauhen Stimme, der für gravierende Momente, vor sich hin. »Begrabt mich tief.« Hätte Willi eine Melodie dafür gekannt, er hätte es eine Weile gesungen.

Nun zeichnete er mit dem anderen Schuh den Westen ein. W für Ensor. W und O durch eine Stange verbunden, eine Schwebestange, denn er machte ein Kreuzchen in die Mitte, das sollte Willi Wings sein bei seiner Balance zwischen dem Maler und dem Kulturzerstörer, dem östlichen Vandalen und dem westlichen Lokalpatrioten. »Hier an dieser Küste staut sich der gesamte Kontinent.« Wir gingen endlich wieder. »Hier ist Schluß, aber man kann den Druck der Landmasse spüren.« »Wenn man es weiß, Willi«, sagte ich eigensinnig. Der Wind trieb meine Kleider und Haare vor mir her. Das Meer näherte sich.

»Beides waren ziemlich wilde Phantasten«, fuhr Willi fort und schlug damit einen Vergleich vor. »Der Mann der Tat, der Mann der Kunst. Auch von Ensor gibt es ein Foto, wo er mit einem Freund in den Dünen hochgefährliches Fechten spielt. Der eine hat die Ungeheuer angeführt, der andere hat sie gemalt.« »Beide haben sich die Ferne vor der Haustür bevölkert. Der eine durch Bilder, der andere, indem er sich die Ferne genau angesehen hat. Der eine hatte das richtige Meer, der andere die starre Ebene vor sich.« Mein Willi aber, in eben selbst bezeichneter Mitte, gleich weit von beiden weggerückt, in wollüstiger Distanz und Differenz zu seinen Legenden und in diesem Moment bestimmt gern auf der Welt!

Erst jetzt bemerkten wir, daß vom Seedeich aus Ingeborg, Martina und Bedniak wohl schon länger Zeichen gaben. Kaum waren sie sicher, von uns entdeckt zu sein, ließen sie theatralisch erschöpft die Arme sinken, und Bedniak wies in Richtung Casino, pfiff einmal, man hörte nichts, er signalisierte es durch die Finger mit einigen Schritten auf uns zu. Es solle gleich losgehen mit dem Rückmarsch. »Er ist ein Klotzkopp, aber doch ein guter Kerl.« Willi kratzte sich entschuldigend den Kopf.

Er winkte den dreien zu, er winkte, den Arm heftig hin- und herschwingend, viel ausführlicher und begeisterter als nötig. Dabei drehte er sich, wohl an dieser Stelle vom Meer Abschied nehmend, zur Wasserfläche hin. Eigentlich grüßte er jetzt die Wellen oder den Horizont oder Amerika, oder, bescheidener, England. Ich ging ein paar Schritte rückwärts und sah Willi da stehen und sehe ihn noch heute so, in seinem zu engen Anorak, mit frisch durchbluteten Wangen, in der Luft rudernd, sein Taschentuch schwenkend, zum weißen Fähnlein entfaltet, der Brandung zufächelnd, der ganzen Menschheit, unermüdlich, eine Einzelfigur, scharf ausgeschnitten vor ihrem großen, tief in die Ferne gebogenen Naturhintergrund.

Ein bißchen Trotz gegen Bedniaks Befehlsmanier war

gewiß auch dabei! Beim Umwenden, um den Rückweg zu beginnen, kreiselte er einmal um sich selbst aus Emphase, stolperte und glitt auf den Knien in einen der sich nun stärker füllenden Wassergräben. Die von der Nase rutschende Sonnenbrille hielt er mit den Händen, mit denen er sich schon abgestützt hatte, fest.

Als er sich aufrichtete, stand er vor mir mit schlammigen Hosenbeinen und verschmiertem Gesicht. »Gottverdammter Mist!« entfuhr ihm dann doch noch, bevor er mit dem Tuch die Augenpartie reinigte. Ein großer Hund kam herangepirscht und beschnüffelte ihn mit Inbrunst.

Wir waren noch gar nicht bei den dreien angelangt, da hörten wir Bedniaks Freudenschreie über »diesen Herrn Wings«. Er legte den Kopf in den Nacken und beugte sich weit vor in der Hocke, wobei er sich auf die Oberschenkel schlug. Die klassische Haltung für solch Riesenentzücken. Er brachte das tadellos, aus einem Guß. Ich prüfte Willi daraufhin genauer, wenn auch unauffällig. Tatsächlich machte er einen fatalen Eindruck. Der Zwergenanorak mit der winzigkleinen Kapuze, der seinen ansehnlichen Körper auf Grundschülerformat zusammenschnürte, paßte nun ganz vortrefflich zum Unterteil: Ein Kind, das vom Spielplatz kommt. Willi hatte die Hosenbeine bis über den Sockenrand hochgekrempelt. Da stand er mit bleichen, weißen, von den dunklen Haaren nur unzureichend kaschierten Waden. Egal, welchen Kommentar, verärgert oder anklagend besorgt, sich Ingeborg ausgedacht hatte, Bedniaks überschäumende Schadenfreude spülte alles weg.

»Sie müssen, wenn Sie nasse Füße gekriegt haben, erst mal was Heißes trinken.« Bedniak spielte nun auch noch den Sanitäter, aber zugleich auch den Scout: »Ein paar Schritte von hier finden wir was Nettes, wird auch den Damen gefallen.« Man hätte gleich am Seedeich mit der ununterbrochenen Häuserkette ins Café gekonnt, ein »tearoom« am anderen, aber Bedniak, vor dem geschwächten Willi noch evidenter ermächtigt zum Planen und Führen, setzte sich schon in Trab. Ich ging diesmal am Schluß allein hinter den beiden Paaren. Es tat mir gut. »Wir biegen hier ab«, entschied Bedniak kategorisch. »Der lausige Wind auf dem Deich, der ist nichts für unseren Pechvogel.« Also ließen wir das Meer, das allmählich die Farbe wechselte ins staubig Silbrige und mit dem Himmel zu einer neuen Variante ausholte, und kaum waren wir zwischen den Häusern auf einer Straße, die sich rechtwinklig zur Innenstadt vom Deich absenkte, schien sich das Wetter grundsätzlich zu ändern. Einzutrüben? Jedenfalls die beherrschende und ja auch herrschaftliche Gegenwart des Meeres zu erledigen, so daß ich sofort zu frösteln anfing.

Wir gingen ziemlich lange, kamen an vielen Gaststätten vorbei, und immer war's noch nicht das rechte. Na, Bedniak, verirrt? Was hätte man doch so schön oben an der Promenade sitzen und Kaffee trinken können und Bier bis zum Umfallen! Dann begriff ich, als ich die vielen Bars und Pornoshops sah: Bedniak wollte uns noch vor dem Tee seine »Professionellen« vorführen, und nicht der Wind, sondern Pikanterie hatte Bedniak bewogen, uns so verwinkelte Wege laufen zu lassen. Und warum sahen wir das nicht nach dem Cafébesuch an? Natürlich, um Willi zu hänseln oder ihn auch vor den Damen, vor uns und denen hinter den Schaufensterscheiben, in seinem jämmerlichen Aufzug zu blamieren. Dieser alte Mann Bedniak wußte die Karten, kein Anlaß war ihm zu simpel, immer zu seinen Gunsten zu mischen.

Es sollte, als gäbe es so was nur hier, nun doch ein routinierter Blick nach da und dort geworfen werden. Ach, Bedniak, dachte ich und konnte es leider nicht Willi sagen, der ging Arm in Arm mit seiner Frau, was haben Sie eine

Ahnung, in welchen Häusern Willi und ich groß geworden sind! Bloß weil Sie auf der Reeperbahn gearbeitet haben, sind Sie nicht unbedingt Meister aller Rotlichtbezirke Europas. Ja, so dachte ich es mir, und zählte im stillen, rechnete es richtig auf, wie viele Existenzen in Willis und meiner Kindheit um uns herum kleinkriminell tätig oder offen und verdeckt Zuhälter und Nutten waren. Was wir aber wohl wirklich gemeinsam hatten mit Bedniak: Es zog uns aus Erinnerungsgründen heimatlich an.

Da saß sie nämlich, die von Bedniak für uns alle Erkorene, in ihrem Schaufenster an einem Tisch mit bis zum Boden reichender Fransendecke unter einer Stehlampe und las in einem Buch, eine Interieur-Szene, an den Füßen Pantöffelchen, das rechte neckte von einem friedlich gemusterten Teppich aus, das linke schwebte, da sie die Beine übereinander geschlagen hatte, ein Stück darüber. Sie hatte das Kinn auf die beiden Fäuste gestützt und wandte uns nun das Gesicht zu. Bis auf einen das Schamhaar vollständig verbergenden schwarzen Slip war sie nackt, eine schlanke, nicht sehr aufregende Person mit braunem Bubikopf und weißer Haut, die wie ich, trotz der gemütlichen Haltung, etwas fror. Auf dem Tisch eine Aspirinschachtel! Eigentlich kaum vorstellbar, daß ein Mann ihr lieber zuerst die Wäsche ausgezogen hätte, anstatt ihr etwas Wärmendes anzuziehen. Sie erkannte natürlich gleich die Situation und machte keine Anstalten, uns etwa Hintern und Brustwarzen genauer vorzuführen, sagte einen kleinen Satz zu den Scheiben hin. Die Mundbewegungen sprachen dafür, daß es ein französischer war. Eine lieblich artikulierte grobe Beleidigung? Wer weiß.

Und das war nun wieder nett von Bedniak, wie er, Urheber der geschmacklosen Lage, dem Mädchen freundlich zuwinkte. Sie lächelte mit ihren dunklen Augen und neigte grüßend ein bißchen den Kopf zu den Männern hin, verhangen spöttisch. »Eine Studentin, jede Wette, eine Studentin!« unterwies uns Bedniak eifrig. Klar, wenn sie ein Buch las! »Dieses Biedere, das mögen die Freier, brauchen sie nicht solche Angst zu haben.«

Ein paar Häuser weiter saß eine ältere rothaarige Frau. Sie trug obenherum eine hautfarbene, durchbrochene Strickjakke, von der Taille an vielleicht gar nichts. Über ihr Dreieck hatte sie ein Täschchen gelegt und die Beine weit auseinandergestellt, was deshalb absolut nicht burschikos wirkte, weil sie, fast als umklammerte sie mit ihren Schenkeln einen Unsichtbaren, die Fußspitzen wieder nach innen kehrte und bei angehobenen Hacken nur die Spitzen aufstützte, während sie eine Patience legte. Bedniak gönnte ihr keinen Blick. Vorstellung zuende! Nun ab zum Tee! Auf Willi hatte ich vor den Fenstern nicht achtgegeben. Ich weiß also nicht, wie er, an Ingeborgs Arm, kuckte. Sie aber hörte ich, im Sinne einer gewissen kessen Toleranz, Martina etwas Freizügiges ins Ohr flüstern. Das schloß ich aus dem begleitenden Lachen der beiden.

Kaum zu sagen, ob sich das Café von anderen unterschied. Man fühlte sich wohl dort, im überdachten, geheizten Vorbau, mit Blick auf einen kleinen Platz. Willi verschwand einige Minuten. Er erzählte dann von einer dreißig Zentimeter hohen Eau-de-Cologne-Flasche, die im Waschraum zum allgemeinen Gebrauch stehe. Ein Relikt aus Ensors Zeit, des flanierenden Herrn Barons mit seinen Hunden? Wir tranken Tee und Cognac, Willi gleich zwei, er benötigte sie, wirkte aber, nach seiner Restaurierung, ganz manierlich und trug ja auch den dämlichen Anorak nicht mehr. Ich sehe noch heute vor mir, wie Bedniak im Teebeutel seine Zigarette ausdrückte. Er stieß sie in das weiche, pralle Kissen, als würde er Zigarette und Kissen gleichzeitig liquidieren, das eine mit dem anderen, und trotz des betont maskulinen

Ausdrucks, mit dem er das machte, war das kindliche, aber zweifellos auch sexuelle Vergnügen dabei unverkennbar. »Das verjüngt, ein Tag mit drei schönen Frauen zusammen«, gab er zum Besten. »Auch Willi tut es gut, Sie Schmeichler, einmal nicht mit seiner alten Mutter gefahren zu sein«, sagte Ingeborg. Abgesehen davon, daß Hilde nur höchstens zehn Jahre älter als Bedniak ist, durchschaute ihn Ingeborg nicht. Bedniak wollte nur seine Macht sichern, aber, im Gegensatz zu ihr, die das gleiche beabsichtigte, indem er die Leute hübscher, anziehender machte. Sie versuchte es, indem sie die Opfer nach Generationen sortierte. War ich so sehr auf Willis Seite, daß ich jetzt schon stumm seine Mutter verteidigte? Das sollte mir schlecht bekommen.

Konnte Bedniak Gedanken lesen? Er ahnte zumindest etwas. »Sie reden wohl nicht mit uns, Frau Gartmann? Wenn ich mich irre, dann behaupte ich sofort, was Sie wollen. Ich spreche nur von dem, was ich sehe. Und da muß ich sagen: Frau Willi Wings hat recht. Die, sagen wir mal, reife Frau Hilde Wings ist eine klasse Frau, man kann prima mit ihr streiten. Aber was zuviel ist, ist zuviel. Ich an Ihrer Stelle, Frau Ingeborg, wäre eifersüchtig.« »Wir regeln das schon in der Familie, Herr Bedniak«, mischte sich Willi sanft ein, kaum gekränkt, kaum zurechtweisend. »Ach Gott«, begeisterte sich Bedniak sofort, »habe ich mal wieder ins Fettnäpfchen getreten? Ich rede doch nur, habe doch gar keine Ahnung, kein Recht dazu.« Er bestellte für alle gefüllte Waffeln, worauf Willi, wie ein Schießhund diesmal, das Zahlen für sich reklamierte.

Mir fiel währenddessen auf, wie ein junger Mann im Vorübergehen einen geradezu konsternierten Blick durch die gläsernen Vorbauwände hindurch auf Martina geworfen hatte. Und in diesem Moment und in den folgenden Minuten sah ich sie zum ersten Mal gründlich an.

Sie saß da wie meist, sich tot stellend, so konnte ich sie ungehindert betrachten. Die eckige, gerade Stirn, aus der unter dem Haaransatz sich zwei runde Knochen als Hörnchen vordrücken wollten! An der rechten Schläfe formte sich eine Locke sehr böckchenhaft, so daß man ganz besonders die schmalen, weit auseinanderstehenden Augen ansehen mußte, die aus irgendeinem Grund wunderbar mit den Lippen korrespondierten, ein schön geschwungener Mund mit einer ungewöhnlichen Einbuchtung in der Mitte der Oberlippe, die dem Ganzen etwas erotisch Überlegenes verlieh. Man hätte von diesem Gesicht ein Schnittmuster herstellen können. Ein Gedanke ohne Hand und Fuß, aber ich dachte ihn gleich noch einmal hinterher zur Bekräftigung.

Sie hatte meine indirekte Begutachtung wohl doch gespürt und fragte mich auf ihre langsame Art aus heiterem Himmel, ob meine Literatur völlig jenseits von politischen Fragen sei. Ausgerechnet dieses Mädchen fragte mich das! Ich merkte die Tücke und wurde auf einen Schlag rot vor Zorn. Alle sahen mich an, nicht aus Interesse, nur wegen des Errötens. »Nein«, sagte ich schließlich, mit noch sich steigernder Wut, »auch wenn ich nicht nachbete, was in den Zeitungen steht, nicht jenseits davon.« »Aber wird es von Ihren Lesern erkannt?« erkundigte sie sich erstaunlich perfide. »Nicht im geringsten«, antwortete ich und hatte nichts Inquisitorisches mehr zu befürchten. Martina begab sich gleichgültig lächelnd zur Ruhe, zog sich in ihren Stuhl zurück, zufrieden, mich mit zwei Sätzen gewaltig erregt zu haben. Willi schwieg, aber richtete so lange die Augen auf mich, bis ich resignierte und ihn ansah. Ich wußte es ja schon vorher: Er beschwor mich stumm, niemandem etwas übel zu nehmen. Alle meinten es im Grunde gut. Ach Willi, es war schon alles in Ordnung so!

Jetzt, im Warmen, empfand ich, daß bei dem, was wir redeten, das Meer ja hinter uns lag und die Deichmauer inzwischen vielleicht erreichte und beleckte. Ja, als ich mich daran erinnerte, störte mich das Geplänkel hier überhaupt nicht mehr. Aber es ging weiter. Bedniak wollte uns noch zu einer Kirmes führen, eine Kirmes an drei Schauplätzen. Man konnte von einer zur anderen gehen, um ein paar Häuserecken herum.

Auf dem ersten Platz drehte sich ein Karussell namens »Beach Polyp« mit aufflackernden und erlöschenden Lichtern in der Dämmerung. Große, gebogene Krakenarme hielten an ihren Enden die Gondeln, die hoch und nieder im Kreis und um die eigene Achse rotierten. »Wir Männer riskieren es, wenn ihr Frauen es nicht tut!« rief Bedniak und packte Willi schon am Arm. Willi, der das Auf und Ab aus anderen Situationen nur allzu gut kannte, mußte natürlich ablehnen. Bedniak verzweifelte mit einem Lustschrei: »Mann, Wings, was sind Sie für ein Kerl, in Ihrem Alter!« Nein, kein guter Tag für Willi. Er schämte sich, aber erklärte nichts.

Auf dem zweiten, kleineren Platz, nicht mehr so laut, nicht mehr so bunt wie der erste, gab es eine Geisterbahn. Als wir noch davor standen, öffnete sich ein Auge des Riesen und eine alte, geschminkte Frau schoß in ihrem Gefährt ins Freie, stierte entsetzt in die Menge und verschwand wieder. Bedniak und Martina machten es sich in einem der Wagen bequem. Ingeborg und ich wollten nur zusehen. Willi saß allein. Da hob eine Mutter ihren kleinen Jungen neben ihn. Sie sausten los. Später wurden sie aus dem Riesenauge katapultiert. Zum Schluß verabschiedete sich der Kleine mit Handschlag.

Auf der letzten Teil- oder Drittelkirmes kaufte Bedniak allen drei Frauen ein Lebkuchenherz mit Zuckerguß. Er hängte es uns ohne zu fragen um den Hals. Da geschah etwas Erstaunliches. Ingeborg holte aus ihrer Tasche ein weiteres und legte es sich ebenfalls um. Das mußte ihr Willi schon vorher gekauft haben, und sie hatte sich nicht getraut, es ohne gültige Erlaubnis zu zeigen! Willis Herz hatte rosa Zuckerranken. Sie schob es immerhin über das von Bedniak.

Der besorgte für die Rückreise Popkorn und für den Weg zum Auto noch Fritten. »Wenn keiner Einwände hat, fahren wir über Antwerpen«, verkündete er, als hätte er auf dem Hinweg eine Lektion gelernt. Die Frage, ob ein anderer fahren wolle, wurde nicht gestellt. Meine Güte, Bedniak, der hätte es heute noch bis zu den Alpen, bis Berlin oder Prag geschafft.

Wir saßen wie vorher. Ingeborg, Willi und ich hinter den beiden anderen. Ob Martina, beim Blick übers Meer, an ihren Verlobten, den Mediziner Rainer, gedacht hatte? Wahrscheinlich genauso wenig wie an ihre zukünftige Schwägerin mit den Pudeln beim Betrachten der »Professionellen« Bedniaks. Daß sie aber ein durchtriebenes Früchtchen war, das wußte ich mittlerweile nur zu gut.

Wir fuhren schon auf der beleuchteten belgischen Autobahn, da hörte ich Ingeborg, die, erschrocken über Willis eisige Hosenbeine: »Du zitterst ja«, sagte. »Macht nichts«, antwortete Willi nach einer Weile, die er wohl für einen anderen Gedankengang benötigte, »immerhin war es insgesamt doch ...« Er brach, wie mir schien, von den freundlichen Geistern seiner – Gutgläubigkeit? verlassen, ab.

Die Auffassung, Willi sei ein vertrottelter Biedermann, kann ich nicht dulden. Leute, deren Gemüter viel ungeschlachter sind als das seinige, nehmen sich leicht solche Urteile heraus, verkleinern alles, bis es in ihr Gehirn reingeht und denken noch, es sei die Wirklichkeit. Hört man ihnen zu, klingt alles – so amerikanisch? So unkompliziert und beherzt auf einen Nenner gebracht!

Nein, Willi war nie ein Freund der einfachen Hauptsätze, die neuerdings so sehr in Mode gekommen sind. Nicht, daß er sie nicht beherrscht hätte, das ist ja nicht allzu schwer, doch er witterte wohl die Schwindelei in dieser angeblichen Aufrichtigkeit des Umweglosen, das Kraftmeierische in solch protziger Lakonie. Und wenn ich mich auch wiederhole: Willis Schüchternheitsrituale mußte man, wollte man ihm nicht auf den Leim gehen, mit Vorsicht genießen, was allerdings kaum jemand tat. Willi wurde immer und allzu sehr für bare Münze genommen. Ingeborg, Hilde, Bedniak und auch du, Erika Luchs, und ihr gedankenlosen Töchter Jutta und Martina, habt ihr denn nie Verdacht geschöpft, Willi, der Versöhnliche, könnte mit Absicht gehandelt haben, wenn er mit dem Taschentuch unselig hantierte oder rumstammelte von schönem Abend und guter Stimmung und von seinen Stecklingen für die ganze Verwandtschaft? Seid ihr nie auf die Idee gekommen, jemand könnte den Stoffel auch spielen? Aus Gründen, die selbst ich mir nicht träumen lasse? Und doch bleibt es dabei, Willi kehrte deutlich den Schüchternen heraus, er hatte ein komplettes Zeremoniell dafür. Und das Schönste: Er hätte auch nie anders gekonnt! Er hielt es eben für furchtbar schlitzohrig von sich, als Kostüm zu benutzen, was gleichzeitig sein Wesen war. Nur ging die Rechnung nicht auf. Seine Umwelt reagierte abgelenkt auf ihn. Sie verschliß ihn so, wie er sich darstellte, hielt ihn weder für das Gegenteil unter der Maskierung, noch begriff sie den Abstand zwischen Kleid und Körper: die Ironie dazwischen.

Etwa vierzehn Tage nach dem Oostende-Trip rief ich in B. an, weil einige Stunden vorher Willi mich hatte sprechen wollen, aber nur ein Freund, der sich in meiner Wohnung aufhielt, das Gespräch annehmen konnte. Noch etwas erschöpft von einer augenärztlichen Untersuchung, meldete ich mich dann gleich nach meiner Rückkehr. Am Apparat war erstaunlicherweise Bedniak. Herr Wings sei vom Laden aus zu einem Geschäftsfreund gefahren. Er, Bedniak, habe eben eine Ladung Plätzchenbruch vorbeigebracht und Birkenholz für den Kamin, das liege schon seit Februar bei ihm fertig. Die Frau Wings backe gerade eine Pizza, darum müsse ich im Augenblick mit ihm vorlieb nehmen. Ob ich denn schon das Neueste wisse. Bedniak glaubte wohl, ich würde einfach so, bloß um mit irgendwem zu schwätzen, telefonieren. Ich gab offenbar einen desinteressierten Laut von mir, denn Bedniak beteuerte plötzlich unnötig laut: »Das Neueste von Ihrem Freund Willi. Was der angestellt hat. Meine Güte, meine Fresse! Sie wissen es nicht? Keine Ahnung?«

Ich erschrak ein wenig, nicht besonders, dafür lachte Bedniak zu fröhlich, andererseits beunruhigte mich gerade das. Und Ingeborg stand in der Küche und knetete Hefeteig oder so ähnlich? »Was denn!« fragte ich also ungeduldig. »Was denn! Was denn! Er hat sich sein Käuzchen klauen lassen. Das schöne dicke Käuzchen, mitten am hellichten Tag, hat sich mirnichtsdirnichts von einem Dahergelaufenen aus dem Schaufenster diesen ausgestopften Totenvogel klauen lassen, mopsen lassen. Na, Gott sei Dank nicht den Nymphensittich. Dann hätte er sicher einen Herzinfarkt gekriegt.«

Mir fiel nichts Besseres ein als zu fragen. »Gehörte Willi das Käuzchen?« »Klar«, Bedniak war dankbar für die Erkundigung. »Er hatte ja das ganze Fenster mal dekoriert mit Eulen. Die waren geliehen. Gut. Aber von diesem Käuzchen, von dem hat er sich nicht trennen können, da hing seine Seele dran. Das hat er dem Verleiher abgekauft. Es durfte immer in der Ecke stehen bei dem Franzbranntwein und dem Melissengeist, hin und wieder auch im Schaufenster. So ein Pechvogel, der Willi Wings. Na, er wird es Ihnen selbst erzählen. Vor Ihnen schämt er sich ja nicht.«

Mir war klar, daß Bedniak es nicht direkt böse meinte, aber es ließ sich nicht überhören, wie er sich von Mal zu Mal mehr herausnahm. Ich glaube, er wollte rauskriegen, wie weit er bei Willi gehen durfte, bis der aus der Haut führe. Wäre es endlich so weit, würde Bedniak erleichtert und liebend gern Buße tun.

Noch am selben Abend hörte ich dann von Willi selbst die Geschichte. Er habe sich um die Mittagszeit allein im Laden aufgehalten und Bestellungen durchgesehen. Ein junger Mann, bei dem ihm die roten Lippen merkwürdig vorgekommen seien, wie nach außen gestülpter Gaumen, so rot in einem hohlwangigen, gelblichen Gesicht, habe ein Tütchen »Salmiakpastillen nach Apothekerart« verlangt und bezahlt, danach über die Pappattrappe in das Schaufenster gesehen und gesagt, schon seit Tagen gehe er immer hier vorbei, um die schönen Augen des Käuzchens anzukucken. Sie erinnerten ihn an einen früheren Hund und auch an seinen Vater. Der Hund sei gut, der Vater abscheulich gewesen, aber beide hätten dieselben Augen besessen. Wie denn das Käuzchen im Charakter sei? Ausgestopft. Es sei ausgestopft, habe er, Willi, geantwortet. Ob er ihm den Kauz nicht mal anreichen könne, damit er ihn ganz aus der Nähe sähe, dann wüßte er auch, ob es nun tatsächlich die Augen vom Vater oder die vom Hund seien. Er, Willi, habe nun Verdacht geschöpft, daß der Mann ihn nur ablenken und sich etwas für ihn Interessanteres habe greifen wollen, wenn er erst hinter der Theke hervorgekommen wäre und so die Übersicht über den Laden verloren hätte. Daher seine, wie er meine, nicht nur höfliche, auch geschickte Ablehnung, es sei wegen der Dekoration nicht möglich. Daraufhin habe der junge Mann, ohne Rücksicht auf die ausgestellte Ware, die ihm im Weg gewesen sei, nach dem Käuzchen den Arm ausgestreckt, es auch am Kopf zu fassen gekriegt und sei damit aus dem Raum gestürmt. Bis Willi an der Tür gewesen sei, habe sich der Dieb schon draußen im Gedränge verloren gehabt und den Vogel noch im Wegrennen zerrissen. Man fand eine Federspur und schließlich den Rest des Käuzchens in einem Papierkorb.

Erst hier, am Schluß der Erzählung, wurde Willis Stimme wütend, erbittert: »So ein Schwein! Wenn er ihn nur gestohlen hätte, aber ihn so sinnlos kaputt zu machen!« Ich wollte etwas erwidern, aber er schnitt mir das Wort ab: »Nein, ein Schwein! Er hat sogar versucht, ihn in Brand zu stecken. Kein Irrer! Der hat das für einen Witz gehalten.« Willi sagte das Wort »Schwein« so krass, als wollte er sich selbst bestrafen. Im Hintergrund hörte ich eine Männerstimme lachen. Aber es war sicher nicht Bedniak, sondern ein Schauspieler im Fernsehen.

Vielleicht habe ich das Verhältnis von Willi zu Ingeborg und umgekehrt bisher zu sehr ausgespart. Man darf daraus nicht schließen, es hätte keins bestanden, oder ich gönnte es ihnen nicht. Es ist schlichtweg Takt von mir, Diskretion, auch verdränge ich am liebsten das Wort »Schatz«, das beide gebrauchten. Ich mochte es nie, dieses schmatzende, platzende Geräusch. Insgesamt verhielt es sich bestimmt so, daß Ingeborg stolz war auf Willis schöne Wimpern, aber zu sehr auf das Urteil anderer achtete. Was die zum Beispiel an Lebenstüchtigkeit und Geschäftsmannspräsenz von Willi erwarteten, das verlangte sie auch, während Willi eventuell zu verträumt doch noch immer dem alten Idol der angenehm bedrohlichen, lasziven Frau anhing?

Natürlich verstanden sich die beiden alles in allem gut,

ganz gut. Und ich, ich wünschte es ihnen ausdrücklich und wollte ja nur eins und das am Rande: daß Willi und ich, wie fast unser Leben lang schon, ohne zu starke familiär verwässernde Ausweitung, befreundet bleiben konnten.

10

Wir sahen uns ja auch schon einige Wochen später wieder. Willi wollte der in diesen Dingen stets nach Veränderung begierigen Ingeborg zuliebe in Bremen die neu eingerichtete Apotheke eines Freundes besichtigen, ich selbst mußte wegen einer Lesung dorthin. Wir trafen uns in Köln, wo ich zu Willi, Ingeborg und Peter Emmerich in den Wagen stieg. Mich verblüffte die Anwesenheit Emmerichs, da Willis Fahrt doch eine Veranstaltung zur Freude, wenn nicht Ehrung Ingeborgs sein sollte. Aber vermutlich steckte von Willis Seite der Plan dahinter, Ehefrau und Freund nach verunglücktem Kneipenabend zu versöhnen. Willi gab hier nie auf.

Emmerich saß neben Willi auf dem Beifahrersitz, Ingeborg hinter Willi, ich hinter Emmerich. Und selbst diese Sitzordnung war vielleicht bei Willis Doppelidee kein Zufall. So konnten die einander ungünstig Gesinnten leichter ins Gespräch kommen, ohne dazu jedoch gepreßt zu werden. Und tatsächlich schien mir bereits in Köln die Stimmung freundlich zu sein.

Mir fiel speziell die Beschwingtheit Ingeborgs auf: Was Willi mit dieser Fahrt tat, hatte – den Umstand meiner Mitreise beiseite gelassen – ausschließlich mit ihren Neigungen zu tun! Sie freute sich auf die vielen »Anstöße«, die ein frisch eingerichtetes Geschäft auch für die eigene Apotheke mit sich bringen würde, und Willi, der sich dieser Gefahr bewußt sein mußte, wollte offenbar über die kürzlichen Modernisierungen hinaus nachgeben.

Aber selbst als Emmerich äußerte, ich wußte nicht, ob er dabei schon wieder eine Stichelei gegen Ingeborg im Schilde führte oder ob er es aus reiner Sympathie für Willi sagte, er, Peter Emmerich, ein Mann eher der ständigen Aktion, schätze den Stil Willis als Geschäftsmann im Grunde hoch ein, seine Art, alte Kundschaft an den Laden zu binden und durch die Dekorationen Kinder, und also auch deren Eltern, indirekt anzulocken, habe in der heutigen Zeit als Alternative viel für sich, da hörte Ingeborg ohne Widerspruch zu. Ich fühlte mich schon beinahe vereinsamt unter diesen Friedenswilligen auf Teufel komm raus.

Vor Münster zog eine große Schafherde über die Autobahnbrücke, auf die wir reiselustig zurasten, und ich dachte kurz, die Schafe müßten es unter ihren Füßen spüren. Nach Münster wurde der Himmel schon norddeutsch. Großspurige Bläue, aber deftiger als in Oostende, wie rumorend da oben in ihrem Strotzen. Das rührte von den knallig weißen Wolkenballungen her, die ich nirgendwo so räumlich empfunden habe wie hier im Norden, Plastiken aus gehärtetem Schaum. Für ganze Jahreszeiten stehen sie still, und man kann sich gar nicht vorstellen, wie sie einmal verschwinden sollten, zerfasern, zerfleddern. Allenfalls könnte sich das blaue Dröhnen hinter ihnen auftun und sie schlucken und sich über ihnen schließen. Ich hätte sie gern berührt, in sie hineingebissen, eine von ihnen aufgegessen. Man sah in Tiefen, in dunkelblaue Schluchten, mit denen man gar nicht gerechnet hatte. »Gibt es was Schöneres, als unter solchen Wolken dahinzustürmen?« fragte Willi uns alle. Ob es das Einzelne war? Jede Wolke erschien und schwebte so deutlich für sich, ausgerechnet sie hatte immer eine lange Bewunderung verdient. Oder daß man so klar erkannte, wie sie mitten im Raum stand?

Beidseitig der Autobahn sah man tief in die Wäldchen, sie waren ja noch durchsichtig. Die Sonne reichte überall hin und die Buschwindröschen, die üppig ausgestreuten, ausgestäubten, streunenden, fleckten den Boden sehr lieblich. Wenn es nichts Besonderes zu kucken gab, hatte man immer noch Schilder mit dem »WC« und der Kaffeetasse und der Angabe »3 km« darunter. Eigenartig, ich kontrollierte es bei jedem Auftauchen: Von der Kaffeetasse duftete es angenehm zum »WC« hin, und vom »WC« zog es deodorierend in die Tasse hinein. Früher einmal, neben einem Mann, hoffte ich von Kaffeetassenschild zu Kaffeetassenschild, er würde anhalten und ich könnte ihm endlich gegenübersitzen und in die Augen sehen.

Ingeborg verteilte Reklametütchen mit diversen Halsbonbons. Bald darauf roch es im Auto nach den alten Apothekerzeiten, nach Salbei, Anis, Eukalyptus, Pfefferminz und nach Malz und Thymian vielleicht auch noch.

»Ein Bekannter«, sagte Emmerich, »hat im letzten Winter beim Grafikwettbewerb einer schwedischen Papierfabrik eine Polarreise gewonnen.« Diesmal fuhr ihm Ingeborg nicht in die Parade, damit er das Gespräch nicht an sich risse, sondern ermunterte ihn extra, er solle Details erzählen. Rührend, wie sie sich bemühte. Willi lächelte im Rückspiegel zu ihr hin.

»Er ist nicht mehr der Jüngste und war erst richtig erschrocken, unter den Gewinnern zu sein. Es hieß bloß: Normales warmes Winterzeug mitbringen, Schuh- und Kleidergröße angeben, ansonsten eine Fahrt ins Blaue, aber auf alle Fälle in den hohen Norden. In Stockholm haben sich dreißig Männer und Frauen aus Europa und aus allen Altersklassen getroffen, der Älteste war siebzig. Erst gab es ein Festessen, damit sie noch mal die Zivilisation zu spüren kriegten, dann ging es mit immer kleineren Flugzeugen weiter hoch, schließlich per Hubschrauber. Socken, Stiefel, Thermoanzüge, alles wurde von der Firma gestellt. Drei Tage sind sie mit Hundeschlitten gefahren, haben in Lappenzelten gewohnt, alles vom Rentier gegessen, alles. Selbst gebraten am Feuer. Die sind nachts fast zu Eiszapfen gefroren, ein Stück Rentierfell und der Schlafsack auf dem nackten Boden mußten genügen. Immer dunkel, ist nie recht hell geworden. Muß toll gewesen sein. Der ist als junger Mann wiedergekommen. Das hat mich angeregt, das werde ich privat nachmachen. Das organisier' ich irgendwie. Willi, willst du nicht mit?«

Ingeborg lachte im voraus. Willi wiegte den Kopf und überholte einen Kühlwagen und noch zwei Laster aus den Niederlanden. »Willi, wolle!« scherzte Emmerich. Waren das wirklich noch Willis unterdrückte Sehnsüchte? Willi überholte einen kleinen Lieferwagen. »Eine herrliche Sache«, meinte er dann, »für mich kommt es zur Zeit nicht in Frage. Aber mach du das auf jeden Fall! Ich wünsche es dir so!« Willi betonte »wünsche« mit der Herzhaftigkeit eines männlichen Händeschüttelns. Ich glaubte ihm beides, es interessierte ihn nicht mehr in der Praxis, ein solches Abenteuer, und aufrichtig war aber sein Vergnügen an der Aussicht Emmerichs auf derlei Großartigkeiten.

Plötzlich fuhr Willi ohne Vorankündigung auf einen kleinen Parkplatz, wo es weder ein Restaurant noch ein WC gab, nur eine Abfalltonne und zwei Bänke. Wir drei Fahrgäste verharrten ein paar Sekunden still und warteten ab. Willi schnallte sich los: »Keine Polarlandschaft, aber was anderes!« Wie sollte uns dieser Satz nicht augenblicklich bezwingen. Wir stiegen aus, alle drei mit ganz ähnlich geduldigem Wohlwollen, alle drei nicht gerade neugierig. War ja alles flach, man sah doch, es ging hinter den Büschen in Weide und Äcker über. Willi stapfte sogleich aufs Grüne zu, brach praktisch hindurch und rannte einige Schritte hin und her. »Ein Weiher«, rief er, »ein Weiher«. Wir kamen ein Stück näher. »Aber hier ist gar kein Weiher. Ich suche ihn nur hier, aber es ist die falsche Stelle.« Emmerich sagte: »Ich geh' mal eben pinkeln!«

Wieder auf der Autobahn, erzählte uns Willi, er habe auf dieser Strecke vor Jahren zu Pfingsten einmal mit Ingeborg Rast gemacht, an so einem winzigen Parkplatz wie diesem, und unauffällig habe dahinter ein Weiher gelegen, mit hohem Schilf drumherum und Lerchen. Enten hätten sie gesehen und wilde Schwäne auf dem Wasser. Immer habe er sich geschworen, den Teich wiederzufinden, ihn in sein Herz geschlossen, und schon fuhr Willi erneut auf eine schmale Parkstelle zu, stieg aus, machte einen langen Hals und entdeckte hinter den Gebüschen doch nur Kothaufen, Papierfetzen und festes Land. Kein Gewässer.

»Achtet bitte auch darauf, achtet um Gottes willen darauf, ob ihr was seht. Eingezeichnet auf den Karten ist es nicht.« Also reckten wir bei jedem angezeigten P die Köpfe. Alle machten treulich mit.

Als ich zwischendurch in Willis blauem Notizkalender blätterte, um nachzusehen, auf welches Datum denn in diesem Jahr Pfingsten fiele, bemerkte ich, daß vorn, unter dem Apothekenzeichen stand: Inhaberin Ingeborg Wings, mag. pharm. Das hatte ich nicht gewußt. Ihr gehörte das Geschäft? Ich sagte nichts darüber, erkundigte mich aber bald darauf, wie es denn gehe im Laden. Ingeborg legte das als solides Interesse aus und klärte mich darüber auf. Ihre Lage sei nicht rosig. Die Situation in der Innenstadt habe sich verschoben. So etwas gehe manchmal schnell. Der City-

Schwerpunkt sei jetzt ein anderer, einige Straßen weiter. Die Laufkundschaft nehme ab, das gelte nicht für die alten Kunden.

Aber trotzdem alles doch sicher kein Grund zur Sorge, wandte ich beunruhigt ein. Willi, wirkte er deshalb in letzter Zeit oft so überanstrengt? Fühlte er sich zur Beteiligung am härter werdenden Konkurrenzkampf gedrängt? Das Haus gehöre ihnen doch! Ja, räumte Ingeborg zunächst ein, sagte dann aber, ob ich nicht wisse, daß man auf einen solchen Besitz Hypotheken, hohe Hypotheken aus bestimmten Gründen aufnehme. Und wieder eine Weile später setzte sie fort: »Ganz so weit ist es mit uns noch nicht.« Ach so, eine ihrer Übertreibungen! Welche Rolle spielte aber Willi überhaupt noch im Geschäft? Mir fiel ein bißchen Klatsch von Ingeborg ein: Ein Kollege aus B. gehe gar nicht mehr in den Laden, spiele nur noch unter dem Dach mit seiner Modelleisenbahn.

Wie würde sie wohl heute jammern! Der Apothekerverband klagt ja nun mit Macht über die Auswirkungen des Gesundheitsstrukturgesetzes, aufgrund dessen, mit dem Rückgang der verordneten Medikamente, Entlassungen von Frauen und Teilzeitkräften zu erwarten seien, sowie Kurzarbeit, eine Revolution insgesamt in der Geschichte der Apotheke. Schließlich würden wohl zehn Prozent ganz aufgeben!

Manchmal stand eine große Wolke vor der Sonne, und alles trübte sich gleich ein, hellte sich dann schnell wieder auf. Willi unternahm einen neuen Anlauf, konnte kaum glauben, daß sich der Weiher so versteckte vor ihm und wurde durch dessen Widerstand erst recht animiert, ihn endlich zu erwischen. Zu ertappen hinter seiner Tarnung aus Büschen, hinter einer kleinen Fichtenschonung? Er bat Ingeborg, ihm mit ihrer Erinnerung doch auszuhelfen.

»Ich weiß nichts mehr davon«, sagte sie nicht unfreundlich und spähte sogar beim Fahren in schon kindlich übertriebener, schon schülerinnenhafter Pantomime des guten Willens nach rechts. Emmerich, nun durch die dauernden Fahrtunterbrechungen genervt, erkundigte sich, was denn so Sensationelles an der »Pfütze«, so nannte er es abwiegelnd, kameradschaftlich sozusagen, dran sei.

Willis Stimme wurde rauh, er konnte nicht anders, es gelang ihm nicht, seine Gefühle zu zivilisieren, aber auch nicht, uns etwas zu erklären: »Daß man ihn damals dort plötzlich entdeckte, kein Mensch weit und breit, dabei so dicht an der Autobahn, Pfingstautobahn! Ich möchte ihn unbedingt wiedersehen. Es war ein richtiges Glück oder so, und ich will wissen, warum.« Er ruckelte vor Anstrengung mit dem Oberkörper und sagte: »Letzter Versuch.« Auch der verlief im Sande. Nun gingen wir Frauen, auch wenn demnächst ein Restaurantbesuch in Aussicht stand, hinter einer Bodenwelle mal eben in die Hocke, ließen uns Zeit, waren nur beim Aus- und Anziehen blitzschnell. Da gab es zwischen Ingeborg und mir keinen Unterschied.

»Ein Segen, daß man auf der Autobahn nicht rückwärts fahren darf«, flüsterte sie mir zu und hob das Kinn verständnisvoll, erheitert gegen Willi hin. Wie ungewöhnlich diese Langmut angesichts von Willis Weihermarotte, seiner Hartnäckigkeit und der Enttäuschung, aus der er keinen Hehl machte. Mußte ich das bereits als Pflege eines beruflich und dann gewiß auch persönlich stark angeschlagenen Mannes betrachten?

»Dammer Berge«, meldete sich Willi sachlich. »Das Restaurant über der Autobahn. Das kann auch ein Blinder kaum verfehlen.« Ich sah, konfrontiert mit dem Gebäudeschlauch über der Fahrbahn – »Ponte vecchio«, rief da auch schon Emmerich – noch einmal die Schafherde vor mir.

Der Parkplatz war gut gefüllt, große Omnibusse aus Dänemark, den Niederlanden, Belgien und Schweden. Leute in Rollstühlen wurden eilig zu Behindertenklos geschoben, manche schafften es aus eigener Kraft. Internationale Besetzung auch in dieser Gruppe. Die Dänen, fröhlich krakeelende Spatzen, alles ältere Frauen, stiegen schon wieder in ihren Bus. Für einen Moment ging ich allein mit Emmerich.

Peter Emmerich erschien mir zum Teil als jüngere Ausgabe von Bedniak, kein Wunder, daß Willi mit ihnen gern bekannt war. Andererseits duzte er sich nur mit dem windigen Peter, obschon ja eine beinahe verwandtschaftliche Beziehung zu Bedniak durch Martina bestand. Ich begriff auf diesem kurzen Weg, weshalb. Emmerich war nicht nur hilfsbereit wie Martinas zukünftiger Schwiegervater und simultaner Liebhaber, sondern – verschämt fast – Willis loyaler Freund.

Ich hätte doch sicher von Willis Mißgeschick mit dem Käuzchen gehört. Die meisten Menschen könnten wahrscheinlich nicht einsehen, warum das einen Erwachsenen so bekümmere. Willi sei sehr niedergeschlagen über diesen Zwischenfall. Er verbuche das als viel Ärgeres, als es doch in Wirklichkeit sei: eine Gemeinheit, ein allgemeiner Angriff, eine Zerstörung. Und das nicht mal bei einem lebendigen Tier! Es sei ja bloß ein nettes, aber auch schon morsch gewordenes Dekorationsstück.

So redete Emmerich vor sich hin, auf mich ein. Wie gesagt, es habe unseren guten Willi ganz merkwürdig getroffen. Ihm, Emmerich, aber sei gelungen, ein anderes Käuzchen zu beschaffen, mit Absicht kein nagelneu präpariertes, vielmehr ein ebenfalls angestaubtes, ein nur unwesentlich besser erhaltenes, insgesamt noch viel treuherzigeres. Es stehe schon im Schaufenster. Eine Überraschung, wenn Willi am Montag ins Geschäft komme. Es rührte mich, wie Emmerich Willi mißverstand. Schmeichelte mir aber etwa auch die Art, wie er so vertraulich mit mir über unser aller Willi redete? Das will ich nicht ausschließen.

Die Toiletten gerade der großen Speiserestaurants oder Eßgaststätten, Autobahnrastorte interessieren mich besonders. Ich weiß nicht, ob es die eigene und urtümliche Verbindung von Menus und Klos ist. Meist wird ja oben, wo man serviert, mit allerlei läppischer Garnitur auf den Tellern wüst was hergemacht, auch mengenmäßig. Unten herrscht die Hygiene: pragmatisch, asketisch mit scharfem Sauberkeitsgeruch, der oft bis auf die Tische steigt. Auch hier war, wie zu erwarten, der Toilettenbereich die höllisch blanke Unterwelt, imponierend und für gewaltigen Andrang gedacht. Das begutachtete ich erst gegen Schluß. Bevor man, nach Treppenaufstieg, in den eigentlichen Eßraum eintrat, kam man durch eine Art Boutique, wo es an Drehständern auch Heftchenromane gab. Sie waren viel weniger aus der Mode gekommen, als ich dachte, selbst die Titel ahmten die fünfziger Jahre nach, die väterlichen Liebhaberblicke der Ärzte und die Gebirglerinnen, so verzaubert lächelnd und en vogue.

Willi aber, der uns nun immerhin, wenn schon nicht den geheimnisvollen und zum Glück mysteriös gebliebenen Weiher, so doch diesen Eßschlauch über der Autobahn vorführen konnte, gestand uns im Vorhof keinen Aufenthalt zu. Auch galt es, einen Fensterplatz zu ergattern. Schließlich gab es einen Publikumsansturm von beiden Fahrbahnseiten aus auf die schönsten Weideplätze.

Es war sehr voll, doch mit etwas List und Frechheit von Ingeborg und Emmerich erhielten wir einen Fenstertisch und konnten abwechselnd die vom Horizont heranschnürenden und unter uns auf Nimmerwiedersehen verschwindenden und eventuell demnächst in ihr Unglück rauschenden Autos und die suchend in den Gängen von Tisch zu Tisch pendelnden, erfolglos Ausschau haltenden Gäste taxieren, die uns ihrerseits mit Blicken stumm befragten, wie unser noch oder schon leerer Tisch zu bewerten sei: Vorwiegend Familien aus dem norddeutschen Raum, dicke, hellhäutige, sportlich gekleidete Menschen in engem Gruppenverband, die etwas stark Vorwärtsschiebendes an sich hatten, ländliche Charaktere mit roten Wangen, die, wie wir Nachbargesprächen entnahmen, hier größtenteils durchaus nicht eine Rast auf längerer Reise machten. Aus der Umgebung kamen sie zur Wochenendvergnügung her, wegen der langen Speisekarte und des Ausblicks auf die Autos, zu diesem Ziel, wo man ja auch alles beieinander hatte. Sobald sie sich setzten, drückten sie die kleinen Tischgerätschaften, Salz, Pfeffer, Senf, Ketchup, Kaffeesahne, Zuckertütchen, das alles stand ja auf jedem Tisch pauschal bereit, auch Zahnstocher und Servietten, entschieden zurück und studierten gleich die Karte, die hier äußerst fix von Kellnern gebracht wurde. Die schufteten offenbar im Akkord. Wir machten es wie alle und nicht anders.

»Ich esse Wiener Schnitzel«, seufzte Willi froh, vertiefte sich aber auch nach der Wahl und dem Bestellen, ja, bis zum Eintreffen seines Essens, in die Speiseangebote und kommentierte mit einem Kräuseln der Stirn, einem Wiegen des Kopfes, las von Steaks, Hähnchenbrüsten und Vegetarischen Tellern und konnte doch den Kopf heben und die fanatischen Autos von oben unbeteiligt oder höhnisch überwachen, wie ihnen nichts anderes einfiel, als ewig stur, mit dem Lineal gezogen geradeaus zu zischen. Dann wieder: überbackener Camembert, Forelle nach Art der Müllerin.

Die Kellner funktionierten wie aufgezogen. Klaglos schleppten sie Tabletts mit hohen Aufbauten heran, räumten die schaurigen Abfälle, die sich mischenden Säfte und Knochenreste, ohne die Mienen zu verziehen, beiseite. Das Lokal erinnerte mich an Willis und meine Fahrt von Schwetzingen nach Köln, das Format stimmte ja annähernd überein. Ein sehr viel kleineres Modell der Speisewagen aber, der an der stillstehenden Landschaft vorüberflog. Hier das Umgekehrte. Nur wenn man ein Auto bis dicht an den unteren Fensterrand verfolgte, stellte sich flüchtig unter den Fußsohlen ein Kribbeln ein.

Das Spektrum der Spezialitäten war damit aber noch nicht ausgeschöpft. »Naja, Massenbetrieb«, sagte Willi. Gerade das entzückte ihn fast so wie mich: Wie es sich auf- und abbaute, gelenkt, zerstreut und wieder geordnet wurde, die ungeschlachten Familien, die maschinellen Kellner, der Blumenkohl unter weißer Soße und silberner Haube, die Frittenüberbleibsel, geschwächt, schon fast verendet im Senf. »Seht euch doch bitte alle drei mal die Fenster an!« Mit leisem Raspeln blätterten sich an einigen, keineswegs an allen Scheiben, ohne daß sie ein Mensch berührt hätte, die Plastikjalousien herunter. Die einzelnen Streifen verharrten dann in Querstellung. Man konnte ohne Umstände wie vorher auf das Schauspiel der schnurstracks und gleichmäßig losgeschickt fahrenden Autos sehen. »April«, lachte Willi. »Denn seht da vorne!« Richtig, da zogen sich empfindlich, schneckenhörnchenhaft beleidigt, die Jalousien schon wieder zurück. Ach, wir hatten gerade eine äußerst fruchtbare, nervöse Phase erwischt, denn irgendwo anders, unter geheimer Direktion, schossen sie, weltwegknabbernd, die Scheiben hinab. »April, April, der macht, was er will.« Willi freute sich. Es klappte genau, wie er es sich vorgestellt hatte.

»Ein meteorologisches Instrument, das gesamte Lokal.« Er fühlte sich, wenn auch bleich, ich kannte das aus letzter Zeit ja schon, heute wohl, in diesem Moment zumindest. »Schneller, als man sich belästigt fühlen könnte, wird hier auf Licht und Schatten reagiert. Es ist bekloppt, aber nett. Künstliche Wolken vor zu greller Sonne. Stellt euch nur mal vor, die Wolken da oben, die echten, wüßten, was sie hier zu unserem Essen für einen Zirkus veranstalten mit ihrem Hin- und Hergeziehe.«

Ingeborg und Emmerich unterbrachen Willi kein Mal. Es belustigte sie gewiß erheblich weniger als ihn, das kleine Technospektakel, Emmerich kannte es sicher schon woandersher. Die beiden hatten mehr Spaß an ihren Putenschnitzeln, glaube ich, aber niemand fiel ihm ins Wort. Genaugenommen redete Willi vor sich hin, ins Blaue, auch ins Leere wohl. Ich selbst beschäftigte mich mit einem anderen Auf und Ab. Während Emmerich später etwas über Annoncenakquisition bei Zeitungen erzählte, sah ich, wie unsere und noch andere Hände in meinem Blickfeld mit ihrem Besteck in Suppen fuhren und in Fleischstücke und immer hinein in die offen den Gabeln und Löffeln zugeneigten Münder, immer rein ins weit offene Scheunentor, mit den Zahnreihen oben und unten, und haps! schlossen sich die Lippen über den Warenhappen, und es setzte das Mahlen ein und das Kauen. So ging es überall, bis die Teller, leer und halb leer gegessen, zurückgestoßen wurden, als hätte man ein für allemal genug von dem Zeug. Aber an anderer Stelle beugte man sich erneut über frisch Herangebrachtes mit Eifer, wie eben erst entdeckt. Das war das eine, das Grasen über den Tischen, ohne groß aufzublicken, das Wegputzen von Festem und Flüssigem.

Das andere: Die Weite und große Ferne, wo schließlich Himmel und flaches Land zusammenliefen, dort, wo die Wolken herauf- und hervorzuquellen schienen und wie die Autos, nur viel bombastischer, auf uns zusegelten in einem für uns nicht fühlbaren Sturm.

Diesen Wechsel konnte man sich allein herstellen, in eigener Regie oder auch im Rhythmus der Jalousienscherze. Und je öfter man es machte, desto schroffer und sich wechselseitig steigernd zeigte sich das schwitzend in der Enge aneinandergedrängte Kauen und Verdauen im schmalen Speiseschlauch mit den Familienparzellen um die Holztische und den Stoffsets darauf und: die stürmische Weiträumigkeit und Flucht in die Ferne, in die Länge und Breite über Straßen, Äcker, Wiesen hinweg, begleitet von gestaffelten Wolkenballen.

Bei aller Schonung im allgemeinen Umgang kam ein richtiges Gespräch nicht zustande. Auch Ingeborg spürte das. Und nun tat sie etwas überraschend Hochherziges. Mein Gott, wie mußte Willis Vorschlag, die Apothekenneueinrichtung zu besichtigen mit allen riskierten Gefahren einer Ansteckung von Ingeborgs Gehirn und Gemüt, sie erfreut und besänftigt haben! Sie wandte sich an Emmerich und wies ihn darauf hin, draußen bei den Drehständern habe sie eine Menge Jerry-Cotton-Heftchen gesehen. Sei er nicht ein Fan aus alten Zeiten? Ob sie die nicht mal durchforsten wollten, sie selbst fände da sicher auch irgendwas, was dann Erika ihrer alten Mutter vorlesen könne. Emmerich kapierte sofort. Er wunderte sich erst gar nicht. Willi leuchtete seine Frau an, ja leuchtete sie an. Wenn Ingeborg so weitermachte, würde der Tag noch verliebt für ihn enden. Die beiden erhoben sich und Ingeborg flüsterte mir zu, sicherheitshalber, falls ich das gutmütig inszenierte Manöver doch nicht komplett begriffen hätte: »So springt doch wenigstens ein bißchen Zeit für euch allein heraus.« Mir wurde flau und schummerig und schon ein bißchen schläfrig bei so viel unverhoffter mütterlicher Wartung.

Aber ich wurde sogleich aufgeschreckt. Sie schloß nämlich: »Er hat doch nur deshalb die Fahrt gemacht.« Ja, aber Ingeborg, wenn du das zu durchschauen meinst, woher rührt dann deine überströmende, ja bodenlose Freundlichkeit? Das sagte ich natürlich nicht laut. Ich konnte nicht mal Willi danach fragen. Es klappte nicht.

Ich sah den beiden nach. Nein, sie gingen jetzt einverständig nebeneinander her. Sie würden sich nicht in der kurzen Zeit streiten. Man mußte sich keine Sorgen machen.

Es klappte nicht. Ausgerechnet jetzt, wo Ingeborg unbegreiflich viel Verständnis zeigte, fast als müßte Willi, ihr Ehemann, mit allen Mitteln gestützt werden in einer bedrohlichen Lage, stellte sich, wie sonst doch immer, nicht die schnelle Vertrautheit zwischen uns ein, kaum, daß wir unter vier Augen waren. Willi ließ eine Begegnung unserer Blicke nicht zu. Er sah rechts und links an mir vorbei, er putzte sich die Nase, Willi fremdelte wie damals bei der Ablehnung eines Gesprächs über den Krieg. Was für eine Kälte, kurze Untreue, gefühlsstille, nein, schlimmer, gleichgültige Distanz! Das nicht. Aber Verlegenheit? »Willi«, sagte ich, »Willi«, rief ich ihn an. »Diese Jalousien«, schwätzte Willi drauflos, »so was Beklopptes! Noch besser wäre, wenn es gar nicht durch Sonne und Wolken ausgelöst würde, sondern wenn in einem geheimen Kämmerchen oder auch Verlies ein kleiner Direktor säße und nach eigenem Gutdünken die Dinger rauf- und runterschießen ließe, nur zu seinem Vergnügen, als Morsezeichen vielleicht auch.«

In einer anderen Situation hätte ich mitgemacht, aber ich konnte hier nicht dulden, wie Willi mich ablenken wollte, nicht diese Verstocktheit. Als er »Wiener Schnitzel« bestellt hatte, war es für mich ein Leichtes gewesen, bei ihm das telepathische Erraten eines meiner Merkwörter zu vermuten, verbunden mit einem verstohlenen Signal für uns beide.

Am Abend mußte ich noch Geld verdienen, also keine Feinheiten jetzt! Ich sagte, betont frisch von der Leber weg: »Um beim Thema zu bleiben, Willi, warum läßt du denn selbst in den Minuten, wo wir reden können, wie es uns gefällt, die Rolläden runter?« Ich hielt das keineswegs für umwerfend geistreich, aber es sollte meine Frage weniger wichtig machen. Willi zog den Mund schief, um höflich zu sein.

»Kindisch«, brummelte er schließlich, nach einer so langen Pause, daß ich annahm – und es, ärgerlich, eigentlich schon wünschte –, die beiden Heftchenfans würden inzwischen zurückkehren, »idiotisch, aber mich beunruhigt meine wiederhergestellte Gesundheit.« Er strich sich mit den steifgehaltenen Zeigefingern gleichzeitig an beiden Brauen die langen, hochgebogenen Haare glatt. »Mir wird nie mehr, schon seit Wochen nicht, schwindlig. Kein Grund zur Freude.« Er kam meinem Einwand zuvor. »Kein Grund, merkwürdigerweise, zum Aufatmen. Ich kann's nicht ändern. Das Schwindligwerden usw., das fehlt mir jetzt. Ich versuche, dahinter zu kommen, warum ich das vermisse. Ich bin nicht glücklich über das Ausbleiben. Dabei hätte ich fürchten müssen, beim Autofahren, im Geschäft ohnmächtig zu werden. Wie undankbar von mir!«

War das nun etwa auch noch eine Form, Spiel- oder Abart von Willis Anhänglichkeit an einmal Dagewesenes? »Ich habe mir mal eine Aufstellung gemacht«, alle Fremdheit war verflogen, »über die Entwicklung, wie sie von Anfang an bis jetzt gewesen ist.« Willi holte tatsächlich einen kleinen Zettel aus der Brieftasche und las vor: »Erstens. Ablehnung des Schwindels als Belästigung oder, in schwereren Fällen, als Angst. Zweitens. Gewöhnung an solche mehrmals wöchentlichen Ausschnitte aus dem normalen Leben. Drittens. Langsames Süchtigwerden danach als Ausstieg für Sekunden, Wegsein, Urlaub, Umsteigen, Fast-Sterbensangst.« Willi sah mich an dieser Stelle an: »In der Variante hast du es ja einige Male bei mir erlebt. Daß man es nicht willkürlich erzeugen konnte, machte es nur noch besser. Viertens. Verlust des Schwindels.« Er steckte den Zettel wieder ein, sehr sorgfältig, offenbar in der Hoffnung, noch ein weiteres Stadium hinzuschreiben zu können.

Ich hatte den Eingang im Blick und sah, gerade als der Zettel in Willis Jackentasche verschwand, die beiden kommen. Ich traute meinen Augen nicht oder wohl doch sofort und erkannte im nächsten Moment die Besonderheit der Wolken in meinem Gesichtsfeld. Ein Film, in dem schwere Gegenstände in großer Geschwindigkeit in einen Abgrund stürzten, lief in Zeitlupe, in die Horizontale gekippt, rückwärts. Damit hatte ich endlich ihre verblüffende Erscheinungsweise enttarnt.

Die beiden tauchten erst gerade wieder auf. Willi konnte das noch nicht mitkriegen, er saß mir gegenüber. »Unter Umständen: Ich fühle mich festgehalten, angeklebt, kaserniert. Oder muß es heißen: kastriert?«

Nein, dachte ich und sah Ingeborg mit Emmerich beim Näherkommen so diskret wie möglich zu, das Wort heißt etwas anders, Willi, bezieht sich aber auf denselben Themenkomplex. Und doch ahnte ich, was Willi sagen wollte. Er vermißte die Fähigkeit, sich im alltäglichen Leben, zum zweiten Mal gewissermaßen, den weißen Kittel ausziehen zu können, den allgemein üblichen, die gebräuchliche Uniform, heraus aus der Haut. Aber Willi, nun kam etwas ganz anderes auf dich zu!

Was hier kam, in Gestalt von Ingeborg und Emmerich, der geschäftstüchtigen Ingeborg und des windigen Peter, erkannte ich auf einen Schlag. Es half nun nicht mehr, hatte auch eben nicht genutzt, die Augen von ihnen weg auf die Wolken zu drehen. Sie näherten sich Schritt für Schritt, legten eine Etappe nach der anderen zurück, vorbei an den über Bratkartoffeln und Kroketten geneigten Eßlustigen, den großen, eßfrohen Köpfen und den geschrumpelten der Senioren. Sie taten überhaupt nichts Verbotenes, Anstößiges oder objektiv von ihrem Weggehen Abweichendes. Das war ja das Unheimliche, daß es trotzdem so schreiend, so schamlos deutlich wurde, dieses schwül, ja fast schlüpfrig Pärchenhafte der beiden, die ohne Körperkontakt nach langem Ausbleiben hier eintrafen.

Oder war mein eigenes Zeitgefühl nur durcheinandergeraten, vielleicht erst von dem Augenblick an, als ich sie am Eingang entdeckte?

Auch das, was nun folgte, erschien vor mir in widernatürlicher Langsamkeit. Das Aufstehen von Willi und mir, denn nun sollten die beiden am Fenster sitzen, das Stühlerücken und gegenseitige Berühren dabei. Alle Vorgänge mußten einzeln aufgefädelt oder Teil für Teil auf eine Wäscheleine gehängt werden.

Was konnte mit den beiden passiert sein? Selbstverständlich da draußen nichts Wesentliches, weiß der Himmel kein coup de foudre, erst recht kein schneller Beischlaf zwischen Tür und Angel in den sicher stark frequentierten WC-Räumen. Es konnte bei den Jerry-Cotton-Heftchen überhaupt nichts Entscheidendes geschehen. Sie hatten nur ein bißchen die Korsettstangen eines bereits auf Touren gekommenen Verhältnisses gelockert und vergessen, wie präzise das von der neutralen Umwelt registriert wird, die Abweichung, das Überquellen des Fleisches eben. Sie hatten unterlassen, es rechtzeitig zurückzustauchen an der Eingangstür.

Unsere gesamte Fahrt von Köln an zeigte sich ja nun in der wohltuendsten, brillantesten Klarheit. Ich mußte mir meine falschen Schlüsse von Anfang an nicht aufzählen. Willi und ich hatten mit einem Liebespaar, verhältnismäßig frisch gebacken, im Auto gesessen. Die hielten still wie die Lämmer, um ihre telepathische – wirklich, ich dachte das

Wort in knappem Abstand zum zweiten Mal – Vereinigung durch nichts zu unterbrechen, eingehüllt in die Gleitflüssigkeit einer Stimmungsduselei! Vom schlechten Gewissen mal abgesehen.

Ach, diese ans Dösige grenzende Entspanntheit Ingeborgs, die schon abständige Milde. Ein eingespieltes Team, die beiden. Und Willi war es gut bekommen. Was mich am meisten irritierte: Ich nahm Ingeborg zum ersten Mal als sexuelles Wesen wahr. Hatte nicht auch Willi, der ihnen doch gar nicht entgegensehen konnte, Ingeborg am Oberschenkel absichtlich gestreift, als sie die Plätze tauschten, unbewußt reagierend auf ihre Veränderung oder besser: erotische Enthüllung hinter den Drehständern der Schundheftchen, wie sie die sicher kichernd genannt hatten? Sieh an, sie hatten sogar ein Alibiromänchen mitgebracht.

Dem ewigen Ja und Amen der beiden zu allem, was Willi kundtat und wollte während der Fahrt, entsprach jetzt exakt das hysterische Getue, als hätten sie draußen werweißwas erlebt und müßten uns, den zuhause hocken gebliebenen Eltern, das bis ins Kleinste veranschaulichen. Sogar Emmerich verlor teilweise die Übersicht beim Heucheln. Ach Gott, ach Gott, eine dicke Frau war gegen einen Behinderten im Rollstuhl gerannt, und der also vom rechten Weg gebrachte hatte den Drehständer umgestoßen, aus dem die Heftchen geschossen und über den Boden gerutscht waren, so daß ein allgemeines Einsammeln begann. So was! Ja, das konnte ich mir ausmalen, wie die beiden – vielleicht in Wahrheit Urheber des Unfalls, über den man nicht so viel Theater zu machen brauchte, der Willi und mich nur täuschen sollte angesichts ihrer verbrecherischen Untaten, diese beiden Schlingel, schlau, aber nicht schlau genug, sie waren ja richtig schwergewichtig vor Verliebtheit und Gier, plump, angeschwollen, ungefüge Wolkenplacken vor lauter groteskem bösen Wollen –, wie diese beiden auf allen Vieren womöglich gesucht und gegriffen hatten im Getümmel um sie her!

Was war mit Willi? Willi hörte ihnen aufmerksam zu. Willi sah seine Frau mit anderen Augen an. Interessiert, wie schnüffelnd. Er saß da, das Kinn in die Hand gestützt, die strengen, dicken Brauen zusammengezogen, darunter die mädchenhaft schönen Wimpern, die Lippen annähernd rüsselhaft, schnuppernd, tastend vorgestülpt. Ihm eröffnete sich, was er da doch eigentlich schon spürte an seiner Frau, noch nicht als Wort. Willis Blicke wanderten zwischen den beiden Neuankömmlingen, freundlich, grüblerisch.

Beschäftigte ihn noch seine verlorengegangene Krankheit? Brachte das den nachdenklichen Ausdruck und hinderte ihn, die Verwandlung Ingeborgs etwas fixer zu begreifen, oder hatte er die in letzter Zeit schon öfter an ihr festgestellt? Er studierte sie mit einer ganz schwachen Mißbilligung. Emmerich sah er kaum an. Ich glaube nicht, daß es sich hier schon um Argwohn handelte, vielmehr um eine leichte Verärgerung darüber, daß die gurrende Ingeborg sich nicht die Treue hielt, ihn verdroß nichts anderes als die girrende Abänderung ihrer gewohnten Person aus einem Motiv, das nur ein oberflächliches sein konnte, da es zu so schlagartig hereinbrechender Aufgedrehtheit führte.

Willi zog sein Kinn ein, stemmte sich von der Tischkante weg, auch von seiner Frau, um sie schärfer anzusehen. Wie kam nur diese Trägheit in ihre Oberarme, in ihre Schultern, in ihr Lächeln, und zugleich das aufgekratzte Geschnatter über den Vorfall draußen, den Emmerich dauernd bezeugen mußte? An seine ruhlos besorgte Frau war Willi gewöhnt, in ihrem Jeansanzug und den flotten Hemdblusen, um das Freizeitliche, wenn es dran war, zu betonen, diese stets geschrubbte Ingeborg, die jetzt sogar ein bißchen schmuddelig wirkte. Ungewaschen? Und immer zu Emmerichs

Händen blinzelte und dann bis zu seinem Halsansatz, aber lieber nicht höher, um sich nicht zu verraten. Sie saß mir ja schräg gegenüber. Emmerich konnte ich viel schlechter beobachten, er war in ein schmalziges Dauergrinsen verfallen.

Nun, Willi, zu welchem Ergebnis bist du gekommen? War Ingeborg etwa doch, und auch mich überraschend, die gefährliche Frau mit dem Feuer unter adrettem Außenfell, wenn nur ein Funke geflogen kam? Hatte sie dich doch nicht zu Anfang geäfft, als sie dich begeisterte, wie du es dir so wünschtest, durch die Möglichkeit einer delikaten Wildheit, die zwar nicht dekorativ bis an die Haut, sie durchflakkernd und verschönernd, drang, aber doch auf der Lauer lag? So daß von Untreue ihrem eigenen Wesen gegenüber nicht im geringsten die Rede sein konnte, im Gegenteil?

Man mußte ja nicht gleich so übertreiben, aber etwas Pikantes wieselte und huschte über Ingeborgs Züge und Gestalt und ergänzte kontrastierend die Schwerfälligkeit der sexuellen Verschwörung, die sie auf einmal so innig, so zufällig an Willis Peter band.

Willi und ich, wir saßen am Gang, das Essen war längst abgeräumt, wir tranken den Schlußkaffee. Ein sehr kleiner, wohl auch sehr junger Hund, den wir beide zunächst nur als Weiches an unseren Beinen bemerkten, drängte sich unter dem Tisch an uns und wir bückten uns zur gleichen Zeit, um nachzusehen. Da begegneten sich unsere Blicke unter der Tischplatte, und wir freuten uns an dem winzigen Tier, das grauwollig und rund an unseren Schuhen nagte und sich rollte und rieb. Das dauerte nur kurz, und schon befanden sich unsere Köpfe wieder oberhalb.

Ich hätte das Hündchen, das nun sogar an meinem Bein hochzuklettern und dann bestimmt auf den Tisch zu kucken versuchte, noch gern beobachtet und in seinen lockigen Pelz gezwickt. Aber es ging nicht.

Da unten nämlich hatten sich die Beine von Emmerich und Willis Frau ineinander verstrickt, wobei mir schien, daß Ingeborg mit beiden Knien den weit vorgeschobenen Schenkel ihres Galans preßte und Emmerich wiederum von außen mit seinem inneren Bein, dem mir zugewandten, klammerte, was zu umschlingen übrigblieb. Jedenfalls hatten die untenrum kosenden und gegen den oberen Augenschein, vielmehr ihn tätig bekräftigend, handelseinig Gewordenen nicht mehr rasch genug voneinander lassen können im unvorhersehbaren Gedränge mit dem Hündchen, und trotz meiner Neugier schoß ich mit meinem Kopf so schnell – Willi machte es nicht anders, was waren wir nur für züchtige Menschen! – wieder nach oben, so daß ich ihn um ein Haar, die Peinlichkeit für alle erhöhend, an der Stuhllehne gestoßen hätte.

Aufrecht sitzend, hielt ich den Blick gesenkt, sah in meine Kaffeetasse wie zu Forschungszwecken und wartete ab, wer uns auf intelligente Weise erretten würde. Als ich, da alles stumm blieb, vorsichtig die Augen unter gesenkten Lidern wandern ließ, hatte Willi ein Taschentuch auf sein Gesicht gelegt, bei leicht zurückgebogenem Kopf, wie beim Nasenbluten.

Das half uns nicht aus der Patsche, erhöhte aber die Spannung.

Die Frage, ob den beiden Treulosen überhaupt bewußt war, daß man sie entdeckt hatte, unten, im Dämmerlicht zwischen den vier Tischbeinen, mußte ich mir nicht stellen. Sie konnten über ihr Ertapptsein niemanden hinwegtäuschen. Emmerich drückte mit Kraft seine Mundwinkel, die noch immer zum permanenten Grinsen von eben aus Gewöhnung zurückfinden wollten, in die Abwärtsrichtung. Lange würde er das nicht durchhalten, ohne zu platzen. »Jerry Cotton«, sagte Ingeborg, ihrem Unterbewußtsein freie Fahrt erteilend, »die Comic-Heftchen, die Jutta liest, heißen ›Wendy Whitebread, Undercover Slut‹, ›Human Drama‹, ›Hardboiled Animals‹, na ja, fördert immerhin die Sprachkenntnisse.« Und tatsächlich lachten wir alle drei blödsinnig drauflos, ohne Grund, nur auf das Lachstartsignal hin. »Sie wird eines Tages auch noch bei Jerry Cotton landen, wie ihre Großmutter, wie ich«, sagte Emmerich, der ihr Schwager hätte werden können, oder ihr Stiefvater?

Die Stimmung am Tisch kibbelte, nein, das tat sie nicht, sie verharrte in einem Punkt, würde aber gleich nervös ausschlagen, man konnte nicht wissen, mit welchem Huf und wohin. Willi blieb unter seinem Taschentuch für uns verborgen, und wir drei bemühten uns, jeder für sich, zu erraten, was in ihm vorgehen mochte, und wie er gleich zum Vorschein käme aus seiner provisorischen Einsiedelei, ambulanten Einsiedelei. Außerdem mußten sich die beiden durch heimliche Zeichen darüber verständigen, ob sie reumütig, angriffslustig oder abstreitend reagieren sollten. Ich tat ihnen nicht den Gefallen, mich zurückzuziehen. Ich verhinderte aus Bosheit jede Absprache.

Hatte es nicht vor einem Jahr zwischen Willi und mir eine längere Unterhaltung über die Treue gegeben? Nein, dachte ich wütend, diese strohige Frau Wings hat einfach nicht das Recht, Willi zu hintergehen, den treuen Willi nicht! Wie weit waren denn die beiden Gauner schon, und bis wohin sollten sie's noch treiben? Mich durchschoß eine plötzliche Angst um Willi. Wieviel Sekunden mochten vergangen sein?

Da nahm er das Tuch weg von seinem jetzt weißen, in den Falteneinschnitten grauen Gesicht. Das Erstaunliche trat ein: Ingeborg, Emmerich und ich, als hätte es einer dem anderen ins Ohr gesagt, waren nicht mehr sicher über Willis tatsächlichen Befund im Dunkel. Das Geschenk einer neuen Perspektive: Willi konnte wählen, vielleicht war ihm hinter seinem Tuch klargeworden, daß dies die beste vorläufige

Lösung wäre. Vielleicht aber hatte er auch, von der Welt durch den weißen Lappen getrennt, für sich einfach geträumt, entrückt und unser überdrüssig?

Ingeborg fielen keine Comic-Titel mehr ein, Emmerich konnte nicht noch Stunden interessiert in seinem Heftchen blättern und für mich gab es ja keine Veranlassung, wegzukucken. Wir alle erwarteten etwas von Willi, streckten die Waffen und wandten nun kein Auge von ihm. Er sollte bestimmen. Da hob Willi seine schönen Wimpern kurz und senkte sie gleich wieder schonungsvoll. Aber wurden nicht mit diesem knappen Blick Frau und Freund umfaßt, und, bei auch für mich nicht zu ergründender Miene, getadelt und schon freigesprochen?

Er schlug mit dem Kaffeelöffel gegen den Porzellanrand seiner Tasse, beugte den Kopf, holte den Löffel ans Ohr, einige Male, als wollte er Musik machen, aber es fehlte das geeignete Material, saß mitten im Jalousien- und Autobahnrestaurant und spielte, versunken, in vollendeter Kavaliershaltung, sein Lieblingsspiel von früher. »Wir brauchten dazu ein Glas«, sagte er, und nur jemand, der ohnehin die Flöhe husten hörte, konnte das Zittern in seiner Stimme wahrnehmen. Nie werde ich dieses Gesicht, so grau, nah und freundlich, vergessen. Zum ersten Mal glaubte ich der Gruppe der anderen zugeordnet zu sein, denen er jetzt, in leisem Bedauern, gewissermaßen zuwinkte mit seinem andeutungsweise himmlischen Klingklang. Ohne Groll, sanftmütig, ermattet, fern.

Mitte Mai fand in der Wingschen Wohnung die kleine Feier zu Ehren der fünfzehnjährigen Jutta statt. Absicht Ingeborgs bei dieser Zusammenkunft war wohl, gewisse Gerüchte zu zerstreuen und vorzuführen, wie gut ihre engste Familie gedieh, unter anderem durch die Präsentation von Torten, deren komplizierte Aufteilung zunächst gewährleistete, daß man in ihrem und zwei anderen Gesichtern nicht allzu genaue Studien triebe. Die eigentliche Finesse oder auch Dreistigkeit bestand aus ihrer Sicht natürlich in der furchtlosen Einladung des Skandalgastes Peter Emmerich.

Willi dagegen hatte sich bei dieser Gelegenheit seinen Traum von einer »schönen Feier«, oder wie er das nannte, erfüllen wollen, bescheiden, familiär beschränkt, aber endlich mit dem ersehnten Wohllaut und Gesamtklang, den eventuell nur er würde vernehmen können, aber der doch für Augenblicke einmal Wirklichkeit werden müßte.

Ja, durfte er das denn unter den bestehenden, so widerborstigen Verhältnissen erwarten? Willi schon. Außerdem wußte er, im Gegensatz zu den anderen, vom bereits vollstreckten Schluß und Ende der Affäre.

Oder handelte es sich um einen letzten Versuch, sein Fest zu ertrotzen gegen alle momentan existierenden Widrigkeiten? Abgesehen von der Frage: Wer weiß was, und wer hat es dem jeweiligen verraten, schälten sich für mich bei diesem Treffen, an dem das Geburtstagskind wie der fleischgewordene Vorwand herumsaß und lächelte, zwei Haupteindrücke heraus. Willi, mit einem Fotoapparat in der Hand, auf der Suche nach der günstigen Sekunde für ein Gesamtfoto, und zum anderen die Vorstellung, wir würden hier allesamt im Wingschen Wohnzimmer ein Gemälde von Willis Oostender Maler aufführen, in dem sich Stilleben und Masken, Torten und unsere Gesichter sehr vibrierend mischten.

Daß Hilde Wings, während sie couragiert von Juttas moorigem Backwerk aß, Emmerich so überaus liebenswürdig betreute, ließ sich wohl leicht erklären: Sie wollte, um ihren Sohn Willi vor drohendem Unheil zu schützen, den einen Teil des Betrügerpärchens, den männlichen, mit aller Zauberkraft, Seitensprung hin, Ehebruch her, nahezu verwandtschaftlich verpflichtend einbinden. Konnte jemand mit der Ehefrau eines Mannes, der eine solche Mutter aufzuweisen hatte, stiften gehen? Hilde flirtete jungmädchenhaft. Und versuchte sie obendrein, ihn Ingeborg auszuspannen? Oder hatte Willi doch seiner sich sorgenden Mutter den Komödienschluß angedeutet, und so strahlte sie Emmerich zur Belohnung an für seine Klugheit, Ingeborg schleunigst fallen zu lassen?

»Ach, wissen Sie«, scharwenzelte Hilde, »man macht so einen Wirbel um die jetzt kommenden ICE-Züge, diese modernen Blitze durch unsere Bundesrepublik, so silbern, futuristisch«, sie fauchte kurz von oben herab, »ich persönlich wäre bestimmt enttäuscht. Dies bißchen mehr Geschwindigkeit!« Emmerich neigte ihr, offensichtlich beeindruckt, den Oberkörper zu. Er tat es so unbefangen, daß sich beinahe alle Verdächtigungen in Luftblasen auflösten. Hilde imponierte ihm, kein Wunder. Sobald sie sich im Mittelpunkt fühlt, halbiert sich ihr Alter, verdoppelt sich ihr Glanz. »Ach, wissen Sie«, hörte ich sie schon wieder, es war die rituelle Formel bei ihr, wenn sie etwas besonders lässig hinzuwerfen gedachte, »ich persönlich, will ich Ihnen gestehen, Herr Emmerich, Sie sind ja Willis Freund«, sie machte eine kleine Pause, entweder, um die Behauptung tief in ihr Gegenüber einsinken zu lassen, oder weil sie selbst erschrocken war, wie sehr sie »Willis« betont hatte, »ich bin in meinem ganzen Leben mit Männern viel, viel besser ausgekommen als mit Frauen.« »O, das glaube ich«, antwortete Emmerich stracks, und jetzt, spätestens an diesem Punkt, hatte Hilde nicht mehr einen Schachzug in der Familiensache im Sinn, sondern ihr eigenes Glück. Wie die meisten stark erotisch orientierten Frauen kam sie naturgemäß kaum mit den kritischen Nebenbuhlerinnen zurecht, hielt es aber für etwas höchst Spezielles, ein seltenes Charakteristikum gar. Auch das war sehr üblich so. Ich erkannte mich selbst darin wieder in allen Stücken. Ach, wie erlaubte ihr Emmerichs Aufmerksamkeit, den sicher freute, giftigen Anreden sonstiger Familienmitglieder und Ingeborgs Vorwurfsblick charmant zu entgehen, ihren Ärger über das in Frau Luchs doch ständig vor Augen geführte hohe Alter zu vergessen und es sogar, davon abstechend, von sich zu weisen. Hilde war mächtig zufrieden mit Peter Emmerich. Ihm mußte verziehen werden, was er konkret auch angestellt haben mochte.

Willi, der die zwei erspäht hatte, näherte sich, um wenigstens von diesen beiden ein Wunschfoto zu knipsen und gab plötzlich ein klagendes, schnell gedämpftes Grunzen von sich. Frau Luchs hatte auf seine Zehen getreten, kräftig und absichtlich, um ihn zu stoppen. Von diesem Verführer ihrer Tochter wollte er, der Gehörnte, der doch vielleicht mit allen Konsequenzen Betrogene ...? Wenn schon seine Mutter sich nicht entblödete, so lustig mit ihm zu tun! Sie langweilte sich, die alte Frau Luchs. Nach dem Fußtritt fühlte sie sich besser und begann die Spinnweben zu zählen. Die beleidigte Reaktion Ingeborgs hing damit zusammen, daß sie darin den Vorwurf entdeckte, der lautete: So toll hast du es getrieben. Dein Haus ist darüber zur Räuberhöhle geworden. Selbst die Putzfrau fängt an zu schludern! Frau Luchs spürte genau, ihre Stunde war gekommen, wenigstens ihre Minute: »Ich habe im letzten Jahr überhaupt keine Himbeeren gekriegt, ich armes Schwein!« Mochten die Jüngeren huren, wie sie mußten, aber die alte Mutter so zu vernachlässigen dabei! »Wenn ich hundert würde«, gestand sie erstaunlicherweise Emmerich, der sie nämlich aufmerksamer als jeder andere betrachtete in dieser neuen Phase, »dann hätte ich wenigstens ein Pläsier im Leben gehabt, ich wäre nämlich hundert geworden.« Jetzt war er der Fremde, bei dem man die eigene Familie ein bißchen durch den Kakao ziehen konnte. Laut sagte sie dann, wobei ihr die kleinen Augen in den Falten vor Vergnügen verschwanden: »Die Apotheke am Markt hat aufgegeben. Sie haben alles zu Schleuderpreisen verkauft.« »Auch die rezeptpflichtigen Medikamente?« fragte und höhnte Ingeborg wütend, da ihre Mutter hier etwas verkündete, nur aus Spaß an der latenten Drohung, was doch alle längst wußten. »Alles«, konterte unbeirrt Frau Luchs, »selbst das Inventar. So kommt es, wenn nicht alle an einem Strang ziehen.«

Glücklicherweise ging diese letzte Bemerkung der kleinen Hexe im Auftrittslärm von Bedniak mit seiner Palme unter. Wer konnte schon sagen, wieviel Bedniak wußte, der alte Rabauke! Mir erschien die Art, wie er die Wohnung enterte, doch ein bedenkliches Zeichen zu sein, als sei nun das Wingsche Haus ganz und gar zur sturmfreien Bude ohne amtierenden Platzhirsch geworden. Deshalb also mußte er, da der windige Emmerich ja doch nicht Statthalter sein konnte, die vier Wände mit seinem Röhren füllen. Brachte sein angebliches Geburtstagsgeschenk, ausgerechnet eine Palme! Und selbstverständlich war er es, der bestimmte, wo sie hinsollte. Er räumte die herrenlose Wohnung um, und Willi nahm es hin. Willi akzeptierte lächelnd: Es war doch nicht so wichtig, wie belebend, gute Stimmung garantierend, Inspiration mit sich bringend, dieser Bedniak! Es hätte ja alles viel schlimmer kommen können, mochte sich Willi sagen. Es war doch gut ausgegangen. Nein, Willi sagte sich das alles durchaus nicht.

Willi folgte einer anderen, träumerischen Spur. An der Palme interessierte ihn nicht das Phallussymbol, sondern ein bestimmter Satz Bedniaks wird sich bei ihm eingeschmeichelt haben. Sie entfalte ihre Fächer »wie im Paradies«. Und was war mit der Bemerkung des Haudegens und zumindest ehemaligen Frauenlieblings, Ingeborg halte mit ihrer sauertöpfischen Miene ihren Mann nicht in Haus und Bett? Wer für das sexuelle Klima sorgte, riß die Macht an sich. Bedniak wußte das von der Wiege an. Der Spott, den ausgerechnet bei der angespannten Ehesituation des Wingschen Paares sein Scherzchen barg, konnte auch als gutmütige Verdrehung interpretiert werden, um die Atmosphäre zu entkrampfen, um Ingeborg einen Tadel zu erteilen, den sie hoch verdiente. In jedem Fall kam er selbst, seine Martina unangefochten neben sich, gut dabei weg. Kam als Sieger, ging als Sieger, wie er's gewohnt war.

Emmerich aber, in den Mundwinkeln eine stille Behaglichkeit, denn es war ja hervorragend gelaufen für ihn, ohne Verluste nämlich, es hatte einen kleinen Sprung gegeben, eine aparte, schockhafte Lücke in der allgemeinen Beziehung zum Hause Wings, und nun nahm man ihn wieder auf wie zuvor, unseren Hans-Dampf-in-allen-Gassen, und er durfte ruhig die Beine weit ausstrecken, Ingeborg würde schon stillhalten, trotz ihrer bitteren Laune, Emmerich sagte gerade zu mir: »Diese Frauen auf Festen«, es paßte gar nicht, er mußte es sich extra gemerkt haben, im Wunsch offenbar, mit allen anwesenden Frauen reihum ein Gespräch zu führen, ungebunden und beliebt bei allen, so lautete nun wieder die Parole, »fast alle unterscheiden sich wesentlich, wenn man den Anfang und das Ende ihres Auftritts vergleicht.« Aha, jetzt also war ich dran, und da galt es, der Schriftstellerin zu imponieren mit einer Mischung aus spitzfindiger Beobachtung und auf dem Fuße folgender Lebensweisheit? »Zu Beginn zeigt sich das Bild, das sie von sich selbst haben und das wir Zuschauer übernehmen oder erst mal: wahrnehmen sollen, gegen Schluß präsentieren sie, was sie leider inzwischen geworden sind. Nur die jungen Frauen werden mit fortschreitendem Abend immer schöner.« Wollte er mir eins auswischen, dieser Kategorienquatschkopp? Unterm Tisch ein Tritt vors Schienbein als Rache für die Entdeckung im Autobahnrestaurant? »Ich für meinen Teil liebe das Gefälle, ich finde diese Entschleierung über Stunden hinweg erotisch.« Der Gedankengang mochte ansprechen und war doch unangenehm gockelhaft. Glaubte er, sich jetzt sogar an Willis Freundin verbal ranschmeißen zu dürfen?

Willi, mit seinem Fotoapparat unterwegs, mühte sich vergebens: Ich schnitt eine sabotierende Grimasse. Was mich aber, je länger ich darüber nachdenke, wirklich wurmt, das ist Bedniaks Schlußszene, seine Verabschiedung von Emmerich. Diese beiden Saft- und Kraftmänner, die Willi in sein Herz geschlossen hatte, die über irgendetwas augenscheinlich Erzamüsantes klatschten! Sie standen beieinander, nonchalant und derb mit ihren schlichten Gesichtern, wie Vater und Sohn, und niemand wird erfahren, was denn Emmerich so »malerisch bis dorthinaus« fand. Es konnte ja wohl keine Landschaft sein, sonst hätten sie daraufhin nicht beide so gelacht und ihrem Willi, der erst jetzt dazukam, so auffällig, ja fast tröstlich auf die Schulter geschlagen. Entschädigend? Meinten sie etwa Ingeborg in »erotischer Entschleierung«? Ich bin sicher, es ging um eine Anzüglichkeit in dieser Richtung, ich dachte an die umschlungenen Beine, mit denen es für Willi und mich begonnen hatte. Für Willi? Wie ernst nahm er den Zwischenfall? Bezwang er seinen gerechten Zorn, um eine Bagatelle nicht zur Tragödie aufzubauschen? Zorn?

Er stand bei den Männern und wünschte Bedniak »alles Gute«, als wäre damit die ganze Welt zu verbessern. Ich saß da, beobachtete ihn und wurde traurig, so daß ich mich wenig später ein Weilchen verzog und mich wieder, für mich allein, in bessere Laune sang.

Ingeborg hatte das »malerisch bis dorthinaus« ebenfalls mitgekriegt. Sie starrte mich böse an. Ja, war es am Ende meine Schuld, nicht ihre? Emmerich beging später noch eine kleine Gemeinheit. Erst Ingeborgs erregtes Lippenkauen brachte mich drauf: »Zufallsopfer. Täter sieht Frau mit Pelzmantel.« Es klang wie ein Resümee ihrer Liebelei. Oder wollte er sie, das »Zufallsopfer« nur reizen, weil sie es war, die ihm die kalte Schulter zeigte? Wie oft hatten denn die beiden Bett oder Sofa geteilt? Das hätte das hier versammelte Publikum allzu gern gewußt, das fragte es sich stumm und konnte nur rätseln, ob die beiden bei ihren Gelagen mitgezählt hatten. Die paar Wochen!

Ingeborg jammerte zu diesem Zeitpunkt still vor sich hin, keine Tränen, aber, hätte ich Emmerich gut parieren können: Sehen Sie den oberen Lidrand an und die Nasenflügel, diese für Ingeborg kurz vor dem Tränenausbruch so typische Schwellung! In ihrer Verwirrung hatte sie sich noch brauner als sonst geschminkt, der reinste Fußbodenanstrich! Und doch wirkte sie zerbrechlicher als sonst. Hilde sagte vernehmlich zu ihr: »Ach, Ingeborg, hat deine Haarfarbe eigentlich einen Namen? Ich erinnere mich noch, wie hübsch du die Haare trugst, als ich dich zum ersten Mal sah.«

Diese Bosheit gegenüber Ingeborgs zeitweise mißratenem gelben Lockenkopf war die Bestrafung dafür, daß die Schwiegertochter strikt das neue Kleid ihrer Schwiegermutter negiert hatte, kein Kommentar, obschon man es in seinem Schnitt und der italienischen Farbgebung kaum übersehen konnte. Hätte Hilde, bei bereitwilliger Komplizenschaft der Sünderin, ihr nicht sogar zugeflüstert: Einmal ist keinmal! Ganz gut, daß du Willi etwas Feuer unter den Hintern machst? Aber daran war nicht zu denken. Ich konnte es an diesem Nachmittag noch einmal beobachten: Wenn Hilde eine ihrer alten, stets vorzüglich erzählten Geschichten zum Besten gab, hörte Ingeborg betont weg, begann dann Ingeborg ihrerseits von Hobbys und Erneuerungsplänen zu berichten, fing Hilde ein Gespräch mit ihrem Nachbarn an. Als Hilde schließlich, um sich bei Willi beliebt zu machen, Ingeborgs Teint lobte, sagte sie gleich darauf etwas leiser zu mir: »Manchmal richtet ein Lob, auch ein ungerechtfertigtes, mehr aus als Kritik.« Ähnlich verfuhr Ingeborg, in ihren besseren Momenten, mit Hilde. Nur weniger elegant, weniger süffisant.

Vorher aber hatte Hilde ein bißchen um die spröde Martina geworben. Bei ihr dachte wohl niemand mehr: das arme Kind! Doch angesichts der jüngeren Tochter Jutta mochte das mancher bei sich gut und gern als Vorwurf formulieren, treffender: Hätte sie allzu gern gefragt, was sie eigentlich wisse, sicherlich doch mehr als alle anderen außer den beiden Helden. Schlüssig jedenfalls war, dieser Konferenz den Namen Geburtstagsfeier zu geben. Als Jüngste und Minderjährige war Jutta irgendwie das Ehrenkind, das Lamm, die unschuldig und allerdings auch unbekümmert Betroffene, die höflich vergnügt aus der Wäsche kuckte. Hilde versuchte, den Bankprofi Martina mit ihrer eigenen Unkenntnis und überaus großen Bewunderung für die moderne Banktechnik und Infrastruktur einzufangen: »Hach, wie imponieren mir die stillen Schlangen vor den Geldautomaten, wenn ich mit dem Bus als ganz normale Hausfrau daran vorbeifahre.« Martina schob die interessanten Lippen noch ein Stückchen mehr zu den Ohren hin, sonst tat sie nichts.

Sie hatte etwas anderes zu ertragen. Kaum war sie ja für zwei Stunden von Bedniak verlassen und uns als Trost und Unterpfand geschenkt worden, machten sich die alte Frau Luchs und die Halbmutter Erika über sie her. Erst nachträglich, wie manches an dieser Zusammenkunft, wird mir klar, warum die konkurrierenden Mütter das störrische Mädchen an diesem Tag so wild umbalzten. Die beiden Luchs-Frauen befingerten sie gewissermaßen prüfend, ob sie noch nicht in Scherben gegangen sei bei einer so ehrvergessenen Mutter – die Demonstration konnte einen schon umhauen –, Ingeborg hofierte sie in melancholischer Scheu, da sie ahnte, daß ihre ohnehin wacklige Position in diesem Kampf durch den kleinen Fehltritt noch schlechter wurde. Zugleich aber stieß sie, ohne Martina den grau- und weißhaarigen Bewerberinnen direkt wegzureißen, einige Male ungeduldig gegen sie, wie versehentlich, aber ordentlich knuffend, Martina unter der Hand darauf hinweisend, es stünde nun allenfalls Patt zwischen ihnen, was nämlich Bedniak, den Vater des »amerikanischen« Verlobten angehe usw.

Das an diesem Tag so häufig wiederholte: »Da ist unsere Jutta also fünfzehn« jedoch drückte weniger Erstaunen über das Faktum an sich aus als die Empörung darüber, wie man einem Mädchen dieses Alters ein so ungezogenes Beispiel geben konnte. Es machte der heiligen Familie einfach Spaß, Ingeborg zu triezen. Darum hatte sich auch niemand gestattet, krank zu werden, mit einem solchen Vorkommnis im Rücken.

Unvorhersehbar war nun zwar der Anruf von Hildes Schwester Klara gewesen, die offenbar in höchster seelischer Not Zuspruch brauchte und sich von Hilde die ehrenwertesten Stationen ihres Lebens aufsagen ließ. An dieser Stelle trat im Verlauf von Juttas Geburtstagsfeier zum ersten Mal der Ernstfall ein. Alles Geplänkel war vergessen. Wir alle spürten: Hilde wollte jemanden an seinen Haaren aus dem Sumpf ziehen. Jetzt hätte Willi endlich sein Foto schießen können: Wie wir in den Polstersesseln, wider Willen gebannt, Hildes Gefecht lauschten.

Willi aber, zwischen seiner verwitweten Mutter, die ihm ungeteilt zustand, und seiner Tochter, die er noch nicht an einen anderen abtreten mußte, schien selbst mit einer großen Anstrengung befaßt zu sein. Als Hilde aufsprang, um ans

Telefon zu laufen, sank er nur ein wenig weiter, da ihm an einer Seite die Stütze fehlte, zu Jutta hin. Man merkte ihm äußerlich von seiner Freude nichts an. Er hätte der Stimme seiner Mutter stolz zuhören können, die kraftvoll, exaltiert zu uns herüberdrang. Hilde wie in ihren besten Tagen, funkelnd geharnischt vor Energie, da sie auf Leben und Tod gebraucht wurde, nicht ihm, Willi, Stärke entziehend, sondern die eigene verschwendend.

Empfand Willi womöglich Ingeborgs flüchtigen Ausbruch als für sie beide unerwartet Prickelndes? Ach nein, wohl nicht. Auf seinem Gesicht entfaltete sich, nach einer kurzen Phase der Ängstlichkeit, unmittelbar vor dem Anruf der unglücklichen Klara, der Ausdruck eines eigensinnigen Glücks, und natürlich zweifelte ich nicht daran, daß es die Genugtuung über die wiedererlangten Schwindelanfälle war, die schweifenden Ohnmachten, die ihn von uns wegschraubten, ohne daß er uns körperlich verließ. Was er mit Skrupeln als verlorengegangene Krankheit betrauert hatte, erschreckte ihn kurz bei der Rückkehr und tröstete ihn lange.

Er schlug die Augen auf und sah mich direkt an. Wir wußten also beide Bescheid. »So ist der Tag ja doch sehr gut ausgegangen«, sagte er später leise. In seinem Gesicht mischten sich Jack Palance und Robert Mitchum, etwas durchschlagend Gorillahaftes mit der Feinmimik eines ironischen Vergnügens.

»Ich freue mich so, euch alle hier zu haben«, sagte er gegen Abend zu den Gästen, unter denen nur Bedniak fehlte, und der war ja schon aufs Inbrünstigste verabschiedet worden. Willi sah erschöpft aus und lachte. Er hatte sich bei Ingeborg eingehängt. »Ein schöner Nachmittag. Es war doch hoffentlich für euch alle schön?« Willi preßte das Kinn an, als wollte er unbedingt, in dringlicher Anteilnahme am

Wohlergehen aller, pantomimisch nachhelfend, ein Doppelkinn erzeugen. Aus dem hübschen schwarzen Wimpernkranz faßte er jeden Einzelnen im Hausflur ins Auge, wobei der Blick aber immer ein bißchen am Gegenüber entlang ging, sanft und auch mit Grandezza an ihm vorbeistrich.

Den flexiblen, andeutungsweise verlegenen Emmerich, worauf ich neugierig war, entließ er nicht anders. Der brüstete sich noch flink mit einer preiswerten Prognose: »Ich prophezeie den allgemeinen wirtschaftlichen Niedergang auch in den westlichen Bundesländern.« Aha. Willi wiegte verbindlich den Kopf. Auf dergleichen kam es ihm jetzt nicht an.

Irgendwann, im Verlauf dieser Stunden, muß es einen Moment gegeben haben, wo alle eine zarte Heiterkeit, die von Willi herrührte, spürten und, für Sekunden, zurückwarfen.

Eine Woche darauf gingen Willi und ich durch die Mainacht in H., nach Funklesung und Barbesuch.

Damals hätten wir nicht geglaubt, daß es, nachdem uns der Golfkrieg für kurze Zeit voneinander entfernt hatte, ein zweites Aufflackern der Kampfhandlungen geben würde. Auch das ist, von der Öffentlichkeit kaum registriert, vorbei. Ebensowenig dachten wir, die Barschel-Affäre, die Willi der Politik entfremdet und entwendet hat, könnte unter ganz anderen Vorzeichen neue Brisanz gewinnen, eigentlich unter den gleichen. Als Pfeiffer-Jansen-Engholm-Skandal.

Wir gingen mit gut hörbaren Schritten unter den Massen von Blütenpyramiden, noch vor Morgengrauen, und ich erzählte Willi, sicher wegen der Kastanien, in meinem Wohnviertel gebe es Leute, Hausbesitzer, die Ende Februar, Anfang März den städtischen Arbeitern, die in Trupps die Straßenbäume beschneiden, Bestechungsgelder anbieten, nur damit ohne Erlaubnis und gegen die Anweisungen des Ortsamtes ein zusätzlicher Ast abgeschnitten wird. »Am Tage«, sagte Willi, »sind die Kastanien, wenn man drunter steht und am Stamm hochsieht, finster, fast schwarz im Inneren. Licht dringt kaum durch das Laub. Manchmal kann ich mich nicht trennen davon und möchte dann, ja möchte ständig hochdösen. Und warum? Aus keinem Grund.«

Hier gab es hauptsächlich alte und neue Verwaltungshäuser mit bunkerähnlichen Sockeln, Versicherungsgebäude, zum Teil in umgerüsteten Villen untergebracht, Zweigstellen, aber ich erinnere mich nicht so genau, weil wir hoch zu den Kastanien sahen, während wir, ohne es zu beabsichtigen, geräuschvoll durch die Nacht gingen, bei jedem Aufsetzen der Schuhe machten sie einen kleinen Knall.

Dachten wir nicht beide noch immer, Willi und ich, diese Straße müßte vernünftigerweise weiter und weiter laufen, nicht in die Innenstadt, sondern tiefer in dunkles Grün hinein, in die Waldeinsamkeit, und wir würden gar nicht müde werden in dem frischen und schwärzlichen Grün um uns her? Dann aber, in der Tiefe des Waldes, würden wir endlich das kindsköpfische, wirkliche Glück finden.

Aber das waren unstatthafte Gedanken, nämlich die eines anderen Jahrhunderts – wenn uns Herbert Althoff und Lisbeth Gerber gehört hätten! –, aber auch meine eigenen, die mir sehr gefielen unter den Bäumen in der Nacht. So eine Wanderung hätte uns genügt, ohne Umwenden. Doch wir hielten uns im Prinzip ja unter Leuten auf, Willi und ich, in Gesellschaft, und konnten, auch wenn wir Rad schlügen und mit Armen und Beinen strampelten, nicht weg.

Trotz der Kastanien schob ich damals so schnell meinen Ärger über Willi nicht beiseite, über seine und meine Blamage. Warum denn hatte er so willfährig seinem Naturell gehorcht und, ständig auf dem Sprung zu reden und dann doch den Mund haltend und zur Entschuldigung für sein Schweigen elektrisiert das Gespräch verfolgend, herumgehockt, nie nachhakend, nie widersprechend, bloß naseputzend und lächelnd seine generelle Zustimmung beteuernd?

Mußte er sein Licht, an das ich doch unangefochten glaubte, dermaßen unter den Scheffel stellen? Ich sah nun barsch von den schönen Kastanienkerzen auf das Trottoir, auch zwang mich, wegen der hohen Absätze, eine unebene Strecke mit kritischen Abständen der Pflastersteine dazu. Es reichte ja, daß Lisbeth Gerber im Hotelfoyer gestolpert war.

Ich holte noch Luft, um zur längst fälligen Predigt anzusetzen, da begann Willi von selbst, und ich spürte einige Augenblicke vorher: Er wollte etwas Wichtiges der Nacht und mir verkünden. Willi schniefte, ächzte vor Ungeduld über sich selbst und fragte dann, ob ich sehr verärgert sei wegen seiner Zurückhaltung gegenüber diesen Menschen aus einer ganz anderen Welt als der seinigen. So ein Quatsch! dachte ich, antwortete aber noch nicht. Er sei nicht etwa aus Schüchternheit so wortkarg gewesen, er habe aus Überlegung gehandelt und gemeint, es sei klüger so. Verdammte Ausrede, Willi!

Noch blieb ich still und durfte auch ruhig wieder hoch zu den Kastanien und ihren hellen Kerzen sehen, wobei mir einfiel, wie die Mitarbeiterin eines Werbesenders mir einmal das »Gehirn« der Anstalt vorführte, einen kleinen Raum mit zwanzig Computern, ziemlich duster insgesamt, nur die Apparate starrten uns mit glühenden Lämpchen an, und es war mir völlig wurscht gewesen, aber die Reporterin hatte stolz gemeint, es müsse mich, in seiner vollendeten Automatik, als Schriftstellerin doch sehr erschrecken. Dieser Blick in eine begonnene Roboterzukunft! Das Schaf!

Ohne Pause wurde in der Zwischenzeit schweigend

selbsttätig entschieden und gearbeitet seitens der gewaltigen Kastanien GmbH.

Willi hatte einen Retter. Aus der Notwendigkeit oder Notlage, mir eine Rechtfertigung zu liefern, befreite ihn ein kläffender kleiner Schatten, der so hampelnd und freudig schon aus der Entfernung von zwanzig Metern auf ihn zugerannt kam, wie wiedererkennend nach langer Zeit, wenn auch dem Hund Max vollkommen unähnlich, daß Willi natürlich sofort das Reden stoppte und ein Gespräch mit dem noch sehr jungen Hund begann, an dem die Extremitäten alle nur lose befestigt zu sein schienen.

Es handelte sich um ein schwarzes Tierchen mit langer roter Zunge, die gleich entbrannt Willis Hände umschlang und schon an seinen Schuhen leckte und zwischen den Knien, wonach es noch höher ging und Nase grüßend Nase berührte und der gut genährte, feste Rumpf Willi, der auf den Zehen wippte, beinahe umstieß, so drängte er sich an, aber ruhelos, wie auf heißem Boden, auf dem man es mit allen vier Pfoten gleichzeitig nicht aushalten konnte, und als müßten große Mengen von Nachrichten in viel zu kurzer Zeit, sich überschlagend, vermittelt werden. Willi antwortete mit brummenden Tönen, die akustisch ein Kraulen nachahmten. Das Hündchen beruhigte sich bei diesem Austausch keineswegs, sondern geriet fast in eine fiepende Verzweiflung darüber, daß seine Möglichkeiten, Willi die Zuneigung angemessen darzustellen, allzu begrenzt waren. Keins seiner Mittel reichte aus. Ein petitlich Stimmchen, dachte ich in bewußter Anhänglichkeit an Hilde Wings und dachte gleich hinterher: petits fours. So ging es mit Willi und dem Tier, bis ein Mann bei uns ankam, genauso überrascht wie wir, zu dieser Stunde noch Passanten anzutreffen, der nach einigen freundlichen Besitzerworten den Hund mit sich führte. Auch das war dem Kleinen recht.

»Ich hielt es für besser, den Abend über Zuschauer zu bleiben«, setzte Willi hartnäckig seine Verteidigung fort. »Ich habe viel gelernt. Außerdem war ich müde, eine merkwürdige Müdigkeit. Hat es dämlich gewirkt?« Ich tröstete ihn absichtlich halbherzig: »Die werden dich kaum bemerkt haben. Waren viel zu sehr mit sich selbst beschäftigt.« Das glaubte ich selbst ja nur zum Teil.

Ich hatte plötzlich das Gefühl, irgendwo, ziemlich weit weg, würde jemand singen oder gröhlen, und aus der anderen Richtung hörte ich noch einmal das kindliche Bellen des kleinen Hundes. Dazu Willis Sätze: »Diese beide Redakteure imponieren mir sehr, der Mann wie die Frau. Auch das bißchen Renommieren, so verschmitzt.« »Verschmitztes Renommieren, Willi?« »Ich meine, sie taten es. Aber es war keinem wirklich wichtig. Hektisch, die beiden. Sie wurden immer bleicher und knochiger beim Erzählen von ihrer Arbeit. Und doch konnten sie sich gut entspannen, haben den Abend noch genossen, in die Länge gezogen, anstatt bei so viel Pflichten früher ins Bett zu gehen. Hat mich beeindruckt.«

Für Willi war es bezeichnend. Jetzt, nach dem konsequenten abendlichen Maulhalten, geriet er in Fahrt. Ich ahnte die Schaumbläschen in seinen Mundwinkeln. Der Eifer! »Du weißt, es begeistert mich, wenn Leute, besessen von ihrer Arbeit, sich so reinschmeißen, so leidenschaftlich bei der Sache sind. Ja, man könnte wohl behaupten: von einer Idee erfüllt. Selbst wenn sie es übertreiben, sich gesundheitlich schaden, sich sogar letztenendes kaputt machen dabei. Ist doch besser, als am Dahintreiben zugrunde zu gehen, wie viele.«

»Und wie ist es mit dir und deiner Arbeit, Willi?« mußte ich da natürlich unweigerlich fragen. »Mit mir und meiner Arbeit?« wiederholte Willi nachdenklich, als müßte er über den Inhalt tatsächlich lange grübeln. »Mit mir und meiner Arbeit, ja, wie steht es da, was meinst du wohl?« Er kicherte erstaunlicherweise vor sich hin.

Willi kicherte befremdlicherweise vor sich hin. Das habe ich mir später zehn-, zwanzigmal klarzumachen versucht. Es war ein winziges Schnaufen oder Prusten, auch hier hätte man seinen Ausdruck von eben, »verschmitzt« verwenden können, oder auch: besserwisserisch. Er umklammerte meine Schulter und drückte einen Finger vor die Stirn.

Ich spürte einen kühlen, fast modrigen Luftzug, einen Hauch aus den Kastanien herunterwehen und Willis kaltes Gesicht an meinem Hals. Er nahm die Hand von der Stirn, begann, nacheinander mehrfach in alle seine Taschen zu greifen, immer schneller, er sagte nichts, wie bei einem rasenden Taschenspielertrick, wie der Milchverkäufer Schmidt so geschwind. Ich fühlte seine Haut noch immer an der meinen, aber sich auf einmal erhitzend, schwitzend, oder auch schon wieder abkühlend, feucht. Willi und das Wehen aus den Kastanien. Er forschte offenbar nach seinem Taschentuch, es erschreckte ihn sehr, das getreue Tuch nicht bei sich zu finden, gleichzeitig ließ er nicht nach mit dem Umkrallen meiner Schulter, er lehnte sich mit seinem ganzen Gewicht gegen mich, und seine Hand tastete an seinem Körper, bis ich ihm, verstohlen, weil zwischen uns durchaus ja nicht üblich, mein Taschentuch reichte, auch das munterte ihn keineswegs auf. Er starrte mich an, konnte mich aber vielleicht gar nicht klar erkennen, wußte nur noch, daß ich es war, die ihn stützte, wer sonst, die nun mit dem Lappen, an dem ich selbst schwach die Pfefferminzdrops aus meiner Tasche roch, seine Schläfen abwischte. Er schüttelte den Kopf, er wollte das Tuch nur in der Hand halten. Willi taumelte, ich hatte nicht genug Kraft, um ihn in der Senkrechten zu arretieren, und warum sollte er nicht im Sitzen auf dem Bürgersteig abwarten, bis der Schwindelanfall vorüber war?

Er stieß einen Schrei aus und ließ mich los. Es entsetzte mich so, daß ich mitschrie. Er war ja noch nie in meinem Beisein so geräuschvoll zusammengebrochen. In der Straße wurden Rohre verlegt. Wir waren wohl falsch gegangen, immer den Kastanien nach. Vielleicht, weil man die Anwohner verkabelte. Es befand sich eine Baugrube neben uns, durch ein weiß-rotes Band gekennzeichnet, und Willi, als er stürzte, fiel nicht in die Grube, aber weil der Fußgängerweg durch sie so schmal wurde, vielleicht nur deshalb, fiel er mit dem Kopf, in einer unvorhersehbaren, ruckhaften, fast mutwilligen Bewegung, auf die Steinkante am Straßenrand.

Ich kniete neben ihm, ich lauschte und hörte nur ein einziges schwaches Stöhnen, ein klagendes, oder auch zufriedenes, sogar wollüstiges Aufseufzen. Das Gesicht war zur Seite gedreht, zum Asphalt hin. Willi schien eingeschlafen zu sein, in charakteristischer Haltung. Sollte ich ihn wachrütteln? Den Ton, mit dem sein Kopf auf das Pflaster geschlagen war, hatte man deutlich hören können, jetzt in der Nähe auch den Sänger, ich sah ihn schon, er kam schwankend, blieb stehen und machte Anstalten, sich neben Willi zu legen.

Es war ein schwer Betrunkener, aber ich bat ihn um Hilfe. Ich wagte nicht, Willis Lage zu ändern. Der Mann sollte zu einer Telefonzelle laufen. In diesen Häusern wohnte ja kein erreichbarer Mensch. Er glotzte mich an und lachte: »Besoffen, zu besoffen. Ist er tot oder pennt er bloß? Zuviel gehoben wie ich. Oder tot? Mausetot?« Er machte es sich auf dem Boden bequem. Willi rührte sich nicht. Ich fühlte schwach seinen Puls. Vielleicht öffnete er gleich, schief lächelnd seinen Mund, und alles war vorüber und gut und wie schon oft. In meiner Gegenwart hatte Willi noch nie restlos das Bewußtsein verloren. Ich wußte nicht einmal, ob das jetzt der Fall war. Ich empfand nur die Schwere seines wehrlosen Körpers, die mich sehr rührte und fast zum Weinen brachte, als ich vorsichtig einen Arm anhob, sein Kinn sacht zu mir drehte. »Hilfe«, rief ich dem Mann zu und gegen die Häuser, stand aber nicht auf, riskierte es nicht. Der Betrunkene kroch brummend weg: »Schmeiß ihn doch in die Grube rein, wenn er kaputt ist.« Dann sang er wieder was. Es klang, als wären Willi, ich und er mit den Kastanien zusammen in einem hallenden Fabrikraum untergebracht.

»Willi«, rief ich vertraulich. Diesmal rettete uns kein Bedniak. War Willis Erkrankung, neu aufgeflammt, viel schlimmer als ich vermutete und der Grund, weshalb er den Apotheker zum Schluß nur noch gemimt hatte? Ich konnte mich nicht entschließen, ihn allein zu lassen. Kein Auto fuhr auf dieser Straße, ich glaubte noch immer mit aller Kraft an einen normalen Zusammenbruch. Willi mit seinen Befürchtungen, es könnte ihn im Straßenverkehr ereilen, befand sich doch bestimmt nur in einer etwas längeren Besinnungslosigkeit!

Wie sich später zeigte, hatte er sich beim Sturz auf die Bordsteinkante tödlich verletzt, ausgelöst von einem an sich unerheblichen Schwindelanfall. Er wachte nicht mehr aus seiner Ohnmacht auf. Durch einen Schädelbruch kam es zu einer Gehirnblutung und Hirnlähmung. Er starb einige Stunden später, in tiefer Bewußtlosigkeit, im Krankenhaus.

Der erste Vogel zwitscherte über uns. Und wieder dachte ich, beschwörend, nur Hilde Wings beschwörend?: Du Vogel mit deinem petitlich Stimmchen! Willi und sein schöner Augenblick. Willi und sein Fest. Wir forderten alle etwas von ihm. Ja, was aber wollte Willi? Ich meine, genau? Wofür hat er sich abgerackert auf Autofahrten und Spaziergängen, bei Torten und Medikamenten?

Willi lag sehr friedlich und uns allen entronnen auf dem Pflaster. Erst jetzt spürte ich eine Wunde an seinem Hinterkopf. Neben ihm ging es ein Stück in den Boden hinein. Auch in seiner Wohngegend sah man ja oft solche Erdlöcher, Aushebungen mit Rohren, farbig gekennzeichnet, daneben. Insofern konnte er sich hier, in der Stadt H., ruhig heimatlich fühlen bei den Steinhaufen, Schotterhügeln und gestreiften Markierungsbändern.

Über uns weiterhin die Kastanienkuppeln mit den voll erblühten Kerzen, die ich nicht mehr zählen wollte, und die doch auf beiden Seiten der Straße, jede Sekunde mit neuer Kraft versorgt, so steif loderten wie am vergangenen Morgen schon und sich nicht änderten, ob Willi unter ihnen ruhte oder nicht, entweder ungeheuer gleichgültig oder ungeheuer absichtlich.

Und ich? Ich hatte trotz größter Nähe zu Willi nichts gemerkt, hatte den ganzen Tag mit ihm verbracht und nicht geahnt, nicht einmal in seinen letzten Stunden, daß er sich nicht drückte vor Redakteuren, die ihre Berufs- und Lebenslitanei vorsangen, sondern in aller Diskretion für sein Sterben rüstete.

Da kam aus der feierlichen Nacht, in der die Minuten verrannen, in der ich mich um Hilfe kümmern mußte und doch, als ich mich aufrichten wollte, mit ungehorsamen Kniegelenken wieder zusammensackte und es als Mahnung nahm, noch bei Willi auszuharren, neben seinem Kopf, unter dem meine Handtasche lag, neben seinem bleichen, schlafenden, immer jünger werdenden Gesicht, aus der schwindenden Nacht kam wieder der kleine Hund gerannt, mit wehenden Gliedmaßen und dann stutzend, erschrocken, ja kurzfristig mißtrauisch vor den falschen Umrissen und leise quengelnd in seiner Ratlosigkeit. Aber ich brauchte ihn nur anzurufen, da faßte er Vertrauen und erkannte Willi

»mit tausend Freuden«, umkreiste und umschmiegte ihn, schnüffelte und stieß ihn sachte mit der Schnauze, damit er sich endlich aufrichte und ihn streichele wie zuvor. Und sich als des Hündchens guter Freund erwiese.

Auch der ihm folgende Mann hielt verblüfft und wohl auch distanziert inne, rief sogleich, allerdings vergeblich, streng sein Tier zurück. Man konnte uns in der Dämmerung vermutlich schon rasch identifizieren, und der Mann schien zu zweifeln, ob er es jetzt und also auch eben schon mit Betrunkenen zu tun hatte, die nun in ihrem Elend in der Gosse gelandet waren, nachdem sie sich auf seinem Hinweg noch täuschend rechtschaffen aufgeführt hatten. Wie aber, nach der langen Wartezeit, sollte ich vernünftig sprechen? Zu meiner Überraschung quoll ein gurgelnder Ton, ein verunglücktes Schluchzen aus meiner Kehle, was den Mann zusätzlich in die Irre führen mußte. Aber das alles dauerte sicher nur Momente. »Braucht Ihr Mann Hilfe?« wurde ich gefragt. »Um Gottes willen!« hörte ich auch, und: »Der Hund ist noch ein Kind.« Und während der Mann, so schnell er konnte, zum nächsten Telefonhäuschen rannte, mit dem Hund auf seinem Arm, küßte ich, als wäre das Ende nun besiegelt, Willis verblassende, unrasierte Wangen und empfand es zornig als Triumph, daß er sich diesmal nicht dagegen sträuben konnte.

Im Rettungswagen, als man noch gar nicht wußte, wie es mit Willi ausgehen würde, dachte ich immer wieder den Satz: Sein schönes Leben ist dahin! Oder auch: Dein schönes Leben ist dahin!, wie man einen Rosenkranz betet. Die alte Frau Luchs tat es noch, je blinder ihre Augen wurden, desto lieber.

Ich aber sah vor mir, neben Willis Körper sitzend, Willi und mich, mal mit seiner, mal mit meiner Mutter, auf dem Wochenmarkt vor einem billigen Jakob, der einen Aufnehmer auf einen Tisch breitete und dabei Namen rief: »Wiener Veilchen«, »Rose von Paris«, »Römischer Flieder«, und bei jeder Bezeichnung erschauerte ich vor Wonne in schwelgerischen Ahnungen über die mir bevorstehende großartige Welt der Metropolen und Leidenschaften, die hier in pastellgetönten Seifenstücken vor uns erschien. Noch und, unfaßbarerweise, noch eine materialisierte Impression wurde vom in Rage geratenden Verkäufer hinzugepackt, bis er schließlich den Aufnehmer, der die Schätze barg, symbolisch verknotete und zum Spottpreis von zwei Mark den Leuten, wie im Begriff, einen schweren, bald zu bereuenden Verstoß gegen Verstand und Eigenvorteil zu begehen, zum Erwerb anbot, dann aber in wütender Geschwindigkeit zehn und zwanzig solcher Beutel zusammenstellte, um die Wünsche seiner erregten Kundschaft zu stillen.

Willis große Stunde schlug, wenn der Händler die Seifen in Gestalt von Tieren anbot. Dann gab es weniger für das gleiche Geld, aber Hilde Wings kaufte sie ihm, er mußte nur versprechen, daß man sie irgendwann zum Waschen benutzen durfte. Doch zuerst schleppte er sie in dem Aufnehmer als Juwelenbeute fort, für alle Ewigkeit.

Wie merkwürdig sie später aussahen, die Schwäne, Pferde, Nashörner, als sie wegschmolzen zwischen den Händen und einander von Mal zu Mal ähnlicher wurden, schließlich nur noch Stenogramme ihrer ehemaligen Erscheinung, wie die Spaziergänger am Strand von Oostende, die, nachdem sie, schwärzlich im Gegenlicht und rätselhaft nähergekommen und in allen Einzelheiten sichtbar geworden, sich wieder zu Kürzeln entfernten und wegschwanden in den Horizont.

Schellhorn

Jugendhilferecht

Walter Schellhorn
Jugendhilferecht

Textausgabe des Kinder-
und Jugendhilfegesetzes (KJHG/SGB VIII)
mit einer systematischen Darstellung
5. Auflage

Luchterhand

Die Deutsche Bibliothek – CIP-Einheitsaufnahme

Jugendhilferecht: [vom 26. Juni 1990 in der Neufassung vom 3. Mai 1993]; Textausgabe des Kinder- und Jugendhilfegesetzes (KJHG/ SGB VIII); mit einer systematischen Darstellung / Walter Schellhorn. – 5. Aufl. – Neuwied; Kriftel; Berlin: Luchterhand, 1996
Einheitssacht.: Kinder- und Jugendhilfegesetz
ISBN 3-472-02726-6
NE: Schellhorn, Walter [Hrsg.]; EST

Satz: Lichtsatz Heinrich Fanslau GmbH, Düsseldorf
Druck: Neuwieder Verlagsgesellschaft mbH, Neuwied
Printed in Germany, Dezember 1996

Inhaltsverzeichnis

Rechtsvorschriften

Abkürzungsverzeichnis

AFG	Arbeitsförderungsgesetz
ALG	Alterssicherung der Landwirte
Amtsbl.	Amtsblatt
ANBA	Amtliche Nachrichten der Bundesanstalt für Arbeit
ÄndG	Änderungsgesetz
AngVers.	Zeitschrift »Die Angestelltenversicherung«
AO	Abgabenordnung
AOK	Allgemeine Ortskrankenkasse
ArchsozArb	Zeitschrift »Archiv für Wissenschaft und Praxis der sozialen Arbeit«
AuslG	Ausländergesetz
AVG	Angestelltenversicherungsgesetz
BA	Bundesanstalt für Arbeit
BABl	Bundesarbeitsblatt
BAG	Bundesarbeitsgericht
BAGE	Sammlung »Entscheidungen des Bundesarbeitsgerichts«
BAföG	Bundesausbildungsförderungsgesetz
BAnz	Bundesanzeiger
BAT	Bundesangestelltentarifvertrag
BDSG	Bundesdatenschutzgesetz
BEG	Bundesentschädigungsgesetz
BehR	Zeitschrift »Behindertenrecht«
BfA	Bundesanstalt für Angestellte
BGB	Bürgerliches Gesetzbuch
BGBl	Bundesgesetzblatt
BGH	Bundesgerichtshof
BGHZ	Sammlung »Bundesgerichtshof in Zivilsachen«
BKGG	Bundeskindergeldgesetz
BKK	Zeitschrift »Die Betriebskrankenkasse«
BldW	Blätter der Wohlfahrtspflege
BMA	Bundesministerium für Arbeit und Sozialordnung
BMF	Bundesministerium der Finanzen
BMFJ	Bundesministerium für Frauen und Jugend
BMFSFJ	Bundesministerium für Familie, Senioren, Frauen und Jugend
BMFuS	Bundesministerium für Familie und Senioren
BMG	Bundesministerium für Gesundheit

Abkürzungsverzeichnis

BMI	Bundesministerium des Innern
BMJFFG	Bundesministerium für Jugend, Familie, Frauen und Gesundheit
BR	Bundesrat
BReg	Bundesregierung
Breith.	Sammlung von Entscheidungen der Sozialversicherung, Versorgung und Arbeitslosenversicherung
BSeuchG	Bundes-Seuchengesetz
BSG	Bundessozialgericht
BSGE	Sammlung »Entscheidungen des Bundessozialgerichts«
BSHG	Bundessozialhilfegesetz
BT	Bundestag
BVerfG	Bundesverfassungsgericht
BVerfGE	Sammlung »Entscheidungen des Bundesverfassungsgerichts«
BVerwG	Bundesverwaltungsgericht
BVerwGE	Sammlung »Entscheidungen des Bundesverwaltungsgerichts«
BVFG	Bundesvertriebenengesetz
BVG	Bundesversorgungsgesetz
DAVorm	Zeitschrift »Der Amtsvormund«
DDR	Deutsche Demokratische Republik
DOKK	Zeitschrift »Die Ortskrankenkasse«
DÖV	Zeitschrift »Die öffentliche Verwaltung«
Drucks.	Drucksache
DV	Deutscher Verein für öffentliche und private Fürsorge
DVBl	Zeitschrift »Deutsches Verwaltungsblatt«
DVO	Durchführungsverordnung
EheG	Ehegesetz
EStG	Einkommensteuergesetz
EuG	Sammlung der Entscheidungen und Gutachten der Spruchstellen für Fürsorgestreitigkeiten
FamRZ	Zeitschrift für das gesamte Familienrecht
FE	Fürsorgeerziehung
FEH	Freiwillige Erziehungshilfe
FEVS	Sammlung »Fürsorgerechtliche Entscheidungen der Verwaltungs- und Sozialgerichte«

FGG	Gesetz über Angelegenheiten der freiwilligen Gerichtsbarkeit
FRV	Fürsorgerechtsvereinbarung
FuR	Zeitschrift »Familie und Recht«
gA	gewöhnlicher Aufenthalt
GBl.	Gesetzblatt
GewO	Gewerbeordnung
GG	Grundgesetz
GK	Gemeinschaftskommentar
GMBl	Gemeinsames Ministerialblatt der Bundesministerien
GRG	Gesundheits-Reformgesetz
GVBl	Gesetz- und Verordnungsblatt
HdbJugR	Handbuch des gesamten Jugendrechts
HeimG	Heimgesetz
HHG	Häftlingshilfegesetz
i.d.F.	in der Fassung
JGG	Jugendgerichtsgesetz
JÖSchG	Gesetz zum Schutze der Jugend in der Öffentlichkeit
JWG	Jugendwohlfahrtsgesetz
JZ	Juristenzeitung
KfürsV	Verordnung zur Kriegsopferfürsorge
KJHG	Kinder- und Jugendhilfegesetz
LAG	Lastenausgleichsgesetz
MBl	Ministerialblatt
MDR	Monatsschrift für Deutsches Recht
NDV	Nachrichtendienst des Deutschen Vereins für öffentliche und private Fürsorge
NJW	Neue juristische Wochenschrift
NVwZ	Neue Zeitschrift für Verwaltungsrecht
NZS	Neue Zeitschrift für Sozialrecht
OWiG	Gesetz über Ordnungswidrigkeiten

PSH	Praktische Sozialhilfe, Ergänzbare Sammlung erläuterter Vorschriften zum Recht der sozialen Hilfen
RAG	Rentenanpassungsgesetz
RdErl	Runderlaß
RdJB	Zeitschrift »Recht der Jugend und des Bildungswesens«
Rdnr.	Randnummer
RehaAnglG	Rehabilitations-Angleichungsgesetz
RefE	Referentenentwurf
RegE	Regierungsentwurf
RGBl	Reichsgesetzblatt
RJWG	Reichsjugendwohlfahrtsgesetz
RVO	Reichsversicherungsordnung
SchwbG	Schwerbehindertengesetz
SGb	Zeitschrift »Die Sozialgerichtsbarkeit«
SGBÄndG	Gesetz zur Änderung des Sozialgesetzbuchs
SGB I	Sozialgesetzbuch – Allgemeiner Teil (Erstes Buch)
SGB IV	Sozialgesetzbuch – Gemeinsame Vorschriften für die Sozialversicherung (Viertes Buch)
SGB V	Sozialgesetzbuch – Gesetzliche Krankenversicherung (Fünftes Buch)
SGB VI	Sozialgesetzbuch – Gesetzliche Rentenversicherung (Sechstes Buch)
SGB VII	Sozialgesetzbuch – Gesetzliche Unfallversicherung (Siebtes Buch)
SGB VIII	Sozialgesetzbuch – Kinder- und Jugendhilfe (Achtes Buch)
SGB X	Sozialgesetzbuch – Verwaltungsverfahren, Schutz der Sozialdaten, Zusammenarbeit der Leistungsträger und ihre Beziehungen zu Dritten (Zehntes Buch)
SGB XI	Sozialgesetzbuch – Soziale Pflegeversicherung (Elftes Buch)
SGG	Sozialgerichtsgesetz
SjE	Sammlung jugendrechtlicher Entscheidungen
SozArb	Zeitschrift »Soziale Arbeit«
SozV	Zeitschrift »Die Sozialversicherung«
SsE	Sammlung sozialhilferechtlicher Entscheidungen
StGB	Strafgesetzbuch

StPO	Strafprozeßordnung
StVollzG	Strafvollzugsgesetz
U	Urteil
USG	Unterhaltssicherungsgesetz
UStG	Umsatzsteuergesetz
UVG	Unterhaltsvorschußgesetz
VerfO	Verfahrensordnung der Spruchstellen für Fürsorgestreitigkeiten
VerwRSpr	Sammlung »Verwaltungsrechtsprechung in Deutschland«
VO	Verordnung
VSSR	Vierteljahresschrift für Sozialrecht
VwGO	Verwaltungsgerichtsordnung
WoGG	Wohngeldgesetz
ZBlJugR	Zentralblatt für Jugendrecht und Jugendwohlfahrt
ZBlSozV	Zentralblatt für Sozialversicherung, Sozialhilfe und Versorgung
ZfF	Zeitschrift für das Fürsorgewesen
ZfJ	Zentralblatt für Jugendrecht
ZfSH/SGB	Zeitschrift für Sozialhilfe/Sozialgesetzbuch
ZPO	Zivilprozeßordnung
ZSpr	Zentrale Spruchstelle für Fürsorgestreitigkeiten

Jugendhilferecht

Systematische Darstellung von Walter Schellhorn, Geschäftsführer des Deutschen Vereins für öffentliche und private Fürsorge i.R., Kronberg

A. Reform des Jugendhilferechts; Entwicklung der Jugendhilfe

Nach vielen vergeblichen Anläufen und einer sich über mehr als 25 Jahre erstreckenden Reformdiskussion hat der Deutsche Bundestag am 28. 3. 1990 mit den Stimmen der Regierungsparteien und der SPD-Opposition bei Stimmenthaltung der Fraktion der Grünen das Gesetz zur Neuordnung des Kinder- und Jugendhilferechts **(Kinder- und Jugendhilfegesetz – KJHG)** in dritter Lesung verabschiedet. Der Bundesrat hat dem Gesetz in seiner Sitzung am 11. 5. 1990 ebenfalls mit großer Mehrheit zugestimmt; nur Bremen und das Saarland stimmten dagegen, Schleswig-Holstein enthielt sich der Stimme (aus finanziellen Gründen).

Begonnen hatte die Reformdiskussion bereits Anfang der 60er Jahre. Parallel mit der Reform des Fürsorgerechts, die zum Erlaß des Bundessozialhilfegesetzes (BSHG) führte, sollte zugleich ein neues **Bundesjugendhilfegesetz** geschaffen werden. Mehrere Referentenentwürfe, die dafür von dem zuständigen Bundesministerium erarbeitet worden sind, stießen jedoch auf erhebliche Bedenken der Fachkreise der Jugendhilfe und vor allem auch auf verfassungsrechtliche Bedenken der Länder (Regelungskompetenz des Bundes für den Bereich der Jugendpflege und für organisatorische Fragen). Auf Grund dieser Sachlage brachte die Bundesregierung lediglich ein Änderungs- und Ergänzungsgesetz zum RJWG ein, das am 11. 8. 1961 (BGBl. I S. 1193) verkündet wurde. Das von der Bundesregierung mit neuer Paragraphenfolge bekanntgemachte Gesetz ist als **Gesetz für Jugendwohlfahrt** (JWG) am 1. 7. 1962 in Kraft getreten.

Die Überlegungen zur Reform des Jugendhilferechts liefen dann ab 1970 wieder verstärkt an. Eine vom Bundesministerium für Jugend, Familie und Gesundheit berufene Sachverständigenkommission zur Reform des Jugendhilferechts hatte 1973 den **Diskussionsentwurf eines Jugendhilfegesetzes** erarbeitet, der auf umfangreichen Vorarbeiten von Fachorganisationen der Jugendhilfe aufbauen konnte. Das BMJFG hatte im März 1974 einen **Referentenentwurf** (RefE) vorgelegt (später auf den Stand vom August 1974 aktualisiert). Eine Neuordnung des Jugendhilferechts wurde aber wegen der finanziellen Folgen auf Grund einer Vereinbarung zwischen Bundeskanzler und Ministerpräsidenten der Länder in der 7. Legislaturperiode des Deutschen Bundestags zurückgestellt. Der in der 8. Legislaturperiode des Bundestags eingebrachte Regierungsentwurf (RegE) eines **Sozialgesetzbuches – Jugendhilfe** – (BT-Drucks. 8/2571) schloß an diese Ausarbeitungen an. Der Bundestag hatte am 23. 5. 1980 ein **Jugendhilfegesetz (JHG)** verabschiedet (BR-Drucks. 287/80), dem der Bundesrat jedoch die Zustimmung versagte. Zu einem von der Bundesregierung angestrebten Vermittlungsverfahren kam es wegen des Auslaufens der 8. Legislaturperiode nicht mehr.

In der 11. Legislaturperiode des Deutschen Bundestags legte das Bundesministerium für Jugend, Familie, Frauen und Gesundheit (BMJFFG) einen **neuen Referentenentwurf** (vom 8. 8. 1988) vor, der dann später aktualisiert wurde (Stand März 1989) und von der Bundesregierung im **Gesetzgebungsverfahren** über den Bundesrat eingebracht wurde (BR-Drucks. 503/89, BT-Drucks. 11/5948 und 11/6002). Schwerpunkt der Auseinandersetzungen im Parlament und vor allem mit den Bundesländern war der zunächst vorgesehene »Rechtsanspruch auf einen Kindergartenplatz«. Die Betroffenheit der einzelnen Bundesländer war dabei unterschiedlich: der Versorgungsgrad mit Kindergartenplätzen schwankte im Ländervergleich zwischen 55 bis 90 Prozent! Um die Verabschiedung des Gesetzes nicht zu gefährden, ist deshalb bereits im Vorfeld der Einbringung des RegE mit den Ländern vereinbart worden, daß im Bundesrecht keine Formulierungen über einen Anspruch auf Leistungen in diesem Bereich enthalten sein sollen, sondern die nähere Ausgestaltung dem Landesgesetzgeber überlassen bleibt (vgl. dazu unten Abschnitt C IV sowie *Schellhorn*, FuR 1990, 44 und *Wiesner*, RdJB 1990, 112, 120 f.). Durch das Schwangeren- und Familienhilfegesetz vom 27. 7. 1992 (BGBl. I S. 1398) ist nun – allerdings zeitlich bis 1996 hinausgeschoben – dieser Rechtsanspruch eingeführt worden (vgl. dazu E II 4).

Historisch gesehen war die Jugendhilfe ihrer rechtlichen Zuordnung und Ausgestaltung nach bis zur Schaffung des Reichsjugendwohlfahrtsgesetzes (RJWG) **Bestandteil der öffentlichen Fürsorge** und hatte daher an deren Rechtsentwicklung teilgenommen. Eigenständige Hilfen, Methoden und Einrichtungen der Jugendhilfe hatten sich aber tatsächlich schon weit früher entwickelt. Sonderformen der Armenpflege waren bereits im 19. Jahrhundert für die Waisenpflege, die Pflegestellen und die öffentliche Zwangserziehung vorhanden. Die Bemühungen um ein eigenständiges Jugendhilferecht gewannen durch die Schaffung eines Bürgerlichen Gesetzbuches und die dort enthaltenen Verbesserungen für die elterliche Gewalt, die Rechtsstellung der Mutter, das Recht des unehelichen Kindes, die Verwandtschaft, die Adoption und den Gemeindewaisenrat wesentlichen Auftrieb. Mit dem preußischen Gesetz für die Fürsorgeerziehung Minderjähriger vom 2. 7. 1900 wurde eine besondere Gesetzgebung auf dem Gebiete des Jugendwohlfahrtsrechts eingeleitet. Diese Entwicklung ging auch auf eigene Organisationsformen – unabhängig von der Armenpflege – aus. In Hamburg wurde bereits 1910 die Jugendfürsorge in einer besonderen Behörde zusammengefaßt. In Preußen wurde 1918 der Entwurf eines eigenen Jugendfürsorgegesetzes diskutiert (aber nicht realisiert); in Württemberg wurde 1919 ein eigenes Jugendamtsgesetz verabschiedet.

Diese unterschiedliche landesrechtliche Entwicklung, die die Gefahr einer erheblichen Zersplitterung des Jugendwohlfahrtsrechts in sich barg, beschleunigte die Gesetzgebungsarbeiten des Reichs. Mit dem **Reichsjugendwohlfahrtsgesetz** (RJWG) vom 9. 7. 1922 (RGBl. I S. 633) wurde erstmals eine eigenständige reichsrechtliche Regelung für die Jugendhilfe außerhalb des Fürsorgerechts geschaffen. Das Gesetz trat am 1. 4. 1924 in Kraft. Unter dem Druck der damaligen Finanznot mußten aber eine Reihe von Einschränkungen und Aussetzungen angeordnet werden. Durch das Gesetz zur Änderung von Vorschriften des RJWG vom 28. 8. 1953 (BGBl. I S. 1035) wurden insbesondere die Pflichtaufgaben des RJWG in der ursprünglichen Fassung wieder hergestellt und neue organisatorische Regelungen für die Verfassung und das Verfahren des Jugendamts getroffen.

Eingehender zur Geschichte der Jugendhilfe siehe *Hasenclever,* Jugendhilfe und Jugendgesetzgebung seit 1900, 1978; *Jordan/Münder,* 65 Jahre Reichsjugendwohlfahrtsgesetz, 1987; *Münder,* Das Jugendwohlfahrtsgesetz von 1922 – »in Kraft getreten« 1953, RdJB 1990, 43; *Orthbandt,* Der Deutsche Verein in der Geschichte der deutschen Fürsorge 1880–1980, 1980; *Scherpner,* Geschichte der Jugendfürsorge, 2. Aufl. 1979.

B. Gründe für die Neuordnung des Jugendhilferechts; Begriff und Bedeutung der Jugendhilfe

Das bis 1990 geltende Jugendhilferecht war noch wesentlich geprägt von eingriffs- und ordnungsrechtlichen Vorstellungen; die Umgestaltung des Jugendhilferechts zu einem modernen, präventiv orientierten **Leistungsgesetz,** das die Eltern bei ihren Erziehungsaufgaben unterstützt und jungen Menschen das Hineinwachsen in die Gesellschaft erleichtert, war nach der Aussage der Bundesregierung im Vorblatt des Gesetzentwurfs das Hauptanliegen der Reform. Diese Umgestaltung war auch durch die Schaffung des Sozialgesetzbuchs (SGB) und die Einbeziehung der Jugendhilfe in dieses Gesetzgebungswerk (vgl. Abschnitt C III) gefordert.

Das Jugendhilferecht bedarf aber auch einer klaren Abgrenzung zu der **primären Erziehungsverantwortung** der Eltern, deren Verfassungsgarantie und rechtlicher Ausformung sich in den letzten beiden Jahrzehnten – nicht zuletzt unter dem Einfluß der klärenden Rechtsprechung des BVerfG – immer klarer herauskristallisiert hatte und im Mittelpunkt vieler gesetzgeberischer und sozialpolitischer Überlegungen stand. Der Jugendhilfe kommt kein eigenständiger, von der Erziehungsverantwortung der Eltern unabhängiger Erziehungsauftrag zu. Ihre Funktion der elternunterstützenden Hilfe und damit ihr Beitrag zur indirekten Verbesserung der Erziehungssituation von Kindern und Jugendlichen war gesetzlich stärker herauszuarbeiten. Das staatliche Wächteramt, jedenfalls soweit es mit Eingriffen in die elterliche Erziehungsverantwortung verbunden ist, liegt traditionell bei den Vormundschaftsgerichten; dies war nun auch im Jugendhilferecht, das in seinem bisherigen Ansatz noch stark von solchen Eingriffen geprägt war, deutlich zu machen.

Schließlich ergab sich auch aus **gewandelten Lebensverhältnissen** und Lebensumständen, wie dem Trend zur Ein-Kind-Familie, der Zunahme von Trennungs- und Scheidungswaisen, der besonderen Situation alleinerziehender Elternteile und der verstärkten außerhäuslichen Berufstätigkeit der Frauen, die Notwendigkeit der Anpassung des rechtlichen Instrumentariums der Jugendhilfe.

Die Bundesregierung hat im KJHG die bisherige Bezeichnung »Jugendhilfe« in »Kinder- und Jugendhilfe« geändert. Sie begründet dies damit, daß sowohl in der Sozialisationsforschung als auch im allgemeinen Sprachgebrauch der Begriff »Jugend« heute fast ausschließlich in einem engeren Sinne verstanden werde und sich nur auf das Jugendalter beziehe. Um der eigenständigen Bedeutung von Kindheit gerecht zu werden und dem Laien ein besseres Bild vom Aufgabenzuschnitt zu vermitteln, werde das Gesetz künftig als Kinder- und Jugendhilfegesetz bezeichnet. Dem Vorschlag des Bundesrats, wieder zu der übergreifenden Bezeichnung »Jugendhilfe« zurückzukehren, hat die Bundesregierung widersprochen; ihm ist auch im Gesetzgebungsverfahren nicht gefolgt worden. Allerdings ist es im wesentlichen (inkonsequent) bei der geänderten Bezeichnung im Gesetzestitel verblieben, während im Gesetzestext nahezu durchgehend nur von Jugendhilfe gesprochen wird (lediglich in dem durch Art. 2 KJHG geänderten § 8 SGB I wird in der Überschrift – aber nicht im laufenden Text – von der Kinder- und Jugendhilfe gesprochen). Im Hinblick auf diese Situation wird hier in an der übergreifenden Bezeichnung »Jugendhilfe« festgehalten.

Begrifflich ist unter **Jugendhilfe** im weiteren Sinne die Gesamtheit aller Tätigkeiten, Maßnahmen und Veranstaltungen, die sich mit der Jugend befassen, mit den Schwerpunkten in den Bereichen Elternhaus, Schule, Beruf und öffentliche Hilfe- und Förderungsangebote zu verstehen. Im engeren und hier gemeinten Sinne sind unter Jugendhilfe die im KJHG geregelten Aufgaben, Maßnahmen, Einrichtungen und Angebote der öffentlichen Jugendhilfe und die entsprechenden Aktivitäten der freien Jugendhilfe gemeint. Es fallen jedoch unter die Jugendhilfe auch in diesem engeren Sinne die Bereiche, die im KJHG lediglich angerissen und dann spezialgesetzlich geregelt sind (z. B. Jugendgerichtshilfe, Jugendschutz). Die frühere Unterscheidung zwischen Jugendpflege und Jugendfürsorge ist nicht mehr zeitgemäß und ist daher vom KJHG zu Recht aufgegeben worden. Es unterscheidet in den Aufgaben der Jugendhilfe lediglich zwischen Leistungen der Jugendhilfe (unterteilt in Jugendarbeit, Jugendsozialarbeit, Kinder- und Jugendschutz, Erziehungsförderung in der Familie, Förderung in Tageseinrichtungen und Tagespflege, Hilfe zur Erziehung und Hilfe für junge Volljährige) und anderen Aufgaben der Jugendhilfe (vor allem Schutzmaßnahmen, Mitwirkungen im gerichtlichen Verfahren und die Durchführung von Pflegschaften und Vormundschaften).

Die Palette der **Aufgaben der Jugendhilfe** ist so breit angelegt, daß ihre Zuordnung zu einzelnen Systemen schwierig ist. Dies wurde auch in der Diskussion um die Einordnung der Jugendhilfe in das SGB deutlich (vgl. Abschnitt C III). Jugendhilfe kann einerseits als ein Teilbereich des Systems der sozialen Sicherung gesehen werden, in dem mit individuellen Hilfen erzieherischen Notständen begegnet wird und die erforderlichen Einrichtungen und Dienste bereitgestellt werden. Jugendhilfe kann andererseits als Teilbereich der Bildung angesehen werden, insbesondere mit den vielfältigen Angeboten der Jugendarbeit und der Förderung in Kindergärten. Hier verläuft auch die Nahtstelle zwischen der Gesetzgebungskompetenz des Bundes und der Länder (vgl. Abschnitt C I). Es ist die besondere Zielrichtung des KJHG, die Einheit der Jugendhilfe zu wahren und eine weitere Rechtszersplitterung zu verhindern (vgl. für Kindergärten z. B. § 26 KJHG). Die breite Palette der Aufgaben der Jugendhilfe und die vielen Förderungsangebote, die sich nicht zu einem individuellen Rechtsanspruch verdichten, sondern nur ein Teilhaberecht beinhalten, führt auch zu einer Gesetzessprache im KJHG, die für ein Leistungsgesetz sonst unüblich ist und viele Auslegungsfragen aufwirft.

C. Rechtsgrundlagen

I. Gesetzgebungskompetenz des Bundes

Die Gesetzgebungskompetenz des Bundes ergibt sich für die Jugendhilfe aus dem Begriff der **öffentlichen Fürsorge** in Art. 74 Nr. 7 GG. Der Begriff der »öffentlichen Fürsorge« umfaßt nicht nur die Jugendfürsorge im engeren Sinne, sondern auch die Jugendpflege (*BVerfG*, Urteil vom 18. 7. 1967, *BVerfGE* 22, 180 = SsE S. IV F 18/301 = NJW 1967, 1765). Das BVerfG stellt bei seiner Entscheidung, die in dieser Frage mit 4 gegen 3 Stimmen getroffen wurde, vor allem darauf ab, daß Jugendfürsorge und Jugendpflege in der praktischen Jugendarbeit so eng miteinander verzahnt sind, daß die Jugendpflege schon allein unter dem Gesichtspunkt des Sachzusammenhangs mit unter den Begriff »öffentliche Fürsorge« in Art. 74 Nr. 7 GG fallen muß. Damit wird aber zugleich eine Schranke für den Bundesgesetzgeber aufgezeigt: je stärker und eigenständiger die Jugendarbeit/Jugendbildung/Familienbildung in einem Jugendhilferecht des Bundes angesprochen wird, desto mehr spricht die Vermutung dafür, daß der Bereich der öffentlichen Fürsorge endgültig verlassen und der Bereich der den Ländern vorbehaltenen Erziehung und Bildung erreicht ist. Deshalb sieht das KJHG gerade in diesen »kritischen« Bereichen in erheblichem Umfang Vorbehalte für den Landesgesetzgeber vor, die den Ländern Spielraum für eigene und differenzierte Regelungen lassen (vgl. z. B. § 15, § 16 Abs. 2, §§ 24a, 26 KJHG).

II. Kinder- und Jugendhilfegesetz (KJHG)

Rechtsgrundlage für das Jugendhilferecht ist ab 1. 1. 1991 das Kinder- und Jugendhilfegesetz (KJHG) vom 26. 6. 1990 (BGBl. I S. 1163). Das Gesetz für Jugendwohlfahrt in der Fassung vom 25. 4. 1977 (BGBl. I S. 633), zuletzt geändert durch Art. 6 § 8 des Gesetzes zur Neuregelung des Internationalen Privatrechts vom 25. 7. 1986 (BGBl. I S. 1142) trat zugleich außer Kraft, ebenso das Gesetz zur Änderung des RJWG vom 28. 8. 1953 (BGBl. I S. 1035); Art. 24 KJHG.

Durch das Erste Gesetz zur Änderung des Achten Buches Sozialgesetzbuch (1. ÄndG) vom 16. 2. 1993 (BGBl. I S. 239) wurde eine Reihe von Bestimmungen, deren Auslegung und Anwendung sich in der Praxis als schwierig erwiesen hat und die zu einer Rechtsunsicherheit führten, geändert. Außerdem wurden Regelungslücken oder wenig praktikable Lösungen, vor allem bei der örtlichen Zuständigkeit, der Kostenerstattung und der Heranziehung zu den Kosten geschlossen oder umgestaltet und die Regelungen in diesen Bereichen insgesamt neu gefaßt. Das 1. ÄndG trat am 1. 4. 1993 in Kraft. Durch das 2. SGBÄndG vom 13. 6. 1994 (BGBl. I S. 1229) wurde das 4. Kapitel den geänderten Vorschriften des SGB I und X über den Schutz der Sozialdaten angepaßt. Mit dem 2. SGB VIII-ÄndG vom 15. 12. 1995 (BGBl. I S. 1775) ist insbesondere eine Übergangsregelung für den ab 1. 1. 1996 vorgesehenen Rechtsanspruch auf einen Kindergartenplatz geschaffen worden, da die für die Erfüllung dieses Anspruchs notwendige Erhöhung des Platzangebots wegen der hohen Investitionskosten in den alten Bundesländern nicht rechtzeitig voll verwirklicht werden konnte. Durch das BSHG-Reformgesetz 1996 vom 23. 7. 1996 (BGBl. I S. 1088) sind vor allem – parallel zur Sozialhilfe – Vorschriften über die Deckelung des Kostenanstiegs in Einrichtungen eingefügt worden. Wegen weiterer Gesetzesänderungen vgl. die Tabelle auf S. 45 f.

Einzelne Aufgaben der Jugendhilfe sind im KJHG nur angesprochen, nicht aber ausgeformt. Dies gilt vor allem für den Bereich der Adoptionsvermittlung (vgl. Adoptionsvermittlungsgesetz – AdVermiG – in der Fassung vom 27. 11. 1989, BGBl. I S. 2016 mit Änderungen), des Jugendschutzes (vgl. Jugendschutzgesetz – JÖSchG – vom 25. 2. 1985, BGBl. I S. 3427 mit Änderungen), der Jugendgerichtshilfe (vgl. Jugendgerichtsgesetz – JGG – vom 11. 12. 1974, BGBl. I S. 3427 mit Änderungen) und der Mitwirkung der Jugendhilfe in Verfahren vor den Vormundschafts- und Familiengerichten sowie bei der Pflegschaft und Vormundschaft für Kinder und Jugendliche (vgl. Einzelregelungen vor allem im BGB).

III. Einbeziehung in das Sozialgesetzbuch (SGB)

Das Jugendhilferecht gilt von Anfang an (1. 1. 1976) als besonderer Teil des Sozialgesetzbuchs (Art. II § 1 Nr. 16 SGB I a. F.). Dementsprechend enthält § 8 SGB I eine Umschreibung des sozialen Rechts auf Jugendhilfe und § 27 SGB I eine Grundbeschreibung der Leistungstatbestände der Jugendhilfe.

Systematische Darstellung

Die Einbeziehung der Jugendhilfe in das SGB war lange Zeit heftig umstritten (vgl. dazu im einzelnen *Schellhorn* in GK-SGB I, 3. Aufl. 1996, § 8 Rz. 3–8). Der 1980 im Bundestag beratene und verabschiedete Entwurf eines Jugendhilfegesetzes, der aber durch Versagung der Zustimmung des Bundesrats nicht zustande kam (vgl. Abschnitt A), ging entgegen dem Regierungsentwurf von einer eigenständigen Regelung außerhalb des SGB aus. Durch die Verzögerung der Jugendhilferechtsreform ist dieser Streit weitgehend gegenstandslos geworden. Der lange Zeitraum der Einbeziehung der Jugendhilfe in das SGB hat gezeigt, daß die vor allem von den Jugendverbänden geltend gemachten Befürchtungen einer Beeinträchtigung der Aufgabenerfüllung der Jugendhilfe sich nicht bestätigt haben. Zudem sind inzwischen eine Reihe übergreifender Regelungen für das gesamte Sozialrecht im 1. und 10. Buch des SGB geschaffen worden, deren Aufgabe zu ernsthaften Nachteilen für die Jugendhilfe geführt hätte.

Die Jugendhilfe ist nun mit der Neuordnung des Jugendhilferechts durch das KJHG als Achtes Buch in das SGB einbezogen worden. Inzwischen liegen folgende Bücher überarbeitet und harmonisiert vor:

1. Buch: Allgemeiner Teil (SGB I) vom 11. 12. 1975 (BGBl. I S. 3015) mit Änderungen,

4. Buch: Gemeinsame Vorschriften für die Sozialversicherung (SGB IV) vom 23. 12. 1976 (BGBl. I S. 3845) mit Änderungen,

5. Buch: Gesetzliche Krankenversicherung (SGB V) vom 20. 12. 1988 (BGBl. I S. 2477) mit Änderungen,

6. Buch: Gesetzliche Rentenversicherung (SGB VI) vom 18. 12. 1989 (BGBl. I S. 2261) mit Änderungen,

7. Buch: Gesetzliche Unfallversicherung (SGB VII) vom 7. 8. 1996 (BGBl. I S. 1254),

8. Buch: Kinder- und Jugendhilfe (SGB VIII) vom 26. 6. 1990 (BGBl. I S. 1163) mit Änderungen,

10. Buch: Verwaltungsverfahren, Schutz der Sozialdaten, Zusammenarbeit der Leistungsträger und ihre Beziehungen zu Dritten (SGB X) vom 18. 8. 1980 (BGBl. I S. 1469) und vom 4. 11. 1982 (BGBl. I S. 1450) mit Änderungen,

11. Buch: Soziale Pflegeversicherung (SGB XI) vom 26. 5. 1994 (BGBl. I S. 1014) mit Änderungen.

Die übrigen in das SGB einbezogenen Leistungsbereiche, zu denen u. a. auch die Sozialhilfe gehört, sind noch nicht entsprechend der Diktion des SGB harmonisiert. Die übergreifenden Regelungen des SGB I und X sind auch für die Jugendhilfe von Bedeutung. Teils sind sie unmittelbar verbindlich (soweit ihre Anwendung nicht ausdrücklich für den Bereich der Jugendhilfe ausgeschlossen ist) und enthalten erschöpfende Regelungen, teils stellen sie verbindliche Rahmenregelungen dar, die durch spezielle Regelungen des KJHG ergänzt werden (z. B. die Regelungen über den Schutz von Sozialdaten), teils haben sie subsidiäre Gültigkeit, soweit sich nichts Abweichendes aus dem KJHG einschließlich seiner Strukturprinzipien ergibt.

IV. Ausführungsbestimmungen der Länder

Traditionell und von der Aufgabenverteilung des Grundgesetzes her geprägt obliegt im Bereich der Jugendhilfe die Regelung organisationsrechtlicher, personeller, verfahrensrechtlicher und finanzieller Fragen den Ländern. Teilweise sieht das KJHG dafür ausdrückliche Ermächtigungen vor (vgl. z. B. § 90 Abs. 3 und 4, § 91 Abs. 2 KJHG). Darüber hinaus ist die Gesetzgebung der Länder im KJHG ausdrücklich mit konkretisierenden Regelungen in den Bereichen Jugendarbeit und Kindergarten angesprochen (vgl. §§ 15, 24a, 26 KJHG).

Die bisherigen Landesausführungsgesetze zum JWG traten am 1. 1. 1991 ebenfalls außer Kraft. Vor allem wegen der Kostenregelungen, die ohne ergänzende landesrechtliche Regelungen nur unvollständig und mit fragwürdigen Ergebnissen zu vollziehen sind, mußten die Länder rechtzeitig Ausführungsbestimmungen erlassen haben.

V. Vereinbarungen zwischen den Jugendhilfeträgern

Der **Fürsorgerechtsvereinbarung** (FRV) vom 26. 5. 1965 (NDV 1965, 326 = PSH S. III 1/1501), die im wesentlichen eine Schiedsgerichtsbarkeit zur Schlichtung von Kostenerstattungsstreitigkeiten zwischen den öffentlichen Trägern vorsieht, waren alle Träger der Jugendhilfe in den alten Bundesländern beigetreten. Außerdem bestand für die **vorübergehende Versorgung aufgegriffener Jugendlicher** eine besondere Empfehlung der Bundesarbeitsgemeinschaft der Landesjugendämter und überörtlichen Erziehungsbehörden und der Bundesvereinigung der kommunalen Spitzenverbände vom 18.6. 1976

(PSH S. III 1/1581). Beide Regelungen sind für die Träger der öffentlichen Jugendhilfe durch die Vorschriften des KJHG über die Kostenerstattung zwischen den Leistungsträgern, die nicht mehr an die vorhergehende Rechtslage mit einer weitgehenden Übernahme der Kostenerstattungsregelungen des BSHG anknüpfen, gegenstandslos geworden. Durch das Gesetz zur Umsetzung des Föderalen Konsolidierungsprogramms sollte das schiedsrichterliche Verfahren im KJHG selbst (§ 89h) geregelt werden. Da diese Regelung schon im Stadium der Vorbereitung einer Rechtsverordnung des Bundes zu erheblichen Umsetzungsschwierigkeiten führte, ist sie nun durch das BSHG-Reformgesetz wieder aufgehoben werden. Zuständig für solche Kostenerstattungsstreitigkeiten sind damit die Verwaltungsgerichte.

VI. Internationale Gegenseitigkeitsabkommen

Die für den Bereich der Fürsorge bestehenden Gegenseitigkeitsabkommen gelten grundsätzlich auch für die Gewährung von Hilfe zur Erziehung. Dies sind vor allem

1) das Europäische Fürsorgeabkommen vom 11. 12. 1953 (BGBl. II 1956 S. 563),
2) die Deutsch-schweizerische Fürsorgevereinbarung vom 14. 7. 1952 (BGBl. II 1953 S. 32); vgl. auch Art. 21 KJHG,
3) das Deutsch-österreichische Fürsorgeabkommen vom 17. 1. 1966 (BGBl. II S. 2).

Die Regelungen stellen im wesentlichen die Angehörigen der Vertragsstaaten, die sich erlaubt im Gebiet eines anderen Vertragsstaates aufhalten, bei der Gewährung von Hilfeleistungen den Staatsangehörigen des Aufenthaltslandes gleich. Sie enthalten außerdem Bestimmungen über die Beschränkung des Rechts der Rückschaffung wegen Hilfsbedürftigkeit sowie über die Zusammenarbeit mit ausländischen Stellen und über die Erstattung oder die Übernahme der Kosten. Die Abkommen sind in PSH S. III 35/1 ff. abgedruckt.

Für die Jugendhilfe sind darüber hinaus vor allem auch die verschiedenen Abkommen im Bereich des Internationalen Privatrechts (z. B. Haager Unterhaltsabkommen, Haager Minderjährigenschutzabkommen) von Bedeutung.

§ 6 Abs. 4 KJHG weist zur Klarstellung ausdrücklich darauf hin, daß Regelungen des über- und zwischenstaatlichen Rechts unberührt bleiben.

D. Wesensmerkmale und tragende Prinzipien der Jugendhilfe

I. Respektierung des Elternrechts, Förderung der elterlichen Erziehung

Das Elternrecht hat in Art. 6 Abs. 2 und 3 GG besonderen verfassungsrechtlichen Schutz gefunden. Es ist unverletzlich und unveräußerlich und darf in seinem Wesensgehalt nicht angetastet werden (Art. 19 Abs. 2 GG). Das Elternrecht umfaßt auch den Gedanken von Schutz und Fürsorge, nicht nur die Verpflichtung zur Unterlassung von staatlichen Eingriffen. Verstärkt wird in Literatur und Rechtsprechung die »Elternverantwortung« gegenüber dem Kind herausgestellt. Durch das Gesetz zur Neuregelung der elterlichen Sorge vom 18. 7. 1979 (BGBl. I S. 1061) hat der Gesetzgeber diese Entwicklung bestätigt und unterstrichen.

Dieses Elternrecht ist für die Gestaltung des KJHG von zentraler Bedeutung. Es ist einmal absolut zu respektieren und kann nicht eingeschränkt werden; die Jugendhilfe hat vom Grundgesetz her gesehen keinen eigenen Erziehungsauftrag. Wegen dieser zentralen Bedeutung wiederholt § 1 Abs. 2 KJHG den Wortlaut des Art. 6 Abs. 2 GG. Unmittelbare Adressaten des KJHG sind deshalb – trotz des Zuschnitts auf die Förderung von Kindern und Jugendlichen – weitgehend die Eltern. Dieser Ausgangspunkt war im fachlichen und politischen Raum heftig umstritten, ergibt sich aber – wie die Bundesregierung in der Begründung zu Recht feststellt – aus der verfassungsrechtlichen Lage unter Berücksichtigung der Rechtsprechung des BVerfG (dazu eingehend *Schellhorn* in *Schellhorn/Wienand*, KJHG, § 1 Rz. 6). Daraus ergibt sich auch, daß zum andern die Aufgaben der Jugendhilfe primär darauf ausgerichtet sind, die Eltern in der ihnen obliegenden Erziehungsverantwortung zu unterstützen und damit indirekt die Erziehungssituation von Kindern und Jugendlichen zu verbessern.

II. Anspruch auf Hilfe, Soll- und Kann-Leistungen

Anspruch auf Hilfe haben – dem oben unter I dargestellten Ausgangspunkt entsprechend – nicht in erster Linie die Kinder und Jugendlichen, sondern die Eltern (Mütter und Väter) und die Personensorgeberechtigten (vgl. § 6 KJHG). Nur bei der Hilfe für junge Volljährige ist Anspruchsberechtigter allein der von der Hilfe unmittelbar betroffene junge Mensch.

Auf die Jugendhilfe besteht ein **Rechtsanspruch**, soweit das KJHG bestimmt, daß individuelle Hilfe zu erbringen ist. Dabei ist zu beachten, daß es sich hier um keinen einklagbaren Anspruch auf Erziehung handelt, sondern lediglich um einen Anspruch auf Förderung der Erziehung durch Bereitstellung der dafür erforderlichen und geeigneten Hilfe. Zum andern ist darauf hinzuweisen, daß die Jugendhilfe in erster Linie eine pädagogische Aufgabe ist, nicht primär wirtschaftliche Hilfe. Wirtschaftliche Hilfe kommt nur im Gefolge der erzieherischen Hilfe als Annexleistung in Betracht (vgl. dazu Abschnitt E II 5).

Ein Rechtsanspruch besteht nur auf erzieherische Einzelhilfe, nicht aber auf **allgemeine Förderungshilfen**, die lediglich ein nicht einklagbares Teilhaberecht begründen (vor allem im Bereich der Jugendarbeit und der Beratung; vgl. Abschnitt E I).

Gegen Entscheidungen des Jugendhilfeträgers bei der Gewährung von Leistungen der Jugendhilfe ist der **Verwaltungsrechtsweg** eröffnet.

Neben den Pflicht- (Muß-) Leistungen der Jugendhilfe, auf die ein absoluter Rechtsanspruch des Leistungsberechtigten besteht, kennt das KJHG Soll- und Kann-Leistungen. **Soll-Vorschriften** binden den öffentlichen Träger ebenfalls für den Regelfall, lassen aber im Ausnahmefall ein Abweichen zu; den Ausnahmefall hat die Verwaltung zu begründen und zu beweisen. **Kann-Vorschriften** geben dem öffentlichen Träger einen weiten Ermessensspielraum, der (im Gegensatz zu den Soll-Leistungen) auch die Berücksichtigung der Finanzsituation des Leistungsträgers einschließt.

Eine eigene Kategorie bilden die als »**Angebot**« formulierten Leistungen der Jugendhilfe. Offensichtlich geht der Gesetzgeber davon aus, daß solche Leistungen einerseits nicht flächendeckend bereitgestellt werden können, andererseits notwendiger Bestandteil der Jugendhilfe sein sollen. Auf solche Leistungen besteht kein Rechtsanspruch. Auch wenn das »Angebot« mit dem Wort »soll« verbunden ist, stehen diese Leistungen von der Bindungswirkung gegenüber dem Leistungsberechtigten für den Träger der Jugendhilfe der vorstehend erwähnten Kann-Leistung näher als der Soll-Leistung.

III. Wunsch- und Wahlrecht

Nach § 5 KJHG hat der Leistungsberechtigte (vgl. vorstehend I und II) das Recht, zwischen Einrichtungen und Diensten verschiedener Träger zu wählen und Wünsche hinsichtlich der Gestaltung der Hilfe zu äußern. Der Wahl und den Wünschen soll entsprochen werden, sofern sie nicht mit unverhältnismäßigen Kosten verbunden sind. Im Gegensatz zum Sozialhilferecht (vgl. dort § 3 Abs. 2 BSHG) ist hier nicht auf die Angemessenheit der Wünsche abgestellt, sondern von vornherein lediglich die finanzielle Grenze unverhältnismäßiger Mehrkosten gesetzt.

Eine Obergrenze für die unverhältnismäßigen Mehrkosten gibt es nicht; es ist jeweils abzustellen auf die besonderen Verhältnisse des Einzelfalles. Es ist jedoch zweckmäßig, eine untere Grenze festzulegen, bei deren Unterschreitung auf jeden Fall die entstehenden Kosten noch als verhältnismäßig anzusehen sind und daher eine aufwendige Einzelprüfung entbehrt werden kann (in der Sozialhilfe häufig mit 10 bis 20 v.H. über dem Durchschnitt vergleichbarer Einrichtungen angenommen). Bei einem Kostenvergleich mit Einrichtungen öffentlicher Träger müssen einerseits die Regiekosten (Vorhaltekosten) öffentlicher Einrichtungen außer Betracht bleiben, andererseits muß in die Prüfung die Tatsache mit einbezogen werden, daß öffentliche Dienste und Einrichtungen außerhalb des Jugendhilfeetats für jedermann kostenlos oder verbilligt zur Benutzung offen stehen (z. B. Sonderkindergärten).

Auf das Wunsch- und Wahlrecht sind die Leistungsberechtigten nach § 5 Satz 3 KJHG ausdrücklich hinzuweisen. Dieses Recht ist auch wesentlicher Anknüpfungspunkt für die Tätigkeit der freien Jugendhilfe, es stützt die von den Grundsätzen des KJHG vorgegebene Pluralität der Träger.

Bestehen geblieben ist die Verpflichtung, bei allen Aufgaben der Jugendhilfe die von den Personensorgeberechtigten bestimmte **Grundrichtung der Erziehung** sowie die Rechte des Personensorgeberechtigten und des Kindes oder Jugendlichen bei der Bestimmung der **religiösen Erziehung** zu beachten (§ 9 Nr. 1 KJHG).

IV. Respektierung der Person des Kindes und Jugendlichen

In besonderer Weise bemüht sich das KJHG in seinen Formulierungen darum, die Subjektivität des Kindes und Jugendlichen im Erziehungsprozeß hervorzuheben und den jungen Menschen nicht nur als bloßes »Objekt« einer Erziehungshilfe zu behandeln, auch wenn dabei die vom vorrangigen Elternrecht vorgezeichneten Grenzen zu respektieren sind (vgl. I). Kinder und Jugendliche haben daher bei allen Entscheidungen der öffentlichen Jugendhilfe ein Beteiligungsrecht, ein Interventionsrecht und ein Beratungsrecht (§ 8 KJHG). Bei der Ausgestaltung der Leistungen und der Erfüllung der Aufgaben sind die Fähigkeiten und Bedürfnisse des Kindes oder Jugendlichen zu berücksichtigen (§ 9 Nr. 2 KJHG). Außerdem sind die unterschiedlichen Lebenslagen von Mädchen und Jungen zu berücksichtigen, Benachteiligungen abzubauen und die Gleichberechtigung zu fördern (§ 9 Nr. 3 KJHG). Die Mitwirkungsrechte des Kindes oder Jugendlichen sind bei der Hilfe zur Erziehung und bei der Eingliederungshilfe für seelisch Behinderte in § 36 KJHG verstärkt und besonders konkretisiert worden, da diese Maßnahmen häufig auch mit einer Trennung vom Elternhaus verbunden sein werden.

Die Regelung über die Handlungsrechte für Minderjährige nach § 36 SGB I gilt neben den Sonderregelungen im KJHG auch für die Jugendhilfe.

V. Förderung der Entwicklung junger Menschen und Unterstützung der Erziehung in der Familie

Als programmatisches Ziel der Jugendhilfe formuliert § 8 SGB I in der Fassung, die diese Vorschrift durch das KJHG erhalten hat, die Förderung der Entwicklung junger Menschen und die Unterstützung und Ergänzung der Erziehung in der Familie. Damit wird der Ausgangspunkt der Reform des Jugendhilferechts (vgl. Abschnitt A) deutlich umschrieben. An dieser Zielrichtung hat sich die Aufgabenerfüllung durch die Träger der Jugendhilfe auch im Einzelfall zu orientieren. Diese Grundziele werden in § 1 Abs. 1 bis 3 KJHG präzisiert und zugleich in Verbindung mit Absatz 2 dieser Vorschrift das Gebot der vorrangigen Elternverantwortung und der Charakter der Jugendhilfe als Hilfe zur Selbsthilfe in Familie und Gemeinschaft (auch in Verbindung mit den Vorschriften über die freie Jugendhilfe in § 4 KJHG) unterstrichen.

VI. Einheit der Jugendhilfe

Die Reform des Jugendhilferechts ist auch geprägt von dem Gedanken der Einheit des Jugendhilferechts. Zu Recht weist das *BVerfG* in seinem grundlegenden Urteil vom 18. 7. 1967 (BVerfGE 22, 180 =

NJW 1967, 1765 = SsE S. IV F 18/301) darauf hin, daß Jugendfürsorge und Jugendpflege in der praktischen Jugendarbeit so eng miteinander verzahnt sind, daß ein unlösbarer Sachzusammenhang besteht. Die Entwicklung ging in der Jugendhilfepraxis schon lange ab von der rein reagierenden, Erziehungsdefizite individuell angehenden Fürsorgearbeit hin zur vorbeugenden Jugendarbeit, die vor allem mit Förderungs- und Beratungsangeboten präventiv tätig wird. Dies ist nur sinnvoll, wenn die einzelnen Maßnahmen in einer Hand liegen und nahtlos ineinander übergehen. Diese Einheit zu wahren, war mit ein vorrangiges Ziel der Reform des Jugendhilferechts, um insbesondere auch ein Auseinanderbrechen durch unterschiedliche landesrechtliche Entwicklungen zu verhindern und der Jugendhilfe einen eigenständigen Standort neben den traditionellen Erziehungsfeldern Elternhaus – Schule – Beruf zu sichern (vgl. auch Abschnitt A).

VII. Individuelle Hilfe, Förderungsangebote

Erziehung ist ein individueller Prozeß, auch wenn Hilfe dazu mit allgemeinen Angeboten der Jugendhilfe gewährt wird. Soweit erzieherische Einzelhilfen gewährt werden, sind sie an der Besonderheit und dem Bedarf des Einzelfalles auszurichten; ungezielte Einzelhilfen sind der Jugendhilfe genau so fremd wie rein wirtschaftliche Hilfen.

Die Besonderheit der Jugendhilfe erfordert es, daß neben gezielten individuellen Leistungen auch allgemeine Förderungsangebote (Gruppenhilfen) stehen, insbesondere im Bereich der Jugendarbeit, der Jugendsozialarbeit und der Beratung. Auch sie sind jedoch in ihrer generellen Zielrichtung auf die Erziehungsbedürfnisse der einzelnen jungen Menschen auszurichten.

VIII. Nachrang der Jugendhilfe

Klarer als im bisherigen Recht regelt nun das KJHG in § 10 Abs. 1, daß die Leistungen der Jugendhilfe gegenüber anderen Verpflichteten, insbesondere Unterhaltsverpflichteten oder Trägern anderer Sozialleistungen, nachrangig sind. Gleichzeitig bestimmt § 10 Abs. 2 KJHG, daß die Leistungen der Jugendhilfe den Leistungen nach dem BSHG vorgehen. Dies gilt allerdings nicht für Leistungen der Eingliederungshilfe für Behinderte an körperlich oder geistig behinderte junge Menschen; hier hat die Sozialhilfe den Vorrang. Bei seelisch behinderten oder von einer solchen Behinderung bedrohten jungen Menschen ist dagegen nun die Zuständigkeit der Jugendhilfe gegeben (vgl. §§ 27 ff., 35a KJHG und unten Abschnitt E II 6).

Nachrangig ist die Jugendhilfe auch gegenüber dem elterlichen Erziehungsrecht (dazu oben I). Schließlich ist im KJHG in gewissem Umfang die Subsidiarität der öffentlichen Jugendhilfe gegenüber der freien Jugendhilfe zugrunde gelegt und teilweise speziell geregelt (vgl. unten IX).

Wegen der Beteiligung der Eltern und des jungen Menschen an den Kosten der Hilfe vgl. unten Abschnitt F.

IX. Pluralität des Angebots, Zusammenarbeit zwischen öffentlichen und freien Trägern

Die Erhaltung, Sicherung und Verbreiterung der Palette des Angebots an Leistungen, Diensten und Einrichtungen ist ein wichtiger Ausgangspunkt für die Reform des Jugendhilferechts. Deshalb stellt bereits § 3 KJHG klar, daß die Jugendhilfe gekennzeichnet ist durch die **Vielfalt von Trägern** unterschiedlicher Wertorientierung und die Vielfalt von Inhalten, Methoden und Arbeitsformen. § 4 KJHG enthält eine eingehende Regelung über die Zusammenarbeit der öffentlichen Jugendhilfe mit der freien Jugendhilfe. Auch diese Regelung gehört nicht nur zu den Verfahrensregelungen, sondern zu den tragenden Grundsätzen der Jugendhilfe. Die Zusammenarbeit ist mit von der Erkenntnis getragen, daß im Bereich der Jugendhilfe die anstehenden Aufgaben nur durch gemeinsame Bemühungen von Staat und freien Trägern bewältigt werden können (dazu grundsätzlich *BVerfG*, Urteil vom 18. 7. 1967, BVerfGE 22, 180 = NJW 1967, 1765 = SsE S. IV F 18/301). Das *BVerfG* hat die dahingehenden Regelungen im früheren JWG ausdrücklich als mit dem GG vereinbar bezeichnet.

Die öffentliche Jugendhilfe hat dabei die **Selbständigkeit der freien Jugendhilfe** in Zielsetzung und Durchführung ihrer Aufgaben sowie in der Gestaltung ihrer Organisationsstrukturen zu achten (§ 4 Abs. 1 Satz 2 KJHG). Für Einrichtungen, Dienste und Veranstaltungen besteht ein bedingter **Vorrang** der freien Jugendhilfe (Funktionssperre für die öffentlichen Träger). Zur verfassungskonformen Auslegung einer solchen Norm hat das *BVerfG* (a.a.O.) klargestellt, daß der Grundsatz eines sinnvollen Einsatzes finanzieller Mittel und die Zusammenarbeit es verbieten, von den Gemeinden zu verlangen, daß sie von einem mit bescheidenen Mitteln möglichen Ausbau vorhandener Einrichtungen absehen und statt dessen mit erheblich höherem Aufwand die Schaffung einer neuen Einrichtung eines freien Trägers fördern. Außerdem soll die öffentliche Jugendhilfe die freie Jugendhilfe fördern und dabei auch die verschiedenen Formen der Selbsthilfe stärken (§ 4 Abs. 3 und § 74 KJHG).

Das KJHG sieht weiter die Beteiligung von Vertretern der freien Jugendhilfe in den Jugendhilfeausschüssen (§ 71 KJHG) und in Arbeitsgemeinschaften (§ 78 KJHG) vor. Außerdem sind sie an der Jugendhilfeplanung zu beteiligen (§ 80 Abs.3 KJHG) und es sind mit ihnen Vereinbarungen über die Höhe der Kosten ihrer Einrichtungen und Dienste anzustreben (§ 77 KJHG).

Anders als im Bereich der Sozialhilfe sind in der Jugendhilfe nicht nur die Verbände der freien Wohlfahrtspflege Träger der freien Jugendhilfe, sondern alle Vereinigungen, die Jugendhilfe wahrnehmen und den Anforderungen des § 3 KJHG entsprechen. Für die Unterstützung der Arbeit freier Träger und für ihre institutionelle Mitwirkung bedarf es der öffentlichen Anerkennung (§ 75 KJHG). Die freien Träger müssen für die Anerkennung die Gewähr für eine den Zielen des GG förderliche Arbeit und für eine sachgerechte, zweckentsprechende und wirtschaftliche Verwendung der Mittel bieten sowie gemeinnützige Ziele verfolgen.

E. Aufgaben der Jugendhilfe

I. Allgemeines

Ein besonderes Reformanliegen war die Umformung des Jugendhilferechts zu einem echten Leistungsgesetz; das früher geltende JWG war primär ein Aufgaben- und Maßnahmengesetz. Die breite Palette der Aufgaben der Jugendhilfe setzt dabei allerdings Grenzen, da insbesondere die allgemeinen Förderungsangebote der Jugendhilfe, die Schutz- und Überwachungsfunktionen und eine Reihe von Aufgaben, bei denen die Jugendhilfeträger lediglich in Verfahren, die im Schwerpunkt bei anderen Stellen oder Gerichten anhängig sind, mitwirken, nur schwer in das Raster eines Leistungsgesetzes einzuordnen sind. Das Gesetz gliedert die Aufgaben der Jugendhilfe sehr grob in die beiden großen Blöcke »Leistungen der Jugendhilfe« und »andere Aufgaben der Jugendhilfe«. Diese Gliederung liegt auch der folgenden Darstellung zugrunde, wobei jeweils noch die Untergliederungen (Abschnitte) dieser beiden Kapitel berücksichtigt sind.

§1 Abs. 1 KJHG spricht nun allgemein vom Recht des Kindes (nicht mehr wie bisher des »deutschen« Kindes) auf Erziehung. Damit sind nun auch generell **ausländische Kinder** in die Leistungen und Maßnahmen der Jugendhilfe mit einbezogen; dies wurde in der Praxis der Jugendhilfeträger schon bisher weitgehend so gehandhabt. Ausländer können allerdings nach §6 Abs. 2 KJHG Leistungen nur beanspruchen, wenn sie rechtmäßig oder aufgrund einer ausländerrechtlichen Duldung ihren gewöhnlichen Aufenthalt im Geltungsbereich des KJHG haben. Regelungen des über- und zwischenstaatlichen Rechts bleiben unberührt (§6 Abs. 4 KJHG; vgl. dazu auch Abschnitt C VI).

Deutsche können (als Ermessensentscheidung) Leistungen nach dem KJHG auch erhalten, wenn sie ihren Aufenthalt im **Ausland** haben und soweit sie nicht Hilfe vom Aufenthaltsland erhalten; für diese Hilfe zuständig ist grundsätzlich das Landesjugendamt des Geburtsorts des jungen Menschen (vgl. §88 KJHG).

Das KJHG enthält in §7 **Begriffsdefinitionen**, die insbesondere für die Abgrenzung der Aufgaben der Jugendhilfe wichtig sind. Übergreifender Begriff ist der junge Mensch, der alle Altersstufen von 0 bis 27 umfaßt. Daneben gibt es Aufgaben, die nur Kinder (noch nicht 14 Jahre alt), Jugendliche (14 bis noch nicht 18 Jahre alt) und junge Volljährige (18 aber noch nicht 27 Jahre alt) einschließen. Über die Vollendung des 27. Lebensjahres hinaus können Jugendhilfeleistungen nicht gewährt werden, mit einer Ausnahme bei der Jugendarbeit in §11 Abs.4 KJHG.

II. Leistungen der Jugendhilfe (§§ 11–41 KJHG)

1. Allgemeines

Die ersten drei Abschnitte des Zweiten Kapitels des KJHG enthalten vorwiegend Förderungsangebote, während im vierten Abschnitt individuelle Erziehungshilfen geregelt sind (vgl. dazu unter 5 und 6). Die **Förderungsmaßnahmen** wenden sich mit Angeboten der Jugendhilfe an eine Vielzahl von Leistungsberechtigten, ohne daß sie sich in der Regel – ausgenommen der große Bereich des Kindergartens – bereits zu individuellen Anspruchsleistungen verdichten. Solche Angebote werden in erster Linie von der freien Jugendhilfe erbracht; dem Träger der öffentlichen Jugendhilfe obliegt hier in erster Linie die **Gewährleistungsverpflichtung** im Sinne seiner Gesamtverantwortung (§79 KJHG), wozu vor allem auch die angemessene Förderung der freien Jugendhilfe gehört. Eine klare Abgrenzung, wann solche allgemeinen Förderungsangebote sich zu individuellen Einzelhilfen verdichten, enthält das KJHG nur hinsichtlich der Kindergärten. Teilweise ist bei den anderen Förderungsangeboten eine solche »Verdichtung« aus der konkreten Umschreibung der Leistungsvoraussetzungen anzunehmen, teilweise werden die Länder ausdrücklich ermächtigt, solche Regelungen zu treffen (§ 15, § 16 Abs. 3, § 26 KJHG).

2. Jugendarbeit, Jugendsozialarbeit, erzieherischer Kinder- und Jugendschutz (§§ 11–15 KJHG)

Der 1. Abschnitt des 2. Kapitels enthält dazu eine erschöpfende Aufzählung der folgenden Leistungen der Jugendhilfe:

(1) *Angebote der Jugendarbeit* (§§ 11, 12 KJHG). Sie haben ihren Schwerpunkt in der außerschulischen Jugendbildung und der Jugendarbeit in Sport, Spiel und Geselligkeit, arbeitswelt-, schul- und familienbezogener Jugendarbeit, internationaler Jugendarbeit, Kinder- und Jugenderholung sowie Jugendberatung. In diese Angebote können auch Personen über 27 Jahre in angemessenem Umfang einbezogen werden (§ 11 Abs. 4 KJHG).

(2) *Angebote der Jugendsozialarbeit* (§ 13 KJHG). Sie sollen in Form von sozialpädagogischen Hilfen zum Ausgleich sozialer Benachteiligungen oder zur Überwindung individueller Benachteiligungen an junge Menschen gerichtet werden, die auf solche Hilfen in erhöhtem Maße angewiesen sind. Die Hilfen sollen die schulische und berufliche Ausbildung, die Eingliederung in die Arbeitswelt und die soziale Integration fördern. Dazu gehören auch sozialpädagogisch begleitete Ausbildungs- und Beschäftigungsmaßnahmen, die Bereitstellung von Unterkunft in sozialpädagogisch begleiteten Wohnformen (z. B. Jugendwohnheime) und die Schulsozialarbeit. Die berufliche und schulische Förderung ist dabei nicht primär Aufgabe der Jugendhilfe; ihre Angebote haben häufig nur ergänzenden Charakter zu den vorrangigen Maßnahmen der Arbeitsverwaltung, der Betriebe und der Schule.

(3) *Angebote des erzieherischen Kinder- und Jugendschutzes* (§ 14 KJHG) für junge Menschen und Erziehungsberechtigte. Sie sollen vorbeugend, schützend und bewahrend auf Gefährdungen z. B. im Zusammenhang mit neuen Technologien (Spielhallen, Videotechnik), Zunahme des Fernsehkonsums, Verführung junger Menschen

durch Sekten und Gefährdung durch Drogen und Infizierung mit dem HIV-Virus in allen Formen der Aufklärung, allgemeinen und individuellen Beratung eingehen und letztlich auch die konkreten Hilfen im Einzelfall anbieten (soweit nicht bereits individuelle Erziehungshilfen nach §§ 27 ff. KJHG zu gewähren sind).

3. Förderung der Erziehung in der Familie (§§ 16–21 KJHG)

Der 2. Abschnitt des 2. Kapitels enthält dazu eine erschöpfende Aufzählung der Leistungen, wobei allerdings § 16 KJHG als »Generalklausel« ausgelegt ist, die auch weitere, nicht einzeln im Gesetz genannte Leistungsangebote ermöglicht:

(1) *Allgemeine Förderungsangebote für die Erziehung in der Familie* (§ 16 KJHG). Dazu gehören Angebote der Familienbildung einschließlich der Aktivierung der Selbst- und Nachbarschaftshilfe und der Vorbereitung auf Ehe, Partnerschaft und das Zusammenleben, der allgemeinen Erziehungsberatung, der Familienfreizeit und der Familienerholung. Dieses Angebot stellt in erster Linie auf die gesamte Familie ab, während die folgenden Angebote stärker einzelne Personen im Blickpunkt haben.

(2) *Angebote zur Beratung in Fragen der Partnerschaft, Trennung und Scheidung* (§ 17 KJHG) für Mütter und Väter. Die Beratung schließt Fragen des partnerschaftlichen Zusammenlebens, der Bewältigung von Konflikten und Krisen in der Familie und im Falle der Trennung oder Scheidung auch der Elternverantwortung für das Wohl des Kindes ein. Da dieses Angebot für die meisten Jugendhilfeträger neu war, gehörte die Vorschrift mit zu den Regelungen des KJHG, die bis 31. 12. 1994 nur in Form einer abgeschwächten Ermessensregelung (Kann-Leistung) galt und erst ab 1. 1. 1995 die endgültige Fassung in Form einer Soll-Vorschrift erhielt (Art. 10 Abs. 1 Nr. 1 und 2 KJHG).

(3) *Beratung und Unterstützung bei der Ausübung der Personensorge* (§ 18 KJHG) für Mütter und Väter, die allein für ein Kind oder einen Jugendlichen sorgen. Die Beratung und Unterstützung schließt auch die Geltendmachung von Unterhalts- und Unterhaltsersatzansprüchen ein; hierauf haben auch junge Volljährige bis zur Vollendung des 21. Lebensjahres einen Anspruch. Bei nichtehelichen Kindern schließt dies auch die Hilfe für die Mutter schon vor der Geburt und ihre Unterstützung bei der Geltendmachung ihrer Ansprüche aus § 1615 k und l BGB ein. Außerdem haben Mütter und Väter,

denen die elterliche Sorge nicht zusteht, Anspruch auf Beratung und Unterstützung bei der Ausübung des Umgangsrechts. Dieses Hilfeangebot hat aufgrund der verpflichtenden und detaillierten Formulierung im KJHG bereits Anspruchscharakter.

(4) *Betreuung in gemeinsamen Wohnformen für Mütter/Väter und Kinder* (§ 19 KJHG). Mütter oder Väter, die allein für ein Kind unter 6 Jahren zu sorgen haben, sollen bei Bedarf gemeinsam mit dem Kind in einer geeigneten Wohnform (wie Mutter-Kind-Heim, betreute Wohngruppe) betreut werden. Eine schwangere Frau kann auch vor der Geburt des Kindes in der Wohnform betreut werden. Die Leistungen sollen auch den notwendigen Unterhalt sowie die Krankenhilfe umfassen.

(5) *Beratung und Versorgung des Kindes in Notsituationen* (§ 20 KJHG). Mit diesem Hilfeangebot (in Form einer Soll-Vorschrift) soll der Ausfall des Elternteils, der die Betreuung eines Kindes überwiegend übernommen hat, aufgefangen werden, wenn der andere Ehegatte die Betreuung nicht übernehmen kann, das Wohl des Kindes die Hilfe erfordert und die Angebote der Förderung des Kindes in Tageseinrichtungen oder Tagespflege nicht ausreichen. Diese Hilfe geht der Hilfe zur Weiterführung des Haushalts nach § 70 BSHG vor. Auch hier war im Hinblick darauf, daß diese Leistung für die Jugendhilfeträger neu war, die Umwandlung in eine Ermessensleistung (Kann-Leistung; ab 1. 1. 1995 Soll-Leistung) bis einschließlich 31. 12. 1994 vorgesehen (vgl. Art. 10 Abs. 1 Nr. 3 und 4 KJHG).

(6) *Unterstützung bei notwendiger Unterbringung zur Erfüllung der Schulpflicht* (§ 21 KJHG). Die Hilfe ist dann zu erbringen, wenn Personensorgeberechtigte wegen des mit ihrer beruflichen Tätigkeit verbundenen ständigen Ortswechsels die Erfüllung der Schulpflicht ihres Kindes oder Jugendlichen nicht sicherstellen können. Gedacht ist hierbei vor allem an Schausteller, Binnenschiffer, Artisten und ähnliche Berufe und Gewerbe. Die Hilfe besteht in Beratung und Unterstützung. In geeigneten Fällen können (als Ermessensentscheidung) auch die Unterkunftskosten übernommen werden, um Härten für das Kind oder den Jugendlichen zu vermeiden. Die Kosten können über das schulpflichtige Alter, längstens bis zur Vollendung des 21. Lebensjahres, hinaus übernommen werden, sofern eine begonnene Schulausbildung noch nicht abgeschlossen ist.

4. Förderung von Kindern in Tageseinrichtungen und in Tagespflege (§§ 22–26 KJHG)

Von den betroffenen Personen und vom finanziellen Aufwand her gesehen sind die Regelungen über die Betreuung von Kindern in Kinderkrippen, Kindergärten, Horten, Tageseinrichtungen und in Tagespflege der Schwerpunkt des Leistungsangebots des KJHG. Zugleich handelt es sich hierbei um einen Leistungsbereich, der stark in die Landeskompetenz (Bildungsbereich) hineinragt und der sehr unterschiedlich ausgestaltet und ressortmäßig zugeordnet ist. In Bayern besteht dazu ein Kindergartengesetz, das außerhalb des Jugendhilferechts steht und dem Bildungsbereich zugeordnet ist (es bleibt nach § 26 Satz 2 durch das KJHG unberührt).

Der ursprünglich vorgesehene **Anspruch** auf einen **Kindergartenplatz** war zunächst schon im Vorfeld der Einbringung des KJHG in das Parlament am Widerspruch der Länder gescheitert (vgl. dazu *Schellhorn*, FuR 1990, 44). Die Ausgestaltung dieses wichtigen Hilfeangebots blieb also in der ursprünglichen Fassung des KJHG im wesentlichen den Ländern überlassen; das Bundesrecht enthielt lediglich Rahmenvorschriften. Im Rahmen der flankierenden sozialen Maßnahmen zur Neuregelung des Schwangerschaftsabbruchs ist ein solcher Rechtsanspruch auf den Besuch eines Kindergartens, der allerdings bis 31. 12. 1995 von einer entsprechenden landesrechtlichen Regelung abhängig ist und erst ab 1. 1. 1996 sich unmittelbar aus der KJHG ergibt, eingefügt worden (§ 24 i.V.m. Art. 10 Abs. 3 i.d.F. des Schwangeren- und Familienhilfegesetzes vom 27. 7. 1992, BGBl. I S. 1398). Da in den meisten alten Bundesländern der Ausbau der Kindergartenplätze zur Erfüllung dieses Rechtsanspruchs aus finanziellen Gründen bis zu diesem Zeitpunkt nicht abgeschlossen werden konnte, wurde durch das 2. SGB VIII-ÄndG vom 15. 12. 1995 (BGBl. I S. 1775) eine Übergangsregelung geschaffen (§ 24a KJHG), die es der Bestimmung durch Landesrecht überließ, zunächst einen allgemeinen Zeitpunkt (spätestens den 1. 8. 1996) für den Beginn des Anspruchs für Kinder, die bis zu diesem Tag das 3. Lebensjahr vollendet hatten, festzulegen (Stichtagsregelung). Darüber hinaus kann Landesrecht bis zum 31. 12. 1998 weitere Ausnahmen durch örtliche Träger zulassen (auch mit dem Angebot einer ähnlich geeigneten Förderungsmaßnahme, z. B. Tagespflege). Voraussetzung für solche Übergangsregelungen ist jedoch, daß die Ausbaustufen für die notwendige Zahl der Kindergartenplätze vorweg in der Jugendhilfeplanung verbindlich festgelegt werden. Die Übergangsregelungen enden spätestens am 31. 12. 1998.

§ 22 KJHG prägt den übergreifenden Begriff **»Tageseinrichtungen«**, der alle Formen der Tagesbetreuung von Kindern umfaßt. Die Vorschrift legt zugleich die Mindestanforderungen fest, die an diese Einrichtungen in inhaltlicher und personeller Hinsicht zu stellen sind. An diese Voraussetzungen sind die landesrechtlichen Regelungen gebunden; sie gelten für alle Formen der Tagespflege von Kindern, angefangen von der Kinderkrippe für Kinder unter 3 Jahren, den Kindergarten für Kinder von 3 bis 6 Jahren und den Hort für schulpflichtige Kinder bis hin zu der für Kinder aller Altersstufen möglichen Tagespflege (§ 23 KJHG).

§ 24 KJHG macht deutlich, daß der Gesetzgeber für den Kindergarten von einem **lückenlosen Angebotsnetz** an Kindergärten ausgeht, daß die derzeit vorhandene Unterversorgung im Bereich Krippe und Hort verbessert werden soll und daß insbesondere die bisher teilweise vorhandenen Vorbehalte gegen Kinderkrippen in dieser allgemein ablehnenden Form nicht mehr aufrecht erhalten werden können. Durch das Schwangeren- und Familienhilfegesetz (a.a.O.) wurde für Kinder unter 3 Jahren und für schulpflichtige Kinder die Verpflichtung der Träger der öffentlichen Jugendhilfe, nach Bedarf Plätze in Tageseinrichtungen und, soweit für das Wohl des Kindes erforderlich, Tagespflegeplätze vorzuhalten, verstärkt und konkretisiert, ohne daß sich – anders wie im Kindergartenbereich – daraus ein Anspruch der Leistungsberechtigten ableiten läßt.

Für die **Tagespflege**, die sowohl in einer fremden Familie wie auch in der eigenen Familie (mit fremden Kräften) durchgeführt werden kann, enthält § 23 KJHG eine besondere Regelung, die vor allem auf die notwendige Zusammenarbeit zwischen Pflegepersonen und Sorgeberechtigten hinweist und den Ersatz von Aufwendungen regelt. Zusammenschlüsse von Pflegepersonen, die insbesondere dem Erfahrungsaustausch und der Vertretung gemeinsamer Interessen dienen, sollen beraten und unterstützt werden, wobei im Einzelfall auch eine finanzielle Förderung denkbar ist. Das letztere gilt auch für Mütter, Väter und andere Erziehungsberechtigte, die die Förderung von Kindern selbst organisieren wollen (§ 25 KJHG).

Die nähere Ausgestaltung über Inhalt und Umfang der Förderung von Kindern in Tageseinrichtungen und in Tagespflege und die Sorge für den bedarfsgerechten Ausbau ist den Ländern überlassen (§ 26 KJHG).

5. Hilfe zur Erziehung (§§ 27–40 KJHG)

Die Hilfe zur Erziehung für Kinder und Jugendliche ist die »klassische« individuelle Leistung der Jugendhilfe. Gegenüber dem früheren Recht wird das Leistungsangebot erheblich ausgeweitet. Zugleich entfielen die eigenständigen **Zwangsmaßnahmen** der Jugendhilfe gegen den Willen der Sorgeberechtigten und die Eingriffe gegen den Willen des Jugendlichen, die vorher durch den Oberbegriff »öffentliche Erziehung« gekennzeichnet waren (Fürsorgeerziehung und Freiwillige Erziehungshilfe); die öffentliche Erziehung war ohnehin in der Praxis der Jugendhilfe nahezu bedeutungslos geworden. Zwangsmaßnahmen der Jugendhilfe gibt es künftig nicht mehr (abgesehen von vorläufigen Maßnahmen); Hilfe zur Erziehung gegen den Willen des Sorgeberechtigten kann nur noch aufgrund gerichtlicher Anordnung vor allem nach §§ 1666, 1666 a BGB durchgeführt werden.

Leistungsberechtigter bei der Hilfe zur Erziehung ist grundsätzlich nicht der Minderjährige, sondern der **Personensorgeberechtigte** (§ 27 KJHG). Voraussetzung für die Gewährung von Hilfe zur Erziehung ist, daß ohne sie eine dem Wohl des Kindes oder Jugendlichen entsprechende Erziehung nicht gewährleistet ist und die Hilfe geeignet ist. Der Leistungskatalog in den §§ 28–35 KJHG ist keine erschöpfende Aufzählung, sondern eine Insbesondere-Aufzählung, die es zuläßt und erfordert, aus der allgemeinen Vorschrift in § 27 KJHG gegebenenfalls weitere Leistungen zu entwickeln, um das dort umrissene Hilfespektrum zu verwirklichen. Auch wenn in den Einzelhilfen entsprechend der Paragraphenfolge eine bestimmte Rangfolge enthalten ist, bindet dies den Träger der Jugendhilfe nicht bei der Entscheidung des Einzelfalles in Form der Beachtung einer gewissen Stufenfolge. Die Hilfe zur Erziehung kann im Einzelfall in Konkurrenz zu den Leistungsangeboten der §§ 11–21 KJHG treten. Soweit die Hilfe zur Erziehung auch die in diesen Vorschriften enthaltenen Leistungen abdeckt, hat sie als die präzisere und weitergehende Hilfe den Vorrang; in anderen Fällen können in einer Person mehrere Leistungsangebote nebeneinander erbracht werden.

Die Hilfe zur Erziehung umfaßt im Schwerpunkt die Gewährung **pädagogischer** und damit verbundener **therapeutischer** Leistungen (§ 27 Abs. 3 KJHG). Die in § 39 KJHG aufgeführten Unterhaltsleistungen und die Krankenhilfeleistungen nach § 40 KJHG sind **Annexleistungen**, deren Gewährung nur als Begleitleistung zu solchen pädagogischen und therapeutischen Erziehungsleistungen in Frage kommt.

Als **Übergangsregelung** bis 31. 12. 1994 war vorgesehen, daß, wenn und soweit die Hilfearten in §31 (sozialpädagogische Familienhilfe) und §32 (Erziehung in einer Tagesgruppe) nicht bedarfsgerecht zur Verfügung stehen, sie vorrangig den Kindern und Jugendlichen geleistet werden, denen sonst Vollzeitpflege (§33) oder Heimerziehung bzw. sonstiges betreutes Wohnen (§34) gewährt werden müßte.

Die Hilfe zur Erziehung umfaßte nach der ursprünglichen Fassung des KJHG auch die Eingliederungshilfe für seelisch behinderte junge Menschen oder für von einer solchen Behinderung Bedrohte. Durch das 1. ÄndG ist diese Hilfe nun – systematisch richtig – eigenständig in einem neu eingefügten §35a KJHG geregelt worden (dazu unten 6.).

Im einzelnen umfaßt die Hilfe zur Erziehung insbesondere die folgenden Hilfearten:

(1) *Erziehungsberatung (§28 KJHG).* Sie soll in besonderen Beratungsstellen und anderen Beratungsdiensten und Einrichtungen Kindern, Jugendlichen, Eltern und anderen Erziehungsberechtigten gewährt werden. Die Beratung erstreckt sich auf individuelle und familienbezogene Probleme, auf Erziehungsfragen sowie Fragen bei Trennung und Scheidung. Ausdrücklich wird im Gesetz auf die Notwendigkeit der multidisziplinären Besetzung der Beratungsstellen hingewiesen. Neben dieser individuellen Hilfe zur Erziehung stehen »im Vorfeld« die allgemeinen Beratungsangebote (vgl. §§ 16 ff. KJHG).

(2) *Soziale Gruppenarbeit (§29 KJHG).* Sie soll älteren Kindern und Jugendlichen bei der Überwindung von Entwicklungsschwierigkeiten und Verhaltensproblemen in Form des sozialen Lernens in der Gruppe helfen. Es handelt sich um einen relativ neuen Ansatz in der Jugendhilfe, der unter verschiedenen Bezeichnungen, wie Erziehungskurse, Übungs- und Erfahrungskurse, soziale Trainingskurse, erprobt worden ist.

(3) *Erziehungsbeistand, Betreuungshelfer (§30 KJHG).* Durch sie soll das Kind oder der Jugendliche bei der Bewältigung von Entwicklungsproblemen unter Einbeziehung des sozialen Umfelds unterstützt werden. Zunehmend ist schon bisher in der Praxis der Jugendhilfe für diese Aufgabe, die ursprünglich von ehrenamtlichen Helfern erfüllt wurde, die Fachkraft tätig geworden. Der Betreuungshelfer ist – mit im wesentlichen gleicher Aufgabenstellung – auf die vorläufige jugendgerichtliche Anordnung bezogen (§71 Abs. 1 JGG).

(4) *Sozialpädagogische Familienhilfe (§ 31 KJHG).* Die Hilfe soll Familien in ihren Erziehungsaufgaben betreuen und begleiten, in der Regel durch Einsatz eines Familienhelfers, der unmittelbar und unter Mitarbeit der Familie im Alltag der Familie über eine längere Dauer Unterstützung und Anregung zur Selbsthilfe gewährt. Dies ist die intensivste Form ambulanter Hilfe, die sich in den letzten Jahren bei vielen Jugendhilfeträgern überzeugend durchgesetzt hat und die Herausnahme von Kindern aus Familien häufig verhindern konnte.

(5) *Erziehung in einer Tagesgruppe (§ 32 KJHG).* Durch sie soll die Entwicklung des Kindes oder Jugendlichen durch Aufenthalt während eines erheblichen Teils des Tages in der Gruppe mit sozialem Lernen, Begleitung der schulischen Förderung und Elternarbeit unterstützt werden. Sie kann teilstationär an Einrichtungen angeschlossen werden, in besonderen teilstationären Einrichtungen oder in geeigneten Formen der Familienpflege (heilpädagogische Pflegestellen, Erziehungsstellen) geleistet werden.

(6) *Vollzeitpflege (§ 33 KJHG).* Die Vollzeitpflege (Tag und Nacht) in einer anderen Familie gehört zum »klassischen« Instrumentarium der Jugendhilfe und soll daher auch im neuen Kinder- und Jugendhilfegesetz beibehalten werden, allerdings – entsprechend den stärker entwickelten ambulanten und Tagesbetreuungs-Angeboten – mit der »gesetzgeberischen Mahnung« einer rechtzeitig planenden Überlegung (vgl. auch § 36 KJHG), ob sie zeitlich befristet oder auf Dauer anzulegen ist. Für entwicklungsgestörte Kinder und Jugendliche sollen besonders qualifizierte Pflegestellen geworben werden (heilpädagogische Pflegestellen, Sonderpflegestellen), bei denen im allgemeinen verlangt wird, daß die Pflegeperson über eine fachliche Ausbildung verfügt.

(7) *Heimerziehung, sonstige betreute Wohnform (§ 34 KJHG).* Sie sollen durch die Verbindung von Alltagserleben mit pädagogischen und therapeutischen Angeboten Kinder und Jugendliche in ihrer Entwicklung fördern, sie entweder auf eine Rückkehr in die Familie oder in eine andere Familie oder Lebensform mit Förderung der Verselbständigung vorbereiten. Unter sonstigen Wohnformen werden insbesondere selbständige, pädagogisch betreute Jugendwohngemeinschaften sowie das sogen. betreute Einzelwohnen verstanden. Beide Formen können auch in einer sinnvollen Ergänzung hintereinander gewährt werden (vor allem vom Heim in das betreute Wohnen).

(8) *Intensive sozialpädagogische Einzelbetreuung (§ 35 KJHG).* Diese Einzelbetreuung soll Jugendlichen in besonders gefährdenden Lebenssituationen (wie z. B. im Punker-, Prostituierten-, Drogen-

oder Nichtseßhaften-Milieu) gewährt werden, die sich erfahrungsgemäß den anderen Hilfen der Jugendhilfe entziehen und bei denen ohne eine intensive Einzelbetreuung durch Schutzhelfer, Aufsichtshelfer, Jugendberater usw. die Gefahr besteht, daß sie letztlich als ältere Jugendliche auf Dauer in Heimen oder in Einrichtungen der Psychiatrie landen.

Als Annexleistung schließt die Gewährung von Hilfe zur Erziehung nach §§ 32 bis 35 KJHG nach § 39 KJHG auch den **notwendigen Unterhalt** außerhalb des Elternhauses (einschließlich eines Barbetrages zur persönlichen Verfügung und einmalige Beihilfen und Zuschüsse) sowie – ohne die Hilfe nach § 32 KJHG – nach § 40 KJHG die **Krankenhilfe** ein (einschließlich der Vorbeugenden Gesundheitshilfe, der Hilfe bei Sterilisation, der Hilfe zur Familienplanung sowie der Hilfe für werdende Mütter und Wöchnerinnen). Auch können in geeigneten Fällen die Beiträge für eine freiwillige Krankenversicherung übernommen werden.

Der Personensorgeberechtigte und das Kind oder der Jugendliche sind vor einer Entscheidung über die Inanspruchnahme einer Hilfe zur Erziehung und vor gebotenen Änderungen zu **beraten** und an der **Auswahl** der Einrichtung oder der Pflegestelle zu beteiligen (§ 36 Abs. 1 KJHG). Es muß ein **Hilfeplan** durch die Fachkraft in Zusammenarbeit mit den genannten Personen aufgestellt werden, der regelmäßig zu überprüfen ist (§ 36 Abs. 2 und 3 KJHG). Die Pflegeperson sowie der Erzieher der Einrichtung sollen mit den **Eltern zusammenarbeiten**; die Pflegeperson soll durch das **Jugendamt überprüft** werden (§ 37 KJHG). Die Personen, die im Rahmen der Hilfe nach §§ 33 bis 35 KJHG die Erziehung und Betreuung übernommen haben, sind berechtigt, den Personensorgeberechtigten in der **Ausübung der elterlichen Sorge zu vertreten**, soweit dieser nicht etwas anderes erklärt; ggf. ist das Jugendamt einzuschalten (vgl. im einzelnen § 38 KJHG).

6. Eingliederungshilfe für seelisch behinderte Kinder und Jugendliche (§ 35a KJHG)

Die Hilfe für Kinder und Jugendliche, die seelisch behindert oder von einer solchen Behinderung bedroht sind, ist aufgrund des engen Sachzusammenhangs mit der Hilfe zur Erziehung und zur künftigen Vermeidung von komplizierten Abgrenzungsstreitigkeiten zwischen Jugendhilfeträgern und Sozialhilfeträgern durch das KJHG der Jugendhilfe zugeordnet worden. Allerdings war die ursprüngliche Fassung des KJHG in diesem Punkt sehr widersprüchlich und ist deshalb auch unterschiedlich interpretiert worden. Durch das 1. ÄndG wurde durch die Einfügung des § 35a KJHG nun für diesen Bereich eine eigenständige Hilfeart geschaffen, so daß die zunächst aufgetretene Meinungsverschiedenheit, ob und inwieweit diese Hilfeleistung selbständigen Charakter hat oder nur eine Annexleistung der Hilfe zur Erziehung ist, ausgeräumt ist. Nach der Übergangsbestimmung in Art. 11 KJHG gingen allerdings für diesen Personenkreis die Leistungen der Eingliederungshilfe für Behinderte nach dem BSHG bis zum 31. 12. 1994 noch vor, soweit Landesrecht nichts anderes bestimmte.

Auf die Eingliederungshilfe nach § 35a KJHG besteht ein Rechtsanspruch. Sie umfaßt Hilfe je nach dem Bedarf des Einzelfalles in ambulanter Hilfeform, in Tageseinrichtungen für Kinder oder in anderen teilstationären Einrichtungen, durch geeignete Pflegepersonen, in Einrichtungen oder sonstigen Wohnformen. Dabei gelten für die Maßnahmen die Regelungen in § 39 Abs. 3 und in §§ 40, 41 BSHG sowie in der Eingliederungshilfe-Verordnung, so daß die Leistungen zumindest denen der Sozialhilfe entsprechen und damit Aufstockungsleistungen der Sozialhilfe ausscheiden. § 35a Abs. 2 KJHG spricht besonders die Möglichkeiten der integrativen Erziehung von behinderten und nichtbehinderten Kindern und Jugendlichen an.

Die Frühförderung für Kinder unabhängig von der Art der Behinderung ist durch Landesrecht überwiegend den Trägern der Sozialhilfe zugeordnet worden.

7. Hilfe für junge Volljährige, Nachbetreuung (§ 41 KJHG)

Die Hilfe für junge Volljährige wurde im KJHG ausgebaut. Dem liegt die Erfahrung der Jugendhilfepraxis zugrunde, daß die früheren Regelungen über die Weiterführung einer vor Volljährigkeit gewährten Hilfe (§ 6 Abs. 3 und § 75 a JWG) zu eng waren und auffangende Leistungen der Sozialhilfe (insbesondere im Rahmen der Hilfe zur Überwindung besonderer sozialer Schwierigkeiten nach § 72 BSHG) ebenfalls häufig nicht greifen konnten. Trotz dieses engen rechtlichen Rahmens ist in den letzten Jahren der Geltung des JWG die Zahl der von der Jugendhilfe betreuten jungen Volljährigen immer stärker angestiegen; sie betrug zuletzt nach der Jugendhilfestatistik 1990 11 434 Personen. Die Koppelung an bereits vor der Volljährigkeit eingeleitete Maßnahmen der schulischen oder beruflichen Bildung einschließlich der Berufsvorbereitung ließ aber trotz dieser relativ hohen Zahl viele notwendige Hilfen in anderen Fällen nicht zu.

Nach §41 KJHG ist nun lediglich Voraussetzung, daß der junge Mensch **Hilfe für die Persönlichkeitsentfaltung** und zu einer **eigenverantwortlichen Lebensführung** braucht, wenn und solange die Hilfe aufgrund seiner individuellen Situation notwendig ist. Die Hilfe ist als Soll-Leistung ausgestaltet, übergangsweise war sie bis zum 31. 12. 1994 Kann-Leistung (vgl. Art. 10 Abs. 1 Nr. 5 KJHG). Sie soll in der Regel nur bis zur Vollendung des 21. Lebensjahres gewährt werden, in begründeten Einzelfällen darüber hinaus bis höchstens zur Vollendung des 27. Lebensjahres.

Die Hilfe umfaßt grundsätzlich die vollen in den vorhergehenden Abschnitten 5 und 6 aufgeführten Leistungen einschließlich der Annexleistungen nach §§ 39, 40 KJHG, die im Rahmen der Hilfe zur Erziehung und der Eingliederungshilfe gewährt werden, mit Ausnahme der Leistungen, die schon ihrer Natur nach bei Volljährigen ausscheiden, nämlich die sozialpädagogische Familienhilfe nach § 31 KJHG und die Erziehung in einer Tagesgruppe nach § 32 KJHG. Der junge Volljährige soll auch nach Beendigung der Hilfe bei der Verselbständigung im notwendigen Umfang beraten und unterstützt werden (§ 41 Abs.4 KJHG; übergangsweise bis 31. 12. 1994 war diese Hilfe zu einer Kann-Leistung herabgestuft, vgl. Art. 10 Abs. 1 Nr. 6 KJHG). Diese Nachbetreuung umfaßt z. B. auch die Unterstützung bei der Suche nach einer eigenen Wohnung.

III. Andere Aufgaben der Jugendhilfe

1. Allgemeines

Das 3. Kapitel des KJHG enthält ein Sammelsurium von Aufgaben der Jugendhilfe, die keine echten Sozialleistungen im engeren Sinne sind, sondern ihre Wurzel zu einem großen Teil im **staatlichen Wächteramt** haben. Sie befassen sich mit Fürsorge-, Schutz- und Überwachungsfunktionen sowie mit der Mitwirkung im gerichtlichen Verfahren, bei dem die Federführung bei anderen Stellen liegt. Dessen ungeachtet erbringt die Jugendhilfe auch in diesen Fällen einen eigenständigen Beitrag; sie wird dadurch nicht etwa »Handlanger« im gerichtlichen Verfahren. Ihre Mitwirkung und ihre Verpflichtung ergibt sich aus ihrer Funktion als Jugendhilfeträger und ihrer Einordnung in das KJHG und letztlich in das Sozialleistungsgefüge des SGB.

Das 1. Kapitel des KJHG (§§ 1–10 KJHG) mit den allgemeinen Vorschriften gilt zwar grundsätzlich auch für die im 3. Kapitel geregelten anderen Aufgaben. Der Natur der Sache nach scheidet jedoch bei einzelnen Aufgaben die Anwendung von Vorschriften des 1. Kapitels aus, da die Inanspruchnahme der Jugendhilfe in diesen anderen Aufgabenfeldern nicht im Belieben des Sorgeberechtigten bzw. Kindes oder Jugendlichen steht, vielmehr setzen die Maßnahmen in der Regel kraft Amtes ein. Dies gilt z. B. für das Wunsch- und Wahlrecht nach § 5 KJHG und teilweise auch für die Regelung über die Beteiligung von Kindern und Jugendlichen in § 8 KJHG. Allerdings kann dies nicht bedeuten, daß von vornherein generell auf die Anwendung dieser Regelungen verzichtet wird. Vielmehr ist im Einzelfall zu prüfen, ob und in welchem Umfang es trotz des anderen Charakters dieser Aufgaben im 3. Kapitel möglich ist, die jugendhilferechtlichen Grundprinzipien auch hier möglichst weitgehend zur Anwendung zu bringen.

2. Vorläufige Maßnahmen zum Schutz von Kindern und Jugendlichen (§§ 42, 43 KJHG)

§ 42 KJHG verpflichtet das Jugendamt zur **Inobhutnahme von Kindern und Jugendlichen** durch vorläufige Unterbringung bei geeigneten Personen, Einrichtungen oder sonstigen betreuten Wohnformen (z. B. in Jugendschutzstellen, Aufnahmeheimen, Kinder- und Jugendnotdiensten und Bereitschaftspflegestellen), wenn das Kind oder der Jugendliche um Obhut bittet (Abs. 2) oder wenn eine drohende Gefahr für das Wohl des Kindes oder Jugendlichen die Inobhutnahme erfordert. Während der Inobhutnahme sind der notwendige Unterhalt und die Krankenhilfe sicherzustellen. Dem Kind oder Jugendlichen ist unverzüglich Gelegenheit zu geben, eine Person seines Vertrauens zu benachrichtigen; außerdem ist unverzüglich der Personensorge- oder Erziehungsberechtigte zu unterrichten. Freiheitsentziehung ist ohne gerichtliche Entscheidung spätestens mit Ablauf des Tages nach ihrem Beginn zu beenden; ggf. hat das Jugendamt eine Entscheidung des Vormundschaftsgerichts herbeizuführen. Damit wurde erstmals eine bundeseinheitliche Rechtsgrundlage für die Inobhutnahme geschaffen, die bisher nur landesrechtlich und unterschiedlich geregelt war.

Zur **Herausnahme des Kindes oder Jugendlichen,** der sich in einer Einrichtung oder einer anderen Familie befindet, ohne Zustimmung des Sorgeberechtigten ist das Jugendamt nach § 43

KJHG dann befugt, wenn Tatsachen die Annahme rechtfertigen, daß die Voraussetzungen des § 1666 BGB vorliegen und Gefahr im Verzug ist. Der Personensorgeberechtigte ist unverzüglich von der getroffenen Maßnahme zu unterrichten und im Konfliktsfalle das Vormundschaftsgericht einzuschalten.

3. Schutz von Kindern und Jugendlichen in Familienpflege und in Einrichtungen (§§ 44–49 KJHG)

In diesem Abschnitt faßt das KJHG die hoheitlichen Aufgaben der Jugendhilfe zum Schutz von Kindern und Jugendlichen in Pflegestellen und in Einrichtungen zusammen und trennt sie zugleich – im Gegensatz zum früheren Recht – konsequent von den Hilfen zur Erziehung ab (vgl. dazu Abschnitt II 5).

Wer ein Kind oder einen Jugendlichen außerhalb des Elternhauses in seiner Familie regelmäßig betreut oder ihm Unterkunft gewähren will, bedarf der **Pflegeerlaubnis** durch das Jugendamt (§ 44 KJHG). Die Erlaubnis darf nur erteilt werden, wenn keine Erkenntnisse darüber vorliegen, daß das Wohl des Kindes oder des Jugendlichen in der Pflegestelle nicht gewährleistet ist. Das Jugendamt hat die Voraussetzungen für die Erlaubniserteilung in angemessenen Abständen zu überprüfen und die Erlaubnis ggf. zurückzunehmen oder zu widerrufen. Keiner Erlaubnis bedürfen Pflegestellen, die durch das Jugendamt im Rahmen der Hilfe zur Erziehung vermittelt wurden, bei Aufnahme durch den Vormund oder Pfleger oder durch Verwandte oder Verschwägerte bis zum dritten Grad, bei vorübergehender Aufnahme bis zu 8 Wochen, bei Aufnahme im Rahmen eines Schüler- oder Jugendaustausches, bei Tagesbetreuung sowie bei Adoptionspflege. Übergangsregelung bei nach früherem Recht erteilter Erlaubnis vgl. Art. 16 Nr. 3 KJHG.

Auch der **Betrieb** einer **Einrichtung** bedarf der Erlaubnis (§ 45 KJHG). Dies gilt auch dann, wenn die Kinder oder Jugendlichen nur für einen Teil des Tages betreut werden oder Unterkunft erhalten. Eine Reihe von Einrichtungen, bei denen die Überwachung durch andere Stellen sichergestellt ist oder die nicht überwiegend Kinder und Jugendliche aufnehmen, sind von der Erlaubnispflicht befreit (vgl. § 45 Abs. 1 Satz 2 KJHG). Dagegen sind sonstige Wohnformen in die Erlaubnispflicht mit einbezogen (§ 48a KJHG). Die Erlaubnis, die auch mit Nebenbestimmungen versehen werden kann, ist zu versagen bzw. zurückzunehmen, wenn das Wohl der Kinder oder Jugendlichen in der Einrichtung nicht gewährleistet ist (§ 45 Abs. 2

KJHG). Der durch das BSHG-Reformgesetz 1996 vom 23.7.1996 (BGBl. I S. 1088) neu in §45 KJHG eingefügte Abs. 3 sieht eine Anhörung des Trägers der Sozialhilfe bei Mängelrügen vor, wenn die Beseitigung dieser Mängel Auswirkungen auf die Entgelte nach §93 BSHG hat. §46 KJHG regelt **örtliche Prüfungen** über das Fortbestehen der Voraussetzungen und §47 KJHG **Meldepflichten** des Trägers der Einrichtung. §48 KJHG läßt eine Tätigkeitsuntersagung für den Leiter, einen Beschäftigten oder sonstige Mitarbeiter zu, wenn sie ungeeignet sind. Übergangsregelung für nach früherem Recht erteilte Erlaubnis vgl. Art. 12 KJHG. Das Nähere sollen im übrigen die Länder regeln (§49 KJHG).

4. Mitwirkung im gerichtlichen Verfahren (§§ 50–52 KJHG)

Die Mitwirkung in Verfahren vor den **Vormundschaftsgerichten** und **Familiengerichten** wird in §50 KJHG im Grundsatz angesprochen. Dabei ist stärker als im bisherigen Recht die Eigenständigkeit der Jugendhilfe bei der Erfüllung dieser Aufgabe herausgestellt. Einzelheiten der Mitwirkung ergeben sich aus den durch das KJHG neugefaßten §§49, 49a FGG (vgl. Art. 7 KJHG). Die Mitwirkung erstreckt sich u.a. auf Verfahren wegen Ehelichkeitsanfechtung, Regelung von Sorgerechtsfragen, mit Freiheitsentziehung verbundenen Verfahren, Gefährdung des Kindeswohls, Umgangsrecht, Adoption.

Im **Adoptionsverfahren** obliegen den Jugendämtern und Landesjugendämtern die Aufgaben nach dem Adoptionsvermittlungsgesetz, vor allem das Zusammenführung von Kindern mit den Adoptionsbewerbern. Nach §51 KJHG hat das Jugendamt im Verfahren zur Ersetzung der Einwilligung eines Elternteils den Elternteil zu belehren und zu beraten; dies gilt auch für den Vater eines nichtehelichen Kindes bei der Wahrnehmung seiner Rechte nach §1747 Abs. 2 Satz 2 und 3 BGB.

Dem Jugendamt obliegt im Zusammenwirken mit den Vereinigungen der Jugendhilfe die **Jugendgerichtshilfe** (§52 KJHG, §§38, 50 JGG). Es soll mit dazu helfen, die richtige, der Persönlichkeit des Jugendlichen oder jungen Volljährigen gemäße Entscheidung zu finden. Dabei ist auch die Gewährung von Leistungen nach dem KJHG zu prüfen. Kommt eine solche Gewährung in Betracht, hat das Jugendamt den Staatsanwalt oder Richter umgehend davon zu unterrichten, damit ein Absehen von der Verfolgung bzw. eine Einstellung des Verfahrens geprüft werden kann. Der Jugendliche oder junge Volljährige soll während des gesamten Verfahrens von dem gleichen Mitarbeiter des Jugendamts betreut werden, auch in der Vertretung vor dem Gericht.

5. Pflegschaft und Vormundschaft für Kinder und Jugendliche (§§ 53–58 KJHG)

Das Jugendamt hat dem Vormundschaftsgericht Personen und Vereine vorzuschlagen, die sich zum **Pfleger** und **Vormund** eignen. Pfleger und Vormünder haben Anspruch auf **Beratung** und **Unterstützung** durch das Jugendamt; das Jugendamt hat darauf zu achten, daß sie ihren Pflichten gerecht werden und ggf. entsprechende Mitteilung an das Vormundschaftsgericht zu machen (§ 53 KJHG). Das Landesjugendamt hat die Erlaubnis zur Übernahme von **Vereinsvormundschaften** zu erteilen (vgl. § 54 KJHG; Übergangsregelung für die nach früherem Recht erteilte Erlaubnis vgl. Art. 16 Nr. 4 KJHG).

Das Jugendamt wird mit der Geburt eines nichtehelichen Kindes **Pfleger (gesetzliche Pflegschaft, Amtspflegschaft**; §§ 1706 ff. BGB, §§ 55–57 KJHG), soweit nicht bereits vor der Geburt ein Pfleger bestellt worden ist oder das Kind eines Vormunds bedarf. Dem Pfleger obliegt es insbesondere, die Feststellung der Vaterschaft zu realisieren und alle Vermögensangelegenheiten wahrzunehmen, die das Eltern-Kind-Verhältnis betreffen, die Unterhaltsansprüche geltend zu machen sowie die Erb- und Pflichtteilsrechte zu regeln.

Das Jugendamt wird mit der Geburt eines nichtehelichen Kindes, das eines Vormunds bedarf, **Vormund (gesetzliche Vormundschaft, Amtsvormundschaft**; §§ 1773 ff. BGB, §§ 55–57 KJHG); dies gilt nicht, wenn ein Vormund bereits vor der Geburt bestellt ist. Eines Vormundes bedarf ein nichteheliches Kind vor allem dann, wenn seine Mutter minderjährig ist oder wenn ihr die elterliche Sorge entzogen ist.

Eine gesetzliche Neuregelung ist im Bereich der Vormundschaft und Pflegschaft vorgesehen; das Jugendamt soll künftig nur noch (nach der Entscheidung der Mutter) Beistand sein.

Vorschriften über die Vormundschaft und Pflegschaft für Volljährige (bisher § 54 a JWG) enthält das KJHG zu Recht nicht mehr. Hierfür gilt ab 1. 1. 1992 das Gesetz zur Reform des Rechts der Vormundschaft und Pflegschaft für Volljährige (Betreuungsgesetz – BtG) vom 12. 9. 1990 (BGBl. I S. 2002).

Das Jugendamt kann zum **Beistand** oder **Gegenvormund** bestellt werden (vgl. §§ 1685 ff., §§ 1792 Abs. 2, 1799 BGB, § 58 KJHG).

6. Beurkundung und Beglaubigung, vollstreckbare Urkunden (§§ 59, 60 KJHG)

Das Jugendamt kann Beamte und Angestellte ermächtigen, im Rahmen des Katalogs des § 59 KJHG **Beurkundungen** und **Beglaubigungen** vorzunehmen (einer Ermächtigung durch das Landesjugendamt – wie nach früherem Recht – bedarf es nicht mehr). Im wesentlichen betrifft die Beurkundungs- und Beglaubigungstätigkeit Vaterschaftsanerkenntnisse, Mutterschaftsanerkenntnisse, Unterhaltsverpflichtungserklärungen, Verpflichtungserklärungen auf Ansprüche einer Frau nach §§ 1615 k und l BGB, Namenserklärungen, Widerruf der Einwilligung des Kindes in die Adoption und Zustimmungserklärungen des Vaters des nichtehelichen Kindes auf Ehelicherklärung und Adoption.

Urkunden des Jugendamts über Unterhaltsverpflichtungen sind **vollstreckbar** (§ 60 KJHG).

F. Heranziehung zu den Kosten, Kostenerstattung

I. Allgemeines

Anders als im Sozialhilferecht erstreckt das KJHG den **Nachrang** der Jugendhilfe (§ 10 KJHG) nicht auch auf das eigene Einkommen und Vermögen des jungen Menschen und der Eltern. Vielmehr sind in der Regel Leistungen der Jugendhilfe zunächst unabhängig von dem vorhandenen Einkommen und Vermögen zu gewähren, wenn sie im Einzelfall erforderlich sind. Vorrang sollen hier die erzieherischen Belange haben. Deshalb ist das Kostenrecht – im Gegensatz zum früheren Recht nach dem JWG – auch weitgehend von der entsprechenden Anwendung der Vorschriften des BSHG abgekoppelt worden.

Durch das **1. ÄndG** sind die Vorschriften über die Heranziehung zu den Kosten und über die Kostenerstattung neu gefaßt worden, da die ursprüngliche Fassung zu nicht unerheblichen Anwendungsschwierigkeiten in der Praxis geführt hatte und teilweise auch zu unbilligen Ergebnissen. Insbesondere wurden neu der Übergang von Unterhaltungsansprüchen gegen die Eltern kraft Gesetzes eingeführt (§ 94

Abs. 3 KJHG) und die Kostenerstattungsregelungen zwischen den Trägern der öffentlichen Jugendhilfe erheblich ausgeweitet.

Unterschieden wird zwischen der Erhebung von **Teilnahmebeiträgen** für Leistungsangebote und **Kostenbeiträgen** für individuelle Leistungen der Jugendhilfe. Einzelne Angebote sind schon nach Bundesrecht kostenfrei (erzieherischer Kinder- und Jugendschutz nach § 14 KJHG, Beratungsangebote nach §§ 17, 18, 28 KJHG, soziale Gruppenarbeit nach § 29 KJHG, Erziehungs-/Betreuungsbeistandschaft nach § 30 KJHG und sozialpädagogische Familienhilfe nach § 31 KJHG), bei Leistungen zu den Unterbringungskosten nach § 21 KJHG können dagegen die Eltern bis zur vollen Höhe der Kosten herangezogen werden (§ 21 Satz 2 KJHG). Den Landesgesetzgebern sind weitgehende Ermächtigungen zur Präzisierung und zu abweichenden Regelungen von den bundesrechtlichen Kostenvorschriften gegeben worden.

Der Träger der Jugendhilfe hat wie früher (§ 82 a JWG) das Recht, selbst die **Feststellung einer Sozialleistung** zu betreiben, und Rechtsmittel einzulegen (§ 97 KJHG). Über ihr Einkommen und Vermögen haben das Kind oder der Jugendliche und die Eltern sowie der junge Volljährige **Auskunft** zu geben; dies gilt auch für Unterhaltsverpflichtete und für die jeweiligen Arbeitgeber (§ 97a KJHG).

II. Erhebung von Teilnahmebeiträgen (§ 90 KJHG)

Bei der Inanspruchnahme der Angebote der Jugendarbeit (§ 11 KJHG), der allgemeinen Förderung der Erziehung in der Familie (§ 16 KJHG) und der Förderung von Kindern in Tageseinrichtungen (§§ 22, 24 KJHG) können Teilnahmebeiträge oder (öffentlich-rechtliche) Gebühren festgesetzt werden; bei Tageseinrichtungen kann landesrechtlich eine pauschale Festsetzung oder Staffelung nach Einkommen oder Kinderzahl oder der Zahl der Familienangehörigen erfolgen. Der Teilnahmebeitrag oder die Gebühr kann oder soll auf Antrag ganz oder teilweise erlassen oder vom Träger der öffentlichen Jugendhilfe übernommen werden, wenn die Belastung dem jungen Menschen bzw. seinen Eltern nicht zuzumuten ist oder die Förderung für die Entwicklung des jungen Menschen erforderlich ist. Die zumutbare Belastung ergibt sich aus der entsprechenden Anwendung der §§ 76 bis 79, 84 und 85 BSHG oder aus Landesrecht; Vermögen ist in diesen Fällen nicht zu berücksichtigen.

III. Kostenbeiträge (§§ 91-94 KJHG)

Bei allen anderen, nicht in den Abschnitten I und II genannten Leistungen der Jugendhilfe (vor allem bei den individuellen Erziehungshilfen und bei der Eingliederungshilfe) sowie bei vorläufiger Inobhutnahme oder vorläufiger Unterbringung nach §§ 42, 43 KJHG können Kostenbeiträge von den Kindern und Jugendlichen und ihren Eltern erhoben werden. Landesrecht kann diese Regelung – unter Ausklammerung aus der Bundesregelung nach § 90 KJHG, vgl. oben Abschnitt II – auch auf Tageseinrichtungen erstrecken. Junge Volljährige haben zu der Unterbringung in einer sozialpädagogisch begleiteten Wohnform (§ 13 Abs. 3 KJHG), zur Unterbringung zum Abschluß der Schulausbildung (§ 21 S. 3 KJHG) und zu der Hilfe für junge Volljährige (§ 41 KJHG) beizutragen. Der Kostenbeitrag wird durch Leistungsbescheid (Verwaltungsakt) festgesetzt; zusammenlebende Eltern haften als Gesamtschuldner.

§ 93 Abs. 1 KJHG sieht vor, daß für die Ermittlung des **Einkommens** und **Vermögens** und die **Bemessung des Kostenbeitrags** die §§ 76 bis 79, 84, 85, 88 und 89 BSHG entsprechend gelten. Für die Eltern gilt dabei, daß sie bei Hilfe zur Erziehung oder Eingliederungshilfe nur in Höhe der **häuslichen Ersparnis** herangezogen werden können, wenn das Kind oder Jugendliche vor Beginn der Hilfe mit ihnen zusammengelebt hat (§ 94 Abs. 2 KJHG). Lebten die Eltern oder Elternteile zu diesem Zeitpunkt mit dem Kind oder Jugendlichen nicht zusammen, wird kein eigenständiger öffentlichrechtlicher Kostenbeitrag erhoben, vielmehr geht bei Gewährung dieser Hilfe der **Unterhaltsanspruch** des Kindes oder Jugendlichen in Höhe des Betrages, der zu zahlen wäre, wenn die Leistungen der Jugendhilfe und der sie veranlassende besondere Bedarf außer Betracht bleibt, **kraft Gesetzes** auf den Träger der öffentlichen Jugendhilfe **über** (§ 94 Abs. 3 KJHG). Von der Erhebung des Kostenbeitrags soll ganz oder teilweise abgesehen werden, wenn sonst Ziel und Zweck der Leistung gefährdet würde oder sich aus der Heranziehung eine besondere Härte ergäbe oder der damit verbundene Verwaltungsaufwand voraussichtlich in keinem angemessenen Verhältnis zu dem Kostenbeitrag stehen wird. Weiter ist von der Heranziehung der Eltern zu den Kosten abzusehen, wenn das Kind oder die Jugendliche schwanger ist oder ein leibliches Kind bis zur Vollendung seines 6. Lebensjahres betreut (§ 93 Abs. 6 KJHG). Die Erhebung des Kostenbeitrags ist dabei in § 92 KJHG je nach Hilfeart abgestuft, angefangen von der Kürzung der Leistungen um den Kostenbeitrag der Eltern bis hin zur vollen Erbringung der Leistungen und der besonderen Geltendmachung des Kostenbeitrags unabhängig davon (als Kann- und als Soll-Vorschrift wiederum abgestuft).

IV. Überleitung von Ansprüchen (§§ 95, 96 KJHG)

Ansprüche des Kindes oder Jugendlichen und ihrer Eltern oder des jungen Volljährigen können auf den Träger der Jugendhilfe durch **Überleitungsanzeige** (Verwaltungsakt) zum Ersatz übergehen (gleiche Vorschrift wie in § 90 BSHG). Gegen einen **bürgerlich-rechtlich Unterhaltspflichtigen** kann eine Überleitung nur bewirkt werden bei der Hilfe für junge Volljährige und auch hier nur gegen den Ehegatten oder Verwandte 1. Grades (§ 96 KJHG). Ist die Leistungsberechtigte schwanger oder betreut sie ihr leibliches Kind bis zur Vollendung seines 6. Lebensjahres, scheidet auch hier die Geltendmachung von Ersatzansprüchen gegen Verwandte ersten Grades aus. Bei der Hilfe für Kinder und Jugendliche darf die Überleitung von Unterhaltsansprüchen nicht erfolgen; hier verbleibt es lediglich bei der Geltendmachung von Teilnahmebeiträgen und Kostenbeiträgen, unbeschadet des gesetzlichen Unterhaltsübergangs nach § 94 Abs. 3 KJHG (vgl. oben III).

V. Kostenerstattung zwischen den Trägern der öffentlichen Jugendhilfe (§§ 89–89f KJHG)

Abweichend vom bisherigen Recht sieht das KJHG nicht mehr die entsprechende Anwendung der Kostenerstattungsvorschriften des BSHG (§§ 103–112) vor, sondern enthält dafür eigenständige Regelungen, die wegen der Umgestaltung der Vorschriften über die örtliche Zuständigkeit (§ 86 KJHG) wesentlich vereinfacht werden konnten. Das Jugendamt, in dessen Bereich die Eltern ihren gewöhnlichen Aufenthalt oder hilfsweise das Kind bzw. der Jugendliche sich zuletzt aufgehalten hat (vgl. § 86 KJHG), hat dem tätig gewordenen Jugendamt des tatsächlichen Aufenthalts die aufgewendeten Kosten zu erstatten (§ 89c KJHG); wenn kein entsprechender Aufenthalt vorhanden war das Landesjugendamt (§ 89 KJHG). Besondere Kostenerstattungsregelungen gelten bei Vollzeitpflege (§ 89a KJHG) und bei vorläufigen Maßnahmen (§ 89b KJHG). Eine Kostenerstattung ist außerdem bei Kostenbelastungen, die sich aus pflichtwidrigen Handlungen eines Jugendamts ergeben, vorgesehen (§ 89c KJHG). Bei Übertritt aus dem Ausland sind die Kosten ebenfalls vom Landesjugendamt zu erstatten (§ 89d KJHG entsprechend § 108 BSHG).

Kosten sind nur zu erstatten, soweit sie dem Gesetz entsprechen. Kosten unter 2000 DM werden nicht erstattet (Bagatellgrenze; §89f Abs. 2 KJHG), abgesehen von vorläufigen Maßnahmen, pflichtwidrigen Handlungen und bei Übertritt aus dem Ausland. Wegen der Anwendung der FRV vgl. Abschnitt C V.

G. Träger der Jugendhilfe

I. Jugendämter und Landesjugendämter

Träger der Jugendhilfe sind auf örtlicher Ebene die Kreise und kreisfreien Städte, die überörtlichen Träger werden durch Landesrecht bestimmt (§69 Abs. 1 KJHG). Jeder örtliche Träger hat ein **Jugendamt** zu errichten, jeder überörtliche Träger ein **Landesjugendamt**. Überörtliche Träger der Jugendhilfe sind bisher teils die Länder selbst, teils überörtliche kommunale Träger (Landschaftsverbände, Landeswohlfahrtsverbände). Mehrere örtliche oder überörtliche Träger können zur Durchführung einzelner Aufgaben gemeinsame Einrichtungen und Dienste (z.B. Adoptionsvermittlungsdienste) errichten (§69 Abs. 4 KJHG).

Durch Landesrecht kann geregelt werden, daß auch **kreisangehörige Gemeinden** auf Antrag zu örtlichen Trägern bestimmt werden (§69 Abs. 2 KJHG). Im übrigen können auch kreisangehörige Gemeinden und Gemeindeverbände ohne diese Trägerschaft für den örtlichen Bereich Aufgaben der Jugendhilfe wahrnehmen (§69 Abs. 5 KJHG). Die öffentliche Jugendhilfe gehört traditionell zu den **Selbstverwaltungsaufgaben** der Kreise, Städte und Gemeinden (nun durch Landesrecht geregelt, nachdem das *BVerfG*, Urteil vom 18.7.1967, BVerfGE 22, 180 = SsE S. IV F 18/301 = NJW 1987, 1765, eine entsprechende Regelung im JWG wegen Überschreitung der Gesetzgebungskompetenz des Bundes für nichtig erklärt hatte).

Jugendamt und Landesjugendamt sind **zweigliederige Behörden**; sie bestehen nach §70 KJHG aus dem (Landes-) **Jugendhilfeausschuß** und der **Verwaltung**. Der Ansatz im Referentenentwurf des KJHG, diese dem Kommunalverfassungsrecht widersprechende Gliederung aufzugeben und dem Jugendhilfeausschuß die Stellung eines regulären kommunalrechtlichen Ausschusses zu geben, ist wegen des Widerspruchs der Fachverbände und teilweise auch der Länder im Regierungsentwurf wieder aufgegeben worden. Die Verwaltung führt die laufenden Geschäfte, der Jugendhilfeausschuß befaßt sich mit allen grundsätzlichen Angelegenheiten der Jugendhilfe, insbesondere mit der Erörterung aktueller Problemlagen und der Weiterentwicklung der Jugendhilfe, der Jugendhilfeplanung und der Förderung der freien Jugendhilfe (§ 71 Abs. 2 KJHG). Er hat Beschlußrecht im Rahmen der von der Vertretungskörperschaft bereitgestellten Mittel, der von ihr erlassenen Satzung und der von ihr gefaßten Beschlüsse (§ 71 Abs. 3 KJHG). Dem Jugendhilfeausschuß gehören als stimmberechtigte Mitglieder neben Mitgliedern der Vertretungskörperschaft vor allem Männer und Frauen an, die von den **Trägern der freien Jugendhilfe** vorgeschlagen sind (im einzelnen vgl. § 71 Abs. 1 KJHG). Die Zusammenarbeit mit der freien Jugendhilfe und die Förderung ehrenamtlicher Tätigkeit ist in §§ 73–77 KJHG besonders herausgestellt (vgl. dazu Abschnitt D IX). Neben dem Jugendhilfeausschuß sollen **Arbeitsgemeinschaften** gebildet werden, die vor allem der Abstimmung von Maßnahmen dienen und denen neben der freien Jugendhilfe auch Träger von geförderten Maßnahmen angehören sollen (§ 78 KJHG).

Die Träger der öffentlichen Jugendhilfe haben für die Erfüllung der Aufgaben nach dem KJHG die **Gesamtverantwortung** einschließlich der **Planungsverantwortung** (§ 80 KJHG).Hierzu zählt auch die **Gewährleistungspflicht** für die Bereitstellung der erforderlichen und geeigneten Einrichtungen, Dienste und Veranstaltungen (§ 79 Abs. 2 KJHG sowie § 17 Abs. 1 Nr. 2 SGB I). Erstmals wurde in das Jugendhilferecht auch eine ausführliche Regelung über die **Jugendhilfeplanung** aufgenommen (vgl. § 80 KJHG). Sie weist auf die im Bereich des öffentlichen Trägers notwendigen Bestands- und Bedarfsfeststellungen und die gezielte Umsetzung in planerische Schritte hin. Außerdem ist die Beteiligung der freien Jugendhilfe an der Planung geregelt. Neben dieser Zusammenarbeit im Planungsbereich werden in § 81 KJHG eine Reihe weiterer Behörden und Stellen angesprochen, mit denen der Träger der öffentlichen Jugendhilfe zusammenzuarbeiten hat.

Das 6. Kapitel (§§ 82–84 KJHG) enthält grundsätzliche (Rahmen-) Vorschriften über **zentrale Aufgaben** der **Länder** (oberste Landesjugendbehörden) und des **Bundes** (oberste Bundesbehörde, Bundesjugendkuratorium) sowie über die Vorlage eines **Jugendberichts** in jeder Legislaturperiode des Deutschen Bundestags.

II. Örtliche und sachliche Zuständigkeit

In Abweichung vom früheren Recht ist die **örtliche Zuständigkeit** nun detailliert bereits im Bundesrecht geregelt und in ihren Schwerpunkten auch geändert worden. Weitere Änderungen und Bereinigungen erfolgten durch das 1. ÄndG. Grundsätzlich gilt – sofern nicht spezielle Regelungen für einzelne Bereiche in den §§ 86a–88 KJHG enthalten sind – nach § 86 KJHG die folgende Reihenfolge (die zugleich Rangordnung ist) für die örtliche Zuständigkeit:

a) Zuständig ist das Jugendamt, in dessen Bereich die **Eltern** ihren **gewöhnlichen Aufenthalt** haben, bei unterschiedlichem gewöhnlichem Aufenthalt der Eltern des Elternteils, der das Personensorgerecht hat, ersatzweise das Jugendamt des gewöhnlichen Aufenthalts des Elternteils, bei dem sich das Kind oder der Jugendliche zuletzt aufgehalten hat (§ 86 Abs. 1 und 2 KJHG). Bei Trennung der Eltern während der Jugendhilfemaßnahme vgl. § 86 Abs. 5 KJHG, bei längerem Aufenthalt bei einer Pflegeperson vgl. § 86 Abs. 6 KJHG.
b) Greift Buchst. a) nicht Platz, ist das Jugendamt zuständig, in dessen Bereich sich das **Kind oder der Jugendliche** zuletzt vor Beginn der Maßnahme **aufgehalten** hat (§ 86 Abs. 2 und 4 KJHG).
c) Steht die Zuständigkeit nach Buchst. a) und b) nicht fest oder wird das zuständige Jugendamt nicht tätig, ist das Jugendamt vorläufig zuständig, in dessen Bereich sich das Kind oder der Jugendliche **tatsächlich aufhält** (§ 86d KJHG).

Für Leistungen an junge Volljährige ist das Jugendamt seines gewöhnlichen Aufenthalts zuständig (§ 86 Abs. 4 KJHG). Besondere Regelungen für die örtliche Zuständigkeit gelten bei Zuständigkeitswechsel (§ 86c KJHG), bei vorläufigen Maßnahmen (§ 87 KJHG), bei Pflegeerlaubnis (§ 87a KJHG), bei Mitwirkung im gerichtlichen Verfahren (§ 87b KJHG), für die Amtspflegschaft und Amtsvormundschaft (§ 87c KJHG), für die weiteren Aufgaben im Vormundschaftswesen (§ 87d KJHG), für Beurkundungen und Beglaubigungen (§ 87e KJHG) und für den Aufenthalt im Ausland (§ 88 KJHG).

Die **sachliche Zuständigkeit** änderte sich ebenfalls wesentlich: Alle Leistungen der Jugendhilfe sind grundsätzlich auf örtlicher Ebene durch die Jugendämter zu erbringen; die überörtlichen Träger (Landesjugendämter) haben keine erzieherischen Einzelhilfen mehr zu gewähren (§ 85 KJHG), mit Ausnahme der Gewährung von Leistungen an Deutsche im Ausland. Die örtlichen Träger haben also die Vermutung der Allzuständigkeit für sich; dem überörtlichen Träger obliegen nur die im Gesetz (§85 Abs. 2 KJHG) ausdrücklich aufgeführten Aufgaben, die im wesentlichen Beratungs-, Koordinierungs-, Unterstützungs-, Planungs- und Aufsichtsmaßnahmen umfassen.

Allerdings wurde diese richtige Zuweisung von Aufgaben auf die örtliche Ebene der Jugendämter übergangsweise bis 31. 12. 1994 durch Art. 15 KJHG für Fälle durchbrochen, in denen es sich um Erziehungshilfen handelt, die bisher der Freiwilligen Erziehungshilfe oder der Fürsorgeerziehung zugeordnet waren.

III. Finanzierung, Organisation, Personal

Für die **Finanzierung** gilt der Grundsatz, daß die örtliche und sachliche Zuständigkeit zugleich die Pflicht zur Kostentragung einschließt. Die kommunalen Träger sind in der Regel für die Kostenaufbringung auf ihre allgemeinen Finanzierungsquellen (Finanzausgleich des Landes, öffentliche Abgaben) angewiesen. Teilweise beteiligen sich die Länder oder die Landesjugendämter an einzelnen Aufgabenbereichen mit pauschalen Zuschüssen oder Einzelfallquoten. §79 Abs. 2 Satz 2 KJHG weist darauf hin, daß von den insgesamt für die Jugendhilfe bereitgestellten Mitteln ein angemessener Anteil für die Jugendarbeit zu verwenden ist. Eine Verfeinerung der Verteilung der Kostenlast erfolgt durch einen speziellen Kostenausgleich zwischen den öffentlichen Trägern der Jugendhilfe (Kostenerstattung; vgl. Abschnitt F V).

Die Träger der öffentlichen Jugendhilfe bemühen sich (zusammen mit den Trägern der Sozialhilfe) seit Mitte der 60er Jahre verstärkt um eine bessere **Organisation**, um die möglichst bürgernahe und bürgergerechte Aufgabenerfüllung in dekonzentrierten sozialen Diensten, den möglichst optimalen Einsatz der Fachkräfte und um eine gezielte Leistungskontrolle mit dem Ziel, einen effektiven Einsatz der Mittel zu erreichen. Neben dem allgemeinen Sozialdienst, der das breiteste Feld abdeckt und ganzheitlich und stadtteilbezogen arbeitet, gibt es Sonderdienste für einzelne Aufgaben, wobei eine zu starke Spezialisierung zunehmend kritisch gesehen wird, da dadurch der umfassende Ansatz sozialer Arbeit gefährdet ist.

Die wirksame Umsetzung des KJHG ist entscheidend von Zahl und Qualifikation des **Personals** abhängig. Der Bundesgesetzgeber hat in diesem Bereich, der in erster Linie den Ländern vorbehalten ist, nur wenig Kompetenzen. Trotzdem sind wegen der Bedeutung dieser Frage im KJHG einige Formulierungen enthalten, die auf die notwendige und qualifizierte Personalausstattung hinweisen: In § 79 Abs. 3 KJHG ist auf die angemessene Ausstattung mit Fachkräften hingewiesen, in § 72 KJHG werden einige grundsätzliche Aussagen zur Qualifikation der Beschäftigten, zu den Anforderungen bei leitenden Funktionen im Jugendamt und Landesjugendamt und zur Notwendigkeit von Fortbildung und Praxisberatung gemacht, in § 85 Abs. 2 Nr. 8 KJHG wird die Fortbildung von Mitarbeitern ausdrücklich mit zur Aufgabe der Landesjugendämter erklärt.

IV. Schutz der Sozialdaten, Statistik

Das 4. Kapitel des KJHG (§§ 61–68), das erst im Gesetzgebungsverfahren eingefügt worden ist, enthält eine ausführliche **bereichsspezifische Datenschutzregelung**. Sie findet neben den unmittelbar auch für die öffentliche Jugendhilfe geltenden Regelungen in § 35 SGB I und §§ 67–85a SGB X ergänzend Anwendung. Dabei sind für die Tätigkeit des Jugendamts als Amtspfleger, Amtsvormund, Beistand und Gegenvormund besondere Regelungen getroffen worden (vgl. zu diesem Kapitel im einzelnen *Maas*, NDV 1990, 215, *Mörsberger*, ZfJ 1990, 365 und *Kunkel*, ZfJ 1993, 274). Die Vorschriften wurden durch das 2. SGBÄndG vom 13. 6. 1994 (BGBl. I S. 1229) an die geänderten Regelungen über den Sozialdatenschutz im SGB I und X angepaßt.

Die Vorschriften über die **Kinder- und Jugendhilfestatistik** mußten mit der Neuordnung des Jugendhilferechts geändert werden. Sie sind nun nicht mehr wie bisher in einem besonderen Gesetz enthalten, sondern als 9. Kapitel (§§ 98–103) in das KJHG übernommen und dort wesentlich präziser und umfassender als bisher enthalten. Dabei wurde auch den Belangen des Datenschutzes Rechnung getragen.

H. Jugendhilfe in den neuen Bundesländern

Die Jugendhilfe in der früheren DDR hatte sich in den Nachkriegsjahren von den Grundlagen und Ansätzen des RJWG weitgehend und unter Aufgabe des Grundsatzes der »Einheit der Jugendhilfe« gelöst. Als »Restbestandteil« der Jugendhilfe blieb lediglich eine auf den Einzelfall ausgerichtete Jugendfürsorge übrig, während der Bereich der »Jugendpflege« auf andere Ressorts und Ansätze, wie Jugendorganisationen, Schule, Bildung, Betrieb und Arbeit, aufgeteilt war (im einzelnen dazu *Seidenstücker*, NDV 1990, 234). Mit dem Gesetz zur Errichtung der Strukturen eines neuen Kinder- und Jugendhilferechts – **Jugendhilfeorganisationsgesetz** – vom 20. 7. 1990 (GBl. der DDR S. 891) wurde ein erster Ansatz zur Angleichung an die Verhältnisse in der Bundesrepublik gemacht. Dieses Gesetz übernahm das Grundgerüst des KJHG (die einleitenden Vorschriften des KJHG wurden teilweise wörtlich übernommen) und regelte dann vor allem auch die Bildung von Jugendämtern und Landesjugendämtern sowie von Jugendwohlfahrtsausschüssen und die Rahmenbedingungen für freie Träger. Das Gesetz trat am 20. 7. 1990 in Kraft. Es hatte allerdings nur eine kurze Geltungsdauer, da bereits der Einigungsvertrag mit Wirkung vom 3. 10. 1990 eine neue Rechtsgrundlage brachte.

Nach dem **Einigungsvertrag** (Anlage I, Kapitel X) gilt das KJHG im Gebiet der früheren DDR ab 3. 10. 1990 (also 3 Monate vor dem Inkrafttreten im übrigen Bundesgebiet) mit folgenden Maßgaben:

1) Über die in Art. 10 Abs. 1 KJHG enthaltenen Übergangsfassungen hinaus werden die Muß- bzw. Soll-Formulierungen in §§ 16 Abs. 1 Satz 1, 18 Abs. 1, 18 Abs. 2 1. Halbsatz, 18 Abs. 3, 18 Abs. 4, 19 Satz 1, 21 Satz 1, 23 Abs. 3, 23 Abs. 4, 25 und 27 Abs. 3 Satz 2 KJHG in Kann-Formulierungen (Ermessensleistungen) umformuliert, die Muß-Formulierung in § 37 Abs. 2 Satz 1, 1. Halbsatz in eine Soll-Formulierung.
2) § 27 Abs. 2 KJHG ist mit folgender Maßgabe anzuwenden: »Wenn und soweit die in §§ 28 bis 33 und 35 genannten Hilfearten nicht bedarfsgerecht zur Verfügung stehen, sollen sie vorrangig Kindern und Jugendlichen geleistet werden, denen sonst Hilfe zur Erziehung nach § 34 gewährt werden müßte.«
3) Für die Erteilung der Pflegeerlaubnis nach § 44 KJHG gilt eine Übergangsregelung für die am Tage des Inkrafttretens laufenden Pflegefälle.
4) Die bisherigen Jugendwohlfahrtsausschüsse und Landesjugendwohlfahrtsausschüsse gelten als Ausschüsse im Sinne des KJHG, bis erstmals nach Inkrafttreten ein neuer Ausschuß gewählt wird.
5) Art. 15 (Fortbestehen der sachlichen Zuständigkeit des Landesjugendamts in laufenden Erziehungsfällen) findet keine Anwendung.
6) Das Jugendamt hat dem Vormundschaftsgericht oder Familiengericht (nach deren Errichtung) noch geführte oder beantragte Vormundschaften und Pflegschaften sowie wirksame Anordnungen auf Heimerziehung, über den persönlichen Umgang

und andere Anordnungen, die das Erziehungsrecht der Eltern oder eines Elternteils einschränken, unverzüglich mitzuteilen.

7) Bis zu einer landesrechtlichen Regelung nehmen die Länder die Aufgaben der überörtlichen Träger der Jugendhilfe wahr.

Eine Befristung für diese Übergangsregelungen ist im Einigungsvertrag nicht vorgesehen.

Für die Jugendhilfe in den neuen Bundesländern sind auch noch andere Regelungen des Einigungsvertrags von Bedeutung, insbesondere zum bürgerlichen Recht. Eine der Amtsvormundschaft und Amtspflegschaft entsprechende Institution gibt es in den neuen Bundesländern nicht, so daß auch die entsprechenden Regelungen des KJHG dort nicht anwendbar sind.

Kommentare und Lehrbücher zum Jugendhilferecht

Gernert (Hrsg.), Freie und öffentliche Jugendhilfe, Einführung in das KJHG, 1990

Hasenclever, Jugendhilfe und Jugendgesetzgebung seit 1900, 1978

Hauck/Haines, SGB VIII, Kommentar, Loseblatt

Jans/Happe/Saurbier, Kinder- und Jugendhilferecht, Kommentar, Loseblatt

Jordan, Beiträge und Materialien zur Reform des Jugendhilferechts, 1975

Junge/Lendemann, Das KJHG, Einführende Erläuterungen, 1990

Krug/Grüner/Dalichau, Kinder- und Jugendhilfe – Sozialgesetzbuch VIII, Kommentar, Loseblatt

Kunkel, Kinder- und Jugendhilfe in den Kommunen, 1990

Mrozynski, Das neue KJHG, Textausgabe mit Erläuterungen, 2. Aufl. 1994

Münder u.a., Frankfurter Lehr- und Praxiskommentar zum KJHG, 2. Aufl. 1993

Ortbandt, Der Deutsche Verein in der Geschichte der deutschen Fürsorge 1880 – 1980, 1980

Ramm, Jugendrecht, 1990

Schellhorn/Wienand, Kommentar zum Kinder- und Jugendhilfegesetz, 1991

Scherpner, Geschichte der Jugendfürsorge, 2. Aufl. 1979

Seipp/Fuchs, Handbuch des gesamten Jugendrechts, Loseblatt

Wiesner/Kaufmann u.a., SGB VIII – Kinder- und Jugendhilfe, Kommentar, 1995

Wiesner/Zarbock (Hrsg.), Das neue Kinder- und Jugendhilfegesetz und seine Umsetzung in der Praxis, 1991

Anlage

Änderungen und Ergänzungen des Kinder- und Jugendhilfegesetzes (KJHG)

Bezeichnung der Vorschrift	Datum	BGBl. I Seite	Geänderte Paragraphen des KJHG	Gültig ab
1	2	3	4	5
1. Schwangeren- und Familienhilfegesetz	27.7.1992	1398	24, Art. 10 III	5.8.1992
2. Erstes Gesetz zur Änderung des Achten Buches Sozialgesetzbuch	16.2.1993	239	Art. 14 2 II Nr. 4, 5; 4 II; 5 2; 6 I, II, III; 10 II; 11 III Nr. 4, IV; 13 III; 18 I; 19; 21 2, 3; 23 III; 24 II; 27 IV; 34, 35a; 36 I, II, III; 37 I, II; 38 I; 39 I, II, III, VI; 40; 41 II, III; 42 I; 62 III; 69 III; 75 I; 81 Nr. 7, 8; 85; 86; 86a – 86d; 87, 87a – 87e; 88; 89; 89a – 89g; 90 – 97; 97a; 98; 99 I, II, VIII, IX; 100 Nr. 2; 101 I, II; 102 II, III; 104 I; Art. 11 I; Art. 15 I; Art. 23	1.1.1991 1.4.1993
3. Neufassung	3.5.1993	637	– –	
4. Gesetz zur Umsetzung des Föderalen Konsolidierungsprogramms	23.6.1993	944	89h	27.6.1993

Bezeichnung der Vorschrift	Datum	BGBl. I Seite	Geänderte Paragraphen des KJHG	Gültig ab
1	2	3	4	5
5. Zweites Gesetz zur Änderung des Sozialgesetzbuchs (2. SGBÄndG)	13.6.1994	1229	61 I – IV; 62 I – III; 63 I; 64 I – IV; 65 I, II; 66; 67; 68 I, II, IV; 86 VII	1.7.1994
6. Zweites Gesetz zur Änderung des Achten Buches Sozialgesetzbuch (2. SGB VIII-ÄndG)	15.12.1995	1775	24; 24a; 39 VI; 44 I 2 Nr. 1; 59 I Nr. 5; 85 II Nr. 2; 86a IV; 87b II 2; 89a I, II, III; 89b II; 91 I Nr. 1, IV; 96 II; 101 I; 103 I, II	1.1.1996
7. Neufassung	15.3.1996	477	–	–
8. Gesetz zur Reform des Sozialhilferechts	23.7.1996	1088	35a I, II; 45 III; 77 I, II, III; 89h	1.8.1996

Kinder- und Jugendhilfegesetz (KJHG/SGB VIII)

Vom 26. Juni 1990 (BGBl. I S. 1163)
in der Neufassung vom 15. März 1996 (BGBl. I S. 477)
mit Änderungen

INHALTSÜBERSICHT

Erster Teil
Ergänzung und Änderung des Sozialgesetzbuchs

Artikel 1
Sozialgesetzbuch (SGB)

Achtes Buch (VIII)
Kinder- und Jugendhilfe

Erstes Kapitel
Allgemeine Vorschriften

Zweites Kapitel
Leistungen der Jugendhilfe

Erster Abschnitt
Jugendarbeit, Jugendsozialarbeit, erzieherischer Kinder- und Jugendschutz

Zweiter Abschnitt
Förderung der Erziehung in der Familie

Dritter Abschnitt
Förderung von Kindern in Tageseinrichtungen und in Tagespflege

Vierter Abschnitt
Hilfe zur Erziehung, Eingliederungshilfe für seelisch behinderte Kinder und Jugendliche, Hilfe für junge Volljährige

Erster Unterabschnitt
Hilfe zur Erziehung

Fünftes Kapitel
Träger der Jugendhilfe, Zusammenarbeit, Gesamtverantwortung

Erster Abschnitt
Träger der öffentlichen Jugendhilfe

Zweiter Abschnitt
Zusammenarbeit mit der freien Jugendhilfe, ehrenamtliche Tätigkeit

Dritter Abschnitt
Gesamtverantwortung, Jugendhilfeplanung

Sechstes Kapitel
Zentrale Aufgaben

Siebtes Kapitel
Zuständigkeit, Kostenerstattung

Erster Abschnitt
Sachliche Zuständigkeit

Zweiter Abschnitt
Örtliche Zuständigkeit

Erster Unterabschnitt
Örtliche Zuständigkeit für Leistungen

Zweiter Unterabschnitt
Örtliche Zuständigkeit für andere Aufgaben

Dritter Unterabschnitt

Dritter Abschnitt
Kostenerstattung

Achtes Kapitel
Teilnahmebeiträge, Heranziehung zu den Kosten, Überleitung von Ansprüchen

Erster Abschnitt
Erhebung von Teilnahmebeiträgen

Zweiter Abschnitt
Heranziehung zu den Kosten

Dritter Abschnitt
Überleitung von Ansprüchen

Vierter Abschnitt
Ergänzende Vorschriften

Neuntes Kapitel
Kinder- und Jugendhilfestatistik

Zehntes Kapitel
Straf- und Bußgeldvorschriften

Artikel 2
Änderung des Sozialgesetzbuchs
– Allgemeiner Teil –

Artikel 3
Änderung des Sozialgesetzbuchs
– Verwaltungsverfahren –

Zweiter Teil
Änderung weiterer Gesetze

Artikel 4
Änderung des Bundessozialhilfegesetzes

Artikel 5
Änderung des Bürgerlichen Gesetzbuchs

Artikel 6
Änderung des Jugendgerichtsgesetzes

Artikel 7
Änderung des Gesetzes über die Angelegenheiten der freiwilligen Gerichtsbarkeit

Artikel 8
Änderung des Gesetzes über die Durchführung von Statistiken auf dem Gebiet der Sozialhilfe, der Kriegsopferfürsorge und der Jugendhilfe

Artikel 9
Änderung sonstigen Bundesrechts

Dritter Teil
Überleitungs- und Schlußvorschriften

Erster Abschnitt
Überleitungsvorschriften

Artikel 10
Übergangsfassung einzelner Vorschriften

Artikel 11
Übergangsvorschrift für Leistungen an seelisch behinderte Kinder und Jugendliche

Artikel 12
Fortführung einer Einrichtung

Artikel 13
Jugendhilfeausschuß, Landesjugendhilfeausschuß

Artikel 14
Örtliche Zuständigkeit, Kostenerstattung

Artikel 15
Sachliche Zuständigkeit des Landesjugendamts

Artikel 16
Fortgeltung von Verwaltungsakten

Artikel 17
Öffentlich-rechtliche Streitigkeiten

Artikel 18
Verfahren vor dem Vormundschaftsgericht

Artikel 19
Eintragungen im Erziehungsregister

Zweiter Abschnitt
Schlußvorschriften

Artikel 20
Einschränkung von Grundrechten

Artikel 21
Zuständigkeit für die Kostenerstattung auf Grund der deutsch-schweizerischen Fürsorgevereinbarung

Artikel 22
Stadtstaatenklausel

Artikel 23
Inkrafttreten

Erster Teil
Ergänzung und Änderung des Sozialgesetzbuchs

Artikel 1
Sozialgesetzbuch (SGB)

Achtes Buch (VIII)
Kinder- und Jugendhilfe

Erstes Kapitel
Allgemeine Vorschriften

§ 1
Recht auf Erziehung, Elternverantwortung, Jugendhilfe

(1) Jeder junge Mensch hat ein Recht auf Förderung seiner Entwicklung und auf Erziehung zu einer eigenverantwortlichen und gemeinschaftsfähigen Persönlichkeit.

(2) Pflege und Erziehung der Kinder sind das natürliche Recht der Eltern und die zuvörderst ihnen obliegende Pflicht. Über ihre Betätigung wacht die staatliche Gemeinschaft.

(3) Jugendhilfe soll zur Verwirklichung des Rechts nach Absatz 1 insbesondere

1. junge Menschen in ihrer individuellen und sozialen Entwicklung fördern und dazu beitragen, Benachteiligungen zu vermeiden oder abzubauen,
2. Eltern und andere Erziehungsberechtigte bei der Erziehung beraten und unterstützen,
3. Kinder und Jugendliche vor Gefahren für ihr Wohl schützen,
4. dazu beitragen, positive Lebensbedingungen für junge Menschen und ihre Familien sowie eine kinder- und familienfreundliche Umwelt zu erhalten oder zu schaffen.

§ 2
Aufgaben der Jugendhilfe

(1) Die Jugendhilfe umfaßt Leistungen und andere Aufgaben zugunsten junger Menschen und Familien.

(2)[1] Leistungen der Jugendhilfe sind:

1. Angebote der Jugendarbeit, der Jugendsozialarbeit und des erzieherischen Kinder- und Jugendschutzes (§§ 11 bis 14),
2. Angebote zur Förderung der Erziehung in der Familie (§§ 16 bis 21),
3. Angebote zur Förderung von Kindern in Tageseinrichtungen und in Tagespflege (§§ 22 bis 25),
4. Hilfe zur Erziehung und ergänzende Leistungen (§§ 27 bis 35, 36, 37, 39, 40),
5. Hilfe für seelisch behinderte Kinder und Jugendliche und ergänzende Leistungen (§§ 35a bis 37, 39, 40).
6. Hilfe für junge Volljährige und Nachbetreuung (§ 41).

(3) Andere Aufgaben der Jugendhilfe sind

1. die Inobhutnahme von Kindern und Jugendlichen (§ 42),
2. die Herausnahme des Kindes oder des Jugendlichen ohne Zustimmung des Personensorgeberechtigten (§ 43),
3. die Erteilung, der Widerruf und die Zurücknahme der Pflegeerlaubnis (§ 44),
4. die Erteilung, der Widerruf und die Zurücknahme der Erlaubnis für den Betrieb einer Einrichtung sowie die Erteilung nachträglicher Auflagen und die damit verbundenen Aufgaben (§§ 45 bis 47, 48 a),
5. die Tätigkeitsuntersagung (§§ 48, 48 a),
6. die Mitwirkung in Verfahren vor den Vormundschafts- und den Familiengerichten (§ 50),
7. die Beratung und Belehrung in Verfahren zur Annahme als Kind (§ 51),
8. die Mitwirkung in Verfahren nach dem Jugendgerichtsgesetz (§ 52),
9. die Beratung und Unterstützung von Pflegern und Vormündern (§ 53),
10. die Erteilung, der Widerruf und die Zurücknahme der Erlaubnis zur Übernahme von Vereinsvormundschaften (§ 54),
11. Amtspflegschaft und Amtsvormundschaft, Beistandschaft und Gegenvormundschaft des Jugendamts (§§ 55 bis 58),

12. Beurkundung und Beglaubigung (§ 59),
13. die Aufnahme von vollstreckbaren Urkunden (§ 60).

1) § 2 Abs. 2 Nr. 4 geändert und Nr. 5 eingefügt durch das 1. ÄndG vom 16. 2. 1993 (BGBl. I S. 239).

§ 3
Freie und öffentliche Jugendhilfe

(1) Die Jugendhilfe ist gekennzeichnet durch die Vielfalt von Trägern unterschiedlicher Wertorientierungen und die Vielfalt von Inhalten, Methoden und Arbeitsformen.

(2) Leistungen der Jugendhilfe werden von Trägern der freien Jugendhilfe und von Trägern der öffentlichen Jugendhilfe erbracht. Leistungsverpflichtungen, die durch dieses Buch begründet werden, richten sich an die Träger der öffentlichen Jugendhilfe.

(3) Andere Aufgaben der Jugendhilfe werden von Trägern der öffentlichen Jugendhilfe wahrgenommen. Soweit dies ausdrücklich bestimmt ist, können Träger der freien Jugendhilfe diese Aufgaben wahrnehmen oder mit ihrer Ausführung betraut werden.

§ 4
Zusammenarbeit der öffentlichen Jugendhilfe mit der freien Jugendhilfe

(1) Die öffentliche Jugendhilfe soll mit der freien Jugendhilfe zum Wohl junger Menschen und ihrer Familien partnerschaftlich zusammenarbeiten. Sie hat dabei die Selbständigkeit der freien Jugendhilfe in Zielsetzung und Durchführung ihrer Aufgaben sowie in der Gestaltung ihrer Organisationsstruktur zu achten.

(2)[1] Soweit geeignete Einrichtungen, Dienste und Veranstaltungen von anerkannten Trägern der freien Jugendhilfe betrieben werden oder rechtzeitig geschaffen werden können, soll die öffentliche Jugendhilfe von eigenen Maßnahmen absehen.

(3) Die öffentliche Jugendhilfe soll die freie Jugendhilfe nach Maßgabe dieses Buches fördern und dabei die verschiedenen Formen der Selbsthilfe stärken.

1) § 4 Abs. 2 geändert durch das 1. ÄndG vom 16. 2. 1993 (BGBl. I S. 239).

§ 5[1]
Wunsch- und Wahlrecht

Die Leistungsberechtigten haben das Recht, zwischen Einrichtungen und Diensten verschiedener Träger zu wählen und Wünsche hinsichtlich der Gestaltung der Hilfe zu äußern. Der Wahl und den Wünschen soll entsprochen werden, sofern dies nicht mit unverhältnismäßigen Mehrkosten verbunden ist. Die Leistungsberechtigten sind auf dieses Recht hinzuweisen.

---

1) § 5 Satz 2 geändert durch das 1. ÄndG vom 16. 2. 1993 (BGBl. I S. 239).

---

§ 6
Geltungsbereich

(1)[1] Leistungen nach diesem Buch werden jungen Menschen, Müttern, Vätern und Personensorgeberechtigten von Kindern und Jugendlichen gewährt, die ihren tatsächlichen Aufenthalt im Inland haben. Für die Erfüllung anderer Aufgaben gilt Satz 1 entsprechend.

(2)[1] Ausländer können Leistungen nach diesem Buch nur beanspruchen, wenn sie rechtmäßig oder aufgrund einer ausländerrechtlichen Duldung ihren gewöhnlichen Aufenthalt im Inland haben.

(3)[1] Deutschen können Leistungen nach diesem Buch auch gewährt werden, wenn sie ihren Aufenthalt im Ausland haben und soweit sie nicht Hilfe vom Aufenthaltsland erhalten.

(4) Regelungen des über- und zwischenstaatlichen Rechts bleiben unberührt.

---

1) § 6 Abs. 1, 2 und 3 geändert durch das 1.ÄndG vom 16. 2. 1993 (BGBl. I S. 239).

---

§ 7
Begriffsbestimmungen

(1) Im Sinne dieses Buches ist

1. Kind, wer noch nicht 14 Jahre alt ist, soweit nicht die Absätze 2 bis 4 etwas anderes bestimmen,
2. Jugendlicher, wer 14, aber noch nicht 18 Jahre alt ist,

3. junger Volljähriger, wer 18, aber noch nicht 27 Jahre alt ist,
4. junger Mensch, wer noch nicht 27 Jahre alt ist,
5. Personensorgeberechtigter, wem allein oder gemeinsam mit einer anderen Person nach den Vorschriften des Bürgerlichen Gesetzbuchs die Personensorge zusteht,
6. Erziehungsberechtigter der Personensorgeberechtigte und jede sonstige Person über 18 Jahren, soweit sie aufgrund einer Vereinbarung mit dem Personensorgeberechtigten nicht nur vorübergehend und nicht nur für einzelne Verrichtungen Aufgaben der Personensorge wahrnimmt.

(2) Kind im Sinne des § 1 Abs. 2 ist, wer noch nicht 18 Jahre alt ist.

(3) Nichteheliches Kind im Sinne dieses Buches ist, wer nichtehelicher Abstammung und noch nicht 18 Jahre alt ist.

(4) Die Bestimmungen dieses Buches, die sich auf die Annahme als Kind beziehen, gelten nur für Personen, die das 18. Lebensjahr noch nicht vollendet haben.

§ 8
Beteiligung von Kindern und Jugendlichen

(1) Kinder und Jugendliche sind entsprechend ihrem Entwicklungsstand an allen sie betreffenden Entscheidungen der öffentlichen Jugendhilfe zu beteiligen. Sie sind in geeigneter Weise auf ihre Rechte im Verwaltungsverfahren sowie im Verfahren vor dem Vormundschaftsgericht und dem Verwaltungsgericht hinzuweisen.

(2) Kinder und Jugendliche haben das Recht, sich in allen Angelegenheiten der Erziehung und Entwicklung an das Jugendamt zu wenden.

(3) Kinder und Jugendliche können ohne Kenntnis des Personensorgeberechtigten beraten werden, wenn die Beratung aufgrund einer Not- und Konfliktlage erforderlich ist und solange durch die Mitteilung an den Personensorgeberechtigten der Beratungszweck vereitelt würde.

§ 9
Grundrichtung der Erziehung, Gleichberechtigung von Mädchen und Jungen

Bei der Ausgestaltung der Leistungen und der Erfüllung der Aufgaben sind

1. die von den Personensorgeberechtigten bestimmte Grundrichtung der Erziehung sowie die Rechte der Personensorgeberechtigten und des Kindes oder des Jugendlichen bei der Bestimmung der religiösen Erziehung zu beachten,
2. die wachsende Fähigkeit und das wachsende Bedürfnis des Kindes oder des Jugendlichen zu selbständigem, verantwortungsbewußten Handeln sowie die jeweiligen besonderen sozialen und kulturellen Bedürfnisse und Eigenarten junger Menschen und ihrer Familien zu berücksichtigen,
3. die unterschiedlichen Lebenslagen von Mädchen und Jungen zu berücksichtigen, Benachteiligungen abzubauen und die Gleichberechtigung von Mädchen und Jungen zu fördern.

§ 10
Verhältnis zu anderen Leistungen und Verpflichtungen

(1) Verpflichtungen anderer, insbesondere Unterhaltspflichtiger oder der Träger anderer Sozialleistungen, werden durch dieses Buch nicht berührt. Leistungen anderer dürfen nicht deshalb versagt werden, weil nach diesem Buch entsprechende Leistungen vorgesehen sind.

(2)[1)2)] Die Leistungen nach diesem Buch gehen Leistungen nach dem Bundessozialhilfegesetz vor. Maßnahmen der Eingliederungshilfe nach dem Bundessozialhilfegesetz für junge Menschen, die körperlich oder geistig behindert oder von einer solchen Behinderung bedroht sind, gehen Leistungen nach diesem Buch vor. Landesrecht kann regeln, daß Maßnahmen der Frühförderung für Kinder unabhängig von der Art der Behinderung vorrangig von anderen Leistungsträgern gewährt werden.

---

1) Vgl. die Übergangsregelung für seelisch behinderte junge Menschen in Art. 11.
2) § 10 Abs. 2 Satz 2 geändert und Satz 3 eingefügt durch das 1. ÄndG vom 16. 2. 1993 (BGBl. I S. 239).

Zweites Kapitel
Leistungen der Jugendhilfe

Erster Abschnitt
Jugendarbeit, Jugendsozialarbeit, erzieherischer Kinder- und Jugendschutz

§ 11
Jugendarbeit

(1) Jungen Menschen sind die zur Förderung ihrer Entwicklung erforderlichen Angebote der Jugendarbeit zur Verfügung zu stellen. Sie sollen an den Interessen junger Menschen anknüpfen und von ihnen mitbestimmt und mitgestaltet werden, sie zur Selbstbestimmung befähigen und zu gesellschaftlicher Mitverantwortung und zu sozialem Engagement anregen und hinführen.

(2) Jugendarbeit wird angeboten von Verbänden, Gruppen und Initiativen der Jugend, von anderen Trägern der Jugendarbeit und den Trägern der öffentlichen Jugendhilfe. Sie umfaßt für Mitglieder bestimmte Angebote, die offene Jugendarbeit und gemeinwesenorientierte Angebote.

(3)[1] Zu den Schwerpunkten der Jugendarbeit gehören:

1. außerschulische Jugendbildung mit allgemeiner, politischer, sozialer, gesundheitlicher, kultureller, naturkundlicher und technischer Bildung,
2. Jugendarbeit in Sport, Spiel und Geselligkeit,
3. arbeitswelt-, schul- und familienbezogene Jugendarbeit,
4. internationale Jugendarbeit,
5. Kinder- und Jugenderholung,
6. Jugendberatung.

(4)[1] Angebote der Jugendarbeit können auch Personen, die das 27. Lebensjahr vollendet haben, in angemessenem Umfang einbeziehen.

---

1) § 11 Abs. 3 Nr. 4 und Abs. 4 geändert durch das 1. ÄndG vom 16. 2. 1993 (BGBl. I S. 239).

§ 12
Förderung der Jugendverbände

(1) Die eigenverantwortliche Tätigkeit der Jugendverbände und Jugendgruppen ist unter Wahrung ihres satzungsgemäßen Eigenlebens nach Maßgabe des § 74 zu fördern.

(2) In Jugendverbänden und Jugendgruppen wird Jugendarbeit von jungen Menschen selbst organisiert, gemeinschaftlich gestaltet und mitverantwortet. Ihre Arbeit ist auf Dauer angelegt und in der Regel auf die eigenen Mitglieder ausgerichtet, sie kann sich aber auch an junge Menschen wenden, die nicht Mitglieder sind. Durch Jugendverbände und ihre Zusammenschlüsse werden Anliegen und Interessen junger Menschen zum Ausdruck gebracht und vertreten.

§ 13
Jugendsozialarbeit

(1) Jungen Menschen, die zum Ausgleich sozialer Benachteiligungen oder zur Überwindung individueller Beeinträchtigungen in erhöhtem Maße auf Unterstützung angewiesen sind, sollen im Rahmen der Jugendhilfe sozialpädagogische Hilfen angeboten werden, die ihre schulische und berufliche Ausbildung, Eingliederung in die Arbeitswelt und ihre soziale Integration fördern.

(2) Soweit die Ausbildung dieser jungen Menschen nicht durch Maßnahmen und Programme anderer Träger und Organisationen sichergestellt wird, können geeignete sozialpädagogisch begleitete Ausbildungs- und Beschäftigungsmaßnahmen angeboten werden, die den Fähigkeiten und dem Entwicklungsstand dieser jungen Menschen Rechnung tragen.

(3)[1] Jungen Menschen kann während der Teilnahme an schulischen oder beruflichen Bildungsmaßnahmen oder bei der beruflichen Eingliederung Unterkunft in sozialpädagogisch begleiteten Wohnformen angeboten werden. In diesen Fällen sollen auch der notwendige Unterhalt des jungen Menschen sichergestellt und Krankenhilfe nach Maßgabe von § 40 geleistet werden.

(4) Die Angebote sollen mit den Maßnahmen der Schulverwaltung, der Bundesanstalt für Arbeit, der Träger betrieblicher und außerbetrieblicher Ausbildung sowie der Träger von Beschäftigungsangeboten abgestimmt werden.

---

1) § 13 Abs. 3 Satz 2 angefügt durch das 1. ÄndG vom 16. 2. 1993 (BGBl. I S. 239).

§ 14
Erzieherischer Kinder- und Jugendschutz

(1) Jungen Menschen und Erziehungsberechtigten sollen Angebote des erzieherischen Kinder- und Jugendschutzes gemacht werden.

(2) Die Maßnahmen sollen

1. junge Menschen befähigen, sich vor gefährdenden Einflüssen zu schützen und sie zu Kritikfähigkeit, Entscheidungsfähigkeit und Eigenverantwortlichkeit sowie zur Verantwortung gegenüber ihren Mitmenschen führen,
2. Eltern und andere Erziehungsberechtigte besser befähigen, Kinder und Jugendliche vor gefährdenden Einflüssen zu schützen.

§ 15
Landesrechtsvorbehalt

Das Nähere über Inhalt und Umfang der in diesem Abschnitt geregelten Aufgaben und Leistungen regelt das Landesrecht.

Zweiter Abschnitt
Förderung der Erziehung in der Familie

§ 16
Allgemeine Förderung der Erziehung in der Familie

(1) Müttern, Vätern, anderen Erziehungsberechtigten und jungen Menschen sollen Leistungen der allgemeinen Förderung der Erziehung in der Familie angeboten werden. Sie sollen dazu beitragen, daß Mütter, Väter und andere Erziehungsberechtigte ihre Erziehungsverantwortung besser wahrnehmen können.

(2) Leistungen zur Förderung der Erziehung in der Familie sind insbesondere

1. Angebote der Familienbildung, die auf Bedürfnisse und Interessen sowie auf Erfahrungen von Familien in unterschiedlichen Lebenslagen und Erziehungssituationen eingehen, die Familie zur Mitarbeit in Erziehungseinrichtungen und in Formen der Selbst- und Nachbarschaftshilfe besser befähigen sowie junge Menschen auf Ehe, Partnerschaft und das Zusammenleben mit Kindern vorbereiten,
2. Angebote der Beratung in allgemeinen Fragen der Erziehung und Entwicklung junger Menschen,

3. Angebote der Familienfreizeit und der Familienerholung, insbesondere in belastenden Familiensituationen, die bei Bedarf die erzieherische Betreuung der Kinder einschließen.

(3) Das Nähere über Inhalt und Umfang der Aufgaben regelt das Landesrecht.

§ 17
Beratung in Fragen der Partnerschaft, Trennung und Scheidung

(1) Müttern und Vätern soll im Rahmen der Jugendhilfe Beratung in Fragen der Partnerschaft angeboten werden, wenn sie für ein Kind oder einen Jugendlichen zu sorgen haben oder tatsächlich sorgen. Die Beratung soll helfen,

1. ein partnerschaftliches Zusammenleben in der Familie aufzubauen,
2. Konflikte und Krisen in der Familie zu bewältigen,
3. im Falle der Trennung oder Scheidung die Bedingungen für eine dem Wohl des Kindes oder des Jugendlichen förderliche Wahrnehmung der Elternverantwortung zu schaffen.

(2) Im Falle der Trennung oder Scheidung sollen Eltern bei der Entwicklung eines einvernehmlichen Konzepts für die Wahrnehmung der elterlichen Sorge unterstützt werden, das als Grundlage für die richterliche Entscheidung über das Sorgerecht nach der Trennung oder Scheidung dienen kann.

§ 18
Beratung und Unterstützung bei der Ausübung der Personensorge

(1)[1] Mütter und Väter, die allein für ein Kind oder einen Jugendlichen zu sorgen haben oder tatsächlich sorgen, haben Anspruch auf Beratung und Unterstützung bei der Ausübung der Personensorge einschließlich der Geltendmachung von Unterhalts- oder Unterhaltsersatzansprüchen des Kindes oder Jugendlichen. Ein junger Volljähriger hat bis zur Vollendung des 21. Lebensjahres Anspruch auf Beratung und Unterstützung bei der Geltendmachung von Unterhalts- oder Unterhaltsersatzansprüchen.

(2) Ist anzunehmen, daß ein Kind nichtehelich geboren wird, so hat die Mutter einen Anspruch darauf, daß vor der Geburt die Feststellung der Vaterschaft durch geeignete Ermittlungen und sonstige Maßnahmen vorbereitet wird; dies gilt nicht, wenn mit dieser Aufgabe ein Pfleger für das noch nicht geborene Kind betraut ist oder wenn das Vormundschaftsgericht angeordnet hat, daß eine Pflegschaft nicht eintritt.

(3) Die Mutter eines nichtehelichen Kindes hat Anspruch auf Beratung und Unterstützung bei der Geltendmachung ihrer Ansprüche auf Erstattung der Entbindungskosten nach § 1615 k und auf Unterhalt nach § 1615 l des Bürgerlichen Gesetzbuchs.

(4) Mütter und Väter, denen die elterliche Sorge nicht zusteht, haben Anspruch auf Beratung und Unterstützung bei der Ausübung des Umgangsrechts. Bei der Herstellung von Besuchskontakten und bei der Ausführung gerichtlicher oder vereinbarter Umgangsregelungen soll in geeigneten Fällen Hilfestellung geleistet werden.

---

1) § 18 Abs. 1 Satz 2 angefügt durch das 1. ÄndG vom 16. 2. 1993 (BGBl. I S. 239).

---

§ 19[1]
Gemeinsame Wohnformen für Mütter/Väter und Kinder

(1) Mütter oder Väter, die allein für ein Kind unter sechs Jahren zu sorgen haben, sollen gemeinsam mit dem Kind in einer geeigneten Wohnform betreut werden, wenn und solange sie aufgrund ihrer Persönlichkeitsentwicklung dieser Form der Unterstützung bei der Pflege und Erziehung des Kindes bedürfen. Die Betreuung schließt auch ältere Geschwister ein, sofern die Mutter oder der Vater für sie allein zu sorgen hat. Eine schwangere Frau kann auch vor der Geburt des Kindes in der Wohnform betreut werden.

(2) Während dieser Zeit soll darauf hingewirkt werden, daß die Mutter oder der Vater eine schulische oder berufliche Ausbildung beginnt oder fortführt und eine Berufstätigkeit aufnimmt.

(3) Die Leistung soll auch den notwendigen Unterhalt der betreuten Personen sowie die Krankenhilfe nach Maßgabe des § 40 umfassen.

---

1) § 19 neu gefaßt durch das 1. ÄndG vom 16. 2. 1993 (BGBl. I S. 239).

---

§ 20
Betreuung und Versorgung des Kindes in Notsituationen

(1) Fällt der Elternteil, der die überwiegende Betreuung des Kindes übernommen hat, für die Wahrnehmung dieser Aufgabe aus gesundheitlichen oder anderen zwingenden Gründen aus, so soll der andere Elternteil bei der Betreuung und Versorgung des im Haushalt lebenden Kindes unterstützt werden, wenn

1. er wegen berufsbedingter Abwesenheit nicht in der Lage ist, die Aufgabe wahrzunehmen,
2. die Hilfe erforderlich ist, um das Wohl des Kindes zu gewährleisten,
3. Angebote der Förderung des Kindes in Tageseinrichtungen oder in Tagespflege nicht ausreichen.

(2) Fällt ein alleinerziehender Elternteil oder fallen beide Elternteile aus gesundheitlichen oder anderen zwingenden Gründen aus, so soll unter der Voraussetzung des Absatzes 1 Nr. 3 das Kind im elterlichen Haushalt versorgt und betreut werden, wenn und solange es für sein Wohl erforderlich ist.

§ 21[1) 2)]
Unterstützung bei notwendiger Unterbringung zur Erfüllung der Schulpflicht

Können Personensorgeberechtigte wegen des mit ihrer beruflichen Tätigkeit verbundenen ständigen Ortswechsels die Erfüllung der Schulpflicht ihres Kindes oder Jugendlichen nicht sicherstellen und ist deshalb eine anderweitige Unterbringung des Kindes oder des Jugendlichen notwendig, so haben sie Anspruch auf Beratung und Unterstützung. In geeigneten Fällen können die Kosten der Unterbringung in einer für das Kind oder den Jugendlichen geeigneten Wohnform einschließlich des notwendigen Unterhalts sowie die Krankenhilfe übernommen werden, wenn und soweit dies dem Kind oder dem Jugendlichen und seinen Eltern aus ihren Einkommen und Vermögen nach Maßgabe der §§ 91 bis 93 nicht zuzumuten ist. Die Kosten können über das schulpflichtige Alter hinaus übernommen werden, sofern eine begonnene Schulausbildung noch nicht abgeschlossen ist, längstens aber bis zur Vollendung des 21. Lebensjahres.

---

1) § 21 Satz 2 geändert und Satz 3 angefügt durch das 1. ÄndG vom 16. 2. 1993 (BGBl. I S. 239).
2) § 21 Satz 2 erneut geändert durch das 2. ÄndG vom 15. 12. 1995 (BGBl. I S. 1775).

Dritter Abschnitt
Förderung von Kindern in Tageseinrichtungen und in Tagespflege

§ 22
Grundsätze der Förderung von Kindern in Tageseinrichtungen

(1) In Kindergärten, Horten und anderen Einrichtungen, in denen sich Kinder für einen Teil des Tages oder ganztags aufhalten, (Tageseinrichtungen) soll die Entwicklung des Kindes zu einer eigenverantwortlichen und gemeinschaftsfähigen Persönlichkeit gefördert werden.

(2) Die Aufgabe umfaßt die Betreuung, Bildung und Erziehung des Kindes. Das Leistungsangebot soll sich pädagogisch und organisatorisch an den Bedürfnissen der Kinder und ihrer Familien orientieren.

(3) Bei der Wahrnehmung ihrer Aufgaben sollen die in den Einrichtungen tätigen Fachkräfte und anderen Mitarbeiter mit den Erziehungsberechtigten zum Wohl der Kinder zusammenarbeiten. Die Erziehungsberechtigten sind an den Entscheidungen in wesentlichen Angelegenheiten der Tageseinrichtung zu beteiligen.

§ 23
Tagespflege

(1) Zur Förderung der Entwicklung des Kindes, insbesondere in den ersten Lebensjahren, kann auch eine Person vermittelt werden, die das Kind für einen Teil des Tages oder ganztags entweder im eigenen oder im Haushalt des Personensorgeberechtigten betreut (Tagespflegeperson).

(2) Die Tagespflegeperson und der Personensorgeberechtigte sollen zum Wohl des Kindes zusammenarbeiten. Sie haben Anspruch auf Beratung in allen Fragen der Tagespflege.

(3)[1] Wird eine geeignete Tagespflegeperson vermittelt und ist die Förderung des Kindes in Tagespflege für sein Wohl geeignet und erforderlich, so sollen dieser Person die entstehenden Aufwendungen einschließlich der Kosten der Erziehung ersetzt werden. Die entstehenden Aufwendungen einschließlich der Kosten der Erziehung sollen auch ersetzt werden, wenn das Jugendamt die Geeignetheit und Erforderlichkeit der Tagespflege für das Wohl des Kindes und die Eignung einer von den Personensorgeberechtigten nachgewiesenen Pflegeperson feststellt.

(4) Zusammenschlüsse von Tagespflegepersonen sollen beraten und unterstützt werden.

1) § 23 Abs. 3 Satz 2 angefügt durch das 1. ÄndG vom 16. 2. 1993 (BGBl. I S. 239).

§ 24[1]
Ausgestaltung des Förderungsangebots in Tageseinrichtungen

Ein Kind hat vom vollendeten dritten Lebensjahr an bis zum Schuleintritt Anspruch auf den Besuch eines Kindergartens. Für Kinder im Alter unter drei Jahren und für Kinder im schulpflichtigen Alter sind nach Bedarf Plätze in Tageseinrichtungen vorzuhalten. Die Träger der öffentlichen Jugendhilfe haben darauf hinzuwirken, daß ein bedarfsgerechtes Angebot an Ganztagsplätzen zur Verfügung steht.

1) § 24 neu gefaßt durch das 2. ÄndG vom 15. 12. 1995 (BGBl. I S. 1775).

§ 24a[1]
Übergangsregelung zum Anspruch auf den Besuch eines Kindergartens

(1) Kann zum 1. Januar 1996 in einem Land das zur Erfüllung des Rechtsanspruchs nach § 24 Satz 1 erforderliche Angebot nicht gewährleistet werden, so gelten die nachfolgenden Regelungen.

(2) Landesrecht kann einen allgemeinen Zeitpunkt, spätestens den 1. August 1996, festlegen und bestimmen, daß erst ab diesem festgelegten Zeitpunkt der Anspruch eines Kindes, das bis zu diesem Tag das dritte Lebensjahr vollendet hat, besteht.

(3) Landesrecht kann für die Zeit ab dem 1. August 1996 bis zum 31. Dezember 1998 eine Regelung treffen, die die örtlichen Träger, die den Rechtsanspruch nach § 24 Satz 1 noch nicht erfüllen können, auf Antrag befugt, für ihren Bereich allgemeine Zeitpunkte festzulegen, ab denen der Rechtsanspruch auf den Besuch des Kindergartens besteht. Diese Zeitpunkte dürfen höchstens sechs Monate und für das Jahr 1998 höchstens vier Monate auseinanderliegen. Voraussetzung für die Befugnis ist, daß der örtliche Träger vorab im Rahmen der Jugendhilfeplanung das noch bestehende Versorgungsdefizit festgestellt und verbindliche Ausbaustufen zur Verwirklichung des Angebots, das eine Erfüllung des Rechtsanspruchs nach § 24

Satz 1 zum frühestmöglichen Zeitpunkt, spätestens zum 31. Dezember 1998, gewährleistet, beschlossen hat.

(4) Landesrecht kann auch regeln, daß der Anspruch im Rahmen der Absätze 2 und 3 bis zum 31. Dezember 1998 auch durch ein anderes geeignetes Förderungsangebot erfüllt werden kann.

(5) Besteht eine landesrechtliche Regelung nach den Absätzen 2 bis 4, so hat der örtliche Träger der Jugendhilfe im Rahmen seiner Gewährleistungspflicht nach §79 sicherzustellen, daß ein Kind vom vollendeten dritten Lebensjahr an auch vor den jeweiligen allgemeinen Zeitpunkten einen Kindergartenplatz oder ein anderes geeignetes Förderungsangebot erhält, wenn die Ablehnung für das Kind oder seine Eltern eine besondere Härte bedeuten würde.

---

1) §24a eingefügt durch das 2. ÄndG vom 15. 12. 1995 (BGBl. I S. 1775).

---

§25
Unterstützung selbstorganisierter Förderung von Kindern

Mütter, Väter und andere Erziehungsberechtigte, die die Förderung von Kindern selbst organisieren wollen, sollen beraten und unterstützt werden.

§26
Landesrechtsvorbehalt

Das Nähere über Inhalt und Umfang der in diesem Abschnitt geregelten Aufgaben und Leistungen regelt das Landesrecht. Am 31. Dezember 1990 geltende landesrechtliche Regelungen, die das Kindergartenwesen dem Bildungsbereich zuweisen, bleiben unberührt.

Vierter Abschnitt
Hilfe zur Erziehung, Eingliederungshilfe für seelisch behinderte Kinder und Jugendliche, Hilfe für junge Volljährige

Erster Unterabschnitt
Hilfe zur Erziehung

§27[1)2)]
Hilfe zur Erziehung

(1) Ein Personensorgeberechtigter hat bei der Erziehung eines Kindes oder eines Jugendlichen Anspruch auf Hilfe (Hilfe zur Erziehung), wenn eine dem Wohl des Kindes oder des Jugendlichen ent-

sprechende Erziehung nicht gewährleistet ist und die Hilfe für seine Entwicklung geeignet und notwendig ist.

(2)[3] Hilfe zur Erziehung wird insbesondere nach Maßgabe der §§ 28 bis 35 gewährt. Art und Umfang der Hilfe richten sich nach dem erzieherischen Bedarf im Einzelfall; dabei soll das engere soziale Umfeld des Kindes oder des Jugendlichen einbezogen werden.

(3) Hilfe zur Erziehung umfaßt insbesondere die Gewährung pädagogischer und damit verbundener therapeutischer Leistungen. Sie soll bei Bedarf Ausbildungs- und Beschäftigungsmaßnahmen im Sinne von § 13 Abs. 2 einschließen.

---

1) Vgl. für seelisch behinderte junge Menschen die Übergangsregelung in Art. 11.
2) § 27 Abs. 4 gestrichen durch das 1. ÄndG vom 16. 2. 1993 (BGBl. I S. 239).
3) Vgl. die Übergangsregelung zu Abs. 2 in Art. 10 Abs. 2.

---

§ 28
Erziehungsberatung

Erziehungsberatungsstellen und andere Beratungsdienste und -einrichtungen sollen Kinder, Jugendliche, Eltern und andere Erziehungsberechtigte bei der Klärung und Bewältigung individueller und familienbezogener Probleme und der zugrundeliegenden Faktoren, bei der Lösung von Erziehungsfragen sowie bei Trennung und Scheidung unterstützen. Dabei sollen Fachkräfte verschiedener Fachrichtungen zusammenwirken, die mit unterschiedlichen methodischen Ansätzen vertraut sind.

§ 29
Soziale Gruppenarbeit

Die Teilnahme an sozialer Gruppenarbeit soll älteren Kindern und Jugendlichen bei der Überwindung von Entwicklungsschwierigkeiten und Verhaltensproblemen helfen. Soziale Gruppenarbeit soll auf der Grundlage eines gruppenpädagogischen Konzepts die Entwicklung älterer Kinder und Jugendlicher durch soziales Lernen in der Gruppe fördern.

§ 30
Erziehungsbeistand, Betreuungshelfer

Der Erziehungsbeistand und der Betreuungshelfer sollen das Kind oder den Jugendlichen bei der Bewältigung von Entwicklungsproblemen möglichst unter Einbeziehung des sozialen Umfelds unterstützen und unter Erhaltung des Lebensbezugs zur Familie seine Verselbständigung fördern.

§ 31
Sozialpädagogische Familienhilfe

Sozialpädagogische Familienhilfe soll durch intensive Betreuung und Begleitung Familien in ihren Erziehungsaufgaben, bei der Bewältigung von Alltagsproblemen, der Lösung von Konflikten und Krisen sowie im Kontakt mit Ämtern und Institutionen unterstützen und Hilfe zur Selbsthilfe geben. Sie ist in der Regel auf längere Dauer angelegt und erfordert die Mitarbeit der Familie.

§ 32
Erziehung in einer Tagesgruppe

Hilfe zur Erziehung in einer Tagesgruppe soll die Entwicklung des Kindes oder des Jugendlichen durch soziales Lernen in der Gruppe, Begleitung der schulischen Förderung und Elternarbeit unterstützen und dadurch den Verbleib des Kindes oder des Jugendlichen in seiner Familie sichern. Die Hilfe kann auch in geeigneten Formen der Familienpflege geleistet werden.

§ 33
Vollzeitpflege

Hilfe zur Erziehung in Vollzeitpflege soll entsprechend dem Alter und Entwicklungsstand des Kindes oder des Jugendlichen und seinen persönlichen Bindungen sowie den Möglichkeiten der Verbesserung der Erziehungsbedingungen in der Herkunftsfamilie Kindern und Jugendlichen in einer anderen Familie eine zeitlich befristete Erziehungshilfe oder eine auf Dauer angelegte Lebensform bieten. Für besonders entwicklungsbeeinträchtigte Kinder und Jugendliche sind geeignete Formen der Familienpflege zu schaffen und auszubauen.

§ 34[1)]
Heimerziehung, sonstige betreute Wohnform

Hilfe zur Erziehung in einer Einrichtung über Tag und Nacht (Heimerziehung) oder in einer sonstigen betreuten Wohnform soll Kinder und Jugendliche durch eine Verbindung von Alltagserleben mit pädagogischen und therapeutischen Angeboten in ihrer Entwicklung fördern. Sie soll entsprechend dem Alter und Entwicklungsstand des Kindes oder des Jugendlichen sowie den Möglichkeiten der Verbesserung der Erziehungsbedingungen in der Herkunftsfamilie

1. eine Rückkehr in die Familie zu erreichen versuchen oder
2. die Erziehung in einer anderen Familie vorbereiten oder
3. eine auf längere Zeit angelegte Lebensform bieten und auf ein selbständiges Leben vorbereiten.

Jugendliche sollen in Fragen der Ausbildung und Beschäftigung sowie der allgemeinen Lebensführung beraten und unterstützt werden.

---

1) § 34 neu gefaßt durch das 1. ÄndG vom 16. 2. 1993 (BGBl. I S. 239).

---

§ 35
Intensive sozialpädagogische Einzelbetreuung

Intensive sozialpädagogische Einzelbetreuung soll Jugendlichen gewährt werden, die einer intensiven Unterstützung zur sozialen Integration und zu einer eigenverantwortlichen Lebensführung bedürfen. Die Hilfe ist in der Regel auf längere Zeit angelegt und soll den individuellen Bedürfnissen des Jugendlichen Rechnung tragen.

Zweiter Unterabschnitt
Eingliederungshilfe für seelisch behinderte Kinder und Jugendliche

§ 35a[1]
Eingliederungshilfe für seelisch behinderte Kinder und Jugendliche

(1)[2] Kinder und Jugendliche, die seelisch behindert oder von einer solchen Behinderung bedroht sind, haben Anspruch auf Eingliederungshilfe. Die Hilfe wird nach dem Bedarf im Einzelfall

1. in ambulanter Form,
2. in Tageseinrichtungen für Kinder oder in anderen teilstationären Einrichtungen,
3. durch geeignete Pflegepersonen und
4. in Einrichtungen über Tag und Nacht sowie sonstigen Wohnformen geleistet.

(2)[3] Aufgabe und Ziel der Hilfe, die Bestimmung des Personenkreises sowie die Art der Maßnahmen richten sich nach folgenden Bestimmungen des Bundessozialhilfegesetzes, soweit diese auf seelisch behinderte oder von einer solchen Behinderung bedrohte Personen Anwendung finden:

1. § 39 Abs. 3 und § 40,
2. § 41 Abs. 1 bis 3 Satz 2 und Abs. 4 mit der Maßgabe, daß an die Stelle der Vereinbarungen nach § 93 des Bundessozialhilfegesetzes Vereinbarungen nach § 77 dieses Buches treten,
3. die Verordnung nach § 47 des Bundessozialhilfegesetzes.

(3) Ist gleichzeitig Hilfe zur Erziehung zu leisten, so sollen Einrichtungen, Dienste und Personen in Anspruch genommen werden, die geeignet sind, sowohl die Aufgaben der Eingliederungshilfe zu erfüllen als auch den erzieherischen Bedarf zu decken. Sind heilpädagogische Maßnahmen für Kinder, die noch nicht im schulpflichtigen Alter sind, in Tageseinrichtungen für Kinder zu gewähren und läßt der Hilfebedarf es zu, so sollen Einrichtungen in Anspruch genommen werden, in denen behinderte und nichtbehinderte Kinder gemeinsam betreut werden.

---

1) § 35a eingefügt durch das 1. ÄndG vom 16. 2. 1993 (BGBl. I S. 239).
2) § 35a Abs. 1 Satz 3 gestrichen durch das BSHG-Reformgesetz vom 23. 7. 1996 (BGBl. I S. 1088).
3) § 35a Abs. 2 eingefügt durch das BSHG-Reformgesetz vom 23. 7. 1996 (BGBl. I S. 1088).

Dritter Unterabschnitt
Gemeinsame Vorschriften für die Hilfe zur Erziehung und die Eingliederungshilfe für seelisch behinderte Kinder und Jugendliche

§ 36
Mitwirkung, Hilfeplan

(1)[1] Der Personensorgeberechtigte und das Kind oder der Jugendliche sind vor der Entscheidung über die Inanspruchnahme einer Hilfe und vor einer notwendigen Änderung von Art und Umfang der Hilfe zu beraten und auf die möglichen Folgen für die Entwicklung des Kindes oder des Jugendlichen hinzuweisen. Vor und während einer langfristig zu leistenden Hilfe außerhalb der eigenen Familie ist zu prüfen, ob die Annahme als Kind in Betracht kommt. Ist Hilfe außerhalb der eigenen Familie erforderlich, so sind die in Satz 1 genannten Personen bei der Auswahl der Einrichtung oder der Pflegestelle zu beteiligen. Der Wahl und den Wünschen ist zu entsprechen, sofern sie nicht mit unverhältnismäßigen Mehrkosten verbunden sind.

(2)[1] Die Entscheidung über die im Einzelfall angezeigte Hilfeart soll, wenn Hilfe voraussichtlich für längere Zeit zu leisten ist, im Zusammenwirken mehrerer Fachkräfte getroffen werden. Als Grundlage für die Ausgestaltung der Hilfe sollen sie zusammen mit dem Personensorgeberechtigten und dem Kind oder dem Jugendlichen einen Hilfeplan aufstellen, der Feststellungen über den Bedarf, die zu gewährende Art der Hilfe sowie die notwendigen Leistungen enthält; sie sollen regelmäßig prüfen, ob die gewählte Hilfeart weiterhin geeignet und notwendig ist. Werden bei der Durchführung der Hilfe andere Personen, Dienste oder Einrichtungen tätig, so sind sie oder deren Mitarbeiter an der Aufstellung des Hilfeplans und seiner Überprüfung zu beteiligen.

(3)[1] Erscheinen Hilfen nach § 35a erforderlich, so soll bei der Aufstellung und Änderung des Hilfeplans sowie bei der Durchführung der Hilfe ein Arzt, der über besondere Erfahrungen in der Hilfe für Behinderte verfügt, beteiligt werden. Erscheinen Maßnahmen der beruflichen Eingliederung erforderlich, so sollen auch die Stellen der Bundesanstalt für Arbeit beteiligt werden.

1) § 36 Abs. 1, 2 und 3 geändert durch das 1. ÄndG vom 16. 2. 1993 (BGBl. I S. 239).

§ 37
Zusammenarbeit bei Hilfen außerhalb der eigenen Familie

(1)[1] Bei Hilfen nach §§ 32 bis 34 und § 35a Abs. 1 Satz 2 Nr. 3 und 4 soll darauf hingewirkt werden, daß die Pflegeperson oder die in der Einrichtung für die Erziehung verantwortlichen Personen und die Eltern zum Wohl des Kindes oder des Jugendlichen zusammenarbeiten. Durch Beratung und Unterstützung sollen die Erziehungsbedingungen in der Herkunftsfamilie innerhalb eines im Hinblick auf die Entwicklung des Kindes oder Jugendlichen vertretbaren Zeitraums so weit verbessert werden, daß sie das Kind oder den Jugendlichen wieder selbst erziehen kann. Während dieser Zeit soll durch begleitende Beratung und Unterstützung der Familien darauf hingewirkt werden, daß die Beziehung des Kindes oder Jugendlichen zur Herkunftsfamilie gefördert wird. Ist eine nachhaltige Verbesserung der

Erziehungsbedingungen in der Herkunftsfamilie innerhalb dieses Zeitraums nicht erreichbar, so soll mit den beteiligten Personen eine andere, dem Wohl des Kindes oder des Jugendlichen förderliche und auf Dauer angelegte Lebensperspektive erarbeitet werden.

(2)[1] Die Pflegeperson hat vor der Aufnahme des Kindes oder des Jugendlichen und während der Dauer der Pflege Anspruch auf Beratung und Unterstützung; dies gilt auch in den Fällen, in denen dem Kind oder dem Jugendlichen weder Hilfe zur Erziehung noch Eingliederungshilfe gewährt wird oder die Pflegeperson der Erlaubnis nach § 44 nicht bedarf. § 23 Abs. 4 gilt entsprechend.

(3) Das Jugendamt soll den Erfordernissen des Einzelfalls entsprechend an Ort und Stelle überprüfen, ob die Pflegeperson eine dem Wohl des Kindes oder des Jugendlichen förderliche Erziehung gewährleistet. Die Pflegeperson hat das Jugendamt über wichtige Ereignisse zu unterrichten, die das Wohl des Kindes oder des Jugendlichen betreffen.

---

1) § 37 Abs. 1 und 2 geändert durch das 1. ÄndG vom 16. 2. 1993 (BGBl. I S. 239).

---

§ 38
Ausübung der Personensorge

(1)[1] Sofern nicht der Personensorgeberechtigte etwas anderes erklärt oder das Vormundschaftsgericht etwas anderes angeordnet hat, ist die Person, die im Rahmen der Hilfe nach §§ 33 bis 35 und 35a Abs. 1 Satz 2 Nr. 3 und 4 die Erziehung und Betreuung übernommen hat, berechtigt, den Personensorgeberechtigten in der Ausübung der elterlichen Sorge zu vertreten, insbesondere

1. Rechtsgeschäfte des täglichen Lebens für das Kind oder den Jugendlichen abzuschließen und Ansprüche aus solchen Rechtsgeschäften geltend zu machen,
2. den Arbeitsverdienst eines Jugendlichen zu verwalten,
3. Unterhalts-, Versicherungs-, Versorgungs- und sonstige Sozialleistungen für das Kind oder den Jugendlichen geltend zu machen und zu verwalten,
4. im Rahmen einer Grundentscheidung des Personensorgeberechtigten Rechtshandlungen im Zusammenhang mit dem Besuch einer Tageseinrichtung oder der Schule oder mit der Aufnahme eines Berufsausbildungs- oder eines Arbeitsverhältnisses vorzunehmen,

5. bei Gefahr im Verzug alle Rechtshandlungen vorzunehmen, die zum Wohl des Kindes oder des Jugendlichen notwendig sind; der Personensorgeberechtigte ist unverzüglich zu unterrichten.

(2) Sofern der Personensorgeberechtigte durch Willenserklärung die Rechtsmacht der Pflegeperson oder der in der Einrichtung für die Erziehung verantwortlichen Personen soweit einschränkt, daß diese eine dem Wohl des Kindes oder des Jugendlichen förderliche Erziehung nicht mehr ermöglichen können, sowie bei sonstigen Meinungsverschiedenheiten sollen die Beteiligten das Jugendamt einschalten.

(3) In Rechtsgeschäften, zu denen ein Vormund der Genehmigung des Vormundschaftsgerichts bedarf, haben die in Absatz 1 genannten Personen die Zustimmung des gesetzlichen Vertreters des Kindes oder des Jugendlichen einzuholen. Bedarf der gesetzliche Vertreter der Genehmigung des Vormundschaftsgerichts, so ist sie ihm gegenüber zu erteilen. § 1829 des Bürgerlichen Gesetzbuchs ist entsprechend anzuwenden.

---

1) § 38 Abs. 1 geändert durch das 1. ÄndG vom 16. 2. 1993 (BGBl. I S. 239).

---

§ 39
Leistungen zum Unterhalt des Kindes oder des Jugendlichen

(1)[1] Wird Hilfe nach den §§ 32 bis 35 oder nach § 35a Abs. 1 Satz 2 Nr. 2 bis 4 gewährt, so ist auch der notwendige Unterhalt des Kindes oder des Jugendlichen außerhalb des Elternhauses sicherzustellen. Er umfaßt auch die Kosten der Erziehung.

(2)[1] Der gesamte regelmäßig wiederkehrende Bedarf soll durch laufende Leistungen gedeckt werden. Sie umfassen außer im Fall des § 32 und des § 35a Abs. 1 Satz 2 Nr. 2 auch einen angemessenen Barbetrag zur persönlichen Verfügung des Kindes oder des Jugendlichen. Die Höhe des Betrages wird in den Fällen der §§ 34, 35, 35a Abs. 1 Satz 2 Nr. 4 von der nach Landesrecht zuständigen Behörde festgesetzt; die Beträge sollen nach Altersgruppen gestaffelt sein. Die laufenden Leistungen im Rahmen der Hilfe in Vollzeitpflege (§ 33) oder bei einer geeigneten Pflegeperson (§ 35a Abs. 2 Satz 2 Nr. 3) sind nach Absatz 4 bis 6 zu bemessen.

(3)[1] Einmalige Beihilfen oder Zuschüsse können insbesondere zur Erstausstattung einer Pflegestelle, bei wichtigen persönlichen Anlässen sowie für Urlaubs- und Ferienreisen des Kindes oder des Jugendlichen gewährt werden.

(4) Die laufenden Leistungen sollen auf der Grundlage der tatsächlichen Kosten gewährt werden, sofern sie einen angemessenen Umfang nicht übersteigen. Sie sollen in einem monatlichen Pauschalbetrag gewährt werden, soweit nicht nach der Besonderheit des Einzelfalls abweichende Leistungen geboten sind. Wird ein Kind oder ein Jugendlicher im Bereich eines anderen Jugendamts untergebracht, so soll sich die Höhe des zu gewährenden Pauschalbetrages nach den Verhältnissen richten, die am Ort der Pflegestelle gelten.

(5) Die Pauschalbeträge für laufende Leistungen zum Unterhalt sollen von den nach Landesrecht zuständigen Behörden festgesetzt werden. Dabei ist dem altersbedingt unterschiedlichen Unterhaltsbedarf von Kindern und Jugendlichen durch eine Staffelung der Beträge nach Altersgruppen Rechnung zu tragen. Das Nähere regelt Landesrecht.

(6)[2] Wird das Kind oder der Jugendliche im Rahmen des Familienleistungsausgleichs nach § 31 des Einkommensteuergesetzes bei der Pflegeperson berücksichtigt, so ist ein Betrag in Höhe der Hälfte des Betrages, der nach § 66 des Einkommensteuergesetzes für ein erstes Kind zu zahlen ist, auf die laufenden Leistungen anzurechnen. Ist das Kind oder der Jugendliche nicht das älteste Kind in der Pflegefamilie, so ermäßigt sich der Anrechnungsbetrag für dieses Kind oder diesen Jugendlichen auf ein Viertel des Betrages, der für ein erstes Kind zu zahlen ist.

---

1) § 39 Abs. 1 und 2 neu gefaßt, Abs. 3 geändert durch das 1. ÄndG vom 16. 2. 1993 (BGBl. I S. 239).
2) § 39 Abs. 6 neu gefaßt durch das 2. ÄndG vom 15. 12. 1995 (BGBl. I S. 1775).

---

§ 40[1]
Krankenhilfe

Wird Hilfe nach den §§ 33 bis 35 oder nach § 35a Abs. 1 Satz 2 Nr. 3 oder 4 gewährt, so ist auch Krankenhilfe zu leisten; für den Umfang der Hilfe gelten die §§ 36 und 37 Abs. 2 bis 4 sowie die §§ 37 a, 37 b und 38 des Bundessozialhilfegesetzes entsprechend. Das Jugendamt kann in geeigneten Fällen die Beiträge für eine freiwillige Krankenversicherung übernehmen, soweit sie angemessen sind.

---

1) § 40 geändert durch das 1. ÄndG vom 16. 2. 1993 (BGBl. I S. 239).

Vierter Unterabschnitt
Hilfe für junge Volljährige

§ 41
Hilfe für junge Volljährige, Nachbetreuung

(1) Einem jungen Volljährigen soll Hilfe für die Persönlichkeitsentwicklung und zu einer eigenverantwortlichen Lebensführung gewährt werden, wenn und solange die Hilfe aufgrund der individuellen Situation des jungen Menschen notwendig ist. Die Hilfe wird in der Regel nur bis zur Vollendung des 21. Lebensjahres gewährt; in begründeten Einzelfällen soll sie für einen begrenzten Zeitraum darüber hinaus fortgesetzt werden.

(2)[1] Für die Ausgestaltung der Hilfe gelten § 27 Abs. 3 sowie die §§ 28 bis 30, 33 bis 36, 39 und 40 entsprechend mit der Maßgabe, daß an die Stelle des Personensorgeberechtigten oder des Kindes oder des Jugendlichen der junge Volljährige tritt.

(3) Der junge Volljährige soll auch nach Beendigung der Hilfe bei der Verselbständigung im notwendigen Umfang beraten und unterstützt werden.

---

1) § 41 Abs. 2 geändert (der frühere Abs. 2 wurde aufgehoben) durch das 1. ÄndG vom 16. 2. 1993 (BGBl. I S. 239).

Drittes Kapitel
Andere Aufgaben der Jugendhilfe

Erster Abschnitt
Vorläufige Maßnahmen zum Schutz von Kindern und Jugendlichen

§ 42
Inobhutnahme von Kindern und Jugendlichen

(1)[1] Inobhutnahme eines Kindes oder eines Jugendlichen ist die vorläufige Unterbringung des Kindes oder des Jugendlichen bei

1. einer geeigneten Person oder
2. in einer Einrichtung oder
3. in einer sonstigen betreuten Wohnform.

Während der Inobhutnahme sind der notwendige Unterhalt des Kindes oder des Jugendlichen und die Krankenhilfe sicherzustellen.

Mit der Inobhutnahme ist dem Kind oder dem Jugendlichen unverzüglich Gelegenheit zu geben, eine Person seines Vertrauens zu benachrichtigen. Während der Inobhutnahme übt das Jugendamt das Recht der Beaufsichtigung, Erziehung und Aufenthaltsbestimmung aus; der mutmaßliche Wille des Personensorgeberechtigten oder des Erziehungsberechtigten ist dabei angemessen zu berücksichtigen. Es hat für das Wohl des Kindes oder des Jugendlichen zu sorgen, das Kind oder den Jugendlichen in seiner gegenwärtigen Lage zu beraten und Möglichkeiten der Hilfe und Unterstützung aufzuzeigen.

(2) Das Jugendamt ist verpflichtet, ein Kind oder einen Jugendlichen in seine Obhut zu nehmen, wenn das Kind oder der Jugendliche um Obhut bittet. Das Jugendamt hat den Personensorge- oder Erziehungsberechtigten unverzüglich von der Inobhutnahme zu unterrichten. Widerspricht der Personensorge- oder Erziehungsberechtigte der Inobhutnahme, so hat das Jugendamt unverzüglich

1. das Kind oder den Jugendlichen dem Personensorge- oder Erziehungsberechtigten zu übergeben oder
2. eine Entscheidung des Vormundschaftsgerichts über die erforderlichen Maßnahmen zum Wohl des Kindes oder des Jugendlichen herbeizuführen.

Ist der Personensorge- oder Erziehungsberechtigte nicht erreichbar, so gilt Satz 3 Nr. 2 entsprechend.

(3) Das Jugendamt ist verpflichtet, ein Kind oder einen Jugendlichen in seine Obhut zu nehmen, wenn eine dringende Gefahr für das Wohl des Kindes oder des Jugendlichen die Inobhutnahme erfordert. Freiheitsentziehende Maßnahmen sind dabei nur zulässig, wenn und soweit sie erforderlich sind, um eine Gefahr für Leib oder Leben des Kindes oder des Jugendlichen oder eine Gefahr für Leib oder Leben Dritter abzuwenden. Die Freiheitsentziehung ist ohne gerichtliche Entscheidung spätestens mit Ablauf des Tages nach ihrem Beginn zu beenden. Absatz 2 Satz 2 bis 4 gilt entsprechend.

---

1) § 42 Abs. 1 Satz 2 eingefügt durch das 1. ÄndG vom 16. 2. 1993 (BGBl. I S. 239).

§ 43
Herausnahme des Kindes oder des Jugendlichen ohne Zustimmung des Personensorgeberechtigten

(1) Hält sich ein Kind oder ein Jugendlicher mit Zustimmung des Personensorgeberechtigten bei einer anderen Person oder in einer Einrichtung auf und werden Tatsachen bekannt, die die Annahme rechtfertigen, daß die Voraussetzungen des § 1666 des Bürgerlichen Gesetzbuchs vorliegen, so ist das Jugendamt bei Gefahr im Verzug befugt, das Kind oder den Jugendlichen von dort zu entfernen und bei einer geeigneten Person, in einer Einrichtung oder in einer sonstigen betreuten Wohnform vorläufig unterzubringen. Das Jugendamt hat den Personensorgeberechtigten unverzüglich von den getroffenen Maßnahmen zu unterrichten. Stimmt der Personensorgeberechtigte nicht zu, so hat das Jugendamt unverzüglich eine Entscheidung des Vormundschaftsgerichts herbeizuführen.

(2)[1] § 42 Abs. 1 Satz 2 bis 5 gilt entsprechend.

---

1) § 43 Abs. 2 geändert durch das 1. ÄndG vom 16. 2. 1993 (BGBl. I S. 239).

Zweiter Abschnitt
Schutz von Kindern und Jugendlichen in Familienpflege und in Einrichtungen

§ 44[1]
Pflegeerlaubnis

(1)[2][3] Wer ein Kind oder einen Jugendlichen außerhalb des Elternhauses in seiner Familie regelmäßig betreuen oder ihm Unterkunft gewähren will (Pflegeperson), bedarf der Erlaubnis. Einer Erlaubnis bedarf nicht, wer ein Kind oder einen Jugendlichen

1. im Rahmen von Hilfe zur Erziehung oder von Eingliederungshilfe für seelisch behinderte Kinder und Jugendliche aufgrund einer Vermittlung durch das Jugendamt,
2. als Vormund oder Pfleger im Rahmen seines Wirkungskreises,
3. als Verwandter oder Verschwägerter bis zum dritten Grad,
4. bis zur Dauer von acht Wochen,
5. im Rahmen eines Schüler- oder Jugendaustausches

betreut oder ihm Unterkunft gewährt. Einer Erlaubnis bedarf ferner nicht, wer

1. ein Kind oder einen Jugendlichen in Adoptionspflege (§ 1744 des Bürgerlichen Gesetzbuchs) aufnimmt oder

2. ein Kind während des Tages betreut, sofern im selben Haushalt nicht mehr als zwei weitere Kinder in Tagespflege oder über Tag und Nacht betreut werden.

(2) Die Erlaubnis ist zu versagen, wenn das Wohl des Kindes oder des Jugendlichen in der Pflegestelle nicht gewährleistet ist.

(3) Das Jugendamt soll den Erfordernissen des Einzelfalls entsprechend an Ort und Stelle überprüfen, ob die Voraussetzungen für die Erteilung der Erlaubnis weiterbestehen. Ist das Wohl des Kindes oder des Jugendlichen in der Pflegestelle gefährdet und ist die Pflegeperson nicht bereit oder in der Lage, die Gefährdung abzuwenden, so ist die Erlaubnis zurückzunehmen oder zu widerrufen.

(4) Wer ein Kind oder einen Jugendlichen in erlaubnispflichtige Familienpflege aufgenommen hat, hat das Jugendamt über wichtige Ereignisse zu unterrichten, die das Wohl des Kindes oder des Jugendlichen betreffen.

---

1) Vgl. Übergangsregelung in Art. 16 Nr. 3.
2) § 44 Abs. 1 Nr. 6 gestrichen und Satz 3 eingefügt durch das 1. ÄndG vom 16. 2. 1993 (BGBl. I S. 239).
3) § 44 Abs. 1 Satz 2 Nr. 1 geändert durch das 2. ÄndG vom 15. 12. 1995 (BGBl. I S. 1775).

---

§ 45[1)]
Erlaubnis für den Betrieb einer Einrichtung

(1) Der Träger einer Einrichtung, in der Kinder oder Jugendliche ganztägig oder für einen Teil des Tages betreut werden oder Unterkunft erhalten, bedarf für den Betrieb der Einrichtung der Erlaubnis. Einer Erlaubnis bedarf nicht, wer

1. eine Jugendfreizeiteinrichtung, eine Jugendbildungseinrichtung, eine Jugendherberge oder ein Schullandheim betreibt,

2. ein Schülerheim betreibt, das landesgesetzlich der Schulaufsicht untersteht,

3. eine Einrichtung betreibt, die

   a) außerhalb der Jugendhilfe liegende Aufgaben für Kinder oder Jugendliche wahrnimmt, wenn für sie eine entsprechende gesetzliche Aufsicht besteht oder

b) im Rahmen des Hotel- und Gaststättengewerbes nicht überwiegend der Aufnahme von Kindern oder Jugendlichen dient.

(2) Die Erlaubnis kann mit Nebenbestimmungen versehen werden. Sie ist zu versagen, wenn die Betreuung der Kinder oder der Jugendlichen durch geeignete Kräfte nicht gesichert oder in sonstiger Weise das Wohl der Kinder oder der Jugendlichen in der Einrichtung nicht gewährleistet ist. Über die Voraussetzungen der Eignung sind Vereinbarungen mit den Trägern der Einrichtungen anzustreben. Die Erlaubnis ist zurückzunehmen oder zu widerrufen, wenn das Wohl der Kinder oder der Jugendlichen in der Einrichtung gefährdet, und der Träger der Einrichtung nicht bereit oder in der Lage ist, die Gefährdung abzuwenden. Zur Sicherung des Wohles der Kinder und der Jugendlichen können auch nachträgliche Auflagen erteilt werden. Widerspruch und Anfechtungsklage gegen die Rücknahme oder den Widerruf der Erlaubnis haben keine aufschiebende Wirkung.

(3)[2] Sind in einer Einrichtung Mängel festgestellt worden, so soll die zuständige Behörde zunächst den Träger der Einrichtung über die Möglichkeiten zur Abstellung der Mängel beraten. Wenn die Abstellung der Mängel Auswirkungen auf Entgelte oder Vergütungen nach §93 des Bundessozialhilfegesetzes haben kann, so ist der Träger der Sozialhilfe an der Beratung zu beteiligen, mit dem Vereinbarungen nach dieser Vorschrift bestehen. Werden festgestellte Mängel nicht abgestellt, so können den Trägern der Einrichtung Auflagen erteilt werden, die zur Beseitigung einer eingetretenen oder Abwendung einer drohenden Beeinträchtigung oder Gefährdung des Wohls der Kinder oder Jugendlichen erforderlich sind. Wenn sich die Auflage auf Entgelte oder Vergütungen nach §93 des Bundessozialhilfegesetzes auswirkt, so entscheidet über ihre Erteilung die zuständige Behörde nach Anhörung des Trägers der Sozialhilfe, mit dem Vereinbarungen nach dieser Vorschrift bestehen. Die Auflage ist nach Möglichkeit in Übereinstimmung mit Vereinbarungen nach den §§93 bis 94 des Bundessozialhilfegesetzes auszugestalten.

(4)[3] Besteht für eine erlaubnispflichtige Einrichtung eine Aufsicht nach anderen Rechtsvorschriften, so hat die zuständige Behörde ihr

1) Vgl. Übergangsregelung in Art. 12.
2) §45 Abs. 3 eingefügt durch das BSHG-Reformgesetz vom 23. 7. 1996 (BGBl. I S. 1088).
3) §45 Abs. 4 (früher Abs. 3) geändert durch das 1. ÄndG vom 16. 2. 1993 (BGBl. I S. 239).

Tätigwerden zuvor mit der anderen Behörde abzustimmen. Sie hat den Träger der Einrichtung rechtzeitig auf weitergehende Anforderungen nach anderen Rechtsvorschriften hinzuweisen.

§ 46
Örtliche Prüfung

(1) Die zuständige Behörde soll nach den Erfordernissen des Einzelfalls an Ort und Stelle überprüfen, ob die Voraussetzungen für die Erteilung der Erlaubnis weiterbestehen. Sie soll das Jugendamt und einen zentralen Träger der freien Jugendhilfe, wenn diesem der Träger der Einrichtung angehört, an der Überprüfung beteiligen.

(2) Die von der zuständigen Behörde mit der Überprüfung der Einrichtung beauftragten Personen sind berechtigt, die für die Einrichtung benutzten Grundstücke und Räume, soweit diese nicht einem Hausrecht der Bewohner unterliegen, während der Tageszeit zu betreten, dort Prüfungen und Besichtigungen vorzunehmen, sich mit den Kindern und Jugendlichen in Verbindung zu setzen und die Beschäftigten zu befragen. Zur Abwehr von Gefahren für das Wohl der Kinder und der Jugendlichen können die Grundstücke und Räume auch außerhalb der in Satz 1 genannten Zeit und auch, wenn sie zugleich einem Hausrecht der Bewohner unterliegen, betreten werden. Der Träger der Einrichtung hat die Maßnahmen nach den Sätzen 1 und 2 zu dulden.

§ 47
Meldepflichten

(1) Der Träger einer erlaubnispflichtigen Einrichtung hat der zuständigen Behörde

1. die Betriebsaufnahme unter Angabe von Name und Anschrift des Trägers, Art und Standort der Einrichtung, der Zahl der verfügbaren Plätze sowie der Namen und der beruflichen Ausbildung des Leiters und der Betreuungskräfte sowie
2. die bevorstehende Schließung der Einrichtung

unverzüglich anzuzeigen. Änderungen der in Nummer 1 bezeichneten Angaben sind der zuständigen Behörde unverzüglich, die Zahl der belegten Plätze ist jährlich einmal zu melden.

(2) Der Träger einer erlaubnispflichtigen Einrichtung, in der Kinder dauernd ganztägig betreut werden, hat der zuständigen Behörde jeweils bei der Aufnahme eines Kindes in die Einrichtung

1. Angaben zur Person,
2. Angaben über den bisherigen Aufenthalt,
3. die Bezeichnung der einweisenden Stelle oder Person sowie
4. eine Äußerung, ob für das Kind die Annahme als Kind in Betracht kommt und ob Vermittlungsbemühungen bereits unternommen werden,

zu übermitteln. Die Angaben nach Nummer 4 sind jährlich einmal für alle Kinder zu wiederholen.

(3) Die zuständige Behörde kann Einrichtungen oder Gruppen von Einrichtungen von der Meldepflicht nach Absatz 2 ausnehmen. Sie kann ferner bestimmen, daß von der wiederholten Meldung desselben Kindes abgesehen werden kann.

§ 48
Tätigkeitsuntersagung

Die zuständige Behörde kann dem Träger einer erlaubnispflichtigen Einrichtung die weitere Beschäftigung des Leiters, eines Beschäftigten oder sonstigen Mitarbeiters ganz oder für bestimmte Funktionen oder Tätigkeiten untersagen, wenn Tatsachen die Annahme rechtfertigen, daß er die für seine Tätigkeit erforderliche Eignung nicht besitzt.

§ 48a[1]
Sonstige betreute Wohnform

(1) Für den Betrieb einer sonstigen Wohnform, in der Kinder oder Jugendliche betreut werden oder Unterkunft erhalten, gelten die §§ 45 bis 48 entsprechend.

(2) Ist die sonstige Wohnform organisatorisch mit einer Einrichtung verbunden, so gilt sie als Teil der Einrichtung.

---

1) § 48 a eingefügt durch das 1. ÄndG vom 16. 2. 1993 (BGBl. I S. 239).

---

§ 49
Landesrechtsvorbehalt

Das Nähere über die in diesem Abschnitt geregelten Aufgaben regelt das Landesrecht.

Dritter Abschnitt
Mitwirkung in gerichtlichen Verfahren

§ 50
Mitwirkung in Verfahren vor den Vormundschafts- und den Familiengerichten

(1) Das Jugendamt unterstützt das Vormundschaftsgericht und das Familiengericht bei allen Maßnahmen, die die Sorge für die Person von Kindern und Jugendlichen betreffen. Es hat in Verfahren vor dem Vormundschafts- und dem Familiengericht mitzuwirken, die in den §§ 49 und 49 a des Gesetzes über die Angelegenheiten der freiwilligen Gerichtsbarkeit genannt sind.

(2) Das Jugendamt unterrichtet insbesondere über angebotene und erbrachte Leistungen, bringt erzieherische und soziale Gesichtspunkte zur Entwicklung des Kindes oder des Jugendlichen ein und weist auf weitere Möglichkeiten der Hilfe hin.

(3) Hält das Jugendamt zur Abwendung einer Gefährdung des Wohls des Kindes oder des Jugendlichen das Tätigwerden des Gerichts für erforderlich, so hat es das Gericht anzurufen. Absatz 2 gilt entsprechend.

§ 51
Beratung und Belehrung in Verfahren zur Annahme als Kind

(1) Das Jugendamt hat im Verfahren zur Ersetzung der Einwilligung eines Elternteils in die Annahme nach § 1748 Abs. 2 Satz 1 des Bürgerlichen Gesetzbuchs den Elternteil über die Möglichkeit der Ersetzung der Einwilligung zu belehren. Es hat ihn darauf hinzuweisen, daß das Vormundschaftsgericht die Einwilligung erst nach Ablauf von drei Monaten nach der Belehrung ersetzen darf. Der Belehrung bedarf es nicht, wenn der Elternteil seinen Aufenthaltsort ohne Hinterlassung seiner neuen Anschrift gewechselt hat und der Aufenthaltsort vom Jugendamt während eines Zeitraums von drei Monaten trotz angemessener Nachforschungen nicht ermittelt werden konnte; in diesem Fall beginnt die Frist mit der ersten auf die Belehrung oder auf die Ermittlung des Aufenthaltsorts gerichteten Handlung des Jugendamts. Die Fristen laufen frühestens fünf Monate nach der Geburt des Kindes ab.

(2) Das Jugendamt soll den Elternteil mit der Belehrung nach Absatz 1 über Hilfen beraten, die die Erziehung des Kindes in der eigenen Familie ermöglichen könnten. Einer Beratung bedarf es ins-

besondere nicht, wenn das Kind seit längerer Zeit bei den Annehmenden in Familienpflege lebt und bei seiner Herausgabe an den Elternteil eine schwere und nachhaltige Schädigung des körperlichen und seelischen Wohlbefindens des Kindes zu erwarten ist. Das Jugendamt hat dem Vormundschaftsgericht im Verfahren mitzuteilen, welche Leistungen erbracht oder angeboten worden sind oder aus welchem Grund davon abgesehen wurde.

(3) Das Jugendamt hat den Vater eines nichtehelichen Kindes bei der Wahrnehmung seiner Rechte nach § 1747 Abs. 2 Satz 2 und 3 des Bürgerlichen Gesetzbuchs zu beraten. Die Beratung soll so rechtzeitig erfolgen, daß der Vater sich, ehe das Kind in Adoptionspflege gegeben wird, entscheiden kann, ob er die Ehelicherklärung oder die Annahme des Kindes beantragen oder ob er auf den Antrag verzichten will, spätestens jedoch vor der Anhörung des Jugendamts oder der Abgabe der gutachtlichen Äußerung durch das Jugendamt.

§ 52[1]
Mitwirkung in Verfahren nach dem Jugendgerichtsgesetz

(1) Das Jugendamt hat nach Maßgabe der §§ 38 und 50 Abs. 3 Satz 2 des Jugendgerichtsgesetzes im Verfahren nach dem Jugendgerichtsgesetz mitzuwirken.

(2) Das Jugendamt hat frühzeitig zu prüfen, ob für den Jugendlichen oder den jungen Volljährigen Leistungen der Jugendhilfe in Betracht kommen. Ist dies der Fall oder ist eine geeignete Leistung bereits eingeleitet oder gewährt worden, so hat das Jugendamt den Staatsanwalt oder den Richter umgehend davon zu unterrichten, damit geprüft werden kann, ob diese Leistung ein Absehen von der Verfolgung (§ 45 JGG) oder eine Einstellung des Verfahrens (§ 47 JGG) ermöglicht.

(2) Der Mitarbeiter des Jugendamts oder des anerkannten Trägers der freien Jugendhilfe, der nach § 38 Abs. 2 Satz 2 des Jugendgerichtsgesetzes tätig wird, soll den Jugendlichen oder den jungen Volljährigen während des gesamten Verfahrens betreuen.

---

1) § 52 neu gefaßt durch das 1. ÄndG vom 16. 2. 1993 (BGBl. I S. 239).

Vierter Abschnitt
Pflegschaft und Vormundschaft für Kinder und Jugendliche

§ 53
Beratung und Unterstützung von Pflegern und Vormündern

(1) Das Jugendamt hat dem Vormundschaftsgericht Personen und Vereine vorzuschlagen, die sich im Einzelfall zum Pfleger oder Vormund eignen.

(2) Pfleger und Vormünder haben Anspruch auf regelmäßige und dem jeweiligen erzieherischen Bedarf des Mündels entsprechende Beratung und Unterstützung.

(3) Das Jugendamt hat darauf zu achten, daß die Vormünder und Pfleger für die Person der Mündel, insbesondere ihre Erziehung und Pflege, Sorge tragen. Es hat beratend darauf hinzuwirken, daß festgestellte Mängel im Einvernehmen mit dem Vormund oder dem Pfleger behoben werden. Soweit eine Behebung der Mängel nicht erfolgt, hat es dies dem Vormundschaftsgericht mitzuteilen. Es hat dem Vormundschaftsgericht über das persönliche Ergehen und die Entwicklung eines Mündels Auskunft zu erteilen. Erlangt das Jugendamt Kenntnis von der Gefährdung des Vermögens eines Mündels, so hat es dies dem Vormundschaftsgericht anzuzeigen.

(4) Für die Beistandschaft nach § 1690 des Bürgerlichen Gesetzbuchs gelten die Absätze 1 bis 3, für die Beistandschaft nach § 1685 des Bürgerlichen Gesetzbuchs und die Gegenvormundschaft gelten die Absätze 1 und 2 entsprechend. Ist ein Verein Vormund, so findet Absatz 3 keine Anwendung.

§ 54
Erlaubnis zur Übernahme von Vereinsvormundschaften

(1) Ein rechtsfähiger Verein kann Pflegschaften, Vormundschaften oder Beistandschaften übernehmen, wenn ihm das Landesjugendamt dazu eine Erlaubnis erteilt hat.

(2)[1] Die Erlaubnis ist zu erteilen, wenn der Verein gewährleistet, daß er

1. eine ausreichende Zahl geeigneter Mitarbeiter hat und diese beaufsichtigen, weiterbilden und gegen Schäden, die diese anderen im Rahmen ihrer Tätigkeit zufügen können, angemessen versichern wird,

2. sich planmäßig um die Gewinnung von Einzelvormündern, Einzelpflegern und Beiständen bemüht und sie in ihre Aufgaben einführt, fortbildet und berät,
3. einen Erfahrungsaustausch zwischen den Mitarbeitern ermöglicht.

(3) Die Erlaubnis gilt für das jeweilige Bundesland, in dem der Verein seinen Sitz hat. Sie kann auf den Bereich eines Landesjugendamts beschränkt werden.

(4)[2] Das Nähere regelt das Landesrecht. Es kann auch weitere Voraussetzungen für die Erteilung der Erlaubnis vorsehen.

---

1) Vgl. Übergangsregelung in Art. 16 Nr. 4.
2) § 54 Abs. 4 Satz 2 angefügt durch das 1. ÄndG vom 16. 2. 1993 (BGBl. I S. 239).

---

§ 55
Amtspflegschaft und Amtsvormundschaft

(1) Das Jugendamt wird Pfleger oder Vormund in den durch das Bürgerliche Gesetzbuch vorgesehenen Fällen (Amtspflegschaft, Amtsvormundschaft).

(2) Das Jugendamt überträgt die Ausübung der Aufgaben des Pflegers oder des Vormunds einzelnen seiner Beamten oder Angestellten. Die Übertragung gehört zu den Angelegenheiten der laufenden Verwaltung. In dem durch die Übertragung umschriebenen Rahmen ist der Beamte oder Angestellte gesetzlicher Vertreter des Kindes oder des Jugendlichen.

§ 56
Führung der Amtspflegschaft und der Amtsvormundschaft

(1) Auf die Führung der Amtspflegschaft und der Amtsvormundschaft sind die Bestimmungen des Bürgerlichen Gesetzbuchs anzuwenden, soweit dieses Gesetz nicht etwas anderes bestimmt.

(2)[1] Gegenüber dem Jugendamt als Amtsvormund und Amtspfleger werden die Vorschriften des § 1802 Abs. 3 und des § 1818 des Bürgerlichen Gesetzbuchs nicht angewandt. In den Fällen des § 1803 Abs. 2, des § 1811 und des § 1822 Nr. 6 und 7 des Bürgerlichen Gesetzbuchs ist eine Genehmigung des Vormundschaftsgerichts nicht erforderlich. Landesrecht kann für das Jugendamt als Amtspfleger oder als Amtsvormund weitergehende Ausnahmen von der

Anwendung der Bestimmungen des Bürgerlichen Gesetzbuchs über die Vormundschaft über Minderjährige (§§ 1773 bis 1895) vorsehen, die die Aufsicht des Vormundschaftsgerichts in vermögensrechtlicher Hinsicht sowie beim Abschluß von Lehr- und Arbeitsverträgen betreffen.

(3)[1] Mündelgeld kann mit Genehmigung des Vormundschaftsgerichts auf Sammelkonten des Jugendamts bereitgehalten und angelegt werden, wenn es den Interessen des Mündels dient und sofern die sichere Verwaltung, Trennbarkeit und Rechnungslegung des Geldes einschließlich der Zinsen jederzeit gewährleistet ist; Landesrecht kann bestimmen, daß eine Genehmigung des Vormundschaftsgerichts nicht erforderlich ist. Die Anlegung von Mündelgeld gemäß § 1807 des Bürgerlichen Gesetzbuchs ist auch bei der Körperschaft zulässig, die das Jugendamt errichtet hat.

(4) Das Jugendamt hat in der Regel jährlich zu prüfen, ob im Interesse des Kindes oder des Jugendlichen seine Entlassung als Amtspfleger oder Amtsvormund und die Bestellung einer Einzelperson oder eines Vereins angezeigt ist, und dies dem Vormundschaftsgericht mitzuteilen.

---

1) § 56 Abs. 2 und 3 geändert durch das 1. ÄndG vom 16. 2. 1993 (BGBl. I S. 239).

---

§ 57
Mitteilungspflichten des Standesbeamten

Der Standesbeamte hat die nach § 48 des Gesetzes über die Angelegenheiten der freiwilligen Gerichtsbarkeit dem Vormundschaftsgericht zu erstattende Anzeige über die Geburt eines nichtehelichen Kindes unverzüglich dem Jugendamt zu übersenden. In der Anzeige ist das religiöse Bekenntnis der Mutter anzugeben, wenn es im Geburtseintrag enthalten ist. Das Jugendamt hat die Anzeige unverzüglich an das Vormundschaftsgericht weiterzuleiten und ihm den Eintritt der Pflegschaft oder der Vormundschaft mitzuteilen.

§ 58
Beistandschaft und Gegenvormundschaft des Jugendamts

Für die Bestellung des Jugendamts zum Beistand oder Gegenvormund gelten die §§ 55 und 56 entsprechend.

Fünfter Abschnitt
Beurkundung und Beglaubigung, vollstreckbare Urkunden

§ 59
Beurkundung und Beglaubigung

(1)[1)2)] Die Urkundsperson beim Jugendamt ist befugt,

1. die Erklärung, durch die die Vaterschaft anerkannt wird, die Zustimmungserklärung des Kindes, des Jugendlichen oder der Mutter sowie die etwa erforderliche Zustimmung des gesetzlichen Vertreters zu einer solchen Erklärung (Erklärungen über die Anerkennung der Vaterschaft) zu beurkunden oder, soweit die Erklärung auch in öffentlich beglaubigter Form abgegeben werden kann, zu beglaubigen,
2. die Erklärung, durch die die Mutterschaft anerkannt wird, sowie die etwa erforderliche Zustimmung des gesetzlichen Vertreters der Mutter zu beurkunden (§ 29 b des Personenstandsgesetzes),
3. die Verpflichtung zur Erfüllung von Unterhaltsansprüchen eines Abkömmlings oder zur Leistung einer an Stelle des Unterhalts zu gewährenden Abfindung zu beurkunden, sofern die unterhaltsberechtigte Person zum Zeitpunkt der Beurkundung das 21. Lebensjahr noch nicht vollendet hat,
4. die Verpflichtung zur Erfüllung von Ansprüchen einer Frau auf Zahlung von Entbindungskosten und Unterhalt zu beurkunden (§§ 1615 k und 1615 l des Bürgerlichen Gesetzbuchs),
5. die Erklärungen zum Familiennamen und zur Einbenennung des nichtehelichen Kindes (§ 1617 Abs. 2, § 1618 des Bürgerlichen Gesetzbuchs und Artikel 10 Abs. 4 des Einführungsgesetzes zum Bürgerlichen Gesetzbuch) zu beglaubigen,
6. den Widerruf der Einwilligung des Kindes in die Annahme als Kind (§ 1746 Abs. 2 des Bürgerlichen Gesetzbuchs) zu beurkunden,
7. die Verzichtserklärung des Vaters des nichtehelichen Kindes auf Ehelicherklärung oder Annahme des Kindes (§ 1747 Abs. 2 Satz 3 des Bürgerlichen Gesetzbuchs) zu beurkunden.

Die Zuständigkeit der Notare, anderer Urkundspersonen oder sonstiger Stellen für öffentliche Beurkundungen und Beglaubigungen bleibt unberührt.

(2)[1)] Die Urkundsperson soll eine Beurkundung nicht vornehmen, wenn ihr in der betreffenden Angelegenheit die Vertretung eines Beteiligten obliegt.

(3)[1] Das Jugendamt hat geeignete Beamte und Angestellte zur Wahrnehmung der Aufgaben nach Absatz 1 zu ermächtigen. Die Länder können Näheres hinsichtlich der fachlichen Anforderungen an diese Personen regeln.

---

1) § 59 Abs. 1 und 2 geändert und Abs. 3 neu angefügt durch das 1. ÄndG vom 16. 2. 1993 (BGBl. I S. 239).
2) § 59 Abs. 1 Nr. 5 geändert durch das 2. ÄndG vom 15. 12. 1995 (BGBl. I S. 1775).

---

§ 60
Vollstreckbare Urkunden

(1) Aus Urkunden, die eine Verpflichtung nach § 59 Abs. 1 Satz 1 Nr. 3 oder 4 zum Gegenstand haben und die von einem Beamten oder Angestellten des Jugendamts innerhalb der Grenzen seiner Amtsbefugnisse in der vorgeschriebenen Form aufgenommen worden sind, findet die Zwangsvollstreckung statt, wenn die Erklärung die Zahlung einer bestimmten Geldsumme betrifft und der Schuldner sich in der Urkunde der sofortigen Zwangsvollstreckung unterworfen hat. Die Zustellung kann auch dadurch vollzogen werden, daß der Beamte oder Angestellte dem Schuldner eine beglaubigte Abschrift der Urkunde aushändigt; § 212 b Satz 2 der Zivilprozeßordnung gilt entsprechend. Auf die Zwangsvollstreckung sind die Vorschriften, die für die Zwangsvollstreckung aus gerichtlichen Urkunden nach § 794 Abs. 1 Nr. 5 der Zivilprozeßordnung gelten, mit folgenden Maßgaben entsprechend anzuwenden:

1. Die vollstreckbare Ausfertigung wird von den Beamten oder Angestellten des Jugendamts erteilt, denen die Beurkundung der Verpflichtungserklärung übertragen ist.
2. Über Einwendungen, die die Zulässigkeit der Vollstreckungsklausel betreffen, und über die Erteilung einer weiteren vollstreckbaren Ausfertigung entscheidet das für das Jugendamt zuständige Amtsgericht.

(2) Für Urkunden, die von einem Beamten oder Angestellten des Jugendamts innerhalb der Grenzen seiner Amtsbefugnisse in der vorgeschriebenen Form aufgenommen worden sind, gelten § 642 c Nr. 2 und § 642 d der Zivilprozeßordnung (Regelunterhalt, Zu- und Abschlag zum Regelunterhalt) entsprechend.

Viertes Kapitel
Schutz von Sozialdaten

§ 61
Anwendungsbereich

(1)[1] Für den Schutz von Sozialdaten bei ihrer Erhebung, Verarbeitung und Nutzung in der Jugendhilfe gelten § 35 des Ersten Buches, §§ 67 bis 85a des Zehnten Buches sowie die nachfolgenden Vorschriften. Sie gelten für alle Stellen des Trägers der öffentlichen Jugendhilfe, soweit sie Aufgaben nach diesem Buch wahrnehmen. Für die Wahrnehmung von Aufgaben nach diesem Buch durch kreisangehörige Gemeinden und Gemeindeverbände, die nicht örtliche Träger sind, gelten die Sätze 1 und 2 entsprechend.

(2)[1] Für den Schutz von Sozialdaten bei ihrer Erhebung, Verarbeitung und Nutzung im Rahmen der Tätigkeit des Jugendamts als Amtspfleger, Amtsvormund, Beistand und Gegenvormund gilt nur § 68.

(3)[1][2] Für die Erhebung, Verarbeitung und Nutzung von Sozialdaten durch das Jugendamt bei der Mitwirkung im Jugendstrafverfahren gelten die Vorschriften des Jugendgerichtsgesetzes.

(4)[1] Werden Einrichtungen und Dienste der Träger der freien Jugendhilfe in Anspruch genommen, so ist sicherzustellen, daß der Schutz von Sozialdaten bei ihrer Erhebung, Verarbeitung und Nutzung in entsprechender Weise gewährleistet ist.

---

1) § 61 Abs. 1 bis 4 geändert durch das 2. SGBÄndG vom 13. 6. 1994 (BGBl. I S. 1229).
2) § 61 Abs. 3 eingefügt durch das 1. ÄndG vom 16. 2. 1993 (BGBl. I S. 239).

---

§ 62
Datenerhebung

(1)[1] Sozialdaten dürfen nur erhoben werden, soweit ihre Kenntnis zur Erfüllung der jeweiligen Aufgabe erforderlich ist.

(2)[1] Sozialdaten sind beim Betroffenen zu erheben. Er ist über die Rechtsgrundlage der Erhebung, den Erhebungszweck und Zweck der Verarbeitung oder Nutzung aufzuklären, soweit diese nicht offenkundig sind.

(3)[1][2] Ohne Mitwirkung des Betroffenen dürfen Sozialdaten nur erhoben werden, wenn

1. eine gesetzliche Bestimmung dies vorschreibt oder erlaubt oder
2. ihre Erhebung beim Betroffenen nicht möglich ist oder die jeweilige Aufgabe ihrer Art nach eine Erhebung bei anderen erfordert, die Kenntnis der Daten aber erforderlich ist für
   a) die Feststellung der Voraussetzungen oder für die Erfüllung einer Leistung nach diesem Buch oder
   b) die Feststellung der Voraussetzungen für die Erstattung einer Leistung nach § 50 des Zehnten Buches oder
   c) die Wahrnehmung einer Aufgabe nach den §§ 42 bis 48a oder
   d) eine gerichtliche Entscheidung, die Voraussetzung für die Gewährung einer Leistung nach diesem Buch ist, oder
3. die Erhebung beim Betroffenen einen unverhältnismäßigen Aufwand erfordern würde und keine Anhaltspunkte dafür bestehen, daß schutzwürdige Interessen des Betroffenen beeinträchtigt werden.

(4) Ist der Betroffene nicht zugleich Leistungsberechtigter oder sonst an der Leistung beteiligt, so dürfen die Daten auch beim Leistungsberechtigten oder einer anderen Person, die sonst an der Leistung beteiligt ist, erhoben werden, wenn die Kenntnis der Daten für die Gewährung einer Leistung nach diesem Buch notwendig ist. Satz 1 gilt bei der Erfüllung anderer Aufgaben im Sinne des § 2 Abs. 3 entsprechend.

---

1) § 62 Abs. 1 und 3 geändert, Abs. 2 neu gefaßt durch das 2. SGBÄndG vom 13. 6. 1994 (BGBl. I S. 1229).
2) § 62 Abs. 3 geändert durch das 1. ÄndG vom 16. 2. 1993 (BGBl. I S. 239).

---

§ 63
Datenspeicherung

(1)[1] Sozialdaten dürfen in Akten und auf sonstigen Datenträgern gespeichert werden, soweit dies für die Erfüllung der jeweiligen Aufgabe erforderlich ist.

(2) Daten, die zur Erfüllung unterschiedlicher Aufgaben der öffentlichen Jugendhilfe erhoben worden sind, dürfen in Akten oder auf sonstigen Datenträgern nur zusammengeführt werden, wenn und solange dies wegen eines unmittelbaren Sachzusammenhangs erforderlich ist. Daten, die zu Leistungszwecken im Sinne des § 2 Abs. 2 und Daten, die für andere Aufgaben im Sinne des § 2

Abs. 3 erhoben worden sind, dürfen nur zusammengeführt werden, soweit dies zur Erfüllung der jeweiligen Aufgabe erforderlich ist.

1) § 63 Abs. 1 geändert durch das 2. SGBÄndG vom 13. 6. 1994 (BGBl. I S. 1229).

§ 64
Datenübermittlung und -nutzung

(1)[1] Sozialdaten dürfen zu dem Zweck übermittelt oder genutzt werden, zu dem sie erhoben worden sind.

(2)[1] Eine Übermittlung für die Erfüllung von Aufgaben nach § 69 des Zehnten Buches ist abweichend von Absatz 1 nur zulässig, soweit dadurch der Erfolg einer zu gewährenden Leistung nicht in Frage gestellt wird.

(3)[1] Sozialdaten dürfen beim Träger der öffentlichen Jugendhilfe zum Zwecke der Planung im Sinne des § 80 gespeichert oder genutzt werden; sie sind unverzüglich zu anonymisieren.

1) § 64 Abs. 1 und Abs. 3 (vorher Abs. 4) geändert, Abs. 2 neu gefaßt durch das 2. SGBÄndG vom 13. 6. 1994 (BGBl. I S. 1229).

§ 65
Besonderer Vertrauensschutz in der persönlichen und erzieherischen Hilfe

(1)[1] Sozialdaten, die dem Mitarbeiter eines Trägers der öffentlichen Jugendhilfe zum Zweck persönlicher und erzieherischer Hilfe anvertraut worden sind, dürfen von diesem nur weitergegeben werden

1. mit der Einwilligung dessen, der die Daten anvertraut hat, oder
2. dem Vormundschafts- oder dem Familiengericht zur Erfüllung der Aufgaben nach § 50 Abs. 3, wenn angesichts einer Gefährdung des Wohls eines Kindes oder eines Jugendlichen ohne diese Mitteilung eine für die Gewährung von Leistungen notwendige gerichtliche Entscheidung nicht ermöglicht werden könnte, oder
3. unter den Voraussetzungen, unter denen eine der in § 203 Abs. 1 oder 3 des Strafgesetzbuches genannten Personen dazu befugt wäre.

Gibt der Mitarbeiter anvertraute Sozialdaten weiter, so dürfen sie vom Empfänger nur zu dem Zweck weitergegeben werden, zu dem er diese befugt erhalten hat.

(2)[1] § 35 Abs. 3 des Ersten Buches gilt auch, soweit ein behördeninternes Weitergabeverbot nach Absatz 1 besteht.

---

1) § 65 Abs. 1 geändert, Abs. 2 neu eingefügt durch das 2. SGBÄndG vom 13. 6. 1994 (BGBl. I S. 1229).

---

§ 66

Gestrichen durch das 2. SGBÄndG vom 13. 6. 1994 (BGBl. I S. 1229).

§ 67[1]
Auskunft an den Betroffenen

Dem Betroffenen ist auf Antrag Auskunft über die zu seiner Person in Akten oder auf sonstigen Datenträgern gespeicherten Daten nach Maßgabe des § 83 des Zehnten Buches zu erteilen.

---

1) § 67 geändert durch das 2. SGBÄndG vom 13. 6. 1994 (BGBl. I S. 1229).

---

§ 68
Sozialdaten im Bereich der Amtspflegschaft und der Amtsvormundschaft

(1)[1] Der Beamte oder Angestellte, dem die Ausübung der Amtspflegschaft oder Amtsvormundschaft übertragen ist, darf Sozialdaten nur erheben, verarbeiten oder nutzen, soweit dies zur Erfüllung seiner Aufgaben erforderlich ist. Die Nutzung dieser Sozialdaten zum Zweck der Aufsicht, Kontrolle oder Rechnungsprüfung durch die dafür zuständigen Stellen sowie die Übermittlung an diese ist im Hinblick auf den Einzelfall zulässig.

(2)[1] Für die Löschung und Sperrung der Daten gilt § 84 Abs. 2 und 3 des Zehnten Buches entsprechend.

(3) Wer unter Amtspflegschaft oder Amtsvormundschaft gestanden hat, hat nach Vollendung des 18. Lebensjahres ein Recht auf Kenntnis der zu seiner Person in Akten oder auf sonstigen Datenträgern gespeicherten Informationen, soweit nicht berechtigte Interessen Dritter entgegenstehen. Vor Vollendung des 18. Lebensjahres können ihm die gespeicherten Informationen bekanntgegeben wer-

den, soweit er die erforderliche Einsichts- und Urteilsfähigkeit besitzt und keine berechtigten Interessen Dritter entgegenstehen.

(4)[1] Personen oder Stellen, an die Sozialdaten übermittelt worden sind, dürfen diese nur zu dem Zweck verarbeiten oder nutzen, zu dem sie ihnen nach Absatz 1 befugt übermittelt worden sind.

(5) Für die Tätigkeit des Jugendamts als Beistand oder als Gegenvormund gelten die Absätze 1 bis 4 entsprechend.

---

1) § 68 Abs. 1 neu gefaßt, Abs. 2 und 4 geändert durch das 2. SGBÄndG vom 13. 6. 1994 (BGBl. I S. 1229).

Fünftes Kapitel
Träger der Jugendhilfe, Zusammenarbeit, Gesamtverantwortung

Erster Abschnitt
Träger der öffentlichen Jugendhilfe

§ 69
Träger der öffentlichen Jugendhilfe, Jugendämter, Landesjugendämter

(1) Träger der öffentlichen Jugendhilfe sind die örtlichen und überörtlichen Träger. Örtliche Träger sind die Kreise und die kreisfreien Städte. Landesrecht regelt, wer überörtlicher Träger ist.

(2)[1] Landesrecht kann regeln, daß auch kreisangehörige Gemeinden auf Antrag zu örtlichen Trägern bestimmt werden, wenn ihre Leistungsfähigkeit zur Erfüllung der Aufgaben nach diesem Buch gewährleistet ist. Landesrecht bestimmt, in welcher Weise die Erfüllung der Aufgaben nach diesem Buch in den anderen Gemeinden des Kreises sichergestellt wird, falls der Kreis dazu nicht in der Lage ist; wird durch kreisangehörige Gemeinden als örtliche Träger das gesamte Gebiet eines Kreises abgedeckt, so ist dieser Kreis nicht örtlicher Träger.

(3)[2] Für die Wahrnehmung der Aufgaben nach diesem Buch errichtet jeder örtliche Träger ein Jugendamt, jeder überörtliche Träger ein Landesjugendamt.

(4) Mehrere örtliche Träger und mehrere überörtliche Träger können, auch wenn sie verschiedenen Ländern angehören, zur Durchführung einzelner Aufgaben gemeinsame Einrichtungen und Dienste errichten.

(5) Kreisangehörige Gemeinden und Gemeindeverbände, die nicht örtliche Träger sind, können für den örtlichen Bereich Aufgaben der Jugendhilfe wahrnehmen. Die Planung und Durchführung dieser Aufgaben ist in den wesentlichen Punkten mit dem örtlichen Träger abzustimmen; dessen Gesamtverantwortung bleibt unberührt. Für die Zusammenarbeit mit den Trägern der freien Jugendhilfe gelten die §§ 4, 74, 76 und 77 entsprechend. Landesrecht kann Näheres regeln.

---

1) Vgl. die Übergangsregelung in Art. 16 Nr. 2.
2) § 69 Abs. 3 neu gefaßt durch das 1. ÄndG vom 16. 2. 1993 (BGBl. I S. 239).

---

§ 70
Organisation des Jugendamts und des Landesjugendamts

(1) Die Aufgaben des Jugendamts werden durch den Jugendhilfeausschuß und durch die Verwaltung des Jugendamts wahrgenommen.

(2) Die Geschäfte der laufenden Verwaltung im Bereich der öffentlichen Jugendhilfe werden vom Leiter der Verwaltung der Gebietskörperschaft oder in seinem Auftrag vom Leiter der Verwaltung des Jugendamts im Rahmen der Satzung und der Beschlüsse der Vertretungskörperschaft und des Jugendhilfeausschusses geführt.

(3) Die Aufgaben des Landesjugendamts werden durch den Landesjugendhilfeausschuß und durch die Verwaltung des Landesjugendamts im Rahmen der Satzung und der dem Landesjugendamt zur Verfügung gestellten Mittel wahrgenommen. Die Geschäfte der laufenden Verwaltung werden von dem Leiter der Verwaltung des Landesjugendamts im Rahmen der Satzung und der Beschlüsse des Landesjugendhilfeausschusses geführt.

§ 71[1]
Jugendhilfeausschuß, Landesjugendhilfeausschuß

(1) Dem Jugendhilfeausschuß gehören als stimmberechtigte Mitglieder an

1. mit drei Fünfteln des Anteils der Stimmen Mitglieder der Vertretungskörperschaft des Trägers der öffentlichen Jugendhilfe oder von ihr gewählte Frauen und Männer, die in der Jugendhilfe erfahren sind,

2. mit zwei Fünfteln des Anteils der Stimmen Frauen und Männer, die auf Vorschlag der im Bereich des öffentlichen Trägers wirkenden und anerkannten Träger der freien Jugendhilfe von der Vertretungskörperschaft gewählt werden; Vorschläge der Jugendverbände und der Wohlfahrtsverbände sind angemessen zu berücksichtigen.

(2) Der Jugendhilfeausschuß befaßt sich mit allen Angelegenheiten der Jugendhilfe, insbesondere mit

1. der Erörterung aktueller Problemlagen junger Menschen und ihrer Familien sowie mit Anregungen und Vorschlägen für die Weiterentwicklung der Jugendhilfe,
2. der Jugendhilfeplanung und
3. der Förderung der freien Jugendhilfe.

(3) Er hat Beschlußrecht in Angelegenheiten der Jugendhilfe im Rahmen der von der Vertretungskörperschaft bereitgestellten Mittel, der von ihr erlassenen Satzung und der von ihr gefaßten Beschlüsse. Er soll vor jeder Beschlußfassung der Vertretungskörperschaft in Fragen der Jugendhilfe und vor der Berufung eines Leiters des Jugendamts gehört werden und hat das Recht, an die Vertretungskörperschaft Anträge zu stellen. Er tritt nach Bedarf zusammen und ist auf Antrag von mindestens einem Fünftel der Stimmberechtigten einzuberufen. Seine Sitzungen sind öffentlich, soweit nicht das Wohl der Allgemeinheit, berechtigte Interessen einzelner Personen oder schutzbedürftiger Gruppen entgegenstehen.

(4) Dem Landesjugendhilfeausschuß gehören mit zwei Fünfteln des Anteils der Stimmen Frauen und Männer an, die auf Vorschlag der im Bereich des Landesjugendamts wirkenden und anerkannten Träger der freien Jugendhilfe von der obersten Landesjugendbehörde zu berufen sind. Die übrigen Mitglieder werden durch Landesrecht bestimmt. Absatz 2 gilt entsprechend.

(5) Das Nähere regelt das Landesrecht. Es regelt die Zugehörigkeit beratender Mitglieder zum Jugendhilfeausschuß. Es kann bestimmen, daß der Leiter der Verwaltung der Gebietskörperschaft oder der Leiter der Verwaltung des Jugendamts nach Absatz 1 Nr. 1 stimmberechtigt ist.

---

1) Vgl. die Übergangsregelung in Art. 13.

§ 72
Mitarbeiter, Fortbildung

(1) Die Träger der öffentlichen Jugendhilfe sollen bei den Jugendämtern und Landesjugendämtern hauptberuflich nur Personen beschäftigen, die sich für die jeweilige Aufgabe nach ihrer Persönlichkeit eignen und eine dieser Aufgabe entsprechende Ausbildung erhalten haben (Fachkräfte) oder aufgrund besonderer Erfahrungen in der sozialen Arbeit in der Lage sind, die Aufgabe zu erfüllen. Soweit die jeweilige Aufgabe dies erfordert, sind mit ihrer Wahrnehmung nur Fachkräfte oder Fachkräfte mit entsprechender Zusatzausbildung zu betrauen. Fachkräfte verschiedener Fachrichtungen sollen zusammenwirken, soweit die jeweilige Aufgabe dies erfordert.

(2) Leitende Funktionen des Jugendamts oder des Landesjugendamts sollen in der Regel nur Fachkräften übertragen werden.

(3) Die Träger der öffentlichen Jugendhilfe haben Fortbildung und Praxisberatung der Mitarbeiter des Jugendamts und des Landesjugendamts sicherzustellen.

Zweiter Abschnitt
Zusammenarbeit mit der freien Jugendhilfe, ehrenamtliche Tätigkeit

§ 73
Ehrenamtliche Tätigkeit

In der Jugendhilfe ehrenamtlich tätige Personen sollen bei ihrer Tätigkeit angeleitet, beraten und unterstützt werden.

§ 74
Förderung der freien Jugendhilfe

(1) Die Träger der öffentlichen Jugendhilfe sollen die freiwillige Tätigkeit auf dem Gebiet der Jugendhilfe anregen; sie sollen sie fördern, wenn der jeweilige Träger

1. die fachlichen Voraussetzungen für die geplante Maßnahme erfüllt,
2. die Gewähr für eine zweckentsprechende und wirtschaftliche Verwendung der Mittel bietet,
3. gemeinnützige Ziele verfolgt,
4. eine angemessene Eigenleistung erbringt und

5. die Gewähr für eine den Zielen des Grundgesetzes förderliche Arbeit bietet.

Eine auf Dauer angelegte Förderung setzt in der Regel die Anerkennung als Träger der freien Jugendhilfe nach § 75 voraus.

(2) Soweit von der freien Jugendhilfe Einrichtungen, Dienste und Veranstaltungen geschaffen werden, um die Gewährung von Leistungen nach diesem Buch zu ermöglichen, kann die Förderung von der Bereitschaft abhängig gemacht werden, diese Einrichtungen, Dienste und Veranstaltungen nach Maßgabe der Jugendhilfeplanung und unter Beachtung der in § 9 genannten Grundsätze anzubieten. § 4 Abs. 1 bleibt unberührt.

(3) Über die Art und Höhe der Förderung entscheidet der Träger der öffentlichen Jugendhilfe im Rahmen der verfügbaren Haushaltsmittel nach pflichtgemäßem Ermessen. Entsprechendes gilt, wenn mehrere Antragsteller die Förderungsvoraussetzungen erfüllen und die von ihnen vorgesehenen Maßnahmen gleich geeignet sind, zur Befriedigung des Bedarfs jedoch nur eine Maßnahme notwendig ist. Bei der Bemessung der Eigenleistung sind die unterschiedliche Finanzkraft und die sonstigen Verhältnisse zu berücksichtigen.

(4) Bei sonst gleich geeigneten Maßnahmen soll solchen der Vorzug gegeben werden, die stärker an den Interessen der Betroffenen orientiert sind und ihre Einflußnahme auf die Ausgestaltung der Maßnahme gewährleisten.

(5) Bei der Förderung gleichartiger Maßnahmen mehrerer Träger sind unter Berücksichtigung ihrer Eigenleistungen gleiche Grundsätze und Maßstäbe anzulegen. Werden gleichartige Maßnahmen von der freien und der öffentlichen Jugendhilfe durchgeführt, so sind bei der Förderung die Grundsätze und Maßstäbe anzuwenden, die für die Finanzierung der Maßnahmen der öffentlichen Jugendhilfe gelten.

(6) Die Förderung von anerkannten Trägern der Jugendhilfe soll auch Mittel für die Fortbildung der haupt-, neben- und ehrenamtlichen Mitarbeiter sowie im Bereich der Jugendarbeit Mittel für die Errichtung und Unterhaltung von Jugendfreizeit- und Jugendbildungsstätten einschließen.

§ 75
Anerkennung als Träger der freien Jugendhilfe

(1)[1)2)] Als Träger der freien Jugendhilfe können juristische Personen und Personenvereinigungen anerkannt werden, wenn sie

1. auf dem Gebiet der Jugendhilfe im Sinne des § 1 tätig sind,
2. gemeinnützige Ziele verfolgen,
3. aufgrund der fachlichen und personellen Voraussetzungen erwarten lassen, daß sie einen nicht unwesentlichen Beitrag zur Erfüllung der Aufgaben der Jugendhilfe zu leisten imstande sind, und
4. die Gewähr für eine den Zielen des Grundgesetzes förderliche Arbeit bieten.

(2) Einen Anspruch auf Anerkennung als Träger der freien Jugendhilfe hat unter den Voraussetzungen des Absatzes 1, wer auf dem Gebiet der Jugendhilfe mindestens drei Jahre tätig gewesen ist.

(3) Die Kirchen und Religionsgemeinschaften des öffentlichen Rechts sowie die auf Bundesebene zusammengeschlossenen Verbände der freien Wohlfahrtspflege sind anerkannte Träger der freien Jugendhilfe.

---

1) Vgl. die Übergangsregelung in Art. 16 Nr. 1.
2) § 75 Abs. 1 geändert durch das 1. ÄndG vom 16. 2. 1993 (BGBl. I S. 239).

---

§ 76
Beteiligung anerkannter Träger der freien Jugendhilfe an der Wahrnehmung anderer Aufgaben

(1) Die Träger der öffentlichen Jugendhilfe können anerkannte Träger der freien Jugendhilfe an der Durchführung ihrer Aufgaben nach den §§ 42, 43, 50 bis 52 und 53 Abs. 2 bis 4 beteiligen oder ihnen diese Aufgaben zur Ausführung übertragen.

(2) Die Träger der öffentlichen Jugendhilfe bleiben für die Erfüllung der Aufgaben verantwortlich.

§ 77
Vereinbarungen über die Höhe der Kosten

(1) Werden Einrichtungen und Dienste der Träger der freien Jugendhilfe in Anspruch genommen, so sind Vereinbarungen über die Höhe der Kosten der Inanspruchnahme zwischen der öffentlichen und der freien Jugendhilfe anzustreben; das Nähere regelt das Landesrecht.

(2)[1] Sofern bis zum 23. Mai 1996 für Einrichtungen, die Leistungen nach den §§ 32, 34 oder nach § 41 in Verbindung mit § 34 erbringen, noch keine neuen Pflegesätze für das Jahr 1996 oder die Folgejahre vereinbart worden sind, dürfen die am 1. Januar 1996 geltenden Pflegesätze bezogen auf das Jahr 1996 beginnend mit dem 1. Juli 1996 in den Jahren 1996, 1997 und 1998 jährlich nicht höher steigen als 2 vom Hundert im Beitrittsgebiet und 1 vom Hundert im übrigen Bundesgebiet. In begründeten Einzelfällen, insbesondere um den Nachholbedarf bei der Anpassung der Personalstruktur zu berücksichtigen, kann im Beitrittsgebiet der jährliche Steigerungssatz um bis zu 0,5 vom Hundert erhöht werden. Sind bis zum 23. Mai 1996 bereits neue Pflegesätze für 1996 oder die Folgejahre vereinbart worden, so gelten die Sätze 1 und 2 im Hinblick auf die Jahre 1997 und 1998 entsprechend.

(3)[1] Werden nach dem 30. Juni 1996 für Einrichtungen nach Absatz 2 oder Teile davon erstmals Vereinbarungen abgeschlossen, so sind als Basis die Vereinbarungen zugrunde zu legen, die von vergleichbaren Einrichtungen bis zum 23. Mai 1996 geschlossen worden sind. Wird im Einvernehmen mit dem Träger der öffentlichen Jugendhilfe, mit dem eine Vereinbarung besteht, der Zweck der Einrichtung wesentlich geändert oder werden erhebliche bauliche Investitionen vorgenommen, so gilt Satz 1 entsprechend. Werden nach dem 30. Juni 1996 erstmals unterschiedliche Pflegesätze für einzelne Leistungsbereiche oder Leistungsangebote mit einer Einrichtung vereinbart, so dürfen die sich hieraus ergebenden Veränderungen den Rahmen nicht übersteigen, der sich aus einer einheitlichen Veranlagung der Gesamtleistungsangebote nach Absatz 2 Satz 1 ergeben würde.

---

1) § 77 Abs. 2 und 3 eingefügt durch das BSHG-Reformgesetz vom 23. 7. 1996 (BGBl. I S. 1088).

---

§ 78
Arbeitsgemeinschaften

Die Träger der öffentlichen Jugendhilfe sollen die Bildung von Arbeitsgemeinschaften anstreben, in denen neben ihnen die anerkannten Träger der freien Jugendhilfe sowie die Träger geförderter Maßnahmen vertreten sind. In den Arbeitsgemeinschaften soll darauf hingewirkt werden, daß die geplanten Maßnahmen aufeinander abgestimmt werden und sich gegenseitig ergänzen.

Dritter Abschnitt
Gesamtverantwortung, Jugendhilfeplanung

§ 79
Gesamtverantwortung, Grundausstattung

(1) Die Träger der öffentlichen Jugendhilfe haben für die Erfüllung der Aufgaben nach diesem Buch die Gesamtverantwortung einschließlich der Planungsverantwortung.

(2) Die Träger der öffentlichen Jugendhilfe sollen gewährleisten, daß die zur Erfüllung der Aufgaben nach diesem Buch erforderlichen und geeigneten Einrichtungen, Dienste und Veranstaltungen den verschiedenen Grundrichtungen der Erziehung entsprechend rechtzeitig und ausreichend zur Verfügung stehen; hierzu zählen insbesondere auch Pfleger, Vormünder und Pflegepersonen. Von den für die Jugendhilfe bereitgestellten Mitteln haben sie einen angemessenen Anteil für die Jugendarbeit zu verwenden.

(3) Die Träger der öffentlichen Jugendhilfe haben für eine ausreichende Ausstattung der Jugendämter und der Landesjugendämter zu sorgen; hierzu gehört auch eine dem Bedarf entsprechende Zahl von Fachkräften.

§ 80
Jugendhilfeplanung

(1) Die Träger der öffentlichen Jugendhilfe haben im Rahmen ihrer Planungsverantwortung

1. den Bestand an Einrichtungen und Diensten festzustellen,
2. den Bedarf unter Berücksichtigung der Wünsche, Bedürfnisse und Interessen der jungen Menschen und der Personensorgeberechtigten für einen mittelfristigen Zeitraum zu ermitteln und
3. die zur Befriedigung des Bedarfs notwendigen Vorhaben rechtzeitig und ausreichend zu planen; dabei ist Vorsorge zu treffen, daß auch ein unvorhergesehener Bedarf befriedigt werden kann.

(2) Einrichtungen und Dienste sollen so geplant werden, daß insbesondere

1. Kontakte in der Familie und im sozialen Umfeld erhalten und gepflegt werden können,
2. ein möglichst wirksames, vielfältiges und aufeinander abgestimmtes Angebot von Jugendhilfeleistungen gewährleistet ist,
3. junge Menschen und Familien in gefährdeten Lebens- und Wohnbereichen besonders gefördert werden,

4. Mütter und Väter Aufgaben in der Familie und Erwerbstätigkeit besser miteinander vereinbaren können.

(3) Die Träger der öffentlichen Jugendhilfe haben die anerkannten Träger der freien Jugendhilfe in allen Phasen ihrer Planung frühzeitig zu beteiligen. Zu diesem Zweck sind sie vom Jugendhilfeausschuß, soweit sie überörtlich tätig sind, im Rahmen der Jugendhilfeplanung des überörtlichen Trägers vom Landesjugendhilfeausschuß zu hören. Das Nähere regelt das Landesrecht.

(4) Die Träger der öffentlichen Jugendhilfe sollen darauf hinwirken, daß die Jugendhilfeplanung und andere örtliche und überörtliche Planungen aufeinander abgestimmt werden und die Planungen insgesamt den Bedürfnissen und Interessen der jungen Menchen und ihrer Familien Rechnung tragen.

§ 81[1]
Zusammenarbeit mit anderen Stellen und öffentlichen Einrichtungen

Die Träger der öffentlichen Jugendhilfe haben mit anderen Stellen und öffentlichen Einrichtungen, deren Tätigkeit sich auf die Lebenssituation junger Menschen und ihrer Familien auswirkt, insbesondere mit

1. Schulen und Stellen der Schulverwaltung,
2. Einrichtungen und Stellen der beruflichen Aus- und Weiterbildung,
3. Einrichtungen und Stellen des öffentlichen Gesundheitsdienstes und sonstigen Einrichtungen des Gesundheitsdienstes,
4. den Stellen der Bundesanstalt für Arbeit,
5. den Trägern anderer Sozialleistungen,
6. der Gewerbeaufsicht,
7. den Polizei- und Ordnungsbehörden,
8. den Justizvollzugsbehörden und
9. Einrichtungen der Ausbildung für Fachkräfte, der Weiterbildung und der Forschung

im Rahmen ihrer Aufgaben und Befugnisse zusammenzuarbeiten.

1) § 81 Nr. 8 eingefügt durch das 1. ÄndG vom 16. 2. 1993 (BGBl. I S. 239).

Sechstes Kapitel
Zentrale Aufgaben

§ 82
Aufgaben der Länder

(1) Die oberste Landesjugendbehörde hat die Tätigkeit der Träger der öffentlichen und der freien Jugendhilfe und die Weiterentwicklung der Jugendhilfe anzuregen und zu fördern.

(2) Die Länder haben auf einen gleichmäßigen Ausbau der Einrichtungen und Angebote hinzuwirken und die Jugendämter und Landesjugendämter bei der Wahrnehmung ihrer Aufgaben zu unterstützen.

§ 83
Aufgaben des Bundes, Bundesjugendkuratorium

(1) Die fachlich zuständige oberste Bundesbehörde soll die Tätigkeit der Jugendhilfe anregen und fördern, soweit sie von überregionaler Bedeutung ist und ihrer Art nach nicht durch ein Land allein wirksam gefördert werden kann.

(2) Die Bundesregierung wird in grundsätzlichen Fragen der Jugendhilfe von einem Sachverständigengremium (Bundesjugendkuratorium) beraten. Das Nähere regelt die Bundesregierung durch Verwaltungsvorschriften.

§ 84
Jugendbericht

(1) Die Bundesregierung legt dem Deutschen Bundestag und dem Bundesrat in jeder Legislaturperiode einen Bericht über die Lage junger Menschen und die Bestrebungen und Leistungen der Jugendhilfe vor. Neben der Bestandsaufnahme und Analyse sollen die Berichte Vorschläge zur Weiterentwicklung der Jugendhilfe enthalten; jeder dritte Bericht soll einen Überblick über die Gesamtsituation der Jugendhilfe vermitteln.

(2) Die Bundesregierung beauftragt mit der Ausarbeitung der Berichte jeweils eine Kommission, der bis zu sieben Sachverständige (Jugendberichtskommission) angehören. Die Bundesregierung fügt eine Stellungnahme mit den von ihr für notwendig gehaltenen Folgerungen bei.

Siebtes Kapitel
Zuständigkeit, Kostenerstattung

Erster Abschnitt
Sachliche Zuständigkeit

§85[1)]
Sachliche Zuständigkeit

(1) Für die Gewährung von Leistungen und die Erfüllung anderer Aufgaben nach diesem Buch ist der örtliche Träger sachlich zuständig, soweit nicht der überörtliche Träger sachlich zuständig ist.

(2)[2)] Der überörtliche Träger ist sachlich zuständig für

1. die Beratung der örtlichen Träger und die Entwicklung von Empfehlungen zur Erfüllung der Aufgaben nach diesem Buch,
2. die Förderung der Zusammenarbeit zwischen den örtlichen Trägern und den anerkannten Trägern der freien Jugendhilfe, insbesondere bei der Planung und Sicherstellung eines bedarfsgerechten Angebots an Hilfen zur Erziehung, Eingliederungshilfen für seelisch behinderte Kinder und Jugendliche und Hilfen für junge Volljährige,
3. die Anregung und Förderung von Einrichtungen, Diensten und Veranstaltungen sowie deren Schaffung und Betrieb, soweit sie den örtlichen Bedarf übersteigen; dazu gehören insbesondere Einrichtungen, die eine Schul- oder Berufsausbildung anbieten, sowie Jugendbildungsstätten,
4. die Planung, Anregung, Förderung und Durchführung von Modellvorhaben zur Weiterentwicklung der Jugendhilfe,
5. die Beratung der örtlichen Träger bei der Gewährung von Hilfe zur Erziehung nach den §§ 32 bis 35a, insbesondere bei der Auswahl einer Einrichtung oder der Vermittlung einer Pflegeperson in schwierigen Einzelfällen,
6. die Wahrnehmung der Aufgaben zum Schutz von Kindern und Jugendlichen in Einrichtungen (§§ 45 bis 48a),
7. die Beratung der Träger von Einrichtungen während der Planung und Betriebsführung,
8. die Fortbildung von Mitarbeitern in der Jugendhilfe,
9. die Gewährung von Leistungen an Deutsche im Ausland (§6

Abs. 3), soweit es sich nicht um die Fortsetzung einer bereits im Inland gewährten Leistung behandelt,

10. die Erteilung der Erlaubnis zur Übernahme von Pflegschaften, Vormundschaften oder Beistandschaften durch einen rechtsfähigen Verein (§ 54).

(3) Für den örtlichen Bereich können die Aufgaben nach Absatz 2 Nr. 3, 4, 7 und 8 auch vom örtlichen Träger wahrgenommen werden.

(4) Unberührt bleiben die am Tage des Inkrafttretens dieses Gesetzes geltenden landesrechtlichen Regelungen, die die in den §§ 45 bis 48a bestimmten Aufgaben einschließlich der damit verbundenen Aufgaben nach Absatz 2 Nr. 2 bis 5 und 7 mittleren Landesbehörden oder, soweit sie sich auf Kindergärten und andere Tageseinrichtungen für Kinder beziehen, unteren Landesbehörden zuweisen.

(5) Ist das Land überörtlicher Träger so können durch Landesrecht bis zum 30. Juni 1993 einzelne seiner Aufgaben auf andere Körperschaften des öffentlichen Rechts, die nicht Träger der öffentlichen Jugendhilfe sind, übertragen werden.

---

1) § 85 neu gefaßt durch das 1. ÄndG vom 16. 2. 1993 (BGBl. I S. 239).
2) § 85 Abs. 2 Nr. 2 geändert durch das 2. ÄndG vom 15. 12. 1995 (BGBl. I S. 1775).

Zweiter Abschnitt
Örtliche Zuständigkeit

Erster Unterabschnitt
Örtliche Zuständigkeit für Leistungen

§ 86[1)]
Örtliche Zuständigkeit für Leistungen an Kinder, Jugendliche und ihre Eltern

(1) Für die Gewährung von Leistungen nach diesem Buch ist der örtliche Träger zuständig, in dessen Bereich die Eltern ihren gewöhnlichen Aufenthalt haben. An die Stelle der Eltern tritt die Mutter eines nichtehelichen Kindes, wenn und solange die Vaterschaft nicht festgestellt ist. Lebt nur ein Elternteil, so ist dessen gewöhnlicher Aufenthalt maßgebend.

(2) Haben die Elternteile verschiedene gewöhnliche Aufenthalte, so ist der örtliche Träger zuständig, in dessen Bereich der personensorgeberechtigte Elternteil seinen gewöhnlichen Aufenthalt hat; dies gilt auch dann, wenn ihm einzelne Angelegenheiten der Personensorge entzogen sind. Steht die Personensorge im Fall des Satzes 1 den Eltern gemeinsam zu, so richtet sich die Zuständigkeit nach dem gewöhnlichen Aufenthalt des Elternteils, bei dem das Kind oder der Jugendliche vor Beginn der Leistung zuletzt seinen gewöhnlichen Aufenthalt hatte. Hatte das Kind oder der Jugendliche im Fall des Satzes 2 zuletzt bei beiden Elternteilen seinen gewöhnlichen Aufenthalt, so richtet sich die Zuständigkeit nach dem gewöhnlichen Aufenthalt des Elternteils, bei dem das Kind oder der Jugendliche vor Beginn der Leistung zuletzt seinen tatsächlichen Aufenthalt hatte. Hatte das Kind oder der Jugendliche im Fall des Satzes 2 während der letzten sechs Monate vor Beginn der Leistung bei keinem Elternteil einen gewöhnlichen Aufenthalt, so ist der örtliche Träger zuständig, in dessen Bereich das Kind oder der Jugendliche vor Beginn der Leistung zuletzt seinen gewöhnlichen Aufenthalt hatte; hatte das Kind oder der Jugendliche während der letzten sechs Monate keinen gewöhnlichen Aufenthalt, so richtet sich die Zuständigkeit nach dem tatsächlichen Aufenthalt des Kindes oder des Jugendlichen vor Beginn der Leistung.

(3) Haben die Elternteile verschiedene gewöhnliche Aufenthalte und steht die Personensorge keinem Elternteil zu, so gilt Absatz 2 und 4 entsprechend.

(4) Haben die Eltern oder der nach den Absätzen 1 bis 3 maßgebliche Elternteil im Inland keinen gewöhnlichen Aufenthalt oder ist ein gewöhnlicher Aufenthalt nicht feststellbar oder sind sie verstorben, so richtet sich die Zuständigkeit nach dem gewöhnlichen Aufenthalt des Kindes oder des Jugendlichen vor Beginn der Leistung. Hatte das Kind oder der Jugendliche während der letzten sechs Monate vor Beginn der Leistung keinen gewöhnlichen Aufenthalt, so ist der örtliche Träger zuständig, in dessen Bereich sich das Kind oder der Jugendliche vor Beginn der Leistung tatsächlich aufhält.

(5) Begründen die Elternteile nach Beginn der Leistung verschiedene gewöhnliche Aufenthalte, so wird der örtliche Träger zuständig, in dessen Bereich der personensorgeberechtigte Elternteil seinen gewöhnlichen Aufenthalt hat; dies gilt auch dann, wenn ihm einzelne Angelegenheiten der Personensorge entzogen sind. Solange die Personensorge beiden Elternteilen gemeinsam oder keinem

Elternteil zusteht, bleibt die bisherige Zuständigkeit bestehen. Absatz 4 gilt entsprechend.

(6) Lebt ein Kind oder ein Jugendlicher zwei Jahre bei einer Pflegeperson und ist sein Verbleib bei dieser Pflegeperson auf Dauer zu erwarten, so ist oder wird abweichend von den Absätzen 1 bis 5 der örtliche Träger zuständig, in dessen Bereich die Pflegeperson ihren gewöhnlichen Aufenthalt hat. Er hat die Eltern und, falls den Eltern die Personensorge nicht oder nur teilweise zusteht, den Personensorgeberechtigten über den Wechsel der Zuständigkeit zu unterrichten. Endet der Aufenthalt bei der Pflegeperson, so endet die Zuständigkeit nach Satz 1.

(7)[2] Für Leistungen an Asylsuchende richtet sich die örtliche Zuständigkeit nach der Zuweisungsentscheidung der zuständigen Landesbehörde. Bis zur Zuweisung ist der örtliche Träger zuständig, in dessen Bereich sich der Asylsuchende vor Beginn der Leistung tatsächlich aufhält.

---

1) § 86 neu gefaßt durch das 1. ÄndG vom 16. 2. 1993 (BGBl. I S. 239).
2) § 86 Abs. 7 Satz 2 neu gefaßt durch das 2. SGBÄndG vom 13. 6. 1994 (BGBl. I S. 1299).

---

§ 86a[1]
Örtliche Zuständigkeit für Leistungen an junge Volljährige

(1) Für Leistungen an junge Volljährige ist der örtliche Träger zuständig, in dessen Bereich der junge Volljährige vor Beginn der Leistung seinen gewöhnlichen Aufenthalt hat.

(2) Hält sich der junge Volljährige in einer Einrichtung oder sonstigen Wohnform auf, die der Erziehung, Pflege, Betreuung, Behandlung oder dem Strafvollzug dient, so richtet sich die örtliche Zuständigkeit nach dem gewöhnlichen Aufenthalt vor der Aufnahme in eine Einrichtung oder sonstige Wohnform.

(3) Hat der junge Volljährige keinen gewöhnlichen Aufenthalt, so richtet sich die Zuständigkeit nach seinem tatsächlichen Aufenthalt zu dem in Absatz 1 genannten Zeitpunkt; Absatz 2 bleibt unberührt.

(4)[2] Wird eine Leistung nach § 13 Abs. 3 oder nach § 21 über die Vollendung des 18. Lebensjahres hinaus weitergeführt oder geht der Hilfe für junge Volljährige nach § 41 eine dieser Leistungen, eine Leistung nach § 19 oder eine Hilfe nach den §§ 27 bis 35a voraus, so bleibt der örtliche Träger zuständig, der bis zu diesem Zeitpunkt zuständig war. Eine Unterbrechung der Hilfeleistung von bis zu drei Monaten bleibt dabei außer Betracht. Die Sätze 1 und 2 gelten entsprechend, wenn eine Hilfe für junge Volljährige nach § 41 beendet war und innerhalb von drei Monaten erneut Hilfe für junge Volljährige nach § 41 erforderlich wird.

---

1) § 86 a eingefügt durch das 1. ÄndG vom 16. 2. 1993 (BGBl. I S. 239).
2) § 86a Abs. 4 Satz 3 angefügt durch das 2. ÄndG vom 15. 12. 1995 (BGBl. I S. 1775).

---

§ 86b[1]
Örtliche Zuständigkeit für Leistungen in gemeinsamen Wohnformen für Mütter/Väter und Kinder

(1) Für Leistungen in gemeinsamen Wohnformen für Mütter oder Väter und Kinder ist der örtliche Träger zuständig, in dessen Bereich der nach § 19 Leistungsberechtigte vor Beginn der Leistung seinen gewöhnlichen Aufenthalt hat. § 86a Abs. 2 gilt entsprechend.

(2) Hat der Leistungsberechtigte keinen gewöhnlichen Aufenthalt, so richtet sich die Zuständigkeit nach seinem tatsächlichen Aufenthalt zu dem in Absatz 1 genannten Zeitpunkt.

(3) Geht der Leistung Hilfe nach den §§ 27 bis 35a oder eine Leistung nach § 13 Abs. 3, § 21 oder § 41 voraus, so bleibt der örtliche Träger zuständig, der bisher zuständig war. Eine Unterbrechung der Hilfeleistung von bis zu drei Monaten bleibt dabei außer Betracht.

---

1) § 86b eingefügt durch das 1. ÄndG vom 16. 2. 1993 (BGBl. I S. 239).

---

§ 86c[1]
Fortdauernde Leistungsverpflichtung beim Zuständigkeitswechsel

Wechselt die örtliche Zuständigkeit, so bleibt der bisher zuständige örtliche Träger solange zur Gewährung der Leistung verpflichtet, bis der nunmehr zuständige örtliche Träger die Leistung fortsetzt. Der örtliche Träger, der von den Umständen Kenntnis erhält, die den Wechsel der Zuständigkeit begründen, hat den anderen davon unverzüglich zu unterrichten.

---

1) § 86c eingefügt durch das 1. ÄndG vom 16. 2. 1993 (BGBl. I S. 239).

---

§ 86d[1]
Verpflichtung zum vorläufigen Tätigwerden

Steht die örtliche Zuständigkeit nicht fest oder wird der zuständige örtliche Träger nicht tätig, so ist der örtliche Träger vorläufig zum Tätigwerden verpflichtet, in dessen Bereich sich das Kind oder der Jugendliche, der junge Volljährige oder bei Leistungen nach § 19 der Leistungsberechtigte vor Beginn der Leistung tatsächlich aufhält.

1) § 86d eingefügt durch das 1. ÄndG vom 16. 2. 1993 (BGBl. I S. 239).

Zweiter Unterabschnitt
Örtliche Zuständigkeit für andere Aufgaben

§ 87[1]
Örtliche Zuständigkeit für vorläufige Maßnahmen zum Schutz von Kindern und Jugendlichen

Für die Inobhutnahme eines Kindes oder eines Jugendlichen (§ 42) und die Herausnahme eines Kindes oder eines Jugendlichen ohne Zustimmung des Personensorgeberechtigten (§ 43) ist der örtliche Träger zuständig, in dessen Bereich sich das Kind oder der Jugendliche vor Beginn der Maßnahmen tatsächlich aufhält.

1) § 87 neu gefaßt durch das 1. ÄndG vom 16. 2. 1993 (BGBl. I S. 239).

§ 87a[1]
Örtliche Zuständigkeit für Erlaubnis, Meldepflichten und Untersagung

(1) Für die Erteilung der Pflegeerlaubnis sowie deren Rücknahme oder Widerruf (§ 44) ist der örtliche Träger zuständig, in dessen Bereich die Pflegeperson ihren gewöhnlichen Aufenthalt hat.

(2) Für die Erteilung der Erlaubnis zum Betrieb einer Einrichtung oder einer selbständigen sonstigen Wohnform sowie für die Rücknahme oder den Widerruf dieser Erlaubnis (§ 45 Abs. 1 und 2, § 48a), die örtliche Prüfung (§§ 46, 48a), die Entgegennahme von Meldungen (§ 47 Abs. 1 und 2, § 48a) und die Ausnahme von der Meldepflicht (§ 47 Abs. 3, § 48a) sowie die Untersagung der weiteren Beschäftigung des Leiters oder eines Mitarbeiters (§§ 48, 48a) ist der überörtliche Träger oder die nach Landesrecht bestimmte Behörde

zuständig, in dessen oder deren Bereich die Einrichtung oder die sonstige Wohnform gelegen ist.

(3) Für die Mitwirkung an der örtlichen Prüfung (§§ 46, 48 a) ist der örtliche Träger zuständig, in dessen Bereich die Einrichtung oder die selbständige sonstige Wohnform gelegen ist.

1) § 87a eingefügt durch das 1. ÄndG vom 16. 2. 1993 (BGBl. I S. 239).

§ 87b[1)]
Örtliche Zuständigkeit für die Mitwirkung in gerichtlichen Verfahren

(1) Für die Zuständigkeit des Jugendamts zur Mitwirkung in gerichtlichen Verfahren (§§ 50 bis 52) gilt § 86 Abs. 1 bis 4 entsprechend. Für die Mitwirkung im Verfahren nach dem Jugendgerichtsgesetz gegen einen jungen Menschen, der zu Beginn des Verfahrens das 18. Lebensjahr vollendet hat, gilt § 86a Abs. 1 und 3 entsprechend.

(2)[2)] Die nach Absatz 1 begründete Zuständigkeit bleibt bis zum Abschluß des Verfahrens bestehen. Hat ein Jugendlicher oder ein junger Volljähriger in einem Verfahren nach dem Jugendgerichtsgesetz die letzten sechs Monate vor Abschluß des Verfahrens in einer Justizvollzugsanstalt verbracht, so dauert die Zuständigkeit auch nach der Entlassung aus der Anstalt solange fort, bis der Jugendliche oder junge Volljährige einen neuen gewöhnlichen Aufenthalt begründet hat, längstens aber bis zum Ablauf von sechs Monaten nach dem Entlassungszeitpunkt.

(3) Steht die örtliche Zuständigkeit nicht fest oder wird der zuständige örtliche Träger nicht tätig, so gilt § 86d entsprechend.

1) § 87b eingefügt durch das 1. ÄndG vom 16. 2. 1993 (BGBl. I S. 239).
2) § 87b Abs. 2 Satz 2 geändert durch das 2. ÄndG vom 15. 12. 1996 (BGBl. I S. 1775).

§ 87c[1)]
Örtliche Zuständigkeit für die Amtspflegschaft und die Amtsvormundschaft

(1) Für die Pflegschaft oder Vormundschaft, die mit der Geburt eines nichtehelichen Kindes kraft Gesetzes eintritt, ist das Jugendamt zuständig, in dessen Bereich die Mutter ihren gewöhnlichen Aufenthalt hat. Ergibt sich später aus einer gerichtlichen Entscheidung, daß

das Kind nichtehelich ist, so ist der gewöhnliche Aufenthalt der Mutter zu dem Zeitpunkt maßgeblich, in dem die Entscheidung rechtskräftig wird. Ist ein gewöhnlicher Aufenthalt der Mutter nicht festzustellen, so richtet sich die örtliche Zuständigkeit nach ihrem tatsächlichen Aufenthalt. In den Fällen des § 1709 Abs. 2 des Bürgerlichen Gesetzbuchs ist das Jugendamt zuständig, in dessen Bereich die Mutter ihren gewöhnlichen Aufenthalt nimmt; Satz 3 gilt entsprechend.

(2) Sobald die Mutter ihren gewöhnlichen Aufenthalt im Bereich eines anderen Jugendamts nimmt, hat das die Amtspflegschaft oder die Amtsvormundschaft führende Jugendamt bei dem Jugendamt des anderen Bereichs die Weiterführung der Amtspflegschaft oder Amtsvormundschaft zu beantragen; der Antrag kann auch von dem anderen Jugendamt, von jedem Elternteil und von jedem, der ein berechtigtes Interesse des Kindes oder des Jugendlichen geltend macht, bei dem die Amtspflegschaft oder die Amtsvormundschaft führenden Jugendamt gestellt werden. Die Pflegschaft oder die Vormundschaft geht mit der Erklärung des anderen Jugendamts auf dieses über. Das abgebende Jugendamt hat den Übergang dem Vormundschaftsgericht und jedem Elternteil unverzüglich mitzuteilen. Gegen die Ablehnung des Antrags kann das Vormundschaftsgericht angerufen werden.

(3) Für die Pflegschaft oder Vormundschaft, die durch Bestellung des Vormundschaftsgerichts eintritt, ist das Jugendamt zuständig, in dessen Bereich das Kind oder der Jugendliche seinen gewöhnlichen Aufenthalt hat. Hat das Kind oder der Jugendliche keinen gewöhnlichen Aufenthalt, so richtet sich die Zuständigkeit nach seinem tatsächlichen Aufenthalt zum Zeitpunkt der Bestellung. Sobald das Kind oder der Jugendliche seinen gewöhnlichen Aufenthalt wechselt oder im Fall des Satzes 2 das Wohl des Kindes oder Jugendlichen es erfordert, hat das Jugendamt beim Vormundschaftsgericht einen Antrag auf Entlassung zu stellen. Die Sätze 1 bis 3 gelten für die Beistandschaft und die Gegenvormundschaft des Jugendamts entsprechend.

(4) Für die Vormundschaft, die im Rahmen des Verfahrens zur Annahme als Kind eintritt, ist das Jugendamt zuständig, in dessen Bereich die annehmende Person ihren gewöhnlichen Aufenthalt hat.

---

1) § 87c eingefügt durch das 1. ÄndG vom 16. 2. 1993 (BGBl. I S. 239).

§ 87d[1]
Örtliche Zuständigkeit für weitere Aufgaben im Vormundschaftswesen

(1) Für die Wahrnehmung der Aufgaben nach § 53 ist der örtliche Träger zuständig, in dessen Bereich der Pfleger, Vormund oder Beistand seinen gewöhnlichen Aufenthalt hat.

(2) Für die Erteilung der Erlaubnis zur Übernahme von Pflegschaften, Vormundschaften oder Beistandschaften durch einen rechtsfähigen Verein (§ 54) ist der überörtliche Träger zuständig, in dessen Bereich der Verein seinen Sitz hat.

---

1) § 87d eingefügt durch das 1. ÄndG vom 16. 2. 1993 (BGBl. I S. 239).

---

§ 87e[1]
Örtliche Zuständigkeit für Beurkundung und Beglaubigung

Für Beurkundungen und Beglaubigungen nach § 59 ist die Urkundsperson bei jedem Jugendamt zuständig.

---

1) § 87e eingefügt durch das 1. ÄndG vom 16. 2. 1993 (BGBl. I S. 239).

Dritter Unterabschnitt
Örtliche Zuständigkeit bei Aufenthalt im Ausland

§ 88[1]
Örtliche Zuständigkeit bei Aufenthalt im Ausland

(1) Für die Gewährung von Leistungen der Jugendhilfe im Ausland ist der überörtliche Träger zuständig, in dessen Bereich der junge Mensch geboren ist. Liegt der Geburtsort im Ausland oder ist er nicht zu ermitteln, so ist das Land Berlin zuständig.

(2) Wurden bereits vor der Ausreise Leistungen der Jugendhilfe gewährt, so bleibt der örtliche Träger zuständig, der bisher tätig geworden ist; eine Unterbrechung der Hilfeleistung von bis zu drei Monaten bleibt dabei außer Betracht.

---

1) § 88 neu gefaßt durch das 1. ÄndG vom 16. 2. 1993 (BGBl. I S. 239).

Dritter Abschnitt
Kostenerstattung

§ 89[1]
Kostenerstattung bei fehlendem gewöhnlichen Aufenthalt

Ist für die örtliche Zuständigkeit nach den §§ 86, 86a oder 86b der tatsächliche Aufenthalt maßgeblich, so sind die Kosten, die ein örtlicher Träger aufgewendet hat, von dem überörtlichen Träger zu erstatten, zu dessen Bereich der örtliche Träger gehört.

1) § 89 neu gefaßt durch das 1. ÄndG vom 16. 2. 1993 (BGBl. I S. 239).

§ 89a[1]
Kostenerstattung bei fortdauernder Vollzeitpflege

(1)[2] Kosten, die ein örtlicher Träger aufgrund einer Zuständigkeit nach § 86 Abs. 6 aufgewendet hat, sind von dem örtlichen Träger zu erstatten, der zuvor zuständig war oder gewesen wäre. Die Kostenerstattungspflicht bleibt bestehen, wenn die Pflegeperson ihren gewöhnlichen Aufenthalt ändert oder wenn die Leistung über die Volljährigkeit hinaus nach § 41 fortgesetzt wird.

(2)[2] Hat der nach Absatz 1 kostenerstattungspflichtig werdende örtliche Träger während der Gewährung einer Leistung selbst einen Kostenerstattungsanspruch gegen einen anderen örtlichen oder den überörtlichen Träger, so bleibt oder wird abweichend von Absatz 1 dieser überörtliche Träger dem nunmehr nach § 86 Abs. 6 zuständig gewordenen örtlichen Träger kostenerstattungspflichtig.

(3)[2] Ändert sich während der Gewährung der Leistung nach Absatz 1 der für die örtliche Zuständigkeit nach § 86 Abs. 1 bis 5 maßgebliche gewöhnliche Aufenthalt, so wird der örtliche Träger kostenerstattungspflichtig, der ohne Anwendung von § 86 Abs. 6 örtlich zuständig geworden wäre.

1) § 89a eingefügt durch das 1. ÄndG vom 16. 2. 1993 (BGBl. I S. 239). Überschrift geändert durch das 2. ÄndG vom 15. 12. 1995 (BGBl. I S. 1775).
2) § 89a Abs. 1, 2 und 3 geändert durch das 2. ÄndG vom 15. 12. 1995 (BGBl. I S. 1775).

§ 89b[1]
Kostenerstattung bei vorläufigen Maßnahmen zum Schutz von Kindern und Jugendlichen

(1) Kosten, die ein örtlicher Träger im Rahmen der Inobhutnahme von Kindern und Jugendlichen (§ 42) oder der Herausnahme des Kindes oder des Jugendlichen ohne Zustimmung des Personensorgeberechtigten (§ 43) aufgewendet hat, sind von dem örtlichen Träger zu erstatten, dessen Zuständigkeit durch den gewöhnlichen Aufenthalt nach § 86 begründet wird.

(2)[2] Ist ein kostenerstattungspflichtiger örtlicher Träger nicht vorhanden, so sind die Kosten von dem überörtlichen Träger zu erstatten, zu dessen Bereich der örtliche Träger gehört.

---

1) § 89b eingefügt durch das 1. ÄndG vom 16. 2. 1993 (BGBl. I S. 239).
2) § 89b Abs. 2 geändert durch das 2. ÄndG vom 15. 12. 1995 (BGBl. I S. 1775).

---

§ 89c[1]
Kostenerstattung bei fortdauernder oder vorläufiger Leistungsverpflichtung

(1) Kosten, die ein örtlicher Träger im Rahmen seiner Verpflichtung nach § 86c aufgewendet hat, sind von dem örtlichen Träger zu erstatten, der nach dem Wechsel der örtlichen Zuständigkeit zuständig geworden ist. Kosten, die ein örtlicher Träger im Rahmen seiner Verpflichtung nach § 86d aufgewendet hat, sind von dem örtlichen Träger zu erstatten, dessen Zuständigkeit durch den gewöhnlichen Aufenthalt nach §§ 86, 86a und 86b begründet wird.

(2) Hat der örtliche Träger die Kosten deshalb aufgewendet, weil der zuständige örtliche Träger pflichtwidrig gehandelt hat, so hat dieser zusätzlich einen Betrag in Höhe eines Drittels der Kosten, mindestens jedoch 100 Deutsche Mark zu erstatten.

(3) Ist ein kostenerstattungspflichtiger örtlicher Träger nicht vorhanden, so sind die Kosten vom überörtlichen Träger zu erstatten, zu dessen Bereich der örtliche Träger gehört, der nach Absatz 1 tätig geworden ist.

---

1) § 89c eingefügt durch das 1. ÄndG vom 16. 2. 1993 (BGBl. I S. 239).

§ 89d[1]
Kostenerstattung bei Gewährung von Jugendhilfe nach der Einreise

(1) Wird innerhalb eines Monats nach der Einreise eines jungen Menschen oder eines Leistungsberechtigten nach § 19, der im Inland keinen gewöhnlichen Aufenthalt hat, Jugendhilfe gewährt, so sind die aufgewendeten Kosten von dem überörtlichen Träger zu erstatten, in dessen Bereich die Person geboren ist. Dies gilt nicht für Leistungen, bei denen sich die Zuständigkeit nach dem gewöhnlichen Aufenthalt der Eltern oder des nach § 86 Abs. 1 bis 3 maßgeblichen Elternteils richtet.

(2) Liegt der Geburtsort des jungen Menschen oder des Leistungsberechtigten nach § 19 nicht im Inland, so wird der zur Kostenerstattung verpflichtete überörtliche Träger der Jugendhilfe von einer Schiedsstelle bestimmt. Hierbei hat die Schiedsstelle die Einwohnerzahl und die Belastungen, die sich im vorangegangenen Haushaltsjahr nach den Absätzen 1 und 2 und nach §§ 6, 88 Abs. 1 ergeben haben, zu berücksichtigen. Soweit durch Verwaltungsvereinbarung der Länder nichts anderes bestimmt wird, werden die Aufgaben der Schiedsstelle vom Bundesverwaltungsamt wahrgenommen.

(3) Die Verpflichtung zur Erstattung der nach den Absätzen 1 und 2 aufgewendeten Kosten fällt weg, wenn inzwischen für einen zusammenhängenden Zeitraum von drei Monaten Jugendhilfe nicht zu gewähren war.

---

1) § 89d eingefügt durch das 1. ÄndG vom 16. 2. 1993 (BGBl. I S. 239).

---

§ 89e[1]
Schutz der Einrichtungsorte

(1) Richtet sich die Zuständigkeit nach dem gewöhnlichen Aufenthalt der Eltern, eines Elternteils, des Kindes oder des Jugendlichen und ist dieser in einer Einrichtung, einer anderen Familie oder sonstigen Wohnform begründet worden, die der Erziehung, Pflege, Betreuung, Behandlung oder dem Strafvollzug dient, so ist der örtliche Träger zur Erstattung der Kosten verpflichtet, in dessen Bereich die Person vor der Aufnahme in eine Einrichtung, eine andere Familie oder sonstige Wohnform den gewöhnlichen Aufenthalt hatte.

(2) Ist ein kostenerstattungspflichtiger örtlicher Träger nicht vorhanden, so sind die Kosten von dem überörtlichen Träger zu erstat-

ten, zu dessen Bereich der erstattungsberechtigte örtliche Träger gehört.

1) § 89e eingefügt durch das 1. ÄndG vom 16. 2. 1993 (BGBl. I S. 239).

§ 89f[1]
Umfang der Kostenerstattung

(1) Die aufgewendeten Kosten sind zu erstatten, soweit die Erfüllung der Aufgaben den Vorschriften dieses Buches entspricht. Dabei gelten die Grundsätze, die im Bereich des tätiggewordenen örtlichen Trägers zur Zeit des Tätigwerdens angewandt werden.

(2) Kosten unter 2 000 Deutsche Mark werden nur bei vorläufigen Maßnahmen zum Schutz von Kindern und Jugendlichen (§ 89b), bei fortdauernder oder vorläufiger Leistungsverpflichtung (§ 89c) und bei Gewährung von Jugendhilfe nach der Einreise (§ 89d) erstattet. Verzugszinsen können nicht verlangt werden.

1) § 89f eingefügt durch das 1. ÄndG vom 16. 2. 1993 (BGBl. I S. 239).

§ 89g[1]
Landesrechtsvorbehalt

Landesrecht kann bestimmen, daß die Aufgaben des überörtlichen Trägers nach diesem Abschnitt auf andere Körperschaften des öffentlichen Rechts übertragen werden.

1) § 89g eingefügt durch das 1. ÄndG vom 16. 2. 1993 (BGBl. I S. 239).

§ 89h

Gestrichen durch das BSHG-Reformgesetz vom 23. 7. 1996 (BGBl. I S. 1088).

Achtes Kapitel
Teilnahmebeiträge, Heranziehung zu den Kosten, Überleitung von Ansprüchen

Erster Abschnitt
Erhebung von Teilnahmebeiträgen

§ 90[1)]
Erhebung von Teilnahmebeiträgen

(1) Für die Inanspruchnahme von Angeboten

1. der Jugendarbeit nach § 11,
2. der allgemeinen Förderung der Erziehung in der Familie nach § 16 Abs. 1, Abs. 2 Nr. 1 und 3 und
3. der Förderung von Kindern in Tageseinrichtungen nach §§ 22, 24

können Teilnahmebeiträge oder Gebühren festgesetzt werden. Landesrecht kann eine Staffelung der Teilnahmebeiträge und Gebühren, die für die Inanspruchnahme der Tageseinrichtungen für Kinder zu entrichten sind, nach Einkommensgruppen und Kinderzahl oder der Zahl der Familienangehörigen vorschreiben oder selbst entsprechend gestaffelte Beträge festsetzen.

(2) In den Fällen des Absatzes 1 Nr. 1 und 2 kann der Teilnahmebeitrag oder die Gebühr auf Antrag ganz oder teilweise erlassen oder vom Träger der öffentlichen Jugendhilfe übernommen werden, wenn

1. die Belastung
   a) dem Kind oder dem Jugendlichen und seinen Eltern oder
   b) dem jungen Volljährigen
   nicht zuzumuten ist und
2. die Förderung für die Entwicklung des jungen Menschen erforderlich ist.

Lebt das Kind oder der Jugendliche nur mit einem Elternteil zusammen, so tritt dieser an die Stelle der Eltern.

(3) Im Falle des Absatzes 1 Nr. 3 soll der Teilnahmebeitrag oder die Gebühr auf Antrag ganz oder teilweise erlassen oder vom Träger der öffentlichen Jugendhilfe übernommen werden, wenn die Belastung den Eltern und dem Kind nicht zuzumuten ist. Absatz 2 Satz 2 gilt entsprechend.

(4) Für die Feststellung der zumutbaren Belastung gelten die §§ 76 bis 79, 84 und 85 des Bundessozialhilfegesetzes entsprechend, soweit nicht Landesrecht eine andere Regelung trifft.

---

1) § 90 neu gefaßt durch das 1. ÄndG vom 16. 2. 1993 (BGBl. I S. 239).

Zweiter Abschnitt
Heranziehung zu den Kosten

§ 91[1]
Grundsätze der Heranziehung zu den Kosten

(1)[2] Das Kind oder der Jugendliche und dessen Eltern werden zu den Kosten

1. der Unterbringung eines Kindes oder Jugendlichen in einer sozialpädagogisch begleiteten Wohnform (§ 13 Abs. 3),
2. der Betreuung und Versorgung des Kindes in Notsituationen (§ 20),
3. der Unterstützung bei notwendiger Unterbringung des Kindes oder des Jugendlichen zur Erfüllung der Schulpflicht (§ 21),
4. der Hilfe zur Erziehung in
   a) einer Tagesgruppe (§ 32),
   b) Vollzeitpflege (§ 33),
   c) einem Heim oder in einer sonstigen betreuten Wohnform (§ 34),
   d) intensiver sozialpädagogischer Einzelbetreuung (§ 35), sofern sie außerhalb der eigenen Familie erfolgt,
5. der Eingliederungshilfe für seelisch behinderte Kinder und Jugendliche in
   a) Tageseinrichtungen und anderen teilstationären Einrichtungen (§ 35a Abs. 1 Satz 2 Nr. 2),
   b) Einrichtungen über Tag und Nacht, sonstigen Wohnformen und durch geeignete Pflegepersonen (§ 35a Abs. 1 Satz 2 Nr. 3 und 4),
6. der Inobhutnahme des Kindes oder des Jugendlichen (§ 42),

7. der vorläufigen Unterbringung des Kindes oder des Jugendlichen (§ 43)

herangezogen.

(2) Die Eltern und das Kind werden zu den Kosten der Leistungen zur Förderung von Kindern in Tagespflege (§§ 23, 24) herangezogen. Lebt das Kind nur mit einem Elternteil zusammen, so wird dieser und das Kind zu den Kosten herangezogen. Landesrecht kann die Beteiligung an den Kosten auch entsprechend den Bestimmungen für die Förderung von Kindern in Tageseinrichtungen nach § 90 Abs. 1, 3 und 4 regeln.

(3) Der junge Volljährige wird zu den Kosten

1. der Unterkunft in einer sozialpädagogisch begleiteten Wohnform (§ 13 Abs. 3),
2. der Unterstützung bei notwendiger Unterbringung zum Abschluß der Schulausbildung (§ 21 Satz 3) und
3. der Hilfe für junge Volljährige (§ 41), soweit diese den in Absatz 1 Nr. 4 und 5 genannten Leistungen entspricht,

herangezogen.

(4)[2] Bei der Gewährung von Leistungen nach § 19 werden herangezogen

1. zu den Kosten der Betreuung und Unterkunft der Kinder diese selbst und ihre Eltern,
2. zu den Kosten der Betreuung und Unterkunft des Elternteils dieser selbst und sein Ehegatte,
3. zu den Kosten der Betreuung und Unterkunft der schwangeren Frau diese selbst und ihr Ehegatte.

Der Ehegatte wird nicht zu den Kosten herangezogen, wenn der leistungsberechtigte Elternteil oder die schwangere Frau volljährig ist; in diesem Fall kann der Träger der öffentlichen Jugendhilfe den Unterhaltsanspruch des Elternteils oder der schwangeren Frau nach Maßgabe der §§ 95, 96 auf sich überleiten.

(5) Die Eltern des Kindes oder Jugendlichen werden nur dann zu den Kosten herangezogen, wenn das Kind oder der Jugendliche die Kosten nicht selbst tragen kann.

(6) Die Kosten umfassen auch die Aufwendungen für den notwendigen Unterhalt und die Krankenhilfe.

(7) Verwaltungskosten bleiben außer Betracht.

1) § 91 neu gefaßt durch das 1. ÄndG vom 16. 2. 1993 (BGBl. I S. 239).
2) § 91 Abs. 1 Nr. 1 geändert und Abs. 4 Satz 2 angefügt durch das 2. ÄndG vom 15. 12. 1995 (BGBl. I S. 1775).

§ 92[1)]
Formen der Kostentragung durch die öffentliche Jugendhilfe

(1) Die Träger der öffentlichen Jugendhilfe tragen die Kosten der in § 91 genannten Leistungen und anderen Aufgaben, soweit den dort genannten Personen die Aufbringung der Mittel aus ihren Einkommen und Vermögen nach Maßgabe der §§ 93, 94 nicht zuzumuten sind.

(2) In begründeten Fällen können die Träger der öffentlichen Jugendhilfe die Kosten auch insoweit tragen, als den Personen die Aufbringung der Mittel aus ihren Einkommen und Vermögen nach Maßgabe der §§ 93, 94 zuzumuten ist; in diesem Umfang werden diese Personen zu den Kosten herangezogen.

(3) Die Kosten der in § 91 Abs. 1 Nr. 2, 4, 5, 6, 7, Abs. 3 Nr. 3 und Abs. 4 genannten Leistungen und anderen Aufgaben tragen die Träger der öffentlichen Jugendhilfe auch insoweit, als den dort genannten Personen die Aufbringung der Mittel aus ihren Einkommen und Vermögen nach Maßgabe der §§ 93, 94 zuzumuten ist oder ein Unterhaltsanspruch besteht, der nach § 94 Abs. 3 übergeht; in diesem Umfang werden diese Personen zu den Kosten herangezogen oder wird der Unterhaltsanspruch geltend gemacht.

1) § 92 neu gefaßt durch das 1. ÄndG vom 16. 2. 1993 (BGBl. I S. 239).

§ 93[1)]
Umfang des Heranziehung

(1) Die Heranziehung zu den Kosten der in § 91 genannten Aufgaben erfolgt durch Erhebung eines Kostenbeitrags, soweit nicht nach § 94 Abs. 3 der Unterhaltsanspruch des Kindes oder des Jugendlichen übergeht. Der Kostenbeitrag wird nach Maßgabe von Absatz 2 bis 4 sowie des § 94 ermittelt und durch Leistungsbescheid festgesetzt. Zusammenlebende Eltern haften als Gesamtschuldner.

(2) Die Eltern, von denen nach Absatz 1 ein Kostenbeitrag erhoben wird, sowie der junge Volljährige und der Leistungsberechtigte nach § 19 werden aus ihren Einkommen nach §§ 79, 84, 85 und ihren Vermögen nach §§ 88 und 89 des Bundessozialhilfegesetzes zu den Kosten herangezogen; lebten die Eltern oder ein Elternteil vor Beginn der Leistung nicht mit dem Kind oder dem Jugendlichen zusammen, so ist zur Ermittlung der für sie maßgeblichen Einkommensgrenze § 79 Abs. 1 des Bundessozialhilfegesetzes anzuwenden.

(3) Das Kind oder der Jugendliche soll nur aus seinem Einkommen nach Maßgabe der §§ 79, 84 und 85 des Bundessozialhilfegesetzes zu den Kosten herangezogen werden.

(4) Für die Ermittlung des Einkommens gelten die §§ 76 bis 78 des Bundessozialhilfegesetzes entsprechend. Als gleichartige Einrichtung im Sinn des § 85 des Bundessozialhilfegesetzes gilt auch eine selbständige sonstige Wohnform nach § 13 Abs. 3, §§ 19, 21, 34, die Tagespflege nach § 23, die Vollzeitpflege nach § 33, die intensive sozialpädagogische Einzelbetreuung nach § 35 sowie die Eingliederungshilfe bei einer geeigneten Pflegeperson nach § 35a Abs. 1 Satz 2 Nr. 3.

(5) Mittel in Höhe der Geldleistungen, die dem gleichen Zweck wie die jeweilige Leistung der Jugendhilfe dienen, sind neben dem Kostenbeitrag einzusetzen.

(6) Von der Heranziehung der Eltern zu den Kosten ist abzusehen, wenn das Kind oder die Jugendliche schwanger ist oder ein leibliches Kind bis zur Vollendung seines sechsten Lebensjahres betreut. Von der Heranziehung soll im Einzelfall ganz oder teilweise abgesehen werden, wenn sonst Ziel und Zweck der Leistung gefährdet würden, sich aus der Heranziehung eine besondere Härte ergäbe oder wenn anzunehmen ist, daß der damit verbundene Verwaltungsaufwand in keinem angemessenen Verhältnis zu dem Kostenbeitrag stehen wird.

---

1) § 93 neu gefaßt durch das 1. ÄndG vom 16. 2. 1993 (BGBl. I S. 239).

---

§ 94[1)]
Sonderregelungen für die Heranziehung der Eltern

(1) Wird Hilfe zur Erziehung (§ 91 Abs. 1 Nr. 4) oder Eingliederungshilfe für seelisch behinderte Kinder und Jugendliche (§ 91 Abs. 1 Nr. 5) gewährt, so gelten abweichend von § 93 Abs. 2 bis 4 für

die Heranziehung der Eltern oder Elternteile die nachfolgenden besonderen Vorschriften.

(2) Lebten die Eltern oder Elternteile vor Beginn der Hilfe mit dem Kind oder dem Jugendlichen zusammen, so sind sie in der Regel in Höhe der durch die auswärtige Unterbringung ersparten Aufwendungen zu den Kosten heranzuziehen. Für diese ersparten Aufwendungen sollen nach Einkommensgruppen gestaffelte Pauschalbeträge festgelegt werden.

(3) Lebten die Eltern oder Elternteile zu dem in Absatz 2 genannten Zeitpunkt nicht mit dem Kind oder dem Jugendlichen zusammen, so wird von ihnen kein Kostenbeitrag erhoben. Wird Hilfe zur Erziehung oder Eingliederungshilfe gewährt, zu deren Kosten die Eltern nach § 91 Abs. 1 Nr. 4 Buchstabe b bis d oder Nr. 5 Buchstabe b beizutragen haben, so geht der Unterhaltsanspruch des Kindes oder des Jugendlichen in Höhe des Betrages, der zu zahlen wäre, wenn die Leistung der Jugendhilfe und der sie veranlassende besondere Bedarf außer Betracht bleibt, auf den Träger der öffentlichen Jugendhilfe über, höchstens jedoch in Höhe der geleisteten Aufwendungen. Für die Vergangenheit können die Eltern oder Elternteile außer unter den Voraussetzungen des bürgerlichen Rechts nur in Anspruch genommen werden, wenn ihnen die Gewährung von Jugendhilfe unverzüglich schriftlich mitgeteilt worden ist.

1) § 94 neu gefaßt durch das 1. ÄndG vom 16. 2. 1993 (BGBl. I S. 239).

Dritter Abschnitt
Überleitung von Ansprüchen

§ 95[1]
Überleitung von Ansprüchen

(1) Hat eine der in § 91 genannten Personen für die Zeit, für die Hilfe gewährt wird, einen Anspruch gegen einen anderen, der kein Leistungsträger im Sinn von § 12 des Ersten Buches ist, so kann der Träger der öffentlichen Jugendhilfe durch schriftliche Anzeige an den anderen bewirken, daß dieser Anspruch bis zur Höhe seiner Aufwendungen auf ihn übergeht.

(2) Der Übergang darf nur insoweit bewirkt werden, als bei rechtzeitiger Leistung des anderen entweder Jugendhilfe nicht gewährt worden oder ein Kostenbeitrag zu leisten wäre. Der Übergang ist

nicht dadurch ausgeschlossen, daß der Anspruch nicht übertragen, verpfändet oder gepfändet werden kann.

(3) Die schriftliche Anzeige bewirkt den Übergang des Anspruchs für die Zeit, für die die Hilfe ohne Unterbrechung gewährt wird; als Unterbrechung gilt ein Zeitraum von mehr als zwei Monaten.

(4) Widerspruch und Anfechtungsklage gegen den Verwaltungsakt, der den Übergang des Anspruchs bewirkt, haben keine aufschiebende Wirkung.

---

1) § 95 neu gefaßt durch das 1. ÄndG vom 16. 2. 1993 (BGBl. I S. 239).

---

§ 96[1]
Überleitung von Ansprüchen gegen einen nach bürgerlichem Recht Unterhaltspflichtigen

(1) Der Träger der öffentlichen Jugendhilfe darf den Übergang eines Anspruchs nach § 95 gegen einen nach bürgerlichem Recht Unterhaltspflichtigen nur bewirken,

1. wenn einem Volljährigen
   a) eine Leistung nach § 13 Abs. 3, § 19 oder § 21 Satz 3 gewährt wird oder
   b) eine Leistung nach § 41 gewährt wird, zu deren Kosten dieser nach § 91 Abs. 3 Nr. 3 beizutragen hat, und
2. sofern der Unterhaltspflichtige mit dem Volljährigen im ersten Grad verwandt oder dessen Ehegatte ist.

Ist die Leistungsberechtigte schwanger oder betreut ihr leibliches Kind bis zur Vollendung seines 6. Lebensjahres, so darf der Unterhaltsanspruch gegen Verwandte ersten Grades nicht übergeleitet werden.

(2)[2] Der Träger der öffentlichen Jugendhilfe darf den Übergang des Unterhaltsanspruchs nur in Höhe des Betrages bewirken, der zu zahlen wäre, wenn die Leistung der Jugendhilfe und der sie veranlassende besondere Bedarf außer Betracht bleiben, höchstens jedoch in Höhe der geleisteten Aufwendungen. Wurde der Unterhaltspflichtige vor dem Eintritt der Volljährigkeit des Unterhaltsberechtigten nach § 94 Abs. 2 zu den Kosten herangezogen, so darf der örtliche Träger den Übergang nur in Höhe des Betrages bewirken, der auf Grund der durch die auswärtige Unterbringung ersparten Aufwendungen verlangt werden könnte.

(3) Für die Vergangenheit kann ein Unterhaltspflichtiger außer unter den Voraussetzungen des bürgerlichen Rechts nur in Anspruch genommen werden, wenn ihm die Gewährung der Leistung unverzüglich schriftlich mitgeteilt worden ist.

(4) Der öffentliche Träger soll von der Überleitung absehen, soweit dies eine Härte bedeuten oder der mit der Inanspruchnahme verbundene Verwaltungsaufwand in keinem angemessenen Verhältnis zu der Unterhaltsleistung stehen würde.

---

1) § 96 neu gefaßt durch das 1. ÄndG vom 16. 2. 1993 (BGBl. I S. 239).
2) § 96 Abs. 2 Satz 2 geändert durch das 2. ÄndG vom 15. 12. 1995 (BGBl. I S. 1775).

Vierter Abschnitt
Ergänzende Vorschriften

§ 97[1)]
Feststellung der Sozialleistungen

Der erstattungsberechtigte Träger der öffentlichen Jugendhilfe kann die Feststellung einer Sozialleistung betreiben sowie Rechtsmittel einlegen. Der Ablauf der Fristen, die ohne sein Verschulden verstrichen sind, wirkt nicht gegen ihn. Dies gilt nicht für die Verfahrensfristen, soweit der Träger der öffentlichen Jugendhilfe das Verfahren selbst betreibt.

---

1) § 97 neu gefaßt durch das 1. ÄndG vom 16. 2. 1993 (BGBl. I S. 239).

---

§ 97a[1)]
Pflicht zur Auskunft

(1) Soweit dies für die Berechnung, die Übernahme oder den Erlaß eines Teilnahmebeitrags nach § 90 oder die Ermittlung eines Kostenbeitrags nach §§ 93, 94 Abs. 1 und 2 erforderlich ist, sind Eltern oder Elternteile sowie junge Volljährige verpflichtet, dem örtlichen Träger über ihre Einkommens- und Vermögensverhältnisse Auskunft zu geben. Eltern oder Elternteile, denen die Sorge für das Vermögen des Kindes oder des Jugendlichen zusteht, sind auch zur Auskunft über dessen Einkommen verpflichtet. Ist die Sorge über

das Vermögen des Kindes oder des Jugendlichen anderen Personen übertragen, so treten diese an die Stelle der Eltern.

(2) Soweit dies für die Geltendmachung eines nach § 94 Abs. 3 übergegangenen Unterhaltsanspruchs oder die Überleitung eines Unterhaltsanspruchs nach § 96 erforderlich ist, sind die Eltern oder Elternteile eines Kindes, Jugendlichen oder jungen Volljährigen sowie der Ehegatte des jungen Volljährigen verpflichtet, dem örtlichen Träger über ihre Einkommens- und Vermögensverhältnisse Auskunft zu geben.

(3) Die Pflicht zur Auskunft nach den Absätzen 1 und 2 umfaßt auch die Verpflichtung, Namen und Anschrift des Arbeitgebers zu nennen, über die Art des Beschäftigungsverhältnisses Auskunft zu geben sowie auf Verlangen Beweisurkunden vorzulegen oder ihrer Vorlage zuzustimmen. Sofern landesrechtliche Regelungen nach § 90 Abs. 1 Satz 2 bestehen, in denen nach Einkommensgruppen gestaffelte Pauschalbeträge vorgeschrieben oder festgesetzt sind, ist hinsichtlich der Höhe des Einkommens die Auskunftspflicht und die Pflicht zur Vorlage von Beweisurkunden für die Berechnung des Teilnahmebeitrags nach § 90 Abs. 1 Nr. 3 auf die Angabe der Zugehörigkeit zu einer bestimmten Einkommensgruppe beschränkt.

(4) Kommt eine der nach den Absätzen 1 und 2 zur Auskunft verpflichteten Personen ihrer Pflicht nicht nach oder bestehen tatsächliche Anhaltspunkte für die Unrichtigkeit ihrer Auskunft, so ist der Arbeitgeber dieser Person verpflichtet, dem örtlichen Träger über die Art des Beschäftigungsverhältnisses und den Arbeitsverdienst dieser Person Auskunft zu geben; Absatz 3 Satz 2 gilt entsprechend. Der zur Auskunft verpflichteten Person ist vor einer Nachfrage beim Arbeitgeber eine angemessene Frist zur Erteilung der Auskunft zu setzen. Sie ist darauf hinzuweisen, daß nach Fristablauf die erforderlichen Auskünfte beim Arbeitgeber eingeholt werden.

(5) Die nach den Absätzen 1 und 2 zur Erteilung einer Auskunft Verpflichteten können die Auskunft verweigern, soweit sie sich selbst oder einen der in § 383 Abs. 1 Nr. 1 bis 3 der Zivilprozeßordnung bezeichneten Angehörigen der Gefahr aussetzen würden, wegen einer Straftat oder einer Ordnungswidrigkeit verfolgt zu werden. Die Auskunftspflichtigen sind auf ihr Auskunftsverweigerungsrecht hinzuweisen.

---

1) § 97a eingefügt durch das 1. ÄndG vom 16. 2. 1993 (BGBl. I S. 239).

Neuntes Kapitel
Kinder- und Jugendhilfestatistik

§ 98[1)]
Zweck und Umfang der Erhebung

Zur Beurteilung der Auswirkungen der Bestimmungen dieses Buches und zu seiner Fortentwicklung sind laufende Erhebungen über

1. die Empfänger
   a) der Hilfe zur Erziehung,
   b) der Hilfe für junge Volljährige und
   c) der Eingliederungshilfe für seelisch behinderte Kinder und Jugendliche,
2. Kinder und Jugendliche, zu deren Schutz vorläufige Maßnahmen getroffen worden sind,
3. Kinder und Jugendliche, die als Kind angenommen worden sind,
4. Kinder und Jugendliche, die unter Amtspflegschaft, Amtsvormundschaft oder Beistandschaft des Jugendamts stehen,
5. Kinder und Jugendliche, für die eine Pflegeerlaubnis erteilt worden ist,
6. sorgerechtliche Maßnahmen,
7. Vaterschaftsfeststellungen,
8. mit öffentlichen Mitteln geförderte Angebote der Jugendarbeit,
9. die Einrichtungen, Behörden und Geschäftsstellen in der Jugendhilfe und die dort tätigen Personen sowie
10. die Ausgaben und Einnahmen der öffentlichen Jugendhilfe

als Bundesstatistik durchzuführen.

1) § 98 Nr. 1 Buchst. c und Nr. 2 eingefügt durch das 1. ÄndG vom 16. 2. 1993 (BGBl. I S. 239).

§ 99
Erhebungsmerkmale

(1)[1] Erhebungsmerkmale bei den Erhebungen über Hilfe zur Erziehung, Eingliederungshilfe für seelisch behinderte Kinder und Jugendliche und Hilfe für junge Volljährige sind

1. Kinder, Jugendliche und Familien als Empfänger von Hilfe zur Erziehung nach den §§ 29 bis 31 sowie junge Volljährige nach § 41 gegliedert
   a) nach Art des Trägers und der Hilfe, Institution oder Personenkreis, die oder der die Hilfe angeregt hat, Monat und Jahr des Beginns und Endes sowie Fortdauer der Hilfe und Art des Hilfeanlasses,
   b) bei Kindern, Jugendlichen und jungen Volljährigen zusätzlich zu den unter Buchstabe a genannten Merkmalen nach Geschlecht, Geburtsjahr, Staatsangehörigkeit, Kindschaftsverhältnis und Art des Aufenthaltes während der Hilfe,
   c) bei Familien zusätzlich zu den unter Buchstabe a genannten Merkmalen nach Zusammensetzung der Familie, Staatsangehörigkeit der Eltern oder des sorgeberechtigten Elternteils, Zahl der in und außerhalb der Familie lebenden Kinder und Jugendlichen, Geburtsjahr des jüngsten und ältesten in der Familie lebenden Kindes oder Jugendlichen,

2. Kinder, Jugendliche und junge Volljährige, für die nach §§ 28, 35a oder § 41 eine Beratung durch Beratungsdienste oder - einrichtungen erfolgt, gegliedert
   a) nach Art des Trägers und der Kontaktaufnahme zur Beratungsstelle, Form und Schwerpunkt der Beratung und der Therapie, Monat und Jahr des Beratungsbeginns und -endes, Beendigungsgrund sowie Art des Beratungsanlasses,
   b) bei Kindern, Jugendlichen und jungen Volljährigen, derentwegen die Beratung erfolgt, zusätzlich nach Geschlecht, Altersgruppe, Staatsangehörigkeit, Zahl der Geschwister und Art des Aufenthalts zu Beginn der Beratung,

3. Empfänger von Hilfe zur Erziehung nach den §§ 32 bis 35, von Eingliederungshilfe für seelisch behinderte Kinder und Jugendliche nach § 35a sowie junge Volljährige nach § 41, gegliedert
   a) nach Geschlecht, Geburtsjahr, Staatsangehörigkeit und Kindschaftsverhältnis,

b) nach Familienstand der Eltern oder des sorgeberechtigten Elternteils, Sorgerechtsentzug oder Tod der Eltern, Art des Aufenthalts sowie Schul- und Ausbildungsverhältnis vor der Hilfegewährung,

c) nach Art der gegenwärtigen und vorangegangenen Hilfe, Monat und Jahr des Hilfebeginns,

d) nach Form der Unterbringung während der Hilfe und vormundschaftsrichterlicher Entscheidung zur Unterbringung,

e) bei Unterbringungswechseln während der Hilfegewährung zusätzlich zu den unter Buchstabe a genannten Merkmalen nach Datum des Unterbringungswechsels, bisheriger und gegenwärtiger Form der Unterbringung sowie Art der Hilfe,

f) bei Ende einer Hilfeart zusätzlich zu den unter den Buchstaben a bis d genannten Merkmalen nach letztem Stand des Schul- und Ausbildungsverhältnisses sowie Änderung der Form der Unterbringung, Monat, Jahr und Ursache des Hilfeendes, Art des anschließenden Aufenthalts; bei Unterbringung in einer Einrichtung oder in Vollzeitpflege ferner die Zahl und Dauer der Unterbringungen.

(2)[1] Erhebungsmerkmale bei den Erhebungen über vorläufige Maßnahmen zum Schutz von Kindern und Jugendlichen sind Kinder und Jugendliche, zu deren Schutz Maßnahmen nach den §§ 42 und 43 getroffen worden sind, gegliedert nach

1. Art des Trägers der Maßnahme, Art der Maßnahme, Form der Unterbringung während der Maßnahme, Institution oder Personenkreis, die oder der die Maßnahme angeregt hat, Zeitpunkt des Beginns und Dauer der Maßnahme, Maßnahmeanlaß, Art der anschließenden Hilfe,

2. bei Kindern und Jugendlichen zusätzlich zu den unter Nummer 1 genannten Merkmalen nach Geschlecht, Altersgruppe, Staatsangehörigkeit, Art des Aufenthalts vor Beginn der Maßnahme.

(3) Erhebungsmerkmale bei den Erhebungen über die Annahme als Kind sind

1. angenommene Kinder und Jugendliche, gegliedert

   a) nach Geschlecht, Geburtsjahr, Staatsangehörigkeit, Kindschaftsverhältnis und Art des Trägers des Adoptionsvermittlungsdienstes,

b) nach Herkunft des angenommenen Kindes, Art der Unterbringung vor der Adoptionspflege, Familienstand der Eltern oder des sorgeberechtigten Elternteils oder Tod der Eltern zu Beginn der Adoptionspflege sowie Ersetzung der Einwilligung zur Annahme als Kind,

c) nach Staatsangehörigkeit der oder des Annehmenden und Verwandtschaftsverhältnis zu dem Kind,

2. die Zahl der

a) ausgesprochenen und aufgehobenen Annahmen sowie der abgebrochenen Adoptionspflegen, gegliedert nach Art des Trägers des Adoptionsvermittlungsdienstes,

b) vorgemerkten Adoptionsbewerber, die zur Annahme als Kind vorgemerkten und in Adoptionspflege untergebrachten Kinder und Jugendlichen zusätzlich nach ihrem Geschlecht, gegliedert nach Art des Trägers des Adoptionsvermittlungsdienstes.

(4) Erhebungsmerkmal bei den Erhebungen über die Amtspflegschaft und die Amtsvormundschaft nach § 55 und die Beistandschaft des Jugendamts nach § 58 ist die Zahl der Kinder und Jugendlichen

1. unter gesetzlicher und bestellter Amtspflegschaft und Amtsvormundschaft sowie

2. unter Beistandschaft des Jugendamts,

gegliedert nach Geschlecht, Art des Tätigwerdens des Jugendamts sowie nach deutscher und ausländischer Staatsangehörigkeit (Deutsche/Ausländer).

(5) Erhebungsmerkmal bei den Erhebungen über Kinder und Jugendliche, für die eine Pflegeerlaubnis nach § 44 erteilt worden ist, ist die Zahl der Kinder und Jugendlichen, gegliedert nach Geschlecht und Art der Pflege.

(6) Erhebungsmerkmal bei den Erhebungen über sorgerechtliche Maßnahmen ist die Zahl der Kinder und Jugendlichen, bei denen

1. zum vollständigen oder teilweisen Entzug des elterlichen Sorgerechts

a) nach § 50 Abs. 3 Anzeigen erstattet,

b) gerichtliche Maßnahmen erfolgt sind,

2. das Personensorgerecht ganz oder teilweise auf das Jugendamt übertragen worden ist,

gegliedert nach Geschlecht und Umfang der übertragenen Angelegenheit.

(7) Erhebungsmerkmale bei den Erhebungen über Vaterschaftsfeststellungen sind die Zahl der Vaterschaftsfeststellungen nach ihrer Art sowie die Zahl der nicht festgestellten Vaterschaften.

(8)[1] Erhebungsmerkmale bei den Erhebungen über die Angebote der Jugendarbeit nach §11 sind die mit öffentlichen Mitteln geförderten Maßnahmen im Bereich

1. der außerschulischen Jugendbildung (§11 Abs. 3 Nr. 1),
2. der Kinder- und Jugenderholung (§11 Abs. 3 Nr. 5),
3. der internationalen Jugendarbeit (§11 Abs. 3 Nr. 4) sowie
4. der Fortbildungsmaßnahmen für Mitarbeiter (§74 Abs. 6),

gegliedert nach Art des Trägers, Dauer der Maßnahme sowie Zahl und Geschlecht der Teilnehmer, zusätzlich bei der internationalen Jugendarbeit nach Partnerländern und Maßnahmen im In- und Ausland.

(9)[1] Erhebungsmerkmale bei den Erhebungen über die Einrichtungen, Behörden und Geschäftsstellen in der Jugendhilfe und die dort tätigen Personen sind

1. die Einrichtungen, gegliedert nach der Art der Einrichtung, der Art des Trägers sowie der Art und Zahl der verfügbaren Plätze,
2. die Behörden der öffentlichen Jugendhilfe und die Geschäftsstellen der Träger der freien Jugendhilfe, gegliedert nach der Art des Trägers,
3. für jede haupt- und nebenberuflich tätige Person
   a) die Art der Einrichtung, Behörde, Geschäftsstelle,
   b) die Art des Trägers der Einrichtung und die dort verfügbaren Plätze,
   c) Geschlecht und Geburtsjahr,
   d) die Art des Berufsausbildungsabschlusses, Stellung im Beruf, Art der Beschäftigung und des Arbeitsbereiches.

(10) Erhebungsmerkmale bei der Erhebung der Ausgaben und Einnahmen der öffentlichen Jugendhilfe sind

1. die Art des Trägers,
2. die Ausgaben für Einzel- und Gruppenhilfen, gegliedert nach Ausgabe- und Hilfeart sowie die Einnahmen nach Einnahmeart,
3. die Ausgaben und Einnahmen für Einrichtungen nach Arten gegliedert nach der Einrichtungsart,
4. die Ausgaben für das Personal, das bei den örtlichen und den überörtlichen Trägern sowie den kreisangehörigen Gemeinden und Gemeindeverbänden, die nicht örtlicher Träger sind, Aufgaben der Jugendhilfe wahrnimmt.

---

1) § 99 Abs. 1 und 8 geändert, Abs. 2 eingefügt und Abs. 9 neu gefaßt durch das 1. ÄndG vom 16. 2. 1993 (BGBl. I S. 239).

---

§ 100[1)]
Hilfsmerkmale

Hilfsmerkmale sind

1. Name und Anschrift des Auskunftspflichtigen,
2. für die Erhebungen nach § 99 Abs. 1, 2 und 3 Nr. 1 die Kenn-Nummer der hilfeleistenden Stelle,
3. Name und Telefonnummer der für eventuelle Rückfragen zur Verfügung stehenden Person.

---

1) § 100 Nr. 2 geändert durch das 1. ÄndG vom 16. 2. 1993 (BGBl. I S. 239).

---

§ 101
Periodizität und Berichtszeitraum

(1)[1) 2)] Die Erhebungen nach § 99 Abs. 1 bis 7 und 10 sind jährlich durchzuführen, die Erhebungen nach Absatz 1, soweit sie die Eingliederungshilfe für seelisch behinderte Kinder und Jugendliche betreffen, beginnend 2000, die Erhebungen nach Absatz 2 beginnend 1995. Die übrigen Erhebungen nach § 99 sind alle vier Jahre, die Erhebungen nach Absatz 8 beginnend 1992, die Erhebungen nach Absatz 9 beginnend 1994 durchzuführen.

(2)[1)] Die Angaben für die Erhebung nach

1. § 99 Abs. 1 Nr. 1 sind zu dem Zeitpunkt, in dem die Hilfe endet, bei fortdauernder Hilfe zum 31. Dezember,
2. § 99 Abs. 1 Nr. 2 sind zum Beratungsende,
3. § 99 Abs. 1 Nr. 3 Buchstaben a bis d sind zum Zeitpunkt des Beginns einer Hilfeart,
4. § 99 Abs. 1 Nr. 3 Buchstabe e sind zum Zeitpunkt des Unterbringungswechsels während der Hilfegewährung,
5. § 99 Abs. 1 Nr. 3 Buchstabe f sind zum Zeitpunkt des Endes einer Hilfeart,
6. § 99 Abs. 2 sind zum Zeitpunkt des Endes einer vorläufigen Maßnahme,
7. § 99 Abs. 3 Nr. 1 sind zum Zeitpunkt der rechtskräftigen gerichtlichen Entscheidung über die Annahme als Kind,
8. § 99 Abs. 3 Nr. 2 Buchstabe a und Abs. 6 bis 8 und 10 sind für das abgelaufene Kalenderjahr,
9. § 99 Abs. 3 Nr. 2 Buchstabe b und Abs. 4, 5 und 9 sind zum 31. Dezember

zu erteilen.

(3) Für eine Bestandserhebung werden die Erhebungsmerkmale nach § 99 Abs. 1 Nr. 3 Buchstabe a bis d fünfjährlich, beginnend 1991, erfaßt. Die Bestandserhebung wird erstmalig zum 1. Januar 1991 und ab 1995 jeweils zum 31. Dezember durchgeführt. In den Zwischenjahren erfolgt eine Fortschreibung mit den Erhebungsmerkmalen nach § 99 Abs. 1 Nr. 3 Buchstabe a bis f.

---

1) § 101 Abs. 1 neu gefaßt, Abs. 2 Nr. 6 eingefügt und Nr. 7, 8 und 9 geändert durch das 1. ÄndG vom 16. 2. 1993 (BGBl. I S. 239).

2) § 101 Abs. 1 Satz 1 geändert durch das 2. ÄndG vom 15. 12. 1995 (BGBl. I S. 1775).

---

§ 102
Auskunftspflicht

(1) Für die Erhebungen besteht Auskunftspflicht. Die Angaben zu § 100 Nr. 3 sind freiwillig.

(2)[1] Auskunftspflichtig sind

1. die örtlichen Träger der Jugendhilfe für die Erhebungen nach § 99 Abs. 1 bis 10, nach Absatz 8 nur, soweit eigene Maßnahmen durchgeführt werden,

2. die überörtlichen Träger der Jugendhilfe für die Erhebungen nach § 99 Abs. 3 und 8 bis 10, nach Absatz 8 nur, soweit eigene Maßnahmen durchgeführt werden,
3. die obersten Landesjugendbehörden für die Erhebungen nach § 99 Abs. 8 bis 10,
4. die fachlich zuständige oberste Bundesbehörde für die Erhebung nach § 99 Abs. 10,
5. die kreisangehörigen Gemeinden und Gemeindeverbände, soweit sie Aufgaben der Jugendhilfe im Sinne des § 69 Abs. 5 wahrnehmen, für die Erhebungen nach § 99 Abs. 8 bis 10,
6. die Träger der freien Jugendhilfe für die Erhebungen nach § 99 Abs. 1 Nr. 1 und 2, Abs. 2, 3, 8 und 9,
7. die Leiter der Einrichtungen, Behörden und Geschäftsstellen in der Jugendhilfe für die Erhebungen nach § 99 Abs. 9.

(3)[1] Zur Durchführung der Erhebungen nach § 99 Abs. 1, 2, 3, 8 und 9 übermitteln die Träger der öffentlichen Jugendhilfe den statistischen Ämtern der Länder auf Anforderung die erforderlichen Anschriften der übrigen Auskunftspflichtigen.

---

1) § 102 Abs. 2 neu gefaßt und Abs. 3 geändert durch das 1. ÄndG vom 16. 2. 1993 (BGBl. I S. 239).

---

§ 103
Übermittlung

(1) An die fachlich zuständigen obersten Bundes- oder Landesbehörden dürfen für die Verwendung gegenüber den gesetzgebenden Körperschaften und für Zwecke der Planung, jedoch nicht für die Regelung von Einzelfällen, vom Statistischen Bundesamt und den statistischen Ämtern der Länder Tabellen mit statistischen Ergebnissen übermittelt werden, auch soweit Tabellenfelder nur einen einzigen Fall ausweisen. Tabellen, deren Tabellenfelder nur einen einzigen Fall ausweisen, dürfen nur dann übermittelt werden, wenn sie nicht differenzierter als auf Regierungsbezirksebene, im Fall der Stadtstaaten auf Bezirksebene, aufbereitet sind.

(2)[1] Für ausschließlich statistische Zwecke dürfen den zur Durchführung statistischer Aufgaben zuständigen Stellen der Gemeinden und Gemeindeverbände für ihren Zuständigkeitsbereich Einzelangaben aus der Erhebung nach § 99 mit Ausnahme der Hilfsmerkmale übermittelt werden, soweit die Voraussetzungen nach § 16 Abs. 5 des Bundesstatistikgesetzes gegeben sind.

1) § 103 Abs. 2 angefügt durch das 2. ÄndG vom 15. 12. 1995 (BGBl. I S. 1775).

Zehntes Kapitel
Straf- und Bußgeldvorschriften

§ 104[1)]
Bußgeldvorschriften

(1) Ordnungswidrig handelt, wer

1. ohne Erlaubnis nach § 44 Abs. 1 Satz 1 ein Kind oder einen Jugendlichen betreut oder ihm Unterkunft gewährt,
2. entgegen § 45 Abs. 1 Satz 1, auch in Verbindung mit § 48a Abs. 1, ohne Erlaubnis eine Einrichtung oder eine sonstige Wohnform betreibt oder
3. entgegen § 47 Abs. 1 oder 2 eine Meldung nicht, nicht richtig oder nicht rechtzeitig vornimmt oder
4. entgegen § 97a Abs. 4 vorsätzlich oder fahrlässig als Arbeitgeber eine Auskunft nicht, nicht richtig oder nicht vollständig erteilt.

(2) Die Ordnungswidrigkeiten nach Absatz 1 Nr. 1, 3 und 4 können mit einer Geldbuße bis zu tausend Deutsche Mark, die Ordnungswidrigkeit nach Absatz 1 Nr. 2 kann mit einer Geldbuße bis zu dreißigtausend Deutsche Mark geahndet werden.

1) § 104 Abs. 1 Nr. 2, 4 und Abs. 2 geändert und Abs. 1 Nr. 3 eingefügt durch das 1. ÄndG vom 16. 2. 1993 (BGBl. I S. 239).

§ 105
Strafvorschriften

Mit Freiheitsstrafe bis zu einem Jahr oder mit Geldstrafe wird bestraft, wer

1. eine in § 104 Abs. 1 Nr. 1 oder 2 bezeichnete Handlung begeht und dadurch leichtfertig ein Kind oder einen Jugendlichen in seiner körperlichen, geistigen oder sittlichen Entwicklung schwer gefährdet oder
2. eine in § 104 Abs. 1 Nr. 1 oder 2 bezeichnete vorsätzliche Handlung beharrlich wiederholt.

Artikel 2
Änderung des Sozialgesetzbuchs – Allgemeiner Teil

Das Sozialgesetzbuch – Allgemeiner Teil – vom 11. Dezember 1975 (BGBl. I S. 3015), zuletzt geändert durch Artikel 2 des Gesetzes vom 18. Dezember 1989 (BGBl. I S. 2261), wird wie folgt geändert:

1. Artikel I § 8 wird wie folgt gefaßt:

»§ 8
Kinder- und Jugendhilfe

Junge Menschen und Personensorgeberechtigte haben im Rahmen dieses Gesetzbuchs ein Recht, Leistungen der öffentlichen Jugendhilfe in Anspruch zu nehmen. Sie sollen die Entwicklung junger Menschen fördern und die Erziehung in der Familie unterstützen und ergänzen.«

2. Artikel I § 27 wird wie folgt gefaßt:

»§ 27
Leistungen der Kinder- und Jugendhilfe

(1) Nach dem Recht der Kinder- und Jugendhilfe können in Anspruch genommen werden:

1. Angebote der Jugendarbeit, der Jugendsozialarbeit und des erzieherischen Jugendschutzes,
2. Angebote zur Förderung der Erziehung in der Familie,
3. Angebote zur Förderung von Kindern in Tageseinrichtungen und in Tagespflege,
4. Hilfe zur Erziehung und ergänzende Leistungen für Kinder und Jugendliche sowie Hilfe für junge Volljährige einschließlich der Nachbetreuung.

(2) Zuständig sind die Kreise und die kreisfreien Städte, nach Maßgabe des Landesrechts auch kreisangehörige Gemeinden; sie arbeiten mit der freien Jugendhilfe zusammen.«

3. In Artikel II § 1 Nr. 16 werden die Worte »das Gesetz für Jugendwohlfahrt« durch die Worte »das Adoptionsvermittlungsgesetz« ersetzt.

Artikel 3
Änderung des Sozialgesetzbuchs – Verwaltungsverfahren

Artikel I § 64 Abs. 2 Satz 3 Nr. 2 des Sozialgesetzbuchs – Verwaltungsverfahren – vom 18. August 1980 (BGBl. I S. 1469, 2218), das zuletzt durch Artikel 5 des Gesetzes vom 18. Dezember 1989 (BGBl. I S. 2261) geändert worden ist, wird wie folgt gefaßt:

»2. im Sozial- und im Kinder- und Jugendhilferecht aus Anlaß der Beantragung, Erbringung oder Erstattung einer nach dem Bundessozialhilfegesetz oder dem Achten Buch vorgesehenen Leistung benötigt werden,«.

Zweiter Teil
Änderung weiterer Gesetze

Artikel 4
Änderung des Bundessozialhilfegesetzes

In § 104 des Bundessozialhilfegesetzes in der Fassung der Bekanntmachung vom 20. Januar 1987 (BGBl. I S. 401, 494), das zuletzt durch Artikel 51 des Gesetzes vom 18. Dezember 1989 (BGBl. I S. 2261) geändert worden ist, werden die Worte »unter 16 Jahren« gestrichen.

Artikel 5
Änderung des Bürgerlichen Gesetzbuchs

Das Bürgerliche Gesetzbuch in der im Bundesgesetzblatt Teil III, Gliederungsnummer 400-2, veröffentlichten bereinigten Fassung, zuletzt geändert durch Artikel 3 des Gesetzes vom 17. Mai 1990 (BGBl. I S. 926), wird wie folgt geändert:

1. § 1709 wird wie folgt gefaßt:

»§ 1709

(1) Mit der Geburt eines nichtehelichen Kindes wird das Jugendamt Pfleger für die Wahrnehmung der in § 1706 bezeichneten Angelegenheiten, wenn das Kind seinen gewöhnlichen Aufenthalt im Geltungsbereich dieses Gesetzes hat und nach § 1705 unter der elterlichen Sorge der Mutter steht. Dies gilt nicht, wenn bereits vor der Geburt des Kindes ein Pfleger bestellt oder angeordnet ist, daß eine Pflegschaft nicht eintritt, oder wenn das Kind eines Vormunds bedarf. § 1791 c Abs. 1 Satz 2 und Abs. 3 gilt entsprechend.

(2) Für ein nichteheliches Kind, das außerhalb des Geltungsbereichs dieses Gesetzes geboren ist, tritt die gesetzliche Pflegschaft erst zu dem Zeitpunkt ein, zu dem es seinen gewöhnlichen Aufenthalt im Geltungsbereich dieses Gesetzes nimmt. Die gesetzliche Pflegschaft tritt nicht ein, wenn im Geltungsbereich oder außerhalb des Geltungsbereichs dieses Gesetzes bereits eine Pflegschaft oder eine Vormundschaft besteht.«

2. In § 1791 a Abs. 3 werden
   1. in Satz 1 nach dem Wort »Mitglieder« die Worte »oder Mitarbeiter« eingefügt und die Worte »ein Mitglied, das« durch dic Worte »eine Person, die« ersetzt,
   2. in Satz 2 nach dem Wort »Mitglieds« die Worte »oder des Mitarbeiters« eingefügt.
3. In § 1791 c Abs. 1 Satz 1 sind nach den Worten »wird das Jugendamt Vormund« die Worte »wenn das Kind seinen gewöhnlichen Aufenthalt im Geltungsbereich dieses Gesetzes hat‹« einzufügen.
4. Die §§ 1838, 1849, 1850 und 1851 a werden aufgehoben.
5. Dem § 1851 wird nach Absatz 2 folgender Absatz angefügt:

   »(3) Ist ein Verein Vormund, so sind die Absätze 1 und 2 nicht anzuwenden.«

Artikel 6
Änderung des Jugendgerichtsgesetzes

Das Jugendgerichtsgesetz in der Fassung der Bekanntmachung vom 11. Dezember 1974 (BGBl. I S. 3427), zuletzt geändert durch Artikel 5 des Gesetzes vom 20. Dezember 1984 (BGBl. I S. 1654), wird wie folgt geändert:

1. In § 8 Abs. 1 Satz 2 werden die Worte »der Fürsorgeerziehung« durch die Worte »von Hilfe zur Erziehung nach § 12 Nr. 2« ersetzt.
2. § 9 wird wie folgt gefaßt:

»§ 9
Arten

Erziehungsmaßregeln sind

1. die Erteilung von Weisungen,
2. die Verpflichtung zur Inanspruchnahme von Hilfe zur Erziehung im Sinne des § 12.«

3. § 12 wird wie folgt gefaßt:

»§ 12
Hilfe zur Erziehung

Der Richter kann den Jugendlichen im Einvernehmen mit dem Jugendamt auch verpflichten, unter den im Achten Buch Sozialgesetzbuch genannten Voraussetzungen Hilfe zur Erziehung

1. in Form der Erziehungsbeistandschaft im Sinne des § 30 des Achten Buches Sozialgesetzbuch oder
2. in einer Einrichtung über Tag und Nacht oder in einer sonstigen betreuten Wohnform im Sinne des § 34 des Achten Buches Sozialgesetzbuch

in Anspruch nehmen.«

4. § 34 Abs. 3 wird wie folgt geändert:
   a) In Nummer 2 wird das Zitat »1838,« gestrichen.
   b) Die Nummer 3 wird gestrichen und der Beistrich nach der Nummer 2 durch einen Punkt ersetzt.
5. § 43 wird wie folgt geändert:
   a) Absatz 2 wird gestrichen.
   b) Der bisherige Absatz 3 wird Absatz 2.
6. § 55 Abs. 1 Satz 2 wird wie folgt gefaßt:

   »Diese Vorschrift gilt nicht, wenn der Richter den Jugendlichen verpflichtet hat, Hilfe zur Erziehung nach § 12 Nr. 2 in Anspruch zu nehmen.«
7. § 71 Abs. 1 wird wie folgt geändert:
   a) Satz 1 wird wie folgt gefaßt:

      »Bis zur Rechtskraft des Urteils kann der Richter vorläufige Anordnungen über die Erziehung des Jugendlichen treffen oder die Gewährung von Leistungen nach dem Achten Buch Sozialgesetzbuch anregen.«
   b) Satz 2 wird gestrichen.
8. In § 76 Satz 1 werden die Worte »die Erziehungsbeistandschaft« durch die Worte »Hilfe zur Erziehung im Sinne des § 12 Nr. 1« ersetzt.
9. In § 77 Abs. 1 Satz 1 werden die Worte »der Fürsorgeerziehung«

durch die Worte »von Hilfe zur Erziehung im Sinne des § 12 Nr. 2« ersetzt.

10. In § 78 Abs. 1 Satz 2 wird das Wort »Fürsorgeerziehung« durch die Worte »Hilfe zur Erziehung im Sinne des § 12 Nr. 2« ersetzt.

11. § 82 Abs. 2 wird wie folgt gefaßt:

»(2) Soweit der Richter Hilfe zur Erziehung im Sinne des § 12 angeordnet hat, richtet sich die weitere Zuständigkeit nach den Vorschriften des Achten Buches Sozialgesetzbuch.«

12. § 90 Abs. 2 Satz 3 wird gestrichen.

13. § 112 a Nr. 1 wird wie folgt gefaßt:

»1. Hilfe zur Erziehung im Sinne des § 12 darf nicht angeordnet werden.«

Artikel 7
Änderung des Gesetzes über die Angelegenheiten der freiwilligen Gerichtsbarkeit

Im Gesetz über die Angelegenheiten der freiwilligen Gerichtsbarkeit in der im Bundesgesetzblatt Teil III, Gliederungsnummer 315-1, veröffentlichten bereinigten Fassung, zuletzt geändert durch Artikel 2 des Gesetzes vom 5. April 1990 (BGBl. I S. 701), werden nach § 48 folgende Vorschriften eingefügt:

»§ 49

(1) Das Vormundschaftsgericht hört das Jugendamt vor einer Entscheidung

1. nach folgenden Vorschriften des Bürgerlichen Gesetzbuchs

   a) Anfechtung der Ehelichkeit und der Anerkennung (§ 1597 Abs. 1 und 3, § 1600 k Abs. 1 Satz 2, Abs. 2 und 3),

   b) Übertragung von Angelegenheiten der elterlichen Sorge auf die Pflegeperson (§ 1630 Abs. 3),

   c) Unterstützung der Eltern bei der Ausübung der Personensorge (§ 1631 Abs. 3),

   d) Unterbringung, die mit Freiheitsentziehung verbunden ist (§§ 1631 b, 1705, 1800, 1915),

   e) Herausgabe des Kindes, Bestimmung des Umgangs, Wegnahme von der Pflegeperson (§ 1632),

f) Gefährdung des Kindeswohls (§ 1666),

g) Ruhen der elterlichen Sorge (§ 1678 Abs. 2),

h) Entziehung der elterlichen Sorge (§ 1680),

i) elterliche Sorge nach Tod eines Elternteils (§ 1681 Abs. 1 Satz 2 und Abs. 2 Satz 1),

j) Nichteintritt, Aufhebung oder Beschränkung der gesetzlichen Amtspflegschaft (§ 1707),

k) persönlicher Umgang des Vaters mit dem nichtehelichen Kinde (§ 1711 Abs. 2),

l) Ehelicherklärung (§§ 1723, 1727, 1738 Abs. 2 und § 1740 a),

m) Annahme als Kind (§ 1741), sofern das Jugendamt nicht eine gutachtliche Äußerung nach § 56 d abgegeben hat, Aufhebung des Annahmeverhältnisses (§§ 1760 und 1763) und Rückübertragung der elterlichen Sorge (§§ 1751 Abs. 3, 1764 Abs. 4),

2. nach folgenden Vorschriften des Ehegesetzes

a) Befreiung von dem Hindernis der Ehemündigkeit (§ 1 Abs. 2),

b) Ersetzung der Einwilligung zur Eheschließung (§ 3 Abs. 3).

(2) In den Fällen des § 11 Abs. 1 Nr. 2 und 3 des Adoptionsvermittlungsgesetzes hört das Vormundschaftsgericht vor dem Ausspruch der Annahme außerdem die zentrale Adoptionsstelle des Landesjugendamts, die nach § 11 Abs. 2 des Adoptionsvermittlungsgesetzes beteiligt worden ist. Ist eine zentrale Adoptionsstelle nicht beteiligt worden, so tritt an seine Stelle das Landesjugendamt, in dessen Bereich das Jugendamt liegt, das nach Absatz 1 Nr. 1 Buchstabe m Gelegenheit zur Äußerung erhält oder das eine gutachtliche Äußerung nach § 56 d abgegeben hat.

(3) Dem Jugendamt und dem Landesjugendamt sind alle Entscheidungen des Gerichts bekannt zu machen, zu denen sie nach dieser Vorschrift zu hören waren.

(4) Bei Gefahr im Verzuge kann das Vormundschaftsgericht einstweilige Anordnungen schon vor Anhörung des Jugendamts treffen.

§ 49 a

(1) Das Familiengericht hört das Jugendamt vor einer Entscheidung nach den folgenden Vorschriften des Bürgerlichen Gesetzbuchs

1. Umgang mit dem Kind (§ 1634 Abs. 2 und 4),
2. elterliche Sorge nach Scheidung und bei Getrenntleben der Eltern (§§ 1671 und 1672),
3. Ruhen der elterlichen Sorge (§ 1678 Abs. 2).

(2) § 49 Abs. 3 und 4 gilt entsprechend.«

Artikel 8
Änderung des Gesetzes über die Durchführung von Statistiken auf dem Gebiet der Sozialhilfe, der Kriegsopferfürsorge und der Jugendhilfe

Das Gesetz über die Durchführung von Statistiken auf dem Gebiet der Sozialhilfe, der Kriegsopferfürsorge und der Jugendhilfe in der im Bundesgesetzblatt Teil III, Gliederungsnummer 2170-3, veröffentlichten bereinigten Fassung, zuletzt geändert durch Artikel 12 des 2. Statistikbereinigungsgesetzes vom 19. Dezember 1986 (BGBl. I S. 2555), wird wie folgt geändert:

1. Das Gesetz erhält die Überschrift »Gesetz über die Durchführung von Statistiken auf dem Gebiet der Sozialhilfe und der Kriegsopferfürsorge«.
2. § 1 erhält folgende Fassung:

»§ 1

(1) Auf den Gebieten der Sozialhilfe und der Kriegsopferfürsorge werden statistische Erhebungen als Bundesstatistik durchgeführt.

(2) Die Bundesregierung wird ermächtigt, durch Rechtsverordnung mit Zustimmung des Bundesrates Zusatzstatistiken über Sonderfragen auf diesen Gebieten anzuordnen. Zusatzstatistiken dürfen

1. auf dem Gebiet der Sozialhilfe höchstens einmal jährlich,
2. auf dem Gebiet der Kriegsopferfürsorge höchstens einmal in zwei Jahren

durchgeführt werden.«

3. § 4 wird gestrichen.
4. In § 5 Abs. 1 wird die Nummer 3 gestrichen und das Komma am Ende der Nummer 2 durch einen Punkt ersetzt.

Artikel 9
Änderung sonstigen Bundesrechts

(1) In § 60 des Bundeszentralregistergesetzes in der Fassung der Bekanntmachung vom 21. September 1984 (BGBl. I S. 1229, 1985 I S. 195) werden in Absatz 1 die Nummer 8, in Nummer 9 die Worte »und nach § 1838« sowie die Absätze 3 und 4 gestrichen.

(2) § 14 des Rechtspflegergesetzes vom 5. November 1969 (BGBl. I S. 2065), das zuletzt durch Artikel 4 des Gesetzes vom 5. April 1990 (BGBl. I S. 701) geändert worden ist, wird wie folgt geändert:

1. Nach der Nummer 6 wird folgende Nummer 6 a eingefügt:
   »6 a. die Entscheidung über die Übertragung von Angelegenheiten der elterlichen Sorge auf die Pflegeperson nach § 1630 Abs. 3 des Bürgerlichen Gesetzbuchs;«.
2. Die bisherige Nummer 6 a wird neue Nummer 6 b.
3. Die Nummer 22 wird gestrichen.

(3) § 203 Abs. 1 Nr. 4 des Strafgesetzbuches in der Fassung der Bekanntmachung vom 10. März 1987 (BGBl. I S. 945, 1160), das zuletzt durch die Artikel 1 und 3 Abs. 2 des Gesetzes vom 9. Juni 1989 (BGBl. I S. 1059) geändert worden ist, wird wie folgt gefaßt:

»4. Ehe-, Familien-, Erziehungs- oder Jugendberater sowie Berater für Suchtfragen in einer Beratungsstelle, die von einer Behörde oder Körperschaft, Anstalt oder Stiftung des öffentlichen Rechts anerkannt ist.«

(4) In § 55 a der Kostenordnung in der im Bundesgesetzblatt III, Gliederungsnummer 361-1, veröffentlichten bereinigten Fassung, die zuletzt durch Artikel 5 des Gesetzes vom 5. April 1990 (BGBl. I S. 701) geändert worden ist, wird das Zitat »§ 49 des Gesetzes für Jugendwohlfahrt« durch das Zitat »§ 59 des Achten Buches Sozialgesetzbuch« ersetzt.

(5) In § 10 Abs. 1 des Ausländergesetzes vom 28. April 1965 (BGBl. I S. 353), das zuletzt durch Artikel 2 des Gesetzes vom 20. Dezember 1988 (BGBl. I S. 2362) geändert worden ist, werden in Nummer 3 die Worte »oder Fürsorgeerziehung in einem Heim durchgeführt« gestrichen und das Komma nach dem Wort »Sicherung« durch das Wort »oder« ersetzt.

(6) Das Personenstandsgesetz in der im Bundesgesetzblatt Teil III, Gliederungsnummer 211-1, veröffentlichten bereinigten Fas-

sung, zuletzt geändert durch Artikel 6 § 7 des Gesetzes vom 25. Juli 1986 (BGBl. I S. 1142), wird wie folgt geändert:

1. In § 18 Abs. 2 wird das Wort »Fürsorgeerziehungsanstalten« durch die Worte »Einrichtungen der Träger der öffentlichen Jugendhilfe« ersetzt.
2. § 19 wird wie folgt gefaßt:

»§ 19

Die zuständige Verwaltungsbehörde kann auch den Leitern privater Entbindungs-, Hebammen- und Krankenanstalten sowie von Einrichtungen der Träger der freien Jugendhilfe widerruflich gestatten, die in den Anstalten und Einrichtungen erfolgten Geburten schriftlich anzuzeigen. In diesem Falle trifft die Anzeigepflicht ausschließlich den Leiter der Anstalt oder Einrichtung und im Falle der Verhinderung seinen allgemeinen Vertreter.«

3. § 34 wird wie folgt gefaßt:

»§ 34

Für die Anzeige von Sterbefällen in öffentlichen Entbindungs-, Hebammen-, Kranken- und ähnlichen Anstalten, in öffentlichen Heil-, Pflege- und Entziehungsanstalten, in Gefangenenanstalten und Anstalten, in denen eine mit Freiheitsentziehung verbundene Maßregel der Besserung und Sicherung vollzogen wird, sowie in Einrichtungen der öffentlichen Jugendhilfe gilt § 18 entsprechend. Für Sterbefälle, die sich in privaten Entbindungs-, Hebammen- und Krankenanstalten sowie in Einrichtungen der Träger der freien Jugendhilfe ereignen, gilt § 19 entsprechend.«

(7) Die Verordnung über den Vollzug des Jugendarrestes in der Fassung der Bekanntmachung vom 30. November 1976 (BGBl. I S. 3270) wird wie folgt geändert:

1. In § 27 Abs. 1 Satz 3 werden die Worte »und bei Jugendlichen in Fürsorgeerziehung auch der Fürsorgeerziehungsbehörde« gestrichen.
2. § 28 wird gestrichen.

(8) In § 18 Abs. 4 der Verordnung zur Kriegsopferfürsorge vom 16. Januar 1979 (BGBl. I S. 80), die zuletzt durch § 11 der Verordnung vom 28. September 1987 (BGBl. I S. 2251) geändert worden ist, werden die Worte »Maßnahmen der Fürsorgeerziehung und der Frei-

willigen Erziehungshilfe« durch die Worte »Hilfen zur Erziehung nach dem Achten Buch Sozialgesetzbuch« ersetzt.

(9) In § 8 Abs. 2 des Gesetzes über Kosten der Gerichtsvollzieher in der im Bundesgesetzblatt Teil III, Gliederungsnummer 362-1, veröffentlichten bereinigten Fassung, das zuletzt durch Artikel 8 § 3 des Gesetzes vom 9. Dezember 1986 (BGBl. I S. 2326) geändert worden ist, wird Satz 1 wie folgt gefaßt:

»Bei der Durchführung des Bundessozialhilfegesetzes sind die Träger der Sozialhilfe, bei der Durchführung des Achten Buches Sozialgesetzbuch sind die Träger der öffentlichen Jugendhilfe von den Gebühren befreit.«

(10) Die auf Absatz 8 beruhenden Teile der dort geänderten Verordnung können aufgrund der einschlägigen Ermächtigung in Verbindung mit diesem Absatz durch Rechtsverordnung geändert oder aufgehoben werden.

Dritter Teil
Überleitungs- und Schlußvorschriften

Erster Abschnitt
Überleitungsvorschriften

Artikel 10
Übergangsfassung einzelner Vorschriften

(1) Bis zum 31. Dezember 1994 sind abweichend von Artikel 1 in folgenden Fassungen anzuwenden:

1. § 17 Abs. 1 Satz 1[1]:
2. § 17 Abs. 2[1]:
3. § 20 Abs. 1[1]:
4. § 20 Abs. 2[1]:
5. § 41 Abs. 1 Satz 1[1]:
6. § 41 Abs. 4[1]:

(2) Bis zum 31. Dezember 1994 ist Artikel 1 § 27 Abs. 2 mit folgender Maßgabe anzuwenden:

»Wenn und soweit die in den §§ 31 und 32 genannten Hilfearten nicht bedarfsgerecht zur Verfügung stehen, sollen sie vorrangig Kindern und Jugendlichen geleistet werden, denen sonst Hilfe zur Erziehung nach § 33 oder § 34 gewährt werden müßte.«

(3) *Gestrichen durch das 2. ÄndG vom 15. 12. 1995 (BGBl. I S. 1775).*

---

1) Die Änderungen sind durch Zeitablauf überholt.

Artikel 11
Übergangsvorschrift für Leistungen an seelisch behinderte junge Menschen

(1)[1] Abweichend von Artikel 1 § 10 Abs. 2 Satz 2 und § 35a gehen bis zum 31. Dezember 1994 auch für junge Menschen, die seelisch behindert oder von einer solchen Behinderung bedroht sind, die Leistungen der Eingliederungshilfe nach dem Bundessozialhilfegesetz vor.

(2) Landesrecht kann die Geltung von Absatz 1 ausschließen oder eine andere Übergangsfrist vorsehen.

---

1) Art. 11 Abs. 1 neu gefaßt durch das 1. ÄndG vom 16. 2. 1993 (BGBl. I S. 239).

Artikel 12
Fortführung einer Einrichtung

(1) Für Einrichtungen, die vor dem Tage des Inkrafttretens dieses Gesetzes in Betrieb genommen worden sind, gelten die nachstehenden besonderen Vorschriften.

(2) Für Einrichtungen, die nach § 79 Abs. 2 des Gesetzes für Jugendwohlfahrt in der Fassung der Bekanntmachung vom 25. April 1977 (BGBl. I S. 633, 795), das zuletzt durch Artikel 6 § 8 des Gesetzes vom 25. Juli 1986 (BGBl. I S. 1142) geändert worden ist, von der Anwendung des § 28 des Gesetzes für Jugendwohlfahrt in der genannten Fassung widerruflich befreit sind, gilt die Befreiung als Erlaubnis nach Artikel 1 § 45.

(3) Eine am Tage des Inkrafttretens dieses Gesetzes bestehende Einrichtung, zu deren Betrieb der Träger einer Erlaubnis nach Artikel 1 § 45 bedarf, darf ohne diese Erlaubnis weiterbetrieben werden, sofern die Erlaubnis unverzüglich beantragt wird. Bis zum Abschluß des Erlaubniserteilungsverfahrens kann die nach Landesrecht zuständige Behörde den Betrieb einer solchen Einrichtung untersagen, wenn Tatsachen festgestellt werden, die geeignet sind, das

leibliche, geistige oder seelische Wohl der in der Einrichtung betreuten Kinder und Jugendlichen zu gefährden und eine unverzügliche Beseitigung der Gefährdung nicht zu erwarten ist.

Artikel 13
Jugendhilfeausschuß, Landesjugendhilfeausschuß

(1) Ein am Tage des Inkrafttretens dieses Gesetzes bestehender und nach § 14 des Gesetzes für Jugendwohlfahrt zusammengesetzter Jugendwohlfahrtsausschuß gilt als Jugendhilfeausschuß, bis sich die erstmals nach diesem Zeitpunkt gewählte Vertretungskörperschaft konstituiert hat.

(2) Ein am Tage des Inkrafttretens dieses Gesetzes bestehender und nach § 21 Abs. 3 des Gesetzes für Jugendwohlfahrt zusammengesetzter Landesjugendwohlfahrtsausschuß gilt als Landesjugendhilfeausschuß, bis aufgrund landesrechtlicher Regelung ein neuer Landesjugendhilfeausschuß gebildet wird.

Artikel 14[1]
Örtliche Zuständigkeit, Kostenerstattung

(1) Abweichend von den Vorschriften des Artikel 1 über die örtliche Zuständigkeit bleibt für die Gewährung einer Hilfe zur Erziehung, die am Tage des Inkrafttretens des Kinder- und Jugendhilfegesetzes bereits eingeleitet war, der örtliche Träger, der die Hilfe zur Erziehung eingeleitet hat, solange örtlich zuständig, bis das Kind oder der Jugendliche den gewöhnlichen Aufenthalt wechselt, höchstens jedoch bis zum 1. April 1993.

(2) Abweichend von den Vorschriften des Artikel 1 über die Kostenerstattung sind in dem Gebiet der Bundesrepublik Deutschland nach dem Stand bis zum 3. Oktober 1990 für Hilfen zur Erziehung und Hilfen für junge Volljährige, die am Tag des Inkrafttretens des Kinder- und Jugendhilfegesetzes bereits eingeleitet oder gewährt wurden, bis zum 1. April 1993 für die Kostenerstattung die §§ 103 bis 111 des Bundessozialhilfegesetzes entsprechend anzuwenden, solange die Hilfe ohne Unterbrechung weitergewährt wird; eine Unterbrechung der Hilfe von bis zu drei Monaten bleibt außer Betracht.

---

1) Art. 14 neu gefaßt durch das 1. ÄndG vom 16. 2. 1993 (BGBl. I S. 239).

Artikel 15
Sachliche Zuständigkeit des Landesjugendamts

(1)[1] Abweichend von Artikel 1 § 85 Abs. 1 ist bis zum 31. Dezember 1994 für die Gewährung von Hilfe zur Erziehung nach Artikel 1 §§ 32 bis 35 und ihre Weiterführung nach Artikel 1 § 41 das Landesjugendamt oder die am Tage vor dem Inkrafttreten dieses Gesetzes zuständige Behörde sachlich zuständig, wenn die leibliche, geistige oder seelische Entwicklung des Kindes oder des Jugendlichen oder des jungen Volljährigen gefährdet oder geschädigt ist und zur Abwendung der Gefahr oder zur Beseitigung des Schadens eine besondere erzieherische Hilfe notwendig ist, die nur durch das Landesjugendamt sichergestellt werden kann. Satz 1 gilt nicht in den Ländern, in denen am Tage vor dem Inkrafttreten dieses Gesetzes aufgrund Landesrechts das Jugendamt für die Ausführung der Freiwilligen Erziehungshilfe und der Fürsorgeerziehung nach den §§ 62 bis 77 des Gesetzes für Jugendwohlfahrt zuständig war.

(2) Landesrecht kann die Geltung von Absatz 1 Satz 1 ausschließen oder eine andere Übergangsfrist vorsehen.

(3) Bis zum 31. Dezember 1994 ist der überörtliche Träger auskunftspflichtig für Erhebungen nach Artikel 1 § 99 Abs. 1 Nr. 3, sofern nicht Landesrecht nach Absatz 2 eine andere Regelung trifft.

---

[1] Art. 15 Abs. 1 geändert durch das 1. ÄndG vom 16. 2. 1993 (BGBl. I S. 239).

Artikel 16
Fortgeltung von Verwaltungsakten

Nach dem Tag des Inkrafttretens dieses Gesetzes gelten fort:

1. eine aufgrund des § 9 des Gesetzes für Jugendwohlfahrt erteilte Anerkennung eines Trägers der freien Jugendhilfe als Anerkennung nach Artikel 1 § 75 Abs. 1 dieses Gesetzes,

2. eine aufgrund des § 12 Abs. 3 des Gesetzes für Jugendwohlfahrt erteilte Zulassung eines kreisangehörigen Jugendamts als Zulassung nach Artikel 1 § 69 Abs. 2 Satz 1 dieses Gesetzes,

3. eine aufgrund der §§ 28 und 29 des Gesetzes für Jugendwohlfahrt erteilte Pflegeerlaubnis nach Artikel 1 § 44 dieses Gesetzes,

4. eine aufgrund des § 53 des Gesetzes für Jugendwohlfahrt erteilte Eignungserklärung als Erlaubnis nach Artikel 1 § 54 Abs. 2 dieses Gesetzes.

Artikel 17
Öffentlich-rechtliche Streitigkeiten

(1) Für Verfahren in Angelegenheiten nach dem Gesetz für Jugendwohlfahrt in der Fassung der Bekanntmachung vom 25. April 1977 (BGBl. I S. 633, 795), zuletzt geändert durch Artikel 6 §8 des Gesetzes vom 25. Juli 1986 (BGBl. I S. 1142), die einen vor dem Inkrafttreten dieses Gesetzes bekanntgegebenen Verwaltungsakt betreffen oder vor dem Inkrafttreten dieses Gesetzes bei den Verwaltungsgerichten anhängig geworden sind und deren Rechtsgrundlage durch dieses Gesetz geändert worden oder erloschen ist, gelten die nachstehenden besonderen Vorschriften.

(2) Eine mündliche Verhandlung, die vor dem Inkrafttreten dieses Gesetzes geschlossen worden und auf die eine Entscheidung noch nicht ergangen ist, wird wieder eröffnet.

(3) Tatsachen, die erst durch dieses Gesetz erheblich geworden sind, können noch in der Revisionsinstanz vorgebracht werden. Das Revisionsgericht verweist die Sache an das Berufungsgericht zurück, wenn bezüglich der neuen Tatsache eine Beweisaufnahme erforderlich wird.

(4) In der Hauptsache als erledigt anzusehen sind Verfahren über

1. die widerrufliche Befreiung eines Pflegekindes von der Beaufsichtigung nach §31 Abs. 3 des Gesetzes für Jugendwohlfahrt,
2. die Übertragung der Überprüfung von Einrichtungen auf einen zentralen Träger der Freien Jugendhilfe nach §78 Abs. 6 des Gesetzes für Jugendwohlfahrt,
3. die Erteilung oder Aufhebung einer Pflegeerlaubnis für Minderjährige in Einrichtungen nach §79 Abs. 1 des Gesetzes für Jugendwohlfahrt und
4. die widerrufliche Befreiung einer Einrichtung von der Anwendung des §28 des Gesetzes für Jugendwohlfahrt nach §79 Abs. 2 des Gesetzes für Jugendwohlfahrt.

§161 Abs. 2 der Verwaltungsgerichtsordnung ist entsprechend anzuwenden.

Artikel 18
Verfahren vor dem Vormundschaftsgericht

(1) Für Verfahren in Angelegenheiten nach dem Gesetz für Jugendwohlfahrt in der Fassung der Bekanntmachung vom 25.

April 1977 (BGBl. I S. 633, 795), zuletzt geändert durch Artikel 6 § 8 des Gesetzes vom 25. Juli 1986 (BGBl. I S. 1142), die vor dem Inkrafttreten dieses Gesetzes bei den Vormundschaftsgerichten anhängig geworden sind und deren Rechtsgrundlage durch dieses Gesetz geändert oder erloschen ist, gelten die nachstehenden besonderen Vorschriften.

(2) Tatsachen, die erst durch dieses Gesetz erheblich geworden sind, können noch im Verfahren der weiteren Beschwerde vorgebracht werden. Das Gericht, das über die weitere Beschwerde zu entscheiden hat, verweist die Sache an das Beschwerdegericht zurück, wenn bezüglich der neuen Tatsachen eine Beweisaufnahme erforderlich wird.

(3) Ein Verfahren auf Anordnung einer Erziehungsbeistandschaft nach § 57 Abs. 1 Satz 1 des Gesetzes für Jugendwohlfahrt oder auf Anordnung der Fürsorgeerziehung nach den §§ 65 und 67 des Gesetzes für Jugendwohlfahrt ist in der Hauptsache als erledigt anzusehen.

(4) Eine vor dem Inkrafttreten dieses Gesetzes nach § 57 des Gesetzes für Jugendwohlfahrt angeordnete Erziehungsbeistandschaft und eine nach den §§ 65 und 67 des Gesetzes für Jugendwohlfahrt angeordnete Fürsorgeerziehung hebt das Vormundschaftsgericht von Amts wegen auf und prüft gleichzeitig, ob Maßnahmen nach § 1666 des Bürgerlichen Gesetzbuchs erforderlich sind.

Artikel 19
Eintragungen im Erziehungsregister

Eintragungen über die Anordnung der Erziehungsbeistandschaft oder der Fürsorgeerziehung durch den Vormundschaftsrichter werden aus dem Erziehungsregister entfernt.

Zweiter Abschnitt
Schlußvorschriften

Artikel 20
Einschränkung von Grundrechten

Die Grundrechte der Freiheit der Person (Artikel 2 Abs. 2 Satz 2 des Grundgesetzes), der Freizügigkeit (Artikel 11 des Grundgesetzes) und der Unverletzlichkeit der Wohnung (Artikel 13 des Grundgesetzes) werden nach Maßgabe dieses Gesetzes eingeschränkt.

Artikel 21
Zuständigkeit für die Kostenerstattung aufgrund der deutsch-schweizerischen Fürsorgevereinbarung

Deutsche Fürsorgestelle im Sinne der Erklärung der Bevollmächtigten der Regierung der Bundesrepublik Deutschland zum Schlußprotokoll zur Vereinbarung zwischen der Bundesrepublik Deutschland und der Schweizerischen Eidgenossenschaft über die Fürsorge für Hilfsbedürftige vom 14. Juli 1952 (BGBl. 1953 II S. 32) ist für Leistungen der Jugendhilfe das Landesjugendamt, in dessen Bereich das Kind oder der Jugendliche geboren ist. Liegt der Geburtsort nicht im Geltungsbereich dieses Gesetzes oder ist er nicht zu ermitteln, so ist das Landesjugendamt Berlin zuständig.

Artikel 22
Stadtstaatenklausel

Die Länder Berlin, Bremen und Hamburg können zur Anpassung an ihren besonderen Verwaltungsaufbau abweichen von den Vorschriften dieses Gesetzes über

1. die Träger der öffentlichen Jugendhilfe und ihre Zuständigkeiten,
2. die Errichtung von Jugendämtern und
3. die Bildung, Zusammensetzung und die Befugnisse von Jugendhilfe- und Landesjugendhilfeausschüssen; dabei haben sie für eine angemessene Beteiligung der anerkannten Träger der freien Jugendhilfe zu sorgen.

Artikel 23
Inkrafttreten

Dieses Gesetz tritt am 1. Januar 1991 in Kraft. Gleichzeitig treten außer Kraft

1. das Gesetz für Jugendwohlfahrt in der Fassung der Bekanntmachung vom 25. April 1977 (BGBl. I S. 633, 795), zuletzt geändert durch Artikel 6 § 8 des Gesetzes vom 25. Juli 1986 (BGBl. I S. 1142),
2. das Gesetz zur Änderung von Vorschriften des Reichsjugendwohlfahrtsgesetzes vom 28. August 1953 (BGBl. I S. 1035).

Stichwortregister

Die Zahlenangaben ohne § oder Art. beziehen sich auf die Seiten des vorliegenden Buches

Stichwortregister